KB002332

고시원古詩源

【一】

고시원[一] 古詩源 一

1판 1쇄 인쇄 2022년 11월 11일
1판 1쇄 발행 2022년 11월 21일

—

편저자 | 심덕잠
역주자 | 조동영
발행인 | 이방원

—

발행처 | 세창출판사
신고번호·제1990-000013호 | 주소·서울 서대문구 경기대로 58 경기빌딩 602호
전화·02-723-8660 | 팩스·02-720-4579
http://www.sechangpub.co.kr | e-mail: edit@sechangpub.co.kr

—

ISBN 979-11-6684-050-0 94820
979-11-6684-049-4 (세트)

—

· 이 책은 한국연구재단의 지원으로 세창출판사가 출판, 유통합니다.
· 잘못된 책은 구입하신 서점에서 바꾸어 드립니다.

—

이 번역서는 2011년 대한민국 교육부와 한국연구재단의 지원을 받아 수행된 연구임 (NRF: 421-2011-1-A00053).

고시원古詩源

권1~권6(古逸~魏詩)

The Translation and Annotation of

“The Source of Old Poems”

【一】

심덕잠沈德潛 편저

조동영 역주

세창출판사

이 책《고시원》을 번역하면서 심덕잠과의 만남은 여느 연인과의 만남처럼 늘〈상주〉를 먼저 이해하려고 노력하였으며, 번역 또한 그 이론에 충실코자 하였다.〈상주〉와 중복되지 않는 선에서 최대한 객관적인 사실만을 위주로 인명, 지명, 책명, 명사에 각주를 달아 독자의 이해를 돕고자 하였으며, 철저하게 개인적인 사견은 배제하였다. 매 순간 시작품을 접할 때마다 늘 그의 해박한 지식에 감탄하면서 경외감을 떨칠 수 없었던 것은, 시의 이해를 넘어서 다양한 견해로 시를 분석하고 품평할 때마다 상상을 초월하는 이론을 줄곧 제시해 주었기 때문이다.

그는 작품마다에 담겨 있는 희로애락과 겹겹이 점철되어 있는 무수한 사연들을 실마리 풀 듯이 풀어 주고자 하였고, 애끓는 이별의 눈물과, 알뜰한 상사(相思)의 연정(戀情)을 외면하지 않았다. 가슴에 사무치는 원한(怨恨)과 떠도는 나그네의 향사(鄕思)도 간과하지 않았다. 천고에 맺혀 있는 인생 고뇌(苦惱)와 인생무상과 시공(時空)을 달리한 고금인(古今人)의 화운(和韻)들을 낱낱이 소개함으로써 자신의 견해를 덧붙여 후세에 전하고자 하였다. 이 번역과정은 마치 그러한 그의 안내를 받아 한동안 여행을 떠난 기분이었다.

그러나 번역이란 마치 옷을 갈아입는 과정과도 같은 것이어서 옷의 제도와 형식은 물론 옷감의 재질과 색상과 그 매무새며 품격 등이 천차만별로 달라지는 것을 경험할 수 있었다. 이는 곧 언어의 시적 운용에 따라서 의미가 달라지기 때문에 시어의 적절한 선택과 조사의 간결한 배려는 하나의 기본이기도 하지만 조사 하나와 어미 하나를 어찌 바꾸느냐에 따라

의미 맥락이 확연히 달라진다는 경이로운 사실에 조심성이 더해질 수밖에 없었던 것이 이 지난한 번역과정이었다.

아무쪼록 어렵게 나온 이 책이 국내외의 시를 공부하는 분들에게 조금이나마 도움이 있기를 바라는 마음이 있지만, 그보다 먼저 혹여 오류나 잘못 전달한 내용은 없는지 걱정이 앞선다. 넓은 아량으로 살펴봐 주시기를 바라는 마음이 간절하다. 그리고 마음 한편에는 심덕잠의 후대인들을 위한 시교(詩教)의 정신을 이어받아 이 책을 읽는 독자들에게 그의 정신이 오롯이 전해졌으면 하는 바람이 있다.

아울러 고전번역 사업의 일환으로 한국연구재단의 '명저번역' 지원사업 덕분에 이 책이 세상에 나올 수 있게 된 것을 감사하게 여기며, 익명의 심사자들께서 자상하고 꼼꼼하게 지적해 준 덕분에 많은 오류를 최소화하고 향상된 면모를 갖추게 된 것을 보람으로 여긴다.

그리고 강산이 한 번 변했을 세월을 지내오는 동안 백수(白壽)에 가까운 고령의 노모(老母)께서 불현듯 별세하는 슬픔을 겪어야 했고, 오랜 세월 동안 몸담아 오던 직장에서도 은퇴를 하게 되었다. 게다가 지금은 또 언제 끝날지도 모르는 코로나 시대를 직면하고 있다. 그런 와중에 감사할 일은 별 탈 없이 지내오면서 묵묵히 지켜봐 준 아내가 고맙고, 착실히 제 앞길을 밟아 가고 있는 3남매 자녀가 고맙다.

끝으로 이 책이 나오기까지 일일이 다 거명할 수는 없지만 격려와 도움을 주신 여러 동학들과 세창출판사 이방원 사장님 이하 관계자 여러분께 감사드린다. 특히 책을 출판하는 과정에서 수시로 소통하면서 나의 의견을 끝까지 들어주시고 기다려 주시고 조언해 주신 손경화 차장님과 그 주변 분들의 노고에 깊이 감사하는 마음을 전한다.

2022년 10월

정헌서재에서 조동영

고시원 1권

고시원(古詩源) 권1

– 고일(古逸) –

고시원(古詩源) 권2

— 한시(漢詩) —

고시원(古詩源) 권3

– 한시(漢詩) –

고시원(古詩源) 권4

– 한시(漢詩) –

고시원(古詩源) 권5

— 위시(魏詩) —

고시원(古詩源) 권6

— 위시(魏詩) —

고시원 2권

고시원(古詩源) 권7

– 진시(晉詩) –

고시원(古詩源) 권8

– 진시(晉詩) –

고시원(古詩源) 권9

– 진시(晉詩) –

고시원(古詩源) 권10

– 송시(宋詩) –

고시원(古詩源) 권11

— 송시(宋詩) —

사장(謝莊)

422. 북쪽 집의 비원에서[北宅秘園]

포조(鮑照)

423. 〈동문행〉을 본따서 짓다[代東門行]
424. 〈방가행〉을 본따서 짓다[代放歌行]
425. 〈백두음〉을 본따서 짓다[代白頭吟]
426. 〈동무음〉을 본따서 짓다[代東武吟]
427. 〈출자계북문행〉을 본따서 짓다[代出自薊北門行]
428. 〈명안행〉을 본따서 짓다[代鳴雁行]
429. 〈회남왕〉을 본따서 짓다[代淮南王]
430. 〈춘일행〉을 본따서 짓다[代春日行]
431. 〈백저무가사〉를 본따서 짓다[代白紵舞歌辭] 4수(首)
432. 〈행로난〉을 본따서 짓다[擬行路難] 8수(首)
433. 매화꽃이 지다[梅花落]
434. 황학기에 오르다[登黃鶴磯]
435. 해가 질 때 강을 바라보다가 순승에게 시를 지어주다[日落望江贈荀丞]
436. 오흥의 황포정에서 유중랑과 작별하다[吳興黃浦亭庾中郎別]
437. 부도조와 작별하며 지어 주다[贈傅都曹別]
438. 경구로 가다가 죽리에 이르러 짓다[行京口至竹里]
439. 심양에 갔다가 서울로 돌아오는 길에 짓다[上潯陽還都道中作]
440. 후저에서 출발하다[發後渚]
441. 영사(詠史)
442. 고시를 본따서 짓다[擬古] 6수(首)
443. 고사를 이어 짓다[紹古辭] 3수(首)
444. 유공간의 시체를 본따서 짓다[學劉公幹體]
445. 동산을 만나 황정을 캐다[遇銅山掘黃精]
446. 추야(秋夜)
447. 성 서문쪽 관아에서 달구경을 하다[翫月城西門廨中]

포령휘(鮑令暉)

448. 갈사문의 아내 곽소옥을 대신하여 짓다[代葛沙門妻郭小玉作]
449. 편지 뒤에 써서 길 떠나는 이에게 주다[題書後寄行人]

오매원(吳邁遠)

450. 호가곡(胡笳曲)
451. 옛정을 실어 금인에게 주다[古意贈今人]
452. 오랜 그리움[長相思]

왕휘(王徽)

453. 잡시(雜詩)

왕승달(王僧達)

454. 안연년에게 답하다[答顏延年]
455. 낭야왕의 〈의고시〉에 화답하다[和琅琊王依古]

심경지(沈慶之)

456. 시연시(侍宴詩)

육개(陸凱)

457. 범엽에게 준 시[贈范曄詩]

탕혜휴(湯惠休)

458. 원시행(怨詩行)

유우(劉俁)

459. 시 1수(詩一首)

어보(漁父)

460. 손면에게 답한 노래[答孫緬歌]
461. 송인가(宋人歌)
462. 석성요(石城謠)
463. 청계소고가(青溪小姑歌)

고시원 3권

고시원(古詩源) 권12

– 제시(齊詩) –

유회(劉繪)
502. 그리운 이가 있다[有所思]
공치규(孔稚圭)
503. 태평산을 유람하다[遊太平山]
육궐(陸厥)
504. 임강왕의 절사가[臨江王節士歌]
강효사(江孝嗣)
505. 북쪽 낭야성에서 수자리 살며 지은 시[北戍琅琊城詩]
506. 동혼후 당시에 백성이 부른 노래[東昏時百姓歌]

— 양시(梁詩) —

무제(武帝)
507. 일민(逸民)
508. 서주곡(西洲曲)
509. 〈청청하반초〉를 본따서 짓다[擬青青河畔草]
510. 하중지수가(河中之水歌)
511. 동으로 나는 때까치 노래[東飛伯勞歌]
512. 천안사의 소포당에서[天安寺疏圃堂]
513. 적전(藉田)
간문제(簡文帝)
514. 절양류(折楊柳)
515. 임고대(臨高臺)
516. 납량(納涼)
원제(元帝)
517. 양운루 처마머리의 버들을 읊다[詠陽雲樓簷柳]
518. 절양류(折楊柳)
심약(沈約)
519. 임고대(臨高臺)
520. 야야곡(夜夜曲)
521. 신안강 물이 매우 맑아 얕거나 깊거나 바닥이 훤히 들여다보이는 것에 대하여 시를 지어 경읍의 친구들에게 주다[新安江至清淺深見底貽京邑遊好]
522. 학성에서 숙직하며 시름겨운 심경을 누워서 읊다[直學省愁臥]
523. 동원에서 숙박하다[宿東園]
524. 범안성과 작별하다[別范安成]
525. 사조의 죽음을 애도하다[傷謝朓]
526. 석당뢰에서 원숭이 울음소리를 듣다[石塘瀨聽猿]
527. 심도사의 도관을 유람하다[遊沈道士館]
528. 아침에 정산에서 출발하다[早發定山]
529. 동지절 이후에 승상의 집에 갔다가 세자에게 나아가는 수레 안에서 짓다[冬節後至丞相第詣世子車中作]
530. 경릉왕의 〈유헌의 묘지를 지나며〉에 받들어 화답하다[奉和竟陵王經劉瓛墓]

고시원(古詩源) 권13

— 양시(梁詩) —

강엄(江淹)
531. 관군인 건평왕을 따라 여산 향로봉에 오르다[從冠軍建平王登廬山香爐峯]
532. 형산을 바라보다[望荊山]
533. 옛이별[古離別]
534. 반첩여가 부채를 노래하다[班婕好詠扇]
535. 태위 유곤이 난세에 상심하다[劉太尉琨傷亂]
536. 징군 도잠이 전원에 살다[陶徵君潛田居]
537. 휴상인이 이별을 원망하다[休上人怨別]
538. 완공을 본받은 시[效阮公詩] 5수(首)

범운(范雲)
539. 그리운 이가 있다[有所思]
540. 서주자사 장속에게 주다[贈張徐州謖]
541. 밤에 작별하는 심기실을 전송하다[送沈記室夜別]
542. 영릉군으로 가다가 신정에 머물다[之零陵郡次新亭]
543. 별시(別詩)

임방(任昉)
544. 곽동려에게 주다. 시내 입구로 나와 기다리다가 내가 오지 않자, 곽생은 마을로 갔다. 배를 매어 두고 한참 지나서 곽생이 다시 왔다[贈郭桐廬, 出溪口見候, 余既未至, 郭仍進村, 維舟久之, 郭生乃至]
545. 서징군에게 주다[贈徐徵君]
546. 자의 소연과 작별하다[別蕭諮議]
547. 군을 나와 전사에서 범복야를 위하여 곡하다[出郡傳舍 哭范僕射]

구지(邱遲)
548. 낙유원 연회에 참석하였다가 서주자사 장속을 전송하며, 칙령에 따라 짓다[侍宴樂遊苑送張徐州應詔]
549. 아침에 어포담에서 출발하다[旦發漁浦潭]

유운(柳惲)
550. 강남곡(江南曲)
551. 오균에게 주다[贈吳均]
552. 다듬이질을 노래한 시[擣衣詩] 4수(首)

유견오(庾肩吾)
553. 〈춘야(春夜)〉라는 시를 봉화(奉和)하여 왕명에 응하다[奉和春夜應令]
554. 난리 후에 행차하여 오어정(吳御亭)을 지나다[亂後行經吳御亭]
555. 장신궁 안의 풀을 읊다[詠長信宮中草]
556. 진사왕의 무덤을 지나다[經陳思王墓]

오균(吳均)
557. 유운에게 답하다[答柳惲]
558. 강주부와 둔기에게 답시(答詩)를 주어 작별하다[酬別江主簿屯騎]
559. 주인집 못 앞 학을 노래하다[主人池前鶴]
560. 주참군의 시에 답하다[酬周參軍]
561. 춘영(春詠)
562. 산중잡시(山中雜詩)

하손(何遜)
563. 저물녘에 강과 산을 바라보다 시를 지어 어사마에게 주다[日夕望江山贈魚司馬]
564. 도중에 시를 지어 사마 환계규에게 주다[道中贈桓司馬季珪]
565. 서새산으로 들어가며 시를 지어 남부의 동료에게 보여 주다[入西塞示南府同僚]
566. 여러 옛 친구들에게 주다[贈諸游舊]
567. 작별하고 가는 위사마를 전송하다[送韋司馬別]
568. 심조교와 작별하다[別沈助教]
569. 소구덕과 작별하다[與蘇九德別]
570. 남주 포구에서 유숙하다[宿南洲浦]
571. 자의 소잠리의 〈규원시〉에 화답하다[和蕭諮議岑離閨怨]
572. 떠나기 앞서 옛 친구와 밤에 작별하다[臨行與故遊夜別]
573. 홍안 현령 호모와 밤에 작별하다[與胡興安夜別]
574. 자노기(慈姥磯)
575. 상송(相送)

왕적(王籍)
576. 약야계로 들어가다[入若耶溪]

유준(劉峻)
577. 강주에서 돌아와 석두성으로 들어가며 읊은 시[自江州還入石頭詩]

유효작(劉孝綽)
578. 고의(古意)

도홍경(陶弘景)
579. 산중에 무엇이 있느냐는 조문에 시를 지어 답하다[詔問山中何所有賦詩以答]
580. 한야원(寒夜怨)

조경종(曹景宗)
581. 광화전 시연에서 경(競)과 병(病)을 운자로 짓다[光華殿侍宴賦競病韻]

서비(徐悱)

582. 고의로 시를 지어 장사 도개의 〈낭야성에 올라서〉에 화답하다[古意酬到長史漑登琅琊城]

우희(虞羲)

583. 곽장군의 북벌을 노래하다[詠霍將軍北伐]

위경유 처 왕씨(衛敬瑜妻王氏)

584. 고연시(孤燕詩)

악부가사(樂府歌辭)

585. 기유가(企喻歌) 3수(首)

586. 유주마객음가사(幽州馬客吟歌辭)

587. 낭야왕가사(瑯琊王歌辭) 3수(首)

588. 거록공주가사(鉅鹿公主歌辭)

589. 농두가사(隴頭歌辭) 2수(首)

590. 절양유가사(折楊柳歌辭) 3수(首)

591. 목란시(木蘭詩)

592. 착닉가(捉搦歌) 2수(首)

고시원(古詩源) 권14

- 진시(陳詩) -

음갱(陰鏗)

593. 청초호를 건너가다[渡青草湖]

594. 광릉 언덕에서 북쪽 사신을 전송하다[廣陵岸送北使]

595. 강나루에서 유광록을 전송하려 했으나 때에 미치지 못하다[江津送劉光祿不及]

596. 부랑의 〈세밑에 상주로 돌아가다〉에 화답하다[和傅郎歲暮還湘州]

597. 개선사에서[開善寺]

서능(徐陵)

598. 계(薊)의 북문을 나서다[出自薊北門行]

599. 모영가와 작별하다[別毛永嘉]

600. 관산월(關山月)

주홍양(周弘讓)

601. 산중 은사에게 남겨 주다[留贈山中隱士]

주홍정(周弘正)

602. 초당으로 돌아와 처사인 아우를 찾다[還草堂尋處士弟]

강총(江總)

603. 장안으로 가는 사신을 만나 배상서에게 부치다[遇長安使寄裴尚書]

604. 섭산 서하사로 들어가다[入攝山棲霞寺]

605. 강남으로 돌아와 초시의 집터를 찾다[南還尋草市宅]

606. 병주의 양장판에서[并州羊腸坂]

607. 장안에서 양주로 돌아가다가 9월9일에 미산정에 행차하여 운에 따라 짓다[於長安歸還揚州九月九日行薇山亭賦韻]

608. 노광달을 조곡(弔哭)하다[哭魯廣達]

609. 규원편(閨怨篇)

장정견(張正見)

610. 가을날에 유정원과 작별하다[秋日別庾正員]

611. 관산월(關山月)

하서(何胥)

612. 사신이 되어 관문을 나서다[被使出關]

위정(韋鼎)

613. 장안에서 백설조 소리를 듣다[長安聽百舌]

진소(陳昭)

614. 소군자(昭君詞)

— 수시(隋詩) —

일러두기

이 책은 다음과 같은 요령으로 번역하였다.

1. 이 책의 번역 대본은 中華書局에서 2006년에 간행한 中國古典文學基本叢書인 《古詩源》으로 하였다.
2. 번역서는 총 3책으로 나누어 완역하고, 열람의 편의를 위하여 '인명', '지명', '책명', '명사' 등의 찾아보기를 별책 1책으로 하였다.
3. 대본에 수록된 原文과 詳註를 모두 번역 대상으로 하였으며, 번역문 말미에 해당 원문을 幷記하였고, 詳註는 그 위치와 성격을 고려하여 번역문에서도 똑같이 그 체제를 따라 편집하였다.
4. 매 작품마다 제목 앞에 고유번호를 일괄 부가하여 독자의 편의를 제공하였다.
5. 원문을 병기한 번역문은 음영 바탕에 두고, 각각의 작품마다 별면으로 하되, 말미에 남는 여백에는 적당한 삽화를 두어 시각적인 효과를 주었다.
6. 각주의 경우 원문의 창작 연대를 기준으로 앞선 시대의 典據를 인용코자 하였으나 부득이한 경우에는 후대의 것을 인용하였으며, 객관적인 사실에 근거하고 역자 개인적인 사견은 배제하였다.
7. 각주의 전거에 인용된 책명은 완칭을 위주로 하되, 널리 통용되는 약칭일 경우 그대로 썼다.
8. 맞춤법과 띄어쓰기는 한글 맞춤법과 표준어 규정을 따르는 것을 원칙으로 하였다.
9. 이 책에 사용되는 부호는 다음과 같다.
   ( ): 번역문과 음이 같은 한자를 묶는다.
   [ ]: 번역문과 뜻은 같으나 음이 다른 한자를 묶는다.
   " ": 대화 등의 인용문을 묶는다.
   ' ': " " 안의 재인용, 또는 강조 부분을 묶는다.
   「 」: ' ' 안의 재인용을 묶는다.
   《 》: 책명 및 각주의 典據를 묶는다.
   〈 〉: 시제 또는 중요 사항을 묶는다.

고시(古詩)의 원류(源流)와 시교(詩教)를 위한 선시(選詩)의 결정(結晶)

1. 머리말

이 책은, 청대(淸代)의 심덕잠(沈德潛)이 선진(先秦)시기 이전인 고대(古代)로부터 위진남북조(魏晉南北朝)시대를 거쳐 수대(隋代)에 이르기까지 유명한 시(詩)작품을 뽑아 엮은 책을 대본으로 삼아 번역하였다.

14권으로 분권(分卷)한 이 책에는 960여 수의 시작품이 수록되어 있으며, 《고시원(古詩源)》이라는 책 이름과 책을 편찬하게 된 동기가 책머리에 실려 있는 심덕잠의 〈서문(序文)〉에 자세히 기록되어 있다. 그리고 19항목에 달하는 〈예언(例言)〉에는 그가 이 책을 편찬하면서 특별히 주목했거나 의도했던 사항들이 낱낱이 기재되어 있다. 따라서 이 책의 편찬 의도를 정확히 이해하기 위해서는 미리 이 〈예언〉을 읽어 둘 필요가 있다.

또한 이 대본의 전반에 걸쳐 필요하다 싶은 부분에다 달아 놓은 〈상주(詳註)〉에는, 때로는 작가에 관한 것, 때로는 시대에 관한 것, 때로는 작품이 지니고 있는 함의(含意)와 성조(聲調)와 음률(音律) 등등에 대한 심덕잠의 예리한 비평이 담겨 있다. 그러므로 이 부분을 주의 깊게 살핀다면 작품을 잘못 이해하는 데서 오는 혼란을 막고 시작품을 좀 더 정확하게 이해하는 지침이 될 수 있을 것이다.

이 번역서에서는 〈상주〉의 내용을 먼저 이해하려고 노력하였으며, 번역과정에서 〈상주〉를 통한 심덕잠의 견해가 십분 반영되도록 하였다. 따라서 이 〈상주〉를 번역서 원문의 범주에다 두어 대본의 편집 형태를 그대로 유지하고 활자의 크기를 달리하여 시각적인 효과를 주었으며, 해석한 용어에 설명이 필요한 경우에 각주(脚註)를 달아 보충하였다.

이어서 심덕잠의 생애와 그가 살았던 시대 전반을 살펴보고, 《고시원》이란 책 이름이 지닌 의미와 이 책의 체재와 이 책에 담긴 시작품 내용을 시기별로 간략히 정리해 보기로 할 것이다. 이는 그렇게 함으로써 시교(詩敎)를 위한 심덕잠의 편찬 의도를 좀 더 정확하게 이해하려는 노력의 일환이라 하겠다.

2. 심덕잠의 생애와 시대 배경

심덕잠(沈德潛, 1673~1769)의 자는 확사(確士)이고, 호는 귀우(歸愚)이며, 강소성(江蘇省) 오현(吳縣) 사람이다. 일찍부터 총명하여 시명(詩名)이 높았으나 67세의 나이에 처음 진사(進士)에 등제(登第)하였고, 그 뒤에 건륭제(乾隆帝)로부터 시재(詩才)를 인정받아 진군(陳群)과 함께 '동남의 이로(二老)'로 불리었으며, 관직은 내각학사(內閣學士)와 예부시랑(禮部侍郞)을 역임하였다. 시호(諡號)는 문의(文懿)이다.

그의 인품은 담박하고 교만하지 않았으며, 사람을 편하게 대함으로써 계급에 따라 차별을 두지 않았다. 그가 벼슬길에 그다지 연연하지 않았다는 사실은, 팔대가(八大家)의 문장을 편찬하면서 한퇴지(韓退之)가 자신을 추천한 글은 한 편도 수록하지 않은 사실과 무관해 보이지 않는다. 그리고 그는 당시의 시종(詩宗)으로서 널리 세상 사람들의 존경을 받아 왔으며, 그의 문하(門下)에서 이른바 '오중칠자(吳中七子)'라 하여 왕명성(王鳴盛)·전대흔(錢大昕)과 같은 걸출한 인물이 배출되기도 하였다.

그의 저서는, 《귀우시문초(歸愚詩文鈔)》·《죽소헌시초(竹嘯軒詩鈔)》·《시여(詩餘)》 등이 있으며, 편찬한 책에는, 이 책의 대본인 《고시원(古詩源)》과 《당송팔대가독본(唐宋八大家讀本)》·《당시별재집(唐詩別裁集)》·《명시별재집(明詩別裁集)》 등과 시론집(詩論集)인 《설시수어(說詩晬語)》가 있다. 그리고 그는, 왕사정(王士禎)의 '신운설(神韻說)'에 대하여 도덕적인 문학관에 기반을 두고 바른 골격 위에 음률의 조화를 중시하는 '격조설(格調說)'을 주창하였다. 그의 이 '시론(詩論)'은 한(漢)·위(魏), 성당(盛唐)의 시를 모범으로 하여 격식과 격률을 중시하고 송대(宋代) 이후의 시풍(詩風)에 반대하는 것으로, 동시대의 시인이었던 원매(袁枚)의 '성령설(性靈說)'과 첨예하게 대립하는 학설이다. 이는 명대(明代) 전후칠자(前後七子)의 주장인 '양당억송(揚唐抑宋)'의 정신을 계승하였다고 보는 것이 학계의 일반적인 시각이다.

심덕잠이 살았던 17세기 '명말청초(明末淸初)' 시대의 시문단(詩文壇)은, 명(明)나라 중엽(中葉)의 이몽양(李夢陽)과 하경명(何景明) 등 전칠자(前七子)가 "문(文)은 진(秦)·한(漢)을 따르고, 시(詩)는 성당(盛唐)을 추구한다."를 표방했던 정신이, 후칠자(後七子)인 이반룡(李攀龍)과 왕세정(王世貞) 등의 그룹으로 이어지면서 이 주장은 당대(當代)를 풍미하기에 이르렀다. 이것이 '고문사파(古文辭派)'[1]이다. 이때 모곤(茅坤)과 귀유광(歸有光) 등의 이른바 '고문파(古文派)'[2]가 적극 대항하여 송대(宋代)의 문과 초당(初唐)의 시를 주장했지만 그 대세에는 필적할 수가 없었다.

만력(萬曆) 연간 이후에 또다시 원종도(袁宗道)·원굉도(袁宏道)·원중도(袁中道) 3형제의 '공안파(公安派)'가 문(文)은 소동파(蘇東坡), 시(詩)는 백낙천(白樂天)을 종(宗)으로 하여 이에 반발하였으나, 결국 이속(俚俗)의 폐단으로부터 자

1 고문사파(古文辭派): 명나라 중기에 문학의 복고 운동을 일으킨 일파로, 문학을 창작함에 있어 고문사(古文辭)를 전형(典型)으로 삼아 모방할 것을 주장했던 학파이다.

2 고문파(古文派): 명나라 때 문장의 복고에 치중하여 진한(秦漢) 이전의 유가 경전에서 볼 수 있는 순정한 문체를 재확립하고자 시도했던 학파이다.

유롭지 못하였다. 그 뒤 '경능파(竟陵派)'의 종성(鐘惺)과 담원춘(譚元春) 등이 시(詩)의 유심(幽深)을 표방하여 일어났는데, 역시 식견이 미치지 못한 탓에 명대(明代)의 시는 쇠퇴의 길로 접어들었다. 명말(明末)의 전겸익(錢謙益)이 문(文)은 당송팔가(唐宋八家), 시(詩)는 당시(唐詩)에다 새로이 송(宋)·원(元)의 시를 창도하여 이반룡·왕세정의 폐해를 바로잡기 위하여 안간힘을 썼다. 이와 같이 당시의 시문단은 파벌의 논쟁으로 얼룩져 있었다. 따라서 이러한 풍조 속에서 위대한 창작을 기대하기란 어려운 일이었다.

그 뒤 청대(清代)로 접어들면서 왕사정과 전씨(錢氏)가 이끌던 송(宋)·원(元)시기의 시작품에 대한 부흥의 기운을 이어받아 '신운설(神韻說)'을 주창하며 시의 풍미와 홍취를 중요시한 결과 한(漢)·위(魏)에서 송(宋)·원(元)에 이르기까지 모두 이를 취하였다. 특히 '고담한원(枯淡閒遠)'[3]한 정취를 추구해 온 왕유(王維)의 일파는 어느 정도 존중을 받았다고 하겠으나 이(李)·두(杜)의 시는 그리 환대를 받지 못하였다. 그리하여 성당(盛唐)을 존숭하던 풍조는 깨어지고 당(唐)의 중기(中期)·만기(晩期) 혹은 송(宋)·원(元)을 주창하기에 이르렀다.

이때 전 시대의 이몽양(李夢陽)과 하경명(何景明) 이하 일파에서 시작된 '격조설(格調說)'을 지지하는 한편, 고체(古體)는 위(魏)를 종(宗)으로 하고, 근체(近體)는 반드시 성당(盛唐)을 받들어야 한다고 주장한 사람이 있었다. 그는 또 중당(中唐) 원화(元和) 이후의 시는 별파(別派)로 간주하고, 송시(宋詩)를 적극 배척하였다. 그가 바로 심덕잠이다. 위에서도 언급하였거니와 이와 비슷한 시기에 살았던 원매(袁枚)는 공안파(公安派)의 '성령설(性靈說)'을 가지고 이 학설에 대하여 첨예한 대립을 시도하였다. 그는 고인의 격률을 배척하고 성령의 발로를 제일의(第一義)로 삼았다. 이 학설은 일찍이 주창된 바 있는 '개성존중설'의 일환이기도 하다. 그리하여 '격조설'과 '성령설'은 급기

3 고담한원(枯淡閒遠): 소박하면서 담박하고, 여유롭고 원대한 시풍을 일컫는다.

야 두 파의 대립양상으로 발전하여 '건륭시단(乾隆詩壇)'의 한 특징을 형성함으로써 결국은 명대(明代)의 시문논쟁(詩文論爭)의 풍조가 청대(淸代)에 와서도 여전히 수그러들지 않고 지속되었다.

심덕잠은 이러한 풍토 속에서 한평생을 살아왔으니, 시인의 한 사람으로서 시대를 바라보는 시각이 남달랐을 법하다. 그러한 시각이 그의 고민을 불러일으켰던 것이며, 그 결과가 바로 후대인을 위한 시작품의 선별 작업과 시교(詩敎)를 위한 주석작업을 통하여 자신의 시에 대한 이해와 식견을 대대적으로 표방하기에 이르렀다. 《당송팔대가독본》·《당시별재집》·《명시별재집》 등과 같은 그의 편찬서는 이러한 배경을 지니고 있다. 물론 이 《고시원》의 편찬도 그러한 시대적인 배경과 깊은 관련이 있었음은 의심할 여지가 없다. 이러한 측면에서 보면 그는 당대의 한 시인으로서의 역할보다 후대에 지대한 영향을 끼친 위대한 시비평가(詩批評家)로 일정한 자리매김을 하였다고 볼 수 있겠다.

3. 심덕잠과 《고시원》

심덕잠은 그의 나이 47세 되던 1719년(강희 58)에 이 《고시원(古詩源)》을 편찬하였다. 지금으로부터 300여 년 전의 일이다. 중국에서 일반적으로 한시(漢詩) 작품을 '고시(古詩)'라고 부를 경우, 이를 시대에 따른 고대(古代)의 시라는 뜻과 체재에 따른 고체(古體)의 시라는 뜻으로 구분하여 보아야 한다. '고시'라는 명칭은 원래 당대(唐代)에 성립된 근체시(近體詩)와 구별하기 위하여 붙여진 것이지만, 당대 이후의 작품일지라도 고체에 의한 작품인 경우에 고시라고 불렀다. 이 경우는 체제에 따른 것이다. 이와는 달리 당나라 이전의 작품만을 총칭하는 경우도 있다. 이 경우는 시대를 가지고 말하는 것이며, 이 《고시원》이 여기에 속한다. 물론 이 개념을 세분화하면 협의(狹義)와 광의(廣義)로도 나누어 볼 수 있겠으나, 여기에서는 우선 이 책이 당대(唐代) 이전의 작품까지만 수록하고 있다는 점을 주목하여 심덕잠의 견해를 직접 살펴보기로 한다. 그는 본서의 〈서문〉에서 다음과 같이 서술하였다.

"시(詩)는 당대(唐代)에 이르러 극도로 성행하였다. 그러나 시의 성행이 곧 시의 원류[源]는 아니다.[詩至有唐爲極盛, 然詩之盛非詩之源也.]"

"명(明)나라 초기에는 송(宋)·원(元)의 유습을 계승하였다. 그 후 이헌길(李獻吉)이 당시를 가지고 진작시키면서부터 천하가 바람에 쏠리듯 그를 추종하였고, 전후칠자(前後七子)가 서로 우익이 되어, 이를 매우 성대한 일로 칭송하였다. 그러나 그들의 폐단은 주수(株守)하기를 너무 지나치게 하는 데에 있다 보니, 의관을 갖춘 허수아비 같다 하여 시를 배우는 사람들이 이를 문제로 삼았다. 당(唐)만을 따라 지킬 뿐 그 원류를 연구하지 않았기 때문에 문파를 따로 세운 자들이 이를 추종하며 구실로 삼았던 것이다. 이로 볼 때 당시(唐詩)는 송·원의 상류인 것이며, 고시(古詩)는 또 당인의 발원지인 셈이다.[有明之初, 承宋元遺習, 自李獻吉以唐詩振, 天下靡然從風. 前後七子, 互相羽翼, 彬彬稱盛. 然其敝也, 株守太過, 冠裳土偶, 學者咎之. 由守乎唐而不能上窮其源, 故分門立戶者, 得從而爲之辭, 則唐詩者, 宋元之上流, 而古詩又唐人之發源也.]"

"나는 예전에 진수자(陳樹滋)와 함께 당시(唐詩)를 수집하여 책으로 만들면서 그 성대함을 엿볼 수 있었다. 이제 다시 수(隋)·진(陳) 이상으로 거슬러 올라가서 황제헌원씨(黃帝軒轅氏)까지 망라하였다. 《시경(詩經)》 삼백 편과 《초사(楚辭)》·《이소경(離騷經)》을 제외한 〈교묘악장(郊廟樂章)〉에서부터 〈동요(童謠)〉·〈이언(里諺)〉까지 다채로움을 갖추어 책을 완성하고 보니 14권이 되었다. 감히 고시(古詩)를 총망라했다고는 말할 수는 없겠지만 고시 중에 전아한 작품은 대략 여기에 수집되어 있으니, 무릇 시(詩)를 배우는 자들을 원류

(原流)로 이끌 수 있을 듯하다.[予前與樹滋陳子輯唐詩成帙, 窺其盛矣. 茲復溯隋陳而上, 極乎黃軒. 凡三百篇·楚騷而外, 自郊廟樂章·訖童謠·里諺 無不備采, 書成, 得一十四卷. 不敢謂已盡古詩, 而古詩之雅者, 略盡於此. 凡爲學詩者導之源也.]"

위의 인용문에서 확인할 수 있는 바와 같이 심덕잠은 자신이 이 글을 편찬하게 된 동기와 그 목적한 바와 책 이름을 정하게 된 이유를 정확히 밝혀 놓았다. 다시 말하면 그는 시대의 어려움을 극복하고 자신의 투철한 정신과 안목을 바탕으로 하여 그가 의도했던 바를 성공적으로 이룩한 결과의 산물을 제시한 것이다. 이는 곧 그가 이 작업을 통하여 시교(詩敎)에 의한 후생을 위한 노력의 일환이었음을 명확하게 밝혀 준 셈이다. 이어서 이 책의 체재(體裁) 및 구성(構成)에는 어떤 특징을 지니고 있는지 살펴보기로 한다. 이 역시 심덕잠의 시각과 의도한 바를 엿볼 수 있는 또 다른 한 단면이기도 하다.

4. 《고시원》의 체재와 구성

이 책의 체재는 대본을 기준으로 하여 먼저 각 시대를 구분하고, 해당 시기의 인물을 배치하였으며, 그 인물에 해당하는 작품을 순서에 따라 14권으로 나누어 배열하였다. 시대는 대략 고대로부터 한(漢)·위(魏)·진(晉)·송(宋)·제(齊)·양(梁)·진(陳)·북위(北魏)·북제(北齊)·북주(北周)·수대(隋代)까지 12시대이다. 여기에 수록된 인물은 대략 171명이며, 작가의 이름을 정확히 알 수 없어 무명씨(無名氏)로 표기한 경우가 또한 267명이나 된다. 그리하여 전체 선정한 작품 수가 무려 680제(題) 965수(首)에 달한다. 14권에 수록된 시작품의 편수와 작가의 인원수를 표로 정리하면 〈표 1〉과 같다. 그리고 분책의 형태를 임의로 1권(1~6), 2권(7~11), 3권(12~14), 4권(인물사전, 색인)으로 나눈 것은 시대의 구분과 분량 때문이며, 출간 책자를 전제

표 1. 작가 및 작품 현황

<table>
<tr><th>책수</th><th>권별</th><th>시대 구분</th><th>작가 수</th><th>작품 편수</th><th>무명 편수</th><th>소계</th><th>합계</th></tr>
<tr><td rowspan="6">一卷</td><td>권1</td><td>고일(古逸)</td><td>0</td><td>0</td><td>130</td><td>130</td><td>130</td></tr>
<tr><td>권2</td><td>한(漢)</td><td>25</td><td>57</td><td>0</td><td>57</td><td rowspan="3">164</td></tr>
<tr><td>권3</td><td>한(漢)</td><td>10</td><td>14</td><td>35</td><td>49</td></tr>
<tr><td>권4</td><td>한(漢)</td><td>1</td><td>0</td><td>58</td><td>58</td></tr>
<tr><td>권5</td><td>위(魏)</td><td>6</td><td>51</td><td>0</td><td>51</td><td rowspan="2">102</td></tr>
<tr><td>권6</td><td>위(魏)</td><td>11</td><td>49</td><td>2</td><td>51</td></tr>
<tr><td rowspan="5">二卷</td><td>권7</td><td>진(晉)</td><td>17</td><td>68</td><td>0</td><td>68</td><td rowspan="3">197</td></tr>
<tr><td>권8</td><td>진(晉)</td><td>7</td><td>66</td><td>0</td><td>66</td></tr>
<tr><td>권9</td><td>진(晉)</td><td>9(-1)</td><td>45</td><td>18</td><td>63</td></tr>
<tr><td>권10</td><td>송(宋)</td><td>5</td><td>56</td><td>0</td><td>56</td><td rowspan="2">122</td></tr>
<tr><td>권11</td><td>송(宋)</td><td>13</td><td>62</td><td>4</td><td>66</td></tr>
<tr><td rowspan="8">三卷</td><td rowspan="2">권12</td><td>제(齊)</td><td>7</td><td>44</td><td>0</td><td>44</td><td>44</td></tr>
<tr><td>양(梁)</td><td>4</td><td>24</td><td>0</td><td>24</td><td rowspan="2">101</td></tr>
<tr><td>권13</td><td>양(梁)</td><td>17</td><td>61</td><td>16</td><td>77</td></tr>
<tr><td rowspan="5">권14</td><td>진(陳)</td><td>9</td><td>22</td><td>0</td><td>22</td><td>22</td></tr>
<tr><td>북위(北魏)</td><td>6</td><td>9</td><td>2</td><td>11</td><td>11</td></tr>
<tr><td>북제(北齊)</td><td>7</td><td>11</td><td>0</td><td>11</td><td>11</td></tr>
<tr><td>북주(北周)</td><td>2</td><td>25</td><td>0</td><td>25</td><td>25</td></tr>
<tr><td>수(隋)</td><td>16</td><td>34</td><td>2</td><td>36</td><td>36</td></tr>
<tr><td>四卷</td><td colspan="2">인물사전 및 색인</td><td></td><td></td><td></td><td></td><td></td></tr>
<tr><td colspan="3">합 계</td><td>171</td><td>698</td><td>267</td><td>965</td><td>965</td></tr>
</table>

로 한 것이다.

〈표1〉에서 고일(古逸)에 수록한 130수의 시작품을 모두 무명 작가로 표기한 것은, 이 시기의 작품들에 대하여 간혹 작가를 주기(註記)해 놓은 것이 있기는 하지만, 대부분 후대(後代)에 가탁(假託)해 놓은 것들이어서 작자를 정확히 밝힐 수 없기 때문이다. 이는 상대(上代)의 시작품은 대개 주(周)나라 시기에 지어진 《시경(詩經)》을 제외하고는 그 작자와 시대를 정확히 알 수 없는 데에서 기인한 것이다. 또한 시기에 따라 직접 무명씨로 밝혀 놓은 것은 물론이고, 〈악부가사(樂府歌辭)〉나 〈잡가요사(雜歌謠辭)〉의 항목에 들

어 있는 작품들도 모두 무명작가의 항목에 포함시켜 표로 작성하였다.

그리고 수록한 편수의 많고 적음에 따라 편찬자의 관심도를 온전히 판단할 수 있는 것은 아니지만, 진대(晉代)의 32명(도잠의 경우 8권, 9권에 걸쳐 있음) 197수의 시작품 중에 도잠(陶潛)의 시를 무려 81수나 선정해 놓은 것은 특이한 점이다. 이는 심덕잠의 취향 내지는 관심도를 측정할 수 있는 한 사례이기도 하다. 이어서 포조(鮑照) 39수, 조식(曹植) 34수, 사조(謝朓) 33수, 사영운(謝靈運) 25수, 유신(庾信) 23수를 수록한 데에서도 심덕잠의 의중을 어렵지 않게 읽어 낼 수 있겠다. 이들 작품에 직접 달아 놓은 〈상주〉를 통해 그러한 정황을 어느 정도 파악할 수 있다. 아래 인용문은 도잠과 포조의 작품세계를 심덕잠이 직접 해당 항목 아래에다 붙여 놓은 사례이다. (1), (2)는 도잠에 관한 것이며 (3), (4)는 포조에 관한 것이다.

(1) 연명(淵明)은 명신(名臣)의 후예(後裔)로 시대가 바뀔 즈음에 살았기 때문에 말하고 싶어도 말하기 어려운 점이 있었다. 때때로 기탁(寄託)한 글이 있으니 유독 〈형가를 읊다[詠荊軻]〉라는 1장(章)만이 그런 것이 아니다. 육조(六朝)시대의 제일가는 인물이니 그의 시 중에 천고(千古)에 독보적이 아닌 것이 있겠는가? 종영(鍾嶸)이 이르기를 "그 시체(詩體)의 원류(源流)는 응거(應璩)로부터 나왔다."라고 하였는데, 이 말에 대하여 어떤 의론(議論)이 성립할 수 있겠는가?[淵明以名臣之後, 際易代之時, 欲言難言. 時時寄託, 不獨詠荊軻一章也. 六朝第一流人物, 其詩有不獨步千古者耶? 鍾嶸謂其原出於應璩, 成何議論?]

(2) 청아하고 원대하며[清遠] 한가롭고 자유분방함[閒放]이 그 시작품의 본래 모습이다. 그 가운데 내재한 매우 깊고[淵深], 소박하고 정이 도타운[朴茂] 부분은 거의 미칠 수 없는 경지이다. 당인(唐人)으로 왕유(王維), 저광희(儲光羲), 위응물(韋應物), 유종원(柳宗元) 등이 그를 배워서 그 본성의 가까운 곳까지 터득하였다.[清遠閒放, 是其本色, 而其中自有一段淵深朴茂 不可幾及處. 唐人王·儲·韋·柳諸公, 學焉而

得其性之所近.]

(3) 거침없는 소리[抗音]로 회포를 토로[吐懷]할 때마다 매번 고상한 절조(節操)를 이룬다. 그 높은 경지는 멀리 육기(陸機)와 육운(陸雲)에 이르고, 위로는 조조(曹操)와 조식(曹植)의 경지를 추급하였다.[抗音吐懷, 每成亮節. 其高處遠軼機雲, 上追操植.]

(4) 송인(宋人)의 시(詩)가 날로 유약(柔弱)한 데로 흘러 고시(古詩)가 끝나고 율시(律詩)가 시작되었다. 포조(鮑照)와 사영운(謝靈運) 두 사람이 없었다면 아마도 풍아(風雅)가 빛을 발하지 못하였을 것이다.[宋人詩, 日流於弱, 古之終而律之始也, 無鮑謝二公, 恐風雅無色.]

이상에서 본 바와 같이 심덕잠은 도잠을 육조(六朝)시대의 제일가는 인물이며, 그의 시는 천고(千古)에 독보적이라고 평가하였다. 이와 같이 작가에 대한 평가는 물론, 그들의 특징적인 면을 잘 드러내어 소개했을 뿐만 아니라 역사적인 안목을 겸비하여 예리하게 지적함으로써 독자로 하여금 시교(詩敎)에 의한 학습의 효과를 극대화시키고자 한 면을 엿볼 수 있겠다.

뿐만 아니라 그는 이 시선집을 편찬하면서 교정에 참여했던 사람들까지 명단과 출신지를 일일이 작성하여 〈예언〉 뒤에다 수록해 두는 꼼꼼함을 보여 주었다. 물론 그가 겸손한 말로 "나는 학식이 얕고 보잘것없으니 시(詩)를 판단하고 송(頌)을 편집하는 데에 있어서 조금도 터득한 바가 없다. 이 글은 전적(典籍)의 사실(事實)을 근거로 하여 깊은 뜻을 통달하기까지는 삼익(三益)의 공으로 얻은 것이 대부분이다. 교정에 참여한 사람들을 자세히 열거하여 책에다 기록해 둔다.[德潛學識淺尠, 於刪詩輯頌, 略無所得. 此書援據典實, 通達奧義, 得三益之功居多. 參訂姓氏, 詳列於簡.]"라고 〈예언〉에서 밝히고 있다.

그러나 이 자료를 단순히 교정에 참여한 사람들의 명단을 나열해 놓은 것으로만 간주할 일은 아닌 듯하다. 여기에 참여한 사람이 무려 50여 명이나 동원이 되었다는 것은, 이 시선집의 편찬과정이 상상외로 방대한 작업이었다는 것을 단적으로 보여 주는 또 하나의 사례인 것이다. 그들의 명단을 순서대로 표로 옮겨 보면 다음과 같다.

표 2. 참여한 사람들[參訂姓氏]

No.	1	2	3	4	5	6	7	8	9	10
성명	尤珍	施何牧	王材任	楊賓	計默	沈用濟	顧嗣立	杜詔	李崧	魏荔彤
자	謹庸	贊虞	子重	可師	希深	方舟	俠君	紫綸	靜山	念庭
지역	長洲	崇明	黃岡	山陰	吳江	錢唐	長洲	無錫	無錫	柏鄉
No.	11	12	13	14	15	16	17	18	19	20
성명	王汝驤	方還	侯銓	陳祖范	陳培脈	顧紹敏	許廷鑅	孫謨	朱弈恂	劉震
자	雲衢	蓂朔	秉衡	亦韓	樹滋	嗣宗	子遜	丕文	恭季	東郊
지역	金壇	番禹	嘉定	常熟	長洲	長洲	長洲	江寧	長洲	吳縣
No.	21	22	23	24	25	26	27	28	29	30
성명	謝方連	張畹	張鈛	方朝	周永銓	李果	汪琇	尤怡	周遠	毛樹杞
자	皆人	遜九	少弋	東華	昇逸	客山	西京	在京	少逸	遇汲
지역	宜興	吳縣	吳縣	番禺	長洲	長洲	常熟	吳縣	吳縣	吳縣
No.	31	32	33	34	35	36	37	38	39	40
성명	周準	鄭思用	王之醇	翁玉行	汪銓	彭啓豐	朱玉蛟	顧詒祿	江向燇	陸世楙
자	欽萊	元穉	鶴書	靜子	上衡	翰文	雲友	祿百	青麓	向直
지역	長洲	吳縣	崑山	江陰	新安	長洲	長洲	長洲	長洲	太倉
No.	41	42	門人	43	44	45	46	47	48	
성명	沈振	朱受新		洪鈞	尤秉元	滑士麟	蔣敦	陳魁	盧駿聲	
자	超亭	念祖		鳴佩	昭嗣	苑祥	仁安	經邦	景程	
지역	長洲	吳縣		寧國	長洲	太倉	長洲	長洲	吳縣	
No.	方外	49	50	51						
성명		震濟湘林	岑霽樾亭	德亮雪牀						
자										
지역										

5. 《고시원》 작품의 시대별 특징

서두에서 이미 언급하였거니와 심덕잠은 이 책을 편찬하면서 책머리에 〈예언(例言)〉을 두어 시대별, 작가별로 각각의 비평을 가하고 시작품을 채택한 기준까지를 명시해 놓았다. 이 점을 주목하여 시기에 따라 작품이 지니는 특징을 정리해 보기로 한다.

1) 고일(古逸)

상대(上代)인 요(堯)임금 시대로부터 아래로 진대(秦代)에 이르기까지 채록할 만한 운어(韻語)가 있으면 때로는 정사(正史)에서 혹은 제자(諸子)에서 취하여 왔다. 그리하여 이 시대의 작품을 '고일'이라는 항목 아래에 둔 것은, 고시(古詩)의 발원지가 어디에서부터 시작되었는지를 밝혀 주기 위한 때문이라고 〈예언〉에 명시하였다.

2) 한시(漢詩)

이 시기의 특징은 오언시(五言詩)를 표준으로 삼되, 그 가운데 두 시체(詩體)가 있다고 심덕잠은 보았다. 그중 하나는 소무(蘇武)와 이능(李陵)의 〈증답시(贈答詩)〉와 〈고시(古詩)〉 19수에 해당하는 고체(古體)이고, 또 다른 하나는 〈고시체로 지은 초중경의 아내를 위한 시[古詩爲焦仲卿妻作]〉와 〈맥상상(陌上桑)〉과 같은 악부체(樂府體)라는 것이다. 그는 또 소명(昭明)의 《문선(文選)》은 아정(雅正)한 음(音)만을 숭상하고 악부시(樂府詩)를 소략하게 수록하였다고 지적하고, 조사(措詞)나 서사(敍事)를 전제로 할 경우에 악부시만한 것이 없다고 강조하였다. 이 책에서는 특히 《문선》에 빠진 부분을 보충하여 후세 사람들이 구별할 줄 알게 하였다고 〈예언〉에서 밝혔다.

그리고 악부시에도 《시경(詩經)》의 풍(風)·아(雅)·송(頌)과 같은 세 가지 문체가 있어서, 〈안세방중가(安世房中歌)〉는 '아'에 가깝고, 무제(武帝)의 〈교사가(郊祀歌)〉와 같은 유는 '송'에 해당하며, 〈우림랑(羽林郎)〉·〈맥상상(陌上桑)〉 등의 편은 '국풍(國風)'에 해당한다고 주장하였다. 다만 한대(漢代)의 악부에는 섞여 있는 와언(訛言)을 구분해 낼 수 없다는 조자건(曹子建)의 말을 인용하여, 구두(句讀)를 붙이기 어렵고, 압운(押韻)이 없어 낭송하기 곤란한 것은 모두 취하지 않았다고 그는 말하였다.

3) 위시(魏詩)

이 시기의 인물로는 소무(蘇武)와 이능(李陵)의 뒤를 이은 조식(曹植)을 단연 제일인자로 꼽았다. 아버지 조조(曹操)와 형 조비(曹丕)도 재능이 많다고 평가하였지만 조식을 독보적인 시인으로 보는 데는 단호하였다. 또 이 시기 완적(阮籍)의 작품 세계에 대해서는 사물을 접하여 감정을 발산하고 슬픔과 즐거움을 마음껏 노래한 특징이 있다는 이유를 들어 그를 '별조(別調)'를 완성시킨 유일한 인물로 보았다.

4) 진시(晉詩)

이 시기의 작가들에 대한 고하(高下)와 우열(優劣)에 대하여 심덕잠은 세심한 평가를 하였다. 장화(張華)와 부현(傅玄)은 고하를 따지기 어렵고, 육기(陸機), 육운(陸雲), 반악(潘岳), 장한(張翰)도 우열을 정하기 어렵지만, 이들 중에 좌사(左思)만은 시의 풍격(風格)이 월등하여 당시의 여러 작가들을 모두 압도하였다고 보았다. 그래서 심덕잠은 종영(鍾嶸)의 《시품(詩品)》에 좌사가 반악과 육기의 중간쯤에 위치한다고 평가한 것은 적합한 평가가 아니라고 지적하였다. 다시 그 뒤를 이은 사람은 유곤(劉琨)과 곽경순(郭景純)이었음을 언급하였다.

이어서 동진(東晉) 시기를 지나면서 도잠(陶潛)의 탄생에 대하여 극찬을 아끼지 않았다. 그는 의도한 바가 없이 자연스럽게 시를 지어 지극한 경지에 도달하였으니, 그야말로 진대(晉代)의 최상일 뿐만이 아니라 다른 시대로 옮겨 놓는다 해도 충분히 과시할 만한 작가라고 평가하였다. 실제로 도잠의 작품 〈귀조(歸鳥)〉의 제4장(章)을 품평하면서, "다른 사람의 시는 '삼백편(三百篇)'을 배우고도 어리석고 무거워서[痴而重] '풍(風)'과 '아(雅)'와 더불어 날로 멀어지는데, 이 시는 삼백편을 배우지 않았음에도 맑고 유연하여서[淸而腴] '풍'과 '아'와 더불어 날로 가까워졌다.[他人學三百篇, 痴而重, 與風雅日遠, 此不學三百篇, 淸而腴, 與風雅日近.]"라고 한 것은 극찬이 아닐 수 없다.

5) 송시(宋詩)

송대(宋代)에 이르자 시의 체제가 점점 변하고 성색(聲色)이 크게 열렸다고 심덕잠은 보았다. 그리하여 이 시기의 작가로 사영운(謝靈運)과 포조(鮑照)를 이묘(二妙)라 하여 최고로 꼽았다. 그러나 안연지(顔延之)는 성가(聲價)가 높다고는 하나 인위적으로 다듬고 조각한 것이 심하여 위 두 사람과 어깨를 나란히 할 정도는 아니라고 보았다. 심덕잠이 그렇게 보는 이유는, 사영운은 산수시인(山水詩人)의 대표격이라 하여 전원시인(田園詩人)의 대표격인 도잠(陶潛)과 더불어 도(陶)·사(謝)로 병칭하는 한편, 포조는 악부문학(樂府文學)에 있어 고금을 통틀어 독보(獨步)의 경지를 개척한 일인자로 여기는 데에 있다.

안연지의 시구(詩句)가 비록 수식이 지나쳐서 포(鮑)·사(謝)의 경지에는 미치지는 못하지만 더러는 사영운과 함께 안(顔)·사(謝)로 병칭하기도 하였으니, 그 역시 송대의 수많은 시인들 중에 걸출한 인물로 보는 데는 무리가 없을 듯하다. 이 책에 그의 작품이 7제(題) 27수(首)가 수록되어 있다.

6) 제시(齊詩)

이 시기의 작가로 선정된 인물은 7인이며, 그중에 사조(謝朓)의 시가 무려 33편이나 된다. 전체 44편 중에 33편은 적은 비중이 아닌 만큼, 그를 당대(當代)를 대표하는 시인으로 인식하였다는 것을 의미한다. 〈예언〉에 "사조 혼자서 한 시대를 풍미하였다."라는 평가는 그러한 근거가 되기에 충분하다. 그리고 심덕잠은 왕융(王融) 이하는 딱히 내세울 만한 사람이 없다고 보았다.

7) 양시(梁詩)

심덕잠은 이 시기의 작품 경향에 대하여, 풍격(風格)이 날로 떨어져 가는 중에도 심약(沈約)의 단장(短章)만큼은 여전히 고체(古體)를 보존하였다고 보았고, 강엄(江淹)과 하손(何遜)의 작품 경향이 무리에서 뛰어날 정도의 풍격은 아니지만 그래도 한 시대를 풍미한 그런 작가임에는 틀림이 없다고 보았다. 그리고 간문제(簡文帝)의 시작품을 논하면서, "이 시기의 작품 경향은 임금과 신하, 위와 아래가 오로지 염정(豔情)으로 오락을 삼았기 때문에 '온유돈후(溫柔敦厚)'한 정취를 잃게 되어 한(漢)·위(魏)시대의 유풍이 완전히 사라져 버렸다. 그래서 선정한 작품이 비교적 소략하다."라고 하였다.

그는 또 〈예언〉에서 "양대의 〈횡취곡〉은 무인의 가사(歌詞)가 대부분이다. 북방의 음악은 우렁차서 징과 자바라를 번갈아 연주하는 듯하다. 〈기유가〉와 〈절양유가사〉와 〈목란시〉 등의 편(篇)은 외려 한(漢)·위(魏)시대 사람들의 유향이 있고, 북제의 〈칙륵가〉도 역시 서로 유사하다.[梁時橫吹曲, 武人之詞居多, 北音鏗鏘, 鉦鐃競奏, 企喻歌·折楊柳歌詞·木蘭詩等篇, 猶漢魏人遺響也. 北齊敕勒歌, 亦複相似.]"라고 말하였다. 그리하여 이 시기의 악부시에 칠언시(七言詩)가 많이 사용되고, 또 오언사구(五言四句)의 단시(短詩)와 팔구(八句)의 대우시(對偶詩) 등이 성행한 결과, 당(唐)의 칠언시와 오언절구, 율시(律詩) 등의 신체시(新體詩)가 형성되기까지의 선구(先驅)가 되었다고 보는 것이 그의 견해이다.

8) 진시(陳詩)

이 시기의 작가로 선정된 인물이 9명인데, 그중 첫번째 등장하는 인물이 음갱(陰鏗)이다. 그가 지은 〈개선사에서[開善寺]〉라는 시의 아래에다 심덕잠은 다음과 같이 〈상주〉를 달아 이 시기의 작품 경향에 대하여 지적하고, 또 구체적인 사례를 들어 음갱의 작품이 지니고 있는 문제점을 지적하였다. 아래 인용문은 그 실제 사례이다.

"시가 진(陳)나라에 이르러서 자구(字句)를 조탁(彫琢)하는 데 오로지 공을 들였기 때문에 고시(古詩)의 일맥(一脈)이 끊어졌다. 두소능(杜少陵)의 절구(絶句)에 '음갱(陰鏗)과 하손(何遜)이 고심하여 글짓기를 배워 보았네.[頗學陰何苦用心]'라고 하였고, 또 이태백(李太白)에게 지어 준 시에 '이후(李侯)가 좋은 시구(詩句) 지어낼 때면, 이따금씩 음갱(陰鏗)과 흡사하다.[李侯有佳句 往往似陰鏗]'라고 하였는데, 이는 다만 그 구절만 감상한 것이요, 그 풍격을 취한 것은 아니다.[詩至於陳, 專工琢句, 古詩一綫絶矣. 少陵絶句云, 頗學陰何苦用心, 又贈太白云, 李侯有佳句, 往往似陰鏗. 此特賞其句, 非取其格也.]"

이와 같이 음갱의 작품세계가 겉으로 드러나 있는 외형만 미려할 뿐이고, 그 내면에 담겨 있는 풍격은 취할 것이 없다고 지적하면서 고시(古詩)가 지니고 있는 내면의 아름다움이 단절되었다고 말하였다. 이와 반대로 주홍양(周弘讓)의 작품 세계에 대하여 품평하기를, "맑고도 진실하여[淸眞] 마치 도연명(陶淵明) 시의 한 갈래와 같으니, 진(陳)·수(隋) 시기에는 이런 시를 얻기가 대단히 어렵다.[淸眞似陶詩一派, 陳隋時得之大難.]"라고 극찬을 아끼지 않았다. 서로 상반된 이와 같은 평가는 작가와 작품이 지닌 경향에 기인한 것이므로 이 시기의 전반적인 작품 경향이 혼재되어 있음을 단적으로 말해 준 것이라 하겠다.

9) 북조시(北朝詩)

북조의 경우, 북위(北魏)의 온자승(溫子昇)과 북제(北齊)의 안지추(顔之推)의 시작품이 우수하다. 또 〈칙륵가(敕勒歌)〉는 북제의 무명씨(無名氏)의 작품이지만, 몽골의 원야(原野)를 조망한 작품으로 애수(哀愁)와 웅경(雄勁)한 기개를 엿볼 수 있는 좋은 작품이다. 심덕잠은 이 작품에 대하여 "망망(莽莽)하게 와서 자연스럽고 고고(高古)하니, 한(漢)나라 사람이 남긴 음향이라 하겠다.[莽莽而來, 自然高古, 漢人遺響也.]"라고 품평하였다. 그리고 북주(北周)에서는 유신(庾信)의 작품이 가장 뛰어나다고 하였다. 심덕잠은 그에 대하여 "뛰어난 재능이 풍부하여 비감이 서려 있는 시편에서 항상 풍골(風骨)을 보여 주었으니, 그의 장점은 오로지 글귀를 구사하는 데에만 있는 것이 아니다."라고 평가하였다.

그러나 유신은 서위(西魏)에 사신으로 가서 억류되었다가, 양(梁)이 멸망한 뒤에 결국 서위(西魏)와 북주(北周)에 출사하여 자신의 신절(臣節)을 끝까지 지키지 못한 인물이다. 그가 이를 자책하고 고향으로 돌아가고픈 심정을 담아 읊은 〈애강남부(哀江南賦)〉와 〈영회시를 본따서 짓다[擬詠懷]〉 등의 작품에서 심덕잠이 언급한 그의 고뇌에 찬 풍골(風骨)의 실제를 엿볼 수 있다. 이 책에는 〈영회시를 본따서 짓다〉라는 연작시 8수의 전문이 수록되어 있다.

10) 수시(隋詩)

특히 이 시기의 작품 중에 수 양제(隋煬帝)의 시는 북방적인 웅대호방(雄大豪放)한 기상이 가득한 〈음마장성굴행(飮馬長城窟行)〉과 같은 시와, 남조풍(南朝風)의 염려(艶麗)한 정시(情詩)로 〈채련화(采蓮花)〉와 〈춘강화월야(春江花月夜)〉 등과 같은 작품이 있어 겨우 20여 편에 불과하지만 모두 우수한 작품들이다. 그래서 심덕잠은 이들에 대하여 평가하기를, "양제의 시는 단아하고 바른말을 만드는 데 능하여, 진 후주(陳後主)에 비하여 이 점이 월등하다."고 하고, 그의 시에 대해서는 "육조시(六朝詩)의 풍기(風氣)가 바야흐로 변화하려는 징조가 보인다."고 하였다. 또한 양소(楊素)에 대하여 "무인(武人)이면서 간웅(奸雄)인 그가, 시의 풍격만은 청아하고 심원하여 마치 세상을 벗어난 고인(高人)의 글과 같으니, 참으로 납득할 수 없는 일이다."고 하였다. 2제(題) 11편의 시작품이 이 책에 수록되어 있다.

11) 가요(歌謠)

심덕잠은 〈예언〉에서 〈악부시〉와 〈잡요가사〉를 본서에 수록한 동기를 다음과 같이 서술하였다.

> "한 무제(漢武帝)는 악부(樂府)를 설립하여 가요(歌謠)를 채록하였고, 곽무천(郭茂倩)은 《악부시집(樂府詩集)》을 편찬하면서 잡요가사(雜謠歌詞)도 갖추어 수록하였으니, 이것을 보면 치란(治亂)을 알고 성쇠(盛衰)를 징험할 수 있다. 내가 각 시대마다의 시인들 뒤에다 가요(歌謠)를 붙여 놓은 것도 역시 앞서간 사람들의 뜻과 같다.[漢武立樂府采歌謠, 郭茂倩編樂府詩集, 雜謠歌詞, 亦具收錄, 謂觀此可以知治忽驗盛衰也. 愚於各代詩人後嗣以歌謠, 猶前人志云.]"

이 말은 심덕잠이 시를 채록한 기준점이기도 하다. 다음에 인용한 글도 같은 맥락에서 이해할 수 있겠다.

> "한(漢)나라 이전의 가사(歌詞) 중에는 후인들의 의작(擬作)이 꽤 많다. 예를 들면 하우(夏禹)의 〈옥첩사(玉牒詞)〉와 한 무제(漢武帝)의 〈낙엽애선곡(落葉哀蟬曲)〉과 같은 부류들이 바로 그것이다. 그 사지(詞旨)가 취할 만하므로 함께 올려도 무방하며, 진위(眞僞) 여부는 스스로 있기 마련이니, 더는 논하지 않기로 한다. 그러나 〈항아가(姮娥歌)〉와 〈백제가(白帝歌)〉는 일이 무(誣)에 가깝고, 〈우희답가(虞姬答歌)〉와 〈소무처답시(蘇武妻答詩)〉는 사어(詞語)가 시류(時流)에 가까워서 이런 종류의 작품들은 감히 시속(時俗)에 따라 채택하여 넣지 않았다.[漢以前歌詞, 後人擬作甚夥. 如夏禹玉牒詞, 漢武帝落葉哀蟬曲類是也. 詞旨可取, 不妨並登, 眞僞自可存而不論. 然如皇娥·白帝歌, 事近於誣. 虞姬答歌·蘇武妻答詩, 詞近於時, 類此者不敢從俗采入.]

지금까지는 각 시기에 따라 작품이 지닌 특징을 〈예언(例言)〉을 중심으로 살펴보았다. 다음에서는 〈상주〉를 토대로 하여 심덕잠의 시각을 정리해보기로 한다.

6. 〈상주(詳註)〉에 담긴 심덕잠의 시각

〈상주〉라는 명칭은, 상해신민서국(上海新民書局)에서 간행한 책 표지에 쓴 용어를 편의상 활용한 것으로, 작품의 이해를 돕기 위하여 심덕잠이 책을 편찬하면서 붙여 놓은 주석을 말한다. 지금까지 인용해 온 〈예언(例言)〉은 책 전체에 대한 개괄적인 제언인 데 반하여 이 〈상주〉는 작품 각각에 대한 평가와 이해가 잘 드러나 있다. 따라서 이 책의 전체 작품에 대한 심덕잠의 시각을 알아보기 위해서는 필연적으로 이 〈상주〉의 내용을 정리해 둘 필요가 있다. 이 장에서 전체를 다 아우르지는 못하지만 대략이나마 정리해 보고자 한다.

일련번호 113. 〈백량시(柏梁詩)〉에 대하여 심덕잠은 "한 무제(漢武帝) 원봉 3년(元封三年)에 백량대를 짓고 이천석(二千石)에 해당하는 신하들에게 조서를 내려, 칠언시(七言詩)를 제대로 짓는 신하는 상좌(上坐)에 앉게 하였다." 라고 소개하면서 26명의 명단을 작품 아래에 표기하였다. 그리고 이 작품을 칠언고시(七言古詩)의 시초라고 명명하였으며, 후세 사람들이 연구시(聯句詩)를 짓게 된 것이 이후부터라고 그는 말하였다. 말미에는 "한 무제의 시에는 제왕(帝王)의 기상이 엿보이나 그 이하는 수준이 못 미친다. 그러나 26명의 작품을 그대로 수록하여 하나의 시체(詩體)를 갖추어 놓았다."라고 하였으니, 심덕잠의 말대로라면 고문헌에 자주 등장하는 연구시(聯句詩)의 발원지가 이 〈백량시〉라는 말이 된다.

또 소무(蘇武)와 이능(李陵)의 시작품에 대하여 "한번 읊고 세 번 감탄하게 하는 감성과 이성이 공존하는 그런 작품이다."라고 말하고, 소무의 시작품은 4수의 한 묶음인 시작품을 싣고 각각 말미에 시평을 붙여 놓았다. 이능의 시는 122. 〈소무에게 준 시[與蘇武詩]〉라는 3수의 시와 흉노 땅에서 소무와 작별하면서 지은 123. 〈별가(別歌)〉 1수를 수록하였다.

이능에 대한 일부 부정적인 시각들과는 달리 심덕잠은 이 시 작품을 통해 그의 안타까운 처지에 대하여 애틋한 연민의 정을 가지고 시작품을 바라보았다. 그는 〈소무에게 준 시〉라는 작품에 대하여 "조물주의 베틀에서 짜낸 한 조각 비단과 같아서 인간의 능력과는 무관하다"라고 극찬하였고, 이 작품을 오언시(五言詩)의 원조(元祖)라고 말하였다. 심지어 "음(音)은 극히 온화하고, 조(調)는 극히 어울리며, 자(字)는 극히 온당하다. 이것이 한(漢)나라 사람의 고시체(古詩體)이며 후세 사람들이 흉내 낼 수 없는 경지이다."라고 말함으로써, 직접적으로 우열을 가려 말하지는 않았지만 소무의 작품보다 이능의 시작품이 더 핍진한 감정을 함의하고 있다고 보았다. 소무와 이능의 서로 다른 처지를 놓고 보면 충분히 이해할 수 있는 부분이기도 하다.

심덕잠은 한 소제(漢昭帝)의 127. 〈임지가(淋池歌)〉에 대하여 "육조(六朝)시대의 풍기(風氣)를 열어 준 작품이다."라고 소개하였고, "양홍(梁鴻)의 132. 〈오희가(五噫歌)〉와 장형(張衡)의 135. 〈사수시(四愁詩)〉는 어찌 그 경지를 모방할 수 있겠는가. 후인(後人)이 모방한 것은 그저 서시(西施)의 겉모습만을 그린 것과 같을 뿐이다."라고 평가하여 두 작품의 우수성을 나타내 주었다. 유일하게 두소능(杜少陵)의 〈칠가(七歌)〉는 이 〈사수시〉를 모방한 것이지만 가장 환골탈태(換骨奪胎)를 잘하였다는 말로 상호 연관성이 있음을 시사했다. 이러한 그의 시각이 궁극적으로는 후대의 시를 공부하는 사람의 지침이 된다는 점에서 유의미한 평가라 할 수 있겠다.

채염(蔡琰)이 지은 147. 〈비분시(悲憤詩)〉는 108구 540자나 되는 오언장편(五言長篇)의 서사시(敍事詩)이다. 기구한 운명을 지닌 한 여인의 자서전에 가까운 사실적 묘사가 뛰어난 이 작품에 대하여 심덕잠은 "단락이 분명하면서도 이어 간 흔적을 말끔히 제거하여 끊어질 듯 이어지며 잔달지도 않고 난잡하지도 않다."라고 평하였고, "두소능의 〈봉선영회(奉先詠懷)〉와 〈북정(北征)〉 등의 시와 이따금씩 유사한 면이 있다."라고 하였다. 그리고 이어서 "마음이 격앙되고 쓰라려서 읽다 보면 마치 흩날리는 쑥[驚蓬]이 자리를 어지럽히고 모래와 자갈[沙礫]이 저절로 날리는 듯한 분위기를 느낄 수 있다. 동한(東漢)시대의 사람으로 최대의 역량을 지녔다."라고 극찬하였다.

사실 채염은 후한 말기의 여류시인이면서 채옹(蔡邕)의 딸인데 처음에는 위도개(衛道玠)에게 시집갔다가 얼마 후 남편과 사별하고 친정으로 돌아왔다. 그 뒤 동탁(董卓)의 난 때 흉노족에게 납치되어 남흉노 좌현왕(左賢王)에게 시집가서 두 아들을 낳았다. 조조가 채옹의 후손이 끊기는 것을 애석하게 여겨 좌현왕에게 천금을 주고 채염을 데려와서 동관 근처 남전 땅에 장원을 세우고 그곳에서 살게 하였다. 그 뒤에 그는 다시 동사(董祀)에게 재가(再嫁)한 인물이다.

이러한 인물의 과거를 의식한 탓인지 심덕잠은 말미에 "사람들로 하여금 그의 실절(失節)을 잊고 단지 가련함만 깨닫게 하니, 이는 그의 정이 진실한[情眞] 때문이며 또한 그 정이 깊은[情深] 때문이다."라고 평가한 것을 보면, 이는 곧 작품 속에 담긴 채염의 생애와 관련한 진정성을 심덕잠은 더 높게 평가하였다는 사실을 알 수 있다.

그리고 심덕잠은 악부시에 대하여 다음과 같이 평하였다. 165. 〈맥상상(陌上桑)〉에 대하여 "진술하는 기법이 매우 농염하여 신연년(辛延年)의 〈우림랑(羽林郎)〉과 한 솜씨의 글처럼 보인다."라고 하였고, 또 이어서 "이 악부체(樂府體)가 고시(古詩)와 구별되는 점이 여기에 있다."라고 하여 악부시와 고시를 구분하였으며, 171. 〈동문행(東門行)〉에 대하여는 "위 문제(魏文帝)의 〈염가하상행(豔歌何嘗行)〉에 "위로는 푸른 하늘에 부끄럽고, 아래로 나이 어린아이들을 돌아본다"는 이 글을 본뜬 것인데, 이 글이 더 이해하기 쉽다."라고 하였다. 172. 〈고아행(孤兒行)〉에 대하여는 "매우 잔달[瑣碎]기도 하고 매우 고상[古奧]하기도 하다. 단절과 연속이 끝이 없고 단락의 흔적이 없으며 눈물자국과 피맺힌 한으로 점철되어 한편을 이루고 있다. 이는 악부시 중에 한 종류의 작품이라 하겠다."라고 하였다. 173. 〈염가행(豔歌行)〉에 대해서는 "〈맥상상(陌上桑)〉, 〈우림랑(羽林郎)〉과 함께 성정(性情)의 올바름을 보여 주고 있으니 국풍(國風)의 영향이라 하겠다."라고 하였다. 176. 〈상가행(傷歌行)〉에 대해서는 "애써 조탁(彫琢)하지도 않았고, 대우(對偶)를 맞추지도 않았다. 그러나 화평한 가운데 웅건(雄健)한 풍격(風格)이 느껴진다."라고 하였다. 이렇듯이 심덕잠은 〈예언〉에서도 이미 언급한 것처럼 악부시에 대하여 깊은 이해와 남다른 관심을 피력하였다.

다음은 고시(古詩)에 대하여 심덕잠은 어떤 시각으로 바라보았는지 살펴보기로 한다. 먼저 184. 〈고시(古詩)〉는 모두 19수(首)로 되어 있다. 그는 이 19수의 작품을 한 사람이 한 시기에 지은 것이 아니라고 보았다. 《옥대신영(玉臺新詠)》의 경우 중간에 몇 장을 매승(枚乘)이 지었다는 것과, 《문심조룡(文心雕龍)》의 경우 〈고죽(孤竹)〉 1편을 부의(傅毅)의 사(詞)라고 주장한 것을 일례로 들고, 소명(昭明)의 "성씨를 모르기 때문에 통칭해서, 고시(古詩)라고 한다"라는 말을 인용하여, "소명의 설(說)을 따르는 것이 타당하다."라고 그의 견해를 밝혔다. 심덕잠은 이 작품을 "독자로 하여금 슬픈 감정이 끊임없이 일게 하면서 자연스럽게 선한 마음을 갖게 하니, 이는 국풍(國風)의 영향을 받은 작품이다."라고 하여, 극찬을 아끼지 않았다. 또한 "청화(淸和)하고 평원(平遠)함이 있어서 굳이 기발한 생각이나 놀랍게 하는 문구를 쓰지 않았으나 한경(漢京)의 여러 고시(古詩)는 모두 그 수준이 이 시의 아래에 놓일 수밖에 없다. 따라서 이 시는 오언시(五言詩) 중에서 그 기준이 되는 극치이다."라고 한 것을 보면, 심덕잠이 이 19수의 〈고시〉에 대하여 높이 평가하고 있음을 알 수 있다.

그리고 심덕잠은 211. 〈성 위의 까마귀 동요[城上烏童謠]〉에 대하여 "가요(歌謠)는 그 대의(大意)만을 보도록 하고, 글자마다 따져 볼 필요는 없다. 따라서 천착하여 오류를 범하는 것보다는 차라리 의문점을 남겨 두는 편이 낫다."라고 하여 작품을 바라볼 때 합리적인 방안을 강구하고 너무 천착하여 억지가 되지 말게 하였으며, 214. 〈소탐가(蘇耽歌)〉에 대해서는 "213. 〈정령위가(丁令威歌)〉와 같이 응당 후세 사람들의 의작(擬作)으로 봐야 할 것이지만, 가사(歌詞)가 취할 만한 점이 있다."라고 하여 그가 시를 선정한 기준이 후대의 시교(詩教)로서 가치가 있는 것이면 채록하였다는 것을 보여 주었다.

위 무제(魏武帝)에 대한 심덕잠의 시각도 예사롭지 않다. "맹덕(孟德)의 시는 오히려 한나라 가락에 가깝고, 위 문제(魏文帝) 자환(子桓) 이하는 순전히 위나라 가락이다."라고 하였으며, 또 "의미가 심장하고 웅건하며 맑고 청아한 시풍이 있으며 가끔씩 패자(霸者)의 기상이 드러나기도 한다."라고 하였다. 그리고 "조공(曹公)의 사언시(四言詩)는 《시경》 삼백편(三百篇)의 시 외에 자연스럽게 기발한 음향을 개척하였다."라고 하여, 조조의 시작품 경향에 대하여 한 분야를 개척한 것으로 보았다. 또한 진림(陳琳)의 257. 〈음마장성굴행(飲馬長城窟行)〉에 대하여 "묻고 답한 흔적이 없지만 신리(神理)가 정연하니, 한(漢)나라의 악부시로 더불어 상큼함을 견줄 만하다."라고 평하였다.

육기(陸機)에 대한 평은 다음과 같다. "뜻은 해박한 지식을 드러내고자 하였으나 가슴속의 지혜가 부족하고, 필력도 거론하기에는 충분치 않아서 마침내 배우(排偶)만 따지는 일파(一派)를 열어 놓았다. 그리하여 서경(西京) 이래의 참신하고 웅건한 기상은 더 이상 존속시키지 못하였다."라고 하고, 그의 작품 경향에 대하여 "사형(士衡)은 명장(名將)의 후예로 나라가 망하고 가문이 망한 터라 정서에 맞게 말하려다 보니, 필시 애원(哀怨)이 많았을 것이다. 그러나 작품의 취지가 얕고 다만 외형만 수식하는 데에 공을 들였을 뿐이니, 다시 무엇을 귀하다 하겠는가."라고 하여 혹평을 가하였다. 또 "소무(蘇武)·이능(李陵)의 시와 〈고시〉 19수는 매양 시격이 국풍(風)에 근접하지만, 사형의 무리는 부(賦)를 짓는 것으로 행세하였다. 그런 연유로 사람을 감동시키지 못하였다."라고 하고, 끝부분에서 다시 《문부(文賦)》에 "시는 감정에 따라 짓되 아름답게 묘사한다."라는 글을 인용하면서 "이는 자못 시인(詩人)의 본지(本旨)가 아니다."라는 말로 반박하였는데, 이는 그의 '격조설'에 근거한 것으로, 시는 먼저 품격을 갖추어야 하는 것이지만 결국은 감동을 줄 수 있는지의 여부가 관건이라는 것이다.

심덕잠은 반악(潘岳)에 대해서도 그다지 긍정적이지 않았다. "안인(安仁)을 《시품(詩品)》에서는 그 순서를 사형(士衡)의 아래에다 두었다. 여기에서는 특히 〈도망시(悼亡詩)〉 2수를 취하였는데, 격조는 비록 높지 않으나 그 정만큼은 자연히 깊기 때문이다."라고 하였고, "안인이 가후(賈后)의 당여(黨與)가 되어 태자(太子)인 휼(遹)과 유력(有力)한 사람들을 모의하여 죽였다. 인품이 이러한데, 시(詩)가 어찌 아름다울 수가 있겠는가?"라고 하였으며, "반악과 육기의 시는 마치 비단을 잘라 꽃을 만들어 놓은 듯하니 살아 있는 운치[生韻]가 극히 적다. 그래서 작품을 적게 수록하였다."라고 하여 그의 시 선별에 대한 분명한 시각을 제시해 주었다.

그러나 좌사(左思)에 대해서는 다음과 같이 평하였다. "종영(鍾嶸)이 좌사의 시(詩)에 대하여 품평하기를, '육기(陸機)보다는 거칠지만 반악(潘岳)보다는 깊이가 있다.'라고 하였는데, 이는 좌태충(左太沖)을 모르는 자이다. 태충은 가슴속이 툭 트였고 필력 또한 호탕하며 한(漢)·위(魏)시대를 연마하여 스스로 우수한 작품을 지었다. 그러므로 이는 한 시대를 풍미한 솜씨라고 할 수 있다. 어찌 반악과 육기 정도로 비교할 수 있겠는가."라고 하였고, 306. 〈영사(咏史)〉 8수(首)에 대하여 "태충의 〈영사시〉는 오로지 한 사람만을 읊은 것도 아니며 또한 오로지 한 가지 일만을 읊은 것도 아니다. 고인(古人)을 읊었음에도 자신의 성정(性情)이 모두 드러나 있으니, 이는 천추(千秋)에 절창(絶唱)이라고 하겠다. 뒤에는 오직 포명원(鮑明遠)과 이태백(李太白)만이 그것이 가능했다."라고 하여 극찬을 아끼지 않았다.

이어서 왕희지(王羲之)의 324. 〈《난정집》의 시[蘭亭集詩]〉에 대한 평을 보기로 한다. "서문(序文)만 유독 아름다운 것이 아니라 시(詩)도 청초(淸超)하고 탈속(脫俗)하였다."라고 하고, 그 작품의 일부를 들어 "도를 배워서 터득한 자가 아니면 이런 말을 하지 못한다."라고 하면서 서문은 사람마다 외워서 기억하고 있기 때문에 여기에는 싣지 않고 시작품만 실었다고 자신의 견해를 밝혔다. 왕희지의 문장뿐만이 아니라 시작품의 경지에 대해서도 '도를 배워서 터득한 자'라고 평가할 정도이다. 그러나 《창려선생문집(昌黎先生文集)》에 보면 그의 시작품만 해도 줄잡아 360여 수나 되는데 여기에 수록한 것은 1수에 불과하다. 81수나 되는 도연명의 시작품을 수록한 데에 비교하면 상당한 차이가 있다. 이는 문장가와 시인에 대한 구분을 엄격히 한 것으로 보여진다.

그렇다면 도연명의 시작품을 바라보는 심덕잠의 시각은 또 어떠했는지 다시 살펴보기로 한다. 우선 〈음주시〉 10수 중의 끝부분에 남긴 평을 보기로 하자, "진인(晉人)의 시(詩) 중에 광달(曠達)한 자는 노자(老子)와 장자(莊子)를 주로 인용하고, 번루(繁縟)한 자는 반고(班固)와 양웅(揚雄)을 주로 인용하는데, 도공(陶公)은 전적으로 《논어(論語)》를 인용하였다. 한인(漢人) 이하로부터 송유(宋儒) 이전까지 성문(聖門)의 제자(弟子)로 추대할 수 있는 자는 연명(淵明)뿐이다. 강락(康樂)도 경전(經傳)의 말을 잘 인용하기는 하였으나 흔적을 없게 하는 데에서는 연명에게 자리를 양보해야 한다."라고 하였으니, 심덕잠의 견해는 역시 유학의 경전을 존숭하는 데에 비중을 두고 있었음을 짐작할 수 있겠다.

그리고 안연지(顔延之)에 대한 평을 보면 "육사형(陸士衡)은 늘어놓으며 서술하는 데[敷陳] 장점을 지녔고, 안연지(顔延之)는 새기고 다듬는 데[鏤刻] 장점을 지녔다. 그러나 이런 것 때문에 흠이 된다. 《시경(詩經)》에 '조화롭기가 맑은 바람과 같다.[穆如淸風]'라고 하였는데, 이러한 시가 '아음(雅音)'인 것이다."라고 하여, 심덕잠의 시를 바라보는 기준점은 '아음'이 되느냐 못되느냐를 가지고 판단했다는 것을 알 수 있다.

그런가 하면 사혜련(謝惠連)은 남조(南朝) 송(宋)나라 사람으로, 그의 종형(從兄)인 사영운(謝靈運)과 사조(謝朓)와 함께 삼사(三謝)로 불릴 만큼 명성을 떨쳤다. 그런데 그에 대한 심덕잠의 평가는 냉혹할 정도이다. "사선원(謝宣遠)의 시는 한결같이 고치고 다듬어서 자연스런 운치를 잃었다. 〈장자방을 읊다[詠張子房]〉라는 작품은 더욱더 생경한 것이어서 비록 당시에는 존중받았을지라도 여기에서는 산삭하였다."라고 하여 그의 선시(選詩)의 기준을 명확히 하였다.

원제(元帝)는 양(梁)나라 무제(武帝)의 일곱째 아들이다. 그가 지은 518. 〈절양류(折楊柳)〉의 아래에다 주석을 달면서 "이와 같은 종류의 음절(音節)은 결국 오언근체(五言近體)로 보아야 한다. 고시(古詩)는 제(齊)나라와 양(梁)나라 사이에서 없어졌다가 당(唐)나라의 진사홍(陳射洪)이 나타나 넓히고 맑게 하였다. 문(文)에서는 한창려(韓昌黎)를 얻었고 시(詩)에서는 진사홍을 얻었으니, 만회(挽回)한 공로가 적지 않다."라고 하여, 당나라 근체시의 시발점이 양 원제의 〈절양류〉에서 기인한다고 보았다.

이어서 불교에 능하였고, 음운에도 밝아 사성(四聲)을 정확히 구별해 놓았으며 시의 팔병설(八病說)을 제창한 바 있는 심약(沈約)에 대해서는 "가령(家令)의 시(詩)는 포조(鮑照)나 사조(謝朓)의 시에 비하면 성정(性情)과 성색(聲色) 면에서 모두 1격(一格)을 양보해야만 할 것이다. 그러나 소량(蕭梁)의 시대에는 역시 대가로 추대되었으니, 변폭(邊幅)은 외려 매끄럽고 사기(詞氣)가 외려 중후하여서 능히 고시(古詩)의 한 맥을 보존하였다. 그 시기에 강둔기(江屯騎)와 하수조(何水曹)가 각각 일가를 이루었으니, 서로 정족(鼎足)의 형세를 취할 만하다."라고 하여 이 시기의 삼인방을 제시해 주었다. 그의 작품 524. 〈범안성과 작별하다[別范安成]〉에 대해서는 "한 가닥의 진정한 기운이 흘러나와 구절마다 구르고 글자마다 두터워지니, 〈고시〉 19수의 경지와 거리가 멀지 않다."라고 하여 극찬하기도 하였다.

남조(南朝)시대 양(梁)나라의 문학가였던 유견오(庾肩吾)의 작품 556. 〈진사왕의 무덤을 지나다[經陳思王墓]〉에 대해서는 "유견오와 장정견은 그 시에 성색과 취미를 모두 갖추었다. 시의 아름다움은 성색과 취미를 모두 갖춘 데 있으니, 유견오와 장정견과 같은 사람이 여기에 해당하고, 시의 고상한 경우는 성색과 취미가 전혀 없는 데에 있으니, 도연명과 같은 이가 여기에 해당한다."라고 하였다.

남조시대 진(陳)나라의 시인이었던 강총(江總)의 작품 608. 〈규원편(閨怨篇)〉에 대해서는 "당률과 비슷하다. 조금 내려가면 전사(塡詞)가 되니, 배우는 자들은 그 조짐을 막아야 한다."라고 하여 경계하는 말을 남겼으며, 청하(淸河) 동무성(東武城) 사람인 장정견(張正見)의 작품 609. 〈가을날에 유정원과 작별하다[秋日別庾正員]〉라는 시에 대해서는 "좋은 시구(詩句)를 만났을 때 그 격조가 아주 낮거나 약하지만 않으면 또한 곧 거둬들여야 한다. 시를 선정하는 자가 여기에 이르면 안목을 어느 정도 낮출 수밖에 없다."라고 하여, 조금은 부족하여도 격조가 아주 형편없지만 않으면 선정하였다는 심덕잠의 아량을 보여 주는 부분도 있다.

그리고 상경(常景)의 618. 〈양웅을 노래하다[揚雄]〉에 대하여 "이 작품은 기상과 체제가 크고 방정하여서 수록하였다."라고 하여 또 다른 시작품 선별기준을 제시하였고, 북주(北周)의 유신(庾信)이 지은 642. 〈'영회'를 본따서 짓다[擬詠懷]〉라는 8수에 대하여 "끝없는 외로움과 울분을 다 토해 냄으로써 교졸(巧拙)함을 모두 잊었으니, 전적으로 완적(阮籍)을 본떴다고 할 수 없다."라는 그의 견해를 과감하게 피력한 부분도 있다.

그리고 특히 눈에 띄는 시평은 유신의 작품 647. 〈매화(梅花)〉라는 오언 8구 율시 형태의 시에 대하여 "옛사람은 매화를 읊을 적에 맑고 고상하여 세속을 초탈하였는데, 후세 사람은 더욱 각획(刻畫)을 하고 끈끈하게 막히는[粘滯] 경향이 있다는 것을 느끼게 한다. 이것을 보면 옛사람은 정신을 취하였는데 후세 사람은 외형만을 취하는 경향이 있다는 것을 알 수 있다."라고 하였다. 수많은 매화를 읊은 시가 있는데 그 시작품들에 대하여 옛사람과 요즘 사람의 성향을 예리한 안목으로 지적하고 있는 점이 돋보인다.

또한 수 양제(隋煬帝)에 대해서는 "양제의 시는 단아하고 바른말을 구사할 줄 알아서 진 후주(陳后主)보다 훌륭하다."라고 평하였지만, 그의 작품 653. 〈'음마장성굴행'을 지어 출정에 수행하는 신하들에게 보이다[飮馬長城窟行示從征羣臣]〉와 654. 〈백마편(白馬篇)〉에 대하여 "두 작품은 기상과 체격이 자연 활달하다. 그러나 골격은 진작시키기에 충분하지 않다."라고 평하였다.

수나라 정치가인 양소(楊素)에 대한 평도 예외가 아니다. "무인이면서 간웅인데, 시의 풍격만은 맑고 심원하여 마치 세상을 벗어난 고인(高人)의 글과 같으니, 참으로 이해할 수 없다."라고 하였고, 그의 작품 656. 〈설파주에게 주다[贈薛播州]〉라는 9수의 오언 고풍체의 시작품 말미에는 다음과 같은 평이 있다. "천하가 혼란한 시기에 살며 처음 정정(定鼎)을 말하였고, 다음은 구재(求材)를 말하고, 다음은 입조(立朝)를 말하고, 그다음은 설도형이 출수(出守)하여 그 정무(政務)를 완성한 것을 칭송하고, 그다음은 자신이 한가롭게 돌아온 걸 말하였고, 맨 끝에는 서로 그리워하는 뜻을 묘사하였다. 한 제목 아래에서는 몇 개의 장이 되더라도 모두 이런 장법(章法)을 구사해야 한다."라고 하여 시작품의 한 형식에 대하여 언급하였다.

7. 맺음말

심덕잠은 이 《고시원(古詩源)》을 편찬하면서 여러 의미를 부여하였다. 그중에 하나를 꼽는다면 단연 시교(詩敎)를 전제로 한 결과의 산물로 보아야 할 것이다. 그가 〈예언〉을 통하여 또는 〈상주(詳註)〉를 통하여 전달하고자 했던 다양한 비평들이 결국은 후대의 시를 공부하는 사람들을 위한 교육의 지침이 되기를 간절히 바랐다고 할 수 있다. 다음 〈예언〉의 말미에 적어 놓은 내용을 통하여 다시 그 의미를 상기해 보고자 한다.

"시(詩)는 이치를 말하는 것이 아니다. 그러나 어찌 사리(事理)에 어긋난 시가 있겠는가? 중장통(仲長統)의 《술지(述志)》에 이르기를, '오경을 어기거나 어지럽히고[畔散五經], 풍(風)과 아(雅)를 뭉개거나 폐기한다[滅棄風雅]'라고 하였는데, 이 말은 방자함을 따져 물을 것도 없으니, 이런 유의 글들은 대개 다 채택하지 않았다.[詩非談理, 亦烏可悖理也? 仲長統述志云, 畔散五經, 滅滅風雅, 放恣不可問矣, 類此者概所屏卻.]"

이상에서 살펴본 바와 같이 심덕잠은 이 책을 편찬하면서 여러 측면에서 자신의 견해와 목적한 바를 자세히 밝혀 놓았다. 후세의 시를 공부하는 사람들에게 지침이 되기 위한 목적에서 이루어진 결과의 산물로 보고자 하는 이유가 바로 여기에 있다.

심덕잠은 청나라 시인 왕사정(王士禎)이 예전에 편찬한 《고시선(古詩選)》에 대하여 문제점을 보완하는 계기로 삼아 이 《고시원(古詩源)》을 편찬하였다고 밝혔다. 그는 《고시선》이 오언(五言)과 칠언(七言)으로 이루어진 작품만을 수록한 문제점을 《고시원》에서는 삼언(三言)과 사언(四言) 및 장단(長短)에 의한 잡구(雜句)까지 모두 수록하면서 특별히 각체(各體)에 해당하는 것을 채록하여 미비점을 보충하였다.

또 왕상서가 선정한 오언(五言)의 경우 당인(唐人)의 시까지만 취하였고, 칠언(七言)의 경우는 아래로 원대(元代)까지의 시를 취한 데 반하여 《고시원》은 도당씨(陶唐氏)로부터 시작하여 남북조(南北朝)까지로 범위를 잡았다. 그리고 그는, "이는 발원지를 탐색하기 위한 것이며 아래로 지류(支流)는 살펴볼 겨를이 없었기 때문이다.[探其源, 不暇沿其流也.]"라고 밝히고 있다. 이것이야말로 심덕잠이 후세의 사람들에게 시교(詩教)를 통한 하나의 지침이 되기를 간절히 희망했던 시도였다고 보여진다.

시(詩)는 당대(唐代)에 이르러 극도로 성행하였다. 그러나 시의 성행이 곧 시의 근원[源]은 아니다. 오늘날 강물을 관찰하는 자는 바다만 보고 그것을 전부라고 여긴다. 그러나 바다를 통해서 거슬러 올라가면 바다와 가까운 데가 구하(九河)[1]이고, 그 상류는 강수(洚水)[2]이며 맹진(孟津)[3]이다. 또 그 위로 가면 적석(積石)[4]을 통해서 곤륜(崑崙)[5]의 발원지에 이르게 된다.[詩至有唐爲極盛, 然詩之盛非詩之源也. 今夫觀水者, 至觀海止矣. 然由海而溯之, 近於海爲九河, 其上爲洚水, 爲孟津, 又其上由積石, 以至崑崙之源.]

《예기(禮記)》에 "대천(大川)에 제사를 지내는 자가 하수(河水)에 먼저 하고 바다에 뒤에 한다."[6] 하였는데, 이는 그 발원지를 중요시하기 때문이다.

---

1 구하(九河): 함곡관(函谷關) 주변에 위치한 감숙성(甘肅省) 중부 지역을 흐르는 강을 이르는 말로, 영정하(永定河)라고도 한다.

2 강수(洚水): 춘추전국시대 장하(漳河)의 한 지류. 후대에는 분리되어 고강하(枯洚河)를 강수(洚水)라고 하였다. 하북성(河北省) 광종현(廣宗縣)에서 발원하여 남궁현(南宮縣)·기현(冀縣)·형수현(衡水縣)을 지나 장하와 합류하였으나 지금은 없어졌다. 강수(絳水) 또는 강수(降水)로도 쓴다.

3 맹진(孟津): 동한(東漢)시대 때 낙양(洛陽) 동북쪽 황하(黃河) 주변의 한 나루터였는데, 예로부터 군사상의 요충지로 활용되었던 곳이다. 현재 하남성(河南省) 맹현(孟縣) 남쪽이 그 지점이다.

4 적석(積石): 《한서(漢書)》 〈지리지(地理志)〉에 "금성군(金城郡) 하관현(河關縣) 서남쪽 강중(羌中)에 있다." 하였는데, 하관현은 지금 감숙성(甘肅省) 임하(臨河) 부근으로, 황하(黃河)가 이 산에서 발원한다고 한다.

5 곤륜(崑崙): 중국 전설에 나오는 신성한 산. 중국 서쪽에 있으며 황하강(黃河江)의 발원지로 알려져 있다. 하늘에 이르는 높은 산, 또는 아름다운 옥이 나는 산으로 서왕모(西王母)가 살았으며 불사(不死)의 물이 흐르는 곳이라고 전해 온다.

6 《예기(禮記)》 〈학기(學記)〉에 "삼대의 왕들이 대천에 제사를 지낼 때면 모두 하수에 먼저 하

당나라 이전의 시(詩)는 곤륜산 아래에서 내려오는 물에 해당한다. 한경(漢京)[7]과 위씨(魏氏)[8]의 경우는 《시경(詩經)》의 풍(風)·아(雅)와 거리가 멀지 않기 때문에 달리 말할 것이 없다. 다만 제(齊)·양(梁)의 화려함과 진(陳)·수(隋)의 경쾌하고 요염한 시의 경우는 풍표(風標)와 품격(品格)이 당나라에 견주어 손색이 없다고 단정할 수 없다. 그렇다 하여 당시(唐詩)가 거기로부터 영향을 받지 않았다고 말한다면, 이는 사해(四海)의 물이 맹진 이하에서 흘러온 물이 아니라고 하는 것이 될 것이니, 이런 이치가 있겠는가.[記曰; "祭川者先河後海." 重其源也. 唐以前之詩, 崑崙以降之水也. 漢京魏氏, 去風雅未遠, 無異辭矣. 即齊梁之綺縟, 陳隋之輕豔, 風標品格, 未必不遜於唐. 然緣此遂謂非唐詩所由出, 將四海之水非孟津以下所由注, 有是理哉.]

명(明)나라 초기에는 송(宋)·원(元)의 유습을 계승하였다. 그 후 이헌길(李獻吉)[9]이 당시를 가지고 진작시키면서부터 천하가 바람에 쏠리듯 그를 추종하였고, 전후칠자(前後七子)[10]가 서로 우익이 되어, 이를 매우 성대한 일로

고 바다에 뒤에 하였다. 이는 혹은 근원이 되고 혹은 말류가 되기 때문이다. 이것을 일러 근본에 힘쓴다고 하였다.[三王之祭川也, 皆先河而後海. 或源也, 或委也, 此之謂務本.]" 하였다.

7 한경(漢京): 한(漢)나라의 도성이었던 장안(長安) 혹은 낙양(洛陽)을 지칭한다. 또는 기타 고대(古代) 한족(漢族)의 정권적 도성(都城)을 지칭하기도 한다. 한(漢)나라 반고(班固)의 《서도부(西都賦)》에 "우리의 황도를 넓히고[博我以皇道.] 우리의 한경을 넓힌다.[弘我以漢京.]" 하였다.

8 위씨(魏氏): 조위(曹魏)를 일컫는 말로, 곧 조조(曹操)를 시조로 한다는 의미에서 중국 삼국시대의 위(魏)나라를 통칭하는 말로 쓰인다.

9 이헌길(李獻吉, 1475~1529): 헌길(獻吉)은 이몽양(李夢陽)의 자(字)이고, 호는 공동자(空同子)이다. 효종(孝宗)과 무종(武宗)을 섬겨 강직한 신하로 평가받았다. 7재자(七才子)의 한 사람으로 시문의 복고(復古)를 주창하여 '문필진한(文必秦漢), 시필성당(詩必盛唐)'을 주장, 진한(秦漢)의 고문과 이두(李杜: 이백·두보)의 시를 이상으로 하고 시의 격조를 중시하였기 때문에, '격조설(格調說)'이라고 하여 문단을 주도하기도 하였다. 저서에는 《이공동전집(李空同全集)》 66권과 부록 2권이 있다.

10 전후칠자(前後七子): 전칠자(前七子)는 주로 1488년에서 1521년 사이에 활동했던 이몽양(李夢陽, 1472~1529), 하경명(何景明, 1483~1521), 왕구사(王九思, 1468~1551), 왕정상(王廷相, 1474~1544), 강해(康海, 1475~1541), 변공(邊貢, 1476~1532), 서정경(徐禎卿, 1479~1511) 등을 말하며, 후칠자(後七子)는 1520년대 후반부터 1560년대 전반기에 활동했던 이반룡(李攀龍, 1475~1570), 왕세정(王

칭송하였다. 그러나 그들의 폐단은 주수(株守)[11]하기를 너무 지나치게 하는 데에 있다 보니, 의관을 갖춘 허수아비 같다 하여 시를 배우는 사람들이 이를 문제로 여겼다. 당(唐)만을 따라 지킬 뿐 그 원류를 궁구하지 않았기 때문에 문파(門派)를 따로 세운 자들이 이를 추종하며 구실로 삼게 되었다. 이로 볼 때 당시(唐詩)는 송·원의 상류인 것이며, 고시(古詩)는 또 당인의 발원지인 셈이다.[有明之初, 承宋元遺習, 自李獻吉以唐詩振, 天下靡然從風. 前後七子, 互相羽翼, 彬彬稱盛. 然其敝也, 株守太過, 冠裳土偶, 學者咎之. 由守乎唐而不能上窮其源, 故分門立戶者, 得從而爲之辭, 則唐詩者, 宋元之上流, 而古詩又唐人之發源也.]

나는 예전에 진수자(陳樹滋)[12]와 함께 당시(唐詩)를 수집하여 책으로 만들면서 그 성대함을 엿볼 수 있었다. 이제 또다시 수(隋)·진(陳)을 거슬러 올라가서 황제헌원씨(黃帝軒轅氏)[13]까지 망라하였다. 《시경(詩經)》 3백 편과 《초사(楚辭)》·《이소경(離騷經)》을 제외하고, 〈교묘악장(郊廟樂章)〉에서부터 〈동요(童謠)〉·〈이언(里諺)〉까지 다채로움을 갖추어 책을 완성하고 보니 14권이 되었다. 감히 고시(古詩)를 총망라했다고는 말할 수는 없겠지만 고시 중에 전아한 작품은 대략 여기에 수집하였으니, 무릇 시(詩)를 배우는 자를 원류(原

世貞, 1526~1590), 종신(宗臣, 1525~1560), 사진(謝榛), 서중행(徐中行), 양유예(梁有譽), 오국륜(吳國倫) 등을 말한다.

11 주수(株守): 요행만 믿고 그루터기를 지킨다는 뜻으로, 주변이 없이 한 가지 일에만 얽매여 있는 어리석음을 비유적으로 이르는 말이다.

12 진수자(陳樹滋): 이름은 배맥(培脈)이며, 수자(樹滋)는 그의 자(字)이다. 청대(淸代) 강남(江南) 장주(長州) 사람으로, 심덕잠과 함께 《당시별재집(唐詩別裁集)》20권을 공동 편찬하였다.

13 황제헌원씨(黃帝軒轅氏): 서진(西晉)의 황보밀(皇甫謐)이 지은 《제왕세기(帝王世紀)》에 "황제헌원씨는 수구(壽丘)에서 태어나 희수(姬水)에서 자란 까닭에 '희(姬)'가 성이 되었고, 헌원이란 언덕에서 살았기 때문에 헌원이 이름이 되었다."라고 하였다. 전설상의 인물인 그는 태어난 직후에 곧 말을 할 수 있었고 자라면서 더욱 성실하고 영민하였으며, 어른이 되어서는 널리 보고 들으면서 사물에 대한 분별력이 분명해졌다. 이후에 그는 탁월한 지도력을 인정받아 부족의 수령으로 추대되었고 원래 서북쪽에 있던 부족의 근거지를 지금의 하북성 동남쪽인 탁록으로 옮겼다고 전한다.

流)로 이끌 수 있을 듯하다.[予前與樹滋陳子輯唐詩成帙, 窺其盛矣. 茲複溯隋陳而上, 極乎黃軒. 凡三百篇·楚騷而外, 自郊廟樂章·訖童謠·裏諺 無不備采, 書成, 得一十四卷. 不敢謂已盡古詩, 而古詩之雅者. 略盡於此. 凡爲學詩者導之源也.]

예전에 하분(河汾)의 왕씨(王氏)[14]가 한(漢)·위(魏) 이하의 시를 산삭하여 공자(孔子)가 산삭한 《시경》 3백 편의 뒤를 이었다 하여 《속경(續經)》이라고 하였더니, 천하 후세의 사람들이 들고 일어나 참람하다고 공박하였다. 대체로 왕씨가 참람하다는 것은 성인(聖人)의 경전(經傳)을 흉내 낸 것을 지적한 것이지, 그가 후대의 시를 산삭한 것을 지적한 것은 아니었다. 가령 그가 용어를 잘못 적용하였다 하여 한·위 이하의 시를 학자들이 수집하지 말아야 한다고 한다면, 이는 뜨거운 국에 혼이 나서 냉채(冷菜)도 불어서 먹는 것과 같고, 남이 음식을 먹다 목이 메는 것을 보고서 다시는 먹지 않으려는 것과 같으니, 이는 구구한 견해일 뿐이다.[昔河汾王氏, 刪漢·魏以下詩, 繼孔子三百篇後, 謂之續經, 天下後世羣起攻之曰僭. 夫王氏之僭, 以其擬聖人之經, 非謂其錄刪後詩也. 使誤用其說, 謂漢·魏以下學者不當蒐輯, 是懲熱羹而吹虀, 見人噎而廢食, 其亦蓢蓢拘拘之見爾矣.]

내가 이 책을 완성하면서 '고일(古逸)'은 그 개괄적인 데에 역점을 두었고, '한경(漢京)'에는 비교적 상세하게 하였으며, '위(魏)·진(晉)'은 그 화려함을 펼쳤다. 그리고 '송(宋)·제(齊)' 이후의 작품까지도 폐기하지 않았다. 이는 시를 편찬한 것이기도 하지만 또한 이로써 세상을 논한 것이기도 하다. 그리하여 보는 사람으로 하여금 그 근본을 연구하여 그 변화를 알게 함으로써 풍아(風雅)의 유의(遺意)를 점차 엿볼 수 있게 하였다. 이는 마치 바다를 관찰하는 자가 하수를 거슬러 올라감으로써 곤륜산의 원류까지 거슬러 오를 수 있게 하는 것과 같다 하겠다. 따라서 시교(詩教)에 반드시 적게나마 보탬이 없지는 않을 것이다.[予之成是編也, 於古逸存其概, 於漢京得其詳, 於魏·晉獵

---

14 하분(河汾)의 왕씨(王氏): 수(隋)나라 하분의 대유학자 왕통(王通, 584~617)을 이른다. 자는 중엄(仲淹)이다. 자신의 책략이 쓰이지 않자, 하분으로 은퇴하여 후생의 교육에 몰두하였다.

其華, 而亦不廢夫宋齊後之作者. 旣以編詩, 亦以論世. 使覽者窮本知變, 以漸窺風雅之遺意. 猶觀海者由逆河上之以溯崑崙之源, 於詩教未必無少助也夫.]

강희(康熙) 기해년(1719) 여름 5월에 장주(長洲) 심덕잠(沈德潛)이
남서(南徐)[15]의 견산루(見山樓)에서 쓰다.
[康熙己亥夏五, 長洲沈德潛, 書於南徐之見山樓.]

15 남서(南徐): 강소성(江蘇省)에 있는 진강(鎭江)을 이른다.

○ 〈강구(康衢)〉와 〈격양(擊壤)〉으로 비로소 성시(聲詩)를 열었다. 위로 도당(陶唐)으로부터 아래로 진대(秦代)에 이르기까지 운어(韻語)로 채택할 만한 것이면, 혹은 정사(正史)에서 취하기도 하고 혹은 제자서(諸子書)에서 발췌해 오기도 하여 고일편(古逸篇)에 섞어 수록하였다. 그리하여 이것을 한경(漢京)[1] 작품의 위에다 둔 것은 시의 근원을 찾기 위함이다. 《시기(詩紀)》[2]에 상세히 갖추어져 있거니와 여기에서는 그중에 더욱 고아(古雅)한 것만 가려 뽑았다.[康衢擊壤, 肇開聲詩. 上自陶唐, 下暨秦代, 韻語可采者, 或取正史, 或裁諸子, 雜錄古逸. 冠於漢京, 窮詩之源也. 詩紀備詳, 玆擇其尤雅者.]

○ 국풍(國風)[3]과 이소(離騷)[4]가 이미 단절되고 한인(漢人)이 대신 흥기(興起)하자, 오언시(五言詩)가 표준이 되었다. 오언시 중에는 2개의 시체(詩體)가 뚜렷하게 나타나는데, 소무(蘇武)[5]와 이능(李陵)[6]의 증답시(贈答詩)와 무명

---

1 한경(漢京): 한(漢)나라의 도성이었던 장안(長安) 혹은 낙양(洛陽)을 지칭한다. 서문(序文) 주7) 참조.

2 《시기(詩紀)》: 명대(明代)의 풍유눌(馮惟訥)이 편찬한 156권에 달하는 한시(漢詩) 모음집. 《고시기(古詩紀)》라고도 한다.

3 국풍(國風): 《시경(詩經)》의 내용을 풍(風), 아(雅), 송(頌)으로 분류하는데, 풍(風)에 해당하는 15개 제후국에서 채집한 민간가요(民間歌謠) 성격의 시작품 160수를 통틀어 일컫는 말이다.

4 이소(離騷): 《초사(楚辭)》의 편명(篇名). 전국(戰國)시대 초 회왕(楚懷王) 당시에 굴원(屈原)이 근상의 참소로 쫓겨난 뒤 연군(戀君)의 정을 읊은 글. 이소경(離騷經)으로도 일컫는다.

5 소무(蘇武): 전한 때의 명신. 자는 자경(子卿)이다. 무제(武帝)의 명으로 흉노지역에 사신으로 갔다가 선우에게 붙잡혀 북해(北海: 바이칼호) 부근에서 19년 동안 유폐되었다가 귀국한 뒤에 선제(宣帝)의 옹립에 가담하여 그 공으로 관내후(關內侯)가 되었다.

씨(無名氏)의 19수(首)는 고시체(古詩體)이고, 〈고시체로 지은 초중경의 아내를 위한 시〉와 〈우림랑(羽林郎)〉과 〈맥상상(陌上桑)〉 유(類)의 시는 악부체(樂府體)이다. 소명(昭明)[7]은 유독 아음(雅音)을 숭상하여 악부(樂府)에는 소략하였다. 그러나 조사(措詞)나 서사(敍事)는 악부에 장점이 있다. 여기에서는 특히 소명의 선정에서 빠진 것을 보충하여 후세에 저술하는 자들이 구별할 바를 알게 하였다.[風騷即息, 漢人代興, 五言爲標准矣. 就五言中, 較然兩體, 蘇李贈答·無名氏十九首, 古詩體也. 廬江小吏妻·羽林郎·陌上桑之類, 樂府體也. 昭明獨尚雅音, 略於樂府, 然措詞敘事, 樂府爲長. 茲特補昭明選未及, 後之作者, 知所區別焉.]

○ 〈안세방중가(安世房中歌)〉는 《시경》의 아(雅)에 해당하고, 한 무제(漢武帝)의 〈교사가(郊祀歌)〉 등의 노래는 《시경》의 송(頌)에 해당하며, 〈고시체로 지은 초중경의 아내를 위한 시〉와 〈우림랑(羽林郎)〉과 〈맥상상(陌上桑)〉 등의 편(篇)은 《시경》의 국풍(國風)에 해당한다. 악부시 중에도 역시 이 세 가지 시체(詩體)를 갖추고 있으니, 마땅히 구분해서 보아야 한다.[安世房中歌, 詩中之雅也. 漢武郊祀等歌, 詩中之頌也. 廬江小吏妻·羽林郎·陌上桑等篇, 詩中之國風也. 樂府中亦具三體, 當分別觀之.]

○ 조자건(曹子建)[8]이 이르기를, "한대(漢代) 가곡(歌曲) 중에 와전된 것은 판별할 수 없다." 하였다. 위인(魏人)도 이렇게 말하였는데, 더구나 오늘날 와

6 이능(李陵, ?~기원전 74): 자는 소경(少卿)이며 농서(隴西) 출신이다. 한나라 때의 명장 이광(李廣)의 손자로, 흉노와의 싸움에서 많은 공을 세웠으나, 흉노에게 포위되어 8일 동안 싸우다가, 무기와 화살이 떨어지고 구원병이 오지 않자 남은 병사들의 목숨을 살리기 위하여 결국은 항복하여 고국으로 돌아오지 못하고 병사하였다.

7 소명(昭明): 중국 남조(南朝) 양(梁)나라 때 《문선(文選)》을 편찬한 소명태자(昭明太子) 소통(蕭統)을 이른다.

8 조자건(曹子建, 192~232): 삼국시대 위 무제(魏武帝)의 셋째 아들 조식(曹植)을 이른다. 자건은 그의 자(字)이고, 시호는 사(思)이다. 그의 재주와 인품을 싫어한 문제(文帝)는 거의 해마다 새 봉지(封地)에 옮겨 살도록 강요하였고, 그는 엄격한 감시 아래 신변의 위협을 느끼며 불우한 나날을 보내다가, 마지막 봉지인 진(陳)에서 죽었다. 80여 수의 시가 현전하며, 사부(辭賦)나 산문(散文)도 40여 편이 남아 있다.

서는 어떻겠는가. 대체로 구두(句讀)가 불가능하거나 운(韻)이 없어서 성송(成誦)할 수 없는 것들은 아울러 채록하지 않았다.[曹子建云, 漢曲訛不可辨, 魏人且然, 況今日耶. 凡不能句讀及無韻不成誦者均不錄.]

○ 소무(蘇武)와 이능(李陵) 이후에 진사(陳思)[9]가 이어서 일어났다. 그의 부형(父兄)이 모두 재능이 많았지만 그가 더욱 독보적이다. 그러므로 응당 한 대종(大宗)[10]이 되어야 한다. 업하(鄴下)[11]의 제자들이 각각 스스로 일가(一家)를 이루었으나 수준이 같지는 않았다. 사종(嗣宗)[12]의 일에 부딪혀 일어나는 회포와 까닭 없는 슬픔과 즐거움을 노래한 작품들은 당시 사회에서 또 하나의 별조(別調)를 완성시켰다고 할 수 있다.[蘇李以後, 陳思繼起, 父兄多才, 渠尤獨步, 故應爲一大宗. 鄴下諸子, 各自成家, 未能方埒也. 嗣宗觸緖興懷, 無端哀樂, 當塗之世, 又成別調矣.]

○ 장무(壯武)[13]의 시대를 풍미했던 무선(茂先)[14]과 휴혁(休奕)[15]은 서로 우열을 가릴 수 없으며, 두 육씨(陸氏)[16]와 반씨(潘氏)[17]와 장씨(張氏)[18]도 노위(魯衛)[19]

---

9 진사(陳思): 진사왕(陳思王)으로 일컫는 조식(曹植)을 이른다.

10 대종(大宗): 종법사회(宗法社會)에서 적계(嫡系)의 장방(長房)을 일컫는 말로 쓰인다.

11 업하(鄴下): 조조(曹操)가 권력을 잡은 업(鄴: 하남성) 일대를 이른다. 후한 말기 헌제(獻帝)의 건안(建安) 연간에 조조의 부자(父子)를 중심으로 문학 동호인들이 이곳에 모여 활동하였다. 이들을 건안칠자(建安七子)로 통칭한다.

12 사종(嗣宗): 삼국시대 위(魏)나라 사상가, 문학가, 시인인 완적(阮籍)의 자(字)이다.

13 장무(壯武): 진(晉)나라 무제(武帝) 사마염(司馬炎)을 일컫는다.

14 무선(茂先): 서진(西晉)의 문학가이자, 정치가인 장화(張華)의 자(字)이다. 북경 부근 범양(范陽) 방성(方城) 출신으로, 완적(阮籍)에게 재능을 인정받아 위(魏)나라 때 중서랑(中書郞)에 올랐고, 진 무제(晉武帝) 때 오(吳)나라 토벌에 공을 세워 무후(武侯)에 봉해졌다. 화려한 시문(詩文)으로 알려져 장재(張載)·장협(張協)과 함께 삼장(三張)으로 불리었다.

15 휴혁(休奕): 서진(西晉)의 문신이자 학자인 부현(傅玄)의 자(字)이다. 북지(北地) 이양(泥陽) 출신으로, 어려서 고아가 되어 가난했으나 학문을 좋아하였고, 조위(曹魏) 때 고을의 수재(秀才)로 낭중(郎中)에 임명되어 《위서(魏書)》 편찬에 참가했다. 사마씨(司馬氏)가 위나라를 이은 뒤에도 부마도위(駙馬都尉) 등 여러 관직을 지냈다. 시호는 강(剛)이다. 그는 일생동안 저술에 힘써 《부자(傅子)》를 편찬하였다.

16 두 육씨(陸氏): 육기(陸機)와 육운(陸雲)을 이른다.

로 칭할 만하다. 그러나 태충(太冲)[20]은 중류(衆流)의 가운데에서 특출하여 시의 풍격(風格)이 월등함으로써 제가(諸家)를 모두 능가하였다. 그러기에 종기실(鍾記室)[21]이 반악과 육기의 사이에다 그를 두어 계맹(季孟)[22]을 가리게 한 것은 적절한 논의가 아니다. 그 뒤로 월석(越石)[23]과 경순(景純)[24]이 재갈을 연결하고 수레를 맞대듯이 나란히 하였다. 동진(東晉)을 지나자 도공(陶公)[25]이 특출하여 의도한 바가 없이 시를 지어 이로써 지극한 경지에 도달하였으니, 단지 전오(典午)[26]에서만 첫째로 손꼽을 정도가 아니었다고 하겠다.[壯武之世, 茂先休奕, 莫能軒輊, 二陸潘張, 亦稱魯衛, 太沖拔出於衆流之中, 豐骨峻上, 盡掩諸家. 鍾記室季孟於潘陸之間, 非篤論也. 後此越石景純, 聯鑣接軫. 過江末季, 挺生陶公, 無

---

17 반씨(潘氏, 247~300): 서진(西晉) 때 문인이었던 반악(潘岳)을 이른다. 자는 안인(安仁)이고, 하남성 형양(滎陽) 출신이다. 어릴 때부터 신동이라 불리었다. 가충(賈充)의 서기관이 되었다가, 그 후 여러 관직을 역임했지만, 조왕(趙王) 사마륜(司馬倫)이 정권을 장악했을 때 아버지의 옛 부하 손수(孫秀)에게 모함당하여 일족과 함께 주살되었다. 문학적 재능이 뛰어나 당시의 권세가 가밀(賈謐)의 문객들 24우(友) 가운데의 1인자였으며, 육기(陸機)와 함께 서진문학(西晉文學)의 대표작가로 전해온다.

18 장씨(張氏): 범양(范陽) 방성(方城) 사람 장화(張華)를 이른다.

19 노위(魯衛): 《논어집주(論語集註)》 〈자로(子路)〉에 "공자가 이르기를, '노나라와 위나라의 정사는 형제와 같다.[子曰魯衛之政兄弟也.]'"라고 하였다.

20 태충(太沖): 산동성(山東省) 치박(緇博) 사람 좌사(左思)의 호이다.

21 종기실(鍾記室): 남북조시대의 문학가 종영(鍾嶸)을 이른다. 자는 중위(仲偉)이고, 영천(潁川) 장사(長社) 사람이다. 제(齊)나라와 양(梁)나라에서 낮은 벼슬을 하였는데, 양나라에서 진안왕(晉安王)의 기실(記室) 벼슬을 하여 종기실(鍾記室)이라고도 부른다.

22 계맹(季孟): 노(魯)나라의 권신(權臣)인 대부(大夫) 계손씨(季孫氏)와 맹손씨(孟孫氏)를 지칭하는 말이나, 여기서는 시의 품격에 대하여 서열을 가리는 말로 쓰였다.

23 월석(越石): 진(晉)나라의 시인 유곤(劉琨)의 자(字)이다.

24 경순(景純): 동진(東晉) 때 경학자인 곽박(郭璞)의 자이다. 산서성(山西省) 문희(聞喜) 사람으로, 벼슬이 상서랑(尙書郞)에 이르렀다. 박학하여 천문, 고문기자(古文奇字), 복서술(卜筮術)에 밝았고, 특히 시부(詩賦)에 뛰어났다.

25 도공(陶公): 도연명(陶淵明)을 이른다.

26 전오(典午): 전은 사(司), 오는 마(馬)를 달리 표기한 것으로, 사마씨(司馬氏)의 진(晉)을 지칭하는 말이다.

意爲詩, 斯臻至詣, 不第於典午中屈一指云.]

○ 시가 송대(宋代)에 이르자, 체제가 점점 변화하고 성률과 수식이 크게 전개되었다. 강락(康樂)[27]은 신의 경지에 이르는 솜씨를 잠자코 운영하였고, 명원(明遠)[28]은 바르고 준수함이 전례가 없었으니, 진실로 두 사람의 묘수로 일컬을 만하다. 연년(延年)[29]의 경우는 당시의 평판이 비록 높기는 하나 아로새기듯이 꾸미는 것이 너무 심하여 정족(鼎足)[30]으로 보기에는 적합하지 않다. 제(齊)나라 시인은 그 수효가 적은데다 현휘(玄暉)[31]만이 한 시대를 풍미하였고, 원장(元長)[32] 이하로는 제대로 내세울 만한 사람이 없다.[詩至於宋, 體制漸變, 聲色大開, 康樂神工默運, 明遠廉儁無前, 允稱二妙. 延年聲價雖高, 雕鏤太甚, 未宜鼎足矣. 齊人寥寥, 玄暉獨有一代, 元長以下, 無能爲役.]

○ 소량(蕭梁)[33]의 시대는 풍격(風格)이 날로 낮아졌으나 은후(隱侯)[34]의 단장(短章)은 외려 고체(古體)를 보존하였고, 문통(文通)[35]과 중언(仲言)[36]은 사조(辭

---

27 강락(康樂): 사영운(謝靈運)을 이른다. 남북조시대(南北朝時代)의 산수시인으로, 본래는 진군(陳郡) 양하(陽夏)에서 태어났는데 후에 회계(會稽)로 이주하여 살았다. 동진(東晉) 때 강락공(康樂公)의 봉작을 계승하여 사강락(謝康樂)으로도 불렸다. 어려서부터 학문을 좋아하여 문장의 아름다움은 안연지(顔延之)와 더불어 제일이었다.

28 명원(明遠): 포조(鮑照)의 자(字)이다. 육조(六朝)시대 송(宋)나라의 시인으로, 동해(東海) 출신이다. 참군직을 역임하여 포참군(鮑參軍)으로도 불리운다.

29 연년(延年): 안연지(顔延之)의 자(字)이다. 육조시대 송(宋)나라의 문인으로, 시호는 헌자(憲子)이며, 산동성(山東省) 임기현(臨沂縣) 출신이다.

30 정족(鼎足): 솥발이 세 개인 데에서 유래하여 삼각구도를 뜻하는 말로 쓰인다.

31 현휘(玄暉): 사조(謝朓)의 자(字)이다. 육조(六朝)시대 제(齊)나라의 시인으로, 하남성(河南省) 진군 양하 사람이다. 선성태수(宣城太守)를 역임하여 사선성(謝宣城)으로도 불리운다. 송나라의 사영운(謝靈運)을 대사(大謝), 그를 소사(小謝)라 하고, 사영운과 그의 동생 사혜련(謝惠連)과 함께 삼사(三謝)로 일컫는다.

32 원장(元長): 산동성(山東省) 임기현(臨沂縣) 사람 왕융(王融)의 자(字)이다.

33 소량(蕭梁): 소명태자(昭明太子) 소통(蕭統)이 생존했던 남조(南朝) 양(梁)을 일컫는다.

34 은후(隱侯): 심약(沈約)을 이른다. 남조(南朝)시대의 문인으로, 자는 휴문(休文)이고, 시호는 은(隱)이며, 절강성 무강(武康) 출신이다. 어려서부터 빈곤 속에서도 학문에 힘써 시문으로 당대에 이름을 떨쳤다.

藻)가 화려하다. 비록 무리에서 뛰어난 그런 영웅은 아니지만, 역시 한 시대의 작자로 일컬을 만하다. 진대(陳代)는 양대(梁代)에 비추어 보면 더욱 수준이 떨어진다. 자견(子堅)[37]과 효목(孝穆)[38]은 총지(總持)[39]와 병칭되기는 하여도 그 체제를 소홀히 하고 전적으로 명구(名句)만을 추구하였으니, 이른바 겨우 사람의 마음에 드는 자들이 아니겠는가?[蕭梁之代, 風格日卑, 隱侯短章, 猶存古體. 文通仲言, 辭藻斐然, 雖非出群之雄, 亦稱一時作者. 陳之視梁, 抑又降焉. 子堅孝穆, 並以總持, 略其體裁, 專求名句, 所云差强人意者耶?]

○ 양대(梁代)의 〈횡취곡(橫吹曲)〉은 무인(武人)의 가사(歌詞)가 대부분이다. 북방의 음악은 우렁차서 징과 자바라를 번갈아 연주하는 듯하다. 〈기유가(企喩歌)〉와 〈절양유가사(折楊柳歌詞)〉와 〈목란시(木蘭詩)〉 등의 편(篇)은 외려 한(漢)·위(魏)시대 사람들의 유향(遺響)이 있고, 북제(北齊)의 〈칙륵가(勅勒歌)〉도 역시 서로 유사하다.[梁時橫吹曲, 武人之詞居多, 北音鏗鏘, 鉦鐃競奏, 企喩歌·

---

35 문통(文通): 남조(南朝)시대의 문인 강엄(江淹)의 자(字)이다. 하남성(河南省) 고성(考城) 출신으로, 송과 남제(南齊), 양(梁) 세 왕조를 섬기는 동안 양나라에서는 금자광록대부(金紫光祿大夫)가 되어 예릉후(醴陵侯)에 책봉되었다. 문학을 즐기고 유불도(儒佛道)에 통달했지만, 문학 활동은 송제(宋齊)시대에 주로 했고 만년에는 부진했다. 대표작에는 한(漢)나라에서 송나라에 이르는 시인 30명의 작품을 모방한 잡체시(雜體詩) 30수가 전한다.

36 중언(仲言): 남조(南朝) 양(梁)나라의 시인 하손(何遜)의 자(字)이다. 송나라의 문인 하승천(何承天)의 증손이며, 동해(東海) 출신이다. 8세 때 시부(詩賦)를 지었다는 조숙한 천재였다. 20세 무렵 범운(范雲)에게 인정받아, 나이 차에도 불구하고 망년지교(忘年之交)가 있었다고 한다. 청신한 시풍의 작품을 남겼다.

37 자견(子堅): 남북조시대 양(梁)·진(陳)에서 주로 활동하였던 시인이자 문학가인 음갱(陰鏗)의 자(字)이다.

38 효목(孝穆): 육조시대(六朝時代) 양(梁)·진(陳)의 문학가이자 정치가인 서능(徐陵)의 자(字)이다. 시호는 장(章)이며, 동해(東海) 출신이다. 문집으로 《서효목집(徐孝穆集)》이 전하고, 《옥대신영(玉臺新詠)》을 편찬하였다. 문장이 화려하고 아름다워 유신(庾信)과 함께 서유시(徐庾詩)로 칭송받는다.

39 총지(總持): 남조시대 진(陳)나라의 시인. 강총(江總)의 자(字)이다. 고성(考城) 출신으로, 양(梁)나라에서 태자사인(太子舍人) 겸 태상경(太上卿)을 지내다가 진나라로 들어가 상서령에 임명되었다. 그래서 강령(江令)으로도 불리운다.

折楊柳歌詞·木蘭詩等篇, 猶漢魏人遺響也. 北齊敕勒歌, 亦復相似.]

○ 북조(北朝)의 사인(詞人)들에게는 때로 맑은 음량이 흐른다. 유자산(庾子山)[40]은 뛰어난 재능이 풍부하여, 비감(悲感)이 서려 있는 시편에서 항상 풍골(風骨)을 볼 수가 있으니, 그의 장점은 전적으로 글귀를 구사하는 데에만 있지 않았다. 서능(徐陵)과 유신(庾信)은 명성이 동등하였다. 그러나 효목(孝穆)[41]의 화사한 시어[詞]로도 유신의 뒤에서 눈이 휘둥그레졌을 듯하다.[北朝詞人, 時流清響. 庾子山才華富有, 悲感之篇, 常見風骨, 所長不專在造句也. 徐庾並名, 恐孝穆華詞, 瞠乎其後.]

○ 수 양제(隋煬帝)의 염정(艶情)을 읊은 편십(篇什)은 후주(后主)[42]의 시와 잘 부합한다. 그러나 변새(邊塞)를 읊은 여러 작품들은 굳세고 힘이 있어 유난히 특색을 지님으로써 풍기(風氣)가 장차 전환될 징후(徵候)를 보여 주었다. 양처도(楊處道)[43]의 맑은 생각과 건장한 필치는 사기(詞氣)가 저절로 드러나 보인다. 이보다 뒤인 사홍(射洪)[44]과 곡강(曲江)[45]은 쇠퇴한 시풍(詩風)

---

40 유자산(庾子山): 자산은 남북조시대의 시인 유신(庾信)의 자이다. 남양(南陽) 신야(新野) 출신으로 총명하고 다재다능하여 여러 가지 서적을 열독(閱讀)했는데, 특히 《춘추좌씨전(春秋左氏傳)》에 통달했다. 양(梁)나라의 간문제(簡文帝)가 태자로 있을 때 그의 아버지 유견오(庾肩吾)와 함께 두터운 신임을 받았으며, 그의 문풍(文風)은 서유체(徐庾體)로 일컬어져 후진들이 다투어 학습하였다고 한다. 48세 때 원제(元帝)의 명으로 서위(西魏)에 사신으로 파견되었다가 억류당했는데, 두터운 예우를 받았지만 양나라에 대한 연모의 정을 잊지 못해 그 비통한 심정을 청신한 형식의 시문으로 표현했다. 문집에 《유자산문집(庾子山文集)》 20권이 전한다.

41 효목(孝穆): 서능의 자(字)이다.

42 후주(后主): 진 후주(陳后主) 숙보(叔寶)를 이른다.

43 양처도(楊處道, ?~606): 처도는 수(隋)나라 사람 양소(楊素)의 자(字)이다. 섬서성(陝西省) 위남(渭南) 출신으로, 기상이 장대하고 문장에도 남달리 뛰어났다. 북주(北周)에 출사하였다가 양견(楊堅)과 결탁하여 수나라를 세우는 데 크게 공헌했다. 진왕(晉王) 광(廣)과 함께 진(陳)을 토벌하는 데 활약하였고, 납언(納言)과 내사령(內史令), 상서우복야(尙書右僕射) 등 대관을 역임하였다. 정권을 장악한 뒤 태자 용(勇)을 폐하고 동생 광(廣)을 태자로 봉하게 하였다.

44 사홍(射洪): 사천성(四川省)에 속한 현(縣) 이름으로, 진자앙(陳子昂)이 살던 곳이다.

45 곡강(曲江): 산동성(山東省)에 속한 현(縣) 이름으로, 장구령(張九齡)이 살던 곳이다.

을 일으켜 중립시킨 공로가 있으니, 이는 진승(陳勝)[46]과 오광(吳廣)[47]의 거사(擧事)로 삼을 만하다.[隋煬帝豔情篇什, 同符後主. 而邊塞諸作, 矯然獨異, 風氣將轉之候也. 楊處道清思健筆, 詞氣蒼然, 後此射洪曲江, 起衰中立, 此爲之勝廣矣.]

○ 한 무제(漢武帝)는 악부(樂府)를 설치하여 가요(歌謠)를 채록하였고, 곽무천(郭茂倩)[48]은 《악부시집(樂府詩集)》을 편찬하면서 잡요가사(雜謠歌詞)도 갖추어 수록하였으니, 이것을 보면 치란(治亂)을 알고 성쇠(盛衰)를 징험할 수 있다. 내가 각 시대마다의 시인들 뒤에다 가요(歌謠)를 붙여 놓은 것도 역시 앞서간 사람들의 뜻과 같다고 하겠다.[漢武立樂府采歌謠, 郭茂倩編樂府詩集, 雜謠歌詞, 亦具收錄, 謂觀此可以知治忽驗盛衰也. 愚於各代詩人後嗣以歌謠, 猶前人志云.]

○ 한(漢)나라 이전의 가사(歌詞) 중에는 후인들의 의작(擬作)이 꽤 많다. 예를 들면 하우(夏禹)의 〈옥첩사(玉牒詞)〉와 한 무제(漢武帝)의 〈낙엽애선곡(落葉哀蟬曲)〉과 같은 유가 바로 그것이다. 다만 사지(詞旨)가 취할 만한 것이면 함께 올리기를 꺼려 하지 않았으며, 진위(眞僞)여부는 스스로 있기 마련이어서 더는 논하지 않았다. 그러나 〈황아(皇娥)〉와 〈백제가(白帝歌)〉는 일이 무(誣)에 가깝고, 〈우희답가(虞姬答歌)〉와 〈소무처답시(蘇武妻答詩)〉는 사어(詞語)가 시류(時流)에 가까워서 이런 종류의 작품들은 감히 시속(時俗)에 따라 채택하여 넣지 않았다.[漢以前歌詞, 後人擬作甚夥. 如夏禹玉牒詞, 漢武帝落葉

46 진승(陳勝, ?~208): 진(秦)나라 말기에 최초의 농민봉기(農民蜂起)를 주도한 자. 하남성 등봉현(登封縣) 출신이다. 원래 신분이 비천하여 남에게 고용되어 경작에 종사하였다. 진시황이 죽은 뒤 3세 황제가 사람을 징발 북방의 방비를 위해 파견했을 때, 둔장(屯長)으로 끼게 되었다. 지금의 강소성 풍현(豊縣)까지 갔을 때 폭우를 만나 정해진 기한까지 도착할 수 없을 것이 분명해지자, 동료 둔장 오광(吳廣)과 함께 지휘자를 살해하고 반란을 일으켰다.

47 오광(吳廣, ?~208): 진(秦)나라 말기의 양하(陽夏) 사람. 자는 숙(叔)이다. 진승(陳勝)과 함께 농민의 난을 주도하여 진승은 왕이 되고, 자신은 가왕(假王)이 되었다.

48 곽무천(郭茂倩): 송(宋)나라의 문인(文人). 《악부시집(樂府詩集)》의 저자이다. 생몰년을 알 수 없고, 생애나 사적도 전해지지 않는다. 《악부시집》은 악부가사(樂府歌辭)를 수록한 책 가운데 가장 정리가 잘 된 총집인데, 해설이 정확해서 악부의 총집(總集)으로서 평가받는다.

哀蟬曲類是也. 詞旨可取, 不妨並登, 眞僞自可存而不論. 然如皇娥·白帝歌, 事近於誣. 虞姬答歌·蘇武妻答詩, 詞近於時, 類此者不敢從俗采入.]

○ 시(詩)는 사리(事理)를 말하는 것이 아니다. 그러나 어찌 사리(事理)에 어긋난 시가 있겠는가? 중장통(仲長統)[49]의 《술지(述志)》에 이르기를, "오경을 어기거나 어지럽히고[畔散五經], 풍(風)과 아(雅)를 뭉개거나 폐기한다.[滅棄風雅.]"라고 하였는데, 이 말은 방자함을 따져 물을 것도 없으니, 이런 유의 글들은 대개 다 수록하지 않았다.[詩非談理, 亦烏可悖理也? 仲長統述志云, 畔散五經, 滅棄風雅, 放恣不可問矣, 類此者概所屛卻.]

○ 진(秦)나라 사람의 〈자야가(子夜歌)〉와 제(齊)나라와 양(梁)나라 사람의 〈독곡가(讀曲歌)〉 등은, 통속적인 언어가 모두 정감이 있고, 졸박한 언어라 할지라도 공교함이 있으니, 이는 당연히 시(詩) 중의 별조(別調)로 보아야 한다. 그러나 아음(雅音)과 이미 거리가 멀어지면 정(鄭)과 위(衛)의 음란한 음악이 뒤섞여 일어나기 때문에 군자는 이를 추구하지 않는다. 내가 당시(唐詩)의 선본(選本) 중에서 서곤(西崑)[50]이나 향렴(香奩)[51]과 같은 여러 시체(詩體)를 수록하지 않은 것도 이와 같은 의도가 담겨 있다.[晉人子夜歌, 齊梁人讀曲等歌, 俚語俱趣, 拙語俱巧, 自是詩中別調, 然雅音既遠, 鄭衛雜興, 君子弗尙也. 愚於唐詩選本中, 不收西昆香奩諸體, 亦是此意.]

---

49 중장통(仲長統, 179~220): 후한시대의 학자. 자는 공리(公理)이며, 고평(高平) 출생이다. 어려서부터 학문을 좋아하고 문사(文辭)에 능하였으며, 직언을 즐겨하여 당시 사람들이 광생(狂生)이라 부를 정도로 비판정신이 투철하였다. 그의 저서로 《창언(昌言)》 34편을 남겼다고 하나 현전하지 않고, 《후한서(後漢書)》에 〈이란(理亂)〉, 〈손익(損益)〉, 〈법계(法誡)〉 등 3편만이 전한다.

50 서곤(西崑): 북송 초기에 화려하고 아름다운 사조(辭藻)와 공교롭고 정연한 대구법이 실현된 형식을 추구한 시풍의 하나. 양억(楊億)이 편찬한 《서곤수창집(西崑酬唱集)》에서 명칭이 유래하였다.

51 향렴(香奩): 여성들의 신변잡사(身邊雜事)를 소재로 읊은 시체의 하나. 당(唐)나라의 시인 한악(韓偓)의 시집 《향렴집(香奩集)》에서 명칭이 유래했다.

○ 신성(新城) 왕상서(王尙書)[52]가 예전에 편찬한 《고시선(古詩選)》[53]이 있는데 문체별로 충실한 내용을 실었고, 취사선택(取捨選擇)하는 데에 많은 공력을 쏟았다. 그리하여 오언(五言)과 칠언(七言)으로만 한계를 설정해 놓았기 때문에 삼언(三言)과 사언(四言) 및 장단(長短)에 의한 잡구(雜句)는 모두 수록하지 않았다. 여기에서는 특별히 각체(各體)에 해당하는 것을 채록하여 그의 미비한 것을 보충하였다. 또 왕상서가 선정한 오언(五言)에는 겸하여 당인(唐人)의 시를 취하였고 칠언(七言)에는 아래로 원대(元代)까지의 시를 취하였는데, 여기에서는 도당씨(陶唐氏)[54]로부터 시작하여 남북조(南北朝)[55]에 와서 그쳤다. 이는 그 근원을 탐색하려다 보니 그 아래로 지류(支流)는 살펴볼 겨를이 없었기 때문이다.[新城王尚書向有古詩選本, 抒文載實,

52 왕상서(王尙書, 1634~1711): 청나라 시인 왕사정(王士禛)을 이른다. 자는 이상(貽上)이고, 호는 완정(阮亭) 또는 어양산인(漁洋山人)이다. 시호는 문간(文簡)이고, 본명은 사진(士禛)으로, 산동성 제남부(濟南府) 신성(新城) 출신이다. 이름이 옹정제의 이름과 같아 사정(士正)이라 고쳤는데, 건륭제가 사정(士禎)이라는 이름을 하사하였다. 청나라 시풍의 확립한 대표적인 시인으로, '신운설(神韻說)'을 주창하였다.

53 《고시선(古詩選)》: 왕사정(王士禎)이 엮은 시선집. 한(漢)·위(魏)·육조(六朝)의 시(詩)를 주로 하여 당(唐)·송(宋)·금(金)·원(元)의 것까지 다루고 있다. 5언시(五言詩) 17권, 7언시가행초 15권으로 되어 있다. 5언시에서는 한·위·육조를 주로 하고, 당나라의 진자앙(陳子昻), 장구령(張九齡), 이백(李白), 위응물(韋應物), 유종원(柳宗元) 등 5명의 시를 다루었다. 7언시에서는 고일(古逸) 1권, 한·위·육조 1권 이하, 당나라의 이교(李嶠), 송지문(宋之問), 장설(張說), 왕한(王翰), 왕유(王維), 이기, 고적(高適), 잠참(岑參), 이백, 두보(杜甫), 한유(韓愈), 송나라의 구양수(歐陽脩), 왕안석(王安石), 소식(蘇軾), 황정견(黃庭堅), 육유(陸游), 금나라의 원호문(元好問), 원나라의 우집(虞集), 오래(吳萊) 등의 시가 수록되어 있으며, 32권이다.

54 도당씨(陶唐氏): 요(堯)임금을 일컫는 말로, 처음에 도(陶)라는 땅에 살다가 당(唐)으로 옮겨 살았기 때문에 붙여진 이름이다.

55 남북조(南北朝): 420년부터 589년까지 170년간 지속되면서 남북의 대치 국면을 형성했던 시기를 일컫는 말이다. 남조(南朝)는 420년 유유(劉裕)가 진(晉)을 이어 송을 건국한 이후 제(齊), 양(梁), 후량(後梁)을 거쳐 589년 진(陳)이 멸망하기까지이며, 북조(北朝)는 439년 북위(北魏)가 북방을 통일한 이후 동위(東魏)와 서위(西魏) 간 대치 국면을 지나 북제(北齊)가 동위를 대신하고 북주(北周)가 서위를 대신하며, 다시 북주가 북제를 멸하고 581년 수가 북주를 멸하기까지를 말한다.

極工裁擇, 因五言七言分立界限, 故三四言及長短雜句均在屏卻. 玆特采錄各體, 補所未備, 又王選五言兼取唐人, 七言下及元代, 玆從陶唐氏起, 南北朝止. 探其源不暇沿其流也.]

○ 시(詩)의 활용은 매우 광범위하다. 범선자(范宣子)[56]는 토이(討貳)[57] 때문에 〈표매(摽梅)〉[58]를 읊었고, 종국(宗國)[59]은 무구(無鳩)[60]함으로 인해 〈기보(圻父)〉[61]를 노래하였으니, 단장취의(斷章取義)[62]에는 원래 달고(達詁)[63]가 없는

---

56 범선자(范宣子): 중국 진(晉)나라 때 활동한 사람으로, 법령을 맡아서 《형서(刑書)》를 지었다.

57 토이(討貳): 두 마음을 품은 반역자를 성토한다는 뜻이다. 초(楚)나라 자낭(子囊)이 영윤(令尹)이 되자, 진(晉)나라 범선자(范宣子)가 이르기를, "우리는 진(陳)나라를 잃게 될 것이다. 초인(楚人)이 진나라가 배반한 까닭을 따져 묻고 자양을 영윤으로 세웠으니, 필시 지난날의 잘못을 고치고 급히 진나라를 칠 것이다." 하였다.《春秋左傳 魯襄公五年》

58 표매(摽梅): 《시경(詩經)》〈국풍(國風)〉의 편명(篇名)인 표유매(摽有梅)의 줄임말이다. 원래는 시집가야 할 여인이 제때에 미치지 못하여 강폭(强暴)한 자에게 능욕(陵辱)을 당할까 두려워하면서 매실(梅實)이 떨어져 나무에 달려 있는 것이 적음을 말하여, 시기가 너무 늦었음을 나타낸 것인데, 범선자가 노(魯)나라 양공(襄公)이 베푼 연향(宴享)자리에서 노나라가 제때에 맞춰 출병하여 진(晉)나라와 함께 정(鄭)나라를 토벌해 주기를 바란다는 뜻으로 이 시를 읊었다.《春秋左傳 魯襄公八年》

59 종국(宗國): 종주국(宗主國) 또는 자신의 조국(祖國)이란 말로 쓰였다.

60 무구(無鳩): 구(鳩)는 안집(安集)을 뜻하는 말로, 국가가 위란(危亂)에 놓여 안정할 수 없음을 말한다.

61 기보(圻父): 《시경(詩經)》〈소아(小雅)〉의 편명(篇名)이다. 주(周)나라 사마(司馬)는 왕기(王畿)의 갑병(甲兵)을 관장하기 때문에 그를 기보라 부른다. 원래는 기보가 왕의 조아(爪牙)이면서 그 직무를 수행하지 않아 백성으로 하여금 곤란과 노고의 우환을 당하여 머물러 살 곳이 없게 한 것을 시인(詩人)이 꾸짖는 내용이다. 노(魯)나라 목숙(穆叔)은 중항헌자(中行獻子)를 만나 국가의 위란(危亂)을 구제해 달라는 뜻으로 이 시를 읊었다고 한다.《春秋左傳 魯襄公十六年》

62 단장취의(斷章取義): 자신의 의견을 증명하거나 의향을 대변하기 위해 남의 글에서 한두 구절을 따와 전체 글의 의미와는 관계없이 풀이하는 방식을 말한다. 춘추시대(春秋時代) 경대부(卿大夫)들은 회의나 연회석상 같은 교제 장소에서 자신의 의사를 표시하거나 태도를 암시하기 위해서 《시경(詩經)》 중의 시구(詩句)를 따다가 읊곤 하였다. 그때 인용되는 시 구절은 완전한 한 편의 작품이 아니고 시 가운데 일부이기 때문에 단장(斷章)이라 하고, 그들이 인용한 구절은 모두 자신의 심경을 나타내기 위한 것이기 때문에 이를 가리켜 취의(取義)라고 하였다.

63 달고(達詁): 긍정적이면서 확고한 해석을 일컫는다.

것이고, 전석(箋釋)[64]이나 평점(評點)[65]도 모두 쓰지 않아도 된다. 그러나 배우는 자들을 위하여 길을 열어 준다는 측면에서 보면 저속함을 면할 수가 없다.[詩之爲用甚廣, 範宣討貳, 爰賦摽梅, 宗國無鳩, 乃歌圻父, 斷章取義, 原無達詁也. 箋釋評點, 俱可無庸, 爲學人啟途徑, 未能免俗耳.]

○ 글 내용 중에 인용문은 마땅히 전문(全文)을 수록하여야 하나, 대의(大義)가 소통되는 정도를 기록하고자 하였으므로 일반적인 전주(箋註)와 같이 하지 않았다. 대체로 경(經)·사(史)·자(子)·집(集)의 내용을 때에 따라 산삭하고 절취함으로써 '비루한 것으로 인하여 간략한 데로 나아간다[因陋就簡]'에 가깝게 되었으니, 식자들의 양해를 바란다.[書中徵引, 宜錄全文. 錄疏通大義, 匪同箋注. 凡經史子集, 時從刪節, 近於因陋就簡, 識者諒諸.]

○ 덕잠(德潛)인 나는 학식이 얕고 보잘것없어 시(詩)를 판단하고 송(頌)을 편집하는 데에 있어서 조금도 터득한 바가 없다. 이 책에서 전적(典籍)의 사실(事實)을 끌어오고 심오한 뜻을 통달하기까지는 삼익(三益)[66]의 공으로 얻어진 것이 대부분이다. 교정에 참여한 사람들의 성씨(姓氏)를 책머리에다 자세히 열거해 놓았다.[德潛學識淺尠, 於剬詩輯頌, 略無所得. 此書援據典實, 通達奧義, 得三益之功居多. 參訂姓氏, 詳列於簡.]

귀우(歸愚) 심덕잠(沈德潛)은 기록하다.[歸愚沈德潛識]

---

64 전석(箋釋): 전주(箋注)와 같은 말로, 어떤 글의 이해를 돕기 위해 추가로 붙여 둔 해석 따위를 말한다.

65 평점(評點): 어떤 글에 대하여 평론 또는 비평을 나타내기 위하여 표시하는 권점(圈點) 등을 말한다.

66 삼익(三益): 삼익우(三益友)를 일컫는 말로, 《논어집주(論語集註)》〈계씨(季氏)〉에 "사귀어서 도움이 되는 세 벗이 있으니, 곧 정직한 사람, 성실한 사람, 견문이 넓은 사람을 말한다.[益者有三友, 友直, 友諒, 友多聞, 益矣.]" 하였다.

고시원 古詩源

권1

고일 古逸

衣銘

盥盤銘

驂乘答

南風歌

豫歌

書履

驂乘答歌

懿氏繇

康衢謠

001
격양가(擊壤歌)

《제왕세기(帝王世紀)》[1]에 "요(堯)임금이 재위(在位)하던 시기에 천하가 태평하고 백성들은 일이 없으니, 어떤 노인이 흙덩이에 장단을 맞추며 노래를 불렀다."라고 하였다.[帝王世紀, "帝堯之世, 天下太和, 百姓無事. 有老人擊壤而歌."]

해가 뜨면 들로 나가 일을 하고	日出而作
해가 지면 집에 와서 휴식하네	日入而息
샘을 파서 물 마시고	鑿井而飮
밭을 일궈 먹고 사니	耕田而食
임금의 영향력이 나에게 어찌 있다 하리오	帝力於我何有哉

○ 요(堯)임금 이전은 황묘(荒渺)에 가깝다. 비록 황아(皇娥)[2]와 백제(白帝)[3]라는 두 노래가 있기는 하나 왕가(王嘉)[4]의 위찬(僞撰)과 연루되어 있어서 그 일이 날조에 가깝다. 그래서 격양가를 맨 처음으로 삼았다.[帝堯以前, 近於荒渺. 雖有皇娥·白帝二歌, 係王嘉僞撰, 其事近誣, 故以擊壤歌爲始.]

---

1 《제왕세기(帝王世紀)》: 서진(西晉)의 황보밀(皇甫謐)이 지은 책이다.

2 황아(皇娥): 소호(少昊)의 어머니. 궁상(窮桑)의 들판에서 신동(神童)인 백제(白帝)의 아들과 놀았다고 한다.

3 백제(白帝): 고대 신화에 다섯 천제(天帝) 중 서쪽을 주관하는 신(神)이라 한다.

4 왕가(王嘉): 한(漢)나라 때의 문신. 전한(前漢) 칠상(七相) 중의 한 사람으로, 애제(哀帝) 때 변사(辯士)인 식부궁(息夫躬)의 계략을 저지하였던 인물이다.

002

강구[5]요(康衢謠)

《열자(列子)》에, "요(堯)임금이 천하를 다스린 지 50년이 되도록 천하가 잘 다스려지고 있는지 아닌지와 억조(億兆)의 백성들이 자신을 추대하기를 원하는지 아닌지를 알지 못하였다. 이에 미복(微服) 차림을 하고서 강구(康衢)의 거리로 나갔다가 아이들이 부르는 다음과 같은 가요를 들었다." 하였다.[列子, "帝治天下五十年, 不知天下治與不治與, 億兆願戴己與. 乃微服游於康衢, 聞兒童謠云."]

우리 백성 자립할 수 있게 하시니　立我蒸民
이 모두가 당신 공덕 아님이 없소　莫匪爾極
뭐가 뭔지 잘 모르기는 하여도　不識不知
임금께서 정하신 법을 따르오리다　順帝之則

---

5 강구(康衢): 강은 오방(五方)으로 통하는 길이고, 구는 사방(四方)으로 통하는 길을 말하는데, 번화한 거리를 일컫는다. 원문 주에 인용된 내용은 《열자(列子)》 〈중니편(仲尼篇)〉에 수록되어 있다.

003

이기씨[6]의 사사[伊耆氏蜡辭]

《예기(禮記)》〈교특생(郊特牲)〉에 이르기를, "이기씨(伊耆氏)가 맨 처음 사제(蜡祭)를 지냈다. 사(蜡)는 곧 '찾다[索]'라는 뜻이다. 한 해 12월에 만물(萬物)을 모아 색향(索饗)[7]을 올린다."라고 하였는데, 축사(祝辭)는 이러하다.[禮記 郊特牲云, "伊耆氏始爲蜡, 蜡者, 索也. 歲十二月, 合聚萬物而索饗之也." 祝辭曰:]

흙은 본래 땅으로 돌아가고	土反其宅
물은 본래 골짜기로 돌아가거라	水歸其壑
벌레들은 아예 생겨나지 말 것이며	昆蟲毋作
초목도 늪지대로 돌아가거라	草木歸其澤

○ 말구는 풀과 나무가 뿌리를 늪지대로 되돌리고 경작하는 농토에는 돋아나지 말아 달라고 말한 것이다.[末句, 言草木歸根於藪澤, 不生於耕稼之土也.]

---

6 이기씨(伊耆氏) : 요(堯)임금의 성씨이다. 순(舜)임금의 성씨인 유규씨(有嬀氏)와 병칭하여 요순(堯舜)을 달리 기규(耆嬀)로 일컫기도 한다.

7 색향(索饗): 신(神)을 찾아서 제사를 지내는 것을 이른다.

004

요계(堯戒)

《회남자(淮南子)》의 〈인간훈(人間訓)〉에 보인다.[淮南子人間訓.]

무서워하고 두려워하며	戰戰慄慄
날마다 그날그날 삼갈지어다	日謹一日
사람은 산에서 넘어지는 일은 없어도	人莫蹪于山
개밋둑에 걸려 넘어지는 수가 있나니	而蹪于垤

○ 대성인(大聖人)의 염려하고 두려워하는 말씀이다.[大聖人憂勤惕厲語.]

005
경운가(卿雲歌)

《상서대전(尙書大傳)》에, "순(舜)임금이 장차 우(禹)임금에게 선위(禪位)하려 하자, 이때 모인 준걸한 재사(才士)와 백공들이 서로 화답하여 경운(卿雲)[8]을 노래하였다. 순임금이 선창하자, 팔백(八伯)이 다 같이 머리를 조아리며 화답하였고, 순임금이 다시 노래를 이어서 불렀다." 하였다.[尙書大傳, "舜將禪禹. 於是俊乂百工, 相和而歌卿雲, 帝倡之, 八伯咸稽首而和, 帝乃載歌."]

상서로운 구름 찬란함이여	卿雲爛兮
면면히 서로 이어지도다	糺[(1)]縵縵兮
해와 달이 빛을 발함이여	日月光華
아침은 늘 또다시 아침이 오도다	旦復旦兮

(1) '규(糺)'는 규(糾)와 같다.[同糾.]

○ '단부단(旦復旦)'은 제위 선양의 뜻을 은유에 부쳐 말한 것이다.[旦復旦, 隱寓禪代之旨.]

---

8 경운(卿雲): 《상서대전(尙書大傳)》 권2, 정현(鄭玄) 주(註)에 "경(卿)은 마땅히 경(慶)이 되어야 한다." 하였다.

006

팔백가(八伯歌)

밝고 밝은 저 하늘에는	明明上天
찬란한 별들이 늘어서 있고	爛然星陳
해와 달이 빛을 발함이여	日月光華
한 분으로부터 펼쳐지도다	弘於一人

007

제재가(帝載歌)

해와 달이 상도가 있듯이　　日月有常
별들도 가는 길이 있듯이　　星辰有行
사계절 법에 따라 운행하니　　四時從經
만백성이 참으로 성실하도다　　萬姓允誠
아, 나의 음악을 논함이여　　於予論樂
천지신명을 배향하는도다　　配天之靈
어진이에게 선양하려 하니　　遷於賢善
모두가 그 명을 들어주도다　　莫不咸聽
둥둥둥 북을 울려서　　鼚乎鼓之
너울너울 춤을 추게 하도다　　軒乎舞之
꽃다운 시절이 이미 다하였음이여　　菁華已竭
옷을 걷고서[9] 떠나가리라　　褰裳去之

---

9 옷을 걷고서[褰裳]: 《한어대사전(漢語大詞典)》에 "제왕의 양위를 이른다.[謂帝王讓位.]"라고 하고, 이 글이 수록되어 있는 《죽서기년(竹書紀年)》을 출전으로 삼았다.

008

남풍가(南風歌)

《공자가어(孔子家語)》에 "순(舜)임금이 오현금(五絃琴)을 연주하며 남풍의 시를 노래하였다." 하였는데, 그 시는 아래와 같다.[家語, "舜彈五絃之琴, 歌南風之詩. 其詩曰."]

남풍이 불어와서 훈훈해지니	南風之薰兮
우리 백성 노여움을 풀어 주겠네	可以解吾民之慍兮
남풍이 불어와서 때를 맞추니	南風之時兮
우리 백성 재정까지 늘어나겠네	可以阜吾民之財兮

○ '온(慍)'은 협운(叶韻)이며 평성이다.[叶平.]

009

우임금의 옥첩사[禹玉牒辭]

축융[10]이시여 남방을 맡아 영기를 발휘하시니	祝融司方發其英
해와 달을 목욕시켜 온갖 보배 나게 하소서	沐日浴月百寶生

○ 마치 가(歌)나 행(行) 중의 명어(名語)와 같아서 후세 사람들의 기발하고 재치 있는 한 파(派)를 열어 주었다.[竟似歌行中名語, 開後人奇警一派.]

10 축융(祝融): 불의 신으로, 여름을 관장하며 남방을 맡는다. 《국어(國語)》〈정어(鄭語)〉에 "夫黎爲高辛氏火正, 以淳燿敦大, 天明地德, 光照四海, 故命之曰祝融, 其功大矣."라 하였다.

010

하후의 주정요[夏后鑄鼎繇]

《곤학기문(困學記聞)》에 이르기를, "태사(太史)의 점괘(占卦)에 세 가지 조짐이 나왔는데, 그 송사(頌辭)는 모두 1천2백이었다. 하후의 주정요는 이러하다." 하였다.[困學記聞云, "太卜三兆. 其頌皆千有二百. 夏后鑄鼎繇云云."]

뭉게뭉게[11] 흰 구름 피어오르듯이	逢逢白雲
하나는 남쪽 또 하나는 북쪽	一南一北
하나는 서쪽 또 하나는 동쪽	一西一東
구정[12]이 이미 완성되고 나면	九鼎既成
세 나라에 자연 옮겨지리라	遷于三國

○ '북(北)'과 '국(國)'으로 운(韻)을 삼고서 '하나는 서쪽 또 하나는 동쪽[一西一東]'이라는 구절을 사이에 두었으니, 장법(章法)이 매우 기발하다.[北與國爲韻, 而以一西一東句間之, 章法甚奇.]

---

11 뭉게뭉게[逢逢]: 손이양의 《묵자간고(墨子閒詁)》에는 봉(逢) 자를 봉(蓬) 자와 통용한다고 하고, 《모시(毛詩)》 〈소아(小雅) 채숙(采菽)〉의 전(傳)에는 "봉봉(蓬蓬)은 성모(盛貌)이다."라는 데 근거하여 '뭉게뭉게'로 번역하였다.

12 구정(九鼎): 하(夏)나라의 우(禹)임금이 구주(九州)에서 쇠붙이를 거두어 주조(鑄造)한 큰 솥을 일컫는 말로, 2개의 손잡이와 3개의 발이 있는데, 하(夏), 은(殷)나라 이래로 천자(天子)에게 전해져 오는 귀중한 보물로 궁중에 보관했다고 전해지며, 천하를 상징하기도 한다.

011

상명(商銘)

《국어(國語)》에 보인다.[見國語.]

사소한 덕행일랑은	嗛嗛之德
나아갈 것이 못 되나니	不足就也
자랑할 것도 아니지만	不可以矜
걱정만 취할 뿐이로다	而祗取憂也
사소한 음식일랑은	嗛嗛之食
탐심 낼 것이 못 되나니	不足狃也
고량도 아니 되거니와	不能爲膏
허물에 걸릴 뿐이로다	而祗離咎也

○ '겸겸(嗛嗛)'은 작은 모양이다.[嗛嗛, 小貌.]

○ 따라서 덕(德)을 음식보다 우선시하였으니, 이는 옛사람의 장법(章法)이다.[轉以德居食先, 此古人章法.]

012

맥수가(麥秀歌)

《사기(史記)》에 "기자(箕子)가 조회하러 주(周)나라로 가는 길에 은(殷)나라의 옛 도읍 터를 지나다가 궁실이 모두 무너지고 그 자리에 벼와 기장이 자라나 있는 것을 보았다. 이에 기자가 몹시 상심하여 곡(哭)을 하고 싶었으나 그럴 수가 없었고, 울고자 하였으나 아낙네의 행위에 가까운 듯하여 이에 맥수(麥秀)라는 시를 지어서 노래로 불렀다." 하였다.[史記, "箕子朝周, 過故殷墟, 感宮室毁壞生禾黍. 箕子傷之, 欲哭則不可, 欲泣爲其近婦人, 乃作麥秀之詩以歌之."]

보리 이삭만 무럭무럭 자라고	麥秀漸漸兮
벼와 기장도 무성하게 자랐네	禾黍油油
철없는 저기 저 어린 녀석은	彼狡童兮
나를 아예 좋아하지 않는구나	不與我好兮

013

채미가(采薇歌)

《사기(史記)》에 "무왕(武王)이 이미 은(殷)나라와의 전투를 평정하자, 천하가 주(周)나라를 종주(宗主)로 삼았다. 그러나 백이(伯夷)와 숙제(叔齊)는 이를 부끄럽게 여기고 의리상 주나라의 곡식을 먹지 않겠다면서 수양산(首陽山)으로 들어가 고사리를 캐어 연명하였는데, 굶주려 죽게 되었을 때 이 노래를 지었다." 하였다.[史記, "武王已平殷亂, 天下宗周. 伯夷叔齊恥之, 義不食周粟, 采薇首陽山, 餓且死. 作歌."]

저 서산에 올라가서	登彼西山兮
고사리나 캘까 보다	采其薇矣
폭력으로 폭정을 바꾸고서는	以暴易暴兮
그것이 잘못인 줄을 모르네	不知其非矣
신농씨와 우하씨[13]의 덕이	神農虞夏
홀연히 사라져 버렸으니	忽焉沒兮
나는 이제 어디로 가야 하나	吾適安歸矣
아, 죽어야만 하겠네	吁嗟徂兮
내 운명의 쇠락함이여	命之衰矣

13 신농씨(神農氏)와 우하씨(虞夏氏): 신농씨는 삼황(三皇)으로 일컫는 중국 고대 전설상의 세 임금 중 농경을 장려한 염제(炎帝)를 지칭하며, 우하는 유우씨(有虞氏)인 순(舜)임금과 하후씨(夏后氏)인 우(禹)임금을 말하는데, 이들은 왕위를 덕이 있는 사람에게 선양(禪讓)했던 대표적인 인물들이다.

014

관반명(盥盤銘)

아래의 명사(銘辭)는 《대대례(大戴禮)》에 보인다.[以下銘辭見大戴禮.]

사람한테 빠지는 것보다는	與其溺于人也
차라리 못에 빠지리라	寧溺于淵
못에 빠지면 외려 헤엄이라도 치거니와	溺于淵猶可游也
사람한테 빠지면 구제할 길이 없나니라	溺于人不可救也

○ 여러 명문(銘文) 중에는 핍절한 것이 있고, 꼭 그렇지 않은 것도 있다. 그렇다 하더라도 이들은 모두 기물(器物)을 가차하여 자신을 경계하지 않은 것이 없다. 만약 매 구마다 빈틈없이 들어맞는다면 이는 문득 후세 사람들의 영물시(詠物詩)와 같아질 것이다.[諸銘中, 有切者, 有不必切者. 無非借器自儆. 若句句黏著, 便類後人詠物.]

015

대명(帶銘)

불이 꺼져도 용모를 갖추고서	火滅修容
삼가고 경계하여 반드시 공손할지어다	愼戒必恭
공손하면 장수하리라	恭則壽

○ 말이 매우 예스럽고 심오하다. '공손하면 장수한다[恭則壽]'는 이른바 몸가짐이 운명을 결정한다는 뜻이다.[語極古奧. 恭則壽, 所謂威儀定命也.]

016

장명(杖銘)

어찌하면 위태로운가	惡乎危
화를 내면 그리되오	於忿懥
어찌하면 길을 잃는가	惡乎失道
욕심부리면 그리되오	於嗜欲
어찌하면 서로 잊게 되는가	惡乎相忘
부귀만 추구하면 그리되오	於富貴

017

의명(衣銘)

누에치기 고달픈 만큼	桑蠶苦
여인의 길쌈도 어렵나니	女工難
새 옷 얻었다고 헌 옷 버리면	得新捐故
뒤에는 필시 추위에 떨리라	後必寒

018

필명(筆銘)

붓털이 풍성함이여	豪毛茂茂
물에 빠지면 벗어날 수 있거니와	陷水可脫
문자에 빠지면 헤어나지 못하리라	陷文不活

○ 기구(起句)는 운자를 쓰지 않았다.[起句不入韻.]

019

모명(矛銘)

창을 만들고자 하여 창을 만들되	造矛造矛
잠깐이나마 참지 못하면	少間弗忍
종신의 수치가 될 수도 있으리니	終身之羞
나 한 사람의 들은 바로	余一人所聞
후세의 자손들을 경계하노라	以戒後世子孫

○ 끝의 두 구절은 대뜸 한 운(韻)으로 전환하여 양쪽 구에다 운자를 중첩하여 마무리를 지었다. 당인(唐人)의 고체(古體)에서는 매번 이러한 운법(韻法)을 쓰곤 하였는데, 그 시초는 아마도 여기에서 출발한 듯하다. 《시경(詩經)》의 〈갈담(葛覃)〉[14] 3장(章)과 〈반우가(飯牛歌)〉[15] 2장(章)도 역시 그렇다.[末二句忽轉一韻, 疊用兩句韻作結. 唐人古體每每用之, 其原蓋出於此. 葛覃第三章, 飯牛歌二章, 亦同.]

---

14 〈갈담(葛覃)〉: 《시경(詩經)》 〈국풍(國風) 주남(周南)〉 제2(第二)에 수록되어 있는 작품의 이름이다.

15 〈반우가(飯牛歌)〉: 아래 032.반우가(飯牛歌) 3수(首) 작품 참조.

020

수레에 쓰다[書車]

《태평어람(太平御覽)》에 《태공금궤(太公金匱)》[16]를 인용하였는데, “무왕(武王)이 이르기를, ‘나는 사부(師傅)인 상보(尙父)의 말에 따를 것이다’ 하고, 이 글을 썼다.” 하였다.[太平御覽引太公金匱, “武王曰, ‘吾隨師尙父之言.’, 因爲書銘.”]

혼자만 탈 때에는 서두르다가	自致者急
남을 태울 때에는 느릿하나니	載人者緩
욕심을 부려서 절도가 없으면	取欲無度
혼자 타고도 전복되고 말리라	自致而反

○ 성현(聖賢)의 자기 반성하는 학문은 자신을 용서하지 않는다.[聖賢反己之學, 不肯自恕.]

---

16 《태공금궤(太公金匱)》: 주 무왕(周武王)이 부패한 은(殷)나라를 멸명시키도록 보좌하였으며, 주(周) 왕조의 건립에 지대한 공을 세운 강태공(姜太公)이 《태공병법(太公兵法)》과 함께 직접 저술한 일종의 병법서(兵法書)이다. 이 책은 《손자병법(孫子兵法)》을 썼던 손무(孫武)가 탐독하였다고 하며, 오늘날 세계 각국에서 군사전략의 필독서로 활용하고 있다고 한다.

021
문지개에 쓰다[書戶]

외출할 때에도 경외하고	出畏之
들어올 때에도 조심하라	入懼之

022
신에 쓰다[書履]

걸을 때엔 반드시 바르게 신고	行必履正
요행을 바라지 말지어다	無懷僥倖

023

벼루에 쓰다[書硯]

벼루와 먹은 서로 만나 검어지거니와	石墨相著而黑
사악한 마음 참소하는 말로	邪心讒言
결백을 더럽힐 수 없느니라	無得汙白

024

봉에 쓰다[書鋒]

한순간을 잘 참을 수 있어야만	忍之須臾
너의 몸도 온전하리라	乃全汝軀

○ 내포하고 있는 뜻이 모명(矛銘)과 같다.[與矛銘意同.]

025

지팡이에 쓰다[書杖]

남을 보조할 때엔 구차함이 없어야 하고 輔人無苟
남을 부축할 때에는 허물이 없어야 하네 扶人無咎

026

우물에 쓰다[書井]

샘물이 콸콸 흘러넘쳐도 原泉滑滑
연달아 가물면 끊기나니 連旱則絕
일을 취할 때에 상도가 있어야 하고 取事有常
부세를 거둘 때도 절도가 있어야 하네 賦斂有節

○ 우물에 쓴 글에서 대뜸 '부세 거둠[賦斂]'을 언급하였다. 옛사람은 일에 따라 기탁(寄託)하다 보니, 기교를 부리지 않아도 사물(事物)에 잘 들어맞는다.[書井, 忽然觸到賦斂. 古人隨事寄託, 不工肖物.]

027

백운요(白雲謠)

《목천자전(穆天子傳)》에, "을축(乙丑)에 천자가 요지(瑤池) 위에서 서왕모(西王母)에게 술잔을 올리자, 서왕모가 천자를 위하여 노래를 지었다." 하였다.[穆天子傳, "乙丑, 天子觴西王母於瑤池之上, 西王母爲天子謠曰."]

흰 구름은 하늘에 떠 있고	白雲在天
구릉은 제냥 솟아 있구려	丘陵[(1)]自出
오가는 길이 멀기도 한데다	道里悠遠
산천이 가로놓여 있소마는	山川間之
청컨대[17] 그대는 죽지 마시오	將子無死
그래야 다시 올 수 있을 터이니	尙復能來

(1) '능(陵)'은 옛 능(陵) 자이다.[古陵字.]

17 청컨대[將]: 《목천자전(穆天子傳)》 권3에 "將子無死, 尙能復來."라고 하고, 그 아래 곽박(郭璞)의 주(注)에 "장(將)은 청(請)자의 의미이다." 하였다.

028

기초(祈招)

《좌전(左傳)》에 "초(楚)나라 대부(大夫) 자혁(子革)이 이르기를, '주 목왕(周穆王)이 마음껏 천하(天下)를 주행(周行)하여 곳곳에 수레바퀴 자국과 말 발자국을 남기려 하자, 채공모보(蔡公謀父)[18]가 이 기초라는 시(詩)를 지어 왕의 마음을 중지시켰다.'라고" 하였다.[左傳, 楚子革云, "周穆王欲肆其心, 周行天下, 將皆必有車轍馬跡焉. 蔡公謀父作祈招之詩, 以止王心."]

기초의 음악이 고요하고 평화로우니	祈招之愔愔
삼가 그 덕음을 밝혀 주도다	式昭德音
우리 임금님 도량을 생각하니	思我王度
옥과 같으시고	式如玉
금과 같으시네	式如金
백성의 노력을 헤아리셔서	形民之力
취할 마음도 배부를 마음도 없으시네	而無醉飽之心

18 채공모보(蔡公謀父): 그는 당시의 경사(卿士)였다. 왕의 출행을 만류하고자 하여, 왕의 출행에 반드시 수행하게 되는 사마관(司馬官) 초(招)를 의탁하여 이 시를 지었다.

029

의씨요(懿氏繇)

《좌전(左傳)》에 "진(陳)나라 대부 의씨(懿氏)가 아내에게 경중(敬仲)[19]에 대하여 점을 쳐 보게 하였더니, 그 아내가 점을 쳐서 길(吉)하다."고 하였다. 그 점사(占辭)는 이러하다.[左傳, "陳大夫懿氏卜妻敬仲, 其妻占之曰吉." 詞曰:]

봉황새 암수가 날아오르니	鳳凰于飛
화답하여 우는 소리 해맑도다	和鳴鏘鏘
규성[20]인 후손이 있게 되어서	有嬀之後
강성[21]의 나라에서 성장할 것이요	將育于姜
오세 만에 자손이 번창하여서	五世其昌
정경 벼슬과 어깨를 나란히 하리니	並于正卿
팔세를 지나고 나면	八世之後
아무도 그와 겨룰 자 없으리라	莫之與京

---

19 경중(敬仲) : 춘추시대 사람으로 진완(陳完, 기원전 706년~?)의 시호이다. 성은 규(嬀)이고, 씨는 진(陳)이며, 바꾼 씨는 전(田)이다. 통칭하여 진경중(陳敬仲) 또는 전경중(田敬仲)이라고 부른다. 본디 진나라의 공자였으며, 진 여공의 아들이다. 《좌전(左傳)》 장공(莊公) 22년조에 관련 내용이 수록되어 있다.

20 규성(嬀姓): 진(陳)나라의 성이다.

21 강성(姜姓): 제(齊)나라의 성이다.

030

정명(鼎銘)

《좌전(左傳)》에 "송(宋)나라 정고보(正考父)는 대(戴)·무(武)·선(宣) 세 임금을 보좌하였는데, 삼명(三命)[22]을 받자 더욱 공손하였다."라고 하였는데, 그의 정명은 이러하다.[左傳, "宋正考父佐戴武宣, 三命滋益恭." 其鼎銘云.]

일명을 받으면 등을 구부리고	一命而僂
재명을 받으면 허리를 굽히네	再命而傴
삼명을 받고서 온몸을 굽힌 채	三命而俯
담장을 따라 조심조심 달리면	循牆而走
나를 감히 업신여길 자 없으리니	亦莫余敢侮
된 죽도 이 솥에 끓이고	饘於是
묽은 죽도 이 솥에 끓이면	鬻於是
내 입에 풀칠은 할 수 있겠네	以餬余口

○ 사람이 비굴하여 남에게 수모를 받는 자일지라도 "나를 감히 무시할 자가 없다."고 여긴다. 이는 경(敬)을 위주로 했다는 증거이다. 공자(孔子)[23] 또한 이르기를 "공손함이 예에 가까우면 치욕을 멀리할 수 있다."라고 하였다.[人有卑屈而召侮者, 莫余敢侮, 方是主敬之驗. 孔子亦云, "恭近於禮, 遠恥辱也."]

---

22 삼명(三命): 첫 번의 명[一命]은 사(士)에 임명되는 것을 말하며, 두 번의 명[再命]은 대부(大夫)에 임명되는 것을 말하며, 세 번의 명[三命]은 경사(卿士)에 임명되는 것을 말한다.

23 공자(孔子): 《논어집주(論語集註)》〈학이(學而)〉에는 공자가 아닌 유자(有子)로 되어 있으며, 아래의 글 역시 유자가 말한 것으로 되어 있다.

031

우잠(虞箴)

《좌전(左傳)》에 "위 장자(魏莊子)[24]가 진후(晉侯)에게 이르기를, '옛날 주(周)나라 신갑(辛甲)이 태사(太史)가 되었을 때에 백관에게 명하여 왕의 허물을 경계하는 잠언(箴言)을 짓게 하였는데, 우인(虞人)[25]이 지은 잠언은 다음과 같습니다'라고" 하였다.[左傳, "魏莊子謂晉侯曰, '昔辛甲之爲太史, 命百官箴王之闕, 於虞人之箴曰.'"]

원대하오[26] 우임금의 행적이시여	芒芒禹跡
온 천하를 구주[27]로 분할하시고	畫爲九州
구주로 통하는 도로까지 열어 주시니	經啓九道
백성은 살 집과 사당이 있게 되었고	民有寢廟
짐승에겐 무성한 풀밭이 있게 되어서	獸有茂草
모두에게 삶의 터전이 마련되니	各有攸處

24 위 장자(魏莊子): 위강(魏絳)이다.

25 우인(虞人): 사냥을 맡은 관리(官吏)이다.

26 원대하오[芒芒]: 《한어대사전(漢語大詞典)》에 '아득히 먼 모양[悠遠貌]', 또는 아득히 오래된 모양[久長貌]으로 해석하고, 《좌전(左傳)》 노 양공(魯襄公) 4년(四年)에 수록된 "芒芒禹跡, 畫為九州."를 전고로 삼은 다음, 두예(杜預)의 주석에 "망망(芒芒)은 원대한 모양[遠貌]이다." 하였으므로 이와 같이 번역하였다.

27 구주(九州): 고대에 중국을 9주(州)로 나누었으므로, 후세에 이르러서도 중국 전토를 9주라 한다. 《예기(禮記)》 〈왕제(王制)〉에 "무릇 구주는 1천7백73국인데, 천자의 원사와 제후의 부용은 참여시키지 않았다.[凡九州 千七百七十三國, 天子之元士, 諸侯之附庸不與.]"라고 하였다.

그 덕분에 소요가 없었더랍니다	德用不擾
임금의 자리에 오른 이예[28]란 자는	在帝夷羿
들판의 짐승들을 몰이나 하고	冒于原獸
나라 위한 걱정근심 망각한 채로	忘其國恤
암수의 사냥감만 생각했더랍니다	而思其麀牡
무력만을 중시해서 아니 되는 건	武不可重
하왕조를 드넓히지 못해서이니	用不恢于夏家(1)
수신[29]이 들판을 맡고 있는 터라	獸臣司原
감히 이 잠언을 복부[30]에게 고하오	敢告僕夫

(1) '가(家)'는 고(姑)와 협운이다.[叶姑.]

○ 처음 제3구에서 입운하였다.[起第三句入韻.]

28 이예(夷羿): 《좌전(左傳)》 노 양공(魯襄公) 4년의 주(註)에 "이(夷)는 씨(氏)이고 예(羿)는 활을 잘 쏘는 사람이다." 하였고, 또 "우왕(禹王)의 손자 태강(太康)이 음란하고 방탕하여 나라를 잃으니, 하(夏)나라 사람들이 그 아우 중강(仲康)을 임금으로 세웠으나, 중강 역시 미약하였다. 중강이 죽고 그 아들 상(相)이 뒤를 이어 임금이 되었는데, 예가 드디어 상을 죽이고 대신 임금이 되어 국호(國號)를 유궁(有窮)이라 하였다." 하였다.

29 수신(獸臣): 우인(虞人)이 스스로 자신을 이르는 말이다.

30 복부(僕夫): 신하들의 장주(章奏)를 접수하는 사람으로 파악된다. 감히 임금을 지적할 수 없으므로 복부에게 고한다고 한 것이다.

032

반우가(飯牛歌) 3수(首)

《회남자(淮南子)》에 "영척(甯戚)이 제 환공(齊桓公)을 찾아가서 벼슬을 구하고 싶었다. 그러나 곤궁하여 뜻을 이루지 못하였다. 이에 상인(商人)이 되어 짐수레를 이끌고 제나라로 갔는데 날이 저물어 성문 밖에서 숙박하였다. 이날 환공이 교외에서 손님을 맞이하려고 밤에 성문을 열고 짐수레를 치우게 하였는데 수레에 밝힌 횃불이 매우 많았다. 영척이 이때 수레 아래에서 소에게 여물을 먹이면서 소의 뿔을 두드리며 빠르면서도 처량하게 노래를 불렀다. 환공이 듣고 이르기를, '특이하구나! 예사로운 사람이 아니다' 하고, 뒷수레[後車]에 태우도록 하여 데려와서 정무(政務)에 참여시켰다." 라고 하였다.[淮南子, "甯戚欲干齊桓公, 困窮無以自達. 於是爲商旅, 將任車以商於齊, 暮宿於郭門外. 桓公迎郊客, 夜開門辟任車, 爝火甚衆. 戚飯牛車下 擊牛角而疾商歌. 桓公聞之曰, '異哉! 非常人也.' 命後車載之, 因授以政."]

【1수】

남산이 깨끗한 것은	南山矸[1]
흰 돌이 있기 때문인데	白石爛
내 생전에 요순의 선양 모습 못 보겠으니	生不逢堯與舜禪
짧은 베로 지은 홑옷 정강이만 가릴 뿐이네	短布單衣適至骭[2]
저물녘에 소먹이다 한밤중이 되었건만	從昏飯牛薄夜半

긴긴밤은 끝이 없어 언제쯤 아침이 될까　　長夜漫漫何時旦(3)

(1) '안(犴)'의 음은 안(岸)이다.[音岸.]

(2) '한(骭)'의 음은 간(幹)이다.[音幹.]

(3) '긴긴밤[長夜]'이란 구절은 감개(感慨)스럽다. [長夜句感慨.]

【2수】

넘실대는 물결 속에 흰 바위 선명한데　　滄浪之水白石粲
그 속에 노는 잉어 크기가 한 자 반이어라　　中有鯉魚長尺半
해진 베로 지은 홑옷 정강이만 가릴 뿐인데　　敝布單衣裁至骭
아침부터 소먹이다 한밤이 되었노라　　清朝飯牛至夜半
송아지가 언덕에 누워 쉬고 있다마는　　黃犢上坂且休息
나는 장차 너를 두고 제나라 재상 되리라　　吾將捨汝相齊國

【3수】

동문을 나서 보니 여석[31]이 알록달록　　出東門兮厲石班
그 위에 자란 송백 푸르게도 어우러졌네　　上有松柏青且闌

31 여석(厲石): 칼을 가는 숫돌을 지칭하며 여석(礪石)으로도 쓴다.

거친 베로 지은 홑옷 실오라기 다됐건만　　麤布衣兮縕縷
시절이 불우하니 요순을 어찌 보리요　　時不遇兮堯舜主
소는 노력하면 가는 풀이라도 먹건마는　　牛兮努力食細草
대신이 그대의 곁에 있으니　　大臣在爾側
나는 너와 함께 초나라로 가리라　　吾當與汝適楚國

○ 스스로 대신(大臣)이라 명명하였으니, 이 얼마나 대단한 자부인가. '초나라로 가리라[適楚國]'는 곧 후세에 북쪽으로는 호(胡)로, 남쪽으로는 월(越)로 망명한다는 뜻이다. 전국(戰國) 시대 책사(策士)들의 풍습이 이미 이때부터 싹트기 시작한 것이다.[自命大臣, 何等自負. '適楚國' 卽後世北走胡南走越意. 戰國策士之習, 已萌於此.]

033

금가(琴歌)

《풍속통(風俗通)》에 "백리해(百里奚)가 진(秦)나라 재상이 되어 당상(堂上)에서 음악을 연주하자, 품팔이하는 완부(浣婦)가 소리[音]에 대하여 안다고 말하고 거문고를 어루만지며 노래를 불렀다. 물어보니, 그는 바로 옛날 자신의 아내였다." 하였다.[風俗通, "百里奚爲秦相, 堂上樂作, 所賃浣婦自言知音, 因撫弦而歌. 問之, 乃故妻也."]

백리해시여	百里奚
다섯 장의 양가죽으로	五羊皮
작별하던 그때를 기억하나요	憶別時
암탉을 삶아서 주고	烹伏雌
문빗장 불 지펴 밥 지어 주었건만	炊扊扅
오늘날의 부귀로 나를 잊으셨나요	今日富貴忘我爲

034

가예가(暇豫歌)

《국어(國語)》에 "진(晉)나라의 우시(優施)[32]가 여희(驪姬)[33]와 사통을 하였다. 여희는 신생(申生)[34]을 해치고자 하였으나 이극(里克)[35]을 어렵게 여겼다. 이에 우시가 이극에게 술을 마시게 하여 취하자, 일어나 춤을 추며 노래를 불렀다." 하였는데, 그 노래는 이러하다.[國語, "晉優施通於驪姬. 姬欲害申生而難里克, 乃飮里克酒, 中飮." 優施起舞曰:]

한가롭게 즐기는 모습 낯설구나[36] 暇豫之吾吾

---

32 우시(優施): 우(優)는 배우란 뜻이며, 시(施)는 춘추시대 진(晉)나라 헌공(獻公)을 섬기던 배우이다. 헌공의 애희(愛姬) 여희(驪姬)와 결탁하여 태자 신생(申生)을 죽이고 여희의 아들 해제(奚齊)를 태자로 삼았다. 헌공이 죽은 뒤에 해제가 왕위에 올랐으나 여희와 함께 진(晉)나라 대부인 이극(里克)에게 죽임을 당하였다.

33 여희(驪姬): 춘추시대 때 여융(驪戎)의 딸이다. 나라가 진 헌공(晉獻公)에게 망한 뒤 그의 비(妃)가 되어, 태자 신생(申生)을 모살(謀殺)하고, 자기 소생인 해제(奚齊)를 왕위에 앉혔지만, 진나라의 대부 이극(里克) 등에 의해 살해되었다. 미인으로 이름이 났다.

34 신생(申生): 진(晉)나라 헌공(獻公)의 태자(太子). 아버지가 여희(驪姬)를 총애하여 그 소생 해제(奚齊)를 후계자로 봉하고 여희의 계략에 빠져 신생을 팽형(烹刑)에 처하고자 하였다. 그러나 신생은 도리어 자신의 출생을 비관하여 스스로 자결하고 말았다.

35 이극(里克, ?~기원전 650년) : 성(姓)은 영(嬴)이고, 씨는 이(里)이며, 극(克)은 이름이다. 춘추시대 진(晉)나라 대부였으며, 진 헌공의 고굉지신(股肱之臣)으로, 태자 신생(申生)을 적극 옹호하였던 인물이다.

36 낯설구나[吾吾]: 《한어대사전(漢語大詞典)》에 "소원한 모양[疎遠貌]이다."라고 해석하고, 이 작품이 수록되어 있는 《국어(國語)》 위소(韋昭)의 주(注)에 "오(吾)는 여어(如魚)로 읽고, 어어(吾吾)는

날짐승 까마귀들만도 못함이여	不如烏烏
남들은 모두 정원으로 모여드는데	人皆集于菀
저만 홀로 마른나무에 앉아 있네	己獨集于枯

'감히 스스로 친하게 여기지 않는 모양이다.[不敢自親之貌也.]'라고 한 데서 '낯설구나'로 번역하였다.

035

송나라 성을 쌓는 자의 노래[宋城者謳]

《좌전(左傳)》에 "정(鄭)나라 공자(公子)가 초(楚)나라의 명을 받아 송(宋)나라를 침벌(侵伐)하였다. 송나라 군사를 패퇴시키고 화원(華元)을 사로잡아 가자, 이에 송나라 사람들이 병거(兵車) 1백 승(乘)과 문마(文馬) 4사(駟)를 주고 정나라로부터 화원을 빼내 왔는데, 중간에 화원이 도망가 버렸다. 뒤에 송나라가 성을 쌓을 때에 화원이 감독관이 되어 공(功)을 순시하자, 성을 쌓던 자가 노래로 꾸짖었다. 이에 화원의 참승이 답가를 부르니, 역인(役人)이 다시 이 노래를 불렀다." 하였다.[左傳, "鄭公子受命於楚伐宋, 宋師敗績, 囚華元. 宋人以兵車百乘, 文馬四駟, 贖華元於鄭, 半入, 華元逃歸. 後宋城, 華元爲植巡功, 城者謳以譏之, 華元使驂乘者答之, 役人又復歌之."]

퉁방울눈에	睅其目
배불뚝이야	皤其腹
갑옷은 어디에다 버려두고 왔느냐	棄甲而復
숭숭 털북숭이야[37]	于思于思
갑옷은 어디에다 버려두고 다시 왔느냐	棄甲復來

○ '사(思)'는 시(腮)로 읽는다[讀腮]

37 털북숭이야[于思]: 《한어대사전(漢語大詞典)》에 수염이 많은 모양[多須貌]으로 해석하고, 이 작품이 수록되어 있는 《좌전(左傳)》 노 양공(魯宣公) 2년 두예(杜預)의 주(注)에 "우시(于思)는 수염이 많은 모양이다.[多鬚之貌.]"라고 한 데서 위와 같이 의역하였다.

036

참승의 답가[驂乘答歌]

소한테는 가죽이 있고 牛則有皮
물소도 여전히 많은데 犀兕尙多
갑옷쯤 버린다고 안 될 일인가 棄甲則那

○ '나(那)'는 '무엇이 해로운가[何害]'라는 말과 같다.[那, 猶言何害也.]

037

역인이 또 부른 노래[役人又歌]

그런 가죽 있다 하여도 從其有皮
단칠을 어찌 할 수 있으랴 丹漆若何

○ 답가도 골계(滑稽)이지만 역인의 노래는 골계가 더욱 심하다.[答語亦滑稽, 而役人之歌, 滑稽更甚.]

038
구욕가(鸜鵒歌)

《좌전(左傳)》에 "노(魯)나라 문공(文公) 때의 동요(童謠)[38]이다. 소공(昭公) 때에 이르러 구욕[39]이란 새가 와서 둥지를 틀었다. 공이 계씨(季氏)를 공격하였다가 패하자, 제(齊)나라 외야(外野)로 망명하여 건후(乾侯)에 머물러 살았다. 8년 만에 외지에서 죽자, 귀장(歸葬)하였다. 소공의 이름은 조(稠)이다. 공자(公子) 송(宋)이 대를 이으니, 그가 바로 정공(定公)이다." 하였다.[左傳, "魯文公之世童謠也. 至昭公時, 有鸜鵒來巢, 公攻季氏敗, 出奔齊外野, 次乾侯. 八年, 死於外, 歸葬. 昭公名稠. 公子宋立, 是爲定公."]

구욕이란 새가 올 때면	鸜之鵒之
공은 국외로 나가 욕을 보리라	公出辱之
구욕이란 새가 날개 칠 때면	鸜鵒之羽
공은 허허벌판에 있으며	公在外野
말을 보내 주리라	往饋之馬
구욕이란 새가 뛰어다닐 때면	鸜鵒跦跦

---

38 문공(文公) 때의 동요(童謠): 구욕새는 북방의 새로 본래 굴을 파고 사는 새인데 남쪽 노(魯)나라 지역으로 와서 둥지를 틀고 산다는 것은, 군신(君臣) 간에 이변(異變)이 있을 전조(前兆)라는 것을 의미한다.《左傳魯昭公二十五年》

39 구욕(鸜鵒): 구관조이다.《본초강목(本草綱目)》 주(註)에 "비비새와 비슷한데 상투처럼 생긴 털이 났다." 하였다.

공은 건후[40]에 머물러 있으면서	公在乾侯
바지와 속옷을 요구하리라	徵褰與襦
구욕이란 새가 둥지를 틀고 살 때면	鸜鵒之巢
먼 곳으로 떠나가서 있으리라	遠哉遙遙
조보[41]님은 고생으로 세상을 뜨나	稠父喪勞
송보[42]님은 가마 타고 떠나시리라	宋父以驕
구욕이여 구욕이여	鸜鵒鸜鵒
떠날 땐 노래 불러도 돌아올 땐 곡을 하리라	往歌來哭

○ 수십 년 뒤의 일이지만, 하나하나 모두 경험하였다.[數十年後事, 一一皆驗.]

○ '주주(跦跦)'는 버선발로 다니는 모양이다. '건(褰)'은 바지이다. '유(襦)'는 겉에 입는 짧은 옷이다.[跦跦, 跳行貌, 褰, 袴也, 襦, 在外短衣也.]

40 건후(乾侯): 진(晉)나라 읍명(邑名)이다.

41 조보(稠父): 조(稠)는 소공(昭公)의 이름이며, 보(父)는 덕망을 두루 갖춘 남자의 미칭이다.

42 송보(宋父): 송은 노(魯)나라 정공(定公)의 이름이다.

039

택문의 하얀 얼굴을 읊은 노래

[澤門之晳謳]

《좌전(左傳)》에 "송(宋)나라 황국보(皇國父)[43]가 태재(太宰)가 되고 나서 평공(平公)을 위하여 택문(澤門)[44] 위에다 누대를 축조하겠다고 하였다. 그러나 그 공사는 가을걷이에 방해가 되었다. 자한(子罕)[45]이 농사일이 끝나기를 기다렸다가 시작하기를 요청하였으나, 평공은 이를 허락하지 않았다. 이에 축조에 동원된 인부들이 노래를 지어 불렀다." 하였다. 그 노래는 이러하다.[左傳, "宋皇國父爲太宰, 爲平公築臺於門. 妨於農收. 子罕請俟農功之畢, 公弗許. 築者謳曰."]

택문 안의 얼굴 하얀 황국보는	澤門之晳
실로 우리에게 노역을 주는데	實興我役
읍내 안의 얼굴 검은 자한만은	邑中之黔
실로 우리의 마음을 위로해 주네	實慰我心

43 황국보(皇國父): 얼굴이 희고 송(宋)나라 택문 근처에 살았다.

44 택문(澤門): 송나라 동성(東城)의 남문(南門)이다.

45 자한(子罕): 얼굴이 검고 읍내에 살았다.

040
강강가(忼慷歌)

가사는 손숙오(孫叔敖)[46]의 비문(碑文)에 보이며, 그 내용은 《사기(史記)》 권126 〈골계열전(滑稽列傳)〉에 수록된 것과 유사하다. 《사기》의 내용을 여기에다 부록(附錄)으로 싣는다.[47] "초(楚)나라 정승 손숙오가 죽고 그의 아들이 가난하여 땔감을 팔아 생계를 이어 가자, 우맹(優孟)[48]은 이를 가엾게 여겨 곧 손숙오의 평소 의관(衣冠) 차림을 하고서, 그의 몸짓과 말씨를 연습하였다. 1년쯤 지나서 손숙오와 똑같이 흉내를 낼 수 있게 되자, 초(楚)나라 장왕(莊王)이 베푸는 주연(酒宴)에 참석하였다. 우맹이 앞으로 나아가 장왕에게 술잔을 올리자, 장왕은 깜짝 놀라 손숙오가 다시 살아온 것으로 여기고 그를 재상으로 임명하고자 하였다. 우맹이 이르기를, '초나라 재상은 결코 할 만한 자리가 못 됩니다. 손숙오가 재상이 되어 충성을 다하고 청렴하게 정치를 한 덕분에 왕께서는 제후들의 패자(霸者)가 되셨습니다. 그런데 지금은 그가 죽고 없자, 그의 아들은 가난하여 땔나무를 내다 팔아서 끼니를 이어 가고 있습니다. 필시 저도 손숙오처럼 될 터인데, 스스로 죽는 것만 못합니다' 하고, 이 노래를 지어 불렀다. 이에 장왕이 손숙오의 아들을 불러 침구(寢丘)[49]라는 땅을 봉(封)해 주었다."[歌見孫叔敖碑, 與史記滑稽傳所載相類. 附錄

---

46 손숙오(孫叔敖, 기원전 630 추정~기원전 593 추정): 춘추시대 초(楚)나라 장왕(莊王)의 영윤(令尹)이다. 이름은 위오(蔿敖)이고 숙오(叔敖)는 그의 자(字)이다. 원래 침구(寢丘)에 살았기 때문에 침윤(寢尹) 혹은 심윤(沈尹)이라고도 일컫는다.

47 《사기(史記)》 권126 〈골계열전(滑稽列傳)〉에 전문이 수록되어 있다.

48 우맹(優孟): 초나라 음악인(音樂人)으로 키가 여덟 자이고 구변이 좋아 언제나 웃으며 이야기하는 가운데 풍자(諷刺)하여 간언(諫言)했다 한다.

史記於此. "楚相孫叔敖死 其子窮困負薪, 優孟憐之 即爲孫叔敖衣冠, 抵掌談語. 歲餘, 像孫叔敖, 楚王置酒. 優孟前爲壽, 王大驚, 以爲孫叔敖復生也. 欲以爲相. 優孟曰, '楚相不足爲也. 孫叔敖爲相, 盡忠爲廉, 王得以伯. 今死, 其子貧負薪, 必如孫叔敖, 不如自殺.' 因歌云云. 王乃召孫叔敖子, 封之寢丘."]

탐관오리를 해선 아니 되지만 할 만하고	貪吏而不可爲而可爲
청백리는 해야 하나 할 것이 못 된다네	廉吏而可爲而不可爲
탐관오리를 해선 아니 된다는 것은	貪吏而不可爲者
당시에 오명이 있기 때문이지만	當時有汙名
그래도 할 만하다는 것은	而可爲者
자손이 그로 인해 가문을 일으켜서이고	子孫以家成
청백리를 해야 한다는 것은	廉吏而可爲者
당시에 청렴한 명성 있기 때문이지만	當時有清名
그래도 할 것이 못 된다는 것은	而不可爲者
자손이 곤궁하여 베옷 입고 섶을 져서라네	子孫困窮被褐而負薪
탐관들은 항상 부자 되려고 괴롭고	貪吏常苦富
청백리는 항상 가난 때문에 괴롭나니	廉吏常苦貧
유독 초나라 정승 손숙오를 보지 못하였는가	獨不見楚相孫叔敖
청렴결백해서 금전 한푼 받지 못하는 것을	廉潔不受錢

○ '청백리란 해서는 아니 된다[廉吏之不可爲]'라는 말로 전개하여 끝 단락에 한마디 말로 마무리하였다. 정이 깊고 할 말을 다하였으므로 초왕이 듣고 자신도 모르게 그것을 받아들일 수 있었다.[將廉吏之不可爲說透, 而主意於末一語綴出. 情深語竭, 楚王聽之, 不覺自入.]

---

49 침구(寢丘): 지금의 안휘성(安徽省) 임천현(臨泉縣)을 이른다.

041

자산송[子産誦] 2장(章)

《좌전(左傳)》에 "자산이 정치에 참여한 지 1년 만에 사람들이 다음과 같은 노래를 지어 불렀고, 3년이 되어서는 또 아래와 같은 노래를 지어 불렀다."라고 하였다.[左傳, "子產從政一年, 輿人誦之云云, 及三年, 又誦之云云."]

【1장】

우리의 의관을 앗아다가 접어 두라 하고　取我衣冠而褚之
우리의 논밭을 앗아다가 항오를 짜라 하네　取我田疇而伍之
누가 자산을 죽인다면야　孰殺子產
나도 거기에 동참하리라　吾其與之

【2장】

우리에겐 자식만 있었거늘　我有子弟
자산은 그들을 잘 가르쳤고　子產誨之
우리에겐 논밭만 있었거늘　我有田疇
자산은 이를 증식시켜 주었네　子產殖[1]之
그런 자산이 이제 죽고 나면　子產而死
그의 뒤를 누가 이어 주리오　誰其嗣之

(1) '식(殖)'의 음은 치(治)이다.[音治.]

042

공자송[孔子誦] 2장(章)

《공자가어(孔子家語)》에 "공자(孔子)가 맨 처음 노(魯)나라에 임용되자, 노나라 사람 예(鷖)가 다음과 같이 노래를 불렀고, 3개월이 지나서 정치가 안정되고 교화가 이루어지자, 또 아래와 같이 노래를 지어 불렀다."라고 하였다.[家語, "孔子始用於魯, 魯人鷖誦之云云, 及三月, 政成 化旣行, 又誦之云云."]

【1장】

애기사슴 가죽옷에 슬갑[50]을 입으시더니 麛裘而韠
죄와 벌이 없는 곳에 우릴 보내시고 投之無戾
슬갑 입고 애기사슴 가죽옷 입으시더니 韠之麛裘
허물없는 곳에다 우릴 보내셨네 投之無郵

【2장】

곤의[51]를 입으시고 장보관[52] 쓰시더니 袞衣章甫

---

50 슬갑: 겨울에 추위를 막기 위해 무릎까지 내려오도록 바지 위에다 껴입는 가죽옷을 일컫는다.

51 곤의(袞衣): 고관대작이 입는 관복을 일컫는다.

실로 우리의 살 곳을 얻게 하셨으며	實獲我所
장보관 쓰시고 곤의를 입으시더니	章甫袞衣
우리에게 사심없는 은혜를 주셨네	惠我無私

52 장보관[章甫]: 중국 은(殷)나라 시대에 머리에 쓰던 예관(禮冠). 치포(緇布)로 만들었으며, 공자(孔子) 이후로는 유관(儒冠)으로 쓰였다. 《예기(禮記)》〈유행(儒行)〉에 "공자는 어려서 노나라에 있을 때에는 봉액(縫掖)의 옷을 입고, 성장하여 송(宋)나라에 있을 때에는 장보(章甫)의 관을 썼다."고 하였다.

043

거로가(去魯歌)

《사기(史記)》에 "공자(孔子)가 노(魯)나라 국정에 참여하여 노나라가 크게 다스려졌다. 제(齊)나라 사람이 여악(女樂)[53]을 보내오자, 계환자(季桓子)가 이를 받고는 3일 동안 정사(政事)에 참여하지 않았고, 교제(郊祭)를 지내고 나서도 제수(祭需)로 사용했던 번육(膰肉)[54]을 대부(大夫)들에게 나누어 주지 않았다. 공자가 마침내 노나라를 떠나며 이 노래를 불렀다." 하였다.[史記, "孔子相魯, 魯大治. 齊人歸女樂, 季桓子受之, 三日不聽政, 郊又不致膰於大夫. 孔子遂行, 歌曰."]

저 부인의 구술만으로도	彼婦之口
여길 떠날 수 있겠으며	可以出走
저 부인의 알현만으로도	彼婦之謁
죽고 망할 수 있겠구나	可以死敗
나 이제 유유자적하며	蓋優哉游哉
남은 생애를 마치리라	維以卒歲

53 여악(女樂): 미녀 악사(樂師)라는 말로, 노(魯)나라 정공(定公) 14년(年)에 당시 공자(孔子) 나이 56세였는데, 공자가 정승의 일을 섭행(攝行)하여 소정묘(少正卯)를 베고, 국정(國政)에 참여하여 3개월 만에 노(魯)나라가 크게 다스려지자, 제(齊)나라 사람들이 이를 저지하기 위하여 미녀 악사(樂師)를 보내왔다. 계환자(季桓子)는 이들을 받고 3일 동안 국정에 참여하지 않았다. 또 당시의 임금인 정공(定公)이 종묘에서 제사를 지낸 뒤에 번육(膰肉)을 대부들에게 나누어 주는 관례를 지키지 않았다. 공자는 이 일을 계기로 관직을 버리고 노나라에서 떠났다.《論語集註 微子》

54 번육(膰肉): 종묘에서 제사를 지내고 난 익힌 고기. 날고기는 신(脤)이라 하고, 익은 고기는 번육이라 한다.

044

혜고가(蟪蛄歌)

《설원(說苑)》에 "공자(孔子)가 부른 이 노래는 '정치는 조용한 것을 숭상하고 시끄러운 것을 싫어한다[政尙靜惡譁]'라는 뜻을 담고 있다." 하였다.[說苑, "孔子歌云云, '政尙靜而惡譁也.'"]

산 떠나온 지 십리가 되었다만	違山十里
시끄러운 쓰르라미 소리는	蟪蛄之聲
오히려 귓가에 남아 있구나	猶尙在耳

○ 《사기(史記)》에 이른바, "노(魯)나라가 쇠퇴해지자 수수(洙水)와 사수(泗水)[55] 사이에 은은한 정이 남아 있구나."[56]라는 말은 곧 '시끄러운 것을 싫어한다[惡譁]'라는 뜻이다.[史記云, "魯之衰也, 洙泗之間, 齗齗如也." 即惡譁之意.]

---

55 수수(洙水)와 사수(泗水): 둘 다 강물 이름이다. 두 강물은 지금의 산동성(山東省) 사수현(泗水縣) 북쪽에서 합류하여 곡부(曲阜) 북쪽에 이르러 다시 나뉘는데, 수수(洙水)는 북쪽에 있고 사수(泗水)는 남쪽에 있었다. 공자가 이곳 주변에서 학생을 모아 교육시킨 바 있다.

56 《사기(史記)》 권33 〈노주공세가(魯周公世家)〉에 "태사공(太史公)이 이르기를, '나는 공자(孔子)가 「심하게도 노나라 도가 쇠퇴하였구나! 그러나 수수(洙水)와 사수(泗水) 사이는 은은한 정이 남아 있도다」라고 한 찬탄을 들은 적이 있다'라고" 하였다.

045

임하가(臨河歌)

《수경주(水經註)》에 "공자가 조(趙)나라로 가다가, 하수에 임하여 건너지 않고 탄식하여 노래를 지어 불렀다." 하였다.[水經註, "孔子適趙, 臨河不濟, 歎而作歌."]

적수는 넘실대고 바람이 물결을 일으키더니	狄水衍兮風揚波
배를 뒤집은 뒤 다시 그 위에 물결 더하네	舟楫顚倒更相加
돌아가고 싶다만 이 노릇을 어찌할까 싶다	歸來歸來胡爲斯

○ '적(狄)'은 물 이름이며, 임제(臨濟)에 있다. 구본(舊本)에 '추(秋)'로 쓴 것은 오류이다.[狄 水名, 在臨濟. 舊作秋誤.]

046

초빙가(楚聘歌)

《공총자(孔叢子)》에 "초왕(楚王)이 사신을 시켜 금폐(金幣)를 가지고 가서 부자(夫子)를 초빙해 오게 하였다. 재여(宰予)와 염유(冉有)가 이르기를, '부자(夫子)의 도(道)가 이제는 행해질 것이다' 하고, 드디어 뵙기를 청하여 묻기를, '태공(太公)은 일신을 근면하고 고통을 감내하여 나이 80에 문왕(文王)을 만났으니, 허유(許由)와 견주면 누가 났다고 하겠습니까?' 하자, 공자가 이르기를, '허유는 홀로 자신의 몸만 착하게 관리한 자이고 태공은 천하까지 겸하여 이롭게 한 자이다. 그러나 지금 세상에는 문왕 같은 사람이 없으니, 설령 태공 같은 이가 있다고 한들 누가 그를 알아보겠느냐' 하고 이 노래를 불렀다."라고 하였다.[孔叢子, "楚王使使奉金幣聘夫子 宰予冉有曰, '夫子之道 至是行矣.' 遂請見, 問曰, '太公勤身苦志, 八十而遇文王, 孰與許由之賢?', 子曰, '許由獨善其身者也, 太公兼利天下者也. 然今世無文王, 雖有太公, 孰能識之.' 歌曰."]

대도가 사라지면 예절로 기반을 삼고	大道隱兮禮爲基
현인이 찬출되면 때를 기다려야 하거늘	賢人竄兮將待時
온 천하가 한결같은데 어디로 간단 말이냐	天下如一兮欲何之

047

획린가(獲麟歌)

《공총자(孔叢子)》에 "숙손씨(叔孫氏)의 수레를 몰던 사람 서상(鉏商)이 들녘에서 땔나무를 하다가 기린을 잡았다.[57] 사람들은 그것이 무엇인지를 모른 채 상서롭지 못한 것으로 인식하였다. 부자(夫子)가 가서 관찰하고 울며 이르기를, '이는 기린[麟]이다. 기린이 출현하여 죽었으니, 우리의 도가 곤궁해지겠다'라고 하고, 이 노래를 지어 불렀다." 하였다.[孔叢子, "叔孫氏之車子鉏商樵於野而獲麟焉. 衆莫之識, 以爲不祥, 夫子往觀焉, 泣曰, '麟也. 麟出而死 吾道窮矣, 歌云云."]

당우의 세상에 기린과 봉새가 놀았다지만　　唐虞世兮麟鳳遊
지금은 그런 때가 아닌데 무얼 찾아왔느냐　　今非其時來何求
기린아, 기린아 내 마음만 걱정이로다　　麟兮麟兮我心憂

○ 화평(和平)스러운 말일수록 사람의 가슴속에 깊이 파고든다. 이것이 바로 성인(聖人)의 말인 것이다.[和平語入人自深, 此聖人之言也.]

---

57 서상(鉏商)이 … 잡았다: 《좌전(左傳)》 노 애공(魯哀公) 14년에는 "서쪽에 있는 큰 들녘에 가서 사냥을 하다가 숙손씨의 수레를 몰던 사람 서상이 기린을 잡았는데 상서롭지 못하다 하여 우인(虞人)에게 주었다.[西狩於大野. 叔孫氏之車子鉏商獲麟. 以爲不祥. 以賜虞人.]"라고 하고, 두예(杜預)의 주(註)에 "서상(鉏商)은 사람 이름이다." 하였다.

048

귀산조(龜山操)

금조(琴操)이다. 계환자(季桓子)[58]가 제(齊)나라에서 보내온 여악(女樂)[59]을 받자, 공자가 간언(諫言)을 드리고자 하였으나 되지 않았다. 물러와 노나라의 귀산을 바라보며 이 노래를 지었는데, 계환자가 노나라에 폐해를 끼치고 있음을 비유한 것이다.[琴操. 季桓子受齊女樂, 孔子欲諫不得, 退而望魯龜山作歌, 喻季之蔽魯也.]

나는 노나라를 바라보고 싶은데	予欲望魯兮
귀산이 가로막고 있네그려	龜山蔽之
수중에 도끼 한 자루 없으니	手無斧柯
저 귀산을 어찌한단 말이냐	奈龜山何

○ 그런 연유로 7일 만에 소정묘(少正卯)[60]를 주벌(誅罰)하였다. 그러므로 성인(聖人)은 우선 당장 편한 것만을 추구하지 않는다는 사실을 알 수 있다.[所以七日誅少正卯也. 故知聖人不尙姑息.]

---

58 계환자(季桓子, ?~기원전 492): 춘추시대 노나라의 귀족으로 이름은 사(斯)다. 노(魯)나라 정공(定公) 5년(기원전 505) 계평자(季平子)가 죽자, 그의 뒤를 이어 노나라의 정경(正卿)이 되어 노나라의 정권을 담당하였다.

59 여악(女樂): 043. 거로가(去魯歌) 주 53) 참조.

60 소정묘(少正卯, ?~기원전 496): 춘추시대 노나라 사람으로 수많은 제자를 거느렸으며 학술로 사람들을 현혹시킨다 하여 당시 대사구(大司寇)였던 공자(孔子)에 의해 처형되었다.

049

반조(盤操)

금조(琴操)이다.[琴操.]

못물을 말려서 물고기를 잡으면	乾澤而漁
교룡이 와서 놀지 않을 테요	蛟龍不遊
둥지를 뒤엎어 새알을 깨뜨리면	覆巢毁卵
봉새가 와 머물지 않을 테니	鳳不翔留
참담하여라 내 마음 서글픔이여	慘予心悲
고원으로 돌아가 쉬어야 하겠네	還原息陬

050

수선조(水仙操)

《금원요록(琴苑要錄)》에 "수선조는 백아(伯牙)[61]가 지은 것이다. 백아가 성연(成連)에게 금(琴)을 배워 3년 만에 완성하였다. 그러나 정신이 적막하거나 감정을 전일하게 하는 경지는 터득하지 못하였다. 성연이 이르기를, '나의 가르침이 사람의 감정을 이입시키지는 못한다. 나의 스승이신 방자춘(方子春)이 동해(東海) 중에 계신다' 하고 양식을 싸들고 찾아가서 봉래산에 이르러 백아더러 머물게 하고 이르기를 '내가 우리 스승을 모셔오겠다'고 하고 배를 타고 가더니 돌아올 시간이 지나도 돌아오지 않았다. 백아는 마음이 서글퍼져서 고개를 들어 사방을 둘러보았으나 파도 소리만 들려올 뿐, 산림은 어둑하고 새들까지 슬피 울었다. 백아는 하늘을 우러러보며 탄식하기를, '선생께서는 장차 나의 감정을 이입시키려 하신 것이다' 하고 이에 금(琴)을 끌어당겨 노래를 지었다." 하였다.[琴苑要錄, "水仙操, 伯牙所作也, 伯牙學琴於成連, 三年而成. 至於精神寂漠, 情之專一 未能得也. 成連曰, '吾之學, 不能移人之情. 吾師有方子春.' 在東海中, 乃齎糧從之, 至蓬萊山, 留伯牙曰, '吾將迎吾師.' 刺船而去, 旬時不返. 伯牙心悲, 延頸四望, 但聞海水汨沒, 山林窅冥, 羣鳥悲號. 仰天歎曰, '先生將移我情.' 乃援琴而作歌."]

---

61 백아(伯牙): 전국시대 초(楚)나라 사람으로 진(晉)나라에서 고관을 지낸 거문고의 달인이다. 그의 절친한 친구였던 종자기(鍾子期)와의 사이에서 '백아절현(伯牙絶絃)'이라는 고사를 남긴 당사자이기도 하다.

아, 동해의 물 넘실대는 파도소리에	繄洞渭兮流澌濩
배 떠나가고 선인은 돌아오지 않네	舟楫逝兮仙不還
몸과 마음을 봉래산으로 옮기신 건지	移形素兮蓬萊山
아, 상심 어린 궁으로 선인은 돌아오지 않네	歍欽傷宮仙不還

○ '오(歍)'의 음은 '오(烏)'인데 '오흠(歍欽)'은 미상(未詳)이다. 백희인(伯姬引)[62]에도 역시 '오흠(歍欽)'이라는 글자를 썼다.[歍, 音烏. 歍欽未詳. 伯姬引亦用歍欽字.]

○ 위의 서문에서 이미 금(琴)에 대한 이치를 다 설명하였으므로 실제 노래에서는 대의(大意)만을 간략히 제시하였다.[一序已盡琴理, 歌辭略見大意.]

62 백희인(伯姬引): 노래 제목으로, 노보모(魯保母)가 지었다고 한다.

051

접여가(接輿歌)

내용이 《장자(莊子)》에 보이며, 《논어(論語)》의 내용과도 대동소이(大同小異)하다.[事見莊子, 論語所載, 大同小異.]

봉황새야! 봉황새야!	鳳兮鳳兮
덕이 쇠하였으니 어쩐단 말이냐	何如德之衰也
오는 세상 기대할 수가 없고	來世不可待
가는 세상 돌이킬 수가 없다	往世不可追也
천하에 도가 있으면	天下有道
성인은 그것을 완성시킬 테요	聖人成焉
천하에 도가 없으면	天下無道
성인은 그저 삶을 보전하리니	聖人生焉
지금과 같은 시절에는	方今之時
겨우 형벌이나 면할 뿐이네	僅免刑焉
복은 새의 깃털보다 가벼운데	福輕乎羽
아무도 그것을 실을 줄 모르고	莫之知載
재앙은 땅보다 무거운데	禍重乎地
아무도 그것을 피할 줄 모르네	莫之知避
아서라 그만두어야겠다	已乎已乎

덕으로 사람한테 내세우는 짓을 臨人以德
위태롭고도 위태로웁다 殆乎殆乎
땅을 그어놓고 좇아다니는 꼴이 畫地而趍(1)
미양[63]아 미양아 가시 많은 미양아 迷陽迷陽
내 가는 길에 상처를 주지 말라 無傷吾行
나의 발길을 삼가고 삼가서 吾行卻曲
나의 발을 다치는 일이 없게 하련다 無傷吾足

(1) '추(趍)'의 음은 촉(促)이다.[音促.]

○ 원문의 '성인생언(聖人生焉)'은 그저 일없이 이 세상에 사는 것을 이른다.[聖人生焉, 謂徒生於世也.]

○ '미양(迷陽)'은 풀 이름이다. 몸에 가시가 많기 때문에 '상하는 일이 없게 하라[無傷]…'고 하였다.[迷陽, 草名. 其膚多刺, 故曰無傷云云.]

---

63 미양(迷陽): 《장자(莊子)》 〈인간세(人間世)〉의 끝 단락에 수록되어 있는 글로, 왕선겸(王先謙)의 주석에는, "미양(迷陽)은 산과 들에 자라는 형극(荊棘)이다. 가시가 많아서 밟으면 발을 상하게 한다."라고 하였다.

052
성인가(成人歌)

《예기(禮記)》〈단궁(檀弓)〉에 "성(成) 땅 사람이 죽은 형을 위하여 상복을 입지 않은 자가 있었는데, 고자고(高子皐)[64]가 성 땅의 읍재(邑宰)가 되었다는 말을 듣고서야 상복을 입었다. 그래서 성 땅 사람들이 이 노래를 불렀다." 하였다.[檀弓, "成人有其兄死而不爲衰者. 聞高子皐爲成宰, 遂爲衰, 成人歌曰."]

누에가 실을 짓는데 광주리는 게가 지녔고	蠶則績而蟹有匡
벌이 관[65]을 썼는데 갓끈은 매미가 매듯이	范則冠而蟬有緌
형이 죽었는데 상복은 자고를 위해 입었네	兄則死而子皐爲之衰

○ '성(成)'은 노(魯)나라 읍 이름이다. '광(匡)'은 게의 등딱지가 '광주리[筐]'와 같다 하여 이른 말이다. '범(范)'은 벌[蜂]이다. '유(緌)'는 매미의 주둥이가 길어서 배 아래까지 닿는 것을 이른다. 이는 형이 죽었는데 상복을 입은 것이 그 형을 위하여 입은 것이 아님을 비웃은 것이다.[成, 魯邑名. 匡, 蟹背殼似匡也. 范, 蜂也. 緌, 謂蟬喙, 長在腹下. 此嗤兄死者, 其衰之不爲兄也.]

---

64 고자고(高子皐, 기원전 521~?): 공자(孔子)의 제자이며, 성은 고(高), 이름은 시(柴), 자(字)는 자고(子羔)이다. 《논어집주(論語集註)》〈선진(先進)〉에 보인다. 《공자가어(孔子家語)》에는 자고(子高)로 기록하고, 《예기(禮記)》에는 자고(子皐)로 기록하였으나 동일한 인물이다. 자로(子路)가 계씨(季氏)의 가신으로 있을 때 자고를 비(費) 땅의 읍재(邑宰)로 추천한 바 있다. 《공자가어》에 그의 사람됨에 대해 "그 발은 그림자를 밟지 않았고, 겨울잠에서 깨어나는 동물은 죽이지 않았고, 부모님의 상을 치를 때는 3년 동안 피를 토하듯 울었으며, 이빨을 보인 적이 없었고, 난을 피해 달아나면서도 지름길과 구멍으로 가지 않았다."라고 하였다.

65 관(冠): 벌의 머리 부분에 튀어나온 것이 관처럼 생겼다 하여 일컫는 말이다.

053

어보가(漁父歌)

《오월춘추(吳越春秋)》에 "오원(伍員)[66]이 오(吳)나라로 도망가는데 추격하는 자가 있었다. 강가에 이르니, 강 가운데에 있는 어보(漁父)가 오자서(伍子胥)를 부르며, 건너 주고자 하여 노래를 지어 불렀다. 오자서가 갈대밭에 멈춰있자, 어보가 또 노래를 불렀다. 강을 건넌 뒤에 어보가 자서에게 굶주린 기색이 있는 것을 보고 이르기를, '그대를 위하여 먹을 것을 구해 오겠다'라고 하였는데, 어보가 떠난 뒤에 자서는 의심스러워 갈대밭 깊숙이 숨어 있었다. 어보가 보리밥과 생선국과 간장을 가지고 와서 찾아도 보이지 않자, 노래를 불러 그를 찾으니 오자서가 나왔다. 음식을 먹고 나서 백금(百金) 값이 나가는 칼을 풀어서 주었지만 어보는 받지 않았고 성명을 물었으나 대답도 하지 않았다. 오자서가 어보에게 주의를 주어 이르기를, '그대가 가져온 간장을 감추어서 노출시키지 않도록 하라' 하자, 어보가 그러겠다고 하고서 오자서가 몇 걸음 걸어가자, 그는 배를 전복시켜 스스로 강물에 빠져 죽었다." 하였다.[吳越春秋, "伍員奔吳, 追者在後. 至江, 江中有漁父. 子胥呼之, 漁

---

66 오원(伍員, 기원전 559~기원전 484): 원래 초나라 사람으로 오나라에 망명하여 살았다. 원(員)은 이름이고, 자는 자서(子胥)이다. 초나라 평왕(平王)이 소인(小人)의 참소(讒訴)를 듣고 오자서의 아버지와 형을 죄 없이 죽이자, 오나라로 망명한 뒤에 오나라의 장수가 되어 초나라를 쳤지만 이미 평왕(平王)이 죽은 뒤였다. 그래서 묘를 파내어 시체를 매질하여 아버지와 형의 복수를 했고, 후에 오나라로 하여금 패권을 잡게 했다. 그 뒤 오나라 왕 부차(夫差)가 서시(西施)의 미색에 빠져 정사를 게을리하고 오히려 간하던 오자서에게 칼을 주어 자살케 했다. 오자서는 자살하면서 자기의 눈을 오나라 성 동문(東門)에 걸어서 자기의 말을 듣지 않고 자기를 죽이니 오나라가 멸망하는 것을 보게 하라는 유언을 남기기도 하였다.

父欲渡 因歌云云. 子胥止蘆之漪, 漁父又歌云云. 旣渡, 漁父視之有飢色, 曰, '爲子取餉.' 漁父去, 子胥疑之, 乃潛深葦之中. 父來, 持麥飯鮑魚羹盎漿, 求之不見, 因歌而呼之云云, 子胥出. 飮食畢, 解百金之劍以贈, 漁父不受, 問其姓名, 不答. 子胥誡漁父曰, '掩子之盎漿, 無令其露.' 漁父諾, 胥行數步, 漁者覆船自沈於江."]

해와 달이 밝게 떠서 치달려 가는데　日月昭昭乎寖已馳
갈대숲 우거진 물가에서 그대와 약속을 했네　與子期乎蘆之漪

해지고 저녁만 되어도　日已夕兮
내 마음은 서글프건만　予心憂悲
달이 벌써 떠올랐으니　月已馳兮
어찌 건너가지 않으랴　何不渡爲
일이 점점 다급해지니　事寖急兮
이를 장차 어찌할거나　將奈何

갈대숲에 숨은 사람아　蘆中人
어찌 궁사가 아니겠는가　豈非窮士乎

○ 위의 시구(詩句)와 합하여 운(韻)이 되었으니, 그 소리가 더욱 촉급하다.[合上章爲韻, 其聲愈促.]

054

해은가(偕隱歌)

양웅(揚雄)이 지은 《금청영(琴淸英)》에 이르기를, "축목(祝牧)[67]이 그의 아내와 함께 은거하며 이 노래를 지었다." 하였다.[琴淸英云, "祝牧與其妻偕隱, 乃作歌."]

천하에 도가 있거들랑 天下有道
나는 관복 그대는 패옥이요 我黻子佩
천하에 도가 없거들랑 天下無道
나는 등에 지고 그대는 머리에 이리 我負子戴

67 축목(祝牧): 제(齊)나라 선왕(宣王) 때의 처사(處士) 독목자(犢牧子)를 일컫는 듯하다.

055

서인가(徐人歌)

유향(劉向)의 《신서(新序)》에 "연릉(延陵)[68]의 계자(季子)[69]가 진(晉)나라에 사신으로 갈 때 보검을 차고 있었는데 서군(徐君)[70]이 보고 말은 하지는 않았지만 갖고 싶은 눈치였다. 계자도 주지는 않았지만 내심 주기로 허락하였다. 사신의 임무를 마치고 돌아와 보니, 서군은 이미 세상을 떠난 뒤였다. 계자가 이에 그 보검을 서군의 무덤가에 있는 나무에 걸어 주고 떠났는데, 서(徐)땅 사람이 그를 위하여 다음과 같이 노래를 지어 불렀다." 하였다.[劉向新序, "延陵季子將聘晉, 帶寶劍, 徐君不言, 而色欲之. 季子未獻也, 然其心已許之. 使反 而徐君已死. 季子於是以劍帶徐君墓樹而去, 徐人爲之歌."]

연릉 계자는 가진 약속을 잊지 않고서	延陵季子兮不忘故
값진 보검을 풀어 무덤에 걸어 주었네	脫千金之劍兮帶丘墓

68 연릉(延陵): 오늘날 강소성(江蘇省) 무진현(武進縣)이다.

69 계자(季子): 오왕(吳王) 수몽(壽夢)의 작은아들 계찰(季札)을 말하는데, 연릉(延陵)에 봉하였기 때문에 연릉계자(延陵季子)라고 부른다.

70 서군(徐君): 계찰의 옛 친구로 알려져 있다.

056

월인가(越人歌)

유향(劉向)의 《설원(說苑)》에 "악군(鄂君) 자석(子晳)[71]이 신파(新波)에 배를 띄웠는데, 비췻빛 덮개로 장식한 청한주(青翰舟)[72]를 타고 있었다. 그때 음악 소리가 들려오고 월인(越人)은 노를 잡고 노래를 부르고 있었다. 이때 악군이 긴소매를 이끌고 가서 감싸 안아 주고, 비단이불로 덮어 주었다." 하였다.[劉向說苑, "鄂君子晳泛舟於新波之中, 乘青翰之舟. 張翠蓋, 會鐘鼓之音, 越人擁楫而歌. 於是鄂君乃檢修袂行而擁之, 擧繡被而覆之."]

이 밤이 무슨 밤인가요	今夕何夕兮
중류에서 향초를 캐네요	搴洲中流
오늘은 무슨 날인가요	今日何日兮
왕자님과 함께 배를 탑니다	得與王子同舟
부끄럽게도 나를 좋아해 주시니	蒙羞被好兮
꾸지람도 아랑곳하지 않겠어요	不訾詬恥
마음속 번민이 끊이지 않는 것은	心幾煩而不絕兮
왕자님을 알게 되어서랍니다	得知王子

71 악군(鄂君) 자석(子晳): 초왕(楚王)의 모제(母弟)로 벼슬은 영윤(令尹)을 지냈다. 월인(越人)이 그의 아름다움을 찬미하여 〈월인가(越人歌)〉를 지었다 한다.

72 청한주(青翰舟): 배 이름이다. 새 모형을 장식하고 푸른색을 입혔기 때문에 붙여진 이름이다.

산엔 나무가 있고 나무엔 가지가 있는데	山有木兮木有枝
당신 좋아하는 내 마음을 당신만 몰라주네	心說君兮君不知

○ '공자(公子)를 그리워하면서도 감히 말을 못 하네[思公子兮未敢言]'[73]와 동일한 솜씨에서 지어진 듯하다.[與思公子兮未敢言, 同一婉至.]

73 《초사(楚辭)》 〈구가(九歌) 상부인(湘夫人)〉에 "공자를 그리워하면서도 감히 말을 못 하네. 아득히 멀리 바라다보니, 흐르는 물만 하염없이 넘실거리네.[思公子兮未敢言. 荒忽兮遠望, 觀流水兮潺湲.]"라고 하였다.

057

월요가(越謠歌)

《풍토기(風土記)》에 "월(越)나라 풍속이 소박하여 처음에 남들과 사귈 때는 예의가 바르다. 흙으로 단(壇)을 만들고 개와 닭을 잡아 제물로 올리고 제사를 지낸다." 하였다. 축원하는 글은 다음과 같다.[風土記, "越俗性率朴, 初與人交, 有禮. 封土壇, 祭以犬雞, 祝曰."]

그대는 수레를 타고	君乘車
나는 초립을 썼어도	我戴笠
다른 날 서로 만나면 수레에서 내려 읍을 하오	他日相逢下車揖
그대는 등짐을 지고	君擔簦
나는 말을 탔어도	我跨馬
다른 날 서로 만나면 그댈 위해 말에서 내리리다	他日相逢爲君下

058

금가(琴歌)

《열녀전(列女傳)》에 "제인(齊人) 기양식(杞梁殖)이 거(莒) 땅을 습격하였다가 전사하자, 그의 아내가 성 아래에 가서 곡을 하였는데 7일 만에 성이 무너졌다. 그러므로 금조(琴操)에 이르기를, '기양식이 죽자, 그의 아내가 금(琴)을 타서 노래를 지어 불렀다' 하였다."라고 하였다.[列女傳, "齊人杞梁殖, 襲莒戰死, 其妻哭於城下, 七日而城崩. 故琴操云, '殖死, 其妻援琴, 作歌曰.'"]

즐겁기는 새로 아는 것보다 더한 것이 없고	樂莫樂兮新相知
슬프기는 생전의 이별보다 더한 것이 없더라	悲莫悲兮生別離

059

영보요(靈寶謠)

《영보요략(靈寶要略)》에 "오왕(吳王) 합려(闔閭)가 포산(包山)으로 사냥을 나갔다가 한 사람을 만났는데 스스로 성은 산(山)이요 이름은 은거(隱居)라고 하였다. 합려가 그를 방문하자, 그가 동정산(洞庭山)[74]으로 들어가 소서(素書) 한 권을 들고 와서 합려에게 주었는데 그 문자를 알지 못하였다. 이에 사람을 시켜 공자(孔子)한테 들고 가서 물어보게 하였더니, 공자가 이르기를, '내가 동요를 들으니, 운운' 하였다."라고 하였다.[靈寶要略, "吳王闔閭出遊包山, 見一人, 自言姓山名隱居. 闔閭扣之, 乃入洞庭, 取素書一卷呈闔閭, 其文不可識. 令人齎之問孔子, 孔子曰, '丘聞童謠云云.'"]

오왕이 출유하여 진호[75]를 관람하다가	吳王出遊觀震湖
용위[76]의 장인[77]으로 산은거를 만났네	龍威丈人山隱居
북으로 포산[78]에 올라가 영허[79]에 들어 보고	北上包山入靈墟

74 동정산(洞庭山): 태호(太湖) 안에 포산(包山)과 함께 있던 산으로, 뒤에 육지와 이어져 섬이 아닌 반도가 되었다.

75 진호(震湖): 태호(太湖)를 이른다.

76 용위(龍威): 용의 화신이란 뜻이다.

77 장인(丈人): 장로(長老)에 대한 존칭이다.

78 포산(包山): 포산(苞山)으로도 쓴다. 강소성(江蘇省) 태호(太湖) 안에 있는 산이다.

79 영허(靈墟) : 동천복지(洞天福地)와 같은 도교의 용어로, 신선이나 도사가 거처하는 곳을 일컫는다.

이내 동정산으로 들어가 우서를 훔쳤다네	乃入洞庭竊禹書
천지의 대문장이란 펼칠 수가 없다지만	天地大文不可舒
이 글은 길이 백육[80] 초기에 전하리니	此文長傳百六初
만약 강제로 취하면 국가를 잃게 되리라	若強取出喪國廬

80 백육(百六): 재액(災厄)을 당한 운수를 지칭하는 백육지운(百六之運)의 약칭으로 1백6년 만에 한 번씩 찾아온다는 액운을 이른다. 《한서(漢書)》 〈곡영전(谷永傳)〉에 "무망괘의 운수를 만났으니, 이는 곧 백육의 재액이다.[遭無妄之卦運, 直百六之災厄.]"라고 하였다.

060

오나라 부차 때의 동요

[吳夫差時童謠]

《술이기(述異記)》에 "오왕은 별관(別館)을 두었는데 구용(句容)에 있었다. 개오동나무[楸梧]가 숲을 이루고 있어서 오궁(梧宮)[81]이라 하였다. 혹은 관왜궁(館娃宮)이라고도 하는데 궁에는 오동원(梧桐園)이 있었다."라고 하였다.[述異記, "吳王有別館在句容. 楸梧成林, 故名梧宮. 或云即館娃宮, 宮有梧桐園."]

오궁에 가을이 드니	梧宮秋
오왕은 시름에 젖네	吳王愁

○ 국가의 참상에 대하여 시름겨워하는 모습이 이 여섯 글자 안에 모두 담겨 있어서 옹문(雍門)[82]의 연주를 듣는 정도일 뿐만이 아니다. '추(秋)'자는 은어(隱語)이다.[國家愁慘之狀, 盡於六字中, 不啻聞雍門之彈矣. 秋, 隱語也.]

---

81 오궁(梧宮): 오왕(吳王) 부차(夫差)가 월(越)나라를 이기고 미인 서시(西施)와 함께 지내기 위하여 만든 궁전이다.

82 옹문(雍門): 전국시대 때 제(齊)나라 옹문 사람으로, 옹문주(雍門周)라고도 한다. 그는 거문고를 잘 타서 맹상군(孟嘗君)으로 하여금 눈물을 흘리게 하였다 한다.

061

오작가(烏鵲歌)

《동관집(彤管集)》에 "한빙(韓憑)이 송(宋)나라 강왕(康王)의 사인(舍人)이 되었는데, 그의 아내 하씨(何氏)는 미인이었다. 강왕이 그를 취하고자 하여 사인을 잡아다가 청릉(青陵)의 대(臺)를 축조하게 하니, 하씨가 이 오작가를 지어 뜻을 보이고 스스로 목을 매달아 죽었다." 하였다.[彤管集, "韓憑爲宋康王舍人, 妻何氏美. 王欲之, 捕舍人, 築青陵之臺, 何氏作烏鵲歌以見志, 遂自縊."]

남쪽 산에 까마귀가 있거늘	南山有烏
북쪽 산에다 새그물을 쳤네	北山張羅
까마귀는 제냥 높이 나는데	烏自高飛
그물 쳐서 장차 어찌하리오	羅當奈何
짝을 지어 나는 까막까치는	烏鵲雙飛
봉황새를 좋아하지 아니하듯	不樂鳳凰
신첩은 서인의 몸이옵기에	妾是庶人
송왕이 부럽지 않사옵니다	不樂宋王

○ 오묘함이 직설적인 표현에 있다. 당(唐)나라 맹교(孟郊)의 〈열녀조(列女操)〉에 "물결은 맹세코 일어나지 않겠지요, 신첩의 마음은 우물 속의 물이랍니다.[波瀾誓不起, 妾心井中水.]"와 같은 표현이다.[妙在質直. 唐孟郊列女操, "波瀾誓不起, 妾心井中水", 此一種也.]

062
답부가(答夫歌)

비가 내려서 시름겹고 其雨淫淫
강이 커서 물은 깊어도 河大水深
해가 뜨면 내 마음 비춰 주지요 日出當心

○ 왕이 이 시를 얻어 소하(蘇賀)에게 물었다. 소하가 답하기를, "'비가 내려서 시름겹다[雨淫淫]'는 시름겹고 그립다는 말이요, '하수가 깊다[河水深]'는 왕래할 수가 없다는 말이요, '해가 마음을 비춘다[日當心]'는 죽음을 각오한다는 뜻입니다." 하였다.[王得詩, 以問蘇賀. 賀曰, "雨淫淫, 愁且思也, 河水深, 不得往來也, 日當心, 死志也."]

○ 표현이 특별히 기발하고 창의적이다.[語特奇創.]

063

월나라 군신의 축원[越羣臣祝] 2수(首)

《오월춘추(吳越春秋)》에 "월왕(越王) 구천(句踐)이 그의 즉위 5년에 대부(大夫)인 종(種)과 범여(范蠡)와 함께 오(吳)나라에 가서 신하 노릇을 하게 되었다. 신하들이 절강(浙江)가에서 전송하며 물에다 길제사를 지내고 고릉(固陵)에다 군대를 주둔시키니, 대부가 앞에 나와 축원하였다." 하였는데, 그 가사는 다음과 같다.[吳越春秋, "越王句踐五年, 與大夫種范蠡入臣於吳. 羣臣送之浙江之上, 臨水祖道, 軍陳固陵. 大夫前爲祝," 詞曰:]

【1수】

황천이시여 우리를 보우하시어 皇天祐助
앞의 침체를 뒤에는 떨치게 하옵소서 前沈後揚
재앙은 덕의 뿌리가 되고 禍爲德根
걱정은 복의 집이 되오니 憂爲福堂
남을 위협하는 자는 멸망케 하옵시고 威人者滅
스스로 복종하는 자를 창달하게 하옵소서 服從者昌
왕께서 이끌려 가시지만 王離牽致
그 뒤엔 재앙이 없게 하소서 其後無殃
임금과 신하의 생전 이별이 君臣生離

위로 황천을 감동시키심에　感動上皇
백성들이 슬픔에 젖어　衆夫悲哀
감상에 빠지고 말았나이다　莫不感傷
신은 청컨대 조촐한 제물로　臣請薄脯
두어 잔 술을 올리옵나이다　酒行二觴

○ '앞의 침체를 뒤에는 떨치게 하옵소서[前沈後揚]'는 오(吳)나라와 월(越)나라의 처음과 끝에 대한 상황묘사를 이 네 글자로 다하였다.[前沈後揚, 吳越初終, 盡此四字.]

【2수】

대왕께서 덕수를 누리시어　大王德壽
끝도 가도 없게 하옵시고　無疆無極
하늘과 땅의 신령함을 받도록　乾坤受靈
신명께서 도와주옵소서　神祇輔翼
우리 왕을 후대하시면　我王厚之
지신도 곁에서 도울 것이요　祉祐在側
덕으로 일백 재앙을 없애고　德銷百殃
그 복을 제대로 받으시리니　利受其福
저 오나라 땅을 버리고　去彼吳庭
우리 월나라로 돌아오게 하옵소서　來歸越國

064

월왕에 대한 축사[祝越王辭] 2수(首)

《오월춘추(吳越春秋)》에 "월왕이 오나라를 파멸시키고 제후들을 불러 문대(文臺)에서 잔치를 벌이니, 신하들이 기뻐하였고 대부 종(種)은 축하주를 올렸다." 하였는데, 그 가사는 다음과 같다.[吳越春秋, "越王旣滅吳, 伯諸侯, 置酒文臺, 羣臣爲樂, 大夫種進祝酒." 詞曰.]

【1수】

황천이 우리를 보우하시어	皇天祐助
우리 왕께서 복 받으셨사옵니다	我王受福
어진 신하가 모여 계획한 것도	良臣集謀
우리 왕의 덕이옵기에	我王之德
종묘는 정사를 돕고	宗廟輔政
귀신도 협력하였나니	鬼神承翼
임금이 신하를 잊지 않으면	君不忘臣
신하도 최선을 다하는 법이니	臣盡其力
하늘은 늘 짙푸르기만 하여	上天蒼蒼
가리고 막을 수가 없사옵니다	不可掩塞
두어 되 술을 잔 잡아 올리오니	觴酒二升

많은 복이 그지없으시옵소서　萬福無極

○ '임금이 신하를 잊지 않으면 신하도 최선을 다하는 법이니[君不忘臣 臣盡其力]'는 아마도 임금과 신하가 유종의 미를 거두지 못할까 봐서 이 말을 한 듯하다.['君不忘臣, 臣盡其力' 恐君臣之不終, 故有此語.]

【2수】

인자하고 현명하신 우리 임금께서　我王仁賢
도를 품고 덕을 안으셨기에　懷道抱德
원수인 오나라를 파멸시키고　滅讐破吳
본국으로의 귀환을 잊지 않으셨네요　不忘返國
상 줄 곳엔 인색하지 않으시고　賞無所恡
수많은 사악함을 막아 주시니　羣邪杜塞
임금과 신하가 한마음으로 화목하여　君臣同和
누릴 복이 천억은 되오리다　福祐千億
잔 잡아 올린 술이 두어 되이오나　觴酒二升
만세토록 끝을 보기 어려우리다　萬歲難極

065

탄가(彈歌)

《오월춘추(吳越春秋)》에 "월왕이 오나라를 정벌할 계획을 세우고 있을 때에 범여(范蠡)[83]가 활 잘 쏘기로 이름난 진음(陳音)이란 자를 추천하였다. 왕이 묻기를 '내가 들으니 그대는 활을 잘 쏜다고 하던데 그 방법이 어디서 나왔는가?' 하자, 대답하기를, '신은 들으니 「노(弩)」는 「궁(弓)」에서 나오고, 「궁」은 「탄(彈)」에서 나왔으며 「탄」은 옛날 효자(孝子)로부터 시작되었는데, 부모가 짐승들의 먹이가 되는 것을 차마 보지 못하여 「탄」을 만들어 그것으로 지켰다고 합니다'라고 하였다." 하였는데, 그 가사는 다음과 같다.[吳越春秋, "越王欲謀伐吳, 范蠡進善射者陳音, 王問曰, '孤聞子善射 道何所生?', 對曰, '臣聞弩生於弓, 弓生於彈, 彈起於古之孝子, 不忍見父母爲禽獸所食, 故作彈以守之.'" 歌曰.]

대나무를 잘라다 대나무에 잇고	斷竹 續竹
흙덩이를 날려 짐승을 쫓는도다	飛土 逐宍

○ '육(宍)'은 옛 육(肉) 자이다.[宍, 古肉字.]

○ 두 글자가 한 구가 된다.[二字爲句]

○ 유협(劉勰)이 이르기를, "〈단죽황가(斷竹黃歌)〉는 현량함이 지극하다." 하였다.[劉勰云, "斷竹黃歌, 賢之至也."]

---

83 범여(范蠡): 춘추전국시대 월(越)나라의 신하. 그가 오(吳)나라의 부차(夫差)에게 잡혀 갔다가 돌아와서 결국 오나라를 멸망시켰다. 그 후에 이름을 도주공(陶朱公)으로 개명하고 사업을 하여 갑부가 되었다. 그로 인하여 중국 후대의 민간 재신(財神)의 원형 중의 한 명이 되었다.

066

밭에 제사 올리는 자의 축문

[穰田者祝]

《사기(史記)》에 "제(齊)나라 위왕(威王)이 순우곤(淳于髡)[84]을 조(趙)나라에 사신으로 보내 병력을 지원받아 초(楚)나라의 공격을 막고자 하였다. 금(金) 1백 근(斤)과 거마(車馬) 10사(駟)를 주었더니, 순우곤이 고개를 들고 크게 웃다가 쓰고 있던 관(冠)의 줄이 끊어졌다. 왕이 이르기를, '선생께서는 적다고 여기십니까?' 하자, 순우곤이 아뢰기를, '신이 동쪽에서 오면서 보니 길가 밭에서 제사 올리는 자가 있었는데, 돼지족발 하나와 술 한 사발로 축문을 읽으며 신에게 고하는 것을 보았습니다. 신이 보기에 가진 것은 보잘것 없으면서 바라는 것은 지나친 것이어서 그래서 웃었습니다'라고 하였다." 하였다.[史記, "齊威王使淳于髡於趙, 請兵禦楚. 齎金百斤, 車馬十駟, 髡仰天大笑, 冠纓索絶. 王曰, '先生少之乎?', 髡曰, '臣從東方來, 見道旁穰田者, 操豚蹄, 酒一盂而祝云云. 臣見所持者狹, 而所欲者奢, 故笑之.'"]

돼기밭일지라도 광주리에 차게 하시고　甌窶(1)滿篝

84 순우곤(淳于髡, 기원전 385~기원전 305): 제(齊)나라 직하(稷下) 학사 출신으로, 해학(諧謔)과 변론(辯論)의 재능이 뛰어난 세객(說客)이었다. 여러 차례에 걸쳐 제나라 위왕(威王)과 추기자(騶忌子)로 하여금 내정을 개혁할 것을 건의한 바 있고, 위(魏)나라에 갔을 때 위나라가 상경(上卿)의 자리를 제의하였으나 사양하고 위나라를 떠나기도 하였다.

거친 밭일지라도 수레에 차게 하소서	汚邪滿車
오곡이 옹골지게 여물게 하시어	五穀蕃熟
볏섬이 집 안에 가득 차게 하소서	穰穰滿家

(1) '구(窶)'의 음은 루(樓)이다.[音樓.]

○ 원문의 '구루(甌窶)'[85]는 적다는 뜻이며, '구(篝)'는 대그릇이다. 이는 적은 것이 대그릇에 가득 차는 것을 말하였다. '오사(汚邪)'는 하등급의 밭이다.[甌窶, 少意, 篝, 籠也. 言少者猶滿篝也. 汚邪, 下田也.]

○ 노랫말이 매우 고상하고 미려하다. 두 가지 말을 일으켰는데 또한 두 글자가 구(句)를 이루었다. 《시경(詩經)》에 있는 "무지개가 동쪽에 있네[蝃蝀在東]"[86]가 이와 같다.[詞極古茂. 起二語亦可二字成句. 詩蝃蝀在東同此.]

85 구루(甌窶): 원문의 간주에서 '구(窶)' 자의 음은 '루(樓)'로 표기하였다.

86 이 시는 《시경(詩經)》 〈용풍(鄘風)〉에 수록된 〈체동(蝃蝀)〉장의 일부이다. 전체 내용은 음분(淫奔)을 풍자한 시로 평가받고 있다.

067

파요가(巴謠歌)

《모영내전(茅盈內傳)》에 "진시황(秦始皇) 31년 9월 경자(庚子)에 모영(茅盈)[87]의 고조(高祖) 몽(濛)이 화산(華山)[88]에서 구름을 타고 학을 멍에하여 대낮에 하늘로 올라갔다. 이보다 먼저 파요가사(巴謠歌辭)가 있었는데 시황이 요가를 듣고 그 까닭을 물으니, 노인들이 모두 대답하기를 '이는 선인(仙人)의 요가입니다' 하고, 시황제에게 장생(長生)의 술을 구하도록 권고하자, 진시황이 기뻐하며 신선 구할 뜻을 가졌다. 인하여 납월(臘月)을 가평(嘉平)[89]으로 고쳤다." 하였다.[茅盈內傳, "秦始皇三十一年, 九月庚子, 茅盈高祖濛於華山之中, 乘雲駕鶴, 白日升天. 先是時有巴謠歌辭云云, 始皇聞謠歌而問其故, 父老具對曰, '此仙人之謠歌.', 勸帝求長生之術, 于是始皇欣然, 乃有尋仙之志. 因改臘月嘉平."]

---

87 모영(茅盈, 기원전 145~?): 한(漢)나라 경제(景帝) 때 사람. 전설(傳說)에 의하면 나이 열여덟에 항산(恒山)에 가서 수도하다가 얼마 후에 강남(江南) 구곡산(句曲山)으로 옮겨가 은거하면서 그의 아우 고(固)·충(衷)과 함께 선약(仙藥)을 개발하여 병을 치료해서 죽어 가는 사람을 살려주곤 하였는데, 세상에서는 이들을 "삼모진군(三茅眞君)"이라 불렀다 한다.

88 화산(華山): 중국 오악(五嶽)의 하나로, 서악(西岳)을 일컫는 말이다. 현재 섬서성 양명시(陽明市) 남쪽에 있는데, 북으로는 위하(渭河) 평원에 임해 있고, 진령(秦嶺)의 동쪽 끝자락에 속한다. 태화산이라고도 불린다. 예로부터 산세가 깊고 상서로워 120여 세 가까운 장수를 누렸다고 전해지는 도사 진단을 비롯해서 수많은 수행자가 나온 곳으로 유명하다.

89 가평(嘉平): 납월(臘月)을 하(夏)나라는 청사(淸祀)라고 하고, 은(殷)나라는 가평(嘉平)이라 하고, 주(周)나라는 대사(大蜡)라고 하였는데, 진나라가 가평(嘉平)으로 고친 것은 은나라 제도를 따른 것이다. 《사기(史記)》〈진시황본기(秦始皇本紀)〉에, "31년 12월에 납월을 가평으로 고쳤다." 하였다.

신선술을 터득했다는 모초성[90]이란 자가	神仙得者茅初成
용을 타고 올라가서 태청궁[91]에 들어가더니	駕龍上升入太清
수시로 현주[92]에 내려와서 적성[93]을 노닐었네	時下玄洲戲赤城
대를 이어 지금 와선 우리 모영이 있으니	繼世而往在我盈
황제가 배웠더라면 납월을 가평으로 했을까	帝若學之臘嘉平

90 모초성(茅初成): 초성(初成)은 모몽(茅濛)의 자(字)이다.

91 태청궁(太清宮): 도가(道家)에서 말하는 천상세계(天上世界)의 신선이 사는 곳을 말한다.

92 현주(玄洲): 신화(神話)에 나오는 십주(十洲)의 하나. 《해내십주기(海內十洲記)》〈현주(玄洲)〉에 "현주(玄洲)는 북해(北海)의 술해(戌亥)에 해당하는 지역에 있으며 방(方)이 7천2백 리(里)이고 남안(南岸)까지 거리가 36만 리인데 위에는 태현도(太玄都)가 있다." 하였다.

93 적성(赤城): 산 이름, 절강성(浙江省) 천태현(天台縣) 북쪽 6리(里)에 있으며, 현주(玄洲)의 신선들이 다스리는 곳이라 한다.

068

역수를 건너며 부른 노래

[渡易水歌]

《사기(史記)》에 "연(燕)나라 태자(太子) 단(丹)[94]이 형가(荊軻)[95]를 시켜 진왕(秦王)을 죽이고자 하여 역수(易水)[96]가에 이르렀다. 조제(祖祭)[97]를 지내고 길을 떠날 때 고점리(高漸離)[98]가 축(筑)을 치고 형가는 화답하여 노래를 불렀는데 그 소리가 변치(變徵)[99]의 소리여서 군사들이 모두 눈물을 흘리며 울었다. 형가가 또다시 앞으로 나와 노래를 불렀다." 하였는데, 그 가사는 다음과 같다.[史記, "燕太子丹使荊軻刺秦王, 至易水之上. 旣祖取道 高漸離擊筑, 荊軻和而歌, 爲變徵之聲, 士

---

94 연(燕)나라 태자(太子) 단(丹): 전국시대 말기에 진(秦)나라가 강성해지기 시작할 무렵 인질이 되어 진나라에 억류되었다가 수모를 당하고 연나라로 도망하여 복수를 결심하였다. 그 후 형가에게 청탁하여 진왕을 암살하려 하였으나 실패하고 오히려 자신은 물론 연나라를 패망의 길로 몰고 간 장본인이 되고 말았다.

95 형가(荊軻, ?~기원전 126): 전국시대 말기 위(衛)나라 사람으로 진시황이 통일제국을 건설하기 이전에 연나라 태자 단(丹)의 비밀 청탁을 받고 그를 암살하려다 실패한 인물로 유명하다. 사마천(司馬遷)의 《사기(史記)》 〈자객열전(刺客列傳)〉에는 그에 대한 이야기가 비교적 상세하게 기술되어 있다.

96 역수(易水): 하북성(河北省) 역현(易縣) 경계에서 발원하여 서남쪽으로 흐르는 강으로, 연나라와 조나라의 경계를 이룬다.

97 조제(祖祭): 고대에 먼 길을 떠나기 앞서 행로신(行路神)에게 올리던 제사의 일종이다.

98 고점리(高漸離, ?~기원전 227): 연(燕)나라에서 축(筑: 거문고와 비슷한 악기)의 명수였으며 형가와 의기투합(意氣投合)하여 서로 잘 어울렸던 사람이다. 형가가 연나라 태자 단의 청탁을 받고 진왕을 암살하기 위하여 떠나기 전에는 저잣거리에서 술을 마시고 취기가 돌면 고점리는 축을 연주하고 형가는 노래를 불렀다 한다.

99 변치(變徵): 7음의 하나. 궁(宮)·상(商)·각(角)·치(徵)·우(羽)에 변치(變徵)와 변궁(變宮)을 합하여 7음이 된다. 변치는 매우 처량한 음색으로 연주되는 것이 특징이다.

皆垂淚涕泣." 又前而歌曰,]

바람은 쓸쓸하고 역수물이 차가웁다	風蕭蕭兮易水寒
장사가 한번 가면 돌아오지 않으리	壯士一去兮不復還

○ 지금 읽어 보아도 여전히 변치(變徵)의 성조(聲調)가 있다.[至今讀之, 猶存變徵之聲.]

069

삼진기의 민요[三秦記民謠]

무공산과 태백산[100]은 武功太白
하늘과 거리가 삼백 척이요 去天三百
고운산과 양각산[101]은 孤雲兩角
하늘과 거리가 한줌이라오 去天一握
산수가 험준하기로는 山水險阻
황금곡과 자오곡[102]인데 黃金子午
사반곡과 오룡곡[103]일랑 蛇盤烏櫳
형세가 하늘과 통한다오 勢與天通[(1)]

(1) 기발하고 오묘하다.[奇奧.]

---

100 무공산(武功山)과 태백산(太白山): 두 산은 모두 섬서성(陝西省) 미현(郿縣)에 있다. 태백산은 종남산(終南山)의 한 봉우리이기도 하다.

101 고운산(孤雲山)과 양각산(兩角山): 두 산은 모두 사천성(四川省) 남강현(南江縣)에 있다.

102 황금곡(黃金谷)과 자오곡(子午谷): 황금곡은 섬서성(陝西省) 양현(洋縣)의 경내에 있고, 자오곡은 장안(長安)의 남쪽 진령(秦嶺)의 아래 있다. 북쪽에서 남쪽으로 길게 뻗어 있는데 길이가 6백 60리에 달한다.

103 사반곡(蛇盤谷)과 오룡곡(烏櫳谷): 두 계곡 모두 굴곡이 심하다 하여 붙여진 이름인데, 위치는 정확하지 않다.

070

초인요(楚人謠)

《사기(史記)》에 "초(楚)나라 회왕(懷王)[104]이 장의(張儀)에게 속아 진(秦)나라에 가서 객사(客死)하였다. 그 뒤 부추왕(負芻王)[105] 때에 이르러 드디어 진나라에 멸망당하니, 백성들이 애통해하였다."라고 하였다.[史記, "楚懷王爲張儀所欺, 客死於秦. 至王負芻, 遂爲秦所滅, 百姓哀之."]

초국이 비록 세 집뿐일지라도	楚雖三戶
진국 패망은 필시 초국이 하리	亡秦必楚

○ 애통하고 격렬함이 송백(松柏)의 노래[106]에 비하여 더욱 심하다.[哀痛激烈, 比松柏之歌尤甚.]

---

104 회왕(懷王): 전국시대 초나라의 왕. 성은 웅(熊)이고 이름은 괴(槐)이며, 시호가 회(懷)이다. 굴원(屈原)의 만류를 뿌리치고 진(秦)나라에 갔다가 억류되어 피살당하였다.

105 부추왕(負芻王): 초나라 마지막 왕으로 몽무(蒙武)에게 사로잡혔다가 죽었다.

106 송백(松柏)의 노래: 전국시대 말기에 진시황(秦始皇)이 제(齊)나라를 멸망시키고 제왕 건(齊王建)을 공(共)땅으로 옮겨서 송백의 사이에서 살게 하였는데 굶어 죽었다. 이에 제나라 백성들이 제왕이 제후들과 연합하여 진(秦)나라를 치지 않고 빈객들의 참소하는 말을 듣다가 나라를 망친 것을 원망하여 노래를 지어 부르기를 "소나무여, 잣나무여 건을 공땅에 머물게 한 자는 참소하던 빈객이라네.[松耶柏耶, 住建共者, 客耶.]"라고 하였다.

071

하도에 인용된 촉요
[河圖引蜀謠]

문부[107]라는 산이 있어서 汶皐之山
강물이 그 복부에서 흘러오니 江出其腹
제왕은 그 창성함을 모으시고 帝以會昌
신명은 그 복을 세우셨도다 神以建福

107 문부(汶皐): 산 이름. 사천성(四川省) 무현(茂縣)에 위치한 민산(岷山)을 이른다.

072

상강 어부의 노래

[湘中漁歌]

돛단배가 상수 따라 흘러감에	帆隨湘轉
형산의 아홉 면을 바라보노라	望衡九面

○ 《서경(書經)》 〈우공(禹貢)〉에 "물이 오른쪽으로 갈석(碣石)을 끼고서 황하로 흘러든다.[夾右碣石, 入于河.]"는 간략하면서도 그 현상을 잘 기술한 것이라고 여겼었는데, 여기에서 또 그와 같은 장면을 보게 될 줄 몰랐다.[禹貢, "夾右碣石, 入于河", 簡而能達, 不圖此復遇之.]

073

《태공병법》에 인용된 황제의 말

[太公兵法引黃帝語]

이하는 고일(古逸)의 해어(諧語)이다.[以下古逸諧語.]

한낮 햇볕 이용하여 말리지 않으면	日中不彗
이는 제때를 놓쳤다고 하는 것이다	是謂失時
칼을 들고서 가르지 않으면	操刀不割
유리한 기회를 놓친 것이다	失利之期
도끼자루를 잡고서 치지 않으면	執柯不伐
적이 장차 도발하여 올 것이다	賊人將來
졸졸 흐르는 물을 막지 않으면	涓涓不塞
그 물이 흘러흘러 강물이 되며	將爲江河
작은 불씨를 주의하지 않으면	熒熒不救
치솟는 불길을 어쩌지 못하리	炎炎奈何
떡잎 날 때 제거하지 않으면	兩葉不去
장차 도끼를 써야 할 것이고	將用斧柯
어린 뱀일 때 꺾지 않으면	爲虺弗摧
머지않아 큰 뱀이 되리라	行將爲蛇

○ '떡잎 날 때 제거하지 않으면[兩葉不去], 장차 도끼를 써야 할 것이고[將用斧柯]'라는 이 2구

는 고인(古人)도 일찍이 문구를 가다듬지 않음이 없다.[兩葉不去二句, 古人未嘗不造句也.]

○ 과연 황제(黃帝)에게서 나온 말인지 기필할 수는 없다. 그러나 그 말은 수록해 둘 만하다.[不必果出黃帝, 然其語可錄.]

074

《육도(六韜)》

천하에 수많은 사람들이 시끌벅적[108] 天下攘攘
모두 이끗 향해 달려가고 皆爲利往
천하에 수많은 사람들이 오락가락[109] 天下熙熙
모두 이끗 향해 달려온다 皆爲利來

---

108 시끌벅적: 원문의 양양(攘攘)을 《한어대사전(漢語大詞典)》에는 "분답하고 어지러운 모양[紛亂貌]이다."라고 풀이하고, 사람들이 오가면서 시끄럽게 떠드는 것을 형용한 말이다.[形容人來人往, 喧鬧紛雜.]라고 하였으므로 이와 같이 번역하였다.

109 오락가락: 원문의 희희(熙熙)를 《한어대사전(漢語大詞典)》에는 "분잡스러운 모양[紛雜貌]이다."라고 풀이하고, 앞의 양양(攘攘)과 한데 묶어서 역시 "사람들이 오가면서 시끄럽게 떠드는 것을 형용한 말이다."라고 하였으므로 이와 같이 번역하였다.

075

《관자(管子)》

담장에도 귀가 있는 법이니 牆有耳
잠복한 도둑이 곁에 있듯이 하라 伏寇在側

076

《좌전》에 인용된 일시[左傳引逸詩] 3수(首)

【1수】

높은 수레를 타고 와서　翹翹車乘
활을 들어 나를 부르니　招我以弓
어찌 가고 싶지 않겠는가마는　豈不欲往
나의 충직한 벗을 경외하노라　畏我友朋

○ 진(陳)나라 경중(敬仲)[110]이 인용한 시이다.[陳敬仲引.]

○ 진출하는 것을 어렵게 여기는 의지가 분명하다.[難進之思凜然.]

【2수】

황하의 물이 맑기를 기다리자면　俟河之清
사람이 얼마나 오래 살아야 하나　人壽幾何
점을 쳐서 많은 것을 묻고자 하면　兆云詢多
그저 그물만 치는 꼴이 될 뿐이네　職競作羅

○ 정(鄭)나라 자사(子駟)[111]가 인용한 시이다.[鄭子駟引.]

【3수】

명주실과 삼실이 있을지라도　雖有絲麻
왕골 풀과 띠 풀을 버리지 말며　無棄菅蒯
희강[112]의 여인이 있을지라도　雖有姬姜
조강지처를 버리지 말아야 하네　無棄蕉萃(1)
대체로 모든 군자들은　凡百君子
무슨 일이든 늘 대비하기 때문이네　莫不代匱

(1) 초췌(蕉萃)는 초췌(顦顇)와 같다.[同顦顇.]

○ '자중(子重)이 거(莒) 땅을 정벌하다'라는 편에 보인다.[113][見子重伐莒篇.]

---

110 진(陳)나라 경중(敬仲): 경중은 진나라 공자 완(公子完)이다.《좌전(左傳)》 노 장공(魯莊公) 22년 봄에 제(齊)나라 환공(桓公)이 경중을 경(卿)으로 삼으려 하자, 그가 사양하면서 이 시를 인용하였다.

111 정(鄭)나라 자사(子駟):《좌전(左傳)》 노 양공(魯襄公) 18년 겨울에 이 시는 주(周)나라 시라고 밝히고 있다. 초(楚)나라 자낭(子囊)이 정(鄭)나라를 침벌해 오자, 자사는 진(晉)나라의 지원군이 올 때까지 기다리자는 자공(子孔), 자교(子蟜) 등의 주장에 맞서 자국(子國), 자이(子耳)와 함께 초(楚)나라에 복종하여 위기를 모면할 것을 주장하면서 이 시를 인용하여 설득하였다. 두예(杜預)의 주(注)에는 조(兆)는 점을 치다[卜], 순(詢)은 모의하다[謀], 직(職)은 주관하다[主]로 풀이하고, "이미 점을 쳐 놓고서 더 많은 모의를 하게 되면 마침내 그물만 치는 난관을 만나게 될 뿐이다."라고 하였다.

112 희강(姬姜): 주(周)나라 성인 희씨(姬氏)와 제(齊)나라 성인 강씨(姜氏)를 이른다. 이 두 나라는 큰 나라였으므로 국족(國族)의 여자에 대한 통칭으로 쓰였으며, 미녀를 일컫는 말로도 쓰인다.

113 '자중(子重)이 … 보인다.:《좌전(左傳)》 노 성공(魯成公) 9년조(條)에 이 시(詩)의 전문이 실려 있다.

077
《좌전(左傳)》 4수(首)

【1수】

산에 나무가 자라거든 山有木
장인이 측량해 보듯이 工則度之
손님이 예절이 있으면 賓有禮
주인은 선택을 하도다 主則擇之

○ 노(魯)나라 우보(羽父)[114]가 인용한 주(周)나라 속담이다.[魯羽父引周諺.]

【2수】

마음속에 진실로 하자가 없다면 心苟無瑕
어찌 집이 없는 것을 걱정하리요 何恤乎無家

○ 진(晉)나라 사위(士蔿)[115]가 인용한 속담이다.[晉士蔿引諺.]

---

114 노(魯)나라 우보(羽父): 우보는 노나라 대부이다. 《좌전(左傳)》 노 은공(魯隱公) 11년조에, 등후(滕侯)와 설후(薛侯)가 노(魯)나라에 와서 서로 어른이라고 다툴 때 은공이 우보(羽父)를 보내 설후를 설득하면서 이 시를 '주나라 속담[周諺]'이라고 명명하여 인용한 것으로 되어 있다.

115 진(晉)나라 사위(士蔿): 사위는 진나라 대부이다. 《좌전(左傳)》 노 은공(魯隱公) 원년조에, 진나라 헌공의 태자인 신생(申生)에게 신변의 안전을 위하여 국외로 망명하여 오태백(吳太伯)처럼 처신하기를 권유하면서 이 속담을 인용하였다.

【 3수 】

머리도 두렵고 꼬리도 두려우면 畏首畏尾

남아 있는 그 몸통은 얼마나 될까 身其餘幾

○ 정(鄭)나라 공자(公子) 가(家)[116]가 인용한 옛말[古言]이다.[鄭子家引古言.]

【 4수 】

채찍이 제아무리 길어도 雖鞭之長

말의 배에는 닿지 않는다 不及馬腹

○ 진(晉)나라 백종(伯宗)[117]이 인용한 옛말[古語]이다.[晉伯宗引古語.]

---

116 정(鄭)나라 공자(公子) 가(家): 《좌전(左傳)》 노 문공(魯文公) 17년조에, 정(鄭)나라 목공(穆公)이 초(楚)나라 눈치를 보느라 진(晉)나라 영공(靈公)이 주최하는 모임에 참석하지 않자, 영공이 이를 빌미 삼아 정나라를 공격하려 하였다. 이에 공자(公子) 가(家)가 이를 해명하기 위하여 진나라의 대신인 조순(趙盾)에게 보낸 편지에서 이 말을 인용하였다.

117 진(晉)나라 백종(伯宗): 백종은 진나라 대부이다. 《좌전(左傳)》 노 선공(魯宣公) 15년조에, 초(楚)나라의 공격을 받게 된 송(宋)나라가 사신을 보내 진(晉)나라에 구원병을 요청하자, 경공(景公)이 이를 수락하여 출병 준비를 하였다. 이에 백종이 진나라가 설령 강하다고 해도 초나라를 자극하는 것은 무리라는 뜻으로 이 말을 인용하여 만류하였다.

078

《국어(國語)》 3수(首)

【1수】

짐승은 자신을 구속하는 그물을 미워하고　獸惡其網
백성은 자신을 괴롭히는 상관을 원망한다　民怨其上

○ 선 양공(單襄公)[118]이 인용한 속담이다.[單襄公引諺.]

【2수】

여러 사람의 마음이 한 성을 이루고　衆心成城
여러 사람의 입이 강한 쇠를 녹인다　衆口鑠金

○ 주구(州鳩)[119]가 주(周)나라 경왕(景王)에게 대응하면서 인용한 속담이다.[州鳩對周景王引諺.]

---

118 선 양공(單襄公): 《국어(國語)》 〈주어 중(周語中)〉의 '선 양공(單襄公)이 각지(郤至)가 하늘의 공을 훔친 것을 논하다[單襄公論郤至佻天之功]'에서, 선 양공이 각지의 행위를 지적하여 논하면서 인용한 말이다.

119 주구(州鳩): 《국어(國語)》 〈주어 하(周語下)〉에, 주(周)나라의 경왕(景王)이 커다란 종을 만들려고 하자, 이에 대해 관리(官吏)인 주구(州鳩)가 선 목공(單穆公)과 함께 '백성들을 괴롭히고 재물을 낭비하는 일'이라고 반대하면서 이 말을 인용하였다.

【3수】

선을 좇는 일은 산을 오르는 것과 같고　從善如登
악을 좇는 일은 산이 무너지는 것과 같다　從惡如崩

○ 위(衛)나라 표혜(彪傒)[120]가 인용한 속담이다.[衛彪傒引諺.]

079

《공자가어(孔子家語)》

말을 보려거든 그 수레를 살피고　相馬以輿
선비를 보려거든 그 거처를 보라　相士以居

○ 영웅(英雄)의 단기(短氣)이다.[英雄短氣.]

120 위(衛)나라 표혜(彪傒): 표혜는 위나라 대부이다. 《국어(國語)》 〈주어 하(周語下)〉에, 주(周)나라 대부 장홍(萇弘) 등이 경왕(敬王)을 위하여 성주(成周)에다 성을 쌓으려 하면서 진(晉)나라의 지지를 얻으려 하자, 표혜(彪傒)가 주나라의 대신인 선 목공(單穆公)에게 주나라의 장래를 기대할 수 없음을 말하면서 이 말을 인용하였다.

080

《열자(列子)》 2수(首)

【1수】

살아 있을 때 서로 어여삐 여겨 주고　生相憐
죽고 나면 서로 관심을 버려야 한다　死相捐

○ 양주편(楊朱篇)에 인용된 속담이다.[楊朱篇引諺.]

【2수】

사람은 혼인과 벼슬이 아니면　人不婚宦
정서와 욕구의 절반을 잃고　情欲失半
사람은 의복과 음식이 아니면　人不衣食
임금과 신하의 도리도 멈춘다　君臣道息

○ 고어이다.[古語.]

081

《한비자(韓非子)》

치닫는 수레 위엔 공자가 있지 않을 것이며 奔[(1)]車之上無仲尼
전복된 배 밑에는 백이도 있지 않을 것이다 覆舟之下無伯夷

(1) '분(奔)'의 음은 분(僨)이다.[音僨.]

082

《신자(愼子)》

귀 밝지 않고 눈 밝지 않으면 不聽不明
왕 노릇을 못하고 不能爲王
눈 멀지 않고 귀 먹지 않으면 不瞽不聾
공 노릇도 못한다 不能爲公

○ 요컨대, 귀 밝고 눈 밝은 것[聽明]과 귀머거리와 장님[聾瞽]을 병행하여 서로 어긋나지 않아야 함을 알아야 한다. 면류관 앞에 주옥[旒]을 드리우거나 귀마개[黈纊]로 귀를 막는 것도 역시 귀 밝고 눈 밝은 것만을 전적으로 주장하지 않는다는 뜻이다.[要知聽明聾瞽, 幷行不悖. 冕而前旒, 黈纊塞耳, 亦不專主聽明也.]

083

《노련자(魯連子)》

진심으로 예뻐하고 있다면	心誠憐
백발도 검은 머리로 보이고	白髮玄
기쁜 감정을 갖지 못하면	情不怡
고운 빛도 추하게 보인다	豔色媸

084

《전국책(戰國策)》 2수(首)

【1수】

차라리 닭의 입이 될지언정 寧爲雞口
소의 꽁무니가 되지는 말라 無爲牛後

○ 소진(蘇秦)이 조(趙)나라를 위하여 합종설(合從說)[121]을 가지고 한(韓)나라를 설득하면서 "비어(鄙語)를 들어 보니…." 하였다.[蘇秦爲趙合從說韓曰, 聞之鄙語云云.]

○ 일설에는 계시우종(雞尸牛從)이라고도 하는데, 시(尸)는 주관한다는 말이요, 종(從)은 송아지라는 뜻이다.[一云, 雞尸牛從. 尸, 主也. 從, 牛子也.]

【2수】

밑동을 자르고 뿌리를 뽑듯이 削株掘根
화근과 이웃하는 일이 없으면 無與禍鄰
화는 이내 존재하지 않으리라 禍乃不存

○ 장의(張儀)가 진(秦)나라를 설득하면서 "신은 들으니…." 하였다.[張儀說秦, 臣聞之云云.]

---

121 합종설(合從說): 중국 전국시대, 소진(蘇秦)이 주장했던 외교이론의 하나. 서쪽의 강국인 진(秦)나라에 대항하기 위하여 남북으로 있던 한(韓), 위(魏), 조(趙), 연(燕), 제(齊), 초(楚)의 여섯 나라가 동맹하여야 한다는 이론이다.

085

《사기(史記)》 4수(首)

아래는 모두 한(漢)나라 이후의 글이다. 여러 사람이 인용함에 따라 그 시대를 고찰해 보니, 모두 소속시킬 만한 곳이 없었다. 그래서 '고일편(古逸篇)'에 소속시킨 것이다.[下俱漢以後矣, 因衆人稱引. 按之時代, 未能皆有所屬. 故亦入古逸中.]

【1수】

쑥이 돋아 삼밭에 자라나면 蓬生麻中
붙들지 않아도 곧게 자라고 不扶自直
흰 모래가 진흙 속에 있으면 白沙在泥
둘 다 함께 검은 흙 되리라 與之皆黑

○ 지란(芝蘭)과 포어(鮑魚)[122]의 말과 뜻이 같다.[與芝蘭鮑魚同意.]

【2수】

결단해야 할 때 결단하지 못하면 當斷不斷

---

122 지란(芝蘭)과 포어(鮑魚): 《공자가어(孔子家語)》 〈육본제 십오(六本第十五)〉에서 인용한 말로, '지란(芝蘭)'은 "선한 사람과 함께 지내면 마치 향기로운 지초나 난초가 가득한 방안에 들어간 것과 같다.[與善人居, 如入芝蘭之室.]"를 줄인 말이며, '포어(鮑魚)'는 "착하지 않은 사람과 지내면 마치 비린내 나는 생선가게에 들어간 것과 같다.[與不善人居, 如入鮑魚之肆.]"를 줄인 말이다.

도리어 그 환난을 받게 되느니라	反受其亂

○ 〈황헐전(黃歇傳)〉의 찬(贊)에서 인용한 말이다.[黃歇傳贊引語.]

【3수】

소매가 길어야 춤을 잘 추고	長袖善舞
돈이 많아야 장사도 잘 한다	多錢善賈

○ 〈채택전(蔡澤傳)〉에서 태사공(太史公)이 한비(韓非)의 말을 인용하였다.[蔡澤傳, 太史公引韓非語.]

【4수】

농업이 공업만 못하고	農不如工
공업이 상업만 못하고	工不如商
비단에 수를 놓는 것이	刺繡文
저잣거리에서 장사하는 것만 못하다	不如倚市門

○ 〈화식전〉에 보인다.[貨殖傳.]

086

《한서(漢書)》 4수(首)

【1수】

교활한 토끼가 죽고 나면 狡兔死
사냥개는 삶기고 말며 走狗烹
나는 새를 다 잡고 나면 飛鳥盡
좋은 활도 보관해 둘 뿐이며 良弓藏
적국을 무너뜨리고 나면 敵國破
전략가는 쓸모없게 된다 謀臣亡

○ 〈한신전〉에 보인다.[韓信傳.]

【2수】

관리가 되어 일을 익히지 못했거든 不習爲吏
이미 이루어진 일에 비추어 보라 視已成事

○ 가의(賈誼)가 인용한 속담이다.[賈誼引鄙諺.]

【 3수 】

물이 지나치게 맑으면 노는 물고기가 없고　水至清則無魚
사람이 지나치게 살피면 따르는 자가 없다　人至察則無徒

○ 동방삭(東方朔)의 〈객난(客難)〉에 보인다.[東方朔客難.]

【 4수 】

천 사람한테 손가락질을 받으면　千人所指
병 없이도 사람이 죽을 수 있다　無病而死

○ 왕가(王嘉)가 봉사(封事)를 올려 성제(成帝)[123]가 동현(董賢)에게 추가로 봉(封)한 것에 대하여 간언하면서 인용한 속담이다.[王嘉上封事, 諫成帝益封董賢, 引里諺云.]

○ '고명한 집에는 귀신이 와서 그 방안을 엿본다[高明之家 鬼瞰其室]'[124]라는 말과 '좋은 옷을 입으면 남의 눈총을 받기 십상이다[美服患人指]'[125]라는 말에 견주어 훨씬 더 위협적이다. '한 사람만 해도 나를 이길 수 있다[一能勝予]'[126]라고 하였는데, 더구나 1천 명쯤 되면 어떠하겠는가.[比高明之家, 鬼瞰其室, 及美服患人指等語, 更爲可危可懼. 一能勝予, 況千人乎.]

---

123 성제(成帝): 《한서(漢書)》 〈왕가열전(王嘉列傳)〉에는 성제가 아닌 애제(哀帝)에게 봉사를 올린 것으로 되어 있다.

124 《한서(漢書)》 권87 하(下) 〈양웅전(揚雄傳)〉에서 인용하였다.

125 장구령(張九齡)의 〈감우(感遇)〉라는 시에, "좋은 옷을 입으면 남의 눈총을 받기 십상이며[美服患人指], 고대광실은 귀신의 미움을 부른다.[高明逼神惡.]"에서 인용하였다.

126 《서경(書經)》 〈하서(夏書) 오자지가(五子之歌)〉에서 인용하였다.

087
《열녀전》에 인용된 고어[列女傳引古語]

농사에 힘쓰는 것이 풍년을 만나는 것만 못하고 力田不如遇豐年
잠농에 애쓰는 것이 국경을 보는 것보다 못하며 力桑不如見國卿
비단에 수를 놓는 것이 刺繡文
저잣거리에서 장사하느니만 못하다 不如倚市門

088
《설원(說苑)》

쭉쭉 뻗은 칡넝쿨이 緜緜之葛
넓은 들판 뒤덮었네 在于曠野
어진 공인 만났으면 良工得之
좋은 갈포 될 것이나 以爲絺紵
어진 공인 못 만나면 良工不得
들녘에서 고사하겠네 枯死于野

089

《유향별록》[127]에 인용된 고어

[劉向別錄引古語]

입술이 없으면 이가 시리듯 脣亡而齒寒
하수가 붕괴됨은 그 원인이 산에 있도다 河水崩其壞在山

090

《신서(新序)》

좀의 부리는 기둥과 들보를 무너뜨리고 蠹喙仆柱梁
모기의 주둥이는 소와 양을 달아나게 한다 蚊芒走牛羊

127 《유향별록(劉向別錄)》: 한나라 유향이 편찬한 조정의 장서(藏書) 목록집(目錄集)으로, 현존하지 않는다. 청대(淸代)의 홍이훤(洪頤煊), 마국한(馬國翰), 요진종(姚振宗) 등에 의해 수집된 일문(逸文)이 일부 전해온다.

091

《풍속통(風俗通)》 4수(首)

【1수】

여우가 하수를 건너고 싶으나　　狐欲渡河
꼬리가 젖을까봐 어쩌지 못한다　　無奈尾何

○ "작은 여우[小狐]가 과감하게 건너다가 꼬리를 적셨다."[128]라는 말에 비하면 더욱 고상하고 심오하다.[小狐肸濟, 濡其尾, 更爲古奥.]

【2수】

아내가 죽어서 속으로만 슬퍼하는 건　　婦死腹悲
그 처량함을 자신만이 알기 때문이다　　惟身知之

128 작은 여우[小狐]가 … 적셨다: 《주역(周易)》 〈미제괘(未濟卦)〉에 "미제는 형통하나, 작은 여우가 과감하게 건너다가 꼬리를 적신 격이니 이롭지 않다.[未濟亨, 小狐汔濟, 濡其尾, 无攸利.]"라는 말을 인용한 것이다.

【3수】

현궁[129]이 느슨하면 縣宮漫漫
원통하게 죽는 사람이 절반이다 怨死者半

【4수】

금으로 선약은 만들 수 없는 것이며 金不可作(1)
속세는 신선 세계를 헤아리지 못한다 世不可度

(1) '작(作)'의 음은 주(做)이다.[音做.]

○ 진시황(秦始皇)과 한(漢)나라 광무제(光武帝)를 지적한 말이다.[點破秦皇漢武.]

129 현궁(縣宮): 《태평어람(太平御覽)》 권226에 '현관(縣官)'으로 되어 있으며, 현관은 일종의 관부(官府)를 지칭하는 말이다.

092

환자[130]의 《신론》에 인용된 속담

[桓子新論引諺]

사람들이 장안의 즐거움을 들으면	人聞長安樂
문을 나서 서쪽을 향하여 웃고	則出門而西向笑
고기 맛이 좋은 줄을 알고 나면	知肉味美
푸줏간 문을 마주하여 입맛을 다신다	則對屠門而大嚼

130 환자(桓子, 기원전 24~기원후 56): 한나라 때의 유학자. 이름은 담(譚)이고, 자는 군산(君山)이며, 안휘성 출생이다. 거문고에 능했고 오경(五經)에 밝았으며, 고학(古學)을 좋아하여 유흠(劉歆)과 양웅(楊雄)에게 배웠다. 왕망(王莽)이 천하를 찬탈했을 때 장악대부(掌樂大夫)와 중대부가 되었고, 광무제 때 의랑급사중(議郎給事中)에 발탁되었다. 그러나 광무제가 참(讖)을 이용하여 정사를 펴자 이것을 저지하려다 노여움을 사, 육안군승(六安郡丞)으로 좌천되어 부임 중에 죽었다. 저서에 《신론(新論)》 29편이 있다.

093

《모자》에 인용된 예전 속담

[牟子引古諺]

동한(東漢)의 모융(牟融)[131]이다.[東漢牟融.]

보고 들은 것이 적으면	少所見
괴이한 것이 많은 법이라	多所怪
낙타를 보고 말 등에 종기가 났다고 한다	見橐駝言馬腫背

○ 해학적인 말로, 독자로 하여금 실소(失笑)를 자아내게 한다.[諧語使讀者失笑.]

131 모융(牟融, ?~79): 후한(後漢) 때의 경학자. 자는 자우(子優)이며, 북해(北海) 안구(安丘) 사람이다. 벼슬이 대사농(大司農), 태위(太尉)에 이르렀다. 하후승(夏侯勝)이 전한 《상서(尙書)》를 가르쳐 많은 후학을 양성했다.

094

《역위》[132]에 인용된 고시

[易緯引古詩]

한 남자가 두 마음을 가지면 　　一夫兩心
작은 가시 하나도 뽑지 못한다 　　拔刺不深(1)

비틀거리는 말은 수레를 망가뜨리고 　　蹎馬破車
성질 나쁜 아낙은 가정을 망가뜨린다 　　惡婦破家

(1) "두 마음이 부합하면[同心] 쇠붙이도 끊어낸다.[斷金.]"[133]의 반증(反證)이다.[可反證同心斷金.]

---

132 《역위(易緯)》: 칠경(七經)에 상대되는 《서위(書緯)》, 《시위(詩緯)》, 《예위(禮緯)》, 《악위(樂緯)》, 《춘추위(春秋緯)》, 《효경위(孝經緯)》와 함께 칠위(七緯)라고 부르며, 한(漢)나라 때 사람이 공자(孔子)의 이름을 빌려 지은 책으로, 유가(儒家) 경전의 뜻을 인간의 길흉화복에 억지로 끌어다 맞추어 치란과 흥망을 예언했는데 허황한 말이 많다.

133 《주역(周易)》 〈계사 상전(繫辭上傳)〉에 "두 사람이 마음을 합하면 그 예리함이 쇠붙이도 끊는다.[二人同心, 其利斷金.]"라는 글에서 인용해 왔다.

095

《사민월령》에 인용된 농삿말

[四民月令引農語]

동한(東漢)의 최실(崔實)[134]이 지었다.[東漢崔實撰.]

삼월 달 황혼 무렵이 되면　三月昏
삼성[135]이 떠서 남중하고　參星夕
살구꽃이 활짝 피며　杏花盛
뽕잎도 새로 피어 번뜩인다　桑葉白

은하수가 각성[136]을 비출 무렵　河射角
밤은 살뜰히 깊어 가고　堪夜作
이성[137]이 질 때쯤이면　犂星沒
물은 얼어 얼음이 된다　水生骨

134 최실(崔實, ?~170 추정): 동한의 사상가. 자는 자진(子眞)이고, 안평(安平) 출신이다. 관료로 있으면서 선정을 베풀어 상서(尙書)에까지 올랐다. 〈정론(政論)〉을 지어 국가 통치 질서에 대한 입장을 제시하였다. 《사민월령》과 《농가언(農家諺)》의 지은이가 《사고전서(四庫全書)》에 최식(崔寔)과 혼재(混載)하여 표기되어 있으나 동일한 인물로 보인다.

135 삼성(參星): 28수(宿)의 하나로, 오리온자리에 속한 남쪽 세 개의 별과 그 부근의 별들을 일컫는다. 마치 쟁기의 형상과 비슷하다 하여 이성(犁星)이라고도 하며, 겨울철에 가장 잘 보이는 별자리이다.

136 각성(角星): 28수(宿)의 하나로, 각수(角宿)라고도 하며 동쪽의 창룡칠수(蒼龍七宿)의 첫째 별이다.

137 이성(犂星): 28수(宿)의 하나로, 쟁기의 형상과 비슷하여 이런 이름이 붙었다. 흔히 삼성(參星)이라고 하며, 오리온자리에 속한 남쪽의 세 개의 별과 그 부근의 별들을 가리키는데, 이 별자리가 보이면 농사를 시작한다.

096

《월령주》[138]에 인용된 속담

[月令註引里語]

잠자리가 울 때쯤이면 蜻蛉鳴
옷가지를 완성해야지 衣裘成
귀뚜라미가 울고 나면 蟋蟀鳴
게으른 아낙이 깜짝 놀라네 嬾婦驚

138 월령주(月令註): 월령은《예기(禮記)》〈월령(月令)〉을 말하며, 주는 정현(鄭玄)의 주석을 말한다. 위에 인용한 글은《고시기(古詩紀)》에 수록되어 있다.

097

《수경주》[139]에 인용된 속담

[水經註引諺]

석적산이 하얀빛이면	射的白
곡식값은 일백 냥이요	斛米百
석적산이 검은빛이면	射的玄
곡식값은 일천이란다	斛米千

○ 석적(射的)은 산 이름이다. 먼 데서 쳐다보면 모습이 마치 활을 쏘는 듯하여 붙여진 이름이다. 이 지역 사람들이 이 산의 빛깔을 보고 한 해의 풍흉(豊凶)을 점쳤다고 한다.[射的, 山名. 遠望狀若射侯, 土人以驗年之登否.]

139 《수경주(水經註)》: 북위(北魏)의 역도원(酈道元)이 한나라 때 상흠(桑欽)이 편찬한 《수경(水經)》에다 하천과 수도를 보충하고 주를 달아 만든 책이다.

098

《산경》[140]에 인용된 상총서[141]

[山經引相冢書]

산천이 말을 할 줄 안다면	山川而能語
장례사 밥 먹고 살 곳 없으며	葬師食無所
폐부가 말을 할 줄 안다면	肺腑而能語
의사의 얼굴빛이 흙빛 되리라	醫師色如土

140 《산경(山經)》: 요임금 당시에 방회(方回)라는 은자가 지었다는 지리서(地理書)의 일종이다.

141 《상총서(相冢書)》: 풍수 지리학의 원조인 중국 한나라의 청오자(靑烏子)가 자신의 학문을 요약하여 묘지(墓地)를 정하는 데 필요한 사항을 정리하여 만든 책으로, 《청오경(靑烏經)》이라고도 한다.

099

《문선주》[142]에 인용된 옛 속담

[文選註引古諺]

구릉을 넘고 언덕을 건너다 보면	越阡度陌
서로 주인도 되고 객도 된다네	互爲主客

100

《위지》[143] 〈왕창전〉에 인용된 속담

[魏志王昶引諺]

추위를 막는 데는 두꺼운 갖옷만 한 것이 없고	救寒無若重裘
비방을 그치게 하는 데는 수양만 한 것이 없다	止謗莫若自修

---

142 《문선주(文選註)》: 중국 양(梁)나라의 소명태자(昭明太子) 소통(蕭統)이 편찬한 것을 당나라 때 공손라(公孫羅)가 주석한 책으로, 진한(秦漢) 이후 남북조시대에 이르는 중국의 한문을 집대성하였으며, 모두 60권이다.

143 《위지(魏志)》: 진(晉)나라 진수(陳壽)가 편찬한 《삼국지(三國志)》의 일부이다.

101

《양사(梁史)》[144]

집이 새는 것은 위에 있는데	屋漏在上
그걸 아는 것은 아래에 있다	知之在下

102

사조[145]의 《통감소》에 인용된 속담

[史照通鑑疏引諺]

발이 차면 심장이 상하고	足寒傷心
백성이 원망하면 나라가 상한다	民怨傷國

144 《양사(梁史)》: 당(唐)나라 요사렴(姚思廉)이 찬술하였다.

145 사조(史照): 송(宋)나라 미산(眉山) 사람으로 자는 자희(子熙)이며, 고사(古事)에 정통하고 글을 잘 썼다. 그가 찬술한 《통감석문(通鑑釋文)》 30권이 있다.

103

고언고어(古諺古語) 4수(首)

【1수】

이슬에 젖은 아욱을 따지 않으며 觸露不掐葵
한낮의 부추는 자르지 않는다[146] 日中不翦韭

【2수】

날으려는 새는 날개를 접고 將飛者翼伏
달리려는 짐승은 발을 움츠리며 將奮者足跼
깨물려는 자는 발톱을 오므리고 將噬者爪縮
치장하려는 자는 바탕을 질박하게 한다 將文者且樸

【3수】

임금이 좋은 목재를 요구하면 上求材

146 《제민요술(濟民要術)》 권3에 수록된 내용이다.

신하는 나무를 거침없이 자르고 臣殘木
임금이 물고기를 요구하면 上求魚
신하는 계곡물까지 말린다 臣乾谷

○ 임금이 되어 많은 것을 요구해서야 되겠는가. 글귀의 조합이 간결하다.[上可以多求乎. 造句簡古.]

【4수】

고을이 없는 제사에는 無鄕之社
서육을 올리기가 쉽고 易爲黍肉
나라가 없는 사직에는 無國之稷
복을 구하기가 쉽도다 易爲求福

고시원(古詩源) 권1 끝

고시원 古詩源

권2

한시 漢詩

紫芝歌
大風歌
悲愁歌
拊缶歌
歌行
寶鼎詩
安世房中歌
東方朔
垓下歌

고제(高帝)

104
대풍가(大風歌)

《사기(史記)》에 "고조(高祖)가 이미 천하를 평정하고 돌아오던 길에 고향 패(沛) 땅을 지나다가 패궁(沛宮)에서 술을 준비하여 놓고 친구와 부로(父老)와 젊은이들을 모두 초대하여 잔치를 벌였다. 이때 패 땅의 아이들 1백20명을 선발하여 노래를 가르쳤다. 취기가 오르자 고조가 축(筑: 악기 이름)을 두드리며 노래를 불렀다." 하였는데, 그 가사는 다음과 같다.[史記, "高祖旣定天下, 還過沛, 留置酒沛宮, 悉召故人父老子弟佐酒, 發沛中兒, 得百二十人, 敎之歌. 酒酣, 上擊筑自歌曰."]

거센 바람 불어와 구름이 흩날리듯이	大風起兮雲飛揚
위엄을 해내에 떨치고 고향으로 돌아왔네	威加海內兮歸故鄉
어찌하면 맹사를 얻어 사방을 지켜 갈까	安得猛士兮守四方

○ 위에는 수많은 영웅들을 제거한 것을 말하고, 끝에는 이룩한 대업(大業)을 지켜 갈 것을 말하였다.[上言掃除羣雄, 末言守成也.]

○ 이때에 고제의 나이가 이미 많았다. 한신(韓信)과 팽월(彭越)이 이미 처형되고 효혜(孝惠)는 아직 인약(仁弱)한데다 인심이 안정되지 않았다. '맹사(猛士)를 생각한다'라는 표현에는 후회하는 마음이 담겨 있는 듯하다.[時帝春秋高. 韓彭已誅, 而孝惠仁弱, 人心未定. 思猛士其有悔心乎.]

105

홍곡가(鴻鵠歌)

《사기(史記)》에 "고제(高帝)가 척부인(戚夫人)의 아들인 조왕 여의(趙王如意)를 태자로 세우고자 하였으나, 결과는 그렇지 못하였다. 척부인이 눈물을 흘리자, 고제가 이르기를 '나를 위하여 초무(楚舞)를 추어 다오! 나는 그대를 위하여 초가(楚歌)를 불러 주리라' 하였는데, 그 취지는 태자가 상산사호(商山四皓)[1]를 보좌로 두어 그의 우익(羽翼)이 형성되었기 때문에 바꿀 수가 없다는 것을 말한 것이다." 하였다.[史記, "高帝欲立戚夫人子趙王如意, 後不果. 戚夫人涕泣, 帝曰, '爲我楚舞! 我爲若楚歌.' 其旨言太子得四皓爲輔, 羽翼成就, 不可易也."]

홍곡이 높이 날아서	鴻鵠高飛
일거에 천 리를 가네	一擧千里
날개가 이미 기류를 타니	羽翼已就
사해를 횡단하도다	橫絕四海
사해를 횡단하는데	橫絕四海
또 어찌할 수 있겠는가	又可奈何
비록 그물과 주살이 있다 한들	雖有矰繳
장차 그것을 어디에다 설치하랴	將安所施

1 상산사호(商山四皓): 상산(商山)은 중국 산동성 환대현(桓臺縣) 동남쪽 50리에 있는 산명(山名)이다. 진(秦)나라 은사(隱士) 네 사람인 동원공(東園公), 하황공(夏黃公), 기리계(綺里季), 녹리선생(甪里先生) 등이 이 산에 함께 은거하였다 한다. 모두가 수염과 눈썹이 하얗기 때문에 호(皓)라 하였다. 이들은 장량의 계책에 따라, 태자를 바꾸려 했던 고제(高帝)의 마음을 돌리게 하여 혜제(惠帝)가 제위(帝位)를 계승하게 하는 결정적인 역할을 하였다.

항우(項羽)

106

해하가(垓下歌)

《사기(史記)》에 “한(漢)나라가 해하에서 항우를 포위하였는데, 밤에 한군(漢軍)이 모두 초나라 노래를 부르는 소리를 듣고 항우가 깜짝 놀라 이르기를, ‘한나라가 이미 초나라를 모두 점령하였단 말인가?’ 하고 일어나 장막 안에서 술을 마셨다. 미인(美人) 우씨(虞氏)가 항상 수행하였고, 추(騅)라는 준마(駿馬)를 늘 타고 다녔는데, 감정에 북받쳐 슬픈 노래를 몇 소절 부르자, 우미인이 화답하였다.” 하였다.[史記, “漢圍項羽垓下, 夜聞漢軍皆楚歌, 驚曰, ‘漢皆已得楚乎?’ 起飮帳中, 有美人虞常從, 駿馬名騅常騎之, 乃悲歌慷慨, 歌數闋, 美人和之.”]

힘으론 산도 뽑겠고 기세는 세상을 덮겠는데	力拔山兮氣蓋世
시운이 불리하니 오추마도 나아가질 않네	時不利兮騅不逝
오추마가 나아가지 않으니 어찌하면 좋으냐	騅不逝兮可奈何
우희여 우희여 그대를 어찌하란 말이더냐	虞兮虞兮奈若何

○ '어찌하면 좋으냐[可奈何]'와 '어찌하란 말이더냐[奈若何]'는 오열로 뒤엉켜 있다. 예로부터 진정한 영웅은 결코 무정한 사람이 아니었다.[可奈何, 奈若何, 嗚咽纏綿. 從古眞英雄, 必非無情者.]

○ 우희(虞姬)의 화답 노래는 당시(唐詩)의 절구(絶句)와 흡사하다. 그 때문에 수록하지 않았다.[虞姬和歌, 竟似唐絶句矣, 故不錄.]

당산부인(唐山夫人)

고제(高帝)의 부인이다. 위소(韋昭)가 이르기를 "당산(唐山)은 성(姓)이다." 하였다.[高帝姬. 韋昭曰, "唐山, 姓也."]

107

안세방중가(安世房中歌) 16수(首)

《한서(漢書)》〈예악지(禮樂志)〉에 이르기를 "한나라 방중사악(房中祠樂)은 고조의 당산부인이 지은 것이다." 하였다.[漢書禮樂志曰, "漢房中祠樂 高祖唐山夫人所作也."]

【1수】

큰 효성을 갖추셨으니	大孝備矣
아름다운 덕 밝게 빛나도다	休德昭明
사현[2]의 악기를 높이 거니	高張四縣(1)

2 사현(四縣): 《한서(漢書)》 권22 〈예악지(禮樂志)〉 주(註)에 진작(晉灼)이 이르기를 "사현은 악(樂)

궁정에는 즐거움이 충만하도다	樂充宮庭
우거진 나무들 무성한 숲에는	芬樹羽林
구름 그림자 아득할 뿐이고	雲景杳冥
금빛 가지 아름답게 빛나니	金支秀華
수많은 깃대에 푸른 깃발 펄럭이네	庶旄翠旌

(1) '현(縣)'은 현(懸)과 같다.[同懸.]

○ 끝부분 4구는 그윽한 빛과 신령한 음향이 있으니, 단지 전아함과 장중함만으로 장점을 보여 준 것이 아니다.[末四句幽光靈響, 不專以典重見長.]

【2수】

칠시와 화시[3]의 곡으로	七始華始
경건하게 부르며 화답하노니	肅倡和聲
신명이시여 편하게 여기시어	神來晏娭(1)
이 음악 소리를 들으시리이다	庶幾是聽
정성 어린 소리로 전송하오니	鬻(2)鬻音送

의 4현으로, 천자(天子)의 궁현(宮縣)이다." 하였고, 안사고(顔師古)는 "궁현(宮縣)을 설치하여 높이 걸었다는 것이다. 현(縣)은 옛 현(懸) 자이다." 하였다.

3 칠시(七始)와 화시(華始): 《한서(漢書)》 권22 〈예악지(禮樂志)〉주(註)에 맹강(孟康)이 이르기를 "모두 악곡 이름이다. 칠시(七始)는 천(天)·지(地)·인(人)·춘(春)·하(夏)·추(秋)·동(冬)의 시작을 뜻하며, 화시(華始)는 만물의 영화(英華)의 시작을 의미한다. 이로써 악곡의 이름을 삼으니, 육영(六英)과 같다." 하였다.

인정이 사뭇 정돈되었나이다　　細齊人情
문득 검푸른 하늘로 오르시니　　忽乘青玄
복되고 기쁜 일이 이루어지리다　　熙事備成
맑은 생각이 그윽하고 조용하니　　清思眑(3)眑
어두운 가운데 잘 다스려지리다[4]　　經緯冥冥

(1) '애(娭)'는 희(嬉)와 같다.[同嬉.]

(2) '죽(鬻)'의 음은 죽(竹)이다.[音竹.]

(3) '유(眑)'의 음은 유(有)이다.[音有.]

○ '죽죽(鬻鬻)'이라는 두 말은 음악 소리의 깊고 고요함을 묘사하고 있어서 《악기(樂記)》의 빠진 부분을 보충할 만하다.[鬻鬻二語, 寫樂音深靜, 可補樂記所缺.]

【 3수 】

내가 역수[5]를 정하고 나자　　我定曆數
신하들이 그 마음을 고하네　　人告其心
몸을 신칙하여 재계하니　　敕身齊戒
임금의 하교가 신중하도다　　施教申申
이에 조상의 사당을 세워서　　乃立祖廟

4　맑은 … 다스려지리다: 《한서(漢書)》 권22 〈예악지(禮樂志)〉 주(註)에 안사고(顏師古)가 이르기를 "유유(眑眑)는 그윽하고 조용한 것[幽靜]이다. 경위(經緯)는 천지를 다스리는 것[經緯天地]을 이른다." 하였다.

5　역수(曆數): 천체의 운행, 추위와 더위의 변화가 철따라 돌아가는 순서를 말한다. 《서경(書經)》 〈대우모(大禹謨)〉에 "하늘의 역수가 너의 몸에 있다.[天之曆數在汝躬.]" 하였다.

삼가 어버이 섬기는 도리 밝히니　敬明尊親
크도다 효도에 의한 복이여　大矣孝熙
사극[6]에서 이르러 오도다　四極爰轃

【4수】

왕후가 덕을 간직하고 있으니　王侯秉德
그 이웃이 공경을 다하고　其鄰翼翼
밝은 법을 밝게 드러내서　顯明昭式
맑고 밝은 울창주로　清明鬯矣
황제의 효성과 덕을 기리니　皇帝孝德
마침내 큰 공을 온전히 하여　竟全大功
사극을 어루만져 안정시키도다　撫安四極

【5수】

해내에 간악한 무리가 있어　海內有姦

---

6 사극(四極): 《한서(漢書)》 권22 〈예악지(禮樂志)〉 주(註)에 안사고(顏師古)가 이르기를 "사방의 극히 먼 곳을 이른다. 《이아(爾雅)》에 '동으로 태원(泰遠)에 이르고, 서로 빈국(邠國)에 이르고, 남으로 복연(濮鉛)에 이르며, 북으로 축율(祝栗)에 이르니, 이를 사극이라 한다'고 하였다. 빈(邠)은 음이 빈(彬)이고, 진(轃)은 진(臻)과 같다." 하였다.

동북을 오가며 어지럽히자 紛亂東北
결성한 군사[7] 무마하라 조서 내리시니 詔撫成師
무신도 그 덕을 계승하고 武臣承德
행악을 번갈아 맞이하였으며 行樂交逆
뭇 간특한 자를 음악으로 순화하였다[8] 簫勺羣慝
엄숙함으로 구제함이란 肅爲濟哉
대개 연나라를 안정시키기 위함이었네 蓋定燕國

【6수】
큰 바다 드넓어서 모든 강물 모여들고 大海蕩蕩水所歸
고명한 현인 자애로워 백성들이 따르네[9] 高賢愉愉民所懷

---

7 결성한 군사[成師]: 《한서(漢書)》 권22 〈예악지(禮樂志)〉 주(註)에 안사고(顔師古)가 이르기를 "각각 부교(部校)를 두고 군대가 절도 있게 출병한 것을 말한다. 《좌전(左傳)》에 '성사(成師)하여 출병하였다'라고 하였다." 하였다.

8 뭇 간특한 … 순화하였다: 《한서(漢書)》 권22 〈예악지(禮樂志)〉 주(註)에 진작(晉灼)이 이르기를 "소(簫)는 순임금의 음악이며, 작(勺)은 주나라의 음악이다. 악으로써 정벌하였음을 말한다." 하였고, 안사고(顔師古)는 이르기를 "새 음악을 제정하여 교화가 전파되어 행해지자, 역란의 무리들도 다 서로 기쁨을 극진히 하였음을 말한다. 특(慝)은 악(惡)이다. 작(勺)은 음이 작(酌)이다" 하였다.

9 큰 바다 … 따르네: 《한서(漢書)》 권22 〈예악지(禮樂志)〉 주(註)에 안사고(顔師古)가 이르기를 "탕탕(蕩蕩)은 광대(廣大)한 모양이다. 유유(愉愉)는 화락(和樂)한 모양이다. 회(懷)는 생각하다(思)이다. 바다는 광대한 까닭에 물들이 돌아가고, 왕자(王者)에겐 화락의 덕이 있으니, 사람들이 모두 귀부할 것을 생각한다는 말이다." 하였다.

큰 산이 높디높아	太山崔
온갖 식물 번식하네	百卉殖
백성들은 무엇을 귀하게 여기는가	民何貴
덕이 있는 이를 귀하게 여긴다네[10]	貴有德

○ 아래에서는 갑자기 변조(變調)를 적용하였다. 촉급하기도 하고 번잡하기도 하나 각각 그 음절(音節)의 절묘함을 다하였다.[以下忽焉變調. 或急或繇, 各極音節之妙.]

【7수】

사물은 제자리를 편케 여기며	安其所
일생 마치기를 즐거워하도다	樂終產
일생 마치기를 즐거워하므로	樂終產
대대로 그 왕업을 이어 가도다	世繼緒
거대한 용이 날아올라서[11]	飛龍秋

---

10 큰 산이 … 여긴다네: 《한서(漢書)》 권22 〈예악지(禮樂志)〉 주(註)에 안사고(顏師古)가 이르기를 "태산에 높은 봉우리가 있기 때문에, 능히 온갖 초목을 길러 낼 수 있고, 명군(明君)은 숭고한 그 덕으로 인하여 만백성의 존경을 받는다는 말이다." 하였다.

11 거대한 용이 날아올라서: 《한서(漢書)》 권22 〈예악지(禮樂志)〉 주(註)에 소림(蘇林)이 이르기를 "추(秋)는 나는[飛] 모양이다." 하였고, 안사고(顏師古)는 이르기를 "《장자(莊子)》에 추가지법(秋駕之法)이 있는데, 또한 가마(駕馬)가 올라 내닫는 것이 날아다니는 듯하다[秋秋然]라고 말하였다. 《양웅부(揚雄賦)》에 이르길 '추추창창(秋秋蹌蹌)'이라 하였는데, 그 뜻이 역시 이와 같다. 읽는 이들이 '추(秋)'의 의미를 깨닫지 못하고, 혹 이 추 자를 바꿔 출직(秫稷)이라 할 때의 출(秫) 자로 여기는데, 매우 잘못 본 것이다." 하였다.

하늘로 올라가 노닐듯이 遊上天
고명한 현인들 기뻐하니 高賢愉
백성들 모두 즐거워하도다 樂民人

【8수】

풍성한 풀처럼 우거지고 豐草葽
여라처럼 번져 나가니[12] 女蘿施
그 착함이 어떻다 할까 善何如
뉘라서 능히 돌이킬 수 있으리오[13] 誰能回
커서 이보다 더 클 수 없는 것은 大莫大
교화의 덕을 완성시키는 것이며 成教德
길어서 이보다 길 수 없는 것은 長莫長
한계가 없는 데까지 덮는 거라오 被無極

○ 이 장(章)은 문득 비체(比體)와 흥체(興體)를 적용하였다.[此章忽用比興.]

---

12 풍성한 … 번져 나가니: 《한서(漢書)》 권22 〈예악지(禮樂志)〉 주(註)에 맹강(孟康)이 이르기를 "요(葽)의 음은 '사월에 이삭이 팬다[四月秀葽]'할 때의 '요(葽)'이니, 무성한 모양이다." 하였고, 응소(應劭)는 이르기를 "여라(女羅)는 토사(兔絲)이다. 송백의 위에 널리 뻗어 간다. 다른 부류도 오히려 싣는데, 하물며 동성이겠는가. 친족은 그 허물을 덮어 주지 않을 수 없음을 말하였다." 하였다.

13 그 착함이 … 있으리요: 《한서(漢書)》 권22 〈예악지(禮樂志)〉 주(註)에 안사고(顏師古)가 이르기를 "회(回)는 난(亂)이다. 지덕(至德)의 선은 상고의 제황(帝皇)들도 모두 이만 못하였으니, 난을 막을 수 없었음을 말한다." 하였다.

【 9수 】

천둥이 진동하고 雷震震
번개가 번쩍이네 電耀耀
덕이 밝은 고을인지라 明德鄉
다스리는 근본이 짜임새가 있네 治本約
다스리는 근본이 짜임새가 있으니 治本約
그 은택이 더없이 크도다 澤弘大
총애가 더해져서 加被寵
모두가 서로를 보호하도다 咸相保
베푼 은덕이 큰 만큼 施德大
대대로 수명을 연장해 가리라 世曼壽

【 10수 】

모든 꽃들이 드디어 피어나고 都荔遂芳
올록볼록 계수나무 화려하구나[14] 窅窊桂華

---

14 모든 … 화려하구나: 《한서(漢書)》 권22 〈예악지(禮樂志)〉 주(註)에 소림(蘇林)이 이르기를 "요(窅)는 음이 요질(窅眣)에서의 요이며, 와(窊)는 음이 와하(窊下)에서의 와(窊)이다." 하였고, 맹강(孟康)은 이르기를 "요(窅)는 나온 것이고[出], 와(窊)는 들어간 것[入]이다." 하였다. 진작(晉灼)이 이르기를 "계화(桂華)는 전각의 이름과 같다." 하였는데, 신찬(臣瓚)은 이르기를, 〈무릉중서(茂陵中書)〉가 도려(都孋), 계영(桂英), 미방(美芳), 고행(鼓行)을 노래했지만, 이같이 다시 전각의 이름으로 삼지는 않았다." 하였다. 안사고는 이에 대하여 "제가(諸家)의 설이 모두 다 극

그 효성 천의에 아뢰니	孝奏天儀
마치 일월의 빛과 같도다	若日月光
검은 사룡을 타고 가서	乘玄四龍
북쪽으로 가던 길 돌아왔네	回馳北行
행군의 깃발이 성대하니	羽旄殷盛
흐드러지고 질펀하도다[15]	芬哉芒芒
효도로 세상을 따름이여	孝道隨世
내가 문장을 분부하도다[16]	我署文章

○ '효도(孝道)로 세상을 따름이여'는, 《중용(中庸)》에서 말한 달효(達孝)[17]와 같다.[孝道隨世, 中庸所云達孝也.]

【11수】

옹골차게 근신하여서[18]	馮馮翼翼

진하지는 못하다. 이것은 도량, 벽려가 모두 향기를 가지고 있고, 계화의 형상이 올록볼록한 것을 말한 것으로, 모두 신궁(神宮)에 있는 것을 말하였다." 하였다.

15 흐드러지고 질펀하도다: 《한서(漢書)》 권22 〈예악지(禮樂志)〉 주(註)에 안사고(顔師古)가 이르기를 "분(芬)은 많다는 뜻이며, 망망(芒芒)은 넓고 먼 모습이다." 하였다.

16 내가 문장을 분부하도다: 《한서(漢書)》 권22 〈예악지(禮樂志)〉 주(註)에 안사고(顔師古)가 이르기를 "서(署)는 분부(分部)와 같다. 일부에서는 표시하다[表]라는 의미로도 해석한다." 하였다.

17 달효(達孝): 《중용장구(中庸章句)》 제19장에 공자(孔子)가 이르기를 "무왕(武王)과 주공(周公)은 누구나 공통(共通)으로 칭찬하는 효(孝)이시다.[子曰 武王周公 其達孝矣乎.]"라고 하였다.

18 옹골차게 근신하여서: 《한서(漢書)》 권22 〈예악지(禮樂志)〉 주(註)에 안사고(顔師古)가 이르기를 "빙빙(馮馮)은 무성하여 가득 찼다는 뜻이며, 익익(翼翼)은 근신하는 모양이다." 하였다.

하늘의 법칙을 계승하였네 承天之則
나의 다스림이 영원무궁하여서[19] 吾易久遠
사방을 환히 밝히도다 燭明四極
인자하고 은혜로운 분의 사랑스런 바는 慈惠所愛
아름다운 덕에 순응함이로다 美若休德
아득하고 어두운 데에서라도 杳杳冥冥
능히 영원한 복을 누리도다 克綽永福

【 12수 】

높이 쌓아서 충실하게 함이여 磑(1)磑即即
산의 법칙을 스승으로 삼도다 師象山則
아, 효성스러움이여 嗚呼孝哉
융나라까지 안무하시니 案撫戎國
만이들도 기쁨을 다하여 蠻夷竭懽
역관을 보내와서 복을 바치네[20] 象來致福

---

19 나의 … 영원무궁하여서: 《한서(漢書)》 권22 〈예악지(禮樂志)〉 주(註)에 진작(晉灼)이 이르기를 "역(易)은 강역(疆易)이며 구(久)는 안고함[固]이다. 무제가 직접한 말로 영토를 멀리까지 개척하여 안고(安固)해졌다고 한 말이다." 하였는데, 안사고(顏師古)는 이르기를 "이 설은 부적합하다. 구(久)는 길다[長]와 같으니, 강역이 멀고 크다는 것을 말한 것일 뿐이다. 무제 때도 아니니, '영토를 개척했다 운운'하는 말도 맞지 않는다." 하였다.

20 역관을 … 바치네: 《한서(漢書)》 권22 〈예악지(禮樂志)〉 주(註)에 이기(李奇)가 이르기를 "상(象)은 통역관[譯]이다. 만이(蠻夷)가 역관을 보내와서 복공(福貢)을 드렸다." 하였다.

겸하여 이 사랑에 임하였으니[21] 兼臨是愛

끝까지 전쟁은 없으리라 終無兵革

(1) '애(磑)'의 음은 위(位)이다.[音位.]

○ 《예악지(禮樂志)》에 이르기를, "'애애(磑磑)는 높이 쌓는다.'이며, '즉즉(即即)은 가득 채운다.'이다." 하였다.[禮樂志曰, "磑磑, 崇積也, 即即, 充實也.]

【13수】

참신한 제물 올려서 아름다우니 嘉薦芳矣

신령님께 흠향하시도록 고하도다 告靈饗矣

신령님께 고하여 흠향을 마치심은 告靈既饗

덕스러운 말씀이 매우 착한 때문이요 德音孔臧

오직 덕스러운 말씀 착하심이여 惟德之臧

제후를 세우심이 상도랍니다 建侯之常

하늘의 아름다움을 계승하셨으니 承保天休

훌륭한 명성 잊지 않으리다[22] 令問不忘

---

21 겸하여 … 임하였으니: 《한서(漢書)》 권22 〈예악지(禮樂志)〉 주(註)에 안사고(顔師古)가 이르기를 "겸림(兼臨)은 윗자리에 있는 자가 두루 포용하는 것을 이른다." 하였다.

22 제후를 … 않으리다: 《한서(漢書)》 권22 〈예악지(禮樂志)〉 주(註)에 안사고(顔師古)가 이르기를 "건후(建侯)란 제후를 봉하여 세웠다[封建]는 것이다. 《주역(周易)》 〈둔괘(屯卦)〉에 이르길 '제후를 세우는 것이 이롭다[利建侯]'고 하였다. 휴(休)는 아름다움[美]이고, 영(令)은 착함[善]이고, 문(問)은 명성[名]이다." 하였다.

【14수】

아름답고 성대하며 크고 밝으신 皇皇鴻明
오직 황제의 아름다운 덕이시니 蕩侯休德
천지의 화기를 좋게 계승하셔서 嘉承天和
이제는 그 복을 즐기시리다 伊樂厥福
즐거움을 누려도 황량하지 않으시니 在樂不荒
백성들의 본보기가 되셨나이다 惟民之則
규칙을 지키며 덕을 사표로 삼아서 浚則師德
백성들 모두가 번영을 꾀하도다 下民咸殖
훌륭한 명성이 오래갈 것이니 令問在舊
아름다운 모습 장중하시도다 孔容翼翼

○ 규범을 갖춘 말이 체모를 얻었다.[規語得體.]

【15수】

아름다운 모습 변함없으시니 孔容之常
천제의 밝음을 계승하였도다 承帝之明
백성들이 즐거워하는 덕으로 下民之樂
자손들은 그 광영을 보전하리 子孫保光
순하고 온화하고 현량함을 계승하셔서 承順溫良
황제의 광영을 받으셨도다 受帝之光

올린 제물 아름답고 법령 꽃다우니 嘉薦令芳
오래 장수하셔서 잊지 않으리로다 壽考不忘

【16수】

황제의 밝은 덕을 계승하시고 承帝明德
산의 법칙을 스승으로 삼도다 師象山則
백성에게 알맞게 은택 베푸니 雲施稱民
그 복을 길이길이 받으리로다 永受厥福
모습의 변함없음 계승하시고 承容之常
황제의 현명함을 계승하시니 承帝之明
백성들은 편안하고 즐거워하며 下民安樂
끝이 없는 그 복을 받으리로다 受福無疆

○ 교묘가(郊廟歌)는 송(頌)에 가깝고 방중가(房中歌)는 아(雅)에 가깝다. 고상하고 심오한 가운데 화평한 음조(音調)를 띠고 있어서 천박하지도 않으며 옹졸하지도 않다. 전범[典]이 있고 규칙[則]이 있으니, 이는 서경(西京)의 최대 작품이라 하겠다.[郊廟歌近頌, 房中歌近雅. 古奧中帶和平之音, 不膚不庸. 有典有則, 是西京極大文字.]

○ 첫머리에 '큰 효성 갖추었다[大孝備矣]'라고 말하고, 이하에서 반복적으로 여러 차례 효덕(孝德)을 칭찬하였으니, 한(漢)나라 왕조의 수백 년 가법(家法)이 여기에서부터 비롯되었다 하겠다. 여러 대에 걸쳐 묘호(廟號)의 첫머리에 효(孝)자를 쓰게 된 것은 분명 까닭이 있었던 것이다.[首言大孝備矣, 以下反反覆覆, 屢稱孝德, 漢朝數百年家法, 自此開出. 累代廟號, 首冠以孝, 有以也.]

주허후[23] 장(朱虛侯章)

108
경전가(耕田歌)[24]

《사기(史記)》에 "여러 여씨(呂氏)가 정권을 휘두르자, 유장(劉章)은 유씨(劉氏)가 관직을 얻지 못한 것을 분하게 여겼다. 일찍이 잔치에 입시하였을 때 태후(太后)가 그를 주리(酒吏)로 삼았다. 유장이 이르기를, '신은 장수의 후손이니, 청컨대, 군법(軍法)으로 술자리를 진행하겠습니다' 하자, 태후가 그리하라 하였다. 취기가 오르자, 유장이 〈경전가〉를 지었다. 얼마 후에 여씨 중 한 사람이 술에 취하여 도망을 가자, 장이 쫓아가서 검을 뽑아 참수하였다. 태후가 크게 놀랐으나 이미 그에게 군법을 허락하였으므로 죄를 물을 수가 없었다." 하였다.[史記, "諸呂擅權, 章忿劉氏不得職. 嘗入侍晏, 太后令爲酒吏. 章曰, '臣將種也, 請以軍法行酒.' 太后曰, 可. 酒酣, 章乃作耕田歌. 頃之, 諸呂有一人醉亡酒, 章追拔劍斬之. 太

---

23 주허후(朱虛侯): 유장(劉章)이 여태후로부터 받은 봉작(封爵)이다. 그는 한 고조의 서출 장자인 도혜왕(悼惠王) 유비(劉肥)의 아들로, 여태후가 죽은 뒤에 주발(周勃)·진평(陳平) 등과 함께 여씨의 난을 평정하였고, 문제(文帝) 때에 한양왕(漢陽王)에 봉해졌다.

24 경전가(耕田歌): 한 고조가 죽은 뒤 여태후의 섭정 기간 동안 여씨들이 정권을 장악해서 유씨의 정권이 위태롭게 되자, 주허후(朱虛侯) 유장(劉章)이 여후를 모신 연회에서 여싸의 제거를 암시하면서 지어 부른 노래이다.

后大驚, 業已許其軍法, 無以罪也."]

깊이 갈아 빽빽이 심었어도	深耕溉種
모종을 세우려면 솎아 주어야 하고	立苗欲疏
심은 그 곡식 아닌 것이 자랐으면	非其種者
호미질하여 뽑아 버려야 하네	鋤而去之

109

자지가(紫芝歌)

《고금악록(古今樂錄)》에 "사호(四皓)[25]가 상산(商山)에 은거하며 이 노래를 지었다." 하였다.[古今樂錄, "四皓隱於商山作歌."]

까마득히 높은 산 늘어서 있고　莫莫高山
깊은 골짜기 구불구불 이어져 있네　深谷逶迤
반짝이는 자지풀만으로도　曄曄紫芝
기갈을 충분히 면할 수 있네　可以療飢
당우의 세상은 멀기만 하니　唐虞世遠
우린 장차 어디로 가야 하나　吾將何歸
사마에다 드높은 일산 받는다 해도　駟馬高蓋
그 걱정은 심히 크리로다　其憂甚大
부귀하여 남을 두려워하기보다는　富貴之畏人兮
가난하여 뜻을 펴느니만 못하리라　不若貧賤之肆志

25 사호(四皓): 105.홍곡가(鴻鵠歌) 주 1) 참조.

무제(武帝)

110
호자가(瓠子歌) 2수(首)

《사기(史記)》에 "원봉(元封) 2년에 황제가 봉선(封禪)[26]을 마친 뒤에 군사 1만 인을 선발하여 호자의 터진 황하를 막도록 하였다. 돌아오면서 직접 제사에 임하고, 여러 신하와 따르는 관리들에게 모두 섶을 지고 가게 하였다. 당시에 동군(東郡)에는 풀을 태워 버려서 섶이 적었다. 그래서 아래에다 기원(淇園)의 대나무를 하사하여 방죽[楗]을 만들도록 하였다. 황제가 이미 하수가 터진 곳에 임하여 그 공사가 이루어지지 못한 것을 애석해하며 노래 2장을 지었던 것인데, 이때에 마침내 호자를 막게 되었다. 축조한 궁(宮)의 명칭은 '선방(宣房)'이다." 하였다.[史記, "元封二年, 帝既封禪, 乃發卒萬人, 塞瓠子決河. 還

26 봉선(封禪): 제왕이 천지신명에게 제사 지내는 큰 의식. 봉(封)은 태산(泰山) 위에 제단을 쌓고 제사 지내 하늘의 공덕에 보답하는 것이고, 선(禪)은 태산 아래의 양보산(梁父山)에 터를 닦고 제사 지내 땅의 은혜에 보답하는 것이다. 또 봉(封)은 옥으로 만든 판에 발원문을 적어, 돌로 만든 상자에 봉하여 천신(天神)에게 비는 일이었고, 선(禪)은 토단(土壇)을 만들어 지신(地神)에게 비는 일이었다. 최초로 봉선한 것은 진(秦)나라 시황제(始皇帝)였는데 기원전 219년 태산(泰山)의 산정에서 하늘에 제사 지내고, 부근의 양보(梁父)라는 작은 동산에서 땅에 제사 지냈다. 원래는 불로장생을 기원한 의식이었지만 한 무제(漢武帝) 때부터 대규모 정치적인 제사가 되었다.

自臨祭, 令羣臣從官皆負薪. 時東郡燒草薪少. 乃下淇園之竹以爲楗. 上旣臨河決, 悼其功之不就, 爲作歌二章, 於是卒塞瓠子. 築宮名曰宣房."]

【1수】

호자[27]가 터졌으니 장차 어찌할거나	瓠子決兮將奈何
넘실대는 물결 죄다 하수가 되었구나	浩浩洋洋兮慮殫爲河
죄다 하수가 되어 땅도 편치 못하려니와	殫爲河兮地不得寧
일이 끝이 없으니 어산[28]도 평지가 되었네	功無已時兮吾(1)山平
어산은 평지가 되고 거야[29]가 범람하니	吾山平兮鉅野溢
물고기 떼 우글대고 겨울날이 닥쳐오네	魚弗鬱兮柏(2)冬日
바른길은 느슨해져 평상시 물이 흐르지 않고	正道弛兮離常流
교룡은 물길 따라 먼 곳으로 떠나리라	蛟龍騁兮放遠遊
예전 하천으로 돌아오니 성대한 물결 신비론데	歸舊川兮神哉沛
봉선이 아니면 외지를 어찌 알리요	不封禪兮安知外
나를 위해 일러 주오 　하백은 어찌 그리 불인하여	爲我謂河伯兮何不仁
멈추지 않고 범람하여 　우리를 시름하게 하는지	泛濫不止兮愁吾人
설상이 물에 뜬 듯 회수와 사수[30]가 넘실대니	齧桑浮兮淮泗滿

27 호자(瓠子): 호자구(瓠子口)라고도 하며, 지금의 하남(河南) 복양(濮陽) 남쪽에 위치해 있다.
28 어산(吾山): 어산(魚山)을 이르는 말로, 지금의 산동성 양곡(陽谷) 동북쪽에 위치해 있다.
29 거야(鉅野): 옛 습지의 이름으로, 지금의 산동성 거야의 북쪽에 위치해 있다.

오랫동안 돌아 못 가는데 물은 느긋하게 흐르네　久不返兮水維緩

(1) '오(吾)'의 음은 어(魚)이다.[音魚].

(2) '백(柏)'은 박(迫)과 같다.[同迫.]

○ 설상(齧桑)[31]은 현(縣)의 이름이다.[齧桑縣名.]

【2수】

넘실대는 하수 물결이 잔잔하다 해도　河湯湯兮激潺湲
북쪽을 건너 돌아오려니 빠른 물결이 어렵고　北渡回兮迅流難
기다란 노끈 들고
　아름다운 옥을 담가 제사하니　搴長茭兮湛(1)美玉
하백[32]은 허락하였다만 섶을 잇지 못하였네　河伯許兮薪不屬
섶을 잇지 못하는 건 위인의 죄로다　薪不屬兮衛人罪
쑥대를 죄다 태웠으니
　아, 어떻게 물을 막을까　燒蕭條兮噫乎何以禦水
대숲을 내려 주고 돌무더기를 쌓은 덕에　隤林竹兮楗石菑
선방을 막았으니 만복이 찾아오리로다　宣防塞兮萬福來

---

30 회수(淮水)와 사수(泗水): 이 두 물은 안휘성(安徽省)과 강소성(江蘇省) 북쪽 지역에서 흘러 오(吳)나라 지역까지 이어지는 통로가 된다.

31 설상(齧桑): 강소성(江蘇省) 패현(沛縣) 서남쪽에 있다.

32 하백(河伯): 전설상의 수신(水神) 이름이다.

(1) '담(湛)'의 음은 침(沈)이다.[音沈.]

○ 큰일 벌이기를 좋아하고 공 세우는 것을 즐기는 행동이기는 하나, 하늘을 경외하고 세상을 걱정하는 마음이 없지 않다. 문장이 고상하고 오묘하여 저절로 서경(西京)의 기상이 엿보인다.[好大嘉功之擧, 不無畏天憂世之心. 文章古奧, 自是西京氣象.]

111
추풍사(秋風辭)

한 무제(漢武帝)의 고사(故事)에, "무제가 하동(河東)에 행차하여 후토(后土)에 제사를 지냈다. 제경(帝京)을 돌아보고 기분이 좋아 배를 타고 가며 신하들과 술잔치를 벌였다. 이때 추풍사[33]를 지었다." 하였다.[漢武帝故事, "帝行幸河東, 祠后土. 顧視帝京, 忻然中流, 與羣臣飮讌. 自作秋風詞."]

갈바람 불어오고 흰 구름 흩날리니	秋風起兮白雲飛
초목은 떨어지고 기러기 남쪽으로 가네	草木黃落兮雁南歸
난초는 빼어나고 국화가 향기로운데	蘭有秀兮菊有芳
고운 임 그리워하며 잊지 못하네	懷佳人兮不能忘
누선을 띄워 분하[34]를 건너가니	汎樓船兮濟汾河
중류를 가로질러 흰 물결이 일어나고	橫中流兮揚素波
퉁소와 북을 치며 뱃노래를 부르니	簫鼓鳴兮發棹歌
즐거움이 극에 달하면 슬픈 정이 많은 법이라	歡樂極兮哀情多
젊은 시절은 얼마이며 늙어 감을 어찌할까	少壯幾時兮奈老何

○ 《이소(離騷)》의 영향이 남아 있다.[離騷遺響.]

33 추풍사(秋風詞): 시제의 사(辭) 자와 달리 표기되어 있다.

34 분하(汾河): 산서성(山西省) 영무현(靈武縣) 관잠산(管涔山)에서 발원하여 만영현(萬榮縣) 서쪽을 경유하여 황하(黃河)로 흘러드는 강을 이른다.

○ 문중자(文中子)가 “즐거움이 극에 달하면 슬픈 일이 닥쳐온다.[樂極哀來.]”라고 한 것은, 이는 후회하는 마음이 싹트고 있는 것이다.[文中子, “謂樂極哀來”, 其悔心之萌乎.]

112

이부인가(李夫人歌)

《한서(漢書)》〈외척전(外戚傳)〉에 "부인이 일찍이 죽었는데 방사(方士)인 제(齊) 땅의 소옹(少翁)이 부인의 혼령을 불러올 수 있다고 하였다. 밤에 등불을 밝히고 장막을 두른 뒤에 한 무제를 그 안에 있게 하였는데, 멀리 바라보니 예쁜 여인이 이부인 모습과 꼭 닮았는데 나아가서 볼 수는 없었다. 한 무제는 더욱 비감이 들어 이 시를 지었다." 하였다.[漢書外戚傳, "夫人早卒, 方士齊少翁言能致其神. 乃夜張燈燭, 設帷帳, 令帝居帳中, 遙望見好女如李夫人之貌, 不得就視. 帝愈悲感, 爲作詩."]

부인인가 아닌가 是耶非耶
서서 바라볼 뿐이네 立而望之
사뿐 날듯이 가더니만 어찌 그리 더디 오는가 翩何姍姍其來遲

113
백량시(柏梁詩)

한 무제(漢武帝) 원봉 3년(元封三年)에 백량대를 짓고 이천 석(二千石)에 해당하는 신하들에게 조서를 내려, 칠언시(七言詩)를 제대로 짓는 신하는 상좌(上坐)에 앉게 하였다.[元封三年, 作柏梁臺, 詔羣臣二千石, 有能爲七言詩乃得上坐.]

해와 달과 별들이 사계절 조화를 이룬다 日月星辰和四時(1)
사마에 멍에를 메워 양으로부터 왔네 驂駕駟馬從梁來(2)
군국의 사마는 우림의 재목감이요 郡國士馬羽林材(3)
천하를 총괄하여 참으로 다스리기 어려워 總領天下誠難治(4)
사방 오랑캐 화무시키는 것도 쉽지가 않아 和撫四夷不易哉(5)
문서 맡은 관리는 신이 다스리고 刀筆之吏臣執之(6)
종 치고 북 두드리는 소리 시에 알맞고 撞鍾伐鼓聲中詩(7)
종실이 널리 퍼져 날로 불어나리라 宗室廣大日益滋(8)
주위에 창칼 세워 불시의 변 대비하고 周衛交戟禁不時(9)
근신들 통솔하여 백량대에 모이게 하네 總領從宗柏梁臺(10)
공평하게 안건처리 혐의를 판결하고 平理清讞決嫌疑(11)
수레와 말 장식하고 어가를 대령한다 修飾輿馬待駕來(12)
군국 관리의 공적 차등 있게 나누고 郡國吏功差次之(13)
수레 타고 외물 막는 건 다스림 위주로 함이네 乘輿御物主治之(14)

묵은 곡식 일만 석을 키로 까부르고	陳粟萬石揚以箕(15)
왕궁 아래로 난 길 따라가며 다스리네	徼道宮下隨討治(16)
삼보의 도적으로 천하가 위태롭고	三輔盜賊天下危(17)
도둑이 남산을 막아 백성들의 재앙이 되네	盜阻南山爲民災(18)
외척과 공주를 다스리는 것은 불가하도다	外家公主不可治(19)
초방[35]에는 솔경[36]이 그 인재를 통솔하고	椒房率更領其材(20)
오랑캐들 항상 그곳에 살게 해 준 것에 하례하고	蠻夷朝賀常舍其(21)
기둥 위 보와 벽위의 두공이 서로를 지탱하네	柱枅欂櫨相枝持(22)
비파 귤 밤 복숭아 오얏 매실이요	枇杷橘栗桃李梅(23)
사냥개로 토끼 쫓고 그물을 설치하네	走狗逐兎張罘罳(24)
아녀자의 입술 깨물면 달기가 엿과 같고	齧妃女脣甘如飴(25)
핍박받고 꼬인 채로 곤궁함이 몇 번이던가	迫窘詰屈幾窮哉(26)

(1) 무제(武帝)이다.[帝.]

(2) 양효왕 무이다.[梁孝王武.]

(3) 대사마이다.[大司馬.]

(4) 승상 석경이다.[丞相石慶.]

(5) 대장군 위청이다.[大將軍衛靑.]

(6) 어사대부 예관이다.[御史大夫倪寬.]

(7) 태상 주건덕이다.[太常周建德.]

(8) 종정 유안국이다.[宗正劉安國.]

(9) 위위 노박덕이다.[衛尉路博德.]

---

35 초방(椒房): 황후(皇后)의 궁전을 일컫는다.

36 솔경(率更): 첨사(詹事)의 속관(屬官)이다.

(10) 광록훈 서자위이다.[光綠勳徐自爲.]

(11) 정위 두주이다.[廷尉杜周.]

(12) 태복공 손하이다.[犬僕公孫賀.]

(13) 대홍려 호충국이다.[大鴻臚壺充國.]

(14) 소부 왕온서이다.[少府王溫舒.]

(15) 대사농 장성이다.[大司農張成.]

(16) 집금오(執金吾) 중위(中尉) 표(豹)이다.[執金吾中尉豹.]

(17) 좌풍익 성선이다.[左馮翊盛宣.]

(18) 우부풍 이성신이다.[右扶風李成信.]

(19) 경조윤이다.[京兆尹.]

(20) 첨사 진장이다.[詹事陳掌.]

(21) 전속국이다.[典屬國.]

(22) 대장이다.[大匠.]

(23) 대관령이다.[大官令.]

(24) 상림령이다.[上林令.]

(25) 곽사인이다.[郭舍人.]

(26) 동방삭이다.[東方朔.]

○ 이는 칠언고시(七言古詩)의 시초이며 후세 사람들의 연구시(聯句詩)의 원조이기도 하다. 무제의 시는 제왕(帝王)의 기상이 있으나 그 이하는 수준이 미치지 못한다. 그러나 그대로 수록하여 한 문체를 갖추었다.[此七言古權輿, 亦後人聯句之祖也. 武帝句, 帝王氣象, 以下難追後塵矣. 存之以備一體.]

○ 편중에 지(之) 자 셋, 치(治) 자 셋, 재(哉) 자 둘, 시(時) 자 둘, 재(材) 자 두 번 반복한 것을 보면, 옛사람이 시를 지을 때 중복하여 사용하는 것을 금기시하지 않았다는 것을 알 수 있다. 그리고 《시경》 〈주림〉편의 어떤 시는 네 구(句) 가운데 연달아 임(林) 자 둘과 남(南) 자 둘을 썼으며, 〈채미가(采薇歌)〉의 수장(首章)에는 연달아 험윤(玁狁)의 옛 글귀를 사용하였다. 이러한 부류는 셀 수 없이 많다.[篇中三之字, 三治字, 二哉字, 二時字, 二材字, 古人作詩, 不忌重複. 且如三百篇株林一詩, 四句中連用二林字, 二南字, 采薇首章, 連用玁狁之故句, 此類不可勝數.]

○ 《삼진기(三秦記)》에 이르기를, "〈백량대〉 시는 원봉 3년에 지었다"라고 하였다. 그러나 양(梁)나라 효왕(孝王)은 효종(孝宗)·경종(景宗) 시기에 죽었다. 또 광록훈(光祿勳), 대홍려(大鴻臚), 대사농(大司農), 집금오(執金吾), 경조윤(京兆尹), 좌풍익(左馮翊), 우부풍(右扶風)은 모두 무

제의 태초원년(太初元年)에 바꾼 명칭이다. 응당 원봉(元封) 시기의 관직명을 미리 쓰지는 않았을 것이다. 따라서 후대 사람들이 의작(擬作)했다는 것을 의심할 여지가 없다. 그렇지 않다면 대군(大君) 앞에서 곽사인(郭舍人)이 미친 척하고 무례하게 굴었겠으며 동방삭이 골계(滑稽)의 말로 장난을 쳤겠는가.[三秦記, "謂柏梁臺詩是元封三年作." 然梁孝王薨於孝景之世. 又光祿勳·大鴻臚·大司農·執金吾·京兆尹·左馮翊·右扶風·皆武帝太初元年所更名. 不應預書於元封之時, 其爲後人擬作無疑也. 不然, 大君之前, 郭舍人敢狂蕩無禮, 而東方朔以滑稽語爲戲耶.]

114

낙엽애선곡(落葉哀蟬曲)

왕자년(王子年)의 《습유기(拾遺記)》에 "한 무제가 이부인[37]을 그리워하나 만날 수가 없었다. 그리하여 곤령지(昆靈池)를 뚫고 상금주(翔禽舟)를 띄웠다. 이때 무제가 직접 가곡을 지어 여령(女伶)을 시켜 부르게 하였는데 때마침 해가 서산으로 기울고 서늘한 바람에 물결이 일렁이니, 여령의 노랫소리가 심히 가슴속을 파고들었다. 그래서 이 낙엽애선곡을 지었다." 하였다.[王子年拾遺記, "漢武帝思李夫人, 不可復得. 時穿昆靈之池, 泛翔禽之舟. 帝自造歌曲, 使女伶歌之, 時日已西頹, 涼風激水, 女伶歌聲甚遒. 因賦落葉哀蟬曲."]

비단 소매 그대론데 소리가 없고	羅袂兮無聲
옥지대엔 먼지만 가득 쌓여 있네	玉墀兮塵生
빈방이라 차고 적막할 뿐인데	虛房冷而寂寞
낙엽조차 져서 겹문에 내리네	落葉依于重扃
아름답던 그 여인을 바라건만	望彼美之女兮
편치 않은 내 마음 알 턱이 없네	安得感余心之未寧

37 이부인(李夫人): 112.이부인가(李夫人歌) 작품 참조.

115

포초천마가(蒲梢天馬歌)

《사기(史記)》에 "무제가 대완국(大宛國)을 정벌하여 '포초'라는 천리마를 얻고서 이 노래를 지었다." 하였다.[史記, "武帝伐大宛, 得千里馬名蒲梢, 作此歌."]

천마가 왔네 서쪽 저 끝으로부터	天馬徠[1]兮從西極
만 리를 지나 덕 있는 이 찾아왔네	經萬里兮歸有德
영위를 받들어 외국을 승복시키고	承靈威兮降外國
사막을 건너 사방 오랑캐 복종시키네	涉流沙兮四夷服

(1) '내(來)' 자를 예전에는 내(徠) 자로 썼다.[古來字.]

위맹(韋孟)[38]

116

풍간시(諷諫詩)

《한서(漢書)》에 "위맹이 원왕(元王)의 사부가 되고, 그의 아들인 이왕(夷王)과 손자인 왕무(王戊)의 사부가 되었다. 왕무가 향락에 빠져 도리를 따르지 않자, 시를 지어 풍자하고 간언하였다." 하였는데, 그 시는 다음과 같다.[漢書, "孟爲元王傅, 傅子夷王及孫王戊. 戊荒淫不遵道, 作詩諷諫曰."]

엄숙하신 우리 조상께서	肅肅我祖
나라를 시위씨[39]로부터 시작하셨습니다	國自豕韋
보의[40]와 주불[41]에다	黼衣朱黻

38 위맹(韋孟): 전한(前漢) 때의 경학자. 팽성(彭城) 사람이다. 초(楚)나라 원왕(元王) 및 그 아들과 손자에게 경학(經學)을 가르쳤다. 노시(魯詩)를 깊이 연구하여 후손에게 전수하였는데, 위현(韋賢)에 이르러 노시위씨학(魯詩韋氏學)이 형성되었다.

39 시위씨(豕韋氏): 상고(上古)시대의 마을 이름. 팽씨(彭氏)가 살았으며 상(商)에게 멸망했다. 그 터는 지금의 하남성(河南省) 활현(滑縣)이다.

사모에 용기를 세우시고	四牡龍旂
동궁[42]을 들고 원정길에 올라	彤弓斯征
멀리 떨어진 지역은 무마하시고	撫寧遐荒
여러 제후 나라를 일제히 다스려서	總齊羣邦
대상[43]에 도움 주시니	以翼大商
저 대팽[44]이 갈음하여	迭彼大彭
공훈과 업적 빛나셨더이다	勳績維光
주나라에 이르러선	至于有周
대를 이어 회동을 해 오셨는데	歷世會同
난왕[45]이 참소를 듣고서	王赧聽譖
실로 우리나라와 단절하였지요	實絕我邦
우리나라를 이미 단절하고 나니	我邦既絕
그 정사가 안일에 빠지게 되고	厥政斯逸
상벌에 대한 행위가	賞罰之行
왕실에서 연유하지 않았더이다	非由王室

40 보의(黼衣): 흑백 도끼가 수놓아진 예복을 이른다.

41 주불(朱黻): 고대 패옥이나 인장을 매는 홍색 띠를 이른다.

42 동궁(彤弓): 천자(天子)가 정벌(征伐)의 공(功)이 있거나, 여타의 유공(有功)이 있는 제후(諸侯)에게 하사했으며 전쟁에 나갈 때에만 지니고 나갔다고 한다. 동호(彤弧).

43 대상(大商): 상(商)나라 왕조를 지칭하는 말로 쓰였다.

44 대팽(大彭): 고대(古代)의 국가 이름. 지금의 강소성(江蘇省) 동산현(銅山縣) 서쪽에 대팽산(大彭山)이 있다. 《국어(國語)》〈정어(鄭語)〉에 "대팽(大彭)과 시위(豕韋)가 상백(商伯)이 되었다." 하였다.

45 난왕(赧王): 신정왕(愼靚王)의 아들로, 이름은 연(延)이다. 제후들과 연합하여 진(秦)나라를 공격하였다가 멸망당하였다.

여러 신하와 제후들이 庶尹羣后
부축하지 않고 호위하지 않으니 靡扶靡衛
오복[46]이 무너지거나 흩어져서 五服崩離
종주는 결국 실추되고 말았더이다 宗周以墜
우리 선조가 여기에 미흡하여 我祖斯微
팽성으로 옮기셨지요 遷于彭城
내가 소자였을 때엔 在予小子
그 생애에 대하여 근면했지요 勤唉(1)厥生
이 만진[47]으로부터 곤액을 받아 阨此嫚秦
농기구로 밭을 갈 뿐이었지요 耒耜斯耕
만진의 유유함으로는 悠悠嫚秦
하늘이 편치 못하셨기에 上天不寧
이에 남쪽을 돌아보시더니 乃眷南顧
한나라에 수도 서울을 주셨네요 授漢于京
아, 밝고 혁혁한 한나라여 于赫有漢
사방을 정벌하셨더이다 四方是征
어디를 간들 회유하지 않은 데가 없었으니 靡適不懷
만국이 태평한 시절이었습니다 萬國攸平

46 오복(五服): 중국 요순(堯舜)시대의 제도로 왕기(王畿)를 중심으로 하여 주위를 매복(每服) 5백리씩 순차적으로 나눈 다섯 구역. 상고에는 전복(甸服), 후복(侯服), 수복(綏服), 요복(要服), 황복(荒服)을 오복이라 했으나 주대(周代)에 이르러 후복(侯服), 전복(甸服), 남복(男服), 채복(採服), 위복(衛服)을 오복이라 칭하였다.

47 만진(嫚秦): 횡포한 진왕조(秦王朝)를 뜻하는 말로 쓰였다.

이에 그 아우를 명하시어	乃命厥弟
초나라의 제후로 세우시고	建侯于楚
소신인 저로 하여금	俾我小臣
그의 사부가 되어 보좌하라 하셨습니다	惟傅是輔
성실하신 원왕께서는	矜矜元王
공손하고 검소하고 정일하셔서	恭儉靜一
이 백성들에게 은혜를 베푸시고	惠此黎民
저 보필의 간언을 받아들이셨더이다	納彼輔弼
생을 마칠 때까지 국토를 향유하시고	享國漸世
공렬을 후세에 드리우셔서	垂烈于後
이왕에까지 미치게 하시니	迺及夷王
능히 그 서업을 받드셨습니다	克奉厥緖
아, 천명은 길지가 않고	咨命不永
오직 군왕이 사직을 통솔하기에 달렸기에	惟王統祀
좌우에서 모시는 신하들은	左右陪臣
이 황사[48]를 생각합니다	斯惟皇士
그런데 어찌 우리 왕께서는	如何我王
지키고 보호하기를 생각지 않으시고	不思守保
이빙[49]을 생각지 않으시며	不惟履冰

48 황사(皇士): 훌륭한 선비 또는 아름다운 선비를 통칭하는 말로 쓰인다.

49 이빙(履氷): 이상견빙(履霜堅氷)의 준말로, 서리가 내리면 차가운 얼음이 곧 얼게 된다는 말. 주로 대비책을 미리 강구하라는 뜻으로 쓰인다. 《주역(周易)》 〈곤괘(坤卦)〉에, "서리를 밟으면 단단한 얼음이 곧 얼게 될 것이다.[履霜堅氷至.]"에서 인용하였다.

선대의 왕업을 계승하길 생각지 않으시나요	以繼祖考
나랏일일랑은 폐기하고서	邦事是廢
방탕한 놀이만을 즐기시느라	逸遊是娛
사냥을 길게 끌어 가며	犬馬悠悠
개를 풀어 말을 달리시네요	是放是驅
이 짐승 사냥에만 힘쓰시고	務此鳥獸
이 농사에는 소홀히 하시니	忽此稼苗
백성들은 이 때문에 고달파하는데	蒸民以匱
우리 임금께선 이것만을 즐기시네	我王以媮[2]
넓힐 바는 덕을 갖춘 이가 아니며	所弘匪德
친해야 할 것은 준걸이 아니오리까	所親匪俊
오직 왕의 동산만을 넓히시고	惟囿是恢
아첨하는 말만 믿으시니	惟諛是信
눈웃음치는 이는 아첨꾼이요	睮睮[3]諂夫
바른말 하는 이는 원로랍니다	諤諤黃髮
어찌하여 우리 임금께서는	如何我王
일찍이 이것을 살피지 않으시나요	曾不是察
이미 신하들을 멀리한데다	旣藐下臣
방탕한 생활까지 하시면서	追欲縱逸
저 훌륭한 조상을 업신여기기고	嫚彼顯祖
이 삭출하는 벌을 가볍게 여기시니	輕此削黜
아, 우리 임금께서는	嗟嗟我王

한나라 왕실의 목친[50]이신데 漢之睦親
일찍이 밤낮이 없이 근면하시여 曾不夙夜
훌륭하단 소문 아름답게 하였사온데 以休令聞
온화하신 천자께서는 穆穆天子
온 나라 곳곳을 어루만져 살피시는데 照臨下土
사리에 밝은 여러 신하들이 明明羣司
법대로의 집행을 고려하지 않네요 執憲靡顧
먼 데를 바르게 하려면 가까운 데부터 해야 함을 正遐由近
자못 이 말을 믿는답니다 殆其茲怙
아, 우리 임금께서는 嗟嗟我王
어찌 이것을 생각지 않으시나요 曷不斯思
생각도 않고 감독도 않으시고서 匪思匪監
그 법도 아닌 것을 계승하시니 嗣其罔則
안일함은 더욱 심하고 彌彌其逸
국가는 더욱 위태롭습니다 岌岌其國
얼음을 부르는 것이 서리가 아니며 致冰匪霜
실추를 부르는 것이 오만이 아닌가요 致墜匪嫚
우리 임금 하는 모습 바라보며 瞻惟我王
때로 익히지 않는 자가 없습니다 時靡不練
국가를 흥기시키고 전복을 구제하신다면 興國救顚

50 목친(睦親): 가까운 친척을 일컫는다.

누가 과오 뉘우침을 막으리까	孰違悔過
노숙한 신하를 추급하여 생각했기에	追思黃髮
진나라 목공이 패제후를 한 것인데	秦穆以霸
세월이 자꾸만 흘러가서	歲月其徂
사람도 늙고 말았답니다	年其逮耇
아, 혁혁한 군자시여	於赫君子
후세에 현저하게 드러나리다	庶顯于後
우리 임금께서는 어찌하여	我王如何
일찍이 이것을 살피지 않으시나요	曾不斯覽
원로 신하를 가까이하지 않으시고	黃髮不近
어찌 이것을 귀감으로 삼지 않으시나요	胡不時鑒

(1) '애(唉)'의 음(音)은 이(移)이다.[音移.]

(2) '유(媮)'의 음은 유(愉)이다.[音愉.]

(3) '유(睮)'의 음은 이(以)와 주(朱)의 반절(反切)이다.[以朱切.]

○ '저 대팽을 갈음하여[迭彼大彭]'에서 '질(迭)'은 '서로[互]'라는 뜻이니, 대팽과 함께 서로 상(商)나라에 백(伯)이 되었다는 뜻이다.[迭彼大彭, 迭, 互也. 言與大彭互爲伯于商也.]

○ '애(唉)'는 탄식하는 소리이다.[唉, 歎聲.]

○ '점세(漸世)'는 몰세(沒世)라는 말과 같다.[漸世, 沒世也.]

○ '오직 군왕이 사직을 통솔하기에 달렸기에[惟王統祀]'의 이상은 국가의 폐흥(廢興)에 관하여 열거한 것으로 풍간(諷諫)의 뜻을 담았다.[惟王統祀以上, 歷敘廢興, 即寓諷諫之意.]

○ '유유(睮睮)'는 눈이 예쁜 모양이다.[睮睮 目媚貌.]

○ '온화하신 천자께선[穆穆天子]'의 이하 6구는 천자의 현명함을 말하였다. 신하가 되어 법을 집행할 경우 먼 곳에 있는 사람을 바로잡고자 한다면 먼저 가까운 데에서부터 시도하는 것이 원칙인데 왕이 믿고 깨닫지 못하면 머지않아 위태로워지고 만다.[穆穆天子六句, 言天子

之明, 羣臣之執法, 欲正遠人, 先從近始, 而王怙恃不悛, 危殆無日矣.]

○ '얼음 되는 것이 어찌 서리가 아니던가[致冰匪霜]'의 2구는, '얼음이 어는 것이 어찌 서리로 말미암지 않으며, 실추하는 것이 어찌 업신여김으로 말미암지 않겠는가'라는 뜻이다.[致冰匪霜二句, 言致冰豈非由霜乎. 致墜豈非由嫚乎.]

○ '우리 임금 하는 모습 바라보며[瞻惟我王]'의 이하는 과오를 고치기를 희망하는 말이다. '연(練)'은 익힌다는 뜻인데, 임금이 위에서 하는 말을 아랫사람이 익히지 않는 경우가 없다는 것을 말하였다.[瞻惟我王下, 望其改過之詞. 練, 習也. 言王於上之所言, 無不練習也.]

○ '숙숙(肅肅)'과 '목목(穆穆)'은 한대(漢代)의 시에는 이와 같이 졸박하면서도 중후한 작품이 있는데, 이는 변아(變雅)와의 거리가 멀지 않기 때문이다. 뒤에 장화(張華), 육기(陸機)·육운(陸雲), 반악(潘岳) 등의 사언시(四言詩)는 싫증이 나서 고식시키고자 하였다. 그래서 모두 버리고 채택하지 않았다.[肅肅穆穆, 漢詩中有此拙重之作, 去變雅未遠. 後張華二陸潘岳輩四言, 懨懨欲息矣. 故悉汰之.]

동방삭(東方朔)[51]

117

계자시(誡子詩)

《한서(漢書)》에는 앞부분의 10구만을 취하여 동방(東方)이 지었다고 하였다.[漢書取前十句, 爲東方贊.]

현명한 자의 처세하는 수단은 明者處世
중도를 지키는 것이 으뜸이란다 莫尙于中
여유 있고 느긋함이여 優哉遊哉
도리를 서로 따라야 하리 於道相從
수양산의 백이와 숙제는 서툴고 首陽爲拙

51 동방삭(東方朔, 기원전 154~기원전 93): 한나라 무제 때의 사람으로, 염차(鹽次) 사람이다. 자는 만천(曼倩)이며, 벼슬이 금마문시중(金馬門侍中)에 이르고 해학과 변설로 이름이 났다. 속설(俗說)에 서왕모(西王母)의 복숭아를 훔쳐 먹어 죽지 않고 장수했으므로 '삼천갑자 동방삭'이라고 일컬으며, 후세에는 오래 사는 사람의 비유하는 말로 쓰인다. 이 작품 이외에도 저서에 《답객난(答客難)》과 《비유선생전(非有先生傳)》, 《칠간(七諫)》 등이 전한다.

유하혜[52]는 공교롭다 하리로다	柳下爲工
배불리 먹고 편안히 행보하자면	飽食安步
벼슬로 농사를 대신해야 하리	以仕代農
은자의 모습에 기대어 세상을 완미하되	依隱翫世
시국을 피하여 재앙을 만나지 말도록 하라	詭時不逢
재주가 다하면 몸이 위태롭고	才盡身危
명성만 좋아하면 내실이 없다	好名得華
동류가 많으면 삶에 누가 되고	有羣累生
높은 지위에 고립되면 화합을 잃는다	孤貴失和
여유를 두면 부족할 리가 없고	遺餘不匱
스스로 다하면 남는 것이 없다	自盡無多
성인의 처세하는 도리는	聖人之道
때로는 용이요 때로는 뱀이니	一龍一蛇
형체는 보여도 정신을 감추어서	形見神藏
사물과 더불어 변화해야 한다	與物變化
때의 합당함을 따르도록 하여서	隨時之宜
상구한 집을 두지 말아야 하리	無有常家

○ 동류가 많다[有羣]와 높은 지위에 고립되다[孤貴]는 모두 실책이므로, 상구한 집이 있기 때문이라고 한 것이다. 동방선생(東方先生)의 한평생 득력(得力)한 것이 모두 여기에 있다 하겠다.[言有羣孤貴皆失, 以其有常家也. 東方先生一生得力, 盡在乎此.]

52 유하혜(柳下惠): 춘추시대 노(魯)나라의 대부. 본명은 전금(展禽)이고, 자는 계(季)이다. 어질고 덕이 있어서 공자(孔子)로부터 칭송을 받았다. 동생이 유명한 도적 도척(盜跖)이다. 유하(柳下)는 식읍(食邑)의 이름이고, 혜(惠)는 시호이다.

오손공주(烏孫公主)[53]

118
비수가(悲愁歌)

《한서(漢書)》〈서역전(西域傳)〉에 "원봉(元封) 연간에 강도왕(江都王) 건(建)의 딸 세군(細君)을 공주(公主)로 삼아 오손곤막(烏孫昆莫)의 아내가 되게 하였다. 곤막은 나이가 많은데다 말이 통하지 않았다. 공주가 슬퍼한 나머지 스스로 이 노래를 지었다." 하였다.[漢書西域傳, "元封中, 遣江都王建女細君爲公主, 以妻烏孫昆莫. 昆莫年老, 言語不通. 公主悲, 乃自作歌."]

우리 집서 나를 이 먼 곳으로 시집보내 와　吾家嫁我兮天一方
멀리 이국땅 오손왕의 부인이 되게 하였네　遠託異國兮烏孫王
궁려[54]로는 침실 삼고 담요로는 담장 삼으며　穹廬爲室兮氈爲牆
육고기로 밥을 삼고 낙젖으로 장을 삼네　以肉爲食兮酪爲漿

53　오손공주(烏孫公主): 정략결혼의 희생이 된 슬픈 운명의 여인으로 전해 온다.
54　궁려(穹廬): 고대 유목민이 거주하던 게르 등을 이른다.

항상 한나라를 그리느라 마음만 상할 뿐이니	常思漢土兮心內傷
황곡[55]이 되어 고향으로 돌아가길 원하노라	願爲黃鵠兮還故鄉

55 황곡(黃鵠): 고니. 기러기보다 크고 높이 날며 걷기도 잘한다. 황곡(黃鵠) 이외에 백곡(白鵠)과 단곡(丹鵠)이 있다. 주로 양자강과 한수(漢水) 일대에서 서식한다.

사마상여(司馬相如)[56]

119

봉선송(封禪頌)

《사기(史記)》에 "장경(長卿)의 병이 심해지자, 무제(武帝)가 소충(所忠)을 시켜 그의 글을 가져오게 하였다. 그리하여 소충이 막상 당도하여 보니 그는 죽고 없었다. 그의 처가 이르기를 '장경이 죽기 전에 책 한 권을 써서 주며 「사신이 와서 찾거든 상주하라」고 하였습니다' 하였는데, 그의 유찰(遺札)에는 봉선(封禪)에 관한 일을 말하였다. 이 사실을 소충이 상주하였다."라고 하였다.[史記, "長卿病甚, 武帝使所忠往求其書. 及至, 已卒. 其妻曰, '長卿未死時爲一卷書.' 曰, 有使來求書奏之, 其遺札言封禪事, 所忠奏焉."]

56 사마상여(司馬相如, 기원전 179~기원전 117): 전한(前漢) 때의 문인으로, 자는 장경(長卿)이다. 전국시대의 인상여(藺相如)를 사모하여 이름을 상여(相如)로 바꾸었고, 임공(臨邛) 땅에서 탁왕손(卓王孫)의 딸 탁문군(卓文君)과 만나 혼인하였다. 그의 작품은 풍격이 다양하고 사조(詞藻)가 아름다웠으며, 한부(漢賦)의 제재와 묘사 방법을 보다 풍부하게 하여 부체(賦體)를 한(漢)나라의 대표적인 문학형태로 자리매김할 수 있도록 하는 데에 큰 공헌을 하였다. 그는 평소에 소갈병 때문에 늘 고생을 하였다 한다.

하늘이 우리를 보살펴 주심으로부터 自我天覆
구름이 뭉게뭉게 피어오르더니 雲之油油
감로와 때에 맞춘 비가 내려서 甘露時雨
그 지역은 경작할 만하게 됐네 厥壤可遊
풍부한 수액도 넉넉해질 터인데 滋液滲漉
그 어떤 생물인들 기르지 못할까 何生不育
좋은 벼에 여섯 이삭이 패니 嘉穀六穗
나의 수확만이 어찌 축적되었으랴 我穡曷蓄
단지 비만 내려 준 것이 아니라 非惟雨之
또한 사물을 윤택하게도 하였으며 又潤澤之
단지 두루 보살펴 준 것만이 아니라 非惟徧之
나의 주변을 골고루 미치게 하였으니 我氾布濩之
만물은 평화롭게 자라고 萬物熙熙
그리워하며 사모하나이다 懷而慕思
명산에 자릴 마련해 두고 名山顯位
임금님 오시길 기다리나니 望君之來
임금이시여 임금이시여 君乎君乎
어찌 가지 않으시나요 侯不邁哉
살진 짐승들은 般般之獸
우리 임금님의 동산에서 즐거운 모습이며 樂我君囿
백질 흑장의 파충들까지도 白質黑章
그 모습이 가상하니 其儀可嘉

부지런하고 화목함은	旼旼穆穆
군자의 능력이옵니다	君子之能
대개는 그 명성만 들어 왔는데	蓋聞其聲
지금은 그가 오는 걸 보겠고	今觀其來
그 길 따라온 것이 아니라	厥塗靡蹤
하늘 상서가 보여 준 징험이라오	天瑞之徵
이것 역시 순임금께도 왔으니	茲亦于舜
우씨가 일로써 흥성하도다	虞氏以興
씻은 듯 깔끔한 기린이여	濯濯之麟
저 신령한 재에서 노는구려	游彼靈畤
초겨울 시월에는	孟冬十月
임금께서 들에 나가 교제사를 지내나니	君徂郊祀
우리 임금의 수레를 달려	馳我君輿
상제가 흠향하시고 복을 내리시리다	帝用享祉
삼대 이전에는	三代之前
일찍이 이런 일이 없었는데	蓋未嘗有
구불구불한 황룡이	宛宛黃龍
덕을 일으켜 오르시니	興德而升
채색도 찬란하게 빛나고	采色炫燿
황병도 휘황하며	熿炳輝煌
정양이 드러나서	正陽顯見
백성들 깨닫게 하셨네	覺悟黎蒸

경전에도 수록되어 있어서 於傳載之
명을 받아 타는 바라 이르네 云受命所乘
그에 대한 문장이 있으니 厥之有章
자상하지 않아도 되며 不必諄諄
동류에 따라 부탁하노니 依類託寓
산봉우리 봉하도록 유시하소서 諭以封巒

○ '단지 비만 내려 준 것이 아니라[非惟雨之]'라는 네 단어와 '대개는 그 소리만 듣는다는데[蓋聞其聲]'라는 두 단어는 생동감이 넘친다. 따라서 전적으로 예스럽고 졸박해야만 우수한 것은 아니다. 뒤에 기술한 상서(祥瑞)의 3단은 바르고 떳떳하여 법도가 있다.[非惟雨之四語, 蓋聞其聲, 二語悠楊生動. 不專以古拙勝也. 後述祥瑞三段, 井井有法.]

탁문군(卓文君)[57]

120

백두음(白頭吟)

《서경잡기(西京雜記)》에 "사마상여가 장차 무릉(茂陵)의 여인을 첩으로 맞으려 하였는데, 탁문군이 〈백두음〉을 지어 스스로 결별을 선언하자, 상여가 이에 중지하였다."라고 하였다.[西京雜記, "相如將聘茂陵女爲妾, 文君作白頭吟以自絶, 相如乃止."]

희기는 산 위의 눈과 같고	皚如山上雪
밝기는 구름 속의 달과 같거늘	皎若雲間月
듣자니 당신은 두 마음을 가졌다 하여	聞君有兩意

57 탁문군(卓文君, 기원전 175~기원전 121): 한(漢)나라 탁왕손(卓王孫)의 딸로, 임공(臨邛) 출신이다. 음악을 좋아했는데, 과부가 되어 익주(益州)에 살다가 사마상여(司馬相如)가 타는 〈봉구황곡(鳳求凰曲)〉의 거문고 소리에 반해, 밤에 몰래 집을 도망쳐 나가 사마상여(司馬相如)의 아내가 되었다. 탁문군의 아버지는 처음에는 사마상여를 냉대하다가 후에 그가 익주자사(益州刺史)가 되자, 그제야 탁문군에게도 재산을 나누어 주었다고 한다.

짐짓 와서 서로 결별하려 하오　　故來相決絕
오늘은 말술 놓고 함께 마셔도　　今日斗酒會
날 밝으면 도랑가에 서 있겠지요　　明旦溝水頭
궁궐 도랑 위를 걷다 보면　　躞蹀御溝上
도랑물은 동서로 흐르리다　　溝水東西流
처량하고 또 처량하여라　　淒淒復淒淒
시집올 때 울지도 말아야 했네　　嫁娶不須啼
원컨대 한 마음 가진 사람을 얻어　　願得一心人
흰 머리 되어서도 헤어지지 말자 했는데　　白頭不相離
낚싯대 끝은 어찌 그리 가녀리고　　竹竿何嫋嫋
물고기는 어찌 그리 날렵한가요　　魚尾何簁簁
남자는 의기를 소중히 여겨야 하거늘　　男兒重意氣
어찌 돈을 위해 쓰려 하나요　　何用錢刀爲

소무(蘇武)[58]

소무와 이능(李陵)의 시를 한 번 읊고 세 번 감탄하게 되는 것을 보면 감성과 이성이 함께 내재되어 있다고 하겠다. 촉급한 말과 바닥을 보이는 논의가 없어서 뜻이 저절로 유장하고 말이 저절로 심원하다. 그러므로 '방만한 말과 번다한 칭찬은 도의 처지에 귀하게 여기지 않는다'는 것을 알 수 있다.[蘇李詩一唱三歎. 感寤具存. 無急言竭論, 而意自長, 言自遠也. 故知龐言繁稱 道所不貴.]

121
시(詩) 4수(首)

수장(首章)은 형제와 이별을, 다음 장은 아내와 작별을, 3,4장은 친구와 작별을 노래한 것이니, 모두 이능과 작별을 노래한 것은 아니다. 종경릉(鍾竟

58 소무(蘇武, 기원전 140~기원전 60): 전한(前漢) 때의 명신. 자는 자경(子卿)이고, 흉노(匈奴) 정벌에 공을 세운 소건(蘇建)의 차남이다. 무제(武帝)의 명으로 흉노 지역에 사신으로 갔을 때, 선우(單于)에게 붙잡혀 복속할 것을 강요당했지만 이에 굴하지 않아 북해(北海: 바이칼호) 부근에 유폐되었다가 19년 만에 풀려났다. 뒤에 선제(宣帝)의 옹립에 가담한 공으로 관내후(關內侯)가 되었다.

陵)은 모두 이능과 작별을 노래한 것으로 해석하였으나 반드시 그렇지는 않다.[首章別兄弟, 次章別妻, 三四章別友, 非皆別李陵也. 鍾竟陵俱解作別陵, 未必然.]

【1수】

골육이란 가지와 잎사귀의 만남이듯이	骨肉緣枝葉
친구의 사귐도 서로 인연을 따르는 것이니	結交亦相因
사해가 모두 형제인 것을	四海皆兄弟
그 누가 길 가는 사람 될까	誰爲行路人
더구나 우린 연지수[59]와 같아서	況我連枝樹
그대와 같은 한 몸이어라	與子同一身
예전에는 원과 앙이 되었더니만	昔爲鴛與鴦
지금은 삼성[60]별의 신세가 되었네	今爲參與辰
전에는 오래 서로 가깝게 지냈건만	昔者長相近
지금은 멀기가 호와 진나라 같네	邈若胡與秦
오직 생각하는 건 이별이 닥쳐와도	惟念當離別
은정은 날로 새롭다는 것이네	恩情日以新
사슴이 우는 건 들풀을 생각해서이듯	鹿鳴思野草

59 연지수(連枝樹): 두 나무의 가지가 이어져 함께 남. 사이좋은 형제와 자매를 비유한다. 주흥사(周興嗣)의 《천자문(千字文)》에 "형과 아우가 깊이 생각하는 것은[孔懷兄弟], 기운이 같고 가지가 이어져 있어서이다.[同氣連枝.]"라고 하였다.

60 삼성(參星): 삼상지탄(參商之歎)을 일컫는 말로, 멀리 떨어져 만나기 어려움을 한탄하는 말로 쓰인다. 삼성은 남서쪽 신(申)의 자리에 있고 상성은 동쪽 묘(卯)의 자리에 있기 때문에 하나는 유월에 보이고 하나는 십이월에 보인다. 둘이 동시에 하늘에 나타나는 일이 없기 때문에 생겨난 말이다.

아름다운 손 회유할 수 있겠도다　　可以喻嘉賓
내게 있는 한 동이 술을　　我有一罇酒
멀리 떠날 그대에게 주고 싶으니　　欲以贈遠人
원컨대 그대 머물러 주고받으며　　願子留斟酌
평소의 친분을 펼쳐나 보세　　敍此平生親

○ 노자량(盧子諒)이 이른바, "은정(恩情)은 오랜 이별로 말미암아 펴지고, 의리는 서로 왕래를 따라서 쌓이는 것이다."라는 시는 "은정은 날이 갈수록 새롭다.[恩情日以新.]"라는 구절에서 환골탈태(換骨奪胎)[61]한 것이지만, 이 시가 자못 혼연(渾然)한 느낌을 준다." 하였다.[盧子諒云, "恩由契闊申, 義隨周旋積. 奪胎於恩情日以新句, 而此殊渾然."]

○ 두 개의 '인(人)' 자는 복운(複韻)이다.[兩人字複韻.]

【2수】

머리를 묶어[62] 아내와 남편이 된 뒤로　　結髮爲夫妻
둘 사이에 은애를 의심하지 않았거늘　　恩愛兩不疑
기쁨은 오늘 저녁에 있을 뿐이니　　歡娛在今夕
연회도 좋은 때에 해야 하는 것인데　　燕婉及良時
길 떠나는 장부 되어 먼 길을 생각하느라　　征夫懷遠路
밤이 얼마나 지났나 일어나 내다보네　　起視夜何其

61 환골탈태(換骨奪胎): 뼈대를 바꾸고 태를 바꾸어 쓴다는 뜻으로 선인(先人)의 시문(詩文)을 본떠서 더욱 아름답고 새로운 글로 만들어 냄을 이르는 말. 중국 남송(南宋)의 승려 혜홍(惠洪)의 《냉재야화(冷齋夜話)》에 보인다.

62 머리를 묶어: 댕기를 풀고 상투를 트는 것으로 결혼을 뜻한다.

별들이 모두 지고 말았으니 參辰皆已沒
저 먼 길을 이제는 떠나야 하오 去去從此辭
전장에서 부역을 해야 하니 行役在戰場
서로 만날 기약이 전혀 없구려 相見未有期
손 마주 잡고 길게 탄식하는데 握手一長歎
눈물만이 생이별을 돕고 있구려 淚爲生別滋
봄꽃 같은 예쁜 모습 아끼고서 努力愛春華
즐겁던 그 시절을 잊지 말아 주오 莫忘歡樂時
살거든 응당 다시 돌아올 것이지만 生當復來歸
죽더라도 사뭇 두고 그리워하리다 死當長相思

○ 두 개의 '시(時)' 자는 복운(複韻)이다.[兩時字複韻.]

【 3수 】

황곡[63]은 한번 멀리 떠나게 되면 黃鵠一遠別
천리 길 뒤돌아보며 배회한다 했고 千里顧徘徊
호마도 자기 무리를 잃고 나면 胡馬失其羣
그리움에 항상 잊지 못한다는데 思心常依依
어찌 쌍쌍이 나는 용과 같은 우리는 何況雙飛龍
날개를 꺾어야만 하게 되었느뇨 羽翼臨當乖

---

63 황곡(黃鵠): 고니. 118.비수가(悲愁歌) 주 55) 참조.

다행히 현가곡이 있어서	幸有絃歌曲
속마음을 달래 줄까 하여	可以喩中懷
유자음[64]을 청했더니만	請爲遊子吟
썰렁하게 어찌 그리 슬프기만 한가	泠泠一何悲
악기의 음률 맑은 소리 연주하니	絲竹厲淸聲
강개하고도 남은 애절함이 있네	慷慨有餘哀
긴 노래 소리가 진정 격렬하니	長歌正激烈
마음속이 슬프고도 꺾이는구나	中心愴以摧
청상곡[65]을 펼쳐 보고 싶으나	欲展淸商曲
돌아올 수 없단 그대 생각에	念子不能歸
굽어보고 올려 봐도 상심뿐이니	俛仰內傷心
눈물이 쏟아져 훔칠 수가 없네	淚下不可揮
원컨대 한 쌍 황곡이 되어	願爲雙黃鵠
그대 전송하며 함께 멀리 날아가고파	送子俱遠飛

【4수】

새벽달은 휘영청 밝게 빛나고	燭燭晨明月

64 유자음(遊子吟): 맹교(孟郊)가 쓴 시의 제목으로, "봄날 한 뼘 자란 풀의 마음으로 봄날 석 달 동안 쬐는 햇볕의 은혜를 갚기 어렵구나.[難將寸草心, 報得三春輝.]"라는 구절이 있다.

65 청상곡(淸商曲): 악부가곡(樂府歌曲)의 이름. 성조(聲調)가 비교적 맑고 애절한 것이 많아서 청상원(淸商怨)이라고도 한다.

향기로운 가을 난초라 더욱 향기롭네	馥馥秋蘭芳
꽃다운 향기가 좋은 이 밤 풍겨와	芬馨良夜發
바람 따라 나의 집까지 전해 오네	隨風聞我堂
원정 나간 남편은 먼 길을 생각하고	征夫懷遠路
집 떠난 사내는 고향집을 연모하네	遊子戀故鄉
차가운 겨울 십이월	寒冬十二月
새벽에 일어나 된서리를 밟노라	晨起踐嚴霜
흐르는 강한을 굽어보고	俯觀江漢流
거침없이 흘러가는 구름을 쳐다보네	仰視浮雲翔
좋은 친구와 멀리 작별하고서	良友遠別離
각각 서로 하늘 한 켠에 있게 되었네	各在天一方
산과 바다가 중주에 가로막혀 있어	山海隔中州
서로 가기란 길고 또 멀어지리니	相去悠且長
좋은 만남을 다시 만나기는 어려울 터	嘉會難再遇
기쁨과 즐거움이 다하지 않는구려	歡樂殊未央
바라노니 군께서는 훌륭한 덕을 숭상하시어	願君崇令德
계절 따라서 풍광을 아끼시구려	隨時愛景光

○ 우정(友情)의 묘사가 애틋하여 담담하면서도 더욱 슬픔이 북받치게 한다. 이는 위의 글과 함께 이능에게 지어 준 시로 응당 보아야 한다.[寫情款款. 淡而彌悲. 連上首應是贈李作.]

이능(李陵)[66]

122

소무에게 준 시[與蘇武詩] 3수(首)

【1수】

좋은 시절은 두 번 다시 오지 않는데	良時不再至
이별은 잠깐 사이에 달려 있네	離別在須臾
길가에 서서 방황하다가	屛營衢路側
손잡고 들녘에서 주저하네	執手野踟躕
뜬구름 치닫는 걸 보니	仰視浮雲馳
문득 서로 넘나드네	奄忽互相踰
풍파 만나 한번 제 곳을 잃고 나니	風波一失所
각각 하늘 한쪽에 있게 됐네	各在天一隅
긴 세월 일로 좇아 이별되리니	長當從此別

66 이능(李陵, ?~기원전 74): 소무와 절친한 친구였으나, 흉노를 정벌하러 갔다가 항복하게 되어 끝내 돌아오지 못하였다.

다시 잠시나마 걸음을 멈춰 주오 且復立斯須
새벽바람이 일거든 이 몸 실어서 欲因晨風發
그대 가는 길에 몸소 전송하리라 送子以賤軀

○ 한 가닥 조화로 이루어진 글이어서 사람의 힘과는 관련이 없다. 이 시는 오언시(五言詩)의 원조이다.[一片化機, 不關人力. 此五言詩之祖也.]

○ 음(音)은 극히 온화하고, 조(調)는 극히 어울리며, 자(字)는 극히 온당하다. 그러나 한인(漢人)의 고시체(古詩體)를 후세 사람들이 모방하여 짓지 못한다. 그래서 극진하다.[音極和, 調極諧, 字極穩. 然自是漢人古詩, 後人摹倣不得. 所以爲至.]

○ 당인(唐人)의 시구(詩句)에, '외론 구름과 나는 새는 함께 가니[孤雲與飛鳥], 잠깐 사이에 서로를 잃는구나[相失片時間]'를 명구(名句)로 취하는데 '문득 서로 넘나드네[奄忽互相踰]'라는 구절을 읽어 보면 그 글의 높낮이가 어찌 몇 배에 그치고 말겠는가.[唐人句云, 孤雲與飛鳥, 相失片時間. 推爲名句, 讀奄忽互相踰句, 高下何止倍蓰耶.]

【2수】

좋은 만남이란 두 번 다시 어려워 嘉會難再遇
삼년이 천년 세월인 듯하구려 三載爲千秋
하수에 임하여 긴 갓끈을 씻을 뿐 臨河濯長纓
그대 생각하면 마냥 서글퍼지네 念子悵悠悠
멀리 바라보면 슬픈 바람이 불어와 遠望悲風至
술을 마주해도 권할 수가 없구려 對酒不能酬
나그네는 가야 할 길 생각뿐이니 行人懷往路
무엇으로 나의 시름 위로할까 何以慰我愁

그나마 잔 가득 채운 술이 있으니 獨有盈觴酒
그대와 깊은 우정 맺어 보리라 與子結綢繆

【3수】

손잡고 하량에 올라왔건만 攜手上河梁
유자는 날 저문데 어디로 가려 하오 遊子暮何之
시내로 난 길을 배회하다가 徘徊蹊路側
서글퍼서 할 말을 찾지 못했네 悢(1)悢不得辭
나그네는 오래 머물기 어렵나니 行人難久留
사뭇 두고 그리웁다 각자 말하네 各言長相思
어찌 알리오 우린 해와 달이 아니니 安知非日月
반달과 보름달처럼 절로 때가 있으랴 弦望自有時
밝은 덕을 존숭토록 노력하여서 努力崇明德
늘그막에 다시 만나길 기약합시다 皓首以爲期

(1) '양(悢)'의 음은 양(亮)이다.[音亮.]

○ 이때의 이별로 영원히 재회의 기회는 없었다. 그런데 '반달과 보름달처럼 때가 있다[絃望有時]'라는 구절에는 온후한 정이 듬뿍 담겨져 있다.[此別永無會期矣. 卻云弦望有時, 纏綿温厚之情也.]

○ '밝은 덕을 존숭토록 노력하여서[努力崇明德]'는 바로 '바라노니 군께서는 훌륭한 덕을 숭상하시어[願君崇令德]'에 대한 답시(答詩)로 볼 수 있겠다.[努力崇明德, 正與願君崇令德二語相答.]

123
별가(別歌)

《한서(漢書)》에 "소제(昭帝)가 즉위하자 흉노(匈奴)는 한나라와 화친(和親)을 맺었다. 한나라의 사신이 소무 등을 찾자, 선우(單于)가 소무의 귀환을 허락하였다. 이능이 술자리를 마련하여 축하하고 일어나 춤을 추며 노래를 불렀다. 그리고 눈물을 흘리며 소무와 작별하였다."라고 하였다.[漢書, "昭帝即位, 匈奴與漢和親. 漢使求蘇武等, 單于許武還. 李陵置酒賀武, 因起舞而歌. 泣下數行, 遂與武決."]

만리를 가서 사막을 건너고	徑萬里兮度沙漠
임금의 장수가 되어 흉노 땅으로 갔다가	爲君將兮奮匈奴
길이 끊기고 화살이 부러진데다	路窮絕兮矢刃摧
병사는 전멸하고 명분도 무너져 버렸네	士衆滅兮名已隤
노모께서 이미 돌아가셨다 하는데	老母已死
은혜를 갚고자 하나 장차 어디로 가야 하나	雖欲報恩將安歸

이연년(李延年)[67]

124
노래[歌] 1수(首)

《한서(漢書)》에 "이연년은 음률(音律)에 대하여 천성적으로 타고난 감각을 지녔으며 춤과 노래에 능하여 무제의 총애를 받았다. 연년이 일어나 춤을 추며 이 노래를 불렀는데, 무제가 탄식하며 '세상에 어찌 이런 사람이 있었던가?'라고 하였다. 평양주(平陽主)[68]가 연년에게 여동생이 있다고 아뢰자, 무제가 불러 보았는데, 예쁘고 춤도 잘 추었다. 그리하여 총애를 받았다."라고 하였다.[漢書, "李延年性知音律, 善歌舞, 武帝愛之. 延年起舞而歌云云, 上歎息曰, '世豈有此人乎?' 平陽主因言延年有女弟, 上召見之, 妙麗善舞. 由是得幸."]

북방에는 가인이 있나니 北方有佳人

67 이연년(李延年, ?~기원전 87): 전한의 음악가. 중산(中山) 출신이다. 일찍이 죄를 저질러 궁형(宮刑)을 당했다. 악곡 창작과 가무에 능해, 〈한교사가(漢郊祀歌)〉 19장을 지어 악부(樂府) 가곡 발전에 기여하였다.

68 평양주(平陽主): 한(漢)나라 명제(明帝)의 딸로 평양장공주(平陽長公主)를 이른다.

세상에 비할 데 없이 홀로 우뚝하다오 絶世而獨立
한번 돌아보면 성이 기울고 一顧傾人城
두 번 돌아보면 온 나라가 기운다니 再顧傾人國
성 기울고 나라 기우는 줄 어찌 모를까마는 寧不知傾城與傾國
가인만은 두 번 다시 얻기 어렵다오 佳人難再得

○ 여동생을 소개하고 싶어서 먼저 이 노래를 불렀으니 배우의 하찮은 기예이다. 그러나 정을 묘사함은 절로 심원하다. 예로부터 가정을 깨뜨리고 국가를 망치는 자가 어찌 모두 어리석은 군주만 그랬던가.[欲進女弟, 而先爲此歌. 倡優下賤之技也. 然寫情自深. 古來破家亡國, 何必皆庸愚主耶.]

연자왕 단(燕刺王旦)

《한서(漢書)》에 "단(旦)이 스스로 자신이 무제의 아들로 장남이기도 한데 왕위에 오르지 못한다는 이유로 누이 개장공주(蓋長公主)와 좌장군(左將軍) 상관걸(上官桀)과 함께 뜻을 같이하여 소제의 폐립(廢立)을 모의했다가 사전에 발각되었다. 소제(昭帝)가 시자(使者)를 시켜 새서(璽書)를 내리자, 왕은 스스로 자결하였고, 부인도 단을 따라서 죽었다. 자결한 자가 모두 20여 명이었다." 하였다.[漢書, "旦自以武帝子, 且長, 不得立, 乃與姊蓋長公主, 左將軍上官桀交通, 謀廢立, 事覺. 昭帝使使者賜璽書, 王以綬自絞, 夫人隨旦, 自殺者二十餘人."]

125

노래[歌]

빈 성으로 돌아갔으나	歸空城兮
개도 짖지 않고	狗不吠
닭도 울지 않네	雞不鳴
도로는 어찌 그리 넓은지	橫術何廣廣兮
나라 안에 인적 없음을 진정 알겠네	固知國中之無人

화용부인(華容夫人)[69]

126

노래[歌]

머리카락은 어지러이 도랑을 메웠고	髮紛紛兮寘渠
유골이 널브러져 살 만한 곳이 없네	骨籍籍兮亡居
어미는 죽은 아들을 찾고	母求死子兮
아내는 죽은 남편을 찾네	妻求死夫
두 도랑 사이를 배회해 보지만	裴回兩渠間兮
군자는 장차 어디에 사시려 하오	君子將安居

○ 두소능(杜少陵)의 글에 '귀첩(鬼妾)', '귀마(鬼馬)' 등의 시어는 아마도 이런 데에서 변화되어 나온 듯하다.[杜少陵鬼妾鬼馬等語, 似從此種化出.]

69 화용부인(華容夫人): 연자왕 단(燕剌王旦)의 부인이다.

소제(昭帝)[70]

127
임지가(淋池歌)

《습유기(拾遺記)》에 "당시에 임지(淋池)를 만들어 그 가운데에 기하(芰荷)를 심어 놓고 소제는 수시로 물놀이를 명하였다. 해가 지도록 돌아오는 것을 잊고 즐기며 궁인에게 이 노래를 부르게 하였다." 하였다.[拾遺記, "時穿淋池, 中植芰荷, 帝時命水嬉, 畢景忘歸, 使宮人歌曰."]

가을 소박한 풍경 거친 파도 위에 떠서	秋素景兮泛洪波
가는 손길 뻗어 연꽃을 꺾어 보네요	揮纖手兮折芰荷

70 소제(昭帝): 중국 한(漢)나라의 10대 황제. 소제(昭帝) 초기에 상관걸(上官桀)이 상관안(上官安)의 6세 된 딸을 곽광(霍光)을 통하여 궁중에 들여보내려고 했다. 곽광은 당시 무제(武帝)의 유조(遺詔)를 받아 어린 소제를 보필하던 대장군(大將軍)이었으며, 상관걸은 곽광과 사돈지간으로 아들 상관안이 곽광의 사위였다. 그러나 곽광은 외손녀의 나이가 어리다고 하여 그들의 청을 거절했다. 상관걸은 곽광이 자신의 청원을 거절한 데 대한 반감으로 그를 제거하려고 무함했지만 당시 14세였던 소제가 거짓인 줄 알고 믿지 않았다.

서늘한 바람결에 뱃노래 소리 들려오고	涼風凄凄揚棹歌
구름 빛은 달 아래 하수에 펼쳐지니	雲光開曙月低河
만세토록 즐긴다 한들 어찌 많다 하리오	萬歲爲樂豈云多

○ '달은 아래 하수에 나즈막하고[月低河]'의 구절은 이미 육조(六朝)시대의 풍기(風氣)를 열어 주었다.[月低河句, 已開六朝風氣.]

양운(楊惲)[71]

128
부부가(拊缶歌)

《한서(漢書)》에 운(惲)이 손회종(孫會宗)에게 답한 글에 자세히 나와 있다.[詳見漢書惲答孫會宗書.]

저 남산에다 밭을 일구어 놓고서	田彼南山
김을 매지 않아 묵정밭이 되었네	蕪穢不治
한 이랑에다 콩을 심었건만	種一頃豆
떨어져서 콩깍지가 되었네	落而爲萁
인생은 즐겁게 살아갈 뿐이니	人生行樂耳
부귀를 기다린들 언제 누리랴	須富貴何時

○ 애써 경작해도 풍년이 없다는 것으로 벼슬살이에 뜻을 잃었다는 데에 비유하였으니, 이는 조정을 비난한 것이 아니다. 그러나 마침내 이 글 때문에 화를 입었으니 애석한 일이다.[以力田之無年, 比仕宦之失志, 未嘗斥朝廷也. 然竟緣此得禍, 哀哉.]

---

71 양운(楊惲, ?~기원전 54): 한(漢)나라 선제(宣帝) 때 사람으로, 고변을 통하여 평통후(平通侯)에 봉해진 인물이다.

왕소군(王昭君)[72]

129

원시(怨詩)

이 글은 장차 흉노땅에 들어가려 할 때 지은 것이다.[此將入匈奴時所作.]

가을 나무 우거졌더니만	秋木萋萋
어느새 잎마저 시들었네	其葉萎黃
산에 사는 산새들이야	有鳥處山
뽕나무에 모여 앉아서	集于苞桑
깃털 다듬어 양육하면	養育毛羽
모습에서도 빛이 나고	形容生光
구름 얻어 타고 올라가면	既得升雲

72 왕소군(王昭君): 전한 원제(元帝)의 비(妃). 이름은 장(嬙)이며, 자는 소군(昭君)인데, 뒤에 명군(明君)으로 고쳤다. 흉노가 거듭 청혼해 오자 후궁인 명비(明妃)를 시집보냈다. 왕소군은 실려 가는 말 위에서 비파를 뜯어 슬피 노래했고, 고향을 그리워하다가 돌아오지 못하고 흉노의 땅에서 죽었다.

천상의 안방에서 노니는데	上遊曲房
이궁엔 길이 끊긴 지 오래고	離宮絕曠
신체도 활발하지 못하며	身體摧藏
생각만 부침을 반복할 뿐	志念抑沉
실제로 오르내릴 수 없네	不得頡頏
비록 먹을 것은 얻었어도	雖得委食
마음은 늘 방황이라네	心有徊惶
나만 유독 무슨 연유로	我獨伊何
왕래가 일정치 않은 걸까	來往變常
펄펄 나는 저 제비는	翩翩之燕
서쪽 멀리 가서 운집하련만	遠集西羌
높은 산은 우뚝하고	高山峨峨
하수는 넘실대누나	河水泱泱
아버지시여 어머니시여	父兮母兮
지나온 길이 멀기도 하네요	道里悠長
아 슬프옵니다	嗚呼哀哉
시름겨운 마음 애가 타네요	憂心惻傷

○ 만약 오랑캐 땅에 들어가서 겪은 고초를 낱낱이 호소한 것이라고 한다면 특히 말로만 다 할 수 없을 뿐 아니라 하는 말이 천박해진다. 아버지를 부르고 어머니를 부르는데 울음소리와 눈물이 모두 단절되어 있다. 아래의 석계륜(石季倫)의 의작(擬作)에 비춰 보면 쇄설(瑣屑)스러워서 족히 말할 것이 못 된다.[若明訴入胡之苦, 不特說不盡, 說出亦淺也. 呼父呼母, 聲淚俱絕. 下視石季倫擬作, 瑣屑不足道矣.]

반첩여(班婕妤)[73]

130
원가행(怨歌行)

첩여는 처음에 효성제(孝成帝)에게 총애를 받았었다. 그 뒤에 조씨(趙氏)가 날로 성해지자 첩여가 이대로 가다 보면 위태로워질까 염려하여 장신궁(長信宮)에 태후(太后)를 공양하기를 요청하고서 환선시(紈扇詩)를 지어 자신을 애도하였다.[婕妤初爲孝成所寵. 其後趙氏日盛, 婕妤恐久見危, 求供養太后長信宮, 作紈扇詩以自悼焉.]

제나라의 고운 비단을 새로 자르니	新裂齊紈素
깨끗하기가 눈 서리와 같네요	皎潔如霜雪

73 반첩여(班婕妤): 한나라 성제(成帝)의 후궁으로 반첩여(班倢伃)라고도 부르는데, 첩여는 상경(上卿)에 해당하는 궁중 여관(女官)의 이름이다. 그가 처음에는 성제의 총애를 받았으나 조비연(趙飛燕) 자매가 궁에 들어오고 나서는 총애를 받지 못하였다. 그의 작품에는 〈자도부(自悼賦)〉, 〈도소부(擣素賦)〉, 〈원가부(怨歌賦)〉 등이 있다.

재단하여 합환선[74]을 만들었더니　裁成合歡扇
둥글기가 밝은 달과 같네요　團團似明月
임의 옷소매에 들고나면서　出入君懷袖
흔들 때면 살랑 바람 일었건만　動搖微風發
항상 두려운 건 가을철이 되어　常恐秋節至
서늘한 바람이 무더위를 앗아 가면　涼飇奪炎熱
상자 안에 그저 버려지듯이　棄捐篋笥中
은혜로운 정이 중간에 끊어지는 거라오　恩情中道絕

○ 용의(用意)가 은미하고 완곡하며, 음운(音韻)이 온화하고 평이하다. 〈녹의(綠衣)〉와 같은 여러 시편은 여기에서 영향을 받았다.[用意微婉, 音韻和平. 綠衣諸什, 此其嗣響.]

74 합환선(合歡扇): 남녀 간의 애정과 결합을 상징하는 대칭 무늬를 넣은 부채를 일컫는다.

조비연(趙飛燕)[75]

131
귀풍송원조(歸風送遠操)

《서경잡기(西京雜記)》에 "조황후에게는 봉황(鳳凰)이라는 보금(寶琴)이 있었고, 또 귀풍송원조(歸風送遠操)라는 가락을 잘 연주하였다." 하였다.[西京雜記, "趙后有寶琴名鳳凰, 亦善爲歸風送遠操."]

서늘한 바람이 일자 하늘에선 서리 내리고	涼風起兮天隕霜
임을 그리워하나 아득하여 보이질 않네	懷君子兮渺難望
내 마음 느꺼움이여 강개함만 많을 뿐이네	感予心兮多慨慷

75 조비연(趙飛燕, 기원전 45~기원전 1): 후한시대 성양후(成陽侯) 조임(趙臨)의 딸로, 어릴 때부터 춤과 노래를 배워 비연(飛燕)이라 불렀다. 성제(成帝)의 총애를 받아 황후가 되었다가 성제가 죽은 뒤 서인(庶人)으로 강등되자 자살하였다.

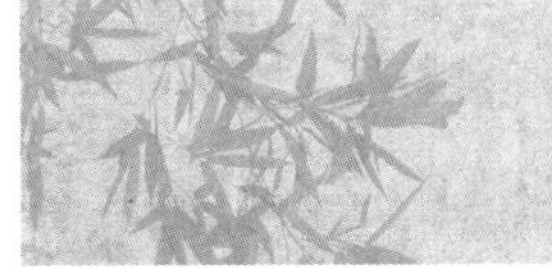

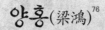

양홍(梁鴻)[76]

132
오희가(五噫歌)

《후한서(後漢書)》에 "양홍이 동쪽으로 관문을 나가 경사(京師)를 지나며 오희가(五噫歌)를 지어 불렀는데, 숙종(肅宗)이 듣고 슬프게 여겨 그를 찾았으나 만나지 못하였다." 하였다.[後漢書, "鴻東出關, 過京師, 作五噫之歌, 肅宗聞而悲之, 求鴻不得."]

저 북망산으로 올라가서는　　陟彼北芒兮
아아!　　噫
황제 계신 서울을 돌아보네　　顧瞻帝京兮
아아!　　噫
궁궐은 높기도 하다마는　　宮闕崔巍兮

76　양홍(梁鴻, 25 추정~104 추정): 동한(東漢)의 은사(隱士)이다. 그의 처(妻)는 얼굴은 못생겼지만 궂은일을 마다하지 않고 남편을 깍듯이 모셔서 현부(賢婦)로 칭송받았다.

아아!	噫
백성들의 노고가 얼마일까	民之劬勞兮
아아!	噫
아득히 멀고도 끝없음이여	遼遼未央兮
아아!	噫

마원(馬援)[77]

133
무계심행(武溪深行)

최표(崔豹)의 《고금주(古今注)》에 "무계심행(武溪深行)은 마원이 남쪽으로 원정 갔을 때에 지은 것이다. 문생(門生)인 원기생(爰寄生)이 피리[笛]를 잘 불었는데, 마원이 노래를 지어 화답하였다." 하였다.[崔豹古今注, "武溪深, 馬援南征時作. 門生爰寄生善笛, 援作歌以和之."]

넘실대는 무계[78]는 어찌 그리도 깊은지	滔滔武溪一何深

---

77 마원(馬援, 기원전 14~기원전 49): 후한의 장군. 자는 문연(文淵)이고, 섬서성 흥평현(興平縣) 북동 지방의 우부풍(右扶風) 무릉(茂陵) 출신이다. 왕망(王莽)의 부름을 받아 한중랑태수(漢中郎太守)가 되었고, 이어서 외효(隗囂) 밑에서 벼슬하다가, 다시 광무제의 신하로서 태중대부(太中大夫)가 되었다. 이어서 농서태수(隴西太守)가 되어 감숙성 방면의 강(羌)·저(氐) 등의 외민족을 토벌하였다. 41년 이후에는 복파장군(伏波將軍)에 임명되어, 교지(交趾: 북베트남)에서 봉기한 징칙(徵側)과 징이(徵貳) 자매의 반란을 토벌하고, 하노이 부근의 낭박(浪泊)까지 진출하여 그곳을 평정한 바 있다. 그 공로로 43년 신식후(新息侯)가 되었다.

78 무계(武溪): 호남성(湖南省) 건성현(乾城縣) 무산(武山)에 있다.

새도 날아서 건너지 못하고	鳥飛不度
짐승들도 감히 다가가지 못하니	獸不敢臨
아, 무계는 독기와 음해가 많도다	嗟哉武溪多毒淫

반고(班固)[79]

134
보정시(寶鼎詩)

《동도부》 시의 하나이다.[東都賦詩之一.]

산악은 조공을 준비하고 하천은 보배를 바치니 嶽修貢兮川效珍
금빛을 토하고 뜬구름이 피어오르네 吐金景兮歊浮雲
보정을 보니 빛깔이 찬란하고 寶鼎見兮色紛縕
환히 빛나는 용의 문양을 수놓았네 煥其炳兮被龍文
조상의 사당에 올라가 성신에게 제향 올리니 登祖廟兮享聖神
신령하신 덕을 밝혀 억년을 가리로다 昭靈德兮彌億年

79 반고(班固, 32~92): 후한 초기의 역사가. 자는 맹견(孟堅)이고, 산서성 함양(咸陽) 출신이며, 반표(班彪)의 아들이자 서역도호(西域都護) 반초(班超)의 형, 반소(班昭)의 오빠이다. 아버지의 유지를 이어 고향에서 《한서(漢書)》 편집에 종사했으나, 62년경 국사를 개작한다는 중상모략으로 투옥되었다가 반초의 노력으로 명제(明帝)의 용서를 받아, 20여 년에 걸쳐 《한서》를 완성하였다.

장형(張衡)[80]

135

사수시(四愁詩) 4수(首)

장형이 오랫동안 기밀(機密)을 처리하고 있는 것을 달가워하지 않았다.[81] 양가(陽嘉)[82] 연간에 하간(河間)[83] 지역의 정승이 되어 나갔는데, 당시의 국왕은 교만과 사치를 일삼고 법도를 준수하지 않았다. 또 호우(豪右)가 겸병(兼併)을 일삼는 집이 많았다.[84] 장형이 도착하여 엄격하게 다스렸고 속현(屬

80 장형(張衡, 78~139): 후한(後漢) 때의 학자. 자는 평자(平子)이고, 하남성(河南省) 남소(南召) 사람이다. 영원(永元) 연간에 효렴(孝廉)으로 천거되어 하간상(河間相), 상서(尙書)를 역임하였다. 태학(太學)에 들어가 오경과 육예(六藝)를 배웠으며, 천문(天文)과 음양(陰陽), 역산(曆算)을 정밀하게 연구하여 수력으로 움직이는 혼천의(渾天儀)와 지진을 측정하는 후풍지동의(候風地動儀)를 최초로 발명했다. 만년에는 하간왕(河間王)의 재상으로 호족들의 발호를 견제하는 데 공을 세웠다. 경학 관련 저술로 《주관훈고(周官訓詁)》가 있었지만 전하지 않는다. 천문에 관한 저술로는 《영헌(靈憲)》, 《산망론(算罔論)》, 《혼천의(渾天儀)》 등이 있다.

81 장형이 … 않았다: 장형이 당시에 태사령(太史令)이 되어 천문(天文)의 현상을 관찰하고 궁중(宮中)의 문서를 관리하고 있었다.

82 양가(陽嘉): 한(漢)나라 순제(順帝)의 연호(年號)이다.

83 하간(河間): 지금의 하북성(河北省) 하간현(河間縣)이다.

84 호우(豪右)가 … 많았다: 권세를 가진 부호(富豪)들이 빈민(貧民)의 재산을 착취하는 등의 행위를 말한다.

縣)을 내찰(內察)하여 간활(姦猾)하거나 교겁(巧劫)을 행하는 자들을 모두 은밀히 이름을 알아내서 관리를 보내 모두 잡아들였다. 그러자 여러 호협(豪俠)과 유객(遊客)들이 다 겁을 먹고 외지로 도망갔다. 이에 군내(郡內)는 크게 다스려지고 쟁송(爭訟)이 잠잠해졌으며 감옥에는 죄수가 없었다. 그러나 세상이 점점 피폐해져서 답답하게도 품은 뜻을 펼 수 없게 되자, 이 사수시(四愁詩)를 지었다. 이 글에서 굴원(屈原)이 미인(美人)으로 군자(君子)를, 진보(珍寶)로 인의(仁義)를, 수심(水深)과 설분(雪雰)으로 소인(小人)을 비유한 것을 본뜬 것은, 도술(道術)을 가지고 당시 임금에게 전달하려 하나 참사(讒邪)로 인하여 전달되지 않을까 염려하였기 때문이다. 그 가사는 다음과 같다.[張衡不樂久處機密. 陽嘉中, 出爲河間相, 時國王驕奢, 不遵法度. 又多豪右幷兼之家. 衡下車, 治威嚴, 能內察屬縣, 姦猾行巧劫, 皆密知名, 下吏收捕, 盡服擒. 諸豪俠遊客, 悉惶懼逃出境. 郡中大治, 爭訟息, 獄無繫囚. 時天下漸弊, 鬱鬱不得志, 爲四愁詩. 屈原以美人爲君子, 以珍寶爲仁義, 以水深雪雰爲小人, 思以道術相報, 貽於時君, 而懼讒邪不得以通. 其辭曰:]

【1수】

내가 그리워하는 이는 태산[85]에 있는데 我所思兮在太山
가서 따르고 싶으나 양보[86]산이 어려워 欲往從之梁父艱

---

85 태산(太山): 태산(泰山)과 같다. 오악(五嶽)의 하나인 동악(東嶽)을 이르는 말로, 산동성(山東省) 태안현(泰安縣)에 위치한다. 제왕이 공을 이루려면 태산에 가서 봉선(封禪)을 하기 때문에 태산으로 군왕을 비유하였다.

86 양보(梁父): 양보(梁甫)라고도 한다. 태산의 한 기슭에 있는 작은 산으로, 고대 중국에서는 사람이 죽으면 영혼이 모두 이곳으로 간다고 믿어 왔다. 여기서는 참언을 일삼는 간사한 소인을 비유하였다.

동쪽을 바라보며 눈물로 옷깃만 적시네 側身東望涕霑翰
미인이 내게 금착도[87]를 주었는데 美人贈我金錯刀
무엇으로 보답할까, 빛나는 경요[88]가 있네 何以報之英瓊瑤
길이 멀어서 보내지 못하고 서성일 뿐이니 路遠莫致倚逍遙
어찌 시름하는 이 마음 괴롭지 않으랴 何爲懷憂心煩勞

【2수】
내가 그리워하는 이는 계림[89]에 있는데 我所思兮在桂林
가서 따르고 싶지만 상수[90]가 깊어라 欲往從之湘水深
남쪽을 바라보며 눈물로 옷깃만 적시네 側身南望涕沾襟
미인이 내게 금랑간[91]을 주셨는데 美人贈我金琅玕
무엇으로 보답할까, 쌍옥반[92]이 있네 何以報之雙玉盤
길이 멀어서 보내지 못하고 서러워할 뿐이니 路遠莫致倚惆悵
어찌 시름하는 이 마음 속상하지 않으랴 何爲懷憂心煩傷

87 금착도(金錯刀): 손잡이를 금으로 도금한 칼을 이른다. 왕망(王莽)이 세운 신(新)에서 주조한 동전 이름이란 설이 있으나 여기서는 주고받는 선물의 일종인 칼로 보았다.
88 경요(瓊瑤): 경(瓊)과 요(瑤) 모두 아름다운 보석이다.
89 계림(桂林): 한대(漢代)의 군(郡) 이름. 지금은 광서장족자치구 계림시(桂林市)에 위치하고 있다. 고대에 순(舜)임금이 이곳에서 놀았다 하여 어진 임금을 사모한다는 뜻으로 인용하였다.
90 상수(湘水): 호남성(湖南省) 경내에 있는 강을 이른다.
91 금랑간(金琅玕): 황금으로 장식한 좋은 옥을 이른다.
92 쌍옥반(雙玉盤): 쌍옥을 담은 소반을 이른다.

【 3수 】

내가 그리워하는 이는 한양[93]에 있는데　　我所思兮在漢陽
가서 따르고 싶지만 농판[94]이 길어라　　欲往從之隴阪長
서쪽을 바라보며 눈물로 치마만 적시네　　側身西望涕沾裳
미인이 나에게 초첨유[95]를 주었는데　　美人贈我貂襜褕
무엇으로 보답할까, 명월주가 있네　　何以報之明月珠
길이 멀어서 보내지 못하고 머뭇거릴 뿐이니　　路遠莫致倚踟躕
어찌 시름하는 이 마음 답답하지 않으랴　　何爲懷憂心煩紆

【 4수 】

내가 그리워하는 이는 안문[96]에 있는데　　我所思兮在雁門
가서 따르고 싶지만 눈보라가 분분하여라　　欲往從之雪紛紛
북쪽을 바라보며 눈물로 수건만 적시네　　側身北望涕霑巾
미인이 내게 수놓은 비단을 주었는데　　美人贈我錦繡段

93 한양(漢陽): 한(漢)나라 군(郡)의 이름이다. 지금의 감숙성(甘肅省) 감곡현(甘谷縣) 동쪽에 위치한다. 이 지역은 고대 기서(岐西)로 서주(西周)의 문왕(文王)이 교화했던 곳이다.

94 농판(隴阪): 농산(隴山)의 비탈을 이른다. 농산은 섬서성과 감숙성 경계를 이루는 산으로 험난한 육반산(六盤山)과 맥이 닿아 있다.

95 초첨유(貂襜褕): 담비 모피로 만든 무릎가리개를 이른다.

96 안문(雁門): 한(漢)나라 군(郡)의 이름이다. 지금의 산서성(山西省) 대현(代縣) 서북쪽에 위치한다. 이 지역은 태고(太古) 때 오제(五帝)의 하나인 전욱(顓頊)의 방위에 해당한다.

무엇으로 보답할까, 청옥안[97]이 있네	何以報之青玉案
길이 멀어서 가지 못하고 탄식만 할 뿐이니	路遠莫致倚增歎
어찌 시름하는 이 마음 울적하지 않으랴	何爲懷憂心煩惋

○ 마음이 답답하고 우울한데 배회하면서 정이 깊어졌다. 이는 국풍과 이소의[風騷]의 변격(變格)으로 보인다. 소능(少陵)의 〈칠가(七歌)〉가 이 시에 근원을 두고 있으나 그 흔적을 답습하지 않았으니, 가장 환골탈태(換骨奪胎)를 잘한 것이라 하겠다.[心煩紆鬱, 低徊情深, 風騷之變格也. 少陵七歌原於此, 而不襲其迹, 最善奪胎.]

○ 〈오희가(五噫歌)〉와 〈사수시(四愁詩)〉를 어찌 모방할 수 있겠는가. 후인(後人)이 모방한 것은 그저 서시(西施)의 겉모습을 그리는 것일 뿐이다.[五噫四愁, 如何擬得. 後人擬者, 畫西施之貌耳.]

97 청옥안(青玉案): 푸른 옥으로 장식한 발이 달린 반상을 이른다.

이우(李尤)[98]

136

구곡가(九曲歌)

해는 저물고 때가 늦었거늘	年歲晩暮時已斜
어찌하면 역사를 얻어 해 수레를 되돌려 볼꺼나	安得力士翻日車

○ 원문이 누락되었다.[闕]

고시원(古詩源) 권2 끝

98 이우(李尤): 자는 백인(伯仁)이며, 후한(後漢)시대 광한(廣漢) 낙(雒)땅 사람이다. 문장이 특출하여 화제(和帝) 때에 시중(侍中) 가규(賈逵)가 그를 사마상여(司馬相如)와 양웅(揚雄)의 기풍이 있다고 천거하여 난대영사(蘭臺令史)를 제수하였고, 안제(安帝) 때에는 간의대부(諫議大夫)를 제수하였는데, 그가 조칙(詔勅)을 받아 유진(劉珍) 등과 함께 《한기(漢記)》를 찬술한 바 있다.

고시원 古詩源

권3

한시 漢詩

隴西行

蒿里曲

豔歌行

善哉行

歌

陌上桑

董嬌嬈

枯魚過河泣

古怨歌

채옹(蔡邕)[1]

137

번혜거가(樊惠渠歌) 병서(幷序)

양능현(陽陵縣) 동쪽은 그 지형이 으슥한 곳이라서 토질이 고약하여 아름다운 곡식들이 잘 자라지 않고 경수(涇水)만이 길게 흐른다. 광화 5년(光和五年)에 경조윤(京兆尹) 번군(樊君)이 백성들을 구하려 애쓰더니 이에 새로운 수로(水路)를 설치하여 메마르고 척박한 밭을 비옥한 농토로 바꾸어 놓았다. 농민들이 기뻐하여 서로 밭 언덕에서 칭송했는데 아름다운 문장을 이루어서 그것을 일러 번혜거(樊惠渠)라 하였다. 그 노래는 다음과 같다.[陽陵縣東, 其地衍隩, 土氣辛螫, 嘉穀不殖, 而涇水長流. 光和五年, 京兆尹樊君勤恤民隱, 乃立新渠, 曩之鹵田, 化爲甘壤. 農民怡悅, 相與謳談疆畔, 斐然成章, 謂之樊惠渠云. 其歌曰.]

---

1 채옹(蔡邕, 132~192): 후한의 학자. 문인. 서예가. 자는 백계(伯喈)고, 진류(陳留) 어현(圉縣) 출신이다. 젊어서부터 박학하기로 이름이 높았고 문장에 뛰어났다. 170년 영제(靈帝)의 낭중(郎中)이 되어 동관(東觀)에서 서지 교정에 종사하였으며, 175년 제경(諸經)의 문자평정(文字平定)을 주청하여 스스로 써서 돌에 새긴 후 태학(太學)의 문밖에 세웠다. 이것이 희평석경(熹平石經)이다. 189년 동탁(董卓)에게 발탁되어 좌중랑장(左中郎將)까지 승진했지만 동탁이 죽음을 당한 후 투옥되어 옥사하였다. 조정의 제도와 칭호에 대하여 기록한 《독단(獨斷)》과 시문집 《채중랑집(蔡中郎集)》이 있다. 비자체(飛自體)를 창시하였다.

우리에겐 긴 강물이 있었으나 我有長流
혹여 막을 줄도 몰랐으며 莫或閼之
우리에게 농수로가 있었으나 我有溝澮
혹여 물을 댈 줄도 몰랐었네 莫或達之
밭이랑이 거칠고 척박해도 田疇斥鹵
가꿀 줄도 다스릴 줄도 몰랐으며 莫修莫釐
기근이 들어 곤궁해도 飢饉困悴
불쌍히 여기거나 생각해 주는 이 없었는데 莫恤莫思
이에 번군이 있어서 乃有樊君
사람들의 부모가 되시더니 作人父母
우리의 농토를 개간케 하고 立我畎畝
젖줄 같은 물길을 터 주셔서 黃潦膏凝
그 많은 농사 무성하게 자랐으니 多稼茂止
그 은혜는 무궁하도다 惠乃無疆
어찌 기뻐하지 않으리오 如何勿喜
우리네 농토를 경작하게 되었으며 我壤旣營
우리네 강토가 이제 형성되었는데 我疆斯成
보잘것없던 우리네 사람들은 泯泯我人
이미 풍요롭고 알차므로 旣富且盈
향기로운 술을 빚어서 爲酒爲醴
저 조상의 신령께 제사 지내오니 蒸彼祖靈
군에게 복과 은혜를 내려 주시고 貽福惠君
장수하며 편안하게 하여 주옵소서 壽考且寧

138

음마장성굴행(飮馬長城窟行)

역시 고사(古辭)로 지었다.[亦作古辭.]

강변에 돋은 풀이 푸르면 푸를수록	靑靑河邊草
먼 길 떠난 임 그리움은 끝이 없어라	綿綿思遠道
길이 멀어 생각조차 할 수 없으나	遠道不可思
어젯밤엔 꿈속에서 임을 보았네	宿昔夢見之
꿈속에서 볼 때는 내 곁에 있더니만	夢見在我傍
꿈을 문득 깨고 보니 타향에 있네그려	忽覺(1)在他鄕
타향이라 각기 다른 마을이다 보니	他鄕各異縣
이리저리 떠돌며 서로 만나질 못하네	展轉不可見
마른 뽕나무로 인해 바람이 부는 줄 알고	枯桑知天風
바닷물로 인해 날씨가 차가운 줄 알건마는	海水知天寒
집안에 들면 각각 제 가족만 사랑할 뿐	入門各自媚
누가 기꺼이 서로 위하여 말을 해 줄까[2]	誰肯相爲言

2 마른 뽕나무도 … 해 줄까: 원문의 고상(枯桑)을 포함한 이 4구에 대한 해석이 다양하다. 당(唐) 이주한(李周翰)은 지(知)를 '어찌 알겠는가[豈知]'로 해석하여 "뽕나무는 잎이 없으니 바람 부는 줄 모르고 바닷물은 얼지 않으니 날씨가 추운 줄을 모른다. 집에 있는 여인이 남편의 소식을 모름을 비유하였다. 친척들이 있지만 각기 자기 집에 들어가 자기 가족만 아낄 뿐 남의 고충을 위로하려 하지 않는다."고 해석하였다. 청(淸) 오경욱(吳景旭)은 "잎이 떨어진 뽕나무만이 바람 부는 줄 알고 바닷물만이 하늘이 추운 줄 안다. 여인만이 자신의 고통을 아는 것을 비유했다. 남들은 자기 집에 들어가 자기 가족들만 보살피고 남의 고충을 알려고

먼 곳에서 손님이 찾아와서는 客從遠方來
잉어 한 쌍을 내게 주었네 遺我雙鯉魚
아이를 불러 삶게 하였더니 呼兒烹鯉魚
그 속에 하얀 비단에 쓴 편지가 있었네 中有尺素書
무릎 꿇고 앉아 그 편지 읽어 보니 長跪讀素書
편지엔 결국 뭐라고 쓰여 있던가 書中竟何如
첫 마디야 식사 잘하라 하였지만 上有加餐食
끝말은 사뭇 두고 그립다 하였네 下有長相憶

(1) '각(覺)'의 음은 교(敎)이다.[音敎]

○ 글 전체가 모두 부인을 생각하는 내용을 담고 있다. 끈끈한 정이 뒤엉켜서 굴절된 표현으로 점철되어 있어 편법(篇法)이 극도로 오묘하다.[通首皆思婦之詞. 纏綿宛折, 篇法極妙.]

○ '숙석(宿昔)'은 '숙야(夙夜)'와 같다. 《열자(列子)》 〈주목왕(周穆王)〉에 "주(周)나라 윤씨(尹氏)가 크게 재산을 다스렸는데, 늙은 역부(役夫)는 '밤마다[昔昔]' 나라의 임금이 되는 꿈을 꾸었고, 윤씨는 '밤마다[昔昔]' 남의 종이 되는 꿈을 꾸었다." 하였다.[宿昔, 夙夜也. 列子周穆王篇, "周之尹氏, 大治産, 有老役夫昔昔夢爲國君, 尹氏昔昔夢爲人僕."]

○ 앞부분에서는 일정하게[一路] 환운(換韻)을 하다 보니, 연(聯)이 단절되어 내려올수록 박자[節拍]가 매우 촉급했다. 그러나 '마른 뽕나무[枯桑]' 이하 2구에서 문득 배우(排偶)와 승접(承接)을 적용하여서 촉급함을 완화시켰다. 이것이 가장 옛사람의 신묘처(神妙處)라 하겠다.[前面一路換韻, 聯折而下, 節拍甚急. 枯桑二句, 忽用排偶承接, 急者緩之. 最是古人神妙處.]

하지 않는다."고 해석하였다. 문일다(聞一多)는 "뽕나무는 남편을 비유하고 바닷물은 자신을 비유하며 바람과 추위는 고독하고 처량함을 비유한다. 낙엽을 보고 나무가 바람에 맞는 것을 알고 얼음을 보고 물이 추위를 느끼는 것을 안다. 뽕나무에 잎이 없고 바닷물이 얼지 않아 마치 바람과 추위를 모르는 것 같지만 실제로 모르는 것이 아니라 사람들이 알 수 있는 흔적이 보이지 않을 뿐이다. 부부가 오래 헤어져 있어서 서로 말은 안 해도 마음으로 그 괴로움을 알고 있음을 비유하였다."고 해석하였다. 여관영(余冠英)은 "뽕나무는 잎이 없어도 바람이 부는 줄 알고 바닷물은 얼음이 얼지 않아도 추운 줄 안다. 멀리 있는 남편은 비록 감정이 담백해도 나의 고독과 그리움을 알아줄 것이라는 것을 비유하였다."고 해석하였다. 모두 근리한 해석이긴 하나 여기서는 여관영의 설을 따르기로 한다.

139

취조(翠鳥)

뜰 한쪽에 석류나무가 있는데	庭陬有若榴
푸른 잎사귀가 붉은 꽃을 머금었네	綠葉含丹榮
물총새가 때때로 날아와 모여서는	翠鳥時來集
날갯짓을 하며 제 모습 가다듬네	振翼修容形
푸른색에서 나온 것을 돌아다보고	回顧生碧色
움직이며 짙푸름을 드날려 보네	動搖揚縹青
다행히도 사냥꾼의 덫에서 벗어나	幸脫虞人機
군자의 뜰에 와서 친하게 되었네	得親君子庭
마음을 길들여 그대의 소박함에 의탁하노니	馴心托君素
암수 모두 백 년 두고 보호하리라	雌雄保百齡

140

금가(琴歌)

내 마음을 단련하여 태청에 잠기게 하고	練余心兮浸太清
더러움을 씻어서 정령을 보존하네	滌穢濁兮存正靈
혈액이 통창하니 정신이 편안해지고	和液暢兮神氣寧
뜻이 담박하니 마음이 고결해지네	情志泊兮心亭亭
욕심을 잠재워 생겨나지 못하게 하고	嗜欲息兮無由生
우주를 넘어서서 저속함을 버림이여	踔宇宙而遺俗兮
까마득히 훨훨 날아 홀로 가리라	眇翩翩而獨征

○ 금(琴)의 이치에 대해 가장 조예가 깊은 자이다. 당(唐)나라 왕창령(王昌齡)과 이기(李頎)도 때로 이 이치를 터득하였다.[琴理之最深者, 唐人王昌齡. 李頎時亦得之.]

진가(秦嘉)[3]

141

군내에 머물며 부인에게 준 시[留郡贈婦詩] 3수(首)

진가가 당시 군(郡)의 상연(上掾)[4]이 되었다. 그의 아내 서숙(徐淑)이 병으로 드러눕게 되어 친정에 가서 있었으므로, 직접 작별하지 못하여 이 시를 지어 주었다고 한다.[嘉爲郡上掾, 其妻徐淑, 寢疾還家, 不獲面別, 贈詩云爾.]

【1수】

인생을 비유하면 아침이슬 같건만 　人生譬朝露
세상살이 험난하기 그지없구려 　居世多屯蹇

3 진가(秦嘉): 자는 사회(士會). 농서(隴西) 사람. 환제(桓帝) 때 낙양(洛陽)에 들어와 황문랑(黃門郎)이 되었으나 아내와 함께 단명(短命)하였다 한다.

4 상연(上掾): 전국시대 및 진한시대에 지방관이 연말에 관할지역의 호구(戶口), 부세(賦稅), 도적(盜賊), 옥송(獄訟) 등에 관한 내용을 기록한 장부를 만들어 상급관청으로 이송하는 책임을 맡은 관리로, 상계(上計), 상계연(上計掾), 상계리(上計吏)라고도 한다.

슬픈 일은 항상 먼저 닥쳐오고　憂艱常早至
기쁜 일은 항상 늦어 괴롭다오　歡會常苦晚
시절 임무[5] 받들 것을 생각하니　念當奉時役
그대와 떨어져 날로 멀어지겠소　去爾日遙遠
수레 보내 그대를 맞아 오려 했건만　遣車迎子還
공연히 빈 수레만 오갔구려　空往復空返
답장을 보니 마음이 서글퍼져　省書情悽愴
음식을 대하고도 먹을 수가 없구려　臨食不能飯
홀로 빈방에 앉아 있으니　獨坐空房中
누구와 더불어 서로 권면하겠소　誰與相勸勉
긴긴밤을 잠못 이룬 채　長夜不能眠
베개에 엎드려 홀로 뒤척인다오　伏枕獨展轉
시름이 밀려와 고리처럼 끝이 없거늘　憂來如循環
자리가 아니라서 말아 둘 수가 없구려[6]　匪席不可卷

5　시절 임무[時役]: 상연(上掾)이 되어 경사(京師)로 가서 군(郡)의 업무를 보고하는 일을 이른다.

6　자리가 … 없구려: 《시경(詩經)》〈패풍(邶風) 백주(柏舟)〉의 "내 마음 자리가 아니니 말아 둘 수도 없도다.[我心匪席, 不可卷也.]"를 활용하여, 펼쳐놓은 자리는 말아서 치울 수 있지만, 시름은 수습할 수가 없다는 뜻을 붙여 기술하였다.

【2수】

황령[7]은 사사로운 친함이 없으므로	皇靈無私親
선을 행하면 천록을 받는다 했거늘	爲善荷天祿
가슴 아프게도 나와 그대는	傷我與爾身
어려서는 의지할 데 없는 신세였지요	少小罹煢獨
이윽고 결혼의 큰 뜻 맺었거니와	既得結大義
기쁨이 늘 부족한 것이 괴롭구려	歡樂苦不足
멀리 떨어져 사는 이별 생각하자니	念當遠別離
사뭇 그리움이 간절하게 이는구려	思念敘款曲
강물은 넓은데 배나 다리가 없고	河廣無舟梁
길은 가까우나 언덕이 가로놓였네	道近隔丘陸
길을 나섰으나 슬픔이 가슴에 일어	臨路懷惆悵
중도에서 그저 머뭇거려 볼 뿐이오	中駕正躑躅
뜬구름은 높은 산에서 일어나고	浮雲起高山
슬픈 바람은 깊은 계곡을 휘몰아치며	悲風激深谷
충실한 말도 안장을 돌리지 않으려 하고	良馬不回鞍
가벼운 수레도 바퀴를 굴리지 않으려 하오	輕車不轉轂
침과 약이야 누차 들일 수 있겠지만	鍼藥可屢進
시름겨운 생각일랑 자주 하기 어렵겠소[8]	愁思難爲數
바른 선비는 처음과 끝을 중시하나니	貞士篤終始

---

7 황령(皇靈): 큰 신령, 곧 하늘을 뜻하는 말로 쓰였다.

은의를 그 어찌 지속하지 않으리오[9] 恩義不可屬

【3수】

씩씩하게 하인들 길 떠날 준비 하는데 肅肅僕夫征
쟁그랑 쟁그랑 말방울 소리 울리네 鏘鏘揚和鈴
날 밝으면 바로 떠나야 할 몸 淸晨當引邁
옷가지 차려입고 닭 울기 기다리네 束帶待雞鳴
빈방 안을 둘러보고 있자니 顧看空房中
아내 모습이 보이는 듯하네 彷徨想姿形
한 번의 이별에 만 가지 한이 일어 一別懷萬恨
앉으나 서나 마음이 편하지 않네 起坐爲不寧
무슨 말로 지금 내 마음 그려 낼 수 있을까 何用敘我心
그대 생각 놓고 가면 곡진한 맘 알게 될까 遺思致款誠
보석 비녀론 흩어진 머리를 단정하게 묶고 寶釵好耀首
거울은 그대 모습을 비춰 볼 수 있을 거외다 明鏡可鑑形
향기는 때 타서 더러운 냄새를 없애 주고 芳香去垢穢

8 침과 … 어렵겠소: 이 2구의 의미는, 아픈 침과 쓴 약은 얼마든지 받아들일 수 있겠지만 부인을 생각하는 시름은 자주 하게 되면 괴롭기 때문에 그렇게 하기가 어렵겠다는 뜻을 내포하고 있다.

9 은의를 … 않으리오: 원문의 '불가속(不可屬)'은 녹흠립(逯欽立)의 설에 따라 '가불속(可不屬)'의 도치된 형태로 보아 '어찌 지속하지 않으리오'로 번역하였다.

소박한 거문고는 맑은 소리를 내는도다	素琴有清聲
던져 준 모과에 시인이 감격하여	詩人感木瓜
아름다운 패옥[10]으로 갚아 준 일 있거니와	乃欲答瑤瓊
그대가 내게 준 것이 넉넉하여 부끄럽고	媿彼贈我厚
내가 그대에게 준 것이 보잘것없어 부끄럽네	慙此往物輕
비록 내가 준 것이 충분한 보답은 아니어도	雖知未足報
그대 향한 내 마음만은 소중히 여겨 주오	貴用敘我情

○ 말장(末章)에는 '형(形)' 자 운을 중복하여 사용하였다.[末章韻脚複形字.]

○ 사기(詞氣)가 온화하고 평이하여 사람을 깊이 감동시키는 면이 있다. 그러나 서한(西漢)시대의 순박하고 중후한 시풍(詩風)과는 거리가 멀다.[詞氣和易, 感人自深, 然去西漢渾厚之風遠矣.]

---

10 패옥[瓊琚]: 《시경(詩經)》〈위풍(衛風) 모과(木瓜)〉의 "나에게 모과를 던져 줌에 아름다운 패옥[瓊琚]으로써 보답하고도 보답했노라고 여기지 않음은 길이 우호를 하고자 해서이다.[投我以木瓜, 報之以瓊琚, 匪報也, 永以爲好.]"에서 인용하였다.

공융(孔融)[11]

142
잡시(雜詩)

떠나는 길손을 멀리 전송하고서　遠送新行客
세밑 되어 집으로 이내 돌아와서는　歲暮乃來歸
문에 들며 사랑하는 아이 보자 했더니　入門望愛子
처첩이 나를 향해 슬피 우네　妻妾向人悲
아이를 볼 수 없다는 말 듣고 나니　聞子不可見
해마저도 어느새 빛을 잃고 말았네　日已潛光輝
외로운 무덤 하나가 서북쪽에 있는데　孤墳在西北

11 공융(孔融, 153~208): 후한 때의 학자. 공자의 20대손으로, 자는 문거(文擧)이다. 노(魯)나라 사람으로 어려서부터 재능이 뛰어났고, 문필에도 능하여 건안칠자(建安七子)의 한 사람으로 불렸다. 헌제(獻帝) 때 북해(北海)의 재상이 되어 학교를 세웠으며, 동탁(董卓)의 횡포에 격분하여 산동에서 황건적을 평정함에 힘썼으나 큰 성과를 얻지는 못하였다. 당시 세력을 확장하고 있던 조조(曹操)를 비판하다가 일족이 모두 처형을 당하였다. 시문 《공북해집(孔北海集)》은 조비(曹丕)가 칭찬한 바 있다.

늘 생각하는 건 당신이 더디 오는 거라오　常念君來遲

바지를 걷고 빈 언덕에 올랐더니　褰裳上墟丘

다만 보이는 건 쑥대와 고비일 뿐이네　但見蒿與薇

백골은 황천으로 돌아가고　白骨歸黃泉

육신은 먼지를 타고 날아갔으니　肌體乘塵飛

살아서도 제 아비를 알지 못했는데　生時不識父

죽은 뒤에 내가 누구인 줄 알겠느냐　死後知我誰

외로운 영혼이 저물녘을 떠돌면서　孤魂遊窮暮

구르는 낙엽처럼 어디에 의탁할까　飄颻安所依

사람은 살며 대 이을 자식을 꾀하는데　人生圖孠(1)息

네가 죽어 내가 너를 추념하는구나　爾死我念追

앉으나 서나 그저 마음 상할 뿐이니　俛仰內傷心

나도 모르게 눈물이 옷깃을 적신다　不覺淚沾衣

인생이란 각자 명이 있게 마련이지만　人生自有命

다만 산 날이 길지 않아 한이로구나　但恨生日希

(1) '사(孠)'는 사(嗣)의 옛 글자이다.[古嗣字.]

○ 두소능(杜少陵)의 〈봉선영회(奉先詠懷)〉에 "문에 들어서자 울부짖는 소리 들리더니[入門聞號咷], 어린아이 이미 굶주리다 죽었네.[幼子飢已卒.]"라는 구절이 있거니와, 이 글이 더욱 애처롭다는 것을 깨달을 수 있겠다.[少陵奉先詠懷, "有入門聞號咷, 幼子飢已卒句", 覺此更深可哀.]

신연년(辛延年)[12]

143

우림랑(羽林郞)[13]

예전에 곽씨[14] 집에 종이 있었는데	昔有霍家奴
성은 풍이요 이름은 자도였네	姓馮名子都
장군의 세력에 의지하여	依倚將軍勢
술집의 호희[15]를 조소하였네	調笑酒家胡
호희는 나이 겨우 열다섯인데	胡姬年十五
봄날 홀로 술청을 지키고 있었네	春日獨當鑪

12 신연년(辛延年): 후한(後漢) 때 사람. 전기(傳記)가 명확하지 않다.

13 우림랑(羽林郞): 한(漢)나라 때 금위군의 벼슬 이름. 숙위(宿衛)와 시종(侍從)을 맡아보았다. 악부(樂府)의 잡곡가사 이름으로도 쓰였다.

14 곽씨(霍氏): 곽광(霍光)을 이른다. 서한(西漢) 소제(昭帝)와 선제(宣帝) 때의 인물로, 대장군 등을 역임하면서 20여 년간 국정(國政)을 전횡하였다.

15 호희(胡姬): 호족(胡族) 여인. 원래는 호인 주점에서 술파는 여자를 지칭했으나, 뒤에 술파는 여인을 지칭하는 말로 쓰였다.

긴 옷깃에 연리무늬 허리띠 두르고	長裾連理帶
너른 소매에 합환 문양 저고리였네	廣袖合歡襦
머리 위엔 남전[16]의 옥을 장식하고	頭上藍田玉
귀 뒤엔 대진[17]의 구슬을 걸었네	耳後大秦珠
양쪽 귀밑머리 어찌 그리도 어여쁜지	兩鬟何窕窕
한 세상을 통틀어 비할 자가 없도다	一世良所無
한쪽 비녀만도 오백만이요	一鬟五百萬
양쪽 비녀까지는 천만 남짓인데	兩鬟千萬餘
뜻하지 않은 금오자[18]께서	不意金吾子
거들먹거리며 나의 집을 지나더니	娉婷過我廬
은빛 안장은 어찌 그리 번뜩이는지	銀鞍何煜爚
푸른 덮개가 공연히 머뭇거리네	翠蓋空躊躕
내게 와서 청주를 달라 하기에	就我求清酒
비단 끈으로 옥술병을 묶어 드리고	絲繩提玉壺
내게 와서 맛있는 요리를 달라 하기에	就我求珍肴

16 남전(藍田): 장안(長安)의 남쪽에 위치한 지역으로 옥(玉)의 산출지이다.

17 대진(大秦): 고대 서역 국가명. 중국의 왕조마다 지칭하는 곳이 약간 다르다. 한대에는 로마의 동방 영토였던 시리아, 메소포타미아 지역을 가리켰으며, 당나라 때는 크리스트교의 중심지를, 송대에는 바그다드를 중심으로 한 압바스 왕조를 가리켰다. 한나라 화제(和帝) 때 서역도호(西域都護)인 반초(班超)가 감영(甘英)을 이곳에 사신으로 보낸 바 있다. 환제(桓帝) 연희(延熹) 9년 대진왕 안돈(安敦: 마르쿠스 아울렐리우스)의 사신이 후한에 왔으며, 진(晉)나라 무제(武帝) 때에도 사신이 다녀갔다.

18 금오자(金吾子): 한(漢)나라 때 서울의 치안을 담당했던 금위군을 이르며 집금오(執金吾)라고도 한다.

금 쟁반에 잉어회를 담아 드렸네	金盤膾鯉魚
그는 내게 청동 거울을 선물한다며	貽我青銅鏡
내 붉은 비단 치마에 매달려 했네	結我紅羅裾
붉은 비단 찢기는 건 아깝지 않으나	不惜紅羅裂
미천한 이 몸을 어찌 거론하시나요	何論輕賤軀
사내는 후부인을 아낀다 해도	男兒愛後婦
여자는 첫 남편을 중시한다오	女子重前夫
사람에게는 새 사람 옛사람이 있겠지만	人生有新故
귀천을 서로 넘나들지는 않는다지요	貴賤不相踰
금오자께 정중히 사양하오니	多謝金吾子
사적인 애정이란 그저 구차할 뿐이랍니다	私愛徒區區

○ 변려체(騈麗體)의 가사(歌詞)이다. 추구하는 바가 곧고 바르다. 국풍(風)의 변체(變體)이면서도 그 정도(正道)를 잃지 않았다.[騈麗之詞. 歸宿卻極貞正, 風之變而不失其正者也.]

○ '한쪽 비녀만도 오백만이요[一鬟五百萬]' 이하 2구는 '비녀[鬟]'만을 논한 것이 아님을 알아야 한다.[一鬟五百萬二句, 須知不是論鬟.]

송자후(宋子侯)[19]

144

동교요(董嬌嬈)

낙양성 동쪽 길을 걸어가노니	洛陽城東路
복사꽃 오얏꽃이 길가에 피었네	桃李生路傍
꽃은 꽃끼리 제냥 서로 마주하고	花花自相對
잎은 잎끼리 제냥 서로 짝하였네	葉葉自相當
봄바람이 동북쪽에서 불어오니	春風東北起
꽃과 잎이 쉼 없이 한들거리네	花葉正低昻
알 수 없는 뉘 집 처자가	不知誰家子
대바구니 들고 와서 뽕잎을 따네	提籠行采桑
가녀린 손으로 그 가질 꺾으니	纖手折其枝
꽃잎은 떨어져 어쩜 그리 흩날리는가	花落何飄颻
"저 누이에게 묻겠어요	請謝彼姝子

19 송자후(宋子侯): 전기(傳記)가 명확하지 않다.

어찌하여 내게 상처를 입히시나요?"	何爲見損傷
"늦가을 팔구월이면	高秋八九月
흰 이슬이 변하여 서리가 되고	白露變爲霜
한해가 끝날 때쯤 떨어져 버리면	終年會飄墮
어찌 오래도록 향기로울 수 있으랴"	安得久馨香
"가을 되어 절로 떨어진다 해도	秋時自零落
봄철이 돌아오면 다시 향기롭지요	春月復芬芳
하시라도 청춘은 가 버리고 나면	何時盛年去
기쁨과 사랑도 길이 잊혀지리다"	歡愛永相忘
내 이 곡을 마치려 하는데	吾欲竟此曲
이 곡이 사람의 간장을 녹이네	此曲愁人腸
돌아와서 맛 좋은 술 따라 마시고	歸來酌美酒
비파나 들고서 고당으로 오르리라	挾瑟上高堂

○ 대의(大意)는, 꽃이 떨어지는 것으로 젊은 시절이 쉬이 지나가 버리는 것을 비유하였다. 아름다운 그 자태가 끝없는 매력을 느끼게 한다.[大意以花落比盛年之易逝也. 婀娜其姿, 無窮搖曳.]

○ 방주(方舟)의 《한시설(漢詩說)》[20]에 이르기를, "'저 누이에게 묻는다[請謝彼姝子]' 이하 2구는 문사(問詞)이며, '늦가을 팔구월에[高秋八九月]' 이하 4구는 누이의 답사(答詞)이다. '가을엔 절로 떨어지지만[秋時自零落]' 이하 4구는 또 꽃이 누이의 말에 답하는 글이다. 이 글의 정의(正意)는 전적으로 '내 이 곡을 마치려 하는데[吾欲竟此曲]' 이하 4구에 있다. 따라서 즐길 수 있는 날이 많지 않으니 그때에 닥쳤을 때 마음껏 즐기기를 권하는 뜻을 내포하고 있다." 하였다.[方舟漢詩說云, "請謝彼姝子二句, 是問詞, 高秋八九月四句, 是姝子答詞. 秋時自零落四句, 又是答姝子之詞. 正意全在吾欲竟此曲四句. 見懽日無多, 勸之及時行樂爾."]

---

20 방주(方舟)의 《한시설(漢詩說)》: 청대(淸代)의 심용제(沈用濟)와 비석황(費錫璜)이 공동으로 엮은 책이며, 방주는 심용제의 자(字)이다.

소백옥(蘇伯玉)의 처(妻)

145

반중시(盤中詩)[21]

산에 나무가 높게 자라면 山樹高

21 반중시(盤中詩): 잡체시(雜體詩)의 일종으로, 한나라 소백옥(蘇伯玉)의 아내가 남편을 그리워하면서 지었다고 한다. 소반 위에 작품을 쓰면서 한 번 돌 때마다 한 구가 이루어지도록 만들었다고 하는데, 사랑이나 근심이 마음에 얽히고설키어 떠나지 않는 자신의 심정을 이런 방식으로 아름답게 수놓았다는 것이다. 작품은 전체가 168자, 27운으로 구성되어 있으며, 3자구(三字句) 위주로 배열되어 있다. 그 사이에 7자구도 삽입되어 있다. 소백옥이 촉(蜀)으로 사신을 떠나 오랫동안 돌아오지 않자, 남편을 그리워하는 마음을 서술하였다. 《옥대신영(玉臺新詠)》에서는 이 시를 진(晉)나라 부현(傅玄, 217~278)의 작품 다음에 실어 놓았는데, 작가 이름이 없기 때문에 일설에서는 부현의 작품으로 보기도 한다. 제시한 도표는 정중앙의 산(山) 자에서 아래 수(樹) 자로 내려와서 시계 반대방향으로 돌고, 그다음 바깥 원에서는 시계방향으로 돌면서 읽는다. 이 도표는 후세 사람들이 글 내용을 유추하여 도표화한 것이다.

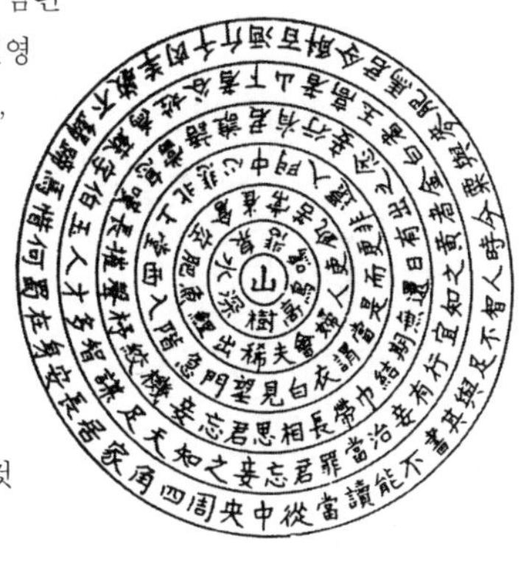

새들 울음소리가 슬프고	鳥鳴悲
샘에 솟는 물이 깊으면	泉水深
잉어도 살진답니다	鯉魚肥
빈 창고의 참새는	空倉雀
늘 굶주리는 것이 고달프고	常苦飢
관리의 아낙네는	吏人婦
남편과 만나기를 바란답니다	會夫希
문을 나서 바라보았더니	出門望
흰옷 입은 이가 보이길래	見白衣
당연히 임이신가 여겼더니	謂當是
어쩜 또다시 아니구려	而更非
돌아와 문에 들어서자	還入門
속마음만 슬퍼지네요	中心悲
북쪽으로 당에 올랐다가	北上堂
서쪽 계단으로 들어와	西入階
서둘러 베틀에 앉아 베를 짜니	急機絞
북소리가 재촉하는 듯	杼聲催
길이 탄식하건만	長歎息
말할 사람 누가 있나요	當語誰
당신이 떠나가신 뒤로	君有行
쇤네는 당신을 그립니다	妾念之
떠나가신 날이 분명 있건만	出有日

돌아오실 날은 기약이 없네 還無期
두건 매고 띠 맬 때마다 結巾帶
늘 당신을 그리워합니다 長相思
당신은 나를 잊는다 해도 君忘妾
나는 알지 못하거니와 未知之
내가 당신을 잊는다면 妾忘君
그 죄는 응당 벌 받으리다 罪當治
쇤네에게 바른 행실 있음을 妾有行
의당 아시겠지요 宜知之
누런 것은 금이요 黃者金
흰 것은 옥이며 白者玉
높은 것은 산이요 高者山
낮은 것은 골짜기라 下者谷
성은 소씨요 姓者蘇
자는 백옥인 그는 字伯玉
재능도 많고요 人才多
지모도 충분합니다 知謀足
집은 장안인데 몸은 촉땅에 있으니 家居長安身在蜀
어찌 말발굽을 아껴서 자주 돌아오지 않나요 何惜馬蹄歸不數
양고기 일천 근에 술이 백 섬 羊肉千斤酒百斛
영군의 말을 살찌우는 것은 보리와 좁쌀이요 令君馬肥麥與粟
요즘 사람들은 今時人

소반의 다리가 네 개인 줄만 알 뿐	知四足
글을 주어도	與其書
읽지 못하니	不能讀
마땅히 가운데서부터 사방으로 돌아야 해요	當從中央周四角

○ 소백옥(蘇伯玉)으로 하여금 뉘우치도록 한 글이다. 그 뜻이 전적으로 유완(柔婉)한 데에 있고 원로(怨怒)에 있지 않으니, 이는 애정이 그만큼 깊기 때문이다.[使伯玉感悔. 全在柔婉, 不在怨怒, 此深於情.]

○ '당신이 떠나고 나면[君有行]'에서의 행(行) 자는 정행(征行)의 의미이므로 평성(平聲)이며, '나에게는 행실이 있으니[妾有行]'에서의 행(行) 자는 행의(行誼)의 의미이므로 거성(去聲)이다.[君有行, 征行也, 平聲. 妾有行, 行誼也, 去聲.]

○ 가요(歌謠)와 같기도 하고, 악부(樂府)와 같기도 하다. 뒤섞여서 한 편의 시를 이루고 있으나, 용의(用意)가 충후(忠厚)하니, 이는 천추(千秋)의 절조(絶調)라 하겠다.[似歌謠, 似樂府, 雜亂成文, 而用意忠厚, 千秋絶調.]

두현(竇玄)의 처(妻)

146
고원가(古怨歌)

두현의 용모가 매우 뛰어나게 잘생겼다. 천자(天子)가 그의 처를 내치게 하고 공주(公主)를 아내로 삼게 하니, 그의 처가 비원(悲怨)을 안고 편지와 노래를 지어 두현에게 주었다. 당시 사람들이 이를 가련하게 여겼다.[玄狀貌絶異. 天子使出其妻, 妻以公主妻悲怨, 寄書及歌與玄, 時人憐之.]

조심성 있는 하얀 토끼는	煢煢白兔
동쪽 향해 달려도 서쪽을 돌아본다오	東走西顧
옷은 새 옷이 나을지 몰라도	衣不如新
사람은 옛사람만 못하다오	人不如故

채염(蔡琰)[22]

147
비분시(悲憤詩)

《후한서(後漢書)》에 "채염이 동사(董祀)에게 시집간 뒤에 난리를 겪으면서 비분한 감정을 추회(追懷)하여 이 시를 지었다." 하였다.[後漢書, "琰歸董祀後, 感傷亂離, 追懷悲憤, 作詩."]

한나라 말기에 권병을 잃게 되자	漢季失權柄
동탁[23]이 천륜의 상법을 어지럽혔네	董卓亂天常

22 채염(蔡琰): 후한 말기의 여류시인. 진류(陳留) 어(圉) 땅 사람이고, 자는 문희(文姬)이다. 채옹(蔡邕)의 딸로, 어려서부터 박학다식하여 변설에 능하고 음악적 재능을 갖춘 인재였다. 처음에 위도개(衛道玠)에게 출가했으나 얼마 후 남편과 사별하고 친정으로 돌아왔다. 그 후 동탁(董卓)의 난 때 흉노족에게 납치되어 남흉노 좌현왕에게 시집을 가게 되어 두 아들을 두었다. 조조는 채옹과 절친한 사이였는데 채옹의 후손이 끊기는 것을 애석하게 여겨 좌현왕에게 천금을 주고 채염을 데려와 동관 근처 남전 땅에 장원을 세우고 그곳에서 살도록 배려하였다. 그 뒤에 다시 동사(董祀)에게 재가(再嫁)하였다.

23 동탁(董卓, 139~192): 한대(漢代) 말기의 권신(權臣)이자 군벌(軍閥)이다. 병주목사(并州牧使)로 있

황제를 시해하고 찬탈을 도모하고자 志欲圖簒弑
먼저 여러 어진 현량을 해쳤네 先害諸賢良
옛 수도로 옮기라고 핍박하더니 逼迫遷舊邦
황제를 옹립하여 자기 권력을 강화했네 擁王以自強
중국 각지에선 의병들이 일어나 海內興義師
함께 역적을 토벌코자 했건만 欲共討不祥
동탁의 군사가 동쪽으로 오니 卓衆來東下
무기며 갑옷이 햇빛에 번뜩였네 金甲耀日光
토착민들은 취약한 데 반해 平土人脆弱
달려온 병사들은 다 오랑캐 출신이라 來兵皆胡羌
들사냥으로 성읍을 포위하니 獵野圍城邑
가는 곳마다 부수고 망가뜨렸네 所向悉破亡
무찌르고 베어서 남은 것이 없으니 斬截無孑遺
시체가 서로 앞을 가로막았네 尸骸相撑拒
말 옆구리엔 사내 머릴 매달고 馬邊懸男頭
말 뒤엔 아녀자를 실었네 馬後載婦女
장거리 말을 몰아 서쪽 관문 들어가니 長驅西入關
머나먼 길 험하고 막혔더라 迴路險且阻
뒤돌아보니 멀고도 까마득하여 還顧邈冥冥

다가 영제(靈帝)가 죽자 하진(何進)과 원소(袁紹)의 밀조(密詔)를 받고 낙양으로 진군한 후 소제(少帝)를 폐위시키고 헌제(獻帝)를 세운 후 전횡을 일삼다가 뒤에 부하인 여포(呂布)에게 살해되었다.

애간장이 다 문드러졌네 肝脾爲爛腐
잡혀 온 사람 만 명이나 되어도 所略有萬計
머물거나 모이지 못하게 했네 不得令屯聚
어쩌다 혈육 간에 함께 있어도 或有骨肉俱
감히 말을 나눌 수가 없었네 欲言不敢語
조금이라도 뜻을 어기게 되면 失意幾微間
문득 '죽일 놈의 포로라' 말하고 輒言斃降虜
'마땅히 칼로 베어야 한다'고 하며 要當以亭刃
'너희들을 살려두지 않겠다' 했네 我曹不活汝
어찌 감히 목숨을 아끼랴만 豈敢惜性命
온갖 그 욕설 견딜 수 없었네 不堪其詈罵
어떨 때는 매질을 해 대니 或便加棰杖
미움과 고통이 함께 일었네 毒痛參并下
아침에는 울부짖으며 길을 가고 旦則號泣行
밤이면 주저앉아 슬피 흐느꼈네 夜則悲吟坐
죽으려 해도 죽을 수가 없고 欲死不能得
살고자 한들 희망이라곤 없었네 欲生無一可
저 푸른 하늘이시여 무슨 죄가 있길래 彼蒼者何辜
우리에게 이런 액화를 당하게 하시나요 乃遭此戹禍

황량한 변방[24]은 중국과 달라서 邊荒與華異
민간 풍속에 의리라곤 적었네 人俗少義理

처소엔 눈서리가 많이 내리고	處所多霜雪
북쪽 바람은 봄여름에도 불어서	胡風春夏起
살랑살랑 내 옷에 스며들고	翩翩吹我衣
으스스 귓가를 스쳐 불면	肅肅入我耳
계절을 느껴 부모님 생각이 나서	感時念父母
슬픈 탄식 그만둘 수 없었네	哀歎無終已
어떤 손이 외지에서 찾아오면	有客從外來
그 말 듣고 항상 기뻤었는데	聞之常歡喜
맞이하여 고향 소식 물어보면	迎問其消息
번번이 고향 사람이 아니었네	輒復非鄉里
그러다 요행히 나의 소원 이루게 되어	邂逅徼時願
골육[25]이 와서 나를 맞아 주었네	骨肉來迎己
나는 스스로 풀려나게 되었지만	己得自解免
다시 내 아이[26]를 버려야 했네	當復弃兒子
하늘은 사람들의 마음을 묶어 놓았다지만	天屬綴人心
이별을 생각하니 다시 만날 기약이 없네	念別無會期

24 황량한 변방[邊荒]: 즉 남흉노(南匈奴)를 이른다. 지금의 산서성(山西省) 임분(臨汾) 부근이다. 채염이 이각과 곽사의 군대에 붙잡혔다가 어떻게 다시 남흉노 지역으로 가게 되었는지는 뚜렷한 기록이 없다. 여관영(余冠英)은 《한위육조시선(漢魏六朝詩選)》에서 195년에 이각과 곽사의 군대가 남흉노의 좌현왕(左賢王) 군대에 패하면서 채염이 다시 이들에게 끌려간 것으로 추정하였다.

25 골육(骨肉): 부모와 자식 등의 관계를 나타내는 말이나 여기서는 조조(曹操)가 보낸 사신 주근(周近)을 일컫는다.

26 내 아이[兒子]: 흉노와 결혼하여 낳은 두 아이를 말한다.

살고 죽고 간에 영원히 헤어지는 것이라　存亡永乖隔
차마 더불어 말을 할 수가 없었네　不忍與之辭
아이가 다가와 나의 목을 끌어안으며　兒前抱我頸
엄마는 어딜 가려 하느냐고 물었네　問母欲何之
사람들은 엄마가 떠나야만 한다니　人言母當去
어찌 다시 돌아올 날 있겠어요　豈復有還時
엄마는 항상 인자하셨는데　阿母常仁惻
지금은 어찌 인자하지 않으신가요　今何更不慈
나는 아직 어른으로 자라지도 않았는데　我尙未成人
어찌 돌봐 주시지 않으시나요?　奈何不顧思
이를 보니 오장이 무너지는 듯　見此崩五內
아득하여 미칠 것만 같았네　恍惚生狂癡
울부짖다 손으로 어루만지며　號呼手撫摩
출발하려다 다시 머뭇거렸네　當發復回疑
또 함께 살았던 사람들과도　兼有同時輩
작별에 앞서 이별을 고하니　相送告別離
나만 홀로 돌아가는 걸 부러워하며　慕我獨得歸
울부짖는 소리 가슴이 찢어지는 듯　哀叫聲摧裂
말도 그래선지 머뭇거렸고　馬爲立踟躕
수레도 그래선지 구르지 않았네　車爲不轉轍
보는 이들 모두가 한숨짓고　觀者皆歔欷
길 가던 이도 오열하였네　行路亦嗚咽

아아[27] 애타는 정을 끊어낼밖에 去去割情戀
서둘러 가는 여정 날로 멀어지네 遄征日遐邁
아득한 삼천 리 길인데 悠悠三千里
언제쯤 다시 만나 볼 수 있을까 何時復交會
내가 낳은 자식들 생각하노라면 念我出腹子
억장이 다 무너지도다 胸臆爲摧敗

집에 도착해 보니 식구들 아무도 없고 既至家人盡
또 친척들도 하나 없었네 又復無中外
성곽은 산림으로 바뀌었고 城郭爲山林
뜰에는 잡초가 돋아났네 庭宇生荊艾
백골은 누구의 것인지 알지 못하는데 白骨不知誰
덮지도 않은 채로 이리저리 널부러졌네 從橫莫覆蓋
문을 나서도 사람 소리 들리지 않고 出門無人聲
짐승들만 으르릉거리며 짖어 대네 豺狼嗥且吠
외톨이 되어 쓸쓸히 그림자만 대할 뿐이니 煢煢對孤景
슬픔이 북받쳐 가슴을 저며 온다 怛咤糜肝肺
높은 곳에 올라가서 먼 곳을 바라보니 登高遠眺望
나의 영혼이 문득 날아가 버리는 듯하네 魂神忽飛逝

---

27 아아[去去]: 깊은 상심을 나타내는 말로 '끝났어', '아서라' 등의 어감을 나타낸다. 이 말은 양한(兩漢), 위진남북조(魏晉南北朝) 시기에 상용되는 '거치(去置)', '기치(棄置)', '기연(棄捐)' 등의 말과 비슷하게 쓰였다.

순식간에 목숨이 끊어질 듯하였으나	奄若壽命盡
곁에 있는 사람이 위로하여 주었네	傍人相寬大
다시 한번 억지로 살아 보려 하지만	爲復彊視息
이렇게 산다 한들 무슨 보탬이 되리요	雖生何聊賴
새로운 남편에게 운명을 의탁하고	託命于新人
마음을 다하여 스스로 힘썼네	竭心自勗勵
떠돌이 생활에 비천한 신세였기에	流離成鄙賤
다시 버려질까 언제나 두려웠네	常恐復捐廢
남은 인생이 얼마나 될 것인지	人生幾何時
죽을 때까지 이 시름을 안고 가야 하는가	懷憂終年歲

○ 단락이 분명하면서도 연접한 흔적을 말끔히 제거하였다. 끊어질 듯 이어지며 잗달지도 않고 난잡하지도 않다. 두소능(杜少陵)의 〈봉선영회(奉先詠懷)〉, 〈북정(北征)〉 등의 시와 이따금씩 유사한 면이 있다.[段落分明, 而滅去脫卸轉接痕迹. 若斷若續, 不碎不亂. 少陵奉先詠懷北征等作, 往往似之.]

○ 마음이 격앙(激昂)되어 쓰리고 괴로움[酸楚]이 있어서 읽다 보면 마치 흩날리는 쑥[驚蓬]이 자리를 어지럽히고 모래와 자갈[沙礫]이 저절로 날리는 듯한 분위기를 느낄 수 있다. 동한(東漢)시대의 사람으로 역량이 가장 크다 하겠다.[激昂酸楚, 讀去如驚蓬坐振, 沙礫自飛. 在東漢人中, 力量最大.]

○ 사람들로 하여금 그의 실절(失節)을 잊고 단지 가련함만 깨닫게 하니, 이는 그의 정이 진실한[情眞] 때문이며 또한 그 정이 깊은[情深] 때문이다. 세상에 전하는 〈십팔박(十八拍)〉은 이따금 솔구(率句)가 많으니, 응당 후대(後代) 사람들의 의작(擬作)으로 간주해야 한다.[使人忘其失節, 而祇覺可憐. 由情眞, 亦由情深也. 世所傳十八拍, 時多率句, 應屬後人擬作.]

제갈량(諸葛亮)[28]

148

양보음(梁甫吟)

《삼국지(三國志)》에 "제갈량이 직접 밭[隴畝]에서 경작할 때에 〈양보음〉 읊조리기를 좋아하였다." 하였다.[三國志曰, "諸葛亮躬耕隴畝, 好爲梁父吟."]

걸음을 옮겨 제나라 성문을 나서서 步出齊城門
멀리 탕음리[29]를 바라보니 遙望蕩陰里
그곳에는 무덤 셋이 있는데 里中有三墳

28 제갈량(諸葛亮, 181~234): 삼국시대 촉나라의 명재상이자 전략가로, 자는 공명(孔明)이고 시호는 무후(武侯)이며 낭야 남양(南陽) 사람이다. 세력이 가장 약했던 유비(劉備)를 도와 위나라, 오나라와 더불어 천하를 삼등분했지만, 결국은 통일의 뜻을 이루지 못하고 오장원(五丈原) 전투에서 죽었다. 남양의 초당에 은거하여 살면서 때를 기다렸고, 유비가 세 번이나 자기를 찾아와 간곡한 뜻을 보여 주자 유비를 주군으로 모셨는데, 유비는 그와 자신을 물과 물고기로 비유하여 독실한 신뢰를 표시한 바 있다.

29 탕음리(蕩陰里): 음양리(陰陽里)라고도 한다. 제(齊)나라 수도인 임치(臨淄)의 동남쪽에 위치한다. 여기에 공손접(公孫接), 전개강(田開疆), 고야자(古冶子) 등 세 사람의 무덤이 있었다.

올망졸망 서로가 같더라 纍纍正相似
뉘 집 무덤인가 물었더니 問是誰家墓
전개강, 고야자, 공손접의 무덤이라네 田疆古冶子
힘이 세기로는 남산을 밀어낼 만하고 力能排南山
문장은 지기를 끊을 만했거늘 文能絶地紀
하루아침에 참소를 당하고보니 一朝被讒言
두 개의 복숭아로 세 사람을 죽였다네[30] 二桃殺三士
누가 이런 모의를 하였던가 誰能爲此謀
제나라 국상인 안자[31]였다네 國相齊晏子

○ 무후(武侯)가 좋아해서 읊은 〈양보음〉은 반드시 편질(篇帙)이 흩어져 떨어져 나가고 이 장만 이 유전(流傳)해 오기 때문인지 모르겠다.[武侯好吟梁父, 非必但指此章. 或篇帙散落, 惟此流傳耳.]

○ 운자(韻字)로 두 개의 자(子) 자를 썼다.[韻用二子字.]

30 두 개의 … 죽였다네: 세 사람은 공손접(公孫接), 전개강(田開疆), 고야자(古冶子)를 이른다. 《안자춘추(晏子春秋)》 권2에 "이 세 사람은 안영(晏嬰)의 계략에 말려들어 그가 보낸 복숭아 두 개를 놓고 서로 공을 다투다가 공손접과 전개강이 공이 고야자만 못하다 하여 먼저 자결하자, 이를 본 고야자가 혼자 사는 것은 어질지 못하고 남에게 수치를 준 것은 의롭지 못하다 하여 역시 자결하였다." 하였다.

31 안자(晏子, ?~기원전 500): 춘추시대 제(齊)나라의 명신. 이름은 영(嬰)이고, 자는 평중(平仲)이다. 평소 검소한 생활을 실천했으며, 영공(靈公), 장공(莊公), 경공(景公)의 재상이 되어 국력 배양에 힘썼다. 근면한 정치가로 국민의 신망이 두터웠고, 관중(管仲)과 비견되는 훌륭한 재상이었다. 기억력이 뛰어난 독서가였으며, 합리주의적 경향이 강했다고 한다. 《안자춘추(晏子春秋)》는 그의 저서로 전해지지만 후세에 편찬된 것이다.

악부가사(樂府歌辭)

149

연시일(練時日)

이하 7장은 모두 교사가(郊祀歌)이다.[以下七章皆郊祀歌.]

시일을 가려 뽑은 건	練時日
망 제사를 지내기 위한 것	候有望
향불은 밝게 빛나서	焫膋蕭
사방으로 퍼져 가도다	延四方
구중의 문이 열리자	九重開
신령한 깃발 세우니	靈之斿
은혜를 내려 주셔서	垂惠恩
큰 복이 아름답도다	鴻祜休
신령이 타신 수레는	靈之車
검은 구름이 맺히고	結玄雲

나는 용을 멍에 하니 駕飛龍
깃발이 펄럭이도다 羽旄紛
신령이 내리실 때에 靈之下
바람 같은 말을 타고 若風馬
왼쪽은 창룡이요 左蒼龍
오른쪽은 백호라 右白虎
신령이 오시어서 靈之來
신성한 비를 내리시니 神哉沛
먼저 내린 비로 先以雨
고르게 적셔 주셨네 般[1]裔裔
신령이 이르고 나니 靈之至
사방이 어둑하고 慶陰陰
방불함을 도와 相放悲[2]
마음을 움직였네 震淡心
신령이 이미 좌정하시니 靈已坐
다섯 가지 음악을 연주하며 五音飭
염려하는 마음 아침에 이르자 虞至旦
신령을 편안하게 받들었네 承靈億
희생은 조촐하고 牲繭栗
자성은 향기로우며 粢盛香
술단지에는 월계주 尊桂酒
팔향의 손이 다 모였네 賓八鄉

신령님 편안히 머무르시니 靈安留
청황을 읊조리도다 吟青黃
이것을 두루 살펴보고 徧觀此
요당[32]을 굽어보니 眺瑤堂
여러 악공이 늘어서 있고 衆嫭並
입은 비단이 곱기도 하며 綽奇麗
얼굴은 옥같이 아름다운데 顏如荼
여러 장신구를 둘렀도다 兆逐靡
화려한 문양의 옷을 입었는데 被華文
연무와 같은 가벼운 비단이요 廁霧縠
하얀 명주의 옷을 이끌며 曳阿錫
구슬 패물을 차고서 佩珠玉
아름다운 이 밤이 되니 俠嘉夜
난초 향기가 실내에 그윽하도다 茝蘭芳
담담한 모습으로 참여하여 淡容與
아름다운 술잔을 올리나이다 獻嘉觴

(1) '반(般)'의 음은 반(班)이다.[音班.]

(2) 방불(放患)은 방불(彷彿)과 같다.[同彷彿.]

○ 고상한 색감과 기이한 음향과 그윽한 분위기와 신령한 빛이 지상(紙上)에 넘쳐난다. 굴원(屈原)의 〈구가(九歌)〉라는 작품 이후에 별개의 면모를 열어 주었다.[古色奇響, 幽氣靈光, 奕奕紙上. 屈子九歌後, 另開面目.]

32 요당(瑤堂): 아름다운 돌로 건축한 전당(殿堂)을 이른다.

○ '신령한 깃발 세우니[靈之斿]' 이하에 열거한 여섯 단락은 변환(變幻)과 착종(錯綜)이 심하여 평탄하거나 확실하지는 않으나 매우 비양(飛揚)과 생동(生動)한 느낌이 있다.[靈之斿以下, 鋪排六段, 而變幻錯綜, 不板不實, 備極飛揚生動.]

○ '여러 악공이[衆嫭]' 이하 4구(句)는 미인(美人)이 많다는 것을 묘사하였는데 곱게 꾸민 것이 법도에 잘 맞으니, 이는 〈초혼(招魂)〉이란 작품의 유풍인 것이다.[衆嫭四句, 寫美人之多, 穠麗中則, 招魂之遺也.]

○ 이 장은 총서(總敍)에 해당한다. 아래의 글들은 분헌(分獻)하는 가사(歌詞)이다.[此章總敘, 下爲分獻之詞.]

150

청양(青陽)

청양[33]이 생동하니	青陽開動
온갖 식물 돋아나네	根荄以遂
비와 이슬이 모두 애정을 두어	膏潤并愛
느린 동물까지 두루 미치네	跂行畢逮
천둥소리에 초목은 꽃을 피우고	霆聲發榮
암혈에 잠든 미물 귀 기울이네	壧處傾聽
마른 가지가 다시 소생하여서	枯槁復産
이에 그 생명을 성장시키니	迺成厥命
백성들 모두가 화락하고	衆庶熙熙
그 은택이 요태[34]에도 미치네	施及夭胎
온갖 생명이 풍성하게 자라는 건	羣生噆(1)噆
오직 봄이 주는 복이어라	惟春之祺

(1) '담(噆)'은 도(徒)와 감(感)의 반절이다[徒感切.]

○ 아래 4장은 사계절 신명에게 제사를 나누어 지내는 말이다. 천기(天氣)와 시물(時物)이 모두 도달하지 않은 것이 없으니, 이는 곧 가슴속에 조화가 깃들어 있기 때문이다.[四章分祭四時之神. 天氣時物, 無不畢達, 直是胸有造化.]

○ '담담(噆噆)'은 풍성한 모양을 나타내는 말이다.[噆噆, 豐厚貌.]

---

33 청양(青陽): 봄을 일컫는다. 고대에는 금(金), 목(木), 수(水), 화(火), 토(土) 등 다섯 가지 원소를 계절, 방위, 색체 등에 대응시켰는데, 봄은 푸른색과 동쪽에 해당한다. 《이아(爾雅)》〈석천(釋天)〉에, "봄을 청양이라 한다.[春爲青陽.]" 하였다.

34 요태(夭胎): 요는 아직 어린 동식물을 가리키며, 태는 아직 모태(母胎) 중에 있는 생물을 말한다.

151

주명(朱明)

주명[35]이 왕성하게 자라니　朱明盛長
만물이 활력을 얻었도다　旉與萬物
모든 생명 무성하게 자라니　桐生茂豫
구부러진 것이 전혀 없도다　靡有所詘
꽃이 풍성해서 결실 맺으니　敷華就實
풍부하고도 야무지도다　既阜既昌
큰 밭에 풍년이 들었으니　登成甫田
온갖 귀신에게 제사하도다　百鬼迪嘗
넓고 크게 사당을 세워서　廣大建祀
정성을 다해 잊지 않으니　肅雍不忘
신명이 순순히 흠향하시고　神若宥之
대를 이어 그지없이 가리로다　傳世無疆

35 주명(朱明): 여름을 일컫는다. 여름은 붉은색과 남쪽에 해당한다. 《이아(爾雅)》〈석천(釋天)〉에, "여름을 주명이라 한다.[夏爲朱明.]" 하였다.

152

서호(西顥)

서호[36]가 천지에 가득하여	西顥沆碭
가을 기운 숙살이 엄습하니	秋氣肅殺
곡식들 이삭을 드리우고	含秀垂穎
옛것을 계승하여 폐하지 않네	續舊不廢(1)
간사와 거짓 싹이 자라지 않고	姦僞不萌
요망과 간악도 잠복하여 소멸되네	妖孼伏息
우벽[37]과 머나먼 곳까지	隅辟越遠
사방 오랑캐들 모두 복종하였네	四貉咸服
이미 이 위엄을 경외하고	既畏茲威
오로지 순수한 덕을 사모하여	惟慕純德
부지해도 교만하지 않고	附而不驕
마음을 바르게 하여 공손하도다	正心翊翊

(1) '폐(廢)'는 발(發)과 협운이다.[叶發.]

○ '옛것을 계승하여 폐하지 않네[續舊不廢]'는 숙살하는 중에도 생명력[生機]이 있음을 말하였다.[續舊不廢, 言肅殺中有生機也.]

---

36 서호(西顥): 가을을 일컫는다. 가을은 오행 가운데 서쪽과 흰색에 해당한다.

37 우벽(隅辟): 변방과 벽지를 일컫는다. 우(隅)는 국가의 가장자리로 변방을 가리키고, 벽(辟)은 벽(僻)과 같은 뜻으로 궁벽한 곳을 말한다.

153

현명(玄冥)

현명[38]이 음기를 능멸하니	玄冥凌陰
온갖 벌레들 칩거에 들고	蟄蟲蓋藏
풀과 나무 낙엽지면	草木零落
겨울 닿아 서리가 내리네	抵冬降霜
혼란을 다스리고 사악함 제거하며	易亂除邪
괴이한 풍습을 바로잡노니	革正異俗
억조의 백성 근본으로 회귀시켜서	兆民反本
소박한 마음 간직한 채로	抱素懷樸
조리와 신의를 가지고	條理信義
오악[39]에 망례[40]를 지내네	望禮五嶽
적렴[41]할 시기가 오면	籍斂之時
아름다운 곡식들 엄청 거두리	掩收嘉穀

38 현명(玄冥): 겨울을 일컫는다. 겨울은 오행 가운데 북쪽과 검은색에 해당한다.

39 오악(五嶽): 중국에 있는 다섯 명산. 곧 중앙(中央)의 숭산(嵩山), 동쪽의 태산(泰山), 서쪽의 화산(華山), 남쪽의 위산(衛山), 북쪽의 항산(恒山)을 일컫는다.

40 망례(望禮): 명산대천(名山大川)에 지내는 제사를 일컫는다.

41 적렴(籍斂): 장부에 기록하여 거두어들이는 일을 이른다.

154

유태원(惟泰元)

오직 태원[42]은 존엄하시고	惟泰元尊
온신[43]의 다스림 번성하시니	媪神蕃釐(1)
천지를 경영하시고	經緯天地
사계절을 만드셨네	作成四時
해와 달을 정밀하게 세우시고	精建日月
별들의 운행상 법도를 따르시니	星辰度理
음양과 오행이 운행하여	陰陽五行
일주하고 다시 시작하네	周而復始
구름 바람 천둥 번개 알맞고	雲風雷電
감로우가 때맞춰 내리니	降甘露雨
백성들 번성하여 늘어나서	百姓蕃滋
모두 그 질서를 잘 따르네	咸循厥緖
왕통을 계승하여 최선을 다하고	繼統恭勤
황제의 덕화를 순종하니	順皇之德
난새를 장식한 수레[44]와 용을 장식한 깃발	鸞路龍鱗

42 태원(泰元): 천신(天神)을 이른다.

43 온신(媪神): 지신(地神)을 이른다.

44 난새를 장식한 수레: 천자의 왕후가 주로 타는 수레를 이른다.

아름답게 꾸미지 않은 게 없네	罔不肸飾
아름다운 제기 진열해 놓으니	嘉籩列陳
거의 연향과 다를 바 없네	庶幾宴享
흉재를 말끔히 제거하고	滅除凶災
공렬을 팔황에 드날리니	烈騰八荒
제례에 쓰인 여러 악기들	鐘鼓笙竽
운무의 춤이 어우러지고	雲舞翔翔
초요성[45] 그린 깃발 들고서	招搖靈旗
구이[46]의 종족들이 조회를 오네	九夷賓將

(1) '리(釐)'의 음은 희(熙)이다.[音熙.]

○ 태원(泰元)은 하늘이요, 온신(媼神)은 땅이다. 이는 천신은 지극히 존엄하고, 지신은 복이 많다는 것을 말하였다.[泰元, 天也. 媼神, 地也. 言天神至尊, 地神多福.]

45 초요성(招搖星): 별자리의 이름. 28수의 저수(氐宿)에 속하는 것으로 현재의 목동자리에 있는 별을 일컫는다. 저수(氐宿)는 동방청룡 세 번째 별로 청룡의 가슴에 해당하며, 만물의 생육, 번성을 점치는 별자리이다.

46 구이(九夷): 만이(蠻夷)에 해당하는 여러 이민족들을 이른다.

155

천마(天馬) 2수(首)

《한서(漢書)》에 "원정 4년(元鼎四年) 가을에 말이 악와(渥洼)의 물속에서 나오자, 〈천마가(天馬歌)〉를 지었고, 태초 4년(太初四年) 봄에 이사장군(貳師將軍) 이광리(李廣利)가 대완왕(大宛王)을 참수하고 한혈마(汗血馬)를 얻고 나서 〈서극천마가(西極天馬歌)〉를 지었다." 하였다.[漢書, "元鼎四年秋, 馬生渥洼水中, 作天馬之歌, 太初四年春, 貳師將軍李廣利斬大宛王首, 獲汗血馬, 作西極天馬之歌."]

【1수】

태일신[47]께서 하사하시어	太一況(1)
천마를 내리셨네	天馬下
붉은 땀에 젖어	霑赤汗
흐르는 땀이 붉으니	沫流赭
뜻이 특별한 만큼	志俶儻
정령은 합당하고 기발하네	精權奇
뜬구름을 밟고서	籋(2)浮雲
해그림자 위로 달리고	晻上馳

47 태일신(太一神): 천신의 이름이다. 《사기(史記)》 〈봉선서(封禪書)〉에 "천신 가운데 존귀한 자가 태일이다." 하였는데, 장수절(張守節)은 북극의 큰 별로 보았다. 원문의 황(況)은 하사하다[賜]와 같다.

몸은 거침이 없어 體容與
만 리를 내달리네 泄[3]萬里
지금 누가 필적할까 今安匹
용을 벗으로 삼을 뿐이네 龍爲友

(1) '황(況)'은 황(貺)과 같다.[同貺.]

(2) '섭(籋)'의 음은 업(業)이다.[音業.]

(3) '열(泄)'은 곧 서(逝) 자이다.[卽逝字.]

【2수】

천마가 왔도다 天馬徠
서쪽 끝에서 왔도다 從西極
아득한 사막을 건너서 涉流沙
이민족을 굴복시켰네 九夷服
천마가 오니 天馬徠
천수가 나고 出泉水
호랑이 같은 무늬에 척추는 둘이요 虎脊兩
변화무쌍하기 귀신과 같이 빠르네 化若鬼
천마가 왔네 天馬徠
풀도 없는 지역을 지나서 歷無草
천리를 경유하여 經千里
동쪽 길을 따라왔네 循東道

천마가 왔네 天馬徠
집서[48]의 때가 와서 執徐時
장차 몸을 일으켜 멀리 달리면 將搖擧
누구와 만날 기약을 하리오 誰與期
천마가 와서 天馬徠
원문을 열었네 開遠門
나는 몸을 솟구쳐 竦予身
곤륜으로 가리라 逝昆侖
천마가 왔네 天馬徠
용의 중매로 龍之媒
창합[49]에서 놀이하고 遊閶闔
옥대[50]를 관람하리라 觀玉臺

○ "풀도 없는 지역을 지나서[歷無皁]"의 부(皁)는 초(草)와 같다. 풀도 자라지 않는 지역을 경유해서 동쪽으로 왔다는 것을 말하였다.[歷無皁, 同草. 言歷不毛之地, 而來東道也.]

48 집서(執徐): 《성세기년법(星歲紀年法)》에 따라 태세(太歲)가 진(辰)에 해당하는 해를 이른다. 태초 4년은 곧 기원전 101년으로 경진년(庚辰年)을 지칭하는 말이다.

49 창합(閶闔): 천문(天門)을 이른다.

50 옥대(玉臺): 상제가 사는 곳을 이른다.

156

전성남(戰城南)

아래의 4장은 요가(鐃歌)이다.[以下四章鐃歌.]

한(漢)나라 고취요가(鼓吹鐃歌) 18곡은 글자에 오류가 많다. 여기에는 송독(誦讀)이 가능한 것만 기록하였다.[漢鼓吹鐃歌十八曲, 字多訛誤. 玆錄其可誦者.]

성곽 남쪽에서 전투하다가	戰城南
성곽 북쪽에서 전사하리라	死郭北
들녘에서 죽어 묻히지 못하고 까마귀밥 되거든	野死不葬烏可食
나를 위하여 까마귀에게 일러다오	爲我謂烏
잠시 죽은 자를 위해 초혼이나 해 달라고	且爲客豪
들녘에서 죽어 묻히지도 못하는데	野死諒不葬
썩은 육신이 어찌 너를 버리고 도망가랴	腐肉安能去子逃
물소리는 철썩철썩	水聲激激
갈대숲은 어둑어둑	蒲葦冥冥
날랜 기마는 전투하다 죽고	梟騎戰鬪死
둔마는 배회하며 우는도다	駑馬裴徊鳴
다리에다 막사를 쌓으면	梁築室
어떻게 남쪽으로 가며	何以南
어떻게 북쪽으로 가나	何以北

곡식을 거두지 못하니 임금은 무엇을 드실까 禾黍不穫君何食
충신이 되기를 원하나 어찌 될 수 있으랴 願爲忠臣安可得
그대 어진 신하들을 그리워하노니 思子良臣
어진 신하들은 진실로 그리워할 만하네 良臣誠可思
아침에 길을 나서 공략을 시도하더니 朝行出攻
날 저물어 밤이 돼도 돌아오지 못하네 暮不夜歸

○ 태백(太白)이 지은 《전성남(戰城南)》에 이르기를, "들녘에서 싸우다가 죽으니[野戰格鬪死], 패장의 말이 하늘을 향해 슬피 운다.[敗馬嘶鳴向天悲.]"라고 하였는데, 이는 당(唐)나라 사람의 시어이다. "날랜 기마[梟騎]" 이하 10글자를 읽어 보면 얼마나 간결하면서도 힘이 있는가. 끝부분의 "어진 신하들을 그리워하다[思良臣]"는 염파(廉頗)와 이목(李牧)과 같은 신하들을 생각한다는 뜻이다.[太白云, "野戰格鬪死, 敗馬嘶鳴向天悲", 自是唐人語. "讀梟騎十字, 何等簡勁. 末段思良臣" 懷頗牧之意也.]

157

임고대(臨高臺)

높은 누대에 올라 헌함에 기대서니	臨高臺以軒
그 아래 맑은 물이 맑고도 차가워라	下有清水清且寒
강에는 향풀 있어 난초라고 지목하고	江有香草目以蘭
황곡[51]이 높이 날아 떠나는 듯 춤을 추네	黃鵠高飛離哉翻
활에 화살을 얹어 고니를 쏘는 건	關弓射鵠
우리 주인님 만년수를 빌기 위함이라	令吾主壽萬年
수중오	收中吾

○ 유리(劉履)가 이르기를, "편말(篇末)의 '수중오(收中吾)'란 세 글자는 그 뜻이 정확하지 않다. 아마도 곡조(曲調)의 여운인 듯하다. 《악록(樂錄)》에 이른바 '양무이(羊無夷)', '이나하(伊那何)'와 같은 유이다." 하였다.[劉履曰, "篇末收中吾三字, 其義未詳. 疑曲調之餘聲. 如樂錄所謂羊無夷, 伊那何之類."]

51 황곡(黃鵠): 고니. 118.비수가(悲愁歌) 주 55) 참조.

158

그리운 이가 있어요[有所思]

그리운 이가 있어요	有所思
큰 바다 남쪽에 계신답니다	乃在大海南
무엇을 그대에게 보내 마음 전할까	何用問遺君
쌍구슬 달린 대모장식 비녀에	雙珠玳瑁簪
옥으로 둘러 묶어 보내려다가	用玉紹繚之
그대가 딴 마음을 품었다기에	聞君有他心
죄다 꺾어서 불에 태워 버렸네	拉雜摧燒之
꺾어서 불에 태워 버린	摧燒之
그 재를 바람결에 날려 버렸네	當風揚其灰
이제부터는 앞으로	從今已往
다시는 그리워하지 말아야지	勿復相思
그리움이 그대와는 단절이요	相思與君絕
닭이 울고 개가 짖으면	雞鳴狗吠
형과 형수가 당연히 알겠지요	兄嫂當知之
비호희[52]	妃呼豨

52 비호희(妃呼豨): '비(妃)'는 '비(悲)'와 같고 '호희(呼豨)'는 '허희(歔欷)'와 같다하여 구슬프게 흐느끼거나 훌쩍거리는 것을 나타내는 말로 보기도 하나, 명대(明代) 서정경(徐禎卿)의 《담예록(談藝錄)》에는 "악부(樂府) 중에 '비호희(妃呼豨)'와 '이아나(伊阿那)'와 같은 말은 본래 뜻이 없다. 다

가을바람 차갑고 새벽바람 싸늘하니 秋風肅肅晨風颸
동녘 하늘 머지않아 밝아 오면 훤히 알리라 東方須臾高知之

○ 원망하고 노여워하는 내용이다. 그러나 노여움의 절정은 바로 소망의 깊이로 통한다. 끝부분은 남은 정이 다함이 없다.[怨而怒矣. 然怒之切, 正望之深. 末段餘情無盡.]

○ 이 글 역시 신하가 임금을 연모하여 의탁한 말이다. '닭이 울고[鷄鳴]' 이하 2구는 곧 《시경(詩經)》의 〈야유사균장(野有死麕章)〉[53]의 뜻이 있다.[此亦人臣思君而託言者也. 雞鳴二句, 即野有死麕章意.]

만 음악적인 요소를 보조해주는 역할을 한다.[樂府中有妃呼豨, 伊阿那諸語, 本自亡義, 但補樂中之音.]"라고 하였다.

53 야유사균장(野有死麕章): 《시경(詩經)》 〈국풍(國風) 소남(召南)〉의 3장(章)으로 된 시(詩)이며, 장하주(章下註)에 "이 장(章)은 여자가 거절하는 말을 기술한 것이다. 우선 서서히 와서 내 수건을 움직이지 말며, 내 삽살개를 놀라게 하지 말라고 하였으니, 능히 서로 미칠 수 없음을 심히 말한 것이다. 그 늠연(凜然)하여 범할 수 없는 뜻을 볼 수 있다.[此章, 乃述女子拒之之辭. 言姑徐徐而來, 毋動我之帨, 毋驚我之尨, 以甚言其不能相及也. 其凜然不犯之意, 蓋可見矣.]"라고 하였다.

159

하늘이시여[上邪]

하늘이시여	上邪
나는 임과 서로 사랑을 나누고 싶사오니	我欲與君相知
긴 수명 끊어지거나 쇠함이 없게 하소서	長命無絕衰
산이 닳아 능선이 없어지고	山無陵
강물이 다 마를지라도	江水爲竭
겨울에 천둥이 울리고	冬雷震震
여름철에 눈이 내리며	夏雨雪
하늘과 땅이 합쳐진다 할지라도	天地合
감히 그대와 헤어짐 있으오리까	乃敢與君絕

○ '산이 닳아 능선이 없고[山無陵]'의 아래로 다섯 가지 일은 모두 중첩하여 말한 것이지만 서로 배치되는 것을 볼 수 없으니, 어쩌면 필력(筆力)이 이렇게 종횡무진(縱橫無盡)한가.[山無陵下共五事, 重疊言之而不見其排, 何筆力之橫也.]

160

공후인(箜篌引)

아래의 여섯 장은 상화곡(相和曲)이다.[以下六章, 相和曲.]

최표(崔豹)의 《고금주(古今註)》에 "조선(朝鮮)의 뱃사공 곽리자고(霍里子高)가 새벽에 일어나 배를 손질하고 있었는데 머리 하얀 광부(狂夫)가 머리를 풀어 헤친 채 술병을 쥐고 허우적대며 흐르는 강물을 건너고 있었다. 그의 아내가 뒤를 따르며 저지하려 하였으나 미치기 전에 광부는 끝내 물에 빠져 죽었다. 이에 그의 아내가 공후를 타며 '공무도하(公無渡河)'의 곡을 지었는데 그 소리가 매우 처절하였다. 노래를 마치고 그의 아내 역시 강물에 몸을 던져 죽었다. 자고가 집으로 돌아와 그의 아내 여옥에게 그 광경과 노래를 말하니, 여옥이 슬퍼하며 공후를 가지고 그 가락을 모사(摹寫)한 다음 이름을 공후인이라 하였다."라고 하였다.[古今註, "朝鮮津卒霍里子高, 晨起刺船, 有一白首狂夫, 披髮提壺, 亂流而渡. 其妻隨而止之, 不及, 遂墮河而死. 妻援箜篌而鼓之, 作公無渡河之曲, 聲甚悽愴. 曲終, 亦投河而死. 子高還, 語其妻麗玉, 麗玉傷之乃箜篌而寫其聲, 名曰箜篌引."]

공이시여 하수를 건너지 마오	公無渡河
공은 끝내 하수를 건너려다	公竟渡河
하수에 빠져 죽고 말았네	墮河而死
공이시여 이 노릇을 어찌할꺼나	當奈公何

○ 처절함으로 점철되어 있다. 〈황우협요(黃牛峽謠)〉와 음절(音節)이 서로 비슷하다.[纏綿悽惻. 黃牛峽謠, 音節相似.]

161

강남(江南)

양 무제(梁武帝)가 지은 〈강남롱(江南弄)〉은 이것을 본뜬 것이다.[梁武帝作江南弄本此.]

강남에선 연뿌리 캘 만도 하네	江南可採蓮
연잎은 어찌 그리 푸들푸들한가	蓮葉何田田
물고기가 연잎 사이에서 노네	魚戲蓮葉間
물고기가 연잎 동쪽에서 놀고	魚戲蓮葉東
물고기가 연잎 서쪽에서 놀고	魚戲蓮葉西
물고기가 연잎 남쪽에서 놀고	魚戲蓮葉南
물고기가 연잎 북쪽에서 노네	魚戲蓮葉北

○ 기이한 격식이다.[奇格.]

162

해로가(薤露歌)

최표(崔豹)의 《고금주(古今註)》에 "〈해로(薤露)〉와 〈호리(蒿里)〉는 본래 전횡(田橫)의 문인이 지은 것이다. 전횡이 자살하자 그의 문인이 상심하여 그를 위해 비가(悲歌) 2장을 지었던 것인데, 효무제(孝武帝) 때에 이연년(李延年)이 두 곡(曲)으로 나누어 〈해로〉는 왕공(王公)이나 귀인(貴人)을 송별할 때 연주하고 〈호리〉는 사대부(士大夫)나 서인(庶人)들을 송별할 때 연주하였다. 운구(運柩)하는 자로 하여금 부르게도 하였으니 또한 만가(挽歌)라고도 한다." 하였다.[古今註, "薤露, 蒿里, 本出田橫門人. 橫自殺, 門人傷之, 爲作悲歌二章, 孝武時, 李延年分爲二曲, 薤露, 送王公貴人, 蒿里, 送士大夫庶人, 使挽柩者歌之, 亦謂之挽歌."]

해초 위의 이슬은	薤上露
어찌 그리 쉽게도 마르는가	何易晞
이슬은 마르면 내일 아침에 다시 내리건만	露晞明朝更復落
사람은 죽어 한번 가면 언제 다시 돌아오려나	人死一去何時歸

163

호리곡(蒿里曲)

쑥대 마을은 누구네 집 무덤인가	蒿里誰家地
혼백을 거두는 날엔 현우가 따로 없네	聚斂魂魄無賢愚
귀백[54]은 어찌 한사코 서로를 재촉하여서	鬼伯一何相催促
인명을 조금도 머뭇거릴 수 없게 하는가	人命不得少踟躕

54 귀백(鬼伯): 죽음을 맡은 신. 곧 저승사자를 일컫는다.

164

계명(雞鳴)

이 곡은 앞뒤 가사가 서로 연속되지 않는 것으로 보아 아마도 시를 채집하여 편곡할 때에 합쳐서 장(章)을 완성시킨 듯하다. 착간(錯簡)되거나 착오가 있는 것은 아니다. 뒤에도 이와 같은 것이 많다.[此曲前後辭不相屬, 蓋采詩入樂, 合而成章. 非有錯簡紊誤也. 後多放此.]

닭은 높은 나무 위에서 울고	雞鳴高樹巓
개는 깊은 집안에서 짖는다	狗吠深宮中
방탕한 자여 어디로 가려느냐	蕩子何所之
천하는 바야흐로 태평하다만	天下方太平
형법이란 관용이 있지 않고	刑法非有貸
유협이란 명분만 어지럽히나니	柔協正亂名
황금으로 그대의 문을 만들고	黃金爲君門
벽옥으로 헌당을 만들고서	璧玉爲軒堂
위에는 한 쌍의 술동이를 두고	上有雙樽酒
한단[55] 출신 악사를 부리누나	作使邯鄲倡
유왕[56]이 만든 푸른 기와에다	劉王碧青甓

55 한단(邯鄲): 중국 하북성(河北省) 남서부 태행산맥(太行山脈)의 동쪽 기슭에 있는 도시로, 전국시대 조(趙)나라의 수도였다.

뒤에는 곽문왕[57]에게서 나왔다네	後出郭門王
집 뒤에는 네모난 못이 있고	舍後有方池
못에는 원앙이 쌍으로 있는데	池中雙鴛鴦
그 원앙은 칠십이 쌍이라네	鴛鴦七十二
늘어서서 절로 항오를 이루니	羅列自成行
울음소리 어찌 그리 조잘대는지	鳴聲何啾啾
우리집 동쪽 행랑까지 들리네	聞我殿東廂
형제가 네다섯 사람인데	兄弟四五人
모두 시중랑이 되어서는	皆爲侍中郎
닷새마다 일시에 찾아오면	五日一時來
구경꾼들이 길가에 가득하네	觀者滿路傍
황금으로 말머리를 장식해서	黃金絡馬頭
반짝반짝 어찌 그리 빛나는가	熲熲何煌煌
복숭아나무가 우물가에 돋아나고	桃生露井上
오얏나무는 복숭아나무 곁에 났네	李樹生桃傍
벌레가 복숭아나무 뿌리를 갉아 먹자	蟲來齧桃根
오얏나무가 복숭아나무를 대신했네	李樹代桃殭
나무들도 서로 대신해 주는데	樹木身相代
형제가 되려 서로를 잊을건가	兄弟還相忘

56 유왕(劉王): 당시에 기와를 만들던 장인(匠人)의 이름이라 한다.

57 곽문왕(郭門王): 유왕(劉王)과 같은 장인의 이름이라 한다.

165

맥상상(陌上桑)

〈염가나부행〉이라고도 부른다.[一日豔歌羅敷行.]

동남쪽 모퉁이에서 해가 솟아	日出東南隅
우리 진씨의 누각을 비추네	照我秦氏樓
진씨에겐 예쁜 딸이 있는데	秦氏有好女
스스로 나부라고 이름 지었네	自名爲羅敷
나부는 누에치기를 잘하여	羅敷善蠶桑
뽕잎을 성남쪽에서 따네	採桑城南隅
푸른 실로 광주리 끈을 만들고	青絲爲籠係
계수나무 가지로 들것을 만들어서	桂枝爲籠鉤
머리 위엔 왜타계를 장식하고	頭上倭墮髻
명월주로 귀걸이를 하였네	耳中明月珠
담황색 능라로 치마를 만들고	緗綺爲下裙
자주색 능견으로 저고릴 만들었네	紫綺爲上襦
길손은 나부를 보고서	行者見羅敷
짐을 내려놓고 수염을 꼬며	下擔捋髭鬚
소년은 나부를 보고서	少年見羅敷
모자를 벗고 초두를 쓰네	脫帽著帩頭

밭 갈던 이는 쟁기질을 잊고 耕者忘其犂
김매던 이는 호미질을 잊네 鋤者忘其鋤
집에 와서 처한테 투정하나니 來歸相怨怒
다만 나부를 보았기 때문이어라 但坐觀羅敷

○ 일해(一解).

사군이 남쪽에서 와서는 使君從南來
오마를 세워 두고 주저하네 五馬立踟躕
사군이 관리를 보내와서 使君遣吏往
뉘 집 규수냐고 물으니 問是誰家姝
진씨 집에 예쁜 딸이 있는데 秦氏有好女
그 이름 나부라고 하더이다 自名爲羅敷
나부의 나이는 몇이라 하던가 羅敷年幾何
스무 살은 아직 못 되고 二十尙不足
열다섯은 좀 넘었더이다 十五頗有餘
사군이 나부에게 말하였네 使君謝羅敷
수레를 함께 타고 가지 않겠는가 寧可共載不
나부가 앞에 나와 말하였네 羅敷前置辭
사군께서 어찌 그리 어리석으시온지 使君一何愚
사군께는 나름 부인이 있으시고요 使君自有婦

나부에게도 나름 남편이 있답니다 羅敷自有夫

○ 이해(二解).

동방에 일천여 기의 말을 탄 사람 중에 東方千餘騎
그중 맨 앞에 있는 이가 내 남편이라오 夫壻居上頭
어떻게 남편인 줄 알아보는가 하면 何用識夫壻
하얀 말을 검은 망아지가 뒤따르고 白馬從驪駒
푸른 실로 말꼬리를 묶었으며 青絲繫馬尾
황금으로 말머리 장식을 하였지요 黃金絡馬頭
허리에는 녹로검[58]을 찼는데 腰中鹿盧劍
그 값은 천만여나 된다오 可直千萬餘
열다섯에 부중의 소사[59]가 되고 十五府小史
스물에 조정의 대부가 되었으며 二十朝大夫
서른에 시중랑[60]이 되고 三十侍中郎
마흔에 태수가 되었지요 四十專城居
사람됨이 깔끔한데다 爲人潔白晳

58 녹로검(鹿盧劍): 녹로(轆轤)와 같다. 우물물을 길을 때 쓰이는 도르래를 말하는데, 장검의 손잡이 끝을 끈으로 두른 모양이 도르래 같다 하여 붙여진 이름이다.
59 소사(小史): 하급관리를 일컫는다. 소리(小吏)로 표기된 판본도 있다.
60 시중랑(侍中郎): 천자를 가까이서 보필하는 낭관 벼슬이다.

길게 수염을 기르고	鬑鬑頗有鬚
위엄 있는 공부의 걸음걸이	盈盈公府步
성큼성큼 걸어서 부중으로 나가니	冉冉府中趨
좌중의 수천 명 되는 사람들이	坐中數千人
모두가 남편을 달리 보인다고 하더이다	皆言夫壻殊

○ 삼해(三解).

○ 진술하는 기법이 매우 농염하여 신연년(辛延年)의 〈우림랑(羽林郎)〉과 한 솜씨의 글처럼 보인다. 이 악부체(樂府體)가 고시(古詩)와 구별되는 점이 여기에 있다.[鋪陳穠至, 與辛延年羽林郎一副筆墨. 此樂府體, 別於古詩者在此.]

○ '다만 나부를 보았기 때문이다[但坐觀羅敷]'에서 좌(坐)는 까닭[緣]이다. 집에 돌아와서 집사람을 원망하는 것은 나부를 보았기 때문이다.[但坐觀羅敷, 坐, 緣也. 歸家怨怒室人, 緣觀羅敷之故也.]

○ '사사군(謝使君)'에 네 시어는 대의(大義)가 늠름하다. 끝부분의 남편에 대한 칭찬은 장법(章法)이 있는 것 같기도 하고 없는 것 같기도 한데, 이것이 옛사람의 입신처(入神處)인 것이다.[謝使君四語, 大義凜然. 末段盛稱夫壻, 若有章法, 若無章法, 是古人入神處.]

○ 편중(篇中)의 운각(韻脚)을 살펴보면 세 개의 두(頭) 자, 두 개의 우(隅) 자, 두 개의 여(餘) 자, 두 개의 부(夫) 자, 두 개의 수(鬚) 자를 사용하였다.[篇中韻脚, 三頭字, 二隅字, 二餘字, 二夫字, 二鬚字.]

166

장가행(長歌行)

아랫 장(章)과 함께 평조곡(平調曲)이다.[連下章平調曲.]

고시(古詩)에 이르기를, "장가(長歌)는 격렬하다."라고 했고, 위(魏)나라 문제(文帝)의 〈연가행(燕歌行)〉에 이르기를, "단가(短歌)를 가늘게 읊조려서 길게 할 수가 없어." 하였는데, 이는 소리[聲]에 장단(長短)이 있음을 말한 것이다.[古詩云, "長歌正激烈", 魏文燕歌行云, "短歌微吟不能長." 言聲有長短也.]

짙푸른 정원의 아욱에는	青青園中葵
아침 이슬 해가 뜨면 마르긴 해도	朝露待日晞
따뜻한 봄볕이 덕택을 베풀어	陽春布德澤
만물이 광휘가 나건마는	萬物生光輝
항상 두려운 건 가을이 되어	常恐秋節至
화려하던 잎사귀 시드는 것이네	焜黃華葉衰
모든 냇물은 동으로 흘러 바다에 이르니	百川東到海
언제 다시 서쪽으로 되돌아오려나	何時復西歸
젊을 때 노력하지 않으면	少壯不努力
늙어서 그저 슬픔뿐이리	老大徒傷悲

○ '따뜻한 봄볕[陽春]' 이하 10자는 정대(正大)하고 광명(光明)하다. 사강락(謝康樂)의 "황상의 마음 아름답기 양택과 같아서[皇心美陽澤], 삼라만상이 모두 빛을 발하네.[萬象咸光昭.]"와 거의 같은 유의 작품이다.[陽春十字, 正大光明. 謝康樂皇心美陽澤, 萬象咸光昭. 庶幾相類.]

167
군자행(君子行)

군자는 미연을 방지하여	君子防未然
혐의로운 사이에 처하지 않나니	不處嫌疑間
참외 밭에선 신을 고쳐 신지 않으며	瓜田不納履
오얏나무 아래서는 갓을 바로하지 않으며	李下不正冠
형수와 시동생은 직접 주고받지 않으며	嫂叔不親授
어른과 어린이는 어깨를 견주지 않나니	長幼不比肩
공로가 있어도 겸손하면[61] 그 권한을 얻고	勞謙得其柄
온화함이 빛이 나면 혼자 있기 어려운 법[62]	和光甚獨難
주공은 가난한 집에 살면서도[63]	周公下白屋
인재 맞느라 식사 제때 한 적 없고	吐哺不及餐
머리 감다가 세 번이나 움켜 싼 덕에[64]	一沐三握髮
후세에 성현이라 일컫는도다	後世稱聖賢

61 공로가 … 겸손하면[勞謙]: 《주역》〈겸괘(謙卦) 구삼(九三)〉에 "공로가 있으면서도 겸손하여 끝까지 군자의 면모를 보이니 길하다.[勞謙君子有終吉]"라는 말에서 인용하였다.

62 온화함이 … 어려운 법: 화광동진의 준말.

63 주공은 … 살면서도: 주공(周公)이 아들 백금에게 일러 준 당부의 말.

64 인재 … 싼 덕에: 주공에게 손님이 오면 그는 밥을 먹다가도 먹던 밥을 뱉었고, 목욕을 하다가도 머리를 움켜쥐고서 나가 손님을 맞아들였다는 고사(故事)에서 인용한 것으로, 현사(賢士)를 우대하는 말로 쓰인다.

168

상봉행(相逢行)

〈청조곡〉이다.[淸調曲.]

일부에서는 〈상봉협로간행(相逢狹路間行)〉이라고도 하며, 또한 〈장안유협사행(長安有狹斜行)〉이라고도 한다.[一云相逢狹路間行, 亦云長安有狹斜行.]

좁은 길 공간에서 서로 만나고 보니	相逢狹路間
길이 좁아 수레를 비킬 수 없네	道隘不容車
어떤 소년인지 알 수 없어서	不知何年少
수레를 멈추고서 그대 집 물어보네	夾轂問君家
그대의 집 쉬이 알 수 있고	君家誠易知
쉬이 알 수 있는 만큼 잊기도 어렵네	易知復難忘
황금으로 그대의 문을 만들고	黃金爲君門
백옥으로 그대의 집을 만들며	白玉爲君堂
당 위엔 술동이를 올려 두고	堂上置樽酒
한단[65]의 무녀로 악사를 삼았네	作使邯鄲倡
뜰에는 계수나무 자랐는데	中庭生桂樹
화려한 등불 어쩌면 그리도 찬란한가	華燈何煌煌

65 한단(邯鄲): 164. 계명(雞鳴) 주 55) 참조.

형제가 두세 사람이더니	兄弟兩三人
둘째가 시랑이 되었다네	中子爲侍郞
닷새 간격으로 한 번씩 오는데	五日一來歸
도로가 절로 광채가 나며	道上自生光
황금으로 말 머리 장식을 하니	黃金絡馬頭
관객이 도로변에 가득 찼네	觀者盈道傍
문에 들어설 때 왼쪽을 돌아보니	入門時左顧
쌍쌍의 원앙이 보일 뿐이더니	但見雙鴛鴦
원앙새의 숫자가 일흔두 마리	鴛鴦七十二
늘어서서 항오를 이루었네	羅列自成行
끼룩끼룩 나는 소리 무언가 했더니	音聲何噰噰
동서쪽 창가에서 학 우는 소리였네	鶴鳴東西廂
맏며느리는 고운 비단을 짜고	大婦織羅綺
둘째 며느리는 명주를 짜고	中婦織流黃
막내며느리는 하는 일이 없어서	小婦無所爲
비파 끼고 고당에 오르더니	挾瑟上高堂
아버님 잠시 편히 앉으시와요	丈人且安坐
연주가 아직 끝나지 않았나이다 하더라	調絲方未央

○ 끝부분을 따서 후인들은 삼부염(三婦豔)이라 부른다.[末段後人摘爲三婦豔.]

169
선재행(善哉行)

이하 6장(章)은 슬조곡(瑟調曲)이다.[以下六章瑟調曲.]

닥쳐올 날이 크게 어렵다 하여	來日大難
입이 타고 입술이 마르게 하랴	口燥脣乾
오늘 서로 즐거우면	今日相樂
모두가 기쁨을 나누어야 하리	皆當喜歡

○ 일해(一解).

명산을 두루 지나다 보니	經歷名山
지초풀이 살랑살랑	芝草翻翻
신선이 된 왕자교[66]여	仙人王喬
선약 한 알을 바치려나	奉藥一丸

○ 이해(二解).

---

66 왕자교(王子喬): 옛날 신선의 이름이다. 춘추전국시대의 주(周)나라 영왕(靈王)의 태자. 이름은 진(晉)이고 성은 희(姬)이다. 《태평어람(太平御覽)》에 "그가 직간을 잘하여 태자에서 폐위되어 서인이 되었다. 생황을 잘 불어 봉황의 울음소리를 내었으며 이수(伊水)와 낙수(洛水) 사이에

옷소매가 짧아 애석하다	自惜袖短
손을 넣기에도 차가웁네	內(1)手知寒
부끄럽다 영첩 같은 사람이 되어	慚無靈輒
조선에게 보답할 수 없음이여[67]	以報趙宣

(1) '내(內)'는 납(納)으로 읽는다.[讀納.]

○ 삼해(三解).

달이 지고 별이 져서	月沒參橫
북두성도 비스듬히 놓인 밤	北斗闌干
친한 친구가 문전에 있으니	親交在門
굶주림에 배고픈 줄 모르겠네	饑不及餐

○ 사해(四解).

서 노닐었다. 도사 부구공(浮丘公)이 그를 데리고 숭고산(嵩高山)으로 올라가서 신선이 되었다." 하였다.

67 영첩 … 없음이여: 영첩(靈輒)은 춘추시대 진(晉)나라의 무사이다. 일찍이 그가 길에서 굶어 죽게 되었을 때 상경(上卿)인 조선자(趙宣子)의 도움을 받아 그의 모친까지 보살필 수 있게 되었다. 그 뒤에 진 영공(晉靈公)이 연회석상에서 복병을 두어 조선자를 암살하려 하자, 영첩이 창을 거꾸로 들고 복병을 막아 조선자를 구해 준 고사를 인용하였다.

기쁜 날은 외려 적고 歡日尙少
슬픈 날만 괴롭사리 많으니 戚日苦多
무엇으로 시름을 잊을까 以何忘憂
악기 연주로 술과 노래를 즐기리 彈箏酒歌

○ 오해(五解).

회남왕과 여덟 문객들[68]이 淮南八公
어렵지 않게 신선이 되었나니 要道不煩
육룡을 멍에 매어 타고 參駕六龍
구름 끝에서 노닐어 볼거나 游戲雲端

○ 육해(六解).

○ 이 시는 닥쳐올 일을 알기 어려우니, 사람들에게 때가 닥쳤을 때 즐기기를 권하는 내용이다. 갑자기 '구선(求仙)'을 말하고서 갑자기 '보은(報恩)'을 말하고, 갑자기 '결객(結客)'을 말하였고, 갑자기 '음주(飮酒)'를 말하다가 이어서 끝에는 '유선(游仙)'으로 마무리하였다. 순서도 없고 차례도 없어서 아득하고 황홀하다.[此言來者難知, 勸人及時行樂也. 忽云求仙, 忽云報恩, 忽云結客, 忽云飮酒, 而仍終之以游仙, 無倫無次, 杳渺恍惚.]

68 회남왕과 여덟 문객들: 한(漢)나라 회남왕(淮南王) 유안(劉安)과 여덟 문객(門客)에 대한 기록은 송(宋)나라 왕응린(王應麟)의 《소학감주(小學紺珠)》 〈명신 하(名臣下) 팔공(八公)〉에 보이며, "팔공은 좌오(左吳), 이상(李尙), 소비(蘇飛), 전유(田由), 모피(毛披), 뇌피(雷被), 진창(晉昌), 오피(五被)"라 하였다. 유안은 신선술을 좋아하여 이름난 방사(方士)들을 초청하였는데 이들이 그중 대표적인 인물들이다. 회남왕은 이들과 함께 《회남자(淮南子)》를 지었는데, 회남왕이 모반죄로 주살되자 이들도 함께 살해되었다. 뒤에 만들어진 전설에는, 원래 이들은 신선이었는데 인간 세상에 내려와 회남왕을 만나고 다시 회남왕을 데리고 하늘로 올라갔다 한다.

170

서문행(西門行)

서문을 나서 걸어 보니 出西門
걸음마다 생각이 난다 步念之
오늘 즐기지 않으면 今日不作樂
어느 때를 기다릴건가 當待何時

○ 일해(一解).

마땅히 즐겨야겠네 夫爲樂
때 놓치지 말고 즐겨야겠네 爲樂當及時
어찌 앉아서 시름하며 울상인 채로 何能坐愁怫鬱
다시 내년이 있다고 기다릴건가 當復待來茲

○ 이해(二解).

잘 익은 술을 마실 때엔 飮醇酒
살진 쇠고기 안주 삼나니 炙肥牛

마음 맞는 친구를 불러 보라	請呼心所歡
어찌 걱정근심만 풀 뿐이랴	何用解愁憂

○ 삼해(三解).

인생살이 백년도 채우지 못하면서	人生不滿百
늘 천년의 시름을 안고 사네	常懷千歲憂
낮은 짧고 밤은 길기만 한데	晝短而夜長
어찌 촛불 잡고 밤놀이 아니 할까	何不秉燭遊

○ 사해(四解).

신선인 왕자교[69]가 아니므로	自非仙人王子喬
수명 계획한다는 것은 기약하기 어렵도다	計會壽命難與期
신선인 왕자교가 아니므로	自非仙人王子喬
수명 계획한다는 것은 기약하기 어렵도다	計會壽命難與期

○ 오해(五解).

---

69 왕자교(王子喬): 169. 선재행(善哉行) 주 66) 참조.

인간의 수명이 금석이 아닌데	人壽非金石
나이와 목숨을 어찌 기약할 수 있겠는가	年命安可期
재물만 탐하여 쓰기를 아까워하다 보면	貪材愛惜費
훗날 웃음거리만 될 뿐이네	但爲後世嗤

○ 육해(六解).

171

동문행(東門行)

동문 밖을 나설 때는	出東門
돌아올 생각 안 했더니	不顧歸
돌아와 방문 들어서니	來入門
슬픔이 북받치네	悵欲悲
쌀독에는 한 되박 쌀이 없고	盎中無斗儲
행거를 돌아봐도 걸어 둔 옷이 없네	還視桁上無懸衣
검을 뽑아 들고 문을 나서려니	拔劍出門去
아이들이 옷소매를 당기며 우네	兒女牽衣啼
다른 집은 부귀만을 원한다지만	他家但願富貴
저는 당신과 함께 죽을 먹겠어요	賤妾與君共餔糜
함께 죽을 먹겠다는 것은	共餔糜
위로 푸른 하늘이 있기 때문이며	上用滄浪天
아래로는 어린아이들을 위해서라오	故下爲黃口小兒(1)
지금은 청렴한 시절이라	今時清廉
법령을 범하기가 어려우니	難犯教言
당신은 다시 몸을 아껴 나쁜 짓 하지 마세요	君復自愛莫爲非
지금은 청렴한 시절이라	今時清廉
법령을 범하기가 어려우니	難犯教言

당신은 다시 몸을 아껴 나쁜 짓 하지 마세요 君復自愛莫爲非
가겠소 내가 지금 가도 늦는 거요 行吾去爲遲
몸조심하여 다녀오세요 平愼行
당신이 돌아오기만을 바라겠어요 望君歸

(1) 구문 중에 잘못 바뀐 글자가 있는 듯하다.[句中或有譌字.]

○ 처음에는 빈천(貧賤)에 안주하기를 권하고, 이어서 법망(法網)에 저촉될까를 염려하였다. '죽을 먹겠다[餔糜]'라는 부인이 어찌 '수꿩[雄雉][70]을 읊은 여인'보다 격이 낮다 하겠는가.[始勸其安貧賤, 繼恐其觸法網. 餔糜之婦, 豈在詠雄雉者下哉.]

○ 이미 나갔다가 다시 돌아오고, 돌아왔다가 다시 나간 것은, 공명(功名)과 어린 자식들 생각이 가슴속에 얽히고설켜 있기 때문이니, 그 정황의 반복을 직접 눈으로 보는 듯하다.[旣出復歸, 旣歸復出, 功名兒女, 纏綿胸次, 情事展轉如見.]

○ 어구를 한 차례 중첩하여 쓴 것은 간곡하게 반복하는 뜻이다. 끝부분 2구는 몸을 추슬러서 세상을 헤쳐 나가는 방도를 진달한 것이다.[疊說一過, 丁寧反覆之意, 末二句, 進以褆身涉世之道也.]

○ 위(魏)나라 문제(文帝)의 〈염가하상행(豔歌何嘗行)〉에 "위로는 푸른 하늘에 부끄럽고[上慙滄浪之天], 아래로 나이 어린 아이들을 돌아본다.[下顧黃口小兒.]"는 이 글을 본뜬 것인데, 이 글이 더 이해하기 쉽다.[魏文豔歌何嘗行, "上慙滄浪之天, 下顧黃口小兒." 本此, 而語句易解.]

70 수꿩[雄雉]: 《시경(詩經)》 〈패풍(邶風) 웅치(雄雉)〉에서, "수꿩이 날아감이여 느릿느릿한 그 날개로다 나의 그리워함이여 스스로 격조(隔阻)함을 끼치도다.[雄雉于飛, 泄泄其羽. 我之懷矣, 自詒伊阻.]"라고 하였는데, 그 주(註)에 "부인(婦人)이 남편이 외지로 부역을 나갔기 때문에 '수꿩이 나는 것은 천천히 날개를 펴기에 자유로움이 이와 같은데, 내 그리워하는 분은 마침내 외지로 부역을 나가서 스스로 격조(隔阻)함을 끼친다[婦人, 以其君子從役于外, 故言雄雉之飛, 舒緩自得如此, 而我之所思者, 乃從役於外, 而自遺阻隔也.]'라고 하였다."

172

고아행(孤兒行)

고아로 살아가노라 孤兒生
고아가 만난 인생이란 孤兒遇生
운명도 유난히 괴롭네 命當獨苦
부모가 살아계실 때는 父母在時
견고한 수레를 타고 乘堅車
네 필 말을 몰았건만 駕駟馬(1)
부모가 이미 세상을 떠나자 父母已去
형과 형수는 나에게 행상을 시켰네 兄嫂令我行賈
남으로는 구강에 이르고 南到九江
동으로는 제노 땅을 오갔네 東到齊與魯
섣달이 되어 돌아와도 臘月來歸
감히 고달프다 말 못 하였네 不敢自言苦
머리에는 서캐와 이가 가득하고 頭多蟣蝨
얼굴에는 먼지투성인데 面目多塵
큰형은 밥 지으라 시키고 大兄言辦飯
형수는 말을 돌보라고 시키네 大嫂言視馬(2)
대청에 올라가 일하다가 上高堂
전당 아래로 내려와 일하니 行取(3)殿下堂(4)

고아의 흐르는 눈물 비 오듯하네	孤兒淚下如雨
날더러 아침부터 물 길라 하여서	使我朝行汲
저물녘 되어 물 다 긷고 돌아오니	暮得水來歸
손은 갈라지고	手爲錯
발에는 짚신도 없어	足下無菲(5)
차갑게 서리 밟아 오는데	愴愴履霜
중간에 가시나무가 많았네	中多蒺藜
부러진 가시를 뽑자니	拔斷蒺藜
창자에는 슬픔이 북받쳐서	腸肉中愴欲悲
눈물이 흐르고	淚下渫渫
콧물이 쏟아지네	清涕纍纍
겨울엔 겹옷이 없더니만	冬無複襦
여름에는 홑옷조차 없네	夏無單衣
사는 것이 즐겁지 않으니	居生不樂
일찍 이 세상을 떠나서	不如早去
지하 황천으로 가느니만 못하리라	下從地下黃泉
봄바람이 일면	春風動
새싹이 돋아서	草萌芽
삼월에는 양잠을 하고	三月蠶桑
유월에는 오이를 수확하네	六月收瓜
오이 실은 수레를 끌고	將是瓜車
집으로 돌아가다가	來到還家

수레가 뒤집어졌는데 瓜車反[(6)]覆
나를 도와주는 자는 적고 助我者少
오이를 먹는 놈만 많구나 啗瓜者多
오이 꼭지라도 내게 돌려주렴 願還我蔕
혼자서라도 급히 가야 하니 獨且急歸
형과 형수가 엄격하여서 兄與嫂嚴
응당 수를 셀 것이니라 當興較計
난에 이르기를, 亂曰
마을은 어찌 이리 시끄러운가 里中一何譊譊
편지 한 장을 써 가지고 願欲寄尺書
지하에 계신 부모님께 드리련다 將與地下父母
형과 형수와 함께 오래 살기 어렵다고 兄嫂難與久居

(1) '마(馬)'는 협운(叶韻)이며, 음은 만(滿)과 보(補)의 반절이다.[叶. 滿補切.]

(2) '마(馬)'는 협운이다.[叶.]

(3) '취(取)'는 추(趨)와 같다.[同趨.]

(4) 옛날 집의 높고 큰 것을 통틀어 전(殿)이라 불렀다.[古屋之高嚴, 通呼爲殿.]

(5) 《좌전(左傳)》에 "그 비구(扉屨)를 공유한다." 하였는데, 비(扉)는 짚신[草屨]이며, 비(菲)와 통용하여 쓴다.[左傳, "共其扉屨." 扉, 草屨也, 通作菲.]

(6) '반(反)'은 번(翻)과 같다.[同翻.]

○ 매우 잗달기도 하고 매우 고상하기도 하다. 단절과 연속이 끝이 없고 단락의 흔적이 없으며 눈물자국과 피맺힌 한으로 점철되어 한 편을 이루고 있다. 이는 악부시 중에 한 종류의 작품이라 하겠다.[極瑣碎, 極古奧. 斷續無端, 起落無迹, 淚痕血點, 結擑而成. 樂府中有此一種筆墨.]

○ 처음에 우(虞) 자 운을 쓰고, 다음은 지(支), 미(微), 제(齊) 자 운을 쓰고, 다음은 가(歌), 마(麻) 자 운을 쓰고, 제(霽) 자 운을 쓰고 끝에는 어(魚) 자 운을 썼다. 다만 중간에 운내(韻內)

에 들어 있지 않은 쌍구(雙句)가 있는데, '머리에는 서캐와 이가 가득하고[頭多蟣虱], 얼굴에는 먼지투성인데[面目多塵]'와 '대청에 올라가 일하다가[上高堂], 전당 아래로 내려와 일하니[行取殿下堂]' 등의 구절은 가사가 일정하지 않아 독자로 하여금 선뜻 이해할 수 없게 하였다.[始用襲韻, 次用支微齊韻, 次用歌麻韻, 次用霽韻, 末用魚韻. 惟中間有雙句不在韻內者, 如頭多蟣蝨, 面目多塵, 上高堂, 行取殿下堂等句, 故搖曳其詞, 令讀不能驟領耳.]

○ '황천(黃泉)'이란 말이 있는 구절은 운자를 놓아야 하는 곳인데, 지금 운내(韻內)에 들어 있지 않은 것을 보면 중간에 혹시 탈락된 글이 있는지 모르겠다. 다(多)와 과(瓜)는 본래 한 운통(韻統)에 속하며, 아래의 체(蔕) 자는 특별히 환운(換韻)을 하였다.[黃泉句乃一韻住處, 今不歸入韻內, 豈中間或有脫落耶. 至多與瓜, 本屬一韻, 下蔕字乃另換韻也.]

173

염가행(豔歌行)

펄펄 나는 당 앞 제비는	翩翩堂前燕
겨울에 떠났다가 여름에 다시 오는데	冬藏夏來見
나의 형제 두세 사람은	兄弟兩三人
유리걸식하며 타향에 있네	流宕在他縣
헌 옷은 누가 맡아 기워 주며	故衣誰當補
새 옷은 누가 맡아 지어 줄까	新衣誰當綻
훌륭하신 주인을 만나서	賴得賢主人
가져다가 우릴 위해 기워 주네	覽取爲我綻
남편이 문을 열고 들어오다가	夫壻從門來
기대선 채 서북쪽을 흘겨보네	斜柯西北眄
당신께선 흘겨보지 마세요	語卿且勿眄
물이 맑으면 돌은 절로 드러나기 마련이니	水清石自見
돌이 드러나면 무슨 혐의 있으리오	石見何纍纍
멀리 가는 건 고향으로 돌아가는 것만 못하리	遠行不如歸

○ 이 시는 기숙하고 있는 집 부인이 길손을 위하여 옷을 꿰매 준 것 때문에 남편에게 의심을 받게 된 것을 읊은 내용이다. 말구(末句)에 '물이 맑으면 돌이 드러나기 마련이다[水淸石見]'는 심지가 분명하다. 그러나 어찌 고향으로 돌아가는 것이 최선의 방법인 것만 하겠는가. 원문의 '현주인(賢主人)'은 기숙하고 있는 부인을 지칭하는 말이다.[此居停之婦, 爲客縫衣, 而其夫不免見疑也. 末云水淸石見, 心跡固明矣. 然豈如歸去爲得計乎. 賢主人指居停婦言.]

○ 〈맥상상(陌上桑)〉, 〈우림랑(羽林郞)〉과 함께 성정(性情)의 올바름을 보여 주고 있으니 국풍(國風)의 영향이라 하겠다.[與陌上桑羽林郞同見性情之正. 國風之遺也.]

174

농서행(隴西行)

〈보출하문행(步出夏門行)〉이라고도 한다.[一云步出夏門行.]

하늘에는 무엇이 있나요	天上何所有
반짝이는 별 백유[71]를 심어 놓은 듯	歷歷種白楡
계수나무는 길을 끼고 자랐고	桂樹夾道生
청룡은 길모퉁이를 마주했네	青龍對道隅
봉황새 울음소리 구슬픈데	鳳皇鳴啾啾
어미 혼자서 새끼 아홉을 거느렸네	一母將九雛
세상 사는 사람들 돌아다보니	顧視世間人
즐거움이 매우 독특하구나	爲樂甚獨殊
훌륭한 부인이 나와 손님을 맞는데	好婦出迎客
안색이 정말로 온화하였네	顏色正敷愉
허리 폈다 다시 무릎 꿇고 인사하며	伸腰再拜跪
손님의 안부 여하를 묻네	問客平安不
손님에게 북당으로 오르도록 청하더니	請客北堂上
담요 위에 손님을 앉게 하네	坐客氈氍毹

71 백유(白楡): 별이름, 백유성(白楡星)을 일컫는다. 이 시에 등장하는 식물이나 동물들은 작가가 천상에 있는 것으로 상상하여 묘사하였다.

각기 다른 항아리의 청주 백주에다	清白各異樽
안주로 풍성한 채소를 준비하였네	酒上正華疏
술을 따라 손님에게 드리자	酌酒持與客
손님은 주인 먼저 들라 하네	客言主人持
조금 물러나 두 번 절하고	却略再拜跪
그런 연후에 한 잔을 마시네	然後持一盃
담소가 아직 끝나기 전인데	談笑未及竟
뒤돌아보며 주방에 분부하네	左顧敕中廚
서둘러 거친 밥을 짓도록 하되	促令辦麤飯
행여 꾸물거리지 않게 하라 하네	愼莫使稽留
예를 마치고 손님 배웅 나오는데	廢禮送客出
부중에 걷는 모습 의젓하고	盈盈府中趨
손님 전송도 멀지 않아서	送客亦不遠
대문 밖을 나서지 않네	足不過門樞
아내는 이런 사람을 얻어야 하니	取婦得如此
제강[72]도 이와 같지는 못하리	齊姜亦不如
건강한 부인이 집안 살림 꾸려 가면	健婦持門戶
어지간한 한 남자보다 나으리라	亦勝一丈夫

72 제강(齊姜): 춘추시대 제(齊)나라는 강태공(姜太公)을 시조로 하기 때문에 국왕의 성이 강씨(姜氏)였다. 《시경(詩經)》 〈진풍(陳風) 형문(衡門)〉에 "어찌 우리가 아내를 데려오는데 굳이 제나라 강씨이어야만 하는가.[豈其取妻, 必齊之姜.]"라고 하였다. 후대에 명문가의 규수를 일컫는 말로 쓰였다.

○ 첫머리 8구는 서로 연속되지 않은 듯하다. 고시(古詩)에는 이따금씩 이런 대목이 있으므로 굳이 따져 말할 것이 없다.[起八句若不相屬. 古詩往往有之, 不必曲爲之說.]

○ '조금 물러나다[卻略]'는 손으로 술잔을 받들고 물러나 예를 행하기 때문에 '조금 물러나다[稍卻]'라고 표현한 것인데, 완미(婉媚)함을 잘 묘사하였다. 이는 전체적으로 극찬하는 가운데 저절로 풍간(諷諫)하는 뜻이 담겨져 있다.[卻略, 奉觴在手, 退而行禮, 故稍卻也. 寫得婉媚, 通體極贊中, 自有諷意.]

175
회남왕[73]편(淮南王篇)

〈무곡가사〉이다.[舞曲歌辭.]

회남왕은	淮南王
자신이 존귀하다 말하고	自言尊
백 척 되는 높은 누각 하늘에 닿을 듯이	百尺高樓與天連
후원에는 샘을 파고 은으로 상을 만들어	後園鑿井銀作牀
금병에 줄을 달아 차가운 장 길어 내네	金瓶素綆汲寒漿
차가운 장 길어 내어	汲寒漿
소년더러 마시게 하니	飮少年
소년은 다소곳하고 어쩌면 그리도 의젓한지	少年窈窕何能賢
소리 높여 부르는 슬픈 노래 하늘이 끊어질 듯	揚聲悲歌音絶天
나는 하수를 건너고 싶다만 다리가 없으니	我欲渡河河無梁
한 쌍의 황곡[74]이 되어 고향으로 가고파라	願化雙黃鵠還故鄕
고향으로 돌아가서	還故鄕
옛 마을에 들어서면	入故里

73 회남왕(淮南王): 한(漢)나라 종실(宗室) 유장(劉長)의 아들인 유안(劉安)을 일컫는 말로, 그는 학문을 좋아하고, 널리 문객을 모아 신선술(神仙術)에 심취하였던 인물이다.

74 황곡(黃鵠): 고니. 118.비수가(悲愁歌) 주 55) 참조.

배회하는 고향 땅	徘徊故鄕
육신의 고달픔 끊이질 않겠지	苦身不已
번화한 춤사위에 붙인 가락 대단할지라도	繁舞寄聲無不泰
고향을 배회하다 하늘 밖에서 노닐리라	徘徊桑梓遊天外

○ 이는 회남왕이 신선을 추구한 것이 무익할 뿐만 아니라 그로 인하여 화를 받은 것을 슬퍼한 내용이다. 어휘를 배치[措詞]한 것이 특히 은유적이다.[此哀淮南求仙無益, 而以身受禍也. 措詞特隱.]

176

상가행(傷歌行)

이하는 〈잡곡가사〉이다.[以下雜曲歌辭.]

두렷하다 희고 밝은 달이여	昭昭素明月
그 빛이 내 침상을 비추네	輝光燭我牀
시름하는 이 잠 못 드는데	憂人不能寐
깜박깜박 밤은 길기도 하다	耿耿夜何長
살랑바람이 침실로 불어와	微風吹閨闥
비단 휘장 절로 날리네	羅帷自飄揚
옷을 입고 긴 띠를 끌며	攬衣曳長帶
신을 신고 고당을 내려왔으나	屣履下高堂
동쪽 서쪽 어디로 가야 하나	東西安所之
배회하다 방황이라니	徘徊以傍徨
봄새는 남쪽으로 날아가	春鳥翻南飛
훨훨 날며 혼자 오르내리네	翩翩獨翱翔
슬픈 소리로 짝을 찾는데	悲聲命儔匹
애절한 울음소리 나의 간장 녹이네	哀鳴傷我腸
사물에 느껴 내 임을 생각하니	感物懷所思
눈물이 흘러 문득 치마를 적시네	泣涕忽霑裳

우두커니 서서 큰 소리를 질러	佇立吐高吟
분한 마음 펼쳐 하늘에 호소해 보네	舒憤訴穹蒼

○ 애써 조탁(彫琢)하지도 않았고, 대우(對偶)를 맞추지도 않았다. 그러나 화평한 가운데 웅건(雄健)한 풍격(風格)이 느껴진다.[不追琢, 不屬對. 和平中自有骨力.]

177

비가(悲歌)

슬픈 노래로 울음을 대신하랴	悲歌可以當泣
먼 바램으로 귀향을 대신하랴	遠望可以當歸
고향을 그리다 보면	思念故鄉
겹겹이 쌓이는 시름	鬱鬱纍纍
돌아가고 싶지만 집엔 반길 이 없고	欲歸家無人
건너가고 싶어도 하수엔 배가 없네	欲渡河無船
심사를 말로 다할 수 없으니	心思不能言
창자 속만 수레바퀴 구르듯 하네	腸中車輪轉

○ 처음 시작이 가장 강건하다. 이태백 당시에도 간혹 이런 것이 있었다.[起最矯健. 李太白時或有之.]

178

마른 물고기가 하수를 건너며 운다

[枯魚過河泣]

마른 물고기가 하수를 건너며 운다	枯魚過河泣
후회한들 언제 다시 미칠 수 있을까	何時悔復及
편지를 써서 방어와 연어에게 주어	作書與魴鱮
출입할 때 늘 조심하라고 일러 줄까	相教愼出入

○ 한(漢)나라 사람들은 매번 이렇게 기발한 상상을 하곤 한다.[漢人每有此種奇想.]

179

고가(古歌)

가을바람 쓸쓸히 불어와 시름겹다	秋風蕭蕭愁殺人
나가도 시름이요	出亦愁
들어와도 시름이네	入亦愁
좌중에 어느 누가	座中何人
시름없는 이 있을까	誰不懷憂
나의 머리가 하얗게 센 건	令我白頭
오랑캐 땅에 모진 바람이 많아서인데	胡地多飆風
나무들은 어찌 그리 길기도 한가	樹木何修修
떠나온 고향집은 날마다 멀어지고	離家日趨遠
입은 옷과 요대는 날마다 헐거워지네	衣帶日趨緩
심사를 말로 다할 수 없으니	心思不能言
창자 속만 수레바퀴 구르듯 하네	腸中車輪轉

○ 허둥지둥 온데다 세찬 바람과 쏟아지는 비를 막을 수 없는 듯한 느낌이다.[蒼莽而來, 飄風急雨, 不可遏抑.]

○ '집 떠나다[離家]'의 이하 2구는 〈가고가고 또 가고가다[行行重行行]〉편과 같다. 그러나 '이(以)' 자는 혼후하고, '추(趨)' 자는 참신하다. 이는 고시(古詩)와 악부(樂府)의 구분이기도 하다.[離家二句, 同行行重行行篇. 然以字渾, 趨字新. 此古詩樂府之別.]

180

고팔변가(古八變歌)

북풍이 초가을에 불어와서	北風初秋至
나의 장화대[75]에 전해오네	吹我章華臺
떠가는 구름 저문 빛이 많으니	浮雲多暮色
엄자산[76]에서 오는 듯싶다	似從崦嵫來
마른 뽕잎은 숲에서 울고	枯桑鳴中林
가을 벌레는 텅 빈 계단에서 운다	絡緯響空階
펄펄 나는 쑥대마냥 가는 길이라	翩翩飛蓬征
나그네의 가슴은 몹시 서글프다	愴愴遊子懷
고향을 보고 싶어도 볼 수 없으니	故鄕不可見
마냥 바라보다 비로소 돌아선다	長望始此回

75 장화대(章華臺): 초(楚)나라 왕이 건축한 대(臺)의 이름. 호북성(湖北省) 감리현(監利縣) 서북쪽에 있다.

76 엄자산(崦嵫山): 감숙성(甘肅省) 천수현(天水縣)의 서쪽 경계에 있는 산 이름. 전설에 의하면 해가 져서 이 산 아래로 떨어진다고 한다.

181

맹호행(猛虎行)

굶주려도 맹호[77]를 따라 먹지 않을 것이요 饑不從猛虎食
저물어도 야작[78]을 따라 자지 않을 것이네 暮不從野雀棲
들새들이야 어딘들 둥지가 없으랴만 野雀安無巢
나그네는 누구를 위하여 교만하랴 遊子爲誰驕

77 맹호(猛虎): 사나운 호랑이. 여기서는 부패한 관리나 도적 따위의 남을 해치는 자를 비유하였다.

78 야작(野雀): 참새 또는 들새. 여기서는 부정한 사람을 비유하였다.

182

악부(樂府)

길가는 저 호인 어디서 왔는가　　行胡從何方
열국들은 무엇을 가지고 왔는가　　列國持何來
구유와 탑등[79]과 오목향[80]에다　　氍毹毾㲪五木香
미질과 애납과 도량[81]이로다　　迷迭艾蒳及都梁

○ 첫머리 2구는 공물을 가지고 들어오는 사람을 지칭해서 한 말이다. 본래는 '양(陽)' 자 운을 썼는데 제2구에서 '래(來)' 자를 끼워 넣었기 때문에 수구(首句)에만 운자를 쓰고 다음 구에는 운자를 쓰지 않았다.[首二句指入貢之人言. 本用陽韻, 而第二句以來字間之, 首句用韻, 次句不入韻也.]

고시원(古詩源) 권3 끝

79 구유(氍毹)와 탑등(毾㲪): 모두 털로 짠 직물로, 양탄자나 융단 등을 일컫는다.
80 오목향(五木香): 나무 이름으로 청목향(靑木香)이라고도 한다.
81 미질(迷迭) … 도량(都粱): 모두 향(香)의 일종이다.

고시원 古詩源

권4

한시 漢詩

183

고시체로 지은 초중경의 아내를 위한 시

[古詩爲焦仲卿妻作]

한(漢)나라 말기 건안(建安)[1] 연간에 여강부(廬江府)[2]의 소리(小吏)[3]인 초중경(焦仲卿)의 아내 유씨(劉氏)가 중경의 어머니로부터 내친 바 되었다. 그녀는 맹세코 다른 곳으로 시집가려 하지 않았으나 그의 친정집에서 핍박하자, 강물에 투신하여 죽었다. 중경도 이 소식을 듣고 역시 뜰 앞의 나무에 목을 매달아 죽었다. 당시에 이를 본 누군가가 상심하여 이 시를 지었다고 전한다.[漢末建安中, 廬江府小吏焦仲卿妻劉氏, 爲仲卿母所遣. 自誓不嫁, 其家逼之, 乃投水而死. 仲卿聞之, 亦自縊於庭樹. 時傷之, 爲詩云爾.]

공작새[4]가 동남쪽으로 날아가며	孔雀東南飛
오 리마다 한 번씩 배회하네	五里一徘徊

---

1 건안(建安): 후한(後漢) 헌제(獻帝)의 연호(196~220)이다.

2 여강부(廬江府): 여강은 한(漢)나라 때의 군(郡) 이름. 오늘날 안휘성(安徽省) 여강현(廬江縣) 서쪽에 해당한다. 부(府)는 관부(官府) 또는 관아(官衙)를 일컫는다.

3 소리(小吏): 관청에서 문서처리를 담당하던 하급관리를 이른다.

4 공작새[孔雀]: 전설상의 새 이름. 이하 2구는 시 전체의 '흥(興)'에 해당한다. '흥'이란 '시경 육의(詩經六義)' 즉 《시경(詩經)》의 '풍(風)·아(雅)·송(頌)·부(賦)·비(比)·흥(興)' 6가지로 구분하는 표현 방식 가운데 하나를 말한다. 이는 《시경》 이래 중국 고대 민간 가요에 많이 보이는 기법이다.

열세 살에 비단 베를 짤 줄 알았고　十三能織素
열네 살에 옷 짓는 법을 배웠으며　十四學裁衣
열다섯 살에 공후[5]가락을 연주하고　十五彈箜篌
열여섯 살에 시서를 외웠으며　十六誦詩書
열일곱에 당신의 아내가 되고보니　十七爲君婦
마음은 늘 괴롭고 슬펐다오　心中常苦悲
당신이 부리[6]가 되고 난 뒤에도　君旣爲府吏
절개 지켜 마음 변치 않았건만　守節情不移
나만 빈방에서 홀로 머물다 보니　賤妾留空房
서로 만나는 날이 항상 드물었지요　相見常日稀
닭이 울면 베틀에 앉아 베를 짜느라　雞鳴入機織
밤마다 쉴 수조차 없었고　夜夜不得息
삼일 만에 다섯 필을 다 짜서 내도　三日斷五匹
시어머니는 더디다고 지적하였소　大人故嫌遲
더디 짠 것이 아니었는데　非爲織作遲
당신 집에 며느리 노릇하기 어렵네요　君家婦難爲
나는 더 이상 혹사를 감당할 수 없으며　妾不堪驅使
그저 있어 봐야 아무 일도 할 수 없으니　徒留無所施
시어머니께 말씀 여쭈어서　便可白公姥

5　공후(箜篌): 고대 현악기의 일종으로, 중앙아시아에서 전래되었으며 몸체가 길고 굽었는데 23현으로 되어 있다. 와공후(臥箜篌)와 수공후(竪箜篌)로 구분한다.

6　부리(府吏): 부(府)의 관리. 곧 태수 관아의 하급 관리를 이른다.

더 늦기 전에 친정으로 보내 달라 말해 주오 及時相遣歸
초중경이 이 말을 듣고서 府吏得聞之
당에 올라가 어머니께 말하되 堂上啓阿母
제가 박복한 인상이지만 兒已薄祿相
다행히 이런 아내를 얻어서 幸復得此婦
머리를 묶어[7] 침석을 같이하고 結髮同枕席
저승에서도 함께 친구가 되자고 하였답니다 黃泉共爲友
어머니 함께 모신 이삼 년 세월은 共事二三年
시작에 불과하고 얼마 되지 않으며 始爾未爲久
아녀자의 행실로 잘못이 없는데 女行無偏斜
무슨 의도로 이리 박대하시나요 何意致不厚
어머니가 초중경에게 하는 말 阿母謂府吏
어찌 이리 지나치게 구구하냐 何乃太區區
이 며느리는 예절도 없고 此婦無禮節
행동거지가 제멋대로더구나 擧動自專由
분한 내 마음이 오래되었거늘 吾意久懷忿
너는 어찌 함부로 말하느냐 汝豈得自由
동쪽 집에 참한 색시가 있는데 東家有賢女
이름을 진나부[8]라 하더라 自名秦羅敷

7 머리를 묶어: 121.시(詩) 4수(首) 주 62) 참조.

8 진나부(秦羅敷): 미인의 이름. 165.맥상상(陌上桑)의 시 내용 참조. 여기서는 그와 같은 미인이라는 뜻으로 쓰였다.

어여쁜 몸매 비할 데 없으니 可憐體無比
어미가 널 위해 매파를 구하련다 阿母爲汝求
속히 내보내도록 하거라 便可速遣之
내보내고 행여 머물러 두지 말거라 遣去愼莫留
초중경이 길게 무릎 꿇고[9] 대답하기를 府吏長跪答
삼가 아뢰오니 어머니시여 伏惟啓阿母
지금 만약 이 여인을 보내시고 나면 今若遣此婦
늙어 죽도록 다시 장가들지 않으리다 終老不復取
어머니가 이 말을 듣고 阿母得聞之
상을 밀치며 크게 노여워하시되 槌牀便大怒
네놈이 무서운 게 없구나 小子無所畏
어찌 감히 아낙을 편들어 말하느냐 何敢助婦語
나는 이미 은의를 잃고 말았으니 吾已失恩義
너의 말을 들어줄 수가 없다 會不相從許
초중경은 잠자코 아무 말이 없이 府吏默無聲
두 번 절하고 방으로 돌아와서 再拜還入戶
신부한테 말을 걸어 이르는데 擧言謂新婦
목이 메어 말을 잇지 못하네 哽咽不能語

9 무릎 꿇고[長跪]: 경의를 표하는 자세의 하나로 무릎을 길게 꿇을 때는 허리를 곧게 펴서 장중함을 표시한다. 《전국책(戰國策)》 〈위책(魏策)〉 〈진왕사인위안릉군(秦王使人謂安陵君)〉에 "당저가 … 칼을 뽑아 들고 일어서자, 진왕이 얼굴 색을 떨며 한참을 무릎을 꿇고 사과하였다.[唐且 … 挺劍而起 秦王色撓 長跪而謝之]"라고 하였다.

내가 그냥 당신을 내모는 것이 아니라	我自不驅卿
어머니가 핍박을 하고 있으니	逼迫有阿母
당신이 잠시만 친정으로 가 있으오	卿但暫還家
나는 지금 관부에 보고하러 갔다가	吾今且報府
오래지 않아 곧 돌아올 터이니	不久當歸還
돌아오면 필히 당신을 맞이하리다	還必相迎取
이것으로 마음을 가라앉히고	以此下心意
꼭 내 말대로 하고 어기지 마오	愼勿違吾語
신부가 초중경에게 하는 말이	新婦謂府吏
다시는 시끄럽게 하지 마오	勿復重紛紜
지지난해 동짓달[10]에	往昔初陽歲
친정을 떠나 당신 집에 시집와서	謝家來貴門
시부모님 받들며 순응했으니	奉事循公姥
행동거지를 감히 멋대로 했겠소	進止敢自專
밤낮으로 부지런히 일하여	晝夜勤作息
갖은 고생을 다했답니다	伶俜縈苦辛
내 생각에 그 어떤 잘못도 없었으니	謂言無罪過
부모 공양하며 크신 은혜 미칠까 여겼었는데	供養卒大恩

10 동짓달[初陽歲]: 원문의 '초양(初陽)'은 1양(一陽)과 같으며, '초양세(初陽歲)'는 한 해 중 1양(一陽)이 있는 달[一陽之月]이라는 뜻으로, 11월 즉 동짓달을 의미한다. 1양은 1년 12개월을 6양월(六陽月)과 6음월(六陰月)로 나눌 때 첫 번째 양월이라는 뜻이다. 참고로 6양월(六陽月)은 1양월(동짓달), 2양월(섣달), 3양월(정월), 4양월(2월), 5양월(3월), 6양월(4월)이며, 6음월(六陰月)은 1음월(5월), 2음월(6월), 3음월(7월), 4음월(8월), 5음월(9월), 6음월(10월)이다.

또다시 내몰리게 되었으니	仍更被驅遣
다시 돌아온단 말을 어찌 하리오	何言復來還
저에게 수놓은 속옷이 있으니	妾有繡腰襦
수의 무늬가 절로 반짝입니다	葳蕤自生光
붉은 비단으로 휘장을 두르고	紅羅複斗帳
네모진 향낭을 드리웠으며	四角垂香囊
육칠십 되는 상자에는	箱簾六七十
녹색 청색의 실과 끈으로 둘렀으니	綠碧青絲繩
갖가지 물건마다 색다르고	物物各自異
여러 가지 물건이 그 안에 있거니와	種種在其中
사람이 천하면 물건도 따라 초라한 법이라	人賤物亦鄙
뒤에 오는 사람을 맞기에는 충분치 않으니	不足迎後人
두었다가 남들에게 선심이나 쓰세요	留待作遺施
이제는 다시 만날 인연 없으리니	於今無會因
때때로 위안을 삼고	時時爲安慰
오래도록 잊지나 말아 주오	久久莫相忘
닭이 울고 바깥 날이 새려하자	雞鳴外欲曙
신부가 일어나 단단히 치장하고	新婦起嚴妝
자수 놓은 겹치마를 입고서	著我繡裌裙
일일마다 너댓 번씩 하였네	事事四五通
발에는 비단신을 신고	足下躡絲履
머리에는 대모[11]가 빛나며	頭上玳瑁光

허리에는 하얀 비단 물이 흘러내리듯　　腰若流紈素
귀에는 명월주 귀고리를 달았네　　耳著明月璫
손가락은 깎은 파뿌리 같고　　指如削蔥根
입은 붉은 단사를 머금은 듯　　口如含朱丹
가냘픈 모습 잰걸음[12]으로 나아가니　　纖纖作細步
빼어나게 아름다워 세상에 짝할 이 없어라　　精妙世無雙
당에 올라 시어머니께 인사 올리니　　上堂拜阿母
시어머닌 듣고도 말리지 않네　　母聽去不止
예전 처녀 시절에　　昔作女兒時
보잘것없는 시골 동네에서 자라서　　生小出野里
본디 이렇다 할 교훈이 없는 탓에　　本自無教訓
귀한 댁 아드님께 배로 부끄러웠답니다　　兼愧貴家子
시어머니의 많은 예물 받았지만　　受母錢帛多
시어머니의 시집살이 견딜 수 없어　　不堪母驅使
오늘 친정으로 떠나가오니　　今日還家去
집안 일로 고생하실 어머니가 걱정입니다　　念母勞家裏
물러나 시누이와 작별하자니　　卻與小姑別
눈물이 방울방울 구슬 이어지듯　　淚落連珠子
신부가 되어 처음 왔을 때　　新婦初來時

11　대모: 거북과에 속하는 열대지방의 바다거북. 등껍데기는 누런 바탕에 검은 점이 있어서 각종 장식용품의 재료로 쓰인다. 여기서는 비녀 또는 머리장식을 말한다.

12　잰걸음: 보폭이 짧고 빠른 걸음을 이른다.

아가씨는 막 침상 잡고 일어섰는데	小姑始扶牀
오늘 쫓겨 가는 신세 되고 보니	今日被驅遣
아가씨는 나만큼 성장했구려	小姑如我長
정성껏 부모님 봉양하고	勤心養公姥
아가씨도 늘 건강하세요	好自相扶將
초이레와 열아흐레 날[13]	初七及下九
즐거웠던 일 서로 잊지 말아요	嬉戲莫相忘
문을 나서 수레 타고 떠나려 하니	出門登車去
눈물만 하염없이 흐르네	涕落百餘行
초중경의 말이 앞에 서고	府吏馬在前
신부의 수레는 뒤에 섰네	新婦車在後
덜컹거리다가 어찌 또 삐걱거리는지	隱隱何甸甸
큰길 어귀에 같이 모였네	俱會大道口
말에서 내려 수레로 들어가	下馬入車中
머리 숙여 귀에 대고 하는 말	低頭共耳語
맹세코 당신을 버리지 않을 것이니	誓不相隔卿
잠시만 친정에 가 있기 바라오	且暫還家去
나는 지금 관부에 갔다가	吾今且赴府

13 초이레[初七]와 열아흐레[下九] 날: 초이레는 음력 7월 7일인 칠석날을 말하는데, 이날 부녀자들이 모여서 직녀에게 바느질 솜씨를 좋게 해 달라고 빌었다 하여 걸교절(乞巧節)이라고도 한다. 열아흐레는 음력으로 매월 19일을 일컫는데, 이날이 되면 부녀자들이 모여서 음식을 마련하여 먹으면서 놀았다 한다. 참고로 음력으로 매월 29일은 '상구(上九)'라고 하고 9일은 '중구(中九)'라고 한다.

오래지 않아 곧 돌아올 터이니	不久當還歸
서로 저버리지 않기로 하늘에 맹세하리다	誓天不相負
신부가 초중경에게 이르는 말	新婦謂府吏
당신의 간절한 마음 감사해요	感君區區懷
당신이 이처럼 날 기억해 준다면	君旣若見錄
머잖아 당신 오기를 바라겠어요	不久望君來
당신은 반석이 되셔야 해요	君當作磐石
나는 창포와 갈대가 되오리다	妾當作蒲葦
창포와 갈대는 실같이 질기고요	蒲葦紉如絲
반석은 구르거나 옮기지 않지요	磐石無轉移
나에게는 친정에 부형이 있어서	我有親父兄
성격이 우레와 같이 사나우니	性行暴如雷
내 마음대로 하게 놔두지 않고서	恐不任我意
나를 맞아 내 속을 태우겠지요	逆以煎我懷
손을 들어 장시간 위로하는데	擧手長勞勞
두 사람의 심정은 한결같았네	二情同依依
친정에 도착하여 안으로 들어가니	入門上家堂
들고나기에 면목이 없어라	進退無顔儀
어머니가 손뼉을 크게 치며	阿母大拊掌
뜻하지 않았는데 네가 돌아왔구나	不圖子自歸
열셋에 너에게 길쌈을 가르쳤더니	十三教汝織
열넷에 옷을 지었으며	十四能裁衣

열다섯에 공후를 타고 十五彈箜篌
열여섯에 예의범절을 알았기에 十六知禮儀
열일곱에 너를 시집보내며 十七遣汝嫁
어기는 일 없으리라 여겼더니만 謂言無誓違
너는 지금 무슨 잘못을 저질렀기에 汝今何罪過
마중도 하지 않았는데 스스로 돌아왔느냐 不迎而自歸
저 난지는 어머니께 부끄러우나 蘭芝慚阿母
저는 실로 아무 잘못이 없답니다 兒實無罪過
어머니는 매우 슬퍼하셨네 阿母大悲摧
친정집에 돌아온 지 십여 일이 되니 還家十餘日
현령이 매파를 보내와서 縣令遣媒來
이르는 말이 셋째 도령이 있는데 云有第三郎
의젓하기가 세상에 둘도 없고 窈窕世無雙
나이는 열여덟인가 아홉이며 年始十八九
말 잘하고 재주가 뛰어나다고 하였네 便言多令才
어머니가 딸에게 이르는 말이 阿母謂阿女
너는 그리로 시집가거라 하자 汝可去應之
딸은 눈물을 머금고 답하는 말이 阿女銜淚答
난지가 처음 돌아올 때에 蘭芝初還時
그이가 간곡히 당부했어요 府吏見丁寧
맹세코 이별은 않겠노라고 結誓不別離
오늘 그런 정의를 저버린다면 今日違情義

아마도 이 일은 잘한 일이 아닐 겁니다	恐此事非奇
보내온 글을 거절하고서	自可斷來信
천천히 다시 말해 주세요	徐徐更謂之
어머니가 매파에게 이르기를	阿母白媒人
가난한 집에서 자라 온 딸이라	貧賤有此女
시집에서 이제 막 돌아왔으니	始適還家門
낮은 관리의 아낙도 감내하지 못했는데	不堪吏人婦
어찌 귀한 도령과 어울리겠어요	豈合令郎君
두루 알아보시는 것이 좋을 듯하니	幸可廣問訊
청혼을 허락하지 못하옵니다	不得便相許
매파가 돌아가고 며칠 지나서	媒人去數日
또다시 현승을 보내어 청하는 말이	尋遣丞請還
난씨 집안에 딸이 있는데	說有蘭家女
선대에는 벼슬도 했다지요 하고서	承籍有宦官
이르는 말이 다섯째 도령이 있는데	云有第五郎
잘생겼지만 아직 혼인을 못 하여	嬌逸未有婚
현승을 보내어 매파로 삼노라	遣丞爲媒人
주부가 기별을 넣어 주자	主簿通語言
곧바로 이르는 말이 태수 집안에	直說太守家
이러한 도령이 있어서	有此令郎君
혼인의 의를 맺고자 하여	既欲結大義
저를 귀댁에 보내신 것입니다	故遣來貴門

어머니가 매파에게 사양하는 말	阿母謝媒人
딸아이는 먼저 언약한 사람이 있으니	女子先有誓
늙은 어미가 어찌 말하겠어요	老姥豈敢言
오라버니가 이 말을 듣고서	阿兄得聞之
가슴속에 화가 치밀어	悵然心中煩
누이에게 일러 하는 말이	擧言謂阿妹
앞뒤를 어찌 헤아려 보지 않느냐	作計何不量
앞서는 고을 아전에게 시집갔지만	先嫁得府吏
이번에는 도련님에게 시집가는 것이다	後嫁得郎君
비운과 태운[14]이 하늘 땅 차이이고	否泰如天地
너의 일신 영화로울 터인데	足以榮汝身
이런 혼처에 시집가지 않겠다면	不嫁義郎體
어디로 가겠다는 것이냐	其往欲何云
난지가 고개 들어 답하기를	蘭芝仰頭答
사리에 오라버니 말이 맞네요	理實如兄言
시집을 가서 남편을 섬기다가	謝家事夫壻
중간에 오라버니 집으로 돌아왔으니	中道還兄門
오라버니 처분을 따라야지	處分適兄意
어찌 제 마음대로 하겠어요	那得自任專
비록 그이와 약속을 하였지만	雖與府吏要

14 비운과 태운: 원문의 비태(否泰)는 《주역(周易)》의 〈비괘(否卦)〉와 〈태괘(泰卦)〉로, 운수의 좋고 나쁨을 뜻한다.

그와 만날 인연 영영 없으리니 渠會永無緣
당장에 허락을 하여 登即相許和
바로 혼인을 하겠어요 便可作婚姻
매파가 자리에서 떠나 돌아가며 媒人下牀去
예예 그러지요 하였다 諾諾復爾爾
관아로 돌아가서 태수에게 아뢰기를 還部白府君
제가 명을 받아 갔던 일이 下官奉使命
말을 해 보니 대단한 인연입니다 言談大有緣
태수가 이 말을 듣고서 府君得聞之
내심 크게 기뻐하였네 心中大歡喜
달력도 보고 점서도 보니 視曆復開書
이달 내로 하는 것이 좋을 듯하다 便利此月內
육합[15]에 상응이 들어서 六合正相應
길일은 삼십일이요 良吉三十日
오늘이 이미 스무이레이니 今已二十七
경이 가서 혼사를 이루게 하라 했네 卿可去成婚
혼인을 의논하고 채비하느라 交語速裝束
쉴 새 없이 구름처럼 오가는데 絡繹如浮雲
푸른 공작 흰 고니 새겨진 배에 青雀白鵠舫
용이 그려진 사각 깃발이 四角龍子幡

15 육합(六合): 음양가(陰陽家)의 설(說)로, 자(子)와 축(丑), 인(寅)과 해(亥), 묘(卯)와 술(戌), 진(辰)과 유(酉), 사(巳)와 신(申), 오(午)와 미(未)가 서로 합(合)하는 것을 말한다.

바람 따라 곱게 나부낀다	婀娜隨風轉
금빛 수레에 옥으로 바퀴 만들고	金車玉作輪
느릿느릿 청총마[16]에는	躑躅青驄馬
수실 달린 황금자수 안장이 놓였고	流蘇金縷鞍
예단 삼백만 냥은	齎錢三百萬
모두 푸른 명주실로 꿰었는데	皆用青絲穿
온갖 비단 삼백 필에	雜綵三百匹
교주와 광주의 산해진미요	交廣市鮭珍
따르는 사람 사오백 명이	從人四五百
아득히 떼를 지어 군문으로 오르네	鬱鬱登郡門
어머니가 딸에게 이르기를	阿母謂阿女
마침 태수의 편지를 받았는데	適得府君書
내일 아침에 널 맞으러 온다는구나	明日來迎汝
어찌 옷을 치장하지 않느냐	何不作衣裳
행여 일을 그르치지 말거라	莫令事不擧
딸은 잠자코 말이 없더니	阿女默無聲
수건으로 입을 가리고 우는데	手巾掩口啼
눈물이 비 오듯 쏟아진다	淚落便如瀉
자기의 유리 걸상을 옮겨다가	移我琉璃榻
앞 창문 아래에다 두고서	出置前牕下

16 청총마(青驄馬): 푸른색과 흰색의 털이 섞여 있는 준마(駿馬)를 이른다.

왼손에는 가위와 자를 들고	左手持刀尺
오른손에는 고운 비단을 잡고서	右手執綾羅
아침에는 자수 겹치마를 만들고	朝成繡裌裙
저녁에는 비단 홑치마를 만들다가	晩成單羅衫
어둑어둑 날이 저물자	晻晻日欲暝
시름에 겨워 문밖에 나가 울었네	愁思出門啼
초중경이 이 변고를 듣고서	府吏聞此變
휴가를 받아 잠시 돌아왔는데	因求假暫歸
이삼 리를 남겨 놓고서	未至二三里
억장이 무너지고 말도 슬피 우는구나	摧藏馬悲哀
신부가 말의 울음소릴 알아듣고	新婦識馬聲
발소리 죽여 가며 마중을 나가	躡履相逢迎
슬픈 눈으로 멀리 바라보니	悵然遙相望
옛 임이 오는 것을 알아보았네	知是故人來
손을 들어 말안장을 토닥이면서	擧手拍馬鞍
탄식하는 소리 가슴이 찢어지는 듯	嗟歎使心傷
당신이 내게서 떠나간 후로	自君別我後
사람의 일이란 예측할 수 없어서	人事不可量
지난번 바라던 대로 되지 않았거니와	果不如先願
또한 당신이 자세히 알 일도 아니랍니다	又非君所詳
내게는 친부모님이 계시고요	我有親父母
오라버니의 핍박까지 더해져서	逼迫兼弟兄

나를 다른 사람에게 승락하였으니	以我應他人
당신이 오셨으나 무얼 바라겠어요	君還何所望
초중경이 신부에게 이르기를	府吏謂新婦
그대가 고관에게 시집가게 된 걸 축하하오	賀卿得高遷
반석은 반듯하고 두꺼워서	磐石方且厚
천년이 지나도 변함없지만	可以卒千年
창포와 갈대는 한때 질길 뿐이니	蒲葦一時紉
아침저녁 사이 잠깐이구려	便作旦夕間
그대는 응당 날로 귀한 사람이 될 터이니	卿當日勝貴
나만 홀로 황천으로 가리다	吾獨向黃泉
신부가 초중경에게 이르기를	新婦謂府吏
무슨 뜻으로 이 말씀을 하시나요	何意出此言
다 같이 핍박을 받았으니	同是被逼迫
당신이 그러시면 저도 그리하겠어요	君爾妾亦然
황천에 가서 우리 서로 만날 터이니	黃泉下相見
오늘의 이 말을 어기지 말기로 해요	勿違今日言
손을 부여잡고 작별한 뒤 길을 떠나서	執手分道去
각자 자기 집으로 돌아왔네	各各還家門
산 사람이 영원한 이별을 하였으니	生人作死別
한 많은 그 사연 말로 다하랴	恨恨那可論
세상과 하직을 염두에 두었으니	念與世間辭
결코 온전할 수는 없는 일이라	千萬不復全

초중경은 집으로 돌아가	府吏還家去
당에 올라 어머니를 뵙더니	上堂拜阿母
오늘은 큰바람 불고 차가우며	今日大風寒
찬바람에 나무가 꺾이고	寒風摧樹木
된서리가 정원의 난초에 내렸사오니	嚴霜結庭蘭
이 자식은 오늘 어두운 곳을 향하여	兒今日冥冥
어머니를 홀로 두고 떠나렵니다	令母在後單
일부러 불량한 계획을 세웠다 해도	故作不良計
제 영혼을 원망하지 말아주세요	勿復怨鬼神
남산의 바위처럼 장수하시고	命如南山石
옥체도 강녕하시옵소서	四體康且直
어머니가 이 말을 듣고서	阿母得聞之
말끝마다 하염없이 눈물을 떨구며	零淚應聲落
너는 대갓집 자식으로	汝是大家子
조정에서 벼슬할 몸이니	仕宦於臺閣
행여 아내 위해 죽진 말거라	愼勿爲婦死
귀천이 다를 뿐 어찌 박정해서이겠느냐	貴賤情何薄
동쪽 이웃에 얌전한 처자가 있는데	東家有賢女
어여쁘기가 장안에서 으뜸이란다	窈窕豔城郭
이 어미가 널 위해 청혼하였으니	阿母爲汝求
머지않아 또 다시 성사될 것이다	便復在旦夕
초중경이 두 번 절하고 돌아와	府吏再拜還

빈방에서 길게 탄식만 하네 長歎空房中
마음속에 작정을 이미 한터라 作計乃爾立
머리를 문 안으로 돌리니 轉頭向戶裏
시름만이 점점 타들어 가는 듯 漸見愁煎迫
그날이 되어 소도 말도 우는 속에 其日牛馬嘶
신부가 초례청으로 들어섰네 新婦入青廬
어스름 날이 저문 뒤에 奄奄黃昏後
적적한 인정[17] 시간 되고 나자 寂寂人定初
내가 오늘 절명을 하고 나면 我命絕今日
영혼은 떠나고 주검만 길이 남겠지 魂去尸長留
치마를 걷고 비단신을 벗고서 攬裙脫絲履
몸을 들어 맑은 연못에 투신하였네 擧身赴清池
초중경이 이 소식을 듣고서 府吏聞此事
길고 긴 이별임을 마음으로 느끼며 心知長別離
정원의 나무 밑을 서성이다가 徘徊庭樹下
동남쪽 가지에다 목을 매달았네 自掛東南枝
양가에선 두 사람 합장을 요구해서 兩家求合葬
화산[18]의 기슭에다 합장을 한 뒤 合葬華山傍
동쪽 서쪽에는 소나무 잣나무를 심고 東西植松柏
왼쪽 오른쪽에는 오동나무 심었더니 左右種梧桐

17 인정(人定): 밤 10시경으로 사람들이 취침하는 시간을 말한다.

18 화산(華山): 067. 파요가(巴謠歌) 주 88) 참조.

가지마다 서로를 덮어 주고	枝枝相覆蓋
잎새마다 서로의 정이 통하는 듯	葉葉相交通
그 속에 한 쌍의 나는 새가 있는데	中有雙飛鳥
스스로 이름하여 원앙이라 부르네	自名爲鴛鴦
머리 들어 서로를 향하여 우는데	仰頭相向鳴
밤마다 날을 꼬박 지새우기도 하니	夜夜達五更
길 가던 사람 발길을 멈추어 듣고	行人駐足聽
과부는 일어나 서성인다네	寡婦起彷徨
후세 사람들에게 거듭 당부하노니	多謝後世人
경계로 삼아 삼가 잊지들 마오	戒之愼勿忘

○ 모두 1천7백85자이다. 고금을 통틀어 1편의 시로서 가장 긴 시이다. 장황하게 그리고 반복적으로 10여 명의 사람들을 등장시켜 그들의 구술을 통해 각각 그 음성과 면목을 묘사하였으니 어찌 화공(化工)의 필치가 아니겠는가.[共一千七百八十五字. 古今第一首長詩也. 淋淋漓漓, 反反覆覆, 雜述十數人口中語, 而各肖其聲音面目, 豈非化工之筆.]

○ 장편시가 만약 밋밋한 서술로 일관하게 되면 무미건조해지기 십상이다. 그런데 중간에 화사한 색칠을 가하여 오색이 영롱하도록 함으로써 독자로 하여금 눈이 휘둥그레지게 하였다. 예를 들면 작품 안에 신부가 문을 나설 때에 '저에게 수놓은 속옷이 있으니[妾有繡腰襦]'의 1단과, 태수가 택일을 한 뒤에 '푸른 공작 흰 고니 새겨진 배에[靑雀白鵠舫]'의 1단이 그것이다.[長篇詩若平平敍去, 恐無色澤. 中間須點染華縟, 五色陸離, 使讀者心目俱炫. 如篇中新婦出門時, 妾有繡羅襦一段, 太守擇日後, 靑雀白鵠舫一段是也.]

○ 시를 지을 때는 제재(題材)를 취사(取捨)하고 안배(安排)하는 것이 대단히 중요하다. 첫머리에 양쪽 집안 가세(家世)를 서술하거나 끝에 가서 양쪽 집안이 얼마나 비통한가를 서술하였다면 어찌 쓸데없이 늘어져서 지루하지 않았겠는가. 그러므로 마침내 한두 마디로 마무리하였으니, 긴 시편 안에서 취사와 안배를 갖추고 있는 것이다.[作詩貴剪裁, 入手若敘兩家家世, 末段若敘兩家如何悲慟, 豈不冗漫拖沓. 故竟以一二語了之, 極長詩中具有前裁也.]

○ 시누이와 작별하는 1단은 비통한 가운데 다시 온후한 정을 다하였다. 국풍 시인[風人]의 정취가 반영된 것이다. 당인(唐人)이 〈기부편(棄婦篇)〉을 지으면서 바로 그 말을 인용해다 쓰기를 "내가 맨 처음 시집왔을 때에는[憶我初來時], 시누이가 막 침상 잡고 일어섰는데[小姑始扶牀], 지금 시누이와 작별하고 떠나가니[今別小姑去], 시누이는 나만큼 성장했구려.[小姑如我長.]"라고 하고, 아래에다 문득 2구의 말을 덧붙이기를, "고개 돌려 시누이에게 말하기를[回頭語小姑], 오라버니 같은 사람한테는 시집가지 마세요.[莫嫁如兄夫.]"라고 하였다. 이는 경박하고 여운이 없다. 그러므로 군자는 입언(立言)을 함에 있어서 일정한 법칙이 있다.[別小姑一段, 悲愴之中, 復極溫厚. 風人之旨, 固應爾耳. 唐人作棄婦篇, 直用其語云, 憶我初來時, 小姑始扶牀, 今別小姑去, 小姑如我長, 下忽接二語云, 回頭語小姑, 莫嫁如兄夫, 輕薄無餘味矣. 故君子立言有則.]

○ '비운과 태운이 하늘 땅 차이이고[否泰如天地]'라는 말은, 소인은 단지 부귀만을 추구할 뿐이고 예의(禮義)는 전혀 고려하지 않기 때문에 실지로 이런 말이 있을 수 있다.[否泰如天地一語, 小人但慕富貴, 不顧禮義, 實有此口吻.]

○ '창포와 갈대[蒲葦]', '반석(磐石)'의 비유는 곧 신부의 말로 그를 꾸짖는 것인데, 악부시(樂府詩) 중에는 이런 종류의 장법(章法)이 꽤 많은 편이다.[蒲葦磐石, 即以新婦語誚之, 樂府中每多此種章法.]

184

고시(古詩) 19수(首)

이 19수의 시는 한 사람이 한 시기에 지은 것이 아니다. 《옥대신영(玉臺新詠)》에는 중간에 몇 장을 매승(枚乘)이 지었다고 하고, 《문심조룡(文心雕龍)》에는 〈고죽(孤竹)〉 1편을 부의(傅毅)의 사(詞)라고 하였으나, 소명(昭明)은 "성씨를 모르기 때문에 통칭해서, 고시(古詩)라고 한다." 하였으니, 소명의 설(說)을 따르는 것이 타당하다.[十九首非一人一時作. 玉臺以中幾章爲枚乘, 文心雕龍以孤竹一篇爲傅毅之詞. 昭明以不知姓氏, 統名爲古詩, 從昭明爲允.]

【1수】

가고 가며 또 가고 가서	行行重行行
그대와 생이별을 하였으니	與君生別離
서로 떨어진 거리가 자그마치 만여 리며	相去萬餘里
각각 하늘 한 끝에 있게 되었네요	各在天一涯
가는 길이 먼데다 험하기도 하니	道路阻且長
다시 만나 볼 날을 어찌 알겠어요	會面安可知
호마는 북풍에 기대어 서고	胡馬依北風
월나라 새는 남쪽 가지에 둥지를 틀지요	越鳥巢南枝
서로의 거리는 날이 갈수록 멀어지고	相去日已遠
입은 옷과 요대는 날이 갈수록 헐거워집니다	衣帶日已緩

뜬 구름이 해를 가린 탓인지 浮雲蔽白日
집 떠난 이는 돌아올 생각을 않네요 遊子不顧反
임 그리는 마음이 날 늙게 하는데 思君令人老
한 해가 문득 저물어 갑니다 歲月忽已晩
아서라 관두고 더 이상 말하지 말자 棄捐勿復道
애써 끼니나 거르지 말아 주오 努力加餐飯

○ 첫머리에 토속적인 말로 시작한 것이 매우 운치가 있다.[起是俚語, 極韻.]

○ 육가(陸賈)가 이르기를, "간사한 신하가 현인을 가로막는 것을 구름이 해와 달을 가리는 것과 같다." 하였고, 옛 〈양류행(楊柳行)〉에 이르기를, "참소와 사악함이 공정함을 해치는 것이[讒邪害公正], 마치 뜬구름이 해를 가리는 것과 같다.[浮雲蔽白日]"라고 하였다.[陸賈曰, "邪臣之蔽賢, 猶浮雲之障日月." 古楊柳行曰, "讒邪害公正, 浮雲蔽白日."]

○ '임 그리는 마음이 날 늙게 하는데[思君令人老]'는 《시경(詩經)》 〈소아(小雅) 소변(小弁)〉의 '근심하다 다 늙어 가네[維憂用老]' 구를 근거로 하였다.[思君令人老, 本小弁維憂用老句.]

【2수】

짙푸른 강 언덕엔 풀이 한창이고요 青青河畔草
울창한 정원에는 버들이 제철이어라 鬱鬱園中柳
아리따운 누대 위의 여인이 盈盈樓上女
해맑은 모습으로 창가에 있네 皎皎當牕牖
어여쁜 얼굴 붉은 분으로 단장하고 娥娥紅粉妝
살포시 내민 손 눈처럼 희도다 纖纖出素手

예전에는 창가의 여인이던 그녀가　　昔爲倡家女
이제 떠돌이의 아내가 되었건만　　今爲蕩子婦
떠돌이 남편이 집나가 돌아오질 않으니　　蕩子行不歸
텅 빈 침실을 홀로 지키기 어려워라　　空牀難獨守

○ 첩자(疊字)를 사용한 것은, 《시경(詩經)》 〈위풍(衛風) 석인(碩人)〉의 '황하수 넘실대며[河水洋洋], 북쪽으로 콸콸 흐르네[北流活活]' 1장으로부터 변형되어 나온 것이다.[用疊字, 從衛碩人河水洋洋, 北流活活一章化出.]

【3수】

푸른 것은 언덕 위의 잣나무요　　青青陵上栢
쌓인 것은 시냇가의 반석인데　　磊磊磵中石
하늘과 땅 사이에 사는 인생이란　　人生天地間
문득 먼 길 가는 손과 같아라　　忽如遠行客
말술 가져다 서로 즐긴다는 건　　斗酒相娛樂
후한 거지 박한 것이 아닐진대　　聊厚不爲薄
수레를 몰아 둔한 말 채찍질하여　　驅車策駑馬
완성[19]과 낙양[20]에서 놀아 보련다　　遊戲宛與洛

19 완성(宛城): 동한(東漢)시대 남양군(南陽郡)의 완현(宛縣)을 일컫는다. 오늘날 하남성(河南省) 남양시(南陽市)에 위치한다. 광무제(光武帝)의 고향으로 당시에는 번화하여 남도(南都)라 이르기도 하였다.

20 낙양(洛陽): 동한(東漢)의 수도로 지금의 하남성(河南省) 낙양시(洛陽市)를 이른다.

낙양은 어찌 그리도 번화한가	洛中何鬱鬱
벼슬아치들 서로가 찾는도다	冠帶自相索
큰길 양쪽으론 작은 골목 뻗어 있고	長衢羅夾巷
왕후의 저택들이 즐비하구나	王侯多第宅
두 궁궐을 멀리서 바라보니	兩宮遙相望
대궐의 양쪽 문루 높이가 백척이어라	雙闕百餘尺
성대한 잔치로 마음껏 즐길 뿐이니	極宴娛心意
근심걱정으로 그 무엇에 속박당하랴	戚戚何所迫

○ 첫머리에 잣나무와 반석은 오래 존재하지만 사람은 수석(樹石)과 다르다는 것을 강조하였다.[起言栢與石長存, 而人異於樹石也.]

【4수】

오늘은 정말 기분 좋은 잔칫날이라	今日良宴會
그 즐거움 이루 다 말로 할 수 없네	歡樂難具陳
쟁을 타서 아름다운 소리 연주하니	彈箏奮逸響
새로운 소리가 입신의 경지[21]에 드네	新聲妙入神
현자라야 고상한 말로 노래하고	令德唱高言

21 입신의 경지: 정의입신(精義入神)의 준 말로, 정치한 도리를 닦아 오묘한 경지에 도달하는 것을 일컫는다. 《주역(周易)》 〈계사 상전(繫辭上傳)〉에 "精義入神, 以致用也. 利用安身, 以崇德也."라 하였다.

곡을 알아야 그 진정한 소리를 듣네	識曲聽其眞
마음이 같으면 원하는 바도 같거니와	齊心同所願
품은 속뜻을 다 펴지는 못한다네	含意俱未申
삶이란 이 세상에 잠시 기탁하는 것	人生寄一世
빠르기가 마치 폭풍 속 먼지와 같으니	奄忽若飆塵
어찌 빠른 말 잡아타고 달려가	何不策高足
먼저 요직을 차지하지 않으리오	先據要路津
가난과 비천함을 지키려 하지 마오	無爲守窮賤
험난한 그 길은 길이 고생스러울 뿐이니	轗軻長苦辛

○ '요직을 차지하다[據要津]'는 둘러대는 말[詭詞]이다. 옛사람이 감정이 북받치면 매번 이런 표현을 썼다.[據要津, 乃詭詞也. 古人感憤, 每有此種.]

【5수】

서북쪽에 높은 누대가 있는데	西北有高樓
그 위는 뜬구름과 나란하도다	上與浮雲齊
꽃무늬 조각한 창에는 비단 휘장 걸려 있고	交疏結綺牕
누각은 삼중의 계단 위에 서 있네	阿閣三重階
그 위에서 현을 타며 노래하는 소리가	上有絃歌聲
그 소리가 어찌 그리도 슬픈가	音響一何悲
누가 이런 노래를 부른단 말인가	誰能爲此曲

아마도 기량의 처[22]가 아닐까 싶네 無乃杞梁妻
청상곡[23] 맑은 소리 바람 따라 흐르더니 清商隨風發
곡의 중간에 이르자 서성이고 마네 中曲正徘徊
한 번 연주에 두세 번 탄식하니 一彈再三歎
격한 감정에 설움이 북받치네 慷慨有餘哀
노래하는 이의 고통은 아깝지 않으나 不惜歌者苦
그 소리 알아듣는 이[24] 없어 상심일세 但傷知音稀
원하건대 두 마리 학이 되어 願爲雙鳴鶴
큰 날개 펼쳐 하늘 높이 날아 봤으면 奮翅起高飛

○ '그 소리 알아듣는 이 없어 상심일세[但傷知音稀]'는 앞의 시(詩)에 '곡을 알아야 그 진정한 소리를 듣네[識曲聽其眞]'와 뜻이 같다.[但傷知音稀, 與識曲聽其眞, 同意.]

【6수】

강을 건너 연꽃 따러 갔더니만 涉江採芙蓉

22 기량(杞梁)의 처: 춘추시대(春秋時代) 제(齊)나라 대부(大夫) 기량(杞梁)의 처. 혹은 맹강(孟姜)이라고 한다. 기량의 이름은 식(殖) 또는 식(植)으로 전한다. 제나라 장공(莊公) 4년에 제나라가 거(莒) 땅을 쳤을 때 기량(杞梁)이 전사하자, 그의 처가 성 아래로 가서 열흘 동안 슬피 울었더니, 성벽이 무너졌다 한다. 《열녀전(列女傳)》 권4 〈제기량처(齊杞梁妻)〉에 보인다.

23 청상곡(淸商曲): 121. 시(詩) 4수(首) 주 65) 참조.

24 소리 알아듣는 이[知音]: 음악을 듣고 연주자의 심리상태를 이해하는 사람. 전국시대에 백아(伯牙)가 거문고를 타는데 그의 친구 종자기(鍾子期)가 듣고 그 뜻을 알았다는 데에서 이 말이 유래하였다.

난초 못이라 고운 풀도 많이 났네 蘭澤多芳草
그걸 따다 누구에게 드리올까 采之欲遺誰
그리운 이는 먼 곳에 계시온데 所思在遠道
돌아서서 예전 고향 바라보니 還顧望舊鄉
길은 멀고 아득하여 가지 못하네 長路漫浩浩
마음은 같아도 떨어져 있으니 同心而離居
시름겨운 이내 몸만 늙어 가누나 憂傷以終老

【7수】

밝은 달은 휘영청 밤새 빛나고 明月皎夜光
귀뚜라미는 동쪽 벽에서 우는데 促織鳴東壁
옥형[25]은 초겨울 자리를 가리키며 玉衡指孟冬
뭇 별들은 어찌 저리 반짝이는가 衆星何歷歷
이슬이 내려 들풀을 적셔 주니 白露霑野草
계절은 어느새 또다시 바뀌었네 時節忽復易
가을 매미 숲속에서 울어 대는데 秋蟬鳴樹間
제비[26]는 장차 어디로 날아가려나 玄鳥逝安適

25 옥형(玉衡): 북두칠성의 제5성에서 제7성까지 자루 모양의 별들을 말한다.

26 제비: 원문의 현조(玄鳥)는 제비를 이른다. 《예기(禮記)》 〈월령(月令)〉에 "음력 팔월에 제비가 돌아간다.[仲秋之月 玄鳥歸.]"라 하였다.

예전에 나랑 같이 공부하던 동문 친구들	昔我同門友
두 날개[27] 활짝 펴고 하늘 높이 날더니만	高擧振六翮
손잡고 뛰놀던 좋은 때를 생각지 않고	不念攜手好
남겨둔 발자국인 듯 나를 버리니	棄我如遺跡
남쪽 하늘 키별인가 북쪽 하늘 말별인가	南箕北有斗
견우성도 멍에를 메진 않았다네	牽牛不負軛
정녕 반석과 같이 굳은 맹세 없다면야	良無磐石固
헛된 이름 따위가 무슨 도움 되리오	虛名復何益

○ '남쪽하늘 키별인가[南箕]' 이하 두 마디 말은, 이름만 있고 실상이 없음을 말하였다. 이는 흥(興)[28]의 뜻을 지녔으므로 '옥형은 초겨울 자리를 가리키고 있고[玉衡指孟冬]'와는 그 쓰임이 자연히 구별된다.[南箕二語, 言有名而無實也. 此興意與玉衡指孟冬正用者自別.]

【8수】

하늘하늘 홀로 자란 대나무가	冉冉孤生竹
태산 기슭에 뿌릴 내렸듯이	結根泰山阿
당신과 새로 혼인을 맺었으니	與君爲新婚
토사[29]가 여라[30]와 하나가 된 것 같구려	兎絲附女羅

27 두 날개: 원문의 육핵(六翮)은 튼튼한 날개를 가리킨다. 공중에 높이 나는 새는 여섯 개의 튼튼한 근육으로 이루어진 깃촉이 있다고 한다.

28 흥(興): 183.고시체로 지은 초중경의 아내를 위한 시[古詩爲焦仲卿妻作] 주 4) 참조.

토사는 자라는 데 때가 있듯이 兎絲生有時
부부의 만남도 적당한 때가 있거늘 夫婦會有宜
천리 먼 길 사이 두고 결혼하고 보니 千里遠結婚
길고긴 산과 물이 가로막혀 있구려 悠悠隔山陂
임 그리는 마음이 날 늙게 하는데 思君令人老
귀하신 수레는 어찌 그리 늦는가요 軒車來何遲
안타깝게도 저 혜초와 난초 꽃이 傷彼蕙蘭花
갓 피어나 싱그럽게 빛나고 있건만 含英揚光輝
때가 지나도 꺾어 주지 않으면 過時而不采
가을 풀 따라 시들겠지요 將隨秋草萎
당신께서 높은 절개 고집하시면 君亮執高節
난들 어찌할 수 있으오리까 賤妾亦何爲

○ 기(起)에 해당하는 네 구는 비(比)[31]인 가운데 비(比)를 적용하였다.[起四句比中用比.]

○ '길고긴 산과 물이 가로막혀 있구려[悠悠隔山陂]'는 정은 이미 떠났으나 소망하는 마음은 그치지 않았다. 단절을 의미하는 원한에 찬 말은 쓰지 않았으니, 온후(溫厚)함이 지극하다 하겠다.[悠悠隔山陂, 情已離矣, 而望之無已. 不敢作決絶怨恨語, 溫厚之至也.]

---

29 토사(兎絲): 새삼이라고도 한다. 덩굴식물로 줄기는 가늘고 길며 여름철에 담홍색의 작은 꽃이 핀다. 여기서는 여인이 자신을 비유하였다.

30 여라(女蘿): 소나무겨우살이를 이른다. 이끼류 덩굴식물로 전체가 가는 줄기로 이루어져 있다. 여기서는 여인의 남편을 비유하였다.

31 비(比): 시경육의(詩經六義) 중의 하나인 비(比)를 말한다. 183.고시체로 지은 초중경의 아내를 위한 시[古詩爲焦仲卿妻作] 주 4) 참조.

【 9수 】

뜨락에 있는 아름다운 나무가 庭中有奇樹
푸른 잎 피고 꽃이 만발하여서 綠葉發華滋
가지를 당겨 그 꽃을 꺾어다가 攀條折其榮
그리운 당신에게 보내려 하오 將以遺所思
향기가 옷소매에 가득하건만 馨香盈懷袖
길이 멀어서 보낼 수가 없구려 路遠莫致之
이 꽃이 뭐 그리 귀한 것이겠소만 此物何足貴
다만 때 지난 이별이 사무칠 뿐이오 但感別經時

○ '뭐 그리 귀한 것이겠소[何足貴]'를 《문선(文選)》에서는 '뭐 그리 드릴 만한 것이겠소[何足貢]'로 표기하였는데, 이는 '드리다[獻]'라는 뜻이니 훨씬 더 의미가 있어 보인다.[何足貴, 文選作何足貢, 謂獻也, 較有味.]

【 10수 】

까마득한 견우성[32] 迢迢牽牛星
밝디밝은 직녀성[33] 皎皎河漢女

---

32 견우성(牽牛星): 독수리 성좌 가운데 가장 밝은 별. 속칭 편담성(扁擔聖)이라 하며 은하의 남쪽에 있다.

33 직녀성(織女星): 원문의 하한(河漢)은 은하(銀河)를 말하고, 하한녀는 직녀성을 말하는데, 거문고 성좌의 가장 밝은 별로 은하의 남쪽에 위치한다.

가늘고도 흰 손으로　纖纖擢素手
잘가닥잘가닥 베틀의 베를 짜네　札札弄機杼
온종일 지나도록 한 필을 못 채우고　終日不成章
눈물만 흘러 비 오듯 하네　泣涕零如雨
은하수는 맑고도 얕건마는　河漢清且淺
서로의 거리가 그 얼마인가　相去復幾許
한 줄기 강물을 사이에 두고　盈盈一水間
그저 바라볼 뿐 말을 잇지 못하네　脈脈不得語

○ 서로 가까운 거리에 있으면서도 정을 나누지 못하니 더욱 안타깝게 느껴진다. 이 글 역시 흥(興)[34]에 의탁한 가사(歌詞)이다.[相近而不能達情, 彌復可傷. 此亦託興之詞.]

【11수】

수레를 돌려 타고 멀리 떠나서　迴車駕言邁
아득한 길 산 넘고 물 건너서 가네　悠悠涉長道
사방을 둘러봐도 어쩜 그리 드넓은지　四顧何茫茫
봄바람에 온갖 풀들 생동하네　東風搖百草
만나는 것들마다 옛것이 없고 보면　所遇無故物
사람 역시 그만큼 빨리 늙지 않겠는가　焉得不速老

34 흥(興): 183.고시체로 지은 초중경의 아내를 위한 시[古詩爲焦仲卿妻作] 주 4) 참조.

왕성함과 쇠락함 각각 때가 있거늘	盛衰各有時
출세가 빠르지 않는다고 괴로워하랴	立身苦不早
인생이란 쇠붙이나 돌이 아닌데	人生非金石
어찌 오래 살기만을 바라리오	豈能長壽考
죽고 나면 자연 따라 변화할 뿐이니	奄忽隨物化
아름다운 이름이나 보배로 삼으리라	榮名以爲寶

○ 부득이 죽은 뒤의 명성(名聲)에 의탁한다고 하였으니 유선(遊仙)이나 음주(飮酒)에 의탁한다는 것과 의미가 같다.[不得已而託之身後之名. 與託之遊仙飮酒者同意.]

【12수】

동쪽 성채가 높고도 길어서	東城高且長
구불구불 서로 이어져 있네	逶迤自相屬
몰아치는 바람 지축을 흔드니	迴風動地起
가을 풀은 벌써 푸르름을 다하였네	秋草萋已綠
계절이 다시 바뀌어서	四時更變化
한 해의 끝이 어찌 그리 빠른가	歲暮一何速
신풍시[35]의 작자는 괴로운 마음 가슴에 일고	晨風懷苦心

35 신풍시[晨風]: 《시경(詩經)》의 작품 이름. 춘추시대 진(秦)나라의 강공(康公)이 목공(穆公)의 옛날 업적을 잊고 어진 신하들을 추방한 것을 풍자한 내용을 담고 있다. 《시경(詩經)》〈진풍(秦風), 신풍(晨風)〉에 "훨훨 나는 저 새매여 울창한 북쪽 숲에 앉았도다. 군자(君子)를 만나 보지 못

귀뚜라미시[36]의 작자도 상심으로 위축이라네 蟋蟀傷局促
마음속 걱정일랑 말끔히 씻어야 할 걸 蕩滌放情志
어찌하여 스스로 속박하는가 何爲自結束
연나라 조나라엔 가인도 많아 燕趙多佳人
어여쁜 이의 얼굴은 옥같이 곱다네 美者顏如玉
비단옷 곱게 지어 입고서 被服羅裳衣
창문 앞에 마주앉아 청곡[37]을 연주하니 當戶理清曲
울려퍼지는 소리 어찌 그리 구슬픈가 音響一何悲
소리가 급한 것은 기러기 발[38] 때문이련만 絃急知柱促
마음이 쏠려도 의대만 여밀 뿐 馳情整中帶
신음하며 발걸음 떼지 못하네 沉吟聊躑躅
생각건대 날아다니는 한 쌍의 제비가 되어 思爲雙飛燕
진흙 물어다 그대 사는 집에다 둥질 틀까보다 銜泥巢君屋

○ 혹자는 '연나라 조나라엔 가인도 많아[燕趙多佳人]'의 이하를 별도의 한 수(首)로 보기도 한다.[或以燕趙多佳人下, 另作一首.]

하여서 마음에 근심이 가득하도다. 어찌하여 어찌하여 나를 잊기를 실로 많이 하는가.[歔彼晨風, 鬱彼北林, 未見君子, 憂心欽欽, 如何如何, 忘我實多.]" 하였다.

36 귀뚜라미시[蟋蟀]: 《시경(詩經)》의 작품 이름. 놀면서도 자신이 해야 할 일을 잊지 말라는 내용으로, 3장으로 구성되어 있다. 《시경(詩經)》 〈당풍(唐風), 실솔(蟋蟀)〉에 "귀뚜라미가 당(堂)에 있으니 이해가 드디어 저물었도다. 지금 우리가 즐거워하지 않으면 세월은 가고 말리라.[蟋蟀在堂, 歲聿其莫, 今我不樂, 日月其除.]" 하였다.

37 청곡(清曲): 청상곡(清商曲)의 준말. 121. 시(詩) 4수(首) 주 65) 참조.

38 기러기발: 주(柱)를 달리 일컫는 말로, 금슬(琴瑟)이나 아쟁(牙箏), 비파(琵琶) 등과 같은 현악기의 줄 밑에 괴어 소리를 고르는 데에 사용하는 받침대의 일종이다.

【13수】

수레를 몰아 상동문[39]으로 가서 驅車上東門
멀리 성곽 북쪽의 묘소를 바라보니 遙望郭北墓
백양나무[40]는 어찌 저리 쓸쓸한가 白楊何蕭蕭
소나무 잣나무가 넓은 길을 메웠네 松柏夾廣路
그 아랜 죽은 사람 오래 묻혀 있으니 下有陳死人
아득히 길고긴 어둠뿐인 그곳 杳杳即長暮
황천 아래 한번 잠들고 나면 潛寐黃泉下
천년 세월 속에 깨나지 못하네 千載永不寤
사계절의 변화는 어김없이 이어지고 浩浩陰陽移
사람의 목숨은 아침 이슬과 같으며 年命如朝露
인생이란 문득 더부살이 같아서 人生忽如寄
수명이 쇠나 돌처럼 견고할 리 없네 壽無金石固
만년 세월 서로 보내 왔건만 萬歲更相送
현인도 성인도 벗어나지 못했네 賢聖莫能度
신선이 되겠다고 약을 먹었다가 服食求神仙
대부분 약 때문에 죽고 말았으니 多爲藥所誤
좋은 술 마시는 것만 못하리 不如飲美酒
희고 고운 비단 옷을 입고서 被服紈與素

39 상동문(上東門): 동한시대 낙양 북쪽에 있던 관문이다.

40 백양나무[白楊]: 고대 중국에서 무덤가에 심던 나무의 일종으로, 죽은 이를 슬퍼하거나 그리워할 때 많이 인용된다.

○ 《장자(莊子)》에 "사람에게 인도(人道)가 없다면 이는 진인(陳人)이다."라고 하였는데, 곽상(郭象)의 주석에 "'진(陳)'은 '구(久)'이다."라고 하였다.[莊子曰, "人而無人道, 是謂陳人也." 郭象曰, "陳久也."]

【14수】

떠난 이는 날마다 소원해지고	去者日以疎
오는 이는 날마다 친근해지네	來者日以親
성곽 문을 나서 똑바로 쳐다보니	出郭門直視
보이는 건 언덕과 무덤뿐이네	但見丘與墳
옛 무덤을 갈아엎어 밭을 삼고	古墓犂爲田
소나무 잣나무는 꺾어다 땔감을 삼네	松栢摧爲薪
백양나무에 슬픈 바람이 자꾸 불어	白楊多悲風
쓸쓸한 그 소리 시름겹게 하네	蕭蕭愁殺人
생각은 늘 고향마을 주위를 맴돌지만	思還故里閭
돌아가고 싶어도 돌아갈 길이 없네	欲歸道無因

【15수】

사는 나이 백년도 채우지 못하면서	生年不滿百
늘 천년의 시름을 안고 사네	常懷千歲憂
낮은 짧고 밤이 길어 괴로운데	晝短苦夜長

어찌 촛불 잡고 놀지 않으랴	何不秉燭遊
즐거움이란 제때에 해야 하는 법	爲樂當及時
어찌 다가올 날을 기다리겠는가	何能待來茲
어리석은 이는 쓰기를 아까워하여	愚者愛惜費
후세에 웃음거리가 될 뿐이지만	但爲後世嗤
신선이 되었다는 왕자교[41]를	仙人王子喬
그와 같이 된다는 것도 기대하기 어렵네	難可與等期

【16수】

날은 차고 한해가 저물어 가는데	凜凜歲云暮
땅강아지 저녁 되자 슬피우네	螻蛄夕鳴悲
서늘한 바람 불어와 살을 에는데	涼風率已厲
길 떠난 임은 추워도 옷이 없겠네	遊子寒無衣
비단 이불 이곳 낙포[42]에 남겨 두고서	錦衾遺洛浦
함께 덮자던 나와의 약속을 어기셨네	同袍與我違
여러 날 긴긴 밤을 홀로 지새다	獨宿累長夜
그립던 임의 밝은 모습 꿈에 보았네	夢想見容輝
임은 그래도 옛 사랑을 생각하는지	良人惟古歡

41 왕자교(王子喬): 169. 선재행(善哉行) 주 66) 참조.

42 낙포(洛浦): 낙수(洛水)의 포구를 이른다.

내게 와 수레 끈 주며 타라 하시네 枉駕惠前綏
원하는 건 웃는 모습 항상 보면서 願得常巧笑
함께 손잡고 수레 타고 가는 거인데 攜手同車歸
오신 지 얼마 지나지도 않았고 旣來不須臾
또 침실에는 드시지도 않은 채로 又不處重闈
실로 신풍[43]의 날개도 없으신데 亮無晨風翼
어떻게 바람을 타고 날아가셨나요 焉能凌風飛
두리번거리며 마음을 달래 보다가 眄睞以適意
고개를 들어 멀리 바라보네 引領遙相睎
문에 기대서니 마음이 아파 와 徙倚懷感傷
하염없는 눈물로 두 문을 적시네 垂涕霑雙扉

○ 이는 서로 만날 기약이 없음을 꿈에다 의탁한 것이다. '오신 지 얼마 되지 않았고[旣來不須臾]'의 이하 두 말은 황홀한 상황을 나타낸 것으로 꿈속 입신(入神)의 경지를 잘 묘사하였다.[此相見無期, 託之於夢也. 旣來不須臾二語, 恍恍惚惚, 寫夢境入神.]

【17수】

초겨울인데 찬 기운이 느껴지고 孟冬寒氣至
북풍은 어찌 그리도 오싹한지 北風何慘慄
시름이 많아지니 밤이 긴 줄 알겠고 愁多知夜長

43 신풍(晨風): 한위(漢魏)시대에 자주 등장하는 새이다. 184.고시(古詩) 19수(首) 주 35) 참조.

하늘에는 늘어선 별들만 보이네 仰觀衆星列
십오일에는 꽉 찬 보름달이더니 三五明月滿
스무날엔 달 모양이 이지러졌네 四五蟾兔缺
한 나그네가 먼 곳에서 찾아와 客從遠方來
나에게 편지 한 통을 주었는데 遺我一書札
위에는 사뭇 두고 그립다고 했고 上言長相思
아래에는 이별한 지 오래라 했네 下言久離別
그 편지를 옷소매 속에 넣고 지낸 지 置書懷袖中
삼 년이 지나도 글자는 그대로일세 三歲字不滅
일편단심 간절한 마음 안고 있거늘 一心抱區區
그대 이런 내 마음 몰라줄까 두렵네 懼君不識察

○ '그 편지를 옷소매 속에 넣다[置書懷袖]'는 정겹다는 말이요, '삼 년이 지나도 그대로일세[三歲不滅]'는 영원히 간직하겠다는 뜻이다. 그러나 '간절한 마음을 그대가 어찌 알겠는가'라는 표현은 용의(用意)와 조사(措詞)가 은미하고 완곡하다.[置書懷袖, 親之也, 三歲不滅, 永之也, 然區區之誠, 君豈能察識哉. 用意措詞, 微而婉矣.]

【18수】

나그네가 먼 곳으로부터 와서는 客從遠方來
비단 한 끝을 내게 주었네 遺我一端綺
떨어진 거리가 만여 리이건마는 相去萬餘里
임의 마음은 여전히 이러하네요 故人心尙爾

원앙 한 쌍을 수로 놓고서	文彩雙鴛鴦
마름질하여 함께 덮을 이불 지었네	裁爲合歡被
사뭇 두고 그리는 마음으로 솜을 넣고	著(1)以長相思
맺어서 풀리지 않는 실로 바느질하여	緣(2)以結不解
아교풀로 그 속을 메워 둔다면	以膠投漆中
누가 이것을 갈라놓을 수 있겠어요	誰能別離此

(1) '저(著)'는 장(掌)과 여(呂)의 반절이다.[掌呂半.]

(2) '연(緣)'은 이(以)와 연(絹)의 반절이다.[以絹切.]

【 19수 】

밝은 달은 어쩌자고 저리 밝아서	明月何皎皎
비단침대 휘장까지 환희 비추나	照我羅牀幃
시름하다 밤 늦도록 잠 못 이룬 채	憂愁不能寐
옷깃 부여잡고 일어 서성거리네	攬衣起徘徊
타향살이 제아무리 즐겁다 한들	客行雖云樂
고향 일찍 돌아옴만 못하겠지요	不如早旋歸
문 밖을 나서봐도 홀로 방황뿐이니	出戶獨彷徨
깊은 이 시름을 누구에게 말하겠어요	愁思當告誰
목을 빼고 돌아서서 방안이라 들어오니	引領還入房
어린 눈물 흘러내려 옷을 적시네	淚下沾裳衣

○ 19수의 시는 대체로 쫓겨난 신하[逐臣], 버림받은 아내[棄妻], 친구와의 헤어짐, 죽는 것과 사는 것[死生], 새것과 옛것[新故]에 대한 감회를 읊은 것들이다. 중간에 간혹 우언(寓言)을 쓰거나 현언(顯言)을 써서 오르내리기를 반복하고 억양을 거듭함으로써 독자로 하여금 슬픈 감정이 끊임없이 일게 한다. 그리하여 자연스럽게 선한 마음을 갖게 하니, 이는 국풍(國風)[44]의 영향이라 하겠다.[十九首, 大率逐臣棄妻朋友闊絶死生新故之感. 中間或寓言, 或顯言, 反覆低徊, 抑揚不盡, 使讀者悲感無端. 油然善入, 此國風之遺也.]

○ 정을 다 쏟지 않았기 때문에 그 정이 오래갈 수 있다는 것을 말하였으니, 후세 사람들은 다 쏟기를 선호하는 데에 문제가 있다. 이 19수의 시를 읽어 보면 응당 마음에 깨닫는 바가 있을 것이다.[言情不盡, 其情乃長, 後人患在好盡耳. 讀十九首, 應有會心.]

○ 청화(淸和)하고 평원(平遠)함이 있어서 굳이 기발한 생각이나 놀랄만한 문구를 쓰지 않았으나 한경(漢京)의 여러 고시(古詩)는 모두 그 수준이 이 시의 아래에 놓일 수밖에 없다. 따라서 이 시는 오언시(五言詩) 중에서 그 기준이 되는 극치이다.[淸和平遠, 不必奇闢之思, 驚險之句, 而漢京諸古詩皆在其下. 五言中方員之至.]

44 국풍(國風): 《시경(詩經)》에 수록된 3백여 편의 시를 풍(風), 아(雅), 송(頌)으로 분류하는데, 풍(風)에 속하는 〈주남(周南)〉, 〈소남(召南)〉, 〈왕풍(王風)〉을 포함한 15국(十五國) 즉 주(周)나라 초기부터 전국시대(戰國時代) 각 제후국(諸侯國)들의 민간시가(民間詩歌) 성격인 1백60여 편의 시를 통틀어 일컫는다.

185

소무와 이능[45]의 시를 본따서 짓다[擬蘇李詩] 3수(首)

【1수】

신풍[46]은 북쪽 숲에서 울고 晨風鳴北林
반짝이는 반딧불이[47]는 동남쪽으로 날아가네 熠熠東南飛
그립고도 그리운 임이시여 願言所相思
날 저물어도 휘장을 드리우지 않는 건 日暮不垂帷
밝은 달빛 높은 다락에 비춰 오면 明月照高樓
임의 여광인가 여기려 함이외다 想見餘光輝
현조[48]가 밤에 뜰을 지나길래 玄鳥夜過庭
나도 함께 날아갈 수 있을 듯하여 髣髴能復飛

45 소무와 이능: 소무((蘇武)와 이능(李陵)은 한 무제(漢武帝)의 신하로, 소무는 흉노(匈奴)에게 사신갔다가 억류되어 19년 만에 본국으로 돌아왔고, 이능은 무제(武帝) 때 기도위(騎都尉)가 되어 자원하여 흉노에 출정하였다가 중과부적으로 항복하고, 선우(單于)의 우교왕(右校王)이 되어 흉노에서 20여 년 살다가 죽었다. 121.시(詩) 4수(首) 주 58) 및 122.소무에게 준 시[與蘇武詩] 3수(首) 주 66) 참조.

46 신풍(晨風): 184.고시(古詩) 19수(首) 주 35) 참조.

47 반짝이는 반딧불이: 원문의 '반짝이다[熠熠]'는 사전상에 빛이 반짝이다로 되어 있으나, 진(晉) 반악(潘岳)의 〈형화부(螢火賦)〉에, "반짝반짝 깜박깜박 마치 붉은빛 꽃송이가 꽃밭을 비추듯 한다.[熠熠熒熒 若丹英之照葩.]"를 적용하여 반딧불이가 반짝이다로 번역하였다.

48 현조(玄鳥): 184.고시(古詩) 19수(首) 주 26) 참조.

치마를 걷고 길에서 머뭇거려 보았으나	褰裳路踟躕
방황할 뿐 돌아가지 못하였네	彷徨不能歸
뜬구름은 하루에 천리를 가건만	浮雲日千里
내 마음 슬픈 줄 어찌 알리요	安知我心悲
경수[49]의 가지를 얻을 수만 있다면	思得瓊樹枝
오랜 목마름을 해소할 수 있겠지요	以解長渴飢

○ 본떠서 지은 시[擬詩]가 고고(高古)하지 않은 것은 아니다. 그러나 조화롭고 섬세한 음절이 결핍되어 있어서 소무(蘇武)와 이능(李陵)의 작품과는 거리가 멀다.[擬詩非不高古. 然乏和宛之音, 去蘇李已遠.]

【2수】

봉황새가 높은 언덕에서 우는데[50]	鳳皇鳴高岡
날개 있어도 날기를 좋아하지 않네	有翼不好飛
어찌 알랴 봉황의 덕이란	安知鳳皇德

49 경수(瓊樹): 신선 세계에서 자란다는 옥으로 된 나무를 이른다. 이 나무의 꽃을 먹으면 신선처럼 장수한다고 한다. 《한서(漢書)》의 주(註)에 "경수가 곤륜산 서쪽 유사의 물가에 있는데 크기는 3백 아름드리요 높이는 1만 인(仞)이다. 그 꽃을 먹으면 장수한다.[瓊樹, 生崑崙西流沙濱, 大三百圍, 高萬仞, 華蕊也, 食之長生.]"라고 하였다.

50 봉황새가 … 우는데: 《시경(詩經)》 〈대야(大雅) 권아(卷阿)〉에 "봉황이 우네, 저 높은 산마루에서.[鳳凰鳴矣, 於彼高岡.]"라고 하였다.

보러 오는게 드문 것을 귀하게 여기는 줄　　貴其來見稀

○ 원문이 빠졌다.[闕.]

【3수】

흙먼지가 천지를 뒤덮은 건지　　紅塵蔽天地
밝던 해가 어찌 그리도 어둑한가　　白日何冥冥
엷은 그늘에도 살기가 꽉 차 있어　　微陰盛殺氣
오싹한 바람이 여기에서 일어나네　　凄風從此興
초요성[51]은 서북쪽을 가리키고　　招搖西北指
은하수[52]는 동남쪽으로 갸웃한데　　天漢東南傾
아, 저 궁려자[53]여　　嗟爾穹廬子
혼자서 가는 길 살얼음 밟듯　　獨行如履冰
짧은 갈옷에 솜도 없으며　　短褐中無緒
허리띠는 끊어져 끈으로 이었네　　帶斷續以繩

51 초요성(招搖星): 154. 유태원(惟泰元) 주 45) 참조.

52 은하수[天漢]: 맑은 밤하늘에 보이는 회백색의 성운(星雲)인 은하(銀河). 우리나라에서는 은하수로 알려져 있고, 중국에서는 한수(漢水)가 하늘로 올라가 형성된 것이라고 인식했으며, 왜국에서는 주로 천하(天河), 천한(天漢)이라 불렀다.

53 궁려자(穹廬子): 흉노족(匈奴族)을 일컫는 말로, 주거생활을 주로 천막(天幕)에서 하기 때문에 붙여진 이름이다.

물을 부어 병속에다 담아 놓으면 瀉水置甁中
치수와 민수[54]를 어찌 구분하랴 焉辨淄與澠
소보[55]가 당시에 귀를 씻지 않았다면 巢父不洗耳
후세에 칭송할 사람 누가 있으리오 後世有何稱

54 치수와 민수[淄與澠]: 모두 지금의 산동성(山東省)에 있는 강물로, 물맛이 서로 다르다고 한다. 《여씨춘추(呂氏春秋)》 〈정유(精諭)〉에 "공자(孔子)가 이르기를, '치수와 민수가 섞인 것도 역아는 맛을 보면 안다.[淄澠之合者, 易牙嘗而知之.]'라고" 하였다.

55 소보(巢父): 고대 중국 요임금 시절의 은자(隱者). 속세를 떠나서 산의 나무 위에서 살았기 때문에 붙여진 이름이다. 요(堯)임금이 천하를 허유(許由)에게 맡기고자 했지만 이를 사양하고 받지 않았다. 허유가 영천(潁川)에서 귀를 씻고 있는 것을 소를 몰고 온 소보가 보고서 그러한 더러운 물은 소에게도 마시게 할 수 없다며 돌아갔다는 이야기가 전해 오는데, 여기서는 소보와 허유를 구분하지 않고 동일시하여 인용하였다.

186

고시(古詩) 2수(首)

【1수】

산에 올라 궁궁이[56]를 캐고서 上山採蘼蕪
산을 내려오다 옛 남편을 만났네 下山逢故夫
무릎 꿇고 남편에게 묻는 말이 長跪問故夫
새 사람은 또 어떻던가요 新人復何如
새 사람이 좋다고는 하지만 新人雖言好
옛 사람이 예쁜 것만 못하오 未若故人姝
얼굴이야 서로 비슷하겠지만 顔色類相似
손놀림 손재주가 서로 같지 않으오 手爪不相如
새 사람이 대문으로 들어오니 新人從門入
옛 사람은 쪽문으로 나가야 했네 故人從閤去
새 사람은 합사 비단을 잘 짜고 新人工織縑
옛 사람은 생사 비단을 잘 짜는데 故人工織素
합사 비단은 하루 한 필이지만 織縑日一匹
생사 비단은 다섯 발 하고도 남았네 織素五丈餘

56 궁궁이: 원문의 미무(蘼蕪)는 향풀의 일종으로 운초(芸草), 운향(芸香), 천궁(川芎)이라고도 하며, 우리말로는 궁궁이라고 한다. 또한 왕손초(王孫草)라는 별칭이 있다. 한시에서는 특히 멀리 떠난 사람에 대한 그리움이나 원망 등을 표현할 때 이 풀을 인용하기도 한다.

합사 비단을 생사 비단에 견주어 봐도　將縑來比素
새 사람이 옛 사람만 못하구려　新人不如故

○ '손놀림 손재주[手爪]'는 손으로 베 짜는 것을 이른다.[手爪謂手所織.]

【 2수 】

슬픔 안고 친구와 작별하려니　悲與親友別
기가 막혀 말을 잇지 못하겠네　氣結不能言
그대에게 몸조심하라 이르노니　贈子以自愛
길이 멀어 만나기가 어려워설세　道遠會見難
인생살이 고작해야 얼마 되지 않으니　人生無幾時
위급한 순간이[57] 그 사이에 있을 뿐이네　顚沛在其間
날 버리고 가는 그댈 생각해보니　念子棄我去
새론 마음 좋아하는 바가 있는 듯한데　新心有所歡
청운에 오를 결심 해 온 터이니　結志青雲上
언제라도 다시 오길 바랄 뿐이네　何時復來還

57 위급한 순간이: 《논어집주(論語集註)》 〈이인(里仁)〉에 "군자(君子)는 밥을 먹는 동안이라도 인(仁)을 떠남이 없으니, 경황 중에도 이 인(仁)에 반드시 하며, 위급한 순간에도 이 인(仁)에 반드시 하는 것이다."[君子無終食之間違仁, 造次必於是, 顚沛必於是.]"라고 하고, 집주(集註)에 "전패(顚沛)는 경복(傾覆)을 당하거나 유리(流離)하는 즈음이다.[顚沛, 傾覆流離之際.]" 하였다.

187

고시(古詩) 3수(首)

【1수】

귤과 유자는 꽃과 열매를 드리웠어도　橘柚垂華實
깊은 산속 곁에만 있을 뿐이네　乃在深山側
듣자니 그대가 나의 단맛을 좋아한다니　聞君好我甘
남몰래 혼자 꾸미고 치장하였네　竊獨自彫飾
옥쟁반에 이 몸을 맡겨 두고서　委身玉盤中
해가 지나도록 먹어 주길 바랐더니만　歷年冀見食
꽃다운 향기가 그대 마음에 아니 들었나　芳菲不相投
청황[58]이 문득 빛을 잃고 말았네　靑黃忽改色
누군가 행여 날 알고자 한다면　人儻欲我知
그를 위해 우익이 되어 드리리　因君爲羽翼

○ 작은 정성이 먼 곳까지 도달하기를 바라는 작품이다. 전체가 사물에 의탁하여 흥을 붙이고서 정작 본뜻을 드러내지 않았으니, 더욱 그 작품의 우수함을 엿볼 수 있다.[區區之誠, 冀達高遠. 通首托物寄興, 不露正意, 彌見其高.]

58 청황(靑黃): 청은 푸른 잎, 황은 노란 열매를 뜻하는 말로, 《초사(楚辭)》 〈구장(九章) 귤송(橘頌)〉에 "파랑 노랑이 섞여서 빛깔이 찬란하다.[靑黃雜糅, 文章爛兮.]"라고 하였다.

【2수】

열다섯에 종군하여 떠나갔다가	十五從軍征
여든 살 되어서 비로소 돌아왔네	八十始得歸
길 오다 마을사람 만나 묻기를	道逢鄕里人
우리 집에 어느 누가 살고 있던가	家中有阿誰
멀리 보이는 저기가 그대 집인데	遙望是君家
송백 아래 무덤들만 총총하다오	松柏冢纍纍
토끼는 개구멍으로 드나들고	兔從狗竇入
까투리는 들보 위를 날아다니며	雉從梁上飛
뜰에는 들곡식이 자라나 있고	中庭生旅穀
우물가엔 돌아욱이 자라나 있네	井上生旅葵
들곡식을 삶아서 밥을 짓고	烹穀持作飯
돌아욱 뜯어서 국을 끓이니	采葵持作羹
국도 밥도 일시에 마련되었네만	羹飯一時熟
이걸 누구에게 준단 말인가	不知貽阿誰
문을 나서 동쪽을 향해 바라보니	出門東向望
눈물이 져서 나의 옷깃 적시누나	淚落霑我衣

○ '멀리 보이다[遙望]'의 이하 2구는 마을 사람의 답사(答詞)이고, 그 아래의 내용은 원정 갔다가 돌아온 사람이 문에 들어서서 한 말이다. 고인(古人)의 시를 보면 매번 바느질하여 꿰맨 흔적을 남기지 않곤 한다.[遙望二句, 乃鄕人答詞, 下從征者入門之詞. 古人詩每滅去針線痕迹.]

○ 전체가 '지(支)' '미(微)'의 운자를 썼는데, '들곡식을 삶아서 밥을 짓고[烹穀持作飯], 돌아욱 뜯어서 국을 끓였네[採葵持作羹]'의 2구는 운자를 쓰지 않았다. 이는 요예(搖曳)를 가장 심하게 한 것일 뿐이요 고인이 운자를 쓸 줄 몰라서 그런 것은 아니다.[通章用支微韻, 而烹穀持作

飯, 采葵持作羹二句, 不入韻中. 最是搖曳之至, 非古人不能用韻也.]

【3수】

난초와 혜초 꽃을 새로 심고서	新樹蘭蕙葩
두형[59]이란 풀도 섞어 길렀네	雜用杜蘅草
아침나절 내내 그 꽃을 땄건만	終朝采其華
날이 저물도록 한 아름도 차지 않네[60]	日暮不盈抱
이걸 캐다가 누구에게 보낼까	采之欲遺誰
그리운 임은 먼 곳에 계실 뿐이네	所思在遠道
향기란 잦아들기 쉽고	馨香易銷歇
화사함도 그냥 마르고 마느니	繁華會枯槁
서글피 바라볼 뿐 무슨 말할까	悵望何所言
바람결에 내 마음을 실어 보내리	臨風送懷抱

○ 각운으로 두 군데 '포(抱)' 자를 사용하였다.[韻脚兩用抱字.]

59 두형(杜蘅): 약재로 쓰이는 향초 이름. 문학 작품에서 주로 군자와 현인을 비유하는 말로 쓰인다. 《초사(楚辭)》 〈이소(離騷)〉에 "작약과 게차를 밭두둑에 나누어 심고 두형과 구릿대도 섞어 심었다.[畦留夷與揭車兮, 雜杜衡與芳芷.]"라고 하였다.

60 아침나절 … 않네: 《시경(詩經)》 〈소아(小雅) 채록(采綠)〉에 "아침 내내 조개풀을 캐도 한 움큼도 차지 않네.[終朝采綠, 不盈一匊.]"라고 한 데서 인용하였다.

188

고시(古詩) 1수(首)

동쪽 성문 터벅터벅 걸어 나가서 步出城東門
강남길을 저 멀리 바라보았네 遙望江南路
전날 눈바람 치던 그 속을 뚫고 前日風雪中
친구는 이 길 따라 떠나가셨네 故人從此去
나도 하수 건너 따라가고 싶지만 我欲渡河水
하수엔 물이 깊고 다리가 없네 河水深無梁
원컨대 한 쌍의 황곡[61]이 되어서 願爲雙黃鵠
높이 날아 고향으로 돌아가고파 高飛還故鄉

61 황곡(黃鵠): 118. 비수가(悲愁歌) 주 55) 참조.

189

고시(古詩) 2수(首)

【1수】

아욱 딸 땐 뿌릴랑은 상하지 마오 採葵莫傷根
뿌릴 상하면 아욱은 못 산다오 傷根葵不生
친구를 사귈 때엔 가난을 부끄러워 마오 結交莫羞貧
가난을 부끄러워하면 우정은 이룰 수 없다오 羞貧友不成

【2수】

단 오이는 쓴 꼭지를 안고 있고 甘瓜抱苦蔕
맛 좋은 대추도 가시가 돋았듯이 美棗生荊棘
이(利)란 글자에 칼도(刀)가 있으니 利傍有倚刀
탐심 많은 사람은 되레 자신을 해친다네 貪人還自賊

190

고절구(古絕句) 2수(首)

【1수】

고침[62]은 지금 어디에 있나요　　藁砧今何在
산 위에 또 산이 있다오[63]　　山上復有山
언제쯤 대도두[64]에 해당하오　　何當大刀頭
파경[65]하면 하늘로 날아간다오　　破鏡飛上天

○ 시 전체가 은어(隱語)이다.[通首隱語.]

---

62 고침(藁砧): 고(藁)는 거적이며 침(砧)은 다듬잇돌이다. 옛날에 사형을 집행할 때 거적을 깔고 다듬잇돌을 놓아 그 위에 죄인을 엎드리게 하고서 도끼[鈇]로 목을 베었다고 한다. 뒤에 부(鈇)가 남편[夫]과 음이 같은 데서 여자가 남편을 일컫는 은어(隱語)로 쓰이기도 하였다.

63 이 구는 파자유희(破字遊戲)에 의하여 '출(出)' 자를 설명하였다. 따라서 윗구의 질문에 대한 '남편은 현재 출타[出] 중이다'라는 대답이 된다.

64 대도두(大刀頭): 고리를 지칭하는 '환(鐶)' 또는 '환(環)'을 나타내는 은어(隱語)이다. 칼을 걸어 두는 고리가 손잡이 부근에 달려 있기 때문이다. 이는 다시 발음이 같은 '돌아오다[還]'와 음이 같은 것을 연상하여 '언제쯤 돌아오나[還]'라는 질문이 된다.

65 파경(破鏡): 옛날 거울인 동경(銅鏡)은 원형으로 되어 있어 보름달에 비유하는데, 이 달이 절반으로 갈라지면 한 달의 절반인 15일을 지칭하는 말이 된다. 따라서 이 구절은 '보름달이 지고 나면 돌아온다'라는 의미로 윗구에 대한 대답이 된다.

【2수】

토사[66]는 거센 바람 따라 흔들려도 菟絲從長風
뿌리와 줄기는 끊어지지 않는다네 根莖無斷絕
정이 없어도 외려 떠나지 못하거늘 無情尙不離
정이 있는데 어찌 헤어질 수 있으랴 有情安可別

66 토사(菟絲): 토사(兎絲)와 같다. 184.고시(古詩) 19수(首) 주 29) 참조.

잡가요사(雜歌謠辭)

191

고가(古歌)

높은 지대 밭에다 소맥을 심어 두면	高田種小麥
끝내 이삭이 패지 않듯이	終久不成穗
사내가 타향에 살면	男兒在他鄉
어찌 야위지 않으랴	焉得不憔悴

○ 흥(興)[67]의 의미가 상관이 있는 듯도 하고 없는 듯도 하다. 그래서 절묘하다.[興意若相關, 若不相關, 所以爲妙.]

---

67 흥(興): 183.고시체로 지은 초중경의 아내를 위한 시[古詩爲焦仲卿妻作] 주 4) 참조.

192

회남민가(淮南民歌)

《한서(漢書)》에 "회남여왕 장(淮南厲王長)은 고제(高帝)의 소자(少子)이다. 법을 무시하고 준수하지 않는다고 하여 문제(文帝)가 촉(蜀)의 엄(嚴) 땅으로 이주시켰는데 가는 도중에 죽으니, 백성들이 이 노래를 지어 불렀다." 하였다.[漢書, "淮南厲王長, 高帝少子也. 廢法不軌, 文帝徙之蜀嚴, 道死. 民作歌云."]

아래의 작품들은 잡록가요이다.[下雜錄歌謠.]

한 자 되는 베도	一尺布
외려 꿰맬 수 있고	尙可縫
한 말 되는 곡식도	一斗粟
외려 찧을 수 있거늘	尙可舂
형제 두 사람은 서로가 용서 못 하네	兄弟二人不相容

193
영천가(潁川歌)

《한서(漢書)》에 "관부(灌夫)[68]는 문학을 좋아하지 않고 임협(任俠)[69]과 어울렸으며 대답에 신중을 기하였다. 그러다 보니 그와 서로 통하는 사람들은 호걸이거나 건달들이었다. 집에 쌓아둔 재화가 수천 수만이었고 식객이 날마다 수십 수백 명이었으며, 백성들의 농토를 놀이터로 만들었다. 종족(宗族)과 빈객(賓客)들이 권력과 이익을 위하여 영천(潁川)[70]을 횡행하자, 영천의 아이들이 이 노래를 불렀다." 하였다.[漢書, "灌夫不好文學, 喜任俠, 重然諾. 諸所與交通, 無非豪傑大猾. 家累數千萬, 食客日數十百人. 陂池田園, 宗族賓客, 爲權利橫潁川, 潁川兒歌之."]

---

68 관부(灌夫): 영음(潁陰) 출신으로, 자는 중유(仲孺)이며 아버지 장맹(張孟)이 관영(灌嬰)의 사인(舍人)이 된 뒤에 총애를 받아 성을 관씨로 바꾸었다. 오초(吳楚)가 반란을 일으켰을 때 아버지가 원정에 나섰다가 군중(軍中)에서 죽자, 관부도 함께 종군해서 초상을 치르기 위해 귀향하는 것을 거절하고, 오직 적 장수의 목을 베어 아버지의 원수를 갚고자 하였다. 마침내 갑옷을 뚫는 창을 뽑아 오나라 진영으로 들어가 적병 수십 명을 죽여 이름을 천하에 떨쳤다. 무제(武帝) 때 회양태수(淮陽太守)가 되었고, 뒤이어 태복(太僕)이 되었다가 연(燕)나라의 재상(宰相)이 되었다. 나중에 불경(不敬)으로 연좌되어 일족이 주살(誅殺)당하였다.《後漢書 卷52 灌夫列傳》

69 임협(任俠): 영지를 받고 충성을 맹세한 사람을 일컫는 말이다.

70 영천(潁川): 중국 하남성 등봉현(登封縣)에 있는 강 이름. 요임금 시대에 소보(巢父)와 허유(許由)가 세상의 명리(名利)를 피하여 은거하던 곳이며, 요임금이 허유에게 천하를 다스려 줄 것을 부탁하자, 거절하면서 더러운 말을 들었다고 하여 이 강물로 자기의 귀를 씻었다고 한다.

영천의 물이 맑으면 穎水清
관씨가 편안하고 灌氏寧
영천의 물이 흐리면 穎水濁
관씨는 멸족되리라 灌氏族

194

정백거가(鄭白渠歌)

《한서(漢書)》에 "한나라 대시(大始) 연간에 조중대부(趙中大夫) 백공(白公)이 정국거(鄭國渠)[71]를 다시 뚫을 것을 상주하였다. 경수(涇水)를 끌어와서 전답에 물을 댈 수 있게 되어 백성들이 풍요로워지자, 이 노래를 지어 불렀다." 하였다.[漢書, "漢大始中, 趙中大夫白公奏穿鄭國渠. 引涇水漑田, 民得其饒, 歌曰."]

어디에다 전답을 정했나요	田于何所
지양과 곡구랍니다	池陽谷口
정국거는 앞에 있고요	鄭國在前
백거가 뒤에 있어서	白渠起後
삽을 든 이 구름같이 모여들어	擧鍤如雲
개울물 트니 비가 된 듯	決渠爲雨
경수는 한 섬이구요	涇水一石
진흙은 두어 말이라	其泥數斗
물을 대고 거름 주니	且漑且糞
우리 곡식 잘 자라서	長我禾黍
서울에는 의식해결	衣食京師
억만 인구 살리셨네	億萬之口

71 정국거(鄭國渠): 섬서성(陝西省) 경양현(涇陽縣) 일대에 위치한 인공 수로. 일명 정거(鄭渠)라고도 한다. 전국시대 말 진(秦)나라가 관개용으로 축조한 것이며, 한(韓)나라의 수리(水理)전문가 정국(鄭國)이 설계하고 공사를 맡았다 하여 붙여진 이름이다. 폭 25m, 제방 높이 3m, 깊이 1.5m로 경수(涇水)를 끌어다 낙수(洛水)에 대는 전체 길이 3백 리의 대수로이다.

195

포사예가(鮑司隸歌)

《열이전(列異傳)》[72]에 "포선(鮑宣)[73]과 그의 아들 영(永), 영의 아들 욱(昱) 3세(世)가 모두 사예(司隸)[74]가 되어 한 총마(驄馬)를 타고 다니자, 경사(京師)의 사람들이 노래를 지어 불렀다." 하였다.[列異傳云, "鮑宣, 宣子永, 永子昱, 三世皆爲司隸, 而乘一驄馬, 京師人歌之."]

포씨의 청총마를	鮑氏驄
삼인의 사예가 타고서 재차 공청에 드니	三人司隸再入公
말은 비록 수척해도	馬雖瘦
걸음만은 예술이네요	行步工

72 《열이전(列異傳)》: 책이름. 3권. 삼국시대 위(魏)나라의 조비(曹丕)가 편찬했다. 일설에는 진대(晉代)의 장화(張華)가 편찬했다고 한다. 민간의 이문(異聞)과 지괴소설(志怪小說)을 모아 엮은 것이다.

73 포선(鮑宣, ?~3): 전한(前漢) 때의 경학자. 자는 자도(子都)이며, 발해(渤海) 고성(高城) 사람이다. 효렴(孝廉)으로 천거되어 간대부(諫大夫)와 사예(司隸) 등을 역임하였다. 평당(平當)에게 상서구양씨학(尙書歐陽氏學)을 배웠으며, 아들 포영(鮑永)과 손자 포욱(鮑昱)이 계승하여 가학으로 전하였다.

74 사예(司隸): 사례 교위(司隸校尉)로 한나라 때부터 위진(魏晉) 때까지 경사(京師)와 지방을 감독하던 감찰관을 이른다.

196

농두가(隴頭歌) 2수(首)

【1수】

농산 꼭대기에서 흐르는 물이 隴頭流水
사방으로 흐르듯이 流離四下
나의 행역을 생각하니 念我行役
광야를 떠도는 신세 飄然曠野
높은 데 올라 멀리 바라보니 登高望遠
두 줄기 눈물 하염없이 흐르네 涕零雙墮

【2수】

농산 꼭대기서 흐르는 물이 隴頭流水
그 소리 나지막하게 들리네 鳴聲幽咽
멀리 진천[75]을 바라보니 遙望秦川
애간장이 끊어지누나 肝腸斷絕

75 진천(秦川): 섬서(陝西) 감숙(甘肅) 진령(秦岭) 북쪽의 위수(渭水) 평원 지대를 이르는데, 진(秦)나라에 속했기 때문에 붙여진 이름이다.

197

뇌석가(牢石歌)

《한서(漢書)》〈영행전(佞幸傳)〉에 "원제(元帝) 때에 환관(宦官) 석현(石顯)[76]이 중서령(中書令)이 되어 복야(僕射) 뇌양(牢梁)[77]과 소부(少府) 오록충종(五鹿充宗)[78]과 결탁하여 당우(黨友)가 되었는데 이들에게 붙은 자들은 모두 출세를 하니, 백성들이 노래를 지어 불렀다." 하였다.[漢書佞幸傳, "元帝時, 宦官石顯爲中書令, 與僕射牢梁, 少府五鹿充宗, 結爲黨友, 附倚者皆得寵位, 民歌云云."]

뇌양아 석현아	牢耶石耶
오록의 문객아	五鹿客耶
인장은 어찌 그리 주렁주렁하며	印何纍纍
인끈은 또 그리 길기도 하느냐	綬若若耶

---

76 석현(石顯): 중국 한(漢)나라 때의 환관(宦官)으로 원제(元帝)가 즉위하자 홍공(弘恭)을 대신하여 중서령(中書令)이 되었는데, 원제가 병이 들자, 대소 정사(政事)를 모두 결정하는 등 권세가 높았다. 이후 성제(成帝)가 즉위하자 실권(失權)했고 고향으로 돌아가던 길에 병사(病死)하였다.

77 뇌양(牢梁): 한 원제(漢元帝) 때 중서복야(中書僕射)가 되어 중서령 석현(石顯)과 소부 오록충종과 붕당을 짓고 권력을 전횡하다가 성제(成帝)가 즉위한 뒤 석현이 권력을 잃자, 그도 함께 파직되었다.

78 오록충종(五鹿充宗): 오록(五鹿)은 복성(複姓)이다. 그는 전한(前漢) 성제(成帝) 때 경학자로 《주역(周易)》을 전공하였다.

198
오록가(五鹿歌)

《한서(漢書)》에 "오록충종이 신임을 받고 양구역학(梁丘易學)을 전공하자, 원제(元帝)가 여러 역가(易家)들에게 변론을 벌이게 하였다. 유신들은 항변하지 못하였는데, 주운(朱雲)[79]을 천거한 자가 있어 함께 당위로 올라가 고개를 들고 강론을 벌이니, 그의 음성이 좌우에 있던 사람들을 감동시켰다. 그리하여 여러 유신들이 다음과 같이 말하였다." 하였다.[漢書, "五鹿充宗貴幸, 爲梁丘易, 元帝令與諸易家辨論. 諸儒莫能抗, 有薦朱雲者, 攝齊登堂, 抗首而講, 音動左右. 故諸儒語曰."]

오록의 긋대가 높았으나	五鹿嶽嶽
주운이 그 긋대를 꺾었도다	朱雲折其角

79 주운(朱雲): 전한(前漢) 성제(成帝) 때의 경학자. 자는 유(游)며, 산동성 사람이다. 원제(元帝) 때 박사, 두릉령(杜陵令)을 지냈다. 백우자(白友子)에게 《주역》을, 소망지(蕭望之)에게 《논어》를 배웠으며, 이름난 제자로는 박사가 된 엄망(嚴望)과 엄원(嚴元)이 있다.

199

흉노가(匈奴歌)

《십도지(十道志)》에 "언지(焉支)와 기련(祁連)의 두 산에는 모두 수초(水草)가 아름답게 자라는데 흉노가 이것을 잃게 되자, 이 노래를 지었다." 하였다.[十道志, "焉支祁連二山, 皆美水草, 匈奴失之, 乃作此歌."]

우리네 언지산[80]을 잃었으니	失我焉支山
우리네 부녀자들 안색 펼 수 없겠네	令我婦女無顏色
우리네 기련산[81]을 잃었으니	失我祁連山
우리네 가축들 번식할 수가 없겠네	使我六畜不蕃息

80 언지산(焉支山): 지금의 감숙성(甘肅省) 산단현(山丹縣) 동남(東南)쪽에 있는 산으로 홍색(紅色) 염료와 화장품 연지(臙脂)의 원료가 되는 홍화(紅花)가 많이 자라서 일명 연지산(燕支山)이라고도 한다.

81 기련산(祁連山): 기련은 흉노어로 '하늘'이라는 뜻으로, 흉노족은 천산(天山)이라 부르는데, 감숙성(甘肅省) 서쪽과 청해성(青海省) 동북부 변경에 있는 산이다.

200
성제 때 연연의 동요
[成帝時燕燕童謠]

《한서(漢書)》〈오행지(五行志)〉에 "성제(成帝)가 미복(微服) 차림으로 성 밖으로 나가 항상 부평후(富平侯) 장방(張放)[82]과 함께 지내면서 부평후의 가인(家人)이라고 자칭하였다. 하양주(河陽主)가 음악을 연주하는 곳을 지나다가 춤을 추던 조비연(趙飛燕)[83]을 보고 총애하게 되었는데, 그가 후궁과 황자를 마침내 모두 죽이고 말았다." 하였다.[漢書五行志, "成帝爲微行出遊, 常與富平侯張放俱, 稱富平侯家人. 過河陽主作樂, 見舞者趙飛燕而幸之, 後宮皇子, 卒皆誅死."]

제비야	燕
제비야	燕
꼬리에 윤기가 흐르네	尾涎涎
장공자가	張公子
수시로 가서 만나니	時相見
목문에 청동 문고리어라	木門倉琅根

82 장방(張放): 《명사(明史)》〈영행전서(佞幸傳序)〉에 "《한서(漢書)》에 수록된 영행(佞倖)으로 적유(籍孺), 굉유(閎孺), 등통(鄧通), 한언(韓嫣), 이연년(李延年), 동현(董賢), 장방(張放) 등은 모두 환시(宦寺)와 농신(弄臣)이 되어 천고에 비난을 샀다."라고 기술하고 있다.

83 조비연(趙飛燕): 131. 귀풍송원조(歸風送遠操) 주 75) 참조.

제비가 날아와 燕飛來

황손을 쪼으니 啄皇孫

황손이 죽고나자 皇孫死

제비는 궁시를 쪼네 燕啄矢

○ 첫머리 두 연(燕) 자는 한 글자를 한 구로 삼는다. 장공자는 부평후를 이른다.[首二燕字, 一字一句. 張公子, 謂富平侯也.]

201

축탄환(逐彈丸)

《서경잡기(西京雜記)》에 "한언(韓嫣)[84]이 탄환을 좋아하여 금으로 탄환을 만들었다. 경사의 아이들이 한언이 탄환놀이하러 나온단 말을 들으면 그때마다 따라다녔다." 하였다.[四京雜記, "韓嫣好彈, 以金爲丸. 京師兒童, 聞嫣出彈, 輒隨之."]

굶주려서 고달파도 苦飢寒
탄환만은 쫓으리라 逐彈丸

84 한언(韓嫣): 한 무제의 총애를 받았으며, 지나치게 사치했던 인물이다. 200.성제 때 연연의 동요[成帝時燕燕童謠] 주 82) 참조.

202

성제 때 가요[成帝時歌謠]

《한서(漢書)》〈오행지(五行志)〉에 보인다.[見漢書五行志.]

샛길은 좋은 전답을 망가뜨리고	邪徑敗良田
헐뜯는 말은 선인을 어지럽히네	讒口亂善人
계수나무에 꽃은 피어도 열매 맺지 못하니	桂樹華不實
참새가 그 위에다 둥지를 틀었네	黃爵巢其顚
예전엔 남들의 선망이더니	昔爲人所羨
이제는 가엾은 존재가 되었네	今爲人所憐

○ 계수나무[桂]는 붉은색이므로 한가(漢家)를 상징하며, '꽃은 피어도 열매 맺지 못하니[桂樹華不實]'는 후계자가 없다는 뜻이다. 왕망(王莽)[85]은 스스로 황(黃)을 상징한다고 하였으며, '그 위에다 둥지를 틀었네[巢其顚]'는 찬탈할 형상이 이미 형성되었던 것이다.[桂赤色, 漢家象. 華不實, 無繼嗣也. 王莽自謂黃象, 巢其顚, 篡形已成也.]

85 왕망(王莽, 기원전 45~23): 전한(前漢) 말기의 정치가로, 신왕조(新王朝)의 건국자다. 자는 거군(巨君)이고, 산동(山東) 출생이다. 권모술수를 써서 사실상 최초로 선양혁명(禪讓革命)에 의하여 전한의 황제권력을 빼앗았다. 불우하게 자랐지만 유학을 배웠고, 어른을 잘 섬겨 왕봉의 인정을 받았다. 기원전 33년 황문랑(黃門郞)이 되고, 기원전 16년에는 봉읍 1천5백 호를 영유하는 신야후(新野侯)가 되었다. 기원후 5년에 평제를 독살한 뒤 2세의 유영(劉嬰)을 세워, 당시 유행하던 오행참위설을 교묘히 이용하며 인심을 모았다. 스스로 가황제(假皇帝)라 하고, 신하들에게는 섭황제(攝皇帝)라 부르게 하였다. 기원후 8년 유영을 몰아내고 국호를 '신(新)'이라 하여 황제가 됨으로써 선양혁명에 성공했다. 개혁정책을 펼쳤지만 한말의 모순과 사회문제를 해결하지 못한 채 모두 실패하였다. 장안의 미앙궁(未央宮)에서 부하에게 찔려 죽음으로써 건국한 지 15년 만에 멸망하였다.

203

투각(投閣)

《한서(漢書)》에 "왕망이 제위를 찬탈한 뒤에 부명(符命)을 다시 올리는 자가 있으면 그가 모두 죽였다. 당시 양웅(揚雄)[86]은 천록각(天祿閣)[87]에서 교서(校書)를 하고 있었는데. 사자(使者)가 그를 잡아가려 하자, 양웅은 겁을 먹고 그곳에서 투신하는 바람에 거의 죽을 뻔하였다. 경사에서 다음과 같이 노래를 지어 불렀다." 하였다.[漢書, "王莽簒位後, 復上符命者, 莽盡誅之. 時揚雄校書天祿閣, 使者欲收雄, 雄恐, 乃從閣自投幾死. 京師語曰."]

오직 고요하고 조용하거늘	惟寂寞
스스로 전각에서 몸을 던졌다 하네	自投閣
맑고도 고요하거늘	爰清靜
부명을 지었다 하네	作符命

---

86 양웅(揚雄, 기원전 53~18): 전한(前漢) 말기의 문인 학자. 자는 자운(子雲)이고, 사천성 성도(成都) 출생이다. 청년시절에 동향의 선배인 사마상여(司馬相如)의 작품을 통하여 배운 문장력을 인정받아, 성제(成帝) 때 궁정문인의 한 사람이 되었다. 성제의 여행에 수행하며 쓴 〈감천부(甘泉賦)〉와 〈하동부(河東賦)〉, 〈우렵부(羽獵賦)〉, 〈장양부(長楊賦)〉 등은 화려한 문장이면서도 성제의 사치를 꼬집는 풍자도 잊지 않았다. 시대에 적응하지 못한 자신의 불우한 원인을 기술한 〈해조(解嘲)〉와 〈해난(解難)〉도 독특한 여운을 주는 산문이다. 학자로서 각 지방의 언어를 집성한 《방언(方言)》과 《역경(易經)》에 기본을 둔 철학서 《태현경(太玄經)》, 《논어(論語)》의 문체를 모방한 《법언(法言)》 등을 저술했다.

87 천록각(天祿閣): 한(漢)나라 궁중의 장서각(藏書閣)의 이름. 한나라 고조(高祖)가 미앙궁(未央宮) 안에다 창건하였다.

204

조하양(竈下養)

《동관한기(東觀漢記)》[88]에 "경시왕(更始王)이 장안(長安)에 있으면서 제수한 관직은 대부분 군소(羣小)나 장사치들 아니면 선부(膳夫), 포인(庖人)들이었다. 그래서 장안 사람들이 이 노래를 지어 불렀다." 하였다.[東觀漢紀, "更始在長安, 所授官爵, 皆羣小賈人, 或膳夫庖人. 長安語曰."]

부뚜막 아래서 자란 자가	竈下養
중랑장[89]이라나	中郎將
양의 밥통을 삶던 자가	爛羊胃
기도위[90]라나	騎都尉
양의 머리를 삶던 자가	爛羊頭
관내후[91]라나	關內侯

88 《동관한기(東觀漢記)》: 책이름. 역사서. 143권, 현존 집본(輯本) 24권. 후한(後漢) 때 관 주도로 당대(當代)의 역사를 기술한 책. 사신(史臣)들이 낙양(洛陽)의 궁중 내 동관(東觀)에서 편찬하였다 하여 붙여진 이름이다. 《사기(史記)》의 체례를 본떠 광무제(光武帝) 때부터 영제(靈帝) 때까지의 사적을 담았다. 범엽(范曄)의 《후한서(後漢書)》가 출현하면서 빛을 잃고 점점 상실되었다.

89 중랑장(中郎將): 진(秦)에서 동한(東漢) 중기에 걸쳐 주로 황궁의 궁문 수비 및 황실의 호위대를 통솔하였다.

90 기도위(騎都尉): 전한 이후 중국에 생긴 관직이다. 전한 때는 광록훈(낭중령)의 부하 직원 중 하나였고, 녹봉은 2천 석이다.

91 관내후(關內侯): 전국시대에 창설된 작위 중 하나로, 이십등작 제도하에서 19급, 즉 둘째로 높은 자로 대서장(大庶長)의 위, 열후의 아래이다. 한나라에서는 열후와는 달리 봉읍의 조세만을 거둘 뿐 신민을 거느리지 못한 제후로 보인다.

205

성중요(城中謠)

《후한서(後漢書)》에 "이전 시대 장안성중요(長安城中謠)의 말이다. 정책을 바꾸고 풍습을 옮기는 데는 반드시 그 근본이 필요하다. 위에서 좋아하는 것이 있으면 아래에서는 반드시 더 심한 것을 추구하기 때문이다." 하였다.[後漢書, "前世長安城中謠言, 改政移風, 必有其本, 上之所好, 下必甚焉."]

성안 사람이 높은 상투를 좋아하면 城中好高髻
사방에선 한 자를 높이고 四方高一尺
성안 사람이 넓은 눈썹을 좋아하면 城中好廣眉
사방에선 이마 절반을 넓히며 四方且半額
성안 사람들이 큰 소매를 좋아하면 城中好大袖
사방에선 비단 전필을 쓴다네 四方全匹帛

206
촉중동요(蜀中童謠)

《후한서(後漢書)》〈오행지(五行志)〉에 "세조(世祖) 당시 건무(建武) 6년에 촉 중에 동요가 있었다."라고 하였는데, 이때에 공손술(公孫述)[92]이 촉(蜀) 땅에서 황제를 참칭하였다. 당시 누군가가 왕망(王莽)을 황(黃)이라고 칭하자, 공손술이 이를 계승코자 하여 백(白)이라 칭하였다. 오수(五銖)[93]는 한가(漢家)의 유물이므로 마땅히 복구해야 함을 밝힌 것이다. 그 뒤 공손술은 주벌을 받고 멸족되었다.[後漢書五行志, "世祖時建武六年蜀中童謠", 是時公孫述僭號於蜀. 時人竊言王莽稱黃, 述欲繼之, 故稱白. 五銖, 漢家物, 明當復也. 述遂誅滅."]

누렁소에 하얀 배라니	黃牛白腹
오수는 마땅히 복구해야 하네	五銖當復

92 공손술(公孫述, ?~36): 후한 때의 군웅(群雄). 처음에는 왕망(王莽)을 섬겼지만, 전한(前漢) 말기 경시제(更始帝)가 반란을 일으키자, 성도(成都)에서 군사를 일으켰다. 촉(蜀)과 파(巴)를 평정하고, 25년에 스스로 천자라 일컬으며 국호를 성가(成家)라고 했다. 촉·파의 부(富)를 기반으로 했으나 36년 후한의 광무제(光武帝)에게 패하여 멸망하였다.

93 오수(五銖): 중국 한(漢)나라 무제(武帝) 때 쓰던 동전을 이른다. 무게가 5수(銖)이며, 오수(五銖)라는 문자를 넣었다. 1수는 24분의 1냥쭝(兩)을 일컫는 말이다.

207

순제 때 경도의 동요

[順帝時京都童謠]

《후한서(後漢書)》〈오행지(五行志)〉에 "이고(李固)[94]는 청하왕(淸河王)을 세우는 것이 합당하다고 주장하였으나, 양기(梁冀)[95]가 여오후(蠡吾侯)[96]를 세우고 이고를 감옥에 가두어 죽게 하였다. 그리고 호광(胡廣),[97] 조계(趙戒),[98] 원탕(袁湯)[99] 등이 일시에 제후에 봉해지자, 경도(京都)에 동요가 나돌았다." 하였다.[後漢書五行志, "李固爭淸河王當立, 梁冀立蠡吾侯, 固幽斃於獄. 而胡廣·趙戒·袁湯等一時封侯, 京都童謠云."]

94 이고(李固): 후한 남정(南鄭) 사람으로, 자는 자견(子堅)이다. 태위(太尉)를 역임하였고, 충제(沖帝)가 시해된 뒤에 청하왕(淸河王) 유경(劉慶)을 옹립하려다가 양기(梁冀)의 모함으로 옥사하였다.

95 양기(梁冀, ?~159): 후한(後漢) 순제(順帝)의 황후인 양태후(梁太后)의 오빠이다. 순제가 죽은 뒤 충제(沖帝)와 질제(質帝), 환제(桓帝)를 차례로 세우면서 태후와 함께 실권을 쥐고 천하를 뒤흔들었으나 태후가 죽은 뒤에 환제와 환관 단초(單超) 등에 의하여 살해되었다.

96 여오후(蠡吾侯): 후한(後漢)의 환제(桓帝)가 환관들의 도움을 받아 제위(帝位)에 오르기 이전에 이 직함을 띠고 있었다.

97 호광(胡廣, 91~172): 후한 때 사람으로 호강(胡剛)의 6세손이며, 자는 백시(伯始)이고 시호는 문공(文恭), 남군(南郡) 화용(華容) 사람이다. 안제(安帝) 때 효렴(孝廉)으로 천거되어 태부(太傅)에 올랐다. 공대(公臺)에 30여 년간 있으면서 안제(安帝)와 순제(順帝) 등 여섯 임금을 섬겼고, 원로대신으로서 예우를 받았다.

98 조계(趙戒): 후한 순제 때부터 환제까지 관직을 지냈으며, 태위, 사공 등 삼공을 지낸 인물이다.

99 원탕(袁湯): 원팽(袁彭)의 아우이며 자는 중하(仲河)이다. 환제 때 사공이 되어 정책에 참여한 뒤에 안국정후(安國亭侯)로 봉해지고, 식읍 5백 호를 받았다. 시호는 강후(康侯)이다.

현과 같이 곧던 이는	直如絃
도로에서 죽어 가고	死道邊
갈고리같이 굽은 이는	曲如鉤
제후 봉작 받았다네	反封侯

208

고성언(考城諺)

《후한서(後漢書)》에 "구람(仇覽)[100]은 고성(考城) 사람인데, 포정장(蒲亭長)이 되었다. 처음 포정에 당도하였을 때에 진원(陳元)의 어미가 와서 진원이 불효하다고 고하니, 구람이 직접 진원의 집에 가서 인륜(人倫)과 효행(孝行)에 관하여 말하고 화복(禍福)을 가지고 변론을 하였다. 진원이 마침내 효자가 되자, 그 고을에서 이 노래를 지어 불렀다." 하였다.[後漢書, "仇覽, 考城人, 爲蒲亭長. 初到亭, 有陳元之母, 告元不孝, 覽親到元家, 爲陳人倫孝行, 諭以禍福. 元卒成孝子, 鄕邑爲之諺曰."]

부모님은 어디 계신가, 나의 뜰에 계시네	父母何在在我庭
못된 나를 변화시켜 어미를 봉양케 하셨네	化我鴟梟哺所生

100 구람(仇覽): 후한 고성(考城) 사람으로, 일명은 향(香)이며, 자는 계지(季智)이다. 《후한서(後漢書)》〈순리열전(循吏列傳)〉에 "왕환(王渙)이 그를 불러 주부(主簿)로 삼고, 진원(陳元)을 죄주지 않고 교화시켰다고 하는데 매나 새매가 되고 싶은 뜻이 없느냐고 묻자, 봉새나 난새가 되는 것만 못하다."라는 등의 기록이 보인다.

209

환제 초기의 소맥 동요

[桓帝初小麥童謠]

《후한서(後漢書)》〈오행지(五行志)〉에 "원가(元嘉) 중에 양주(涼州)의 여러 강족(羌族)들이 일시에 배반하자, 장수에게 명하여 출정하게 하였는데 매번 싸울 때마다 항상 패하였다. 그래서 다음과 같이 읊었다." 하였다.[後漢書五行志, "元嘉中, 涼州諸羌, 一時俱反, 命將出師, 每戰常負. 故云云."]

소맥은 풋풋하고 대맥이 말랐는데	小麥青青大麥枯
수확을 누가 하나 며느리와 시어머니뿐인걸	誰當穫者婦與姑
사내들은 어디 있나 서쪽 오랑캐 치러 갔네	丈夫何在西擊胡
관리는 말을 두고	吏置馬
임금은 수레를 갖추었으니	君具車
제군들아 북을 쳐서 오랑캐 좀 쫓게 해 주렴	請爲諸君鼓嚨胡

○ 원문의 '고롱호(鼓嚨胡)'는 감히 공식적으로 말을 못하고 사적으로 낮게 하는 말이다.[鼓嚨胡, 不敢公言, 私咽語也.]

210

환제·영제 때의 동요

[桓靈時童謠]

《후한서(後漢書)》에 "환제(桓帝) 당시에 정승의 교체를 남발하므로 사람들이 이 동요를 지어 불렀다." 하였다.[後漢書曰, "桓帝之世, 更相濫擧, 人爲之謠."]

수재[101]라고 천거했더니	擧秀才
글도 모르고	不知書
효렴[102]이라고 천거했더니	擧孝廉
부모와 별거라네	父別居
한소[103]를 청백하다더니 탁하기가 진흙 같고	寒素淸白濁如泥(1)
고제[104]를 양장이라더니 겁 많기가 맹꽁이 같네	高第良將怯如黽(2)

(1) '이(泥)'의 음은 열(涅)이다.[音涅.]

(2) '민(黽)'의 음은 멸(滅)이다.[音滅.]

---

101 수재(秀才): 머리가 좋고 재주가 뛰어난 사람으로 중국에서는 과거시험 중 첫 관문인 동시에 급제한 사람을 부르는 말이기도 했다.

102 효렴(孝廉): 중국 전한(前漢)의 무제(武帝)가 제정한 향거리선(鄕擧里選) 과목 중 하나이다. 효렴이란 부모에게 효도하는 몸가짐과 청렴한 자세를 뜻하며, 찰거(察擧) 과목 중 가장 중요하게 다루어졌다.

103 한소(寒素): 한나라 때 청빈한 선비를 발탁하던 과목(科目)을 이른다.

104 고제(高第): 한나라 때 호문(豪門) 출신을 선발하던 과목(科目)을 이른다.

211

성 위의 까마귀 동요

[城上烏童謠]

《후한서(後漢書)》〈오행지(五行志)〉에 "환제(桓帝) 초기에 경사(京師)에 동요(童謠)가 나돌았다. 살피건대, 이는 정치하는 자의 탐욕을 풍자한 것이다. '수레가 반반한 채로[車班班], 하간으로 들어가니[入河間]'는 환제가 장차 붕어하기에 앞서 수레를 타고 하간으로 들어가 영제(靈帝)를 맞이할 것을 말하였다. '하간의 여인 돈을 세는 데만 능통하여[河間姹女工數錢]'의 이하는, 영제가 이미 제위에 오르자, 그의 어머니 영락태후(永樂太后)가 금전(金錢) 모으기를 좋아하여 영제에게 관직을 팔아 돈을 받게 하니, 세상의 충직하고 정의로운 선비들이 매달아 둔 북을 쳐서 진달하고 싶었으나 관리가 노여워하는 것 때문에 어쩌지 못하였다." 하였다.[後漢書五行志曰, "桓帝初京師童謠. 按此刺爲政之貪也. '車班班, 入河間', 言桓帝將崩, 乘輿入河間迎靈帝也. 河間姹女工數錢以下, 靈帝旣立, 其母永樂太后好聚金錢, 敎靈帝賣官受錢, 天下忠義之士, 欲擊懸鼓以陳, 而大吏旣怒, 無如何也."]

성 위에 까마귀가	城上烏
새끼들 죄다 잡네	尾畢逋
아버지는 관리가 되고	公爲吏
자식은 병사가 되었네	子爲徒
병사 하나 죽고 나면	一徒死

수레는 백 대라네	百乘車
수레가 반반한 채로	車班班
하간으로 들어가니	入河間
하간의 여인 돈을 세는 데만 능통하여	河間姹女工數錢
돈으로 방을 만들고 금으로 집을 지으니	以錢爲室金爲堂
석상에선 쿵더쿵 황량[105]의 방아를 찧네	石上慊慊舂黃粱
들보 아래 매달아 둔 북이 있건만	梁下有懸鼓
내가 치고 싶어도 승상이 화를 낼까 겁이 나네	我欲擊之丞相怒

○ 이 가요(歌謠)는 그 대의(大意)만을 보고, 글자마다 따져 볼 필요가 없다. 따라서 천착을 하기보다는 차라리 의문점을 남겨 두는 편이 낫다.[歌謠領其大意, 不必字字歸著. 與其穿鑿, 毋甯闕疑.]

105 황량(黃粱): 찰기가 없는 조를 이른다.

212
영제 말기의 경도 동요
[靈帝末京都童謠]

《후한서(後漢書)》〈오행지(五行志)〉에 "영제의 말기에 경도에 동요가 나돌았다." 하였다.[後漢書五行志曰, "靈帝之末, 京都童謠."]

헌제(獻帝)가 처음 제위에 올랐을 때 작호(爵號)가 있지 않았다. 중상시(中常侍) 단규(段珪)[106] 등에게 붙잡혀 가자, 공경 백관(公卿百官)이 모두 그 뒤를 수행하였다. 하상(河上)에 이르렀다가 돌아왔는데, 이것이 '후가 아니며, 왕이 아니어도 북망산에 오른다'는 것이다.[獻帝初立, 未有爵號. 爲中常侍段珪等所執, 公卿百官, 皆隨其後. 到河上乃得還, 此爲非侯非王上北邙者也.]

후라고 하나 후가 아니며	侯非侯
왕이라 하나 왕이 아니네	王非王
천승만기일지라도 북망산에 오르네	千乘萬騎上北邙

106 단규(段珪, ?~189): 후한 때의 환관. 십상시(十常侍) 중 한 사람이다. 영제 때 중상시(中常侍)를 지내 열후(列侯)에 봉해졌고, 환관 장양(張讓), 조충(趙忠) 등과 무리를 지어 나쁜 짓을 자행하였다. 중평 6년에 소제(少帝)가 즉위하자, 대장군 하진(何進)이 환관을 주살할 것을 모의하는 것을 알아차리고 그를 속여 먼저 제거하였다. 원소 등이 환관을 잡아 죽이자, 장양과 함께 소제를 협박하여 달아났지만 민공(閔貢)에게 죽임을 당하였다.

213

정령위[107]가(丁令威歌)

《수신기(搜神記)》[108]에 "요동(遼東) 성문에 화표주(華表柱)[109]가 있는데 갑자기 백학(白鶴) 한 마리가 화표주 머리에 앉아 있었다. 그때 아이들이 활을 쏘려 하자, 학이 날아올라 공중을 배회하면서 다음과 같이 말하였다." 하였다. [搜神記, "遼東城門有華表柱, 忽有一白鶴集柱頭. 時有少年欲射之, 鶴乃飛, 徘徊空中而言云."]

새가 있네 새가 있네 정령위란 새가 있어 有鳥有鳥丁令威
집 떠난 지 천년 만에 이제서야 돌아왔네 去家千歲今來歸
성곽은 그대론데 사람은 아니구나 城郭如故人民非
어찌 신선술을 배우지 않아 무덤만 즐비한가 何不學仙冢纍纍

107 정령위(丁令威): 한(漢)나라 때 요동(遼東)에 살았다는 전설상의 인물. 고향을 떠나 영허산(靈虛山)에 들어가서 선도(仙道)를 배워 학이 되어 천년 만에 돌아왔다고 한다.

108 《수신기(搜神記)》: 중국 동진(東晉)의 역사가 간보(干寶)가 편찬한 소설집으로, 지괴(志怪)의 보고(寶庫)로 여겨지는 가장 대표적인 설화집이다. 현재 전하는 20권본은 과거 흩어졌던 것을 당나라 때 다시 편집한 것이다. 총 470편이 수록되었으며, 세계적 보편성을 가진 우의설화(羽衣說話)와 수신(水神) 설화 등도 있다. 《수신후기(搜神後記)》 10권은 도연명(陶淵明)의 작품이라고 하나 위작(僞作)인 것으로 전한다.

109 화표주(華表柱): 망주석(望柱石)이라고도 한다. 무덤 앞에 세우는 한 쌍의 돌기둥으로, 돌받침 위에 여덟 모진 기둥을 세우고 맨 위에 둥근 대가리를 얹어 놓았다.

214
소탐가(蘇耽歌)

《신선전(神仙傳)》[110]에 "소탐선(蘇耽仙)[111]이 떠난 뒤에 학 한 마리가 군내 지붕에 내려와서 오랫동안 떠나지 않고 있었다. 군료(郡僚)의 자제들이 탄자를 쏘려 하자, 학이 발을 들어 지붕에 그렸는데 마치 글자를 쓰듯 하였다. 그 가사는 다음과 같다." 하였다.[神仙傳, "蘇耽仙去後, 一鶴降郡屋, 久而不去. 郡僚子弟彈之, 鶴乃擧足畫屋, 若書字焉. 其辭云云."]

고향 들판 줄곧 떠나 있다가	鄕原一別
다시 와 보니 일마다 아니로세	重來事非
나이도 기억 못 하고	甲子不記
골짜기도 변천하여	陵谷遷移
백골이 들녘을 덮었으나	白骨蔽野
청산만은 그대로네	青山舊時

110 《신선전(神仙傳)》: 동진(東晉)의 갈홍(葛洪)이 신선들에 대한 기록을 모아 편찬한 10권의 지괴소설(志怪小說)이며 신마소설(神魔小說)인 동시에 도교경전 중 전기류에 해당한다. 온갖 상상력이 동원되어 한계 극복의 극치를 보여주며, 인간 세계의 또 다른 모습을 그려내고 있는 이 책은 사회 풍조와 문화기층, 인간 내면의 희구와 열망을 극도의 별개 세상으로 설정한 뛰어난 이야기들로 엮어져 있다.

111 소탐선(蘇耽仙): 한(漢)나라 말기에 호남성(湖南省)에 살았다는 사람. 어려서 아버지를 여의고 어머니를 극진한 효성으로 봉양하다가 어느 날 산으로 올라가 신선이 되었다고 한다. 소선공(蘇仙公)이라고도 한다.

높은 집에서 발을 들고서	翹足高屋
아이들을 내려다 보았네	下見羣兒
나는 본디 소선인 것을	我是蘇仙
나를 쏜들 무엇하리	彈我何爲
몸을 돌려 구름 밖으로 가서	翻身雲外
나의 거처로 돌아가련다	卻返吾居

○ 위의 시와 함께 이는 응당 후세 사람들의 의작(擬作)으로 봐야 할 것이나, 가사(歌詞)가 취할 만한 점이 있어서 취하였다.[連上首, 應是後人擬作, 詞有可取, 取之.]

고시원(古詩源) 권4 끝

고시원 古詩源

권5

위시 魏詩

무제(武帝)

맹덕(孟德)[1]의 시는 여전히 한나라 가락에 가깝고, 자환(子桓)[2] 이하는 순수한 위나라 가락이다.[孟德詩猶是漢音, 子桓以下, 純乎魏響.]
의미가 심장하고 웅건하며 맑고 청아한 시풍이 있으니, 가끔씩 패자(霸者)의 기상이 드러나기도 한다.[沈雄俊爽, 時露霸氣.]

215
단가행(短歌行)

때에 미쳐 즐거운 시간을 보내야 한다는 것을 말하였다.[言當及時爲樂也.]

술을 마주하면 노래 부르리 對酒當歌

1 맹덕(孟德): 삼국시대 위(魏)나라 조조(曹操)의 자(字)이다.
2 자환(子桓): 위(魏)나라 초대 황제인 문제(文帝) 조비(曹丕)의 자(字)이며, 조조(曹操)의 맏아들이다. 한(漢)나라의 헌제(獻帝)를 옹립하고 화북(華北)을 평정한 조조는 제위에 오르지 않았지만, 조비는 헌제로부터 양위 받는 형식으로 황제가 되어 도읍을 낙양에 두고, 국호를 위(魏)라 하였다. 동생 조식(曹植)과 함께 문인으로 명성이 높았고, 문학을 장려하는 한편 《전론(典論)》과 시부(詩賦) 등 1백여 편을 저술하였다.

인생이 얼마나 되나	人生幾何
비유하면 아침이슬 같은데	譬如朝露
지나온 날들 고생도 많았네	去日苦多
마음껏 슬퍼하고 탄식해 본들	慨當以慷
시름에 찬 생각 잊기 어렵네	幽思難忘
무엇으로 시름을 해소할 수 있을까	何以解憂
오직 두강주[3]가 있을 뿐이네	惟有杜康
푸른 옷 입은 인재들이여	青青子衿
내 마음 끝 간 데 없어라	悠悠我心
다만 그대들 생각 때문에	但爲君故
이제껏 깊은 시름에 잠겼노라	沉吟至今
우우하고 우는 사슴이여	呦呦鹿鳴
들녘의 마름풀을 먹듯이	食野之苹
내게도 귀빈이 있으니	我有嘉賓
북치고 비파 타고 피리를 부노라	鼓瑟吹笙
해맑기가 달과 같은 그대들을	明明如月
언제나 만날 수 있을까	何時可掇
시름이 중심에서 밀려와	憂從中來
끊어 버릴 수가 없음이여	不可斷絕

3 두강주(杜康酒): 두강은 주(周)나라 때 술을 최초로 빚었다는 사람이다. 조조가 54세 되던 해에 이 단가행(短歌行)에서 언급한 후로 '두강'은 술의 대명사가 되었다. 도연명(陶淵明)도 "의적(儀狄)은 술을 만들었고 두강은 이를 발전시켰다."라고 하여 두강을 술의 시조로 추대한 바 있다.

논둑길 넘고 밭길을 지나와서 越陌度阡
내게로 와 서로 안부를 묻네 枉用相存
의기투합하여 담소를 나누며 契闊談讌
마음속으로 옛정을 그리워하노라 心念舊恩
달은 밝고 별이 드문데 月明星稀
까막까치 남쪽으로 날아가네 烏鵲南飛
나무숲을 세 번 맴돌아 보지만 繞樹三匝
어느 가지에 의지할 수 있을까 何枝可依
산이 높음을 마다하지 않듯이 山不厭高
바다가 깊음을 마다하지 않듯이 海不厭深
주공[4]은 근면성실함을 행하여서 周公吐哺
천하의 선비들 마음을 돌렸다네 天下歸心

○ '달은 밝고 별이 드문 밤[月明星稀]' 이하 4구는 나그네가 의탁할 곳이 없음을 비유하였고, '산은 높기를 싫어하지 않고[山不厭高]' 이하 4구는 왕이 될 사람은 대중을 거절하지 않기 때문에 큰 사업을 이루어 낼 수 있음을 말하였다.[月明星稀四句, 喩客子無所依托, 山不厭高四句, 言王者不卻衆庶, 故能成其大也.]

4 주공(周公): 이름은 단(旦). 주왕조(周王朝)를 세운 문왕(文王)의 아들이며 무왕(武王)의 동생이다. 무왕과 그의 아들 성왕(成王)을 도와 주왕조의 기초를 확립했다. 무왕이 죽은 뒤 나이 어린 성왕이 제위에 오르자 섭정이 되었는데, 은족(殷族)의 대표자 무경(武庚)과 녹부(祿夫), 그리고 주공의 동생 관숙(管叔)과 채숙(蔡叔) 등의 반란을 진압한 다음 동방을 원정하여 하남성 낙양 부근의 낙읍(洛邑)에 진(鎭)을 설치했다. 원문의 '토포(吐哺)'는 '토포악발(吐哺握髮)'의 준말로, 손님이 오면 밥을 먹을 때는 밥을 뱉고 목욕할 때는 머리를 움켜쥐고 나가서 손님을 맞아들였다는 고사(故事)를 인용하였다. 어진 사람을 얻기 위하여 급급함을 비유하는 말로 인용되기도 한다.《史記 卷33 魯世家》

216

관창해(觀滄海)

동쪽으로 갈석산[5]에 올라가서 東臨碣石
푸른 바다를 굽어보니 以觀滄海
물은 어찌 그리 일렁이는가 水何澹澹
산과 섬이 우뚝 솟아 있도다 山島竦峙
수목은 무더기로 자라나 있고 樹木叢生
온갖 풀들이 무성하니 百草豐茂
가을바람 소슬하게 불자 秋風蕭瑟
큰 물결이 이는도다 洪波湧起
해와 달의 운행도 日月之行
그 속에서 나온 듯하고 若出其中
은하수의 찬란함도 星漢燦爛
그 속에서 나온 듯한데 若出其裏
지극히 다행스런 것은 幸甚至哉
노래 불러 내 뜻을 읊을 수 있음이로다 歌以詠志

○ 우주(宇宙)를 삼켰다 뱉었다 하는 기상이 있다.[有呑吐宇宙氣象.]

5 갈석산(碣石山): 하북성 창려현(昌黎縣) 북쪽에 위치한 산. 바닷물 속에 잠겨 일부만 모습을 드러낸다고 한다. 중국의 역대 제왕들이 순행(巡幸)할 때 이곳이 동쪽 끝 지점이었다.

217

토부동(土不同)

고을이 다르니 기후도 달라	鄕土不同
이곳 북녘[6]은 한겨울	河朔隆寒
얼음이 물에 떠내려가니[7]	流澌浮漂
배를 저어 가기 어렵네	舟船行難
송곳도 꽂을 수 없는 땅	錐不入地
가시덤불만 우거져 있고	蘴籟深奧
물은 말라 흐르지 않으니	水竭不流
얼음이 두꺼워 그 위로 건네	冰堅可蹈
은거하는 이는 가난이 걱정이나	士隱者貧
용맹스런 마음 거칠 것이 없어라	勇俠輕非
마음은 항상 원망과 탄식이니	心常歎怨
서글픔이 문득 밀려오네	戚戚多悲

6 북녘: 원문의 하삭(河朔)은 중국 황하(黃河) 이북의 지역을 말한다. 주(周)나라 무왕(武王)이 은(殷)나라를 정벌할 때 이곳에서 군사들에게 맹세했는데, 《서경(書經)》〈태서(泰誓)〉에 "무오에 무왕이 하삭에 머무니 여러 제후들이 군사를 이끌고 다 모이자 무왕이 군사를 순행하고 맹세하였다.[惟戊午, 王次於河朔, 群后以師畢會, 王乃徇師而誓.]"라고 하였다.

7 얼음 … 떠내려가네: 원문의 유시(流澌)는 강의 얼음이 녹아서 흘러 내려가는 것을 이른다. 《초사(楚辭)》〈구가(九歌)〉〈하백(河伯)〉에 "그대와 함께 강가를 노닐면 녹아 흐르는 얼음 내려온다.[與女遊兮河之渚, 流澌紛兮將來下.]"라고 하였는데 왕필(王逸)이 주하기를 "유시는 얼음이 녹는 것이다.[流澌 解冰也.]"라고 하였다.

지극히 다행스런 것은	幸甚至哉
노래 불러 내 뜻을 펼 수 있음이로다	歌以詠志

○ 이는 곧 "용맹을 좋아하고 가난을 싫어하는 것이 난(亂)을 일으키게 되는 것이다.[好勇疾貧亂也.]"[8]라는 뜻이 담겨져 있고, 노련함과 처량함을 잘 묘사하였다.[即好勇疾貧亂也之意, 寫得蒼勁蕭瑟.]

8 용맹을 … 것이다: 《논어집주(論語集註)》 〈태백(泰伯)〉에 "공자(孔子)가 이르시기를, 용맹을 좋아하고 가난을 싫어하는 것이 난을 일으키게 되는 것이고, 사람이 되어 인(仁)하지 못하고서 미워함이 너무 심하면 난이 일어나게 된다.[子曰, 好勇疾貧, 亂也. 人而不仁, 疾之已甚, 亂也.]"라고 하였다.

218

귀수수(龜雖壽)

신귀가 제아무리 장수한다 해도 神龜雖壽
외려 다할 때가 있고 猶有竟時
나는 뱀이 운무를 이룬다지만 騰蛇成霧
결국은 재가 되고 말거니와 終爲土灰
늙은 천리마는 마구간에 엎드려 있어도 老驥伏櫪
뜻만은 늘 천리를 가는 데에 있듯이 志在千里
열사는 늙어서도 烈士暮年
장렬한 마음을 놓지 않노라 壯心不已
차거나 응축되는 시기가 盈縮之期
유독 하늘에만 있는 것은 아니니 不獨在天
봉양하고 기쁘게 하는 복을 쌓으면 養怡之福
긴긴 수명을 얻게 되리라 可得永年
지극히 다행스러운 것은 幸甚至哉
노래 불러 내 뜻을 펼 수 있음이로다 歌以詠志

○ '차거나 응축되는 시기가[盈縮之期], 유독 하늘에만 있는 것은 아니니[不獨在天]'는 자신이 운명을 만들어 갈 수 있다는 것을 말하였다.[盈縮之期, 不獨在天, 言己可造命也.]

○ 조공(曹公)의 사언시(四言詩)는 《시경》 삼백 편(三百篇)의 시 외에 자연스럽게 기발한 음향을 개척하였다.[曹公四言, 於三百篇外, 自開奇響.]

219

해로(薤露)

한나라가 이십 세[9]를 지내 오더니	惟漢二十世
소임한 자가 참으로 어질지 못하였네	所任誠不良
모습은 원숭이가 관을 쓴 듯[10]	沐猴而冠帶
지략은 작으면서 꾀는 강하여	知小而謀彊
망설이며 용단을 내리지 못하니	猶豫不敢斷
사냥으로 인하여 군왕을 붙잡았네	因狩執君王
흰 무지개가 해를 관통하는 이변이 일더니[11]	白虹爲貫日
자신이 먼저 재앙[12]을 받았네	己亦先受殃
역적 신하가 국가의 권병을 쥐고서	賊臣執國柄

9 한나라가 이십 세: 한 고조 유방(劉邦)으로부터 영제(靈帝) 유굉(劉宏)까지는 정확히 22세인데 여기서 말한 20세는 대략 성수(成數)만을 지칭한 것이다.

10 원숭이가 관을 쓴 듯: 원숭이[沐猴]가 관을 썼다는 말은, 겉으로는 그럴듯하게 꾸몄지만 생각과 행동이 사람답지 못함을 비유하는 말로, 한생(韓生)이 항우(項羽)에 대하여 "사람들이 초나라 사람들은 원숭이에 관을 씌워 놓은 것과 같다고 하더니 과연 그렇다.[人言楚人, 沐猴而冠耳, 果然.]"라는 말에서 인용해 왔다. 《사기(史記)》 〈항우본기(項羽本紀)〉와 《한서(漢書)》 〈항적전(項籍傳)〉에 보인다.

11 흰 무지개가 … 일더니: 이 글은 백홍관일(白虹貫日)을 인용한 것으로, 흰 무지개가 태양을 가로지른 듯한 형상이 나타난다는 뜻이다. 이러한 현상은 곧 임금의 신상에 해로움이 가해지거나 천재지변 또는 나쁜 일이 발생할 징조라고 여겨 고대의 천문관측(天文觀測)에서 주의 깊게 보았다.

12 자신이 먼저 재앙: 자신은 하진(何進)을 뜻하며, 재앙을 받았다는 말은 왕보다 먼저 살해된 것을 지칭하는 말이다.

군주를 시해하고 서울을 짓밟으니[13]	殺主滅宇京
황제의 기업이 뒤집어지고	蕩覆帝基業
종묘가 엉망이 되었네	宗廟以燔喪
도망치듯 도읍을 서쪽으로 옮겨 가니[14]	播越西遷移
울부짖으며 떠나갔네	號泣而且行
저 서울의 성곽들 바라다보며	瞻彼洛城郭
미자[15]인 양 애상에 젖는도다	微子爲哀傷

○ 이 시는 하진(何進)[16]이 동탁(董卓)[17]을 불러들인 일을 지적한 것으로, 후한 말기의 실제 기록이다.[此指何進召董卓事, 漢末實錄也.]

13 역적 … 짓밟으니: 역적 신하는 동탁(董卓)을 말하고, 군주를 시해하고 서울을 짓밟았다는 말은 그가 하태후(何太后)를 시해하고 태위(太尉)가 되었으며, 재상이 된 뒤에는 나라의 전권을 쥐고 휘둘렀던 것을 지적하는 말이다.

14 도읍을 … 가니: 동탁이 낙양(洛陽)의 종묘에 불을 지르고 강제로 백성들을 서쪽으로 이주시켜 장안(長安)으로 천도한 것을 일컫는다.

15 미자(微子): 중국 고대 은(殷)나라의 현인. 은나라 주왕(紂王)이 음락에 빠져 폭정을 일삼자, 이를 지성으로 간한 신하 중 삼인(三仁)으로 불리던 세 왕족(微子, 箕子, 比干)의 한 사람이다. 이들 중 미자는 주왕의 형으로서 주왕의 폭정에 대해 여러 차례 간했지만 듣지 않자 국외로 망명했다.

16 하진(何進, ?~198): 후한 말기의 대신. 자는 수고(遂高), 남양(南陽) 완현(宛縣) 사람이다. 영제(靈帝)의 태후인 하태후(何太后)의 오라버니이다. 백정 출신이었으나 영제가 하태후를 총애하여 관직을 주었으며, 황건적의 난이 발생한 뒤 대장군까지 지냈다. 중평 6년(中平六年)에 영제가 죽자, 소제(少帝) 유변(劉辯)을 옹립하고 환관들을 주살하려다가 하태후의 만류로 중지했다. 그는 외병(外兵)을 수도로 들이려 했지만 환관 장양(張讓)과 단규(段珪) 등에게 속아 장락궁(長樂宮)에 들어와 죽임을 당하였다.

17 동탁(董卓): 147. 비분시(悲憤詩) 주 23) 참조.

220

호리행(蒿里行)

함곡관 동쪽에 의사가 있어서	關東有義士
군사를 일으켜 흉악한 무리 토벌한다 했네	興兵討羣凶
처음에는 맹진[18]에서 모이자 기약하더니	初期會盟津
내심은 함양[19]을 정복함에 있었네	乃心在咸陽
군사는 모였으나 힘이 고르지 않아	軍合力不齊
주저하며 앞장 서는 이 없었네	躊躇而雁行
권세와 이익이 서로를 다투게 하더니	勢利使人爭
다음은 되레 서로를 죽였도다	嗣還自相戕
회남[20] 땅 아우는 황제를 참칭하고	淮南弟稱號
북방에서는 옥새를 새겼다네	刻璽於北方
병사들 갑옷 속에 이가 득실거리니	鎧甲生蟣蝨
백성들이 이 때문에 다 죽어 갔다네	萬姓以死亡

18 맹진(盟津): 하남성(河南省)에 있는 지명. 주(周)나라 무왕(武王)이 주(紂)를 칠 때 제후와 회맹(會盟)했다고 전해지는 곳이다. 이후 역대의 회맹지로 인용되었으며, 여기에서는 원소(袁紹)를 맹주로 추대한 사실을 말한다. 맹진(孟津)으로도 쓴다. 서문(序文) 주 3) 참조.

19 함양(咸陽): 진(秦)나라의 옛 땅으로 진나라 말기에 항우와 유방이 군사를 일으켜 함양을 공격하고 진나라를 멸망시켰다. 이 시에서는 동탁이 있는 곳을 말하며 원소가 군사를 일으킨 후에 동탁이 낙양을 불태우고 헌제(獻帝)를 데리고 장안으로 이주하였다.

20 회남(淮南): 건안(建安) 2년에 원소의 아우 원술이 황제라고 참칭했던 곳으로, 수춘(壽春)이라고도 하며 지금의 안휘성(安徽省) 수현(壽縣)을 이른다.

들판에는 백골들이 나뒹굴고	白骨露於野
천 리를 가도 닭 우는 소리조차 들리지 않네	千里無雞鳴
살아남은 백성이 백에 하나였으니	生民百遺一
생각할수록 창자가 끊어지려 하네	念之斷人腸

○ 이 시는 본초(本初)[21]와 공로(公路)[22]의 무리들이 동탁을 척결하려다가 성공하지 못한 것을 지적하였다.[此指本初公路輩, 討董卓而不能成功也.]

○ '고악부(古樂府)'를 차용하여 시사(時事)를 묘사(描寫)한 것은 조공(曹公)으로부터 시작되었다.[借古樂府寫時事, 始於曹公.]

21 본초(本初): 원소(袁紹)의 자(字)이다.

22 공로(公路): 원술(袁述)의 자(字)이다.

221

고한행(苦寒行)

북으로 가서 태항산[23]에 오르니	北上太行山
어렵게도 어찌 그리 높은가	艱哉何巍巍
양장판[24]은 험난키도 하여	羊腸坂詰屈
수레바퀴 다 망가지겠네	車輪爲之摧
수목은 어찌 저리 쓸쓸한가	樹木何蕭瑟
북풍이 부는 소리 구슬퍼라	北風聲正悲
큰 곰은 나를 보고 웅크리고	熊羆對我蹲
호랑이는 좁은 길에서 으르렁거리네	虎豹夾路啼
계곡엔 사람들 적은데	谿谷少人民
눈은 어찌 그리도 펄펄 날리는지	雪落何霏霏
목을 빼고 길이 탄식하다가	延頸長歎息
멀리 가는 길 생각이 많아지네	遠行多所懷
내 마음은 어찌 이리 울적할까	我心何怫鬱
동쪽으로 한번 돌아갈 생각뿐이네	思欲一東歸
물은 깊고 다리는 끊어져서	水深橋梁絕

---

23 태항산(太行山): 산서성(山西省) 동남쪽에 있는 명산이다.

24 양장판(羊腸坂): 지명으로, 태항산 길이 양의 창자처럼 험난하고 꼬불꼬불한데서 붙여진 이름이다.

중간에 서성일 뿐이네	中路正徘徊
아차해서 옛길을 잃어버리니	迷惑失故路
날이 저물자 숙박할 곳이 없네	薄暮無宿棲
걷고 또 걸었건만 해는 벌써 지고	行行日已遠
사람과 말이 동시에 굶주리니	人馬同時飢
배낭을 지고 가서 땔감을 구해 오고	擔囊行取薪
얼음을 떠다가 죽을 끓였네	斧冰持作糜
슬프다 저 동산의 시[25]여	悲彼東山詩
끊임없이 나를 애상에 젖게 하네	悠悠使我哀

25 동산(東山)의 시: 주 무왕(周武王)의 아들 성왕(成王)이 나이가 어린 탓에 주공 단(周公旦)이 섭정(攝政)을 하게 되었는데, 그 형 관숙(管叔)이 유언(流言)을 퍼뜨리고 반란을 일으켰다. 이에 주공이 동정(東征)하여 3년 동안 싸워서 그들을 토벌하고 돌아오면서 지어 읊은 시를 말한다.

222

각동서문행(卻東西門行)

기러기 변방 북쪽서 날아오니 鴻雁出塞北
사람도 살지 않는 고장이라네 乃在無人鄉
날개를 들면 일만여 리 날고 擧翅萬里餘
가고 멈출 때 절로 항오를 이루네 行止自成行
겨울에는 남방의 벼로 배를 채우고 冬節食南稻
봄에는 다시 북방으로 날아간다네 春日復北翔
밭에서 아무렇게나 뒹구는 들쑥 田中有轉蓬
바람 따라 멀리 흩어져 날아오르면 隨風遠飄揚
길이 옛 뿌리와 단절되어 長與故根絕
만세토록 서로 만나지 못하나니 萬歲不相當
이 병사들 어찌해야 하나 奈何此征夫
어떻게 사방을 벗어난단 말인가 安得去四方
말은 안장을 벗지 못하고 戎馬不解鞍
병사들은 등에서 갑옷을 벗지 못하네 鎧甲不離傍
점점 세월이 흘러 늙어 가는데 冉冉老將至
언제쯤 고향으로 돌아가려나 何時返故鄉
신령스런 용은 깊은 물속으로 숨어들고 神龍藏深泉
사나운 짐승들은 높은 언덕을 활보하네 猛獸步高岡

여우는 죽을 때 살던 곳으로 머릴 향한다는데[26] 狐死歸首丘
그리운 고향을 어찌 잊을 수 있겠는가 故鄕安可忘

26 여우는 … 향한다는데: 여우는 죽을 때 반드시 자기가 태어난 언덕 쪽으로 머리를 돌린다는 뜻으로, 근본을 잊지 않거나 고향을 그리워하는 것을 일컫는 말로 쓰인다.

문제(文帝)

자환(子桓)[27]의 시에는 문사(文士)의 기상이 있어서 그의 아버지의 비장한 습성을 단번에 변화시켰다. 요컨대 그 유연성이 있으면서도 아름답고 온화하면서도 겸손함은 사람의 감정을 움직이기에 충분하다.[子桓詩有文士氣, 一變乃父悲壯之習矣. 要其便娟婉約 能移人情.]

223
단가행(短歌行)

유막을 쳐다보고	仰瞻帷幕
궤연을 굽어보니	俯察几筵
물건들은 그대론데	其物如故
그분이 아니 계시네	其人不存

27 자환(子桓): 215.단가행(短歌行) 주 2) 참조.

신령께서 잠깐 사이에 神靈倏忽
나를 버리고 멀리 옮겨 가시니 棄我遐遷
우러러 볼 곳도 의지할 곳도 없음이여 靡瞻靡恃
흐느껴 흐르는 눈물 하염없어라 泣涕漣漣
들녘에서 노는 사슴은 呦呦遊鹿
풀을 뜯으며 새끼를 부르고 銜草鳴麑
훨훨 나는 새들도 翩翩飛鳥
새끼와 함께 둥지에서 사는데 挾子巢棲
나만 홀로 외로운 외톨이 되어 我獨孤煢
이 온갖 이별을 생각하네 懷此百離
걱정하는 마음이 심하여 병이 되도록 憂心孔疚
나를 알아주는 이 하나 없네 莫我能知
남들이 하는 말로는 人亦有言
걱정이 사람을 늙게 한다더니만 憂令人老
아, 나의 백발은 嗟我白髮
어쩌다 이리 일찍 생겨났는지 生一何早
긴 신음 오랜 탄식으로 長吟永歎
나의 선친을 그리워하네 懷我聖考
어진 이가 장수한다 했거늘 曰仁者壽
어찌 이분을 보호하지 않으셨나요 胡不是保

○ 이 시는 어버이를 그리워하여 지은 것이다.[此思親之作.]

224

선재행(善哉行)

산에 올라 고사리를 캐다보니[28]	上山採薇
날은 저물고 허기져 괴롭구나	薄暮苦饑
계곡엔 바람이 불어 대는데	谿谷多風
찬 서리가 입은 옷을 적시네	霜露沾衣
들꿩은 새끼들을 데리고 있고	野雉羣雊
원숭이들은 서로 따르는구나	猴猿相追
고개 들어 고향을 바라다보니	還望故鄉
답답한 마음 어찌 이리 쌓이는지	鬱何壘壘(1)
높은 산은 언덕이 있고	高山有崖
숲을 이룬 나무는 가지가 있게 마련인데	林木有枝
시름은 방향도 없이 오는 것이어서	憂來無方
사람들은 알지 못한다네	人莫之知

28 고사리를 캐다보니: 《사기(史記)》 권61 〈백이열전(伯夷列傳)〉에 백이(伯夷)와 숙제(叔齊)는 은(殷)나라 고죽군(孤竹君)의 아들인데, 주 무왕(周武王)이 은나라를 정벌하자 주나라 곡식을 먹는 것을 수치로 여기고는, 서산(西山) 즉 수양산(首陽山)에 들어가서 채미가(采薇歌)를 부르며 고사리를 캐어 먹다가 굶어 죽은 고사가 전한다. 또한 《시경(詩經)》 〈소아(小雅) 녹명지십(鹿鳴之什) 채미(采薇)〉에 주나라 문왕(文王) 때 오랑캐들을 정벌할 일이 있어 군사들을 보낼 때에 부르던 노래인데, 그중에 "고사리 캐세 고사리 캐세, 고사리도 연하게 자라났나니. 돌아들 가세 돌아들 가세, 이해도 장차 저물려 하니.[采薇采薇, 薇亦作止, 曰歸曰歸, 歲亦莫止.]"라는 내용이 나온다.

인생이란 기생함과 같거늘 人生如寄
걱정 많이 한들 무엇 하리오 多憂何爲
지금 내가 즐기지 않으면 今我不樂
세월은 거침없이 치닫으리니 歲月如馳
넘실대며 흐르는 강물 위에 湯湯川流
중간에 배를 띄웠네 中有行舟
물결을 따라 회전하니 隨波迴轉
뱃놀이와 유사하구나 有似客遊
나의 좋은 말 채찍을 들고 策我良馬
나의 가벼운 갖옷을 입어 被我輕裘
말을 몰아 마음껏 달려 보련다 載馳載驅
이 깊은 시름 잊을 수 있게 聊以忘憂

(1) '루(壘)'는 평성이다.[平聲.]

○ 이 시는 객지생활에서의 감회를 읊은 것이다. '시름은 방향도 없이 오는 것이어서[憂來無方]'는 시름이 극심함을 묘사하였다. 말미에 객지생활이 배를 운행하는 것과 같다고 지적하고, 다시 배를 운행하는 것이 객지생활과 같다고 말하니, 조어(措語)가 공교롭기도 하고 활력이 있다.[此詩客遊之感. 憂來無方, 寫憂劇深. 末指客遊似行舟, 反以行舟似客遊言之, 措語旣工復活.]

225

잡시(雜詩) 2수(首)

【1수】

까마득한 가을밤이 길기도 한데 漫漫秋夜長
매서운 북쪽 바람 차가울 뿐이네 烈烈北風涼
뒤척이다 잠을 이루지 못하고 展轉不能寐
옷을 헤치고 일어나 서성거리네 披衣起彷徨
서성인 지 벌써 오래되어서인지 彷徨忽已久
흰 이슬이 나의 옷을 흠뻑 적셨네 白露沾我裳
맑은 물 이는 물결 굽어보다가 俯視清水波
밝은 달 쏟아지는 빛을 쳐다보네 仰看明月光
은하수는 하늘 서쪽으로 돌아 흐르고 天漢迴西流
삼삼오오[29] 별들은 이리저리 섞여 있네 三五正縱橫
풀벌레 우는 소리는 어찌 그리 서글픈지 草蟲鳴何悲
외기러기는 홀로 남쪽 향해 날아가네 孤雁獨南翔
울적한 마음 슬플 때가 많은 탓에 鬱鬱多悲思
끊임없이 고향을 그리워하네 緜緜思故鄉

29 삼삼오오: 《시경(詩經)》 〈소남(召南) 소성(小星)〉에 "희미한 저 작은 별이여, 셋이며 다섯이 동쪽에 있네.[嘒彼小星, 三五在東.]"라고 하고, 그 주석에 "삼오는 드묾을 말한 것이다.[三五言其稀.]"라고 하였다.

날고 싶다 한들 날개를 어찌 얻으며 願飛安得翼
건너고 싶은데 하수엔 다리가 없네 欲濟河無梁
바람을 향해 길게 탄식하니 向風長歎息
나의 창자를 끊어 내는 아픔이어라 斷絕我中腸

【2수】

서북쪽에 뜬구름이 있는데 西北有浮雲
덩그러니 수레 덮개 같도다 亭亭如車蓋
애석하게도 제때를 만나지 못하고 惜哉時不遇
하필이면 회오리바람을 만났네 適與飄風會
나에게 불어와 동남으로 가게 하니 吹我東南行
가고 또 가서 오회[30] 지역에 이르렀네 行行至吳會
오회는 나의 고향이 아니거니 吳會非我鄉
어찌 오래 머물 수 있겠는가 安得久留滯
아서라 다시 거론하지 말지어다 棄置勿復陳
나그네는 늘 사람이 두려운 법이니 客子常畏人

○ 두 시는 자연을 종주(宗主)로 삼고는 있으나 언외(言外)에 끝없는 비감(悲感)이 서려 있다.[二詩以自然爲宗, 言外有無窮悲感.]

---

30 오회(吳會): 오군(吳郡)과 회계군(會稽郡)을 이르는 말로, 강소성(江蘇省) 남부(南部)와 절강성(浙江省) 북부(北部)에 있다.

226
광릉에 이르러 말 위에서 짓다
[至廣陵於馬上作]

《위지(魏志)》에 "황초 6년(黃初六年)에 광릉의 고성에 행차하였다가 강가에 임하여 군대를 사열하니, 수졸(戍卒)이 10여 만이요 깃발이 수백 리나 이어졌다. 이를 보고 말을 타고 가면서 지었다." 하였다.[魏志, "黃初六年, 幸廣陵故城, 臨江觀兵, 戍卒十餘萬, 旌旗數百里, 因於馬上作詩."]

군대를 사열하며 강수에 임해 보니	觀兵臨江水
흐르는 물결 어찌 그리 넘실대는가	水流何湯湯
무기는 기세 등등 산 숲을 이루고	戈矛成山林
갑옷은 반짝반짝 햇살에 빛나도다	玄甲耀日光
맹장은 다잡을 마음 품고 있어	猛將懷暴怒
담기가 이리저리 서려 있네	膽氣正縱橫
누가 강물이 너르다 했던가	誰云江水廣
갈대 하나로 건널 수 있는 걸[31]	一葦可以航
싸우지도 않고 강한 적을 굴복시켰으니	不戰屈敵虜
병사들 모아 놓고 공로를 치하하네	戢兵稱賢良

31 누가 … 있는 걸: 《시경(詩經)》 〈위풍(衛風) 하광(河廣)〉에 "누가 하수가 너르다고 했던가 갈대 하나로 건너는데.[誰謂河廣, 一葦杭之.]"라고 한 데서 인용하였다.

고공단보[32]가 기산에 도읍을 정한 것이	古公宅岐邑
실로 은나라 정벌의 시작이었으며	實始翦殷商
맹헌자[33]가 호뢰[34]지역에 성을 쌓자	孟獻營虎牢
정인은 두려워하며 머리를 조아렸고	鄭人懼稽顙(1)
조충국[35]이 경작과 번식에 힘쓰자	充國務耕殖
선련[36]이 스스로 파망했네	先零(2)自破亡
회수 사수[37]의 사이에서 농업을 흥기시켜	興農淮泗間

32 고공단보(古公亶父): 그는 당시 서융(西戎)의 잦은 침략에 못 견디어 빈(豳) 땅을 버리고 기산(岐山) 아래로 도읍을 옮겨가서 왕업(王業)의 기반을 다졌다. 뒤에 주(周)나라 무왕(武王)은 왕업을 달성한 뒤에 그를 태왕(太王)으로 추존하였다.

33 맹헌자(孟獻子): 춘추시대 노(魯)나라의 어진 대부(大夫) 중손멸(仲孫蔑)을 이른다.

34 호뢰(虎牢): 춘추시대에 진(晋)나라에서 이 땅에다 성을 쌓음으로 해서 정(鄭)나라를 완전히 굴복시켰다. 《좌전(左傳)》 양공(襄公) 2년에 "맹헌자가 이르기를 '호뢰에 성을 쌓아 정나라를 핍박하라'고 하자, 지무자가 '좋은 생각이다.'[孟獻子曰, 請城虎牢以偪鄭, 知武子曰, 善.]"라고 하였다.

35 조충국(趙充國, 기원전 137~기원전 52): 한 무제(漢武帝) 때 영평후(營平侯)에 봉해진 인물이다. 그의 나이 일흔이었을 때 무제가 어사대부(御史大夫) 병길(丙吉)을 보내 강족(羌族)을 정벌할 계책에 대하여 묻자, 조충국은 "백 번 듣는 것이 한 번 보는 것만 못하니, 신이 금성(金城)에 가서 보고 계책을 마련해 올리고자 합니다." 하고, 무제의 허락을 받아 몸소 금성으로 가서 강족의 사정을 살핀 다음, 그 일대에 둔전(屯田)을 설치하여 이들을 들어오지 못하게 하였다. 《漢書 卷69 趙充國列傳》

36 선련(先零): 한나라 때 서쪽 오랑캐의 일종. 이들이 호강(豪强)하여 여러 오랑캐들과 소수의 종족(種族)들을 겁략(刼略)하고 변경에 자주 침입하자, 조충국이 이곳에 가서 오랑캐와 상대하면서 척후(斥候)를 멀리하는 데에다 힘을 기울였고, 마침내 둔전(屯田)의 계책을 올려 파견된 기병(騎兵)을 혁파하고 보졸(步卒)을 머물게 하였으며, 요해처(要害處)에 나누어 주둔(駐屯)시키고 도랑을 치도록 하여 사람마다 20묘(畝)를 주어 경작하면서 경비하게 해서 군량[兵食]을 충당하였다 한다.

37 회수 사수[淮泗]: 110.호자가(瓠子歌) 2수(首) 주 30) 참조.

집을 축조한 것이 서방에선 도읍 되었네	築室都徐方
마땅함을 헤아려 권략을 운영하니	量宜運權略
육군이 모두 기뻐하고 편안해 하네	六軍咸悅康
어찌 동산의 시[38]와 같아서	豈如東山詩
긴긴 날을 시름에 상심만 많으리오	悠悠多憂傷

(1) '상(顙)'은 평성이다.[平聲.]

(2) '영(零)'의 음은 련(憐)이다.[音憐.]

○ 원래는 날아서 건너기도 어려운데 문득 '갈대 하나로 건널 수 있다[一葦可以航]'라고 말했으니, 이는 독려하는 말이다. 그러나 작품 주제와 전고의 활용은 유난히 돋보인다.[本難飛渡, 卻云一葦可航, 此勉強之詞也. 然命意使事, 居然獨勝.]

38 동산(東山)의 시: 221.고한행(苦寒行) 주 25) 참조.

227
과부(寡婦)

친구인 완원유가 일찍 죽자, 그의 아내가 과부된 것을 상심하여 이 시를 지었다.[友人阮元瑜早亡, 傷其妻寡居, 爲作是詩.]

서리와 이슬이 어지럽게 뒤섞여 내리니　霜露紛兮交下
나뭇잎 떨어져서 처량하구려　木葉落兮凄凄
때를 아는 기러기 구름 속에서 울고　候雁叫兮雲中
돌아갈 제비는 펄펄 날며 맴도는데　歸燕翩兮徘徊
신첩의 마음은 감상 속에 서글퍼지고　妾心感兮惆悵
밝던 해는 갑자기 서쪽으로 지네요　白日忽兮西頹
긴긴 밤 지새며 당신 생각 때문에　守長夜兮思君
나의 영혼은 하룻밤에 아홉 번 무너집니다　魂一夕兮九乖
우두커니 서서 하늘을 쳐다보니　悵延佇兮仰視
별도 달도 따라 하늘을 돌고요　星月隨兮天迴
그저 고개 떨구고 방으로 들어오니　徒引領兮入房
외롭고 쓸쓸한 신세 절로 가련하네요　竊自憐兮孤栖
임을 따라가서 이 생을 마치렵니다　願從君兮終沒
시름을 어찌 오래 품고만 살겠어요　愁何可兮久懷

○ 반악(潘岳)[39]이 지은 〈과부부(寡婦賦)〉의 서문에 "완우(阮瑀)가 죽자, 위 문제가 애도하여 지인들에게 과부에 대하여 부(賦)를 짓도록 명하였다."라고 하였는데, 이 글을 지칭한 것이다.[潘岳寡婦賦序曰, "阮瑀旣沒, 魏文悼之, 並命知舊作寡婦之賦.", 指是篇也.]

39 반악(潘岳, 247~300): 서진(西晉) 때의 문인. 자는 안인(安仁)이고, 하남성 형양(滎陽) 출신이다. 예언(例言) 주 17) 참조. 아내의 죽음을 겪고 지은 〈도망시(悼亡詩)〉 3수는 진정이 넘쳐흐르며 당시 수사주의적 문학에 하나의 전기를 마련해 주었다.

228

연가행(燕歌行)

《광제(廣題)》에 "연(燕)은 지명이다. 남편이 연(燕)땅으로 행역(行役)을 갔기 때문에 이 곡을 지은 것이다." 하였다.[廣題曰, "燕地名. 言良人從役於燕, 而爲此曲."]

가을바람 스산하고 날씨가 서늘하니　　秋風蕭瑟天氣涼
초목은 죄다 떨어지고 이슬이 서리 되었네　　草木搖落露爲霜
제비 떼는 돌아가고 기러기 남으로 날아가니　　羣燕辭歸雁南翔
객지에 나간 임 생각에 애간장이 끊어지네　　念君客遊思斷腸
임도 돌아오고파 고향을 그리워하련만　　慊慊思歸戀故鄉
어이해서 지체하며 타향에 머무시나요　　何爲淹留寄他方
이 몸은 홀로[40] 독수공방하고 있어서　　賤妾煢煢守空房
시름 속에 임 생각을 잊지 못하니　　憂來思君不敢忘
눈물 절로 쏟아져 옷깃 적시네　　不覺淚下霑衣裳
거문고 가져다 줄을 퉁기니 청상곡[41]만 흐르고　　援琴鳴絃發清商
단가를 읊조릴 뿐 긴 가락은 아니 되네　　短歌微吟不能長

---

40 홀로: 원문의 경경(煢煢)은 외롭고 걱정스러운 모습으로, 《초사(楚辭)》 〈구가(九歌) 사미인(思美人)〉에 "홀로 외로이 남쪽으로 가며 팽함의 옛일 그리워하네.[獨煢煢而南行兮, 思彭咸之故也.]"라고 하였다.

41 청상곡(清商曲): 121. 시(詩) 4수(首) 주 65) 참조.

밝은 달은 환하게 나의 침상을 비추고	明月皎皎照我牀
은하수는 서쪽으로 흘러 밤은 아직 깊지 않은데	星漢西流夜未央
견우와 직녀는 멀리 서로 바라볼 뿐이니	牽牛織女遙相望
그대들은 유독 무슨 죄로 다릴 건너지 못하는가	爾獨何辜限河梁

○ 온화하면서도 순종하는 뜻이 있어 읽다 보면 절로 감상에 젖게 된다. 절주(節奏)가 절묘한 것도 불가사의한 면이 있다.[和柔巽順之意, 讀之油然相感. 節奏之妙, 不可思議.]

○ 구마다 운자(韻字)를 적용하여 감정을 억누르고 머뭇거리는 듯하고, '단가를 읊조릴 뿐 긴 가락은 아니 되네[短歌微吟不能長]'는 흡사 스스로 이 시를 말한 듯하다.[句句用韻, 掩抑徘徊. '短歌微吟不能長' 恰似自言其詩.]

견후(甄后)[42]

229

당상행(塘上行)

부들이 나의 못에 자라더니	蒲生我池中
잎사귀는 어찌 저리 무성한가	其葉何離離
곁에서 인의를 실행해 온 사람으로	傍能行仁義
신첩 같은 이 없는 줄 아시리다	莫若妾自知
입이 여럿이면 쇠붙이도 녹인다더니	衆口鑠黃金
당신과 생이별을 하게 하네요	使君生別離
당신이 날 버리고 떠날 때를 생각하며	念君去我時
나홀로의 시름에 항상 괴로워한답니다	獨愁常苦悲

42 견후(甄后): 삼국시대 위(魏)나라의 황후로, 중산군(中山郡) 무극현(無極縣) 사람이다. 처음에 원소(袁紹)의 둘째 아들 원희(袁熙)의 아내가 되었다가 뒤에 조비(曹丕)의 처가 되어 조예(曹叡)를 낳았다. 조비가 칭제한 후 총애를 잃었고, 또 곽 귀비가 천자를 저주한다고 무고하자, 조비가 사사하였다. 조예가 즉위한 뒤 시호를 문소황후(文昭皇后)로 올렸다.

당신의 얼굴을 떠올려 볼 때마다	想見君顔色
감정이 북받쳐 심장과 비장도 상하는구료	感結傷心脾
당신 생각에 늘 괴롭고 슬퍼져서	念君常苦悲
밤마다 잠을 이루지 못한답니다	夜夜不能寐
어질고 호방하단 이유로	莫以賢豪故
평소의 아끼던 사람 버리지 마세요	弃捐素所愛
고기와 생선이 천하다는 이유로	莫以魚肉賤
파와 부추마저 버리지 마세요	弃捐蔥與薤
삼과 모시가 천하다는 이유로	莫以麻枲賤
골풀과 띠풀을 버리지 마세요	弃捐菅與蒯
집을 나가도 시름이요	出亦復苦愁
들어와도 역시 시름입니다	入亦復苦愁
변방엔 슬픈 바람 많다는데	邊地多悲風
나무들은 어찌 그리 길게 자랐는지	樹木何脩脩
종군하여 혼자라도 즐거움 이루시어	從軍致獨樂
해를 늘려서 천추토록 장수하소서	延年壽千秋

○ 말로(末路)에 되레 말을 열어 주었다. 이는 한나라 사람들의 악부시(樂府詩)에 종종 있는 사례이다.[末路反用說開. 漢人樂府, 往往有之.]

명제(明帝)[43]

230

종과편(種瓜篇)

동쪽 우물가에다 오이를 심었더니	種瓜東井上
무성하게 자라 담을 넘어왔네요	冉冉自踰垣
당신과 새로 혼인을 하고 나니	與君新爲婚
오이와 칡덩굴이 서로 이어진 듯합니다	瓜葛相結連
불초한 몸을 의탁하고 보니	寄託不肖軀
마치 태산에 의지한 듯합니다	有如倚太山

43 명제(明帝, 205?~239): 삼국시대 위(魏)나라 제2대 황제로, 이름은 조예(曹叡)이고, 자는 원중(元仲)이며, 문제(文帝)인 조비(曹丕)의 태자이다. 문제의 유언에 따라 조진(曹眞)과 조휴(曹休), 사마의(司馬懿), 진군(陳群) 등이 보좌하였으며, 침의과단(沈毅果斷)한 성품으로, 부화(浮華)한 무리를 물리치고 스스로 정치를 단행하였다. 즉위 초에 오(吳)와 촉(蜀)이 연합하여 공략해 오자, 사마의 등 무장을 파견하고 자신도 출전하여 오를 격퇴하였다. 그의 생모는 문소황후(文昭皇后) 견씨(甄氏)이며, 13년간 재위하였다. 그가 죽자 양자로 삼은 제왕(齊王)인 방(芳)을 보좌한 자들의 내분으로, 사마씨가 실권을 장악하였다.

토사[44]는 뿌리가 없는 탓에	兎絲無根株
넝쿨만 뻗어가서 오르고	蔓延自登緣
마름[45]은 맑은 물에 의탁하지만	萍藻託清流
항상 몸이 온전하지 못함을 우려합니다	常恐身不全
구산 같은 은혜를 입었으니	被蒙丘山惠
천첩은 정성스레 간직하리다	賤妾執拳拳
하늘에 뜬 해가 환히 비춰 알듯이	天日照知之
당신도 역시 그러리라 생각합니다	想君亦俱然

44 토사(兎絲): 184. 고시(古詩) 19수(首) 주 29) 참조.

45 마름[萍藻]: 초훼(草卉)의 하나. 개구리밥, 또는 마름풀이라고도 한다.

조식(曹植)

자건(子建)[46]의 시는 오색(五色)이 서로 펼쳐진 듯하고, 팔음(八音)이 밝고 명량하게 연주되는 느낌을 준다. 재주를 부리긴 해도 재주를 과시하지는 않았고, 박식함을 사용하였으나 그 박식함을 노출시키지 않았다. 소무(蘇武)와 이능(李陵) 이하로 짐짓 대가로 추대할 만하다. 중선(仲宣)[47]과 공간(公幹)[48]이 어찌 금고(金鼓)를 잡고 얼굴을 치켜든 채 대항하겠는가.[子建詩五色相宣, 八音朗暢. 使才而不矜才, 用博而不逞博. 蘇·李以下, 故推大家. 仲宣·公幹 烏可執金鼓而抗顏行也.]

231
삭풍시(朔風詩)

저 삭풍을 맞아 우러르면 仰彼朔風

46 자건(子建): 위(魏)나라 문제(文帝) 조비(曹丕)의 아우인 조식(曹植)의 자(字)이다.

47 중선(仲宣): 산동성(山東省) 추현(鄒縣) 사람인 왕찬(王粲)의 자이다. 그는 공간(公幹) 등과 함께 문제(文帝)의 친구로 사랑을 받았으며 건안칠자(建安七子)의 으뜸이다.

48 공간(公幹): 동평(東平) 사람 유정(劉楨)의 자(字)이다.

위나라 서울을 생각하네 用懷魏都
바라건대 대마[49]를 잡아 타고서 願騁代馬
선뜻 북쪽으로 가고파라 倏忽北徂
봄바람[50]이 줄곧 불어오면 凱風永至
저 남만 지역을 생각하네 思彼蠻方
바라건대 월나라 새[51]를 따라가서 願隨越鳥
훨훨 날아 남쪽으로 가고파라 翻飛南翔
사계절 기후가 교대로 진행하여 四氣代謝
해와 달과 별들이 천지를 운행하건만 懸景(1)運周
이별은 잠시 허리 구부렸다 편 정도인데 別如俯仰
마치 삼추를 지나온 것 같구나 脫若三秋
예전에 내가 처음 옮겨갈 때엔 昔我初遷
붉은 꽃이 만발했더니만 朱華未希
지금 내가 돌아가려 하니 今我旋止
흰 눈이 펄펄 날리네 素雪云飛
아래로 천 길을 내려가고 俯降千仞

49 대마(代馬): 대(代)는 옛날 대군(代郡)을 지칭하며 북쪽 변방의 범칭으로 사용한다. 이곳에서 명마가 난다고 한다.

50 봄바람: 《시경(詩經)》 〈패풍(邶風) 개풍(凱風)〉에 "따스한 바람이 남쪽에서 저 가시나무 새싹에 분다.[凱風自南, 吹彼棘心.]"라고 한 데서 인용하였다.

51 월나라 새: 184.고시(古詩) 19수(首)의 첫째 수 "월나라 새는 남쪽 가지에 둥지를 틀지요.[越鳥巢南枝.]" 참조.

위로 하늘까지 오르며 仰登天阻
바람에 흩날리는 쑥대처럼 風飄蓬飛
추위와 무더위를 겪었네[52] 載離寒暑
천 길도 쉬이 올랐고 千仞易陟
하늘 끝도 넘을 수 있었거늘 天阻可越
예전엔 형제였던 우리가 昔我同袍
지금은 영원히 어긋난 이별이구려 今永乖別
당신은 꽃다운 풀을 좋아하시니 子好芳草
당신에게 드릴 걸 어찌 잊었겠어요 豈忘爾貽
흐드러지게 피운 꽃 어우러질 판인데 繁華將茂
된서리에 시들어 버렸네요 秋霜悴之
임께서 돌봐 주지 않는다 하여 君不垂眷
어찌 그것을 성의 없다 말하겠어요 豈云其誠
가을 난초에 비유할 수 있겠고 秋蘭可喻
계수나무는 겨울에도 무성하다오 桂樹冬榮
노래 가락에 넘치는 그리움 絃歌蕩思
누구와 함께 이 시름을 달래 보나요 誰與消憂
강가에 임하여 날 저물도록 그려봅니다 臨川暮思
어찌하면 배를 띄울 수 있나요 何爲汎舟
어찌 조화로운 음악이 없겠소마는 豈無和樂

52 추위와 … 겪었네: 원문의 재리한서(載離寒暑)는 《시경(詩經)》 〈소아(小雅) 소명(小明)〉에 "이월 초하룻날 곧 추위와 무더위를 겪었네.[二月初吉, 載離寒暑.]"라고 한 구절을 인용하였다.

노는 이가 모두 나의 이웃은 아니구려	遊非我鄰
배 띄우는 걸 누가 잊었겠소마는	誰忘汎舟
곁에 사람이 없어 부끄럽네요	愧無榜人

(1) '경(景)'은 영(影)과 같다.[同影.]

○ 임께서 비록 돌봐 주지 않는다 할지라도 나야 어찌 정성을 말하지 않겠는가. 그러므로 아래에서 '가을 난초 운운'하였다. 평화롭고 즐거운 뜻으로 갈무리하였으니, 시(詩) 가운데 정칙(正則)이라 하겠다.[言君雖不垂眷, 而己豈得不言其誠乎. 故下接秋蘭云云, 結意和平夷愉, 詩中正則.]

232

하선편(鰕䱇篇)

'선(䱇)'은 '선(鱔)'과 같다. '단(旦)'으로 쓰고 '차(且)'로 쓰지 않는다. 다른 본에는 '저(䱉)' 자로 잘못 썼는데 이런 글자는 없다.[䱇, 同鱔. 從旦不從且. 他本誤作䱉, 無此字也.]

새우나 드렁허리 물웅덩이에서만 노닐 뿐	鰕䱇游潢潦
강과 바다의 흐름을 알지 못하고	不知江海流
제비와 참새는 울타리 정도를 즐기는데	燕雀戲藩柴
어찌 기러기와 고니의 노님을 알리오	安識鴻鵠遊
세상 선비가 진실로 인성에 밝다지만	世士誠明性
대덕[53]엔 진실로 짝할 이가 없다오	大德固無儔
수레를 타고 오악[54]엘 올라 보니	駕言登五嶽
구릉이 작다는 걸 그제야 알겠고	然後小陵丘

53 대덕(大德): 《맹자집주(孟子集註)》〈이루장구 상(離婁章句上)〉에 "대인(大人)이란 대덕(大德)을 갖춘 사람이니, 자신을 바르게 함으로써 남이 저절로 바르게 되도록 역할을 하는 사람이다.[大人, 大德之人, 正己而物正者也.]"라고 하였고, 《중용장구(中庸章句)》 제30장에는 "만물이 함께 길러져 서로 해치지 않으며, 도(道)가 함께 행하여 서로 위배되지 않는다. 소덕(小德)은 냇물의 흐름이요, 대덕(大德)은 교화를 도타이하니, 이는 천지가 위대한 까닭이다.[萬物幷育而不相害, 道幷行而不相悖. 小德川流, 大德敦化, 此天地之所以爲大也.]"라고 하였다.

54 오악(五嶽): 중국에 있는 다섯 명산. 곧 중앙(中央)의 숭산(嵩山), 동쪽의 태산(泰山), 서쪽의 화산(華山), 남쪽의 형산(衡山), 북쪽의 항산(恒山)을 말한다.

길 가는 사람들 굽어보니　俯觀上路人
세력 갖기만을 꾀하누나　勢利惟是謀
적국이 강성해져 황실을 염려하고　讎高念皇家
멀리 구주[55]까지 돌볼 것을 생각하네　遠懷柔九州
검을 어루만지자 천둥소리 들리는 듯　撫劍而雷音
사나운 기운이 떠서 감도네　猛氣縱橫浮
강호에 떠도는 무리들 시끌벅적　汎泊徒嗷嗷
어느 누가 장사의 시름을 알리오　誰知壯士憂

---

55 구주(九州): 031. 우잠(虞箴) 주 27) 참조.

233

태산양보행(泰山梁甫行)

사방팔방 각각 기후가 다르듯이　　八方各異氣
천리에 사람 살아가는 고초도 다르네　　千里殊風雨
참혹하다 변방의 백성들은　　劇哉邊海民
초야에다 몸을 의탁하였네　　寄身於草野
아내와 자식들은 짐승처럼　　妻子象禽獸
험한 숲속에서 지내건만　　行止依林阻
사립문은 어찌 그리도 쓸쓸한가　　柴門何蕭條
여우와 토끼가 제 집인 양 드나드네　　狐兔翔我宇

234

공후인(箜篌引)

술자리를 높은 전각에다 마련하니 置酒高殿上
친구들이 나를 따라 노닐도다 親友從我遊
주방에서 풍성한 요리 장만하여 中廚辨豐膳
양고기에다 살진 쇠고기를 삶았네 烹羊宰肥牛
진쟁[56]은 어찌 그리도 강개한가 秦箏何慷慨
제슬[57]은 온화하고도 유연하여라 齊瑟和且柔
양아[58]지방 기녀는 기발한 춤을 선보이고 陽阿奏奇舞
경락[59]에선 이름난 노래를 부르네 京洛出名謳

---

56 진쟁(秦箏): 중국의 속악(俗樂)에 쓰이던 13현(絃)의 악기. 가야금과 비슷하다. 진(秦)나라 몽념(蒙恬)이 처음 만들었다고 전한다.

57 제슬(齊瑟): 진쟁(秦箏)과 함께 중국 고대 악기로 자주 인용된다. 《문선(文選)》에 조식(曹植)이 지은 〈증정익(贈丁翼)〉이라는 시에 "진쟁으로는 서쪽 기운을 발산하고, 제슬로는 동구를 노래한다.[秦箏發西氣, 齊瑟揚東謳.]"라고 하였는데, 여연제(呂延濟)의 주석에 "제(齊)나라 여인은 슬(瑟)을 잘 연주한다. 제나라가 동쪽에 위치하고 있어서 동구(東歐)라고 한 것이며 구(謳)는 가(歌)와 같다.[齊女善鼓瑟. 齊在東, 故云東謳, 謳, 歌也.]" 하였다.

58 양아(陽阿): 송옥(宋玉)의 〈대초왕문(對楚王問)〉에 "나그네 가운데 영 땅에서 노래하는 이가 있었다. 처음에는 〈하리〉와 〈파인〉을 불렀더니, 나라 안에서 이에 맞춰 화답한 사람이 수천 명에 이르렀고, 다음으로 〈양아〉와 〈해로〉를 불렀더니 나라 안에서 이에 화답한 이가 수백 명에 이르렀다. 이어 〈양춘〉과 〈백설〉을 불렀더니 이에 화답한 이는 고작 수십 명에 불과했다. … 이렇기 때문에 곡조가 점점 고아해질수록 화답하는 이도 더욱 적어지는 것이다.[客有歌于郢中者, 其始曰, 下里·巴人 國中屬而和者, 數千人, 其爲陽阿·薤露, 國中屬而和者, 數百人. 其爲陽春·白雪, 國中屬而和者, 不過數十 人 … 以其曲彌高, 其和彌寡.]"라고 하였다.

59 경락(京洛): 한(漢)나라와 당(唐)나라 때의 서울인 낙양(洛陽)을 말하나, 일반적으로 서울을 나

즐겁게 마신 술이 석 잔을 넘기니 樂飮過三爵
허리띠를 느슨하게 하고 안주를 드네 緩帶傾庶羞
주인이 천년의 장수를 칭송하자 主稱千年壽
손님은 만년의 답배로 축수하네 賓奉萬年酬
오랜 언약[60]은 잊지 말아야 하리니 久要不可忘
경박함이란 끝내 도의상의 비난거리지 薄終義所尤
겸손함이 군자의 미덕일진대 謙謙君子德
허리 굽혀 무엇을 구할 것인가 磬折欲何求
돌풍이 대낮에 불어와도 驚風飄白日
햇볕은 서쪽으로 흐르기 마련 光景馳西流
젊은 시절은 두 번 맞을 수 없고 盛時不可再
백년 세월도 문득 나를 재촉하며 百年忽我遒
살아서 화려한 집에 살았다 한들 生存華屋處
죽으면 산언덕으로 가기 마련인데 零落歸山丘
선민[61]인들 그 누가 죽지 않았던가 先民誰不死
천명인 줄 알면 그 무엇을 걱정하랴 知命復何憂

타내는 말로 많이 쓰인다. 경도(京都), 경조(京兆), 경중(京中)으로도 표기한다.

60 오랜 언약: 원문의 구요(久要)는 오랜 약속을 이르는데, 《논어집주(論語集註)》〈헌문(憲問)〉에 "이를 보고 의를 생각하며, 위태로운 것을 보고 목숨을 바치며, 오랜 약속일지라도 평소의 말을 잊지 않는다면 또한 성인이 될 수 있을 것이다.[見利思義, 見危授命, 久要, 不忘平生之言, 亦可以爲成人矣.]"라는 말이 있다.

61 선민(先民): 고대의 현인(賢人)을 지칭한다. 《시경(詩經)》〈대아(大雅) 판(板)〉에 "선민이 말을 하되 나무꾼에게도 물어보라.[先民有言, 詢於芻蕘.]"라고 하고, 그 주석에 "선민은 옛날의 현인이다.[先民, 古之賢人也.]"라고 하였다.

235

원가행(怨歌行)

임금 노릇 하기도 쉽지 않거니와	爲君旣不易
신하 노릇 하기가 유독 어려워라	爲臣良獨難
충성과 신의를 드러내지 않으니	忠信事不顯
그래서 의심을 받기 십상이라네	乃有[1]見疑患
주공[62]은 성왕[63]을 보좌하면서	周公佐成王
금등[64]의 공을 간구하지 않았고	金縢功不刊
성심을 다해 왕실을 도왔는데	推心輔王室
두 숙씨[65]는 되려 유언을 퍼뜨렸네	二叔反流言
대죄하여 동쪽으로 거처를 옮기니	待罪居東國

62 주공(周公): 215.단가행(短歌行) 주 4) 참조.

63 성왕(成王): 215.단가행(短歌行) 주 4) 참조.

64 금등(金縢): 《서경(書經)》의 편명(篇名)이기도 한 이것은 원래 주공(周公)이 병환 중에 있는 무왕(武王)을 대신하여 죽게 해 달라고 선왕(先王)에게 고유한 글을 담아 두었던 궤짝이다. 처음에는 성왕(成王)이 관숙(管叔)과 채숙(蔡叔)의 유언비어를 듣고 주공을 의심하였었다. 뒤에 바람이 불어 나무가 뽑히는 등의 이변이 발생하자, 성왕이 선왕(先王)에게 고유문(告由文)을 작성하기 위하여 이 금등을 열었다가 주공의 고유문을 보고 오해를 풀게 되었던 사실이 있다.

65 두 숙씨[二叔]: 관숙(管叔)과 채숙(蔡叔)을 말한다. 관숙은 문왕(文王)의 셋째 아들이며 주공(周公) 단(旦)의 형으로, 무왕(武王)이 은(殷)을 멸하고 여러 아우를 각지에 봉할 때, 채(蔡)에 봉함을 받은 숙도(叔度)와 함께 관(管)에 봉해졌는데, 주왕(紂王)의 아들 무경(武庚)을 보좌하여 하남(河南)을 다스리다가 무왕이 죽은 뒤에 무경과 함께 반란을 일으켰다.

쏟아지는 눈물 하염없었네	泫涕常流連
훌륭하신 선조께서 큰 변고를 일으켜	皇靈大動變
천둥 번개에 바람 불고 날씨 차고	震雷風且寒
나무가 뽑히고 들녘의 곡식들 쓰러지고	拔樹偃秋稼
하늘의 위엄을 감당하기 어려웠네	天威不可干
소복 입고 금등을 열고 나서	素服開金縢
감격하여 그 단서 찾게 되었네	感悟求其端
주공의 일이 이미 드러나자	公旦事旣顯
성왕은 이내 애절한 탄식을 하였네	成王乃哀歎
내가 이 노래를 마치고자 하는 것은	吾欲竟此曲
이 노래가 슬프고도 유장하기 때문이네	此曲悲且長
오늘의 즐거움을 서로 즐기고	今日樂相樂
작별한 뒤에도 서로 잊지 말아요	別後莫相忘

(1) '유(有)'의 음은 우(又)이다.[音又.]

○ '충성과 신의를 드러내지 않으니[忠信事不顯]'는 충신의 마음을 남들이 알아주기를 요구하지 않는다는 것을 말하였다. 마치 주공이 기도한 글을 금등궤 속에 간직해 둔 것과 같다.[忠信事不顯, 言忠信之心, 不欲人知也. 如周公納祝詞於匱中之類.]

○ 끝부분의 4구는 마침내 성어(成語)를 사용하였는데, 옛 사람은 이러한 용법(用法)을 꺼리지 않았다.[末四句竟用成語, 古人不忌.]

236
명도편(名都篇)

명도는 한단(邯鄲)이나 임치(臨淄)와 같은 유(類)이다. 이 시는 당시 사람들이 말 타고 활 쏘는 묘기와 놀이 위주로 즐길 뿐, 나라를 걱정하는 마음이 없는 것을 풍자하였다.[名都者, 邯鄲臨淄之類也. 以刺時人騎射之妙, 游騁之樂, 而無憂國之心也.]

명도엔 어여쁜 여인이 많다 하니	名都多妖女
경락[66]의 젊은이들 찾아나서네	京洛出少年
허리에 찬 보검은 값이 천금이요	寶劍直千金
입은 옷은 화려하고도 곱다네	被服麗且鮮
동쪽 교외 길에서 닭싸움[67]을 하고	鬪雞東郊道
장추[68] 사이에선 말 달리기 하네	走馬長楸間
치달아 절반도 가지 않았는데	馳騁未能半
토끼 두 마리가 내 앞으로 지나가네	雙兔過我前
활을 당겨 명적을 꿰뚫고	攬弓捷鳴鏑

66 경락(京洛): 234. 공후인(箜篌引) 주 59) 참조.

67 닭싸움: 춘추시기부터 시작되어 한(漢) 위(魏)시기를 거쳐서 성당(盛唐)시기에 와서 성행하였다.

68 장추(長楸): 높고 큰 가래나무로 고대에는 항상 길가에 심었다고 한다. 굴원(屈原)이 지은 〈애영(哀郢)〉에 "장추를 바라보며 한숨을 쉬니 하염없이 쏟아지는 눈물 눈발 날리듯 하네.[望長楸而太息兮, 涕淫淫其若霰.]" 하였다.

말을 몰아 남산엘 오르네　長驅上南山
왼쪽서 당겨 오른쪽으로 발사하니　左挽因右發
한 번에 두 마리 새를 잡았네　一縱兩禽連
남은 재주 다 발휘한 것도 아닌데　餘巧未及展
손을 들어 나는 솔개를 잡았네　仰手接飛鳶
보는 이들 모두 잘한다고 칭찬하고　觀者咸稱善
여러 공인들이 솜씨를 내게 돌리네　衆工歸我姸
돌아와 평락전[69]에서 잔치를 여니　我歸宴平樂
좋은 술 한 말에 만금이로다　美酒斗十千
잉어회에 알배기 새우지짐이요　膾鯉臇(1)胎鰕
자라 조림[70]과 곰발바닥 구이가 있네　寒鼈炙熊蹯
짝을 부르고 동료를 불러다가　鳴儔嘯匹侶
늘어 앉아 긴 자리를 다 채웠네　列坐竟長筵
축국 놀이와 격양 놀이[71]가 이어 펼쳐지니　連翩擊鞠壤
기발한 재주 일만 가지로다　巧捷惟萬端
밝은 해가 서쪽으로 기우니　白日西南馳
해 그림자 붙잡아 두지 못하네　光景不可攀

69 평락전(平樂殿): 낙양의 서문 밖에 있는 궁전(宮殿) 이름이다.

70 자라 조림: 대본에 있는 한별(寒鱉)의 별(鱉) 자가 《사부비요(四部備要)》본에는 포(炮) 자로 되어 있으므로 이를 반영하여 번역하였다.

71 축국 놀이와 격양 놀이: 축국은 장정들이 공을 땅에 떨어뜨리지 않고 차는 놀이이며, 격양은 두 개의 막대기를 가지고 하나는 땅 위에 놓아두고 삼사십 보 떨어진 거리에서 다른 하나를 던져 맞히는 놀이이다.

구름이 흩어지듯 성읍으로 돌아갔다가	雲散還城邑
맑은 새벽 되면 또다시 돌아오도다	淸晨復來還

(1) '전(臇)'의 음은 자(子)와 연(兗)의 반절이다.[子兗切.]

○ 정현(鄭玄)이 붙인 《주례(周禮)》의 주(註)에 "일반적으로 새나 짐승이 알을 품거나 새끼를 배기 이전을 금(禽)이라 하니, 유독 조(鳥)만을 지칭한 것이 아니다." 하였다.[鄭玄周禮註曰, "凡鳥獸未孕曰禽, 不獨鳥也."]

○ 〈명도〉와 〈백마〉 2편은 장식과 채색을 한껏 해 놓았으니, 이른바 수사(修詞)의 문장(文章)이라 하겠다.[名都·白馬二篇, 敷陳藻彩. 所謂修詞之章也.]

○ 기구(起句)에 어여쁜 여인으로 소년과 결구하였으니, 이는 바로 객(客)이라는 의미이다.[起句以妖女陪少年, 乃客意也.]

237

미녀편(美女篇)

미녀는 군자(君子)를 비유한 것이다. 군자가 아름다운 행실이 있어서 훌륭한 임금을 만나 섬기기를 원하지만 만약에 때를 만나지 못하면 비록 부름을 받는다 할지라도 마침내 뜻을 굽히고 나가지 않는다는 것을 말하였다.[美女者, 以喩君子. 言君子有美行, 願得賢君而事之. 若不遇時, 雖見徵求, 終不屈也.]

미녀가 요염하고 한아한 자태를 하고서	美女妖且閑
갈림길 언저리에서 뽕잎을 따네	採桑歧路間
부드러운 가지가 야들야들	柔條紛冉冉
떨어지는 잎은 어찌 그리 너울거리는가	落葉何翩翩
옷소매 걷자 흰 손이 드러나고	攘袖見素手
하얀 팔뚝엔 금팔찌를 둘렀네	皓腕約金環
머리엔 금빛 머리채를 얹었고	頭上金爵釵
허리엔 비취 낭간을 착용했으며	腰佩翠琅玕
명주옥으로 몸을 두르고	明珠交玉體
산호에다 목난을 사이에 끼웠네	珊瑚間木難
비단옷은 어찌 그리도 나풀거리는지	羅衣何飄颻
가벼운 겉옷이 바람결에 살랑거리네	輕裾隨風還
돌아보는 눈동자엔 광채가 흐르고	顧盼遺光彩

휘파람 부는 숨결 난초향과 같네 長嘯氣若蘭
길 가던 사람은 수레를 멈추고 行徒用息駕
쉬던 사람도 밥 먹기를 잊었네 休者以忘餐
그녀에게 어디에 사는지 물었더니 借問女安居
성 남쪽 끝에 산다고 하고 乃在城南端
청루가 큰길가에 있으며 青樓臨大路
문은 높고 빗장을 겹으로 걸었다 하네 高門結重關
아리따운 모습 아침햇살처럼 빛나니 容華耀朝日
그 누군들 고운 얼굴 바라지 않으랴 誰不希令顏
매파가 하는 일이 무엇이던가 媒氏何所營
비단과 패물로는 편안하지가 않네 玉帛不時安
고운 임은 고상한 절의를 사모하기에 佳人慕高義
현인을 구하기란 참으로 어렵다네 求賢良獨難
사람들은 그저 떠들기만 할 뿐이니 衆人徒嗷嗷
어찌 저 여인의 추구한 바를 알리요 安知彼所觀
젊은 나이에 빈 방 차지라니 盛年處房室
한밤에 일어나 길이 탄식하노라 中夜起長歎

○ 《남월지(南越志)》에 "목난(木難)은 금시조(金翅鳥)의 침으로 만든 푸른색 구슬이다." 하였다.[南越志曰, "木難, 金翅鳥沫所成碧色珠也."]

○ "비단과 패물로는 편안하지가 않네.[玉帛不時安.]"에서 '안(安)'은 '정(定)'이라는 말이다.[玉帛不時安, 安定也.]

○ 편중(篇中)에 '난(難)' 자를 중복해서 사용하였다.[篇中複二難字.]

○ 미녀를 묘사함으로써 마치 군자의 절의를 본 듯하니, 이는 전적으로 겉치레에만 치중한 사람이 아니라는 것을 알 수 있다.[寫美女如見君子品節, 此不專以華縟勝人.]

238

백마편(白馬篇)

백마는 '사람은 마땅히 공을 세워 국가를 위해 일해야 하고 사사로운 것을 염두에 두어서는 안 된다.'는 것을 말하였다.[白馬者, 言人當立功爲國, 不可念私也.]

백마에게 금빛굴레 씌어 타고	白馬飾金羈
나는 듯이 서북 변경으로 치닫네	連翩西北馳
뉘집 자제인지 물었더니	借問誰家子
유주와 병주[72]의 협객이라네	幽并遊俠兒
어린 시절 고향을 떠나와서	少小去鄉邑
변경 사막에서 이름을 떨쳤고	揚聲沙漠垂
평소에 좋은 활을 잡아온 터인데	宿昔秉良弓
화살은 어찌 그리도 들쑥날쑥한가	楛矢何參差
활을 당겨서 왼쪽 과녁을 꿰뚫고	控弦破左的
오른쪽을 발사하여 하얀 표적을 뚫었네	右發摧月支
손을 들어 나는 원숭이 과녁을 잡고	仰手接飛猱
몸을 구부려 말굽 과녁 깨뜨리네	俯身散馬蹄
민첩하기는 원숭이보다 날래고	狡捷過猴猿

72 유주(幽州)와 병주(幷州): 중국 하북성(河北省) 북부지역과 산서성(山西省) 북부지역에 있다.

용감하기는 표범같이 사납네	勇剽若豹螭
변경에 위급한 상황이 잦은 것은	邊城多警急
오랑캐가 자주 옮겨 오기 때문이니	胡虜數遷移
급보를 알리는 격문이 북방에서 오면	羽檄從北來
말을 채찍질하여 높은 언덕에 오르네	厲馬登高隄
멀리 말을 몰아 흉노족을 짓밟고	長驅蹈匈奴
왼쪽으로 눈을 돌려 선비족을 제압하네	左顧凌鮮卑
칼끝에 맡긴 이 몸인데	棄身鋒刃端
목숨 보존 생각을 어찌 하랴	性命安可懷
부모도 돌보지 못하는데	父母且不顧
처자식은 말해 무엇하리	何言子與妻
이름이 장사의 명부에 올랐으니	名編壯士籍
마음 속 사사로움 돌아볼 수 없네	不得中顧私
이 한목숨 국난에 바쳤으니	捐軀赴國難
죽음일랑 그저 귀천[73]으로 여긴다네	視死忽如歸

73 귀천(歸天): 넋이 하늘로 돌아감. 곧 죽음을 뜻하는 말로 쓰인다.

239

성황편(聖皇篇)

성황[74]이 역수[75]에 응하시어　聖皇應曆數
바르고 온화한 제왕의 도가 아름답도다　正康帝道休
구주[76]가 모두 빈복[77]으로 조회하고　九州咸賓服
위덕이 팔방[78]에까지 통창하셨네　威德洞八幽
삼공[79]이 제공에게 주달하여 이르되　三公奏諸公
오랫동안 지체하지 말라 하시고　不得久淹留
변방을 맡은 직임도 지극히 막중하니　藩位任至重
옛법을 모두 의거하라 하셨네　舊章咸率由
모시는 신하는 상주문을 살피고　侍臣省文奏
폐하께서는 인자함을 체득하시어　陛下體仁慈
읊조림에 애련함이 있으셔서　沉吟有愛戀
차마 듣고 허락하지 못하시네　不忍聽可之

---

74 성황(聖皇): 위 문제(魏文帝)를 이른다.

75 역수(曆數): 임금이 천명을 받고 제위(帝位)에 오르는 일을 일컫는다.

76 구주(九州): 031. 우잠(虞箴) 주 27) 참조.

77 빈복(賓服): 세력이 약한 나라가 세력이 강한 나라에 공물을 바치고 복종함을 이르는 말이다.

78 팔방(八方): 동서남북의 사방과 그 사이의 네 방향에다 동북, 동남, 서북, 서남의 사우(四隅)를 합하여 이르는 것으로, 곧 나라 전체를 말한다. 팔굉(八紘), 팔극(八極), 팔황(八荒)과도 같다.

79 삼공(三公): 조정의 중신, 태위(太尉), 사공(司公), 사도(司徒)를 이른다.

관에는 법전이 있다고 핍박하며 迫有官典憲
사사로운 은혜를 고려하지 못하게 하네 不得顧恩私
여러 제후왕들 모두 본국으로 돌아가야 하는데 諸王當就國
인장의 끈을 어찌 최복에다 묶어 두리오 璽綬何累縗
잠시 외전에다 숙소를 정하였으니 便時舍外殿
궁성에는 적적하여 사람이 없네 宮省寂無人
주상은 염려를 더하고 主上增顧念
황모[80]께서는 힘겹게 여기셨네 皇母懷苦辛
무엇으로 하사품을 삼으시려나 何以爲贈賜
관부의 창고를 열어 값진 보배를 다하셨네 傾府竭寶珍
문양 있는 재화가 백이요 억만이며 文錢百億萬
채색 비단이 마치 구름과 같았네 采帛若煙雲
수레와 의복 따위 물건들에다 乘輿服御物
비단이며 금은보화까지 錦羅與金銀
용의 문양 깃발에 아홉 개 구슬을 달고 龍旂垂九旒
깃털로 장식한 덮개에 얼룩진 바퀴였네 羽蓋參班輪
여러 왕들이 나름 생각하기를 諸王自計念
공도 없이 두터운 덕을 입었으니 無功荷厚德
자신의 근력을 한번 바쳐서 思一效筋力
하찮은 몸일망정 국가에 보답코자 했네 糜軀以報國

80 황모(皇母): 조식(曹植)의 생모(生母) 변태후(卞太后)를 일컫는다.

중앙관부[81]에선 부절을 잡고 서 있고 鴻臚擁節衛
부사는 반열을 따라 이동하네 副使隨經營
귀척[82]들이 모두 나와 전송하는데 貴戚並出送
좁은 길에는 오고가는 거마소리 요란하네 夾道交輜軿
수레와 의복들이 가지런히 정돈되어 있고 車服齊整設
찬란한 태양이 비쳐 주네 韡爗曜天精
말 탄 기병 앞뒤에서 호위하고 武騎衛前後
북을 치고 피리 부는 소리 들리네 鼓吹簫笳聲
위나라 동문에서 조도제[83]를 지내니 祖道魏東門
눈물이 흘러 갓끈을 적시네 淚下霑冠纓
수레를 부여잡고 안을 돌아보며 攀蓋因內顧
서로 동기[84]와의 작별을 애석해 하네 俛仰慕同生
가고 가서 날은 장차 저물려 하는데 行行將日暮
언제나 대궐로 돌아올 수 있을까 何時還闕庭
수레는 배회할 뿐이고 車輪爲徘徊
사마도 주저하여 우네 四馬躊躇鳴
길가는 사람도 외려 코끝이 시큰한데 路人尙酸鼻
더구나 골육을 나눈 자의 심정이 어떻겠는가 何況骨肉情

81 중앙관부: 원문의 홍려(鴻臚)는 홍려시(鴻臚寺)의 준말로, 외국 내빈의 접대, 조회(朝會)와 제사, 조공 등을 행할 때 예법을 관장하는 관아의 이름이다.

82 귀척(貴戚): 문제(文帝)의 외척들을 일컫는다.

83 조도제(祖道祭): 도중의 안전을 기원하는 뜻에서 여행신에게 지내는 제사의 일종이다.

84 동기[同生]: 문제(文帝)를 일컫는다.

○ 시기와 의심을 받는 즈음에 처하여 법 집행은 신하에게 돌리고 은사(恩賜)는 군상(君上)에게 돌렸으니, 이는 입언(立言)에 있어서 가장 체통을 확보한 곳이다. 왕마힐(王摩詰)의 시(詩)에 "집정관이 법을 집행했을 뿐이니 현명한 군주는 이 마음이 없었으리.[執政方持法 明君無此心.]"는 이 뜻을 충분히 터득했다 하겠다.[處猜嫌疑貳之際, 以執法歸臣下, 以恩賜歸君上, 此立言最得體處. 王摩詰詩云, "執政方持法, 明君無此心." 深得斯旨.]

○ '무엇으로 하사품을 삼으시려나[何以爲贈賜]'라는 한 단락은 군왕의 하사가 성대함을 극도로 형용하였다. 마치 "입에 침이 마르도록 자랑한다.[誇耀不絶口.]"와 같다. 그러나 느껴지는 정서에는 더욱 비감이 서려 있다.[何以爲贈賜一段, 極形君賜之盛. 若誇耀不絶口者, 然情愈悲矣.]

240

우차편(吁嗟篇)

당시의 법제가 번국(藩國)을 대우하는 데에는 준엄하고 각박했다. 조식(曹植)이 11년 동안 도읍을 세 번이나 옮겼기 때문에 다음과 같이 말한 것이다.[時法制待藩國峻迫. 植十一年三徙都, 故云.]

아, 이리저리 구르는 쑥대 신세여	吁嗟此轉蓬
세상살이 어찌 이리 고독한가	居世何獨然
오래전 뿌리에서 떨어져 나와	長去本根逝
밤낮으로 쉬지 않고 굴렀네	夙夜無休閒
동서론 일곱 언덕을 지났고	東西經七陌
남북으로는 아홉 언덕을 넘었네	南北越九阡
갑자기 회오리바람이 일더니	卒遇回風起
나를 구름 사이로 불어 올리기에	吹我入雲間
스스로 하늘 끝 길이라 여겼더니만	自謂終天路
갑자기 깊은 늪으로 떨어졌네	忽然下沈泉
거센 바람이 내게 불어와	驚飆接我出
저 밭 가운데로 되돌려 놓았네	故歸彼中田
남쪽인가 하면 또다시 북쪽이요	當南而更北
동쪽이라 하면 도리어 서쪽이니	謂東而反西[1]

아득하기만 한데 어딜 의지하나	宕宕當何依
홀연 없어졌다 갑자기 나타나고	忽亡而忽存
사방팔방 연못 위를 뒹굴다가	飄颻周八澤
연달아서 오악[85]을 오르네	連翩歷五山
이리저리 정처 없이 흘러 다니는	流轉無恆處
나의 고통스러움을 누가 알리오	誰知我苦艱
원하노니 저 숲속의 풀이 되었다가	願爲中林草
가을 오면 들불 따라 타고파라	秋隨野火燔
재로 사라짐도 어찌 고통이 아닐까마는	糜滅豈不痛
뿌리와 함께하길 바랄 뿐이네	願與根荄連

(1) '서(西)'는 선(先)과 협운(叶韻)이다.[叶先.]

○ 떠돌아다니는 고통이 재가 되어 사라지기를 바라는 데에 이르렀으니, 그 정서는 차마 말할 수 없는 것이 있다. 이러한데도 원망하지 않으면 이는 더욱 소원해질 뿐이다. 진사왕의 원망이야말로 유독 그 정칙을 얻었다 하겠다.[遷轉之痛, 至願歸糜滅, 情事有不忍言者矣. 此而不怨, 是愈疏也. 陳思之怨, 爲獨得其正云.]

85 오악(五嶽): 232.하선편(鰕䱇篇) 주 54) 참조.

241

기부편(棄婦篇)

석류를 앞뜰에 심었더니 石榴植前庭
푸른 잎이 파르스름한 빛을 흔드네 綠葉搖縹青
붉은 꽃이 뜨겁게 타는 듯 丹華灼烈烈
찬란한 색채를 띤 밝은 꽃이라네 璀璨有光榮
아름다운 그 빛이 끝없이 찬란하여 光榮曄流離
맑은 영혼이 깃들 수 있겠네 可以戲淑靈
새들이 날아와 모이더니 有鳥飛來集
날개를 퍼덕이며 슬피 우네 拊翼以悲鳴
슬피 우는 건 대체 무엇 때문인가 悲鳴夫何爲
꽃만 붉고 열매는 맺지 않아서라 丹華實不成
가슴을 치며 늘 탄식하는 건 拊心常歎息
자식이 없어 친정으로 돌아가야 함이네 無子當歸寧
자식이 있으면 하늘을 지나는 달이요 有子月經天
자식이 없으면 흐르는 별과 같다네 無子若流星
하늘과 달은 처음부터 끝까지 함께하지만 天月相終始
흐르는 별은 지고 나면 그뿐이라네 流星沒無精
깃들일 마땅한 곳조차 잃어버리고 棲遲失所宜
기와나 돌맹이와 함께 지낸다네 下與瓦石并

걱정스런 생각이 가슴속에서 일어나 憂懷從中來
닭이 울 때까지 탄식으로 지새우네 歎息通雞鳴
뒤척이며 잠을 이루지 못하고 反側不能寐
앞뜰에 나가 서성이곤 하네 逍遙於前庭
머뭇거리다가 다시 방으로 들어오니 踟躕還入房
살랑거리는 휘장 소리뿐이네 肅肅帷幕聲
휘장 걷고 다시 허리띠를 매고서 搴帷更攝帶
거문고 줄을 어루만지다 쟁을 타니 撫絃彈鳴箏
슬픈 가락에 여음이 있기도 하고 慷慨有餘音
오묘한 그 소리가 슬프고도 맑도다 要妙悲且清
눈물 거두고 길게 탄식하노니 收淚長歎息
어떻게 신령을 저버릴 수 있겠어요 何以負神靈
초요성[86] 따라 서리 내리길 기다리니 招搖待霜露
어찌 꼭 봄여름에만 열맬 맺어야 하나요 何必春夏成
늦게 수확할수록 튼실한 열매가 되니 晩穫爲良實
원컨대 군께선 편안하소서 願君且安寧

○ 원망을 하되 운명에 맡겼으니 원망이라 할 수 있겠다. 그러나 만분의 일이나마 은총을 입기를 바라는 뜻으로 마무리를 하였으니, 심정은 더욱 슬프고 가사는 더욱 고단하다.[怨而委之於命, 可以怨矣. 結希恩萬一, 情愈悲, 詞愈苦.]

○ 내용 중에 2개의 정(庭) 자, 2개의 영(靈) 자, 2개의 명(鳴) 자, 2개의 성(成) 자, 2개의 녕(寧) 자를 사용하였다.[篇中用韻, 二庭字, 二靈字, 二鳴字, 二成字, 二寧字.]

---

86 초요성(招搖星): 154. 유태원(惟泰元) 주 45) 참조.

242

당내일대난(當來日大難)

하루해가 짧은 것은 괴로워도 日苦短
즐거움이 아직 남아 있으니 樂有餘
옥 술잔을 차려 놓고 주방에서 장만하네 乃置玉罇辦東廚
우정을 넓혀 왔고 廣情故
마음을 서로 의지한 터라 心相於
문을 닫고 술을 준비하니 闔門置酒
기다리는 마음이 기쁘도다 和樂欣欣
말을 타고 그가 오니 遊馬後來
마차는 세워두고 바퀴를 풀었네 轅車解輪
오늘은 한 집에 있지만 今日同堂
문을 나서면 타향이니 出門異鄉
이별은 쉽고 만남은 어려운지라 別易會難
각자 서로의 술잔을 다 비웠네 各盡杯觴

243

야전황작행(野田黃雀行)

높은 나무엔 비바람 많고	高樹多悲風
넓은 바다엔 파도가 높네	海水揚其波
날선 칼을 손에 쥐지 못했으니	利劍不在掌
친구와의 결의 어찌 많기를 바라랴	結友何須多
울타리 사이 참새를 보지 못했는가	不見籬間雀
매를 보면 스스로 그물에 뛰어드는걸	見鷂自投羅
그물 주인 참새 잡아 기뻐하나	羅家得雀喜
소년은 그 참새 보고 슬퍼하네	少年見雀悲
소년이 칼을 빼어 그물을 베니	拔劍捎羅網
참새는 잘도 날아가네	黃雀得飛飛
창공으로 날아가던 참새가	飛飛摩蒼天
내려와서 소년에게 고맙다고 인사하네	來下謝少年

○ 이 시인은 유협이면서 어진 사람이다 보니, 말은 슬퍼도 음감은 상쾌하다.[是遊俠, 亦是仁人. 語悲而音爽.]

244
당장욕고행(當牆欲高行)

용이 하늘에 오르려면 뜬구름을 기다려야 하고
龍欲升天須浮雲
사람이 벼슬길에 나아가려면 중개인을 기다려야 하네
人之仕進待中人
여러 사람의 말은 쇠를 녹일 수도 있고[87] 衆口可以鑠金
참소하는 말이 세 번 이르면 讒言三至
인자한 어머니도 친절하지 않은 법[88] 慈母不親
답답한 속물 따위는 憒憒俗間
참과 거짓을 분별도 못 한다네 不辨僞眞
원컨대 마음을 열어 죄다 아뢰고 싶지만 願欲披心自說陳
임금의 문 구중궁궐 굳게 닫혀 있으며 君門以九重
길은 멀고 하수엔 건널 나루가 없도다 道遠河無津

---

87 여러 … 있고: 《전국책(戰國策)》 〈위책(魏策)〉에 "깃털도 많이 실으면 배를 가라앉히고, 가벼운 물건도 많이 쌓이면 수레바퀴의 굴대를 부러뜨리고, 여러 사람이 말을 합하면 쇠도 녹인다.[積羽沈舟, 群輕折軸, 衆口鑠金.]"라는 말이 나온다.

88 참소하는 … 법: 참소하는 말을 믿게 되는 일을 이르는 것이다. 《사기(史記)》 〈저리자감무열전(樗里子甘茂列傳)〉에 효자로 유명한 공자의 제자 증삼(曾參)이 비읍(費邑)에 있을 때 증삼과 이름이 똑같은 사람이 살인을 했었다. 곁에 있던 사람들이 급히 증삼의 어머니에게 아들이 사람을 죽였다고 하자 처음에는 믿지 않더니 세 번을 계속 듣고서는 마침내 짜고 있던 베틀의 북을 내던지고 담을 넘어 달아났다는 고사가 있다.

245

서간[89]에게 주다[贈徐幹]

돌풍이 불어 태양을 움직였는지	驚風飄白日
갑자기 서산으로 넘어가 버렸네	忽然歸西山
둥근 달은 빛이 두렷하지 않고	圓景(1)光未滿
별들만 찬란히 빛나고 있네	衆星粲以繁
뜻 있는 선비는 가업만을 경영하고	志士營世業
소인배들 역시도 한가롭지 못하네	小人亦不閑
하릴없이 밤에 나가서 놀 양이면	聊且夜行遊
저 쌍대궐 사이를 거닐어 보네	遊彼雙闕間
문창전[90]은 구름처럼 높이 떠 있고	文昌鬱雲興
영풍루[91]는 하늘 높이 솟아 있네	迎風高中天
봄 비둘기 날렵한 기둥에서 울고	春鳩鳴飛棟
거센 바람 누각 난간을 치네	流猋激櫺軒
돌이켜 생각건대 봉당의 선비는	顧念蓬室士
가난한 살림 참으로 가련하오	貧賤誠足憐
고사리나 콩잎으로도 허기를 채우지 못하고	薇藿弗充虛

89 서간(徐幹, 170~217): 후한 때의 문장가. 259. 실사(室思) 주 22) 참조.

90 문창전(文昌殿): 업성(鄴城)에 있는 황궁(皇宮) 정전(正殿) 이름.

91 영풍루(迎風樓): 업성에 있는 누각 이름.

갖옷과 갈옷으로도 외려 온전하지 못하니 皮褐猶不全
강개하고 슬픈 마음이 있어서 慷慨有悲心
글을 짓다 보면 편을 이루네 興文自成篇
보옥이 버려졌으니 누구를 원망하랴 寶棄怨何人
화씨[92]에게 그 허물이 있다 할까 和氏有其愆
갓을 털고[93] 아는 친구를 기다려 보지만 彈冠俟知己
아는 친구라면 누군들 그렇지 않을까 知己誰不然
좋은 밭에는 때늦은 곡식이 없고 良田無晩歲
단비가 내리면 풍년이 든다네 膏澤多豐年
진실로 번여[94] 같은 아름다움을 간직했다면 亮懷璠璵美
오래 쌓아 둘수록 덕은 더욱 퍼질 것이요 積久德愈宣
친교의 의리는 돈독함에 있나니 親交義在敦
이 글 말고 다시 무슨 말을 하리오 申章復何言

(1) '경(景)'은 영(影)과 같다.[同影.]

○ 문창(文昌)은 위(魏)나라 궁전(宮殿)의 이름이며, 영풍(迎風)은 누관(樓觀)의 이름이다.[文昌魏殿名, 迎風觀名.]

○ 양전(良田) 2구는, 덕이 있는 자는 반드시 영화롭다는 것을 비유하였다.[良田二句, 喩有德者必榮也.]

---

92 화씨(和氏): 춘추시대 때 초(楚)나라의 변화(卞和)를 이른다. 그가 초산(楚山)에서 얻은 옥돌을 여왕(厲王)과 무왕(武王)에게 바쳤다가 도리어 그 진가를 알지 못한 임금의 노여움을 사 월형(刖刑)을 받았는데, 뒤에 문왕(文王)이 옥장(玉匠)을 시켜 가공한 뒤에야 그 진가를 판명받았다고 한다. 화벽(和璧) 또는 화씨지벽(和氏之璧)의 고사(故事)로 널리 전한다.

93 갓을 털고: 갓의 먼지를 털고 임금의 소명(召命)을 기다린다는 뜻으로, 출사(出仕)할 채비를 갖추는 것을 일컫는 말로 쓰인다.《漢書 卷72 王吉列傳》.

94 번여(璠璵): 노(魯)나라에서 생산되는 보옥(寶玉) 이름. 미덕(美德)을 갖춘 훌륭한 인재를 비유하기도 한다.

246

정의[95]에게 주다[贈丁儀]

초가을 되어 서늘한 기운이 일자	初秋涼氣發
뜨락에 나뭇잎들 점점 떨어지네	庭樹微銷落
된서리는 옥제[96]를 의지했고	凝霜依玉除
맑은 바람은 비각[97]으로 불어오네	清風飄飛閣
아침 구름이 산으로 돌아가지 않으니	朝雲不歸山
장맛비가 냇물과 못을 이루네	霖雨成川澤
곡식이 밭이랑에서 시들어 버렸으니	黍稷委疇隴
농부는 무엇을 수확한단 말인가	農夫安所穫
귀한 몸이 되면 빈천했을 때를 대부분 잊나니	在貴多忘賤
은혜 베풀기를 누가 널리 할까	爲恩誰能博
호백구[98]로 겨울을 나기에 충분한데	狐白足禦冬
홑옷도 없는 나그네를 어찌 생각하리요	焉念無衣客

95 정의(丁儀): 삼국시대 위(魏)나라의 문신. 패군(沛郡) 사람으로, 자는 정체(正禮)이다. 용모가 추하고 한눈이 멀었으나 민첩하고 글에 능하였다. 조식(曹植)과 사이좋게 지냈으므로 조조(曹操)의 물음에 조식을 좋게 말한 때문에 조비(曹丕)에게 밉게 보여 조비가 즉위하자 처형당하였다.

96 옥제(玉除): 옥돌로 장식한 계단. 옥계(玉階)를 이른다.

97 비각(飛閣): 날렵하고 우람한 높은 누각을 이른다.

98 호백구(狐白裘): 여우의 겨드랑이 털로 만든 명품 갖옷을 이른다.

연릉자를 사모하나니	思慕延陵子
보검까지도 아깝게 여기지 않아서라오[99]	寶劍非所惜
그대는 그대 마음을 편하게 하오	子其寧爾心
친교 간이란 의리가 얇은 것이 아니니	親交義不薄

99 연릉자를 … 않아서라오: 055. 서인가(徐人歌) 서문 참조.

247

또 정의와 왕찬[100]에게 주다[又贈丁儀王粲] 1수(首)

군대를 따라 함곡관[101]을 넘었고　從軍度函谷
말을 몰아 서경[102]을 지나기도 했네　驅馬過西京
산고개는 높아서 끝이 없거니와　山岑高無極
경수와 위수[103]는 청탁이 확연히 드러나네　涇渭揚濁清
웅장하다 제왕의 저택이여　壯哉帝王居
아름답다 성들의 특수함이여　佳麗殊百城
원궐[104]은 뜬구름 위로 솟아있고　員闕出浮雲
승로반[105]은 하늘 공간을 어루만지네　承露扢泰清
황좌께서 천은을 드날리시니　皇佐揚天惠

---

100 왕찬(王粲, 177~217): 후한 말기 위(魏)나라의 시인. 255.채자독에게 준 시[贈蔡子篤詩] 주 1) 참조.

101 함곡관(函谷關): 하남성(河南省) 부문현(鈇門縣) 동북쪽에 있다.

102 서경(西京): 서도(西都) 장안(長安)을 이른다.

103 경수와 위수[涇渭]: 경수(涇水)와 위수(渭水)는 둘 다 중국 섬서성(陝西省)에 있다. 경수는 탁류(濁流)이고 위수는 청류(淸流)인 데서, 사물의 구별이 확실한 것을 일컫는 말로 쓰인다. 《시경(詩經)》〈패풍(邶風) 곡풍(谷風)〉에 "경수 때문에 위수가 흐려진다 해도 파랗게 맑아질 때가 있네.[涇以渭濁, 湜湜其沚.]"라 하였다.

104 원궐(員闕): 한(漢)나라 건장궁(建章宮) 밖에다 원형(圓形)으로 만든 대궐 이름이다.

105 승로반(承露盤): 한(漢)나라 무제(武帝)가 불로불사(不老不死)의 약이라 하여 이슬을 받으려고 건장궁(建章宮)에 세운 동반(銅盤)을 일컫는다.

사해가 모두 군사의 교전이 없네	四海無交兵
권가[106]에선 비록 승리를 추구하지만	權家雖愛勝
나라를 온전히 하자면 영명[107]이라야 하네	全國爲令名
군자가 말단 자리에 있게 되면	君子在末位
군주의 은덕과 명성을 노래할 수 없네	不能歌德聲
정의의 원망은 조정에 있고	丁生怨在朝
왕찬의 기쁨은 스스로 경영함인데	王子歡自營
기뻐함과 원망함이 정당한 법칙이 아니니	歡怨非貞則
중화[108]를 진실로 법으로 삼을지어다	中和誠可經

○ 〈서도부(西都賦)〉에 "선장과 승로반을 어루만지다.[扢仙掌與承露.]"라고 하였으니, '흘(扢)'은 '마(摩)'이며, '개(概)'와 '흘(扢)'은 고자(古字)에서 통용하였다.[西都賦曰, 扢仙掌與承露, 扢摩也. 概與扢, 古字通.]

○ 황좌(皇佐)는 태조를 이른다.[皇佐, 謂太祖也.]

○ 권가(權家)는 병가(兵家)이다.[權家, 兵家也.]

○ 시의 의논이 탁월하다. 끝에 '중화(中和)'를 대두시킨 것을 보면, 옛사람의 규잠(規箴)에 체계가 있다는 것을 알 수 있다.[詩以議論勝. 末進以中和, 古人規箴有體.]

○ 가령(家令)[109]이 이른바 '자건(子建)의 함곡관과 서경의 작품'이라고 한 것은 이것을 지칭한 것이다.[家令謂子建函京之作, 指此.]

---

106 권가(權家): 호문귀족(豪門貴族) 또는 병법가(兵法家)를 일컫는다.

107 영명(令名): 훌륭한 명성과 영예(令譽)를 이른다.

108 중화(中和): 《중용장구(中庸章句)》 제1장에 "중(中)과 화(和)를 지극히 하면 천지(天地)가 제자리를 편안히 하고, 만물(萬物)이 잘 생육(生育)될 것이다.[致中和, 天地位焉, 萬物育焉.]" 하였다.

109 가령(家令): 심약(沈約)의 자이다.

248

백마왕[110] 표에게 주다[贈白馬王彪] 6장(章)

서(序)에 이르기를, "황초 4년(黃初四年) 정월(正月)에 백마왕과 임성왕(任城王)[111]이 나와 함께 서울로 조회하러 와서 절기에 따른 모임을 가지려 했는데, 낙양(洛陽)에 이르렀을 때에 임성왕이 죽었다. 7월에 백마왕과 함께 본국으로 돌아가려 하였으나, 유사(有司)가 두 왕이 본국으로 간다는 이유를 들어 함께 떠나지 못하게 하고 가는 길에 같이 묵지 못하게 하였다. 이를 매우 한스럽게 여겼다. 아마도 영원한 이별이 며칠 사이에 있을 것으로 알고 왕과 작별하기에 앞서 울분에 찬 마음을 실어 이 글을 지었다." 하였다.[序曰, "黃初四年正月, 白馬王·任城王, 與余俱朝京師, 會節氣到洛陽, 任城王薨. 至七月, 與白馬王還國, 後有司以二王歸藩, 道路宜異宿止. 意毒恨之. 蓋以大別在數日, 是用自剖, 與王辭焉, 憤而成篇."]

【1장】

승명려[112]에서 황제를 배알하고　　謁帝承明廬

110 백마왕(白馬王): 조표(曹彪)로, 조조(曹操)의 스물다섯 명 아들 가운데 산 사람이며 자가 주호(朱虎)이다.

111 임성왕(任城王): 조조의 아들 조창(曹彰)으로 자는 자문(子文)이다. 패국 초현 출신이며 조조와 황후 변(卞)씨 사이의 2남이다. 무예가 뛰어났고 전장에서 큰 공적을 세워 조조의 신임을 받았다. 조조가 사망하고 형인 조비(曹丕)가 왕위를 계승하자 심한 견제를 받았다. 223년에 병사하였다.

112 승명려(承明廬): 한(漢)나라 때 시신(侍臣)이 숙직하던 곳. 또는 위 문제(魏文帝) 때 신하들이 대

장차 옛 강토로 돌아가기 위해 逝將歸舊疆
맑은 새벽에 서울을 떠나 清晨發皇邑
석양엔 수양산을 지났네 日夕過首陽
이수와 낙수는 넓고도 깊어서 伊洛廣且深
건너고 싶어도 다리가 없네 欲濟川無梁
배를 띄워 거친 파도를 건너려니 汎舟越洪濤
저 동쪽으로 난 길이 멀어서 원망스럽고 怨彼東路長
대궐을 돌아보며 그리워하니 顧瞻戀城闕
고개 들어 바라볼수록 속만 상하네 引領情內傷
태곡관[113]은 어찌 저리 적막한가 太谷何寥廓
산속의 나무들만 짙푸르구나 山樹鬱蒼蒼
장맛비로 내가 가는 길은 질퍽이고 霖雨泥我塗
흐르는 빗물만 여기저기 홍건하네 流潦浩縱橫
큰길인데도 수레바퀴 자국 없으니 中逵絕無軌
방향을 바꾸어 높은 언덕으로 오르네 改轍登高岡
저 높은 언덕길은 구름과 태양에 닿을 듯 修坂造雲日
내가 탄 말은 숨이 차서 헐떡이네 我馬玄以黃

기하던 곳을 일컫는 말. 나중에는 조정에 들어가거나 조신(朝臣)이 되는 것을 '승명려에 들어간다'라고 하였다.

113 태곡관(太谷關): 낙양의 동쪽에 있는 관문이다.

【 2장 】

헐떡이는 말로도 앞으로 갈 수 있지만 玄黃猶能進
나는 생각할수록 울분이 치밀어 오르네 我思鬱以紆
울분에 쌓여서 장차 무얼 생각할 건가 鬱紆將何念
친애하는 이와 헤어져 있음이 문제이네 親愛在離居
본래 의도는 함께 있기 위함이었는데 本圖相與偕
중도에 바뀌어 결국 함께하지 못하네 中更不克俱
올빼미는 수레의 가로 막대에 앉아 울고 鴟梟鳴衡軛
승냥이는 길을 막고 서 있네 豺狼當路衢
쉬파리[114]가 흑백을 바꾸어 버리듯이 蒼蠅間白黑
참소와 교묘한 말이 친한 이를 서먹하게 하네 讒巧令親疎
돌아가려 해도 갈 길이 전혀 없으니 欲還絕無蹊
말고삐를 잡고 서서 주저하네 攬轡止踟躕

【 3장 】

주저한들 어찌 머물 수가 있으며 踟躕亦何留
서로 그리워하나 만날 수가 없네 相思無終極

114 쉬파리[蒼蠅]: 《시경(詩經)》 〈소아(小雅) 청승(靑蠅)〉에 "윙윙거리는 청승이여 울타리에 앉았도다.[營營靑蠅, 止于樊.]"라고 하고, 그 주석에 "청승(靑蠅)은 더러워서 능히 하얀색을 검정색으로 검정색을 하얀색으로 바꿀 줄 안다."라고 하였다.

가을바람이 불어와 서늘한데　秋風發微涼
가을 매미만 내 곁에서 울 뿐이네　寒蟬鳴我側
들판은 왜 이리도 쓸쓸한가　原野何蕭條
밝던 해도 홀연 서쪽으로 숨어 버리네　白日忽西匿
잘 새는 둥지 찾아 높은 나무 향하며　歸鳥赴高林
펄펄 날갯짓을 잘도 하누나　翩翩厲羽翼
외로운 짐승은 달려가 무리를 찾느라　孤獸走索羣
풀을 머금고도 먹지 못하네　銜草不遑食
사물에 대한 감정으로 내 마음이 상하여　感物傷我懷
가슴을 쓸어내리며 길게 탄식하노라　撫心長太息

【4장】

탄식한들 장차 무얼 하겠나　太息將何爲
천명은 나와 어긋나 버렸네　天命與我違
사랑하는 아우를 어찌하면 좋은가　奈何念同生
한번 간 몸 다시 돌아오지 못하니　一往形不歸
외로운 넋만 고향땅을 떠돌겠지　孤魂翔故域
영구는 서울에 부쳐 두었네　靈柩寄京師
살아 있는 사람도 갑자기 다시 떠나가고　存者忽復過
죽은 자는 몸만 스스로 사라지고 마네　亡沒身自衰

사람이 한세상을 살다가 人生處一世
떠나기는 아침 이슬이 마르는 것과 같네 去若朝露晞
내 나이가 지는 해와 같아서 年在桑榆間
그림자와 소리마냥 따라잡을 수가 없네 影響不能追
스스로 돌아봐도 쇠나 바위가 아니니 自顧非金石
끌끌 탄식에 마음만 슬플 뿐이네 咄唶令心悲

○ 이 장(章)은 바로 이 시 전체의 정의(正意)인데, "외로운 짐승은 달려가 무리를 찾느라.[孤獸索羣.]"의 아래에다 두었으니, 장법(章法)이 매우 훌륭하다.[此章乃一篇正意, 置在孤獸索羣下, 章法絶佳.]

【5장】

마음이 슬퍼지면 정신도 동요하니 心悲動我神
버려두고 거론하지 말아야겠네 棄置莫復陳
대장부가 천하에 뜻을 두면 丈夫志四海
온 세상이 외려 이웃이 되리라 萬里猶比鄰
은혜와 사랑이 시들지만 않는다면 恩愛苟不虧
먼 곳에 있어도 날로 친함을 나눌 수 있나니 在遠分日親
어찌 꼭 함께 살아야만 何必同衾幬
그런 뒤에 은근한 정을 펴겠는가 然後展殷勤
걱정 근심 때문에 병이 생기는 것은 憂思成疾疹

아녀자의 사랑이 아니겠는가 無乃兒女仁
갑작스런 형제간의 이별인데 倉卒骨肉情
어찌 괴로움을 품지 않을 수 있겠는가 能不懷苦辛

○ 이 장은 어찌할 수 없음을 묘사한 말이다. 사람이 지극히 무료함을 당하고 나면 매번 이런 글을 지어서 억지로 풀게 된다.[此章無可奈何之詞. 人當極無聊後, 每作此以強解也.]

【6장】

괴로워하면서 무엇을 생각하는가 苦辛何慮思
천명이란 참으로 의문이로다 天命信可疑
신선을 구한다는 것도 허무한 일이니 虛無求列仙
적송자[115]는 오랫동안 우릴 속여 왔네 松子久吾欺
변고란 순식간에 있는 법인데 變故在斯須
백년 세월을 누가 능히 지탱할 수 있으랴 百年誰能持
이별하고 나면 영원히 만날 수 없으리니 離別永無會

115 적송자(赤松子): ① 신선의 이름으로 적송자(赤誦子)라고도 부른다. 《열선전(列仙傳)》에 "적송자는 신농씨(神農氏)시대의 우사(雨師)였으며, 수정(水晶)을 복용하는 법에 대하여 신농씨에게 가르쳐 주었고, 불속에 들어가서 스스로를 태울 수도 있었다고 한다. 때로 곤륜산 위에 내려와 서왕모(西王母)의 석실 안에 머물렀는데, 바람과 비를 따라 오르내릴 수도 있었다 한다. 한영(韓嬰)이 지은 《한시외전(韓詩外傳)》에는 오제(五帝) 중 하나인 제곡(帝嚳)의 스승이었다고도 했다. ② 진(晉)나라의 도사. 일명 황대선(黃大仙)이라 하고, 본명은 황초평(黃初平)이다. 출신이 빈한하여 8살 때 가축을 치는 일을 했다. 15살 때 적송산에 들어가 도를 닦아 적송자란 이름이 붙었다. 도술이 신통해서 백성들을 재난에서 많이 구해 주었다고 한다.

다시 손 잡아 볼 날이 언제일거나	執手將何時
왕은 옥체를 아끼시게나	王其愛玉體
우리 함께 황발 시기 누릴 수 있도록	俱享黃髮期
눈물 거두고 떠나갈 먼 길이라서	收淚即長路
붓을 들어 이 글을 적어 보았네	援筆從此辭

○ 끝장은 마치 부(賦)에서의 난(亂)[116]과 같다. 거의 살아 있는 사람이 사별하는 수준이라 하겠다.[末章如賦中之亂. 幾於生人作死別矣.]

---

116 난(亂): 고대의 악곡(樂曲)에서 최후의 1장(章)을 나타내기도 하며, 일반적으로 사(辭)나 부(賦)의 편말(篇末)에서 전편의 요지를 총괄하여 말하는 것을 이른다. 《초사(楚辭)》〈이소(離騷)〉에 "난에 이르기를, 말지어다. 나를 알아주는 사람이 나라에 없는데 또 어찌 고향을 생각하겠는가.[亂曰, 已矣哉. 國無人莫我知兮, 又何懷乎故都.]" 하였는데, 왕일(王逸)의 주(註)에 "난(亂)은 다스린다는 뜻이다. 그래서 사지(辭指)를 정리하여 그 노래의 요점을 총괄하는 것이다.[亂 理也. 所以發理辭指, 總撮其行要也.]"라고 하였다.

249

왕찬[117]에게 주다[贈王粲]

단정히 앉아 힘겹게 시름하다가	端坐苦愁思
옷을 걸쳐 입고 서쪽으로 나가 보니	攬衣起西遊
나무에는 봄꽃들이 만발하였고	樹木發春華
맑은 못엔 긴 물결 일렁이는데	清池激長流
중간에 홀로된 원앙새 한 마리가	中有孤鴛鴦
애절한 울음으로 짝을 찾누나	哀鳴求匹儔
나는 이 새를 붙들고 싶었지만	我願執此鳥
애석하게도 가벼운 배가 없네	惜哉無輕舟
돌아가려 해도 옛길을 잊은터라	欲歸忘故道
고개 돌려 바라보니 그저 시름뿐이네	顧望但懷愁
슬픈 바람만 내 곁을 울리고	悲風鳴我側
희화[118]는 가 버리고 머물지 않건만	羲和逝不留
짙은 구름이 비를 내려 만물을 윤택케 하니	重陰潤萬物
은택이 고르지 않을까 어찌 두려워하랴	何懼澤不周
누가 그대에게 많은 생각을 하게 하는가	誰令君多念
온갖 시름을 스스로 간직할 뿐이네	自使懷百憂

117 왕찬(王粲, 177~217): 후한 말기 위(魏)나라의 시인. 255. 채자독에게 준 시[贈蔡子篤詩] 주 1) 참조.

118 희화(羲和): 고대 전설상의 인물로 일출과 일몰을 관장하는 여신이라 한다. 일설에는 요임금의 신하인 희중(羲仲)과 희숙(羲叔) 형제, 그리고 화중(和仲)과 화숙(和叔) 형제라고도 한다. 이들 네 사람은 각각 동서남북 사방의 천문을 관측해서 역법(曆法)을 제정했다고 한다. 뒤에는 태양을 지칭하는 말로 널리 쓰였으며, 세월을 지칭하기도 한다.

250

응씨[119]를 전송하는 시[送應氏詩] 2수(首)

【1수】

북망산 비탈길을 걸어 올라가 步登北邙阪
멀리 낙양의 산들을 바라보니 遙望洛陽山
낙양은 어찌 저리도 적막한가 洛陽何寂寞
궁실은 모두 불에 타 버렸구나 宮室盡燒焚
담장들은 모두 무너져 내렸고 垣牆皆頓擗
가시나무만 하늘을 찌르는데 荊棘上參天
예전 노인들은 보이지 않고 不見舊耆老
새로운 젊은이들만 오갈 뿐이네 但覩新少年
발을 내딛고자 해도 제대로 된 길이 없고 側足無行徑
거칠어진 밭은 다시 경작할 수가 없네 荒疇不復田
나그네 오랫동안 돌아가지 않아서 遊子久不歸
밭 사이로 난 길도 아는 길이 없네 不識陌與阡
거친 들녘은 왜 저리 쓸쓸한가 中野何蕭條
천리에 인가의 연기 피어오르지 않네 千里無人煙
우리가 평소에 지내온 일 생각하니 念我平常居
기가 막혀서 말을 할 수가 없네 氣結不能言

---

119 응씨(應氏): 응창(應瑒)과 응거(應璩) 형제를 지칭하는 말로, 후한 말기의 문학가이다. 261.오관중랑장을 모시고 건장대 모임에 가서 지은 시[侍五官中郞將建章臺集詩] 주 24) 참조.

○ 당시에 동탁(董卓)이 헌제(獻帝)를 서경(西京)으로 옮기고, 낙양(洛陽)은 불에 타 버렸다. 그러므로 시에서 그렇게 말한 것이다.[時董卓遷獻帝於西京, 洛陽被燒, 故詩中云然.]

【2수】

태평한 시대를 자주 만나기도 어렵거니와　　清時難屢得
즐거운 모임도 늘 있는 건 아니며　　嘉會不可常
하늘과 땅은 종극이 없지마는　　天地無終極
사람의 목숨은 아침이슬과 같다네　　人命若朝霜
원컨대 앞길에 좋은 일만 있으시게　　願得展嬿婉
나의 친구가 북방으로 가는 길이니　　我友之朔方
친한 벗들 모여서 배웅하려고　　親昵並集送
하양[120]나루 이곳에서 술자릴 열었네　　置酒此河陽
음식을 어찌 유독 소박하게 차려서이겠는가　　中饋豈獨薄
손님들은 술잔을 다 비우질 못하네　　賓飮不盡觴
우애가 지극하니 기대도 컸으련만　　愛至望苦深
어찌 내 마음속 깊이 부끄럽지 않으랴　　豈不愧中腸
산천이 가로놓여 멀기조차 한 길인데　　山川阻且遠
작별을 재촉하니 만날 날이 아득하네　　別促會日長
바라건대 비익조[121]가 되어서　　願爲比翼鳥
날개를 활짝 펴고 하늘 높이 날아나 봤으면　　施翮起高翔

120 하양(河陽): 하남성(河南省) 하현(河縣)지역을 말하는데, 혹자는 황하(黃河)의 북쪽지역이라고도 한다.

121 비익조(比翼鳥): 전설상의 새 이름으로, 자웅(雌雄)이 각기 눈이 한 개, 날개가 한쪽뿐인 새인데, 언제나 몸을 가지런히 하여 두 몸이 한 몸처럼 되어서 하늘을 날아다닌다는 상상의 새를 말한다. 부부의 정이 두터워 서로 떨어지지 않는 것을 비유하는 말로 쓰인다.

251

잡시(雜詩) 5수(首)

【1수】

높은 누각에 슬픈 바람이 불고　高臺多悲風
아침 해는 북쪽 숲을 비추네　朝日照北林
그이가 만리 밖에 계시는데　之子在萬里
강과 호수는 멀고도 깊구려　江湖迥且深
배를 저어간들 어찌 닿을까　方舟安可極
이별의 그리움 견디기 어려워라　離思故難任
남쪽으로 날아가는 외기러기가　孤雁飛南遊
뜰을 지나며 슬피 울길래　過庭長哀吟
멀리 떠난 사람 그리운 마음에　翹思慕遠人
나의 소식을 전하고 싶었는데　願欲託遺音
모습이 갑자기 보이지 않더니만　形影忽不見
훨훨 날아가며 내 마음을 상하게 하네　翩翩傷我心

【2수】

나뒹구는 다북쑥이 뿌리를 떠나서　轉蓬離本根

멀리서 불어온 바람 따라 나부끼네 飄颻隨長風
무슨 의도로 회오리바람을 몰고 와서 何意迴飇擧
나를 불어 구름 속으로 보내는가 吹我入雲中
높이높이 올라가도 끝이 없으니 高高上無極
하늘 길이 어찌 다함이 있으리오 天路安可窮
이와 꼭 닮은 나그네신세라서 類此遊客子
몸을 버리고 멀리 종군하여 왔네 捐軀遠從戎
모갈[122]로는 몸을 가릴 수 없고 毛褐不掩形
콩잎만으로는 늘 배를 채우지 못하네 薇藿常不充
가고 또 가서 더는 말하지 말아야겠네 去去莫復道
시름에 젖으면 사람을 늙게 하나니 沈憂令人老

○ 진사왕의 작품은 처음 시작이 가장 뛰어나다고 할 수 있겠는데, 예를 들면 '높은 누각에 슬픈 바람 많이 불고[高臺多悲風]'와 '나뒹구는 다북쑥이 뿌리를 떠나서[轉蓬離本根]'와 같은 유(類)가 그러하다.[陳思最工起調. 如高臺多悲風, 轉蓬離本根之類是也.]

【3수】

남쪽 나라에 어여쁜 임이 있어 南國有佳人
고운 모습 복숭아 오얏꽃과 같네 容華若桃李
아침에는 강 북쪽 언덕에서 놀고 朝遊江北岸

122 모갈(毛褐): 짐승털이나 거친 삼베 등으로 만든 옷을 일컫는다.

저녁엔 소상강[123]가에서 잔다네 夕宿瀟湘沚
요즘 풍속은 고운 얼굴을 하찮게 여기나니 時俗薄朱顏
누구를 위하여 하얀 이를 드러내고 웃어 줄까 誰爲發皓齒
잠깐 사이에 세월만 저물어갈 뿐 俛仰歲將暮
꽃다운 얼굴 오래 간직하기 어려워라 榮耀難久恃

【4수】

옷깃을 여미고 규방을 나와서 攬衣出中閨
두 기둥 사이를 서성입니다 逍遙步兩楹
임 떠난 빈 방은 어찌 이리도 적막할까요 閒房何寂寞
푸른 풀만 뜨락을 덮고 있네요 綠草被階庭
텅빈 방이라 절로 바람이 일고 空室自生風
새들은 남쪽으로 잘도 날아갑니다 百鳥翔南征
봄날의 이 그리움 어찌 잊겠어요 春思安可忘
시름과 슬픔이 나와 함께합니다 憂戚與我并
고운 임은 먼 길에 나가 계시니 佳人在遠道

---

123 소상강(瀟湘江): 중국 호남성(湖南省)의 소수(瀟水)와 상수(湘水)가 합류하는 곳. 이곳에 순임금의 두 부인 아황(娥皇)과 여영(女英)의 묘가 있으며, 순임금이 창오산(蒼梧山)에서 순수(巡狩) 중에 승하하자, 두 비가 뒤쫓아 가고자 하였으나 소상강을 건너지 못해 서로 붙잡고 울다가 강에 몸을 던졌다고 한다. 그때 흘린 눈물이 피가 되어 붉은 반점이 생겼다는 반죽(斑竹)이 유명하다. 소상반죽(瀟湘斑竹). 《박물지(博物志) 卷8》

저만 홀로 고독에 잠겨 있네요	妾身獨單煢
즐거운 만남이란 두 번 다시 어려운 법이요	歡會難再遇
난초와 지초도 거듭 꽃피우지 않는다오	芝蘭不重榮
사람들은 저마다 옛 사랑을 버리곤 하는데	人皆棄舊愛
당신도 어찌 예전과 같을 수야 있겠어요	君豈若平生
소나무에 기생하면 여라[124]가 되고	寄松爲女蘿
물에 떠 있으면 부평초와 같으리니	依水如浮萍
몸을 단속하여 삼가 옷깃 여미고	束身奉衿帶
조석으로 타락한 행동 하지 않겠어요	朝夕不墮傾
만약 끝까지 저를 사랑해 주신다면	儻終顧盼恩
저도 영원토록 마음속의 사랑에 부응하리다	永副我中情

【5수】

마부 시켜 수레 채비를 일찍 하고서	僕夫早嚴駕
나는 장차 먼 길을 떠나가리라	吾將遠行遊
멀리 가서 어디로 가려 하는가	遠遊欲何之
오나라가 우리의 원수라네	吳國爲我仇
장차 만 리 길을 가야 하는데	將騁萬里塗

124 여라(女蘿): 184. 고시(古詩) 19수(首) 주 30) 참조.

동쪽 길을 어찌 거쳐 갈건가	東路安足由
강에는 슬픈 바람이 많고	江介多悲風
회수 사수[125]엔 물살 급히 흐르네	淮泗馳急流
한차례 가볍게 건너고 싶지만	願欲一輕濟
애석하게도 건널 배가 없네	惜哉無方舟
한가롭게 사는 건 나의 뜻이 아니니	閑居非吾志
나라 위한 걱정을 감당하리라	甘心赴國憂

○ 이 시는 곧 '자신을 시험 삼아 채용해 주기를 요구하는 상소'에 담긴 뜻이 있다.[即自試表中意.]

125 회수 사수[淮泗]: 110. 호자가(瓠子歌) 2수(首) 주 30) 참조.

252
칠애시(七哀詩)

《운어양추(韻語陽秋)》[126]에 "고통의 슬픔[痛而哀], 정의로움의 슬픔[義而哀], 감격의 슬픔[感而哀], 원망의 슬픔[怨而哀], 듣고 보아서 생긴 슬픔[耳目聞見而哀], 입으로 탄식하는 슬픔[口歎而哀], 코가 시큰한 슬픔[鼻酸而哀]을 칠애(七哀)라 한다." 하였다.[韻語陽秋, "痛而哀, 義而哀, 感而哀, 怨而哀, 耳目聞見而哀, 口歎而哀, 鼻酸而哀, 謂之七哀."]

밝은 달이 높은 누각 비추니	明月照高樓
흐르는 달빛 따라 서성이노라	流光正徘徊
그 위엔 시름겨운 아낙이 있어	上有愁思婦
비탄 속에 슬픔이 남아 있네	悲歎有餘哀
탄식하는 여인 누구인지 물으니	借問歎者誰
집 떠난 이의 아내라고 하네	言是宕子妻
임 떠난 지 십 년이 넘었건만	君行踰十年
외로운 소첩은 늘 혼자랍니다	孤妾常獨棲
임이 만약 맑은 길의 먼지라면	君若淸路塵

126 《운어양추(韻語陽秋)》: 남송(南宋)시대의 갈립방(葛立方, ?~1164)이 편찬한 비평서의 일종으로, 송(宋)나라를 중심으로 그 이전의 시인(詩人)과 시파(詩派)가 지닌 특징을 두루 논평한 책이다.

소첩은 흐린 물의 진흙이라오 妾若濁水泥
인생의 부침이 그 경우를 달리하니 浮沉各異勢
언제나 서로 만나 함께할까요 會合何時諧
원하노니 서남풍 바람이 되어 願爲西南風
멀리 가서 임의 품에 안기고 싶네 長逝入君懷
임께서 품을 열어 주지 않으시면 君懷良不開
천첩은 누구를 의지해야 하나요 賤妾當何依

○ 이런 시는 대체로 임금을 그리워하는 가사여서 꾸밈이 전혀 없다. 성정의 결찬(結撰)이므로 그 시의 품격이 가장 우수하다.[此種大抵思君之辭, 絶無華飾. 性情結撰, 其品最工.]

253

정시(情詩)

희미한 구름이 햇볕을 가리고 微陰翳陽景
맑은 바람은 나의 옷에 나부끼네 清風飄我衣
물고기는 푸른 물속에 잠기고 遊魚潛綠水
새는 하늘 높이 날아오르네 翔鳥薄天飛
객지로 떠난 사람 아득히 멀어져 眇眇客行士
요역이 끝나지 않아 돌아오지 못하네 遙役不得歸
처음 떠날 땐 된서리 맺혔는데 始出嚴霜結
이제 와서 보니 흰 이슬조차 말랐네 今來白露晞
떠난 이는 서리[127]를 탄식하고 遊子歎黍離
남은 이는 식미[128]를 노래하네 處者歌式微
강개한 마음으로 손님을 마주하니 慷慨對嘉賓
서글픈 마음으로 속이 상하네 悽愴內傷悲

127 서리(黍離): 《시경(詩經)》 〈왕풍(王風) 서리(黍離)〉를 지칭하는 말로, 나라가 망해 버린 옛 대궐 터에 기장과 같은 식물이 무성하게 자란 것을 보고 탄식하는 뜻을 실어 읊은 시 작품인데, 세상의 영고성쇠(榮枯盛衰)가 무상함을 지적하였다.

128 식미(式微): 《시경(詩經)》 〈패풍(邶風) 식미(式微)〉를 지칭하는 말로, 패(邶)의 여후(黎侯)가 적인(狄人)에게 쫓기어 위(衛)나라에 가서 있을 때에 그의 신하들이 귀국을 권유하는 내용이다. 객지에서 고향을 그리는 시로 인용하곤 한다.

254

칠보시(七步詩)

《세설신어(世說新語)》[129]에 "문제(文帝)가 일찍이 동아왕(東阿王)에게 일곱 걸음을 걷는 동안 시를 짓게 하면서 완성하지 못하면 대법(大法)을 적용하겠다고 하였다. 그 소리에 호응하여 위와 같이 지으니, 문제가 부끄러운 기색이 있었다." 하였다.[世說新語, "文帝嘗令東阿王七步中作詩, 不成者行大法. 應聲云云, 帝有慚色."]

콩을 삶아서 국을 끓이고	煮豆持作羹
콩을 걸러서 즙을 만드니	漉豉以爲汁
콩깍지는 솥에서 타고	萁在釜中然
콩은 솥에서 우는구나	豆在釜中泣
본래는 한 뿌리에서 났거늘	本是同根生
서로 태우길 어찌 이리 급하게 하는가	相煎何太急

○ 본성(本性)에 도달한 말은 질박한 것이 특징이다.[至性語, 貴在質樸.]

○ 어떤 판본(本)에는 단지 4구로만 되어 있어 약간 차이가 난다.[一本只作四句, 略有異同.]

고시원(古詩源) 권5 끝

129 《세설신어(世說新語)》: 남송(南宋)시대의 유의경(劉義慶, 403~444)이 편찬한 소설집으로, 후한 말(後漢末)부터 동진(東晉) 시기까지의 4백여 년간 명사들의 일화를 덕행(德行), 언어(言語), 정사(政事), 문학(文學) 등 36문(門)으로 구성하여 엮은 책이다.

고시원 古詩源

권6

위시 魏詩

屠柳城
贈從弟
百一詩
戰滎陽
哀詩
定武功
幽憤詩
贈蔡子篤詩
克官渡

왕찬(王粲)[1]

255

채자독에게 준 시[贈蔡子篤詩]

채목(蔡睦)의 자는 자독(子篤)이며, 상서(尙書)가 되었다. 중선(仲宣)이 그와 함께 형주(荊州)로 난을 피해 갔다가 자독이 돌아오게 되자, 중선이 이 시를 지어 주었다.[蔡睦, 字子篤, 爲尙書. 仲宣與之同避難荊州, 子篤還, 仲宣作此贈之.]

훨훨 나는 난새 보니	翼翼飛鸞
동쪽 향해 잘도 나네	載飛載東

---

1 왕찬(王粲, 177~217): 후한(後漢) 말기 위(魏)나라의 시인. 자는 중선(仲宣)이고, 산양 고평(山陽高平) 출신으로 귀족 집안에서 태어났다. 190년 헌제(獻帝)가 동탁(董卓)의 강요에 따라 장안으로 천도했을 때 수행하여 당대 제1의 학자인 채옹(蔡邕)의 인정을 받았다. 얼마 후 동탁이 암살되어 장안이 혼란에 빠지자 형주(荊州)로 몸을 피해 유표(劉表)한테 의지했다. 208년 유표가 죽자 그의 아들 유종(劉琮)을 설득하여 조조에게 귀순시키고 자신도 승상연(丞相椽)이 되어 관문후(關門侯)의 작위를 받았다. 건안칠자(建安七子)의 한 사람이자 대표적 시인으로 표현력이 풍부하고 유려하면서도 애수에 찬 시를 남겼는데, 〈종군시(從軍詩)〉 5수와 〈칠애시(七哀詩)〉 3수가 유명하다.

나의 친구 떠나가서　我友云徂
옛 고향으로 간다 하네　言戾舊邦
조각배를 사뿐 띄워　舫舟翩翩
큰 강 따라 거슬러 올라가니　以泝大江
잡초길이 거칠어서　蔚矣荒塗
가도 가도 통할 수 없네　時行靡通
내 그대를 그린 만큼　慨我懷慕
그대 나를 그릴 텐데　君子所同
길고 긴 이 세상길은　悠悠世路
난리라서 장애로다　亂離多阻
제대[2]에서 강행[3]까진　濟岱江行
멀고도 먼 이국이라　邈焉異處
바람결에 구름 흩듯　風流雲散
한번 이별 비와 같네　一別如雨
인생살이 어렵기로　人生實難
소망조차 주질 않아　願其弗與
먼 길 빤히 바라보며　瞻望遐路
우두커니 서서 있네　允企伊佇
지독하게 차가운 날　烈烈冬日

2 제대(濟岱): 황하의 지류인 제수(濟水)와 대종(岱宗), 즉 태산(泰山)을 이르는 말로, 채목이 가는 곳을 일컫는다.

3 강행(江行): 왕찬이 살고 있는 형주(荊州) 일대를 이른다. 《문선(文選)》 규장각본에는 행(行)이 형(衡)으로 되어 있다.

바람조차 매서운데 肅肅淒風
물고기는 꿈쩍 않고 潛鱗在淵
기러기만 돌아가네 歸雁載軒
홍조[4] 같은 새 아니면 苟非鴻鵰
누가 능히 날아갈까 孰能飛翻
추모 비록 한다지만 雖則追慕
나의 생각 펼 수 없네 予思罔宣
동쪽 길을 바라보니 瞻望東路
처량할사 탄식일 뿐 慘愴增歎
저 강물 따라 흘러가듯 率彼江流
가고 나면 기약 없네 爰逝靡期
군자와의 굳은 맹센 君子信誓
때를 어기지 않나니 不遷于時
그대와는 동료라서 及子同寮
생사 같이하자 했네 生死固之
길 떠날 때 무얼 줄까 何以贈行
이 시나마 적어 주니 言授斯詩
마음 울컥 북받쳐서 中心孔悼
눈물 흘러 하염없네 涕淚漣洏
아아, 그대 군자시여 嗟爾君子
어찌 그립지 않을까 如何勿思

4 홍조(鴻鵰): 큰기러기와 수리새를 이른다.

256

칠애시(七哀詩)[5] 3수(首)

【1수】

서경[6]은 난리로 형편이 없는데다 西京亂無象
늑대 호랑이들 골칫거리가 되었네 豺虎方遘患
또다시 고향땅을 버리고 떠나가서 復棄中國去
몸 의탁하러 형만[7]으로 간다 하니 遠身適荊蠻
친척들은 나를 보며 슬퍼하고 親戚對我悲
친구들도 서로들 와서 만류하네 朋友相追攀
문밖을 나서니 아무도 보이지 않고 出門無所見
백골들만 온 들판을 뒤덮었구나 白骨蔽平原
길에 나선 한 굶주린 여인이 路有饑婦人
품속의 아이를 풀 섶에다 버리더니 抱子棄草間
아이의 자지러진 울음소릴 듣고서도 顧聞號泣聲
눈물을 뿌리며 돌아서질 않으며 揮涕獨不還
내 죽을 곳이 어딘지도 모르는데 未知身死處

---

5 칠애시(七哀詩): 192년 장안에서 동탁(董卓)의 부장들이 반란을 일으키자, 그 이듬해에 왕찬이 17세의 나이로 장안을 떠나 형주(荊州)의 유표(劉表)에게 피난차 찾아가면서 지은 작품이다.

6 서경(西京): 수도 장안(長安)을 일른다.

7 형만(荊蠻): 형주(荊州)를 이른다.

어찌 둘 다 완전할 수 있겠니 하네	何能兩相完
아일 둔 채 말을 내몰아 떠나가니	驅馬棄之去
이 말을 차마 들을 수가 없구나	不忍聽此言
남쪽으로 가서 패릉[8]의 언덕에 올라	南登霸陵岸
고개 돌려 장안을 바라보다가	回首望長安
하천[9]을 읊은 심정 깨닫고 나니	悟彼下泉人
아, 마음만 상할 뿐이네	喟然傷心肝

○ "내 죽을 곳이 어딘지도 모르는데[未知身死處]" 이하 2구는 부인의 말이다.[未知身死處二句, 婦人之詞.]

○ 이 시는 두보(杜甫)의 〈무가별(無家別)〉, 〈수로별(垂老別)〉[10]과 같은 편의 원조(元祖)이기도 하다.[此杜少陵無家別垂老別諸篇之祖也.]

○ 은후(隱侯)[11]가 말한 중선(仲宣)의 〈패안(霸岸)〉과 같은 편이란, 이것을 지칭한다.[隱侯謂仲宣霸岸之篇, 指此.]

---

8 패릉(霸陵): 한(漢)나라 문제(文帝)의 능묘(陵墓)로, 장안(長安)의 동남쪽에 있다.

9 하천(下泉): 《시경(詩經)》 〈조풍(曹風)〉의 편명이다. 이 글은 임금이 포악하여 백성을 해롭게 하므로 현명한 임금을 사모하여 지은 것인데, 왕실이 무너져 작은 나라가 왕실의 도움을 전혀 받지 못하고 여러 가지로 곤경을 겪는 것을 풍자하였다.

10 〈무가별(無家別)〉, 〈수로별(垂老別)〉: 당(唐)나라 두보(杜甫)의 저명한 시작품으로, 〈신혼별(新婚別)〉과 함께 '삼별시(三別詩)'라 하고, 그의 또 다른 시작품인 〈신안리(新安吏)〉, 〈동관리(潼關吏)〉, 〈석호리(石壕吏)〉를 삼리시(三吏詩)라 하는데, 이를 합칭하여 '삼리삼별(三吏三別)'이라 한다.

11 은후(隱侯): 남조 양(南朝梁) 심약(沈約)의 시호(謚號)이다. 그의 자는 휴문(休文)이며 시문(詩文)에 능하였다.

【2수】

형만은 나의 고향이 아니거늘 荊蠻非吾鄕
어찌 오래 머물겠는가 何爲久滯淫
돛단배 타고 강물을 거슬러 올랐건만 方舟溯大江
날이 저물자 내 마음 시름겹다 日暮愁我心
산마루엔 아직 석양빛이 남아 있고 山岡有餘暎
산모퉁이는 점점 어둠이 깔리니 巖阿增重陰
여우와 살쾡이는 제 굴을 찾아들고 狐狸馳赴穴
새들은 옛 숲으로 날아든다 飛鳥翔故林
흐르는 물결 맑은 소리 부딪히고 流波激淸響
원숭이는 강 언덕에서 울어 대네 猴猿臨岸吟
거센 바람 옷자락을 펄럭이고 迅風拂裳袂
하얀 이슬 옷깃을 적시는데 白露霑衣襟
홀로 지새는 잠 못 이루는 밤 獨夜不能寐
옷깃 여미고 일어나 거문고를 타니 攝衣起撫琴
거문고도 내 마음을 아는지 絲桐感人情
나를 위해 슬픈 소릴 내는구나 爲我發悲音
떠도는 나그네 신세 종착역이 없으니 羈旅無終極
밀려오는 시름을 감당하기 어렵네 憂思壯難任

【3수】

변방 성이 내 마음을 슬프게 하는 건 邊城使心悲
예전에 내가 직접 경험했기 때문인데 昔我親更之
얼어붙은 눈발에 살갗이 떨어지는 듯 冰雪截肌膚
몰아치는 바람은 그칠 기약이 없네 風飄無止期
백 리를 가도 사람은 보이지 않으니 百里不見人
초목을 누가 다스린다는 말인가 草木誰當遲(1)
성에 올라 정수[12]를 바라보니 登城望亭隧
펄럭펄럭 깃발만 날리고 있네 翩翩飛戍旗
떠나는 이 뒤돌아보지도 않고서 行者不顧反
문을 나서 식솔들과 작별하였네 出門與家辭
자제들이 대부분 포로가 되어 子弟多俘虜
곡하는 소리 그칠 때가 없으니 哭泣無已時
천하가 모두 낙토[13]라지만 天下盡樂土
어찌 오래 머물 수 있으리오 何爲久留玆
요충[14]은 매운맛을 모른다 하니 蓼蟲不知辛
가고 오는 고충을 묻지 말아 다오 去來勿與諮

(1) '지(遲)'는 치(治)와 같으며 평성(平聲)이다.[與治同, 平聲.]

---

12 정수(亭隧): 정(亭)은 숙박하는 역참이며, 수(隧)는 지름길이다.

13 낙토(樂土): 외부의 간섭 또는 침해를 받지 않고 아무런 걱정이나 부족함이 없이 편안한 삶을 영위할 수 있는 곳을 일컫는다.

14 요충(蓼蟲): 여뀌의 잎을 갉아먹는 벌레이다.

진림(陳琳)[15]

257

음마장성굴행(飮馬長城窟行)

장성굴에서 말한테 물을 먹이니	飮馬長城窟
물이 차서 말 뱃속까지 상하겠네	水寒傷馬骨
장성 관리에게 가서 이르기를	往謂長城吏
삼가 태원졸[16]로 더는 머물지 말게 하오	愼莫稽留太原卒
관청의 부역에는 정해진 일정이 있으니	官作自有程
축[17]을 들고 구령에 맞춰 일을 하라	擧築諧汝聲

15 진림(陳琳, ?~217): 후한 말기의 문학가. 자는 공장(孔障)이고, 광릉(光陵) 사람이다. 건안칠자(建安七子) 중 한 사람으로, 원래는 대장군 하진(何進)의 주부였는데, 하진이 제후들과 함께 환관(宦官)을 제거하려 했을 때, 이를 만류하였다. 후에 기주(冀州)에 피난해 있었는데, 원소(袁紹)가 기실(記室)로 삼았다. 원소가 조조를 토벌하려 할 때 그에게 명하여 격문을 쓰게 하였다. 조조가 기주를 점령하고 그를 포로로 잡았는데 그의 재주를 아껴 사면하고 종사(從事)로 삼았다.

16 태원졸(太原卒): 태원에 와서 수자리 사는 수졸, 태원은 산서성(山西省)의 성도이다.

17 축(築): 절굿공이. 성을 쌓을 때 사용하는 도구이다.

남아라면 차라리 싸우다가 죽을지언정	男兒寧當格鬪死
어찌 답답하게 장성을 쌓는단 말이오	何能怫鬱築長城
장성은 어찌 그리 이어지고 이어졌는가	長城何連連
이어지고 이어져서 삼천 리라네	連連三千里
성 주변에는 건장한 젊은이들이 많고	邊城多健少
고향 집에는 과부가 많다네	內舍多寡婦
남편이 편지를 써서 고향집에 보내기를	作書與內舍
남아 있지 말고 개가하여서	便嫁莫留住
새 시부모를 잘 모시기 바라노니	善侍新姑嫜
가끔은 이 옛 남편도 생각해 주오	時時念我故夫子
아내의 답장이 변방으로 왔는데	報書往邊地
당신의 말씀은 어찌 그리 야속하오	君今出語一何鄙
이 몸이 화란 속에 있는데	身在禍難中
어찌 남의 딸자식을 머물러 두겠소	何爲稽留他家子
아들을 낳거든 제발 거두지 말고	生男愼莫擧
딸을 낳거든 잘 키우시구려	生女哺用脯
그대는 보지 못하였나요 장성 아래에	君獨不見長城下
죽은 자들의 해골이 서로 버티고 있는 것을	死人骸骨相撑拄
머리 올려 곧장 당신을 섬겨 왔지만	結髮行事君
채워지지 않는 공허한 이 마음을 어찌합니까	慊慊心意間
변방에서의 고통을 내 잘 알고 있으니	明知邊地苦
천첩인들 어찌 오래 보전할 수 있겠어요	賤妾何能久自全

○ '축을 들고 구령에 맞춰 일을 하라[擧築諧汝聲]'는 같은 소리로 힘쓰는 것을 말한다.[擧築諧汝聲, 言同聲用力也.]

○ '편지를 써서 고향집에 보내다[作書與內舍]'는 남편[健少]이 쓴 편지요. '답장이 변방으로 왔는데[報書往邊地]'의 이하 2구는 아내[內舍]의 답서이다. '이 몸이 화란 속에 있는데[身在禍難中]'의 이하 6구는 또 남편의 글이요, '머리 얹어 준 당신을 섬기려 했는데[結髮行事君]' 이하 4구는 또 아내의 글이다. 묻고 답한 흔적이 없지만 신리(神理)가 정연하니, 한(漢)나라의 악부시(樂府詩)로 더불어 상큼함을 견줄 만하다.[作書與內舍, 健少作書也. 報書往邊地二句, 內舍答書也. 身在禍難中六語, 又健少之詞. 結髮行事君四句, 又內舍之詞. 無問答之痕而神理井然, 可與漢樂府競爽矣.]

유정(劉楨)[18]

258

종제에게 주다[贈從弟] 3수(首)

【1수】

동쪽으로 흐르는 물 넘실넘실　汎汎東流水
물속에 깔린 돌 반짝반짝　磷磷水中石
마름풀이 그 물가에 돋아나서　蘋藻生其涯
곱게 핀 꽃은 어찌 그리 가녀린지　華紛何擾弱
그걸 따다가 종묘에 올릴 만도 하고　采之薦宗廟
고운 손에게도 대접할 만하여라　可以羞嘉客
채소밭에 아욱이야 어찌 없겠는가마는　豈無園中葵
깊은 못에서 난 이것이 아름다워서라네　懿此出深澤

18 유정(劉楨, 186~217): 후한 말기의 문학가. 자는 공간(公幹)이며, 동평(東平) 출신이다. 건안칠자(建安七子)의 한 사람으로, 조조(曹操)의 막하에 들어갔으나 강직한 성격 탓으로 불경죄에 걸려 폄적되었다. 5언시에 능하였고, 명나라 때 그의 문집《유공간집(劉公幹集)》이 발간되었다.

【 2수 】

우뚝 솟은 산 위의 소나무를 보고 亭亭山上松
솔솔 부는 골짝의 바람 소릴 듣네 瑟瑟谷中風
바람 소리는 그 얼마나 세차며 風聲一何盛
소나무 가지는 그 얼마나 굳센가 松枝一何勁
얼음에다 서릿발 지독하게 차가워도 冰霜正慘悽
한해가 다 가도록 항상 단정한 모습이네 終歲常端正
어찌 혹독한 추위를 겪지 않았겠는가마는 豈不罹凝寒
소나무 잣나무에겐 타고난 본성이 있다네 松柏有本性

【 3수 】

봉황새가 남산에 와서 모였다가 鳳凰集南嶽
고죽뿌리의 근처를 배회하더니 徘徊孤竹根
만족스럽지 못함이 있는 듯 於心有不厭
날갯짓을 하여 하늘[19] 높이 날아가네 奮翅凌紫氛
어찌 항상 고달프지 않겠는가마는 豈不常勤苦
뱁새 떼와 함께하는 게 수치라네 羞與黃雀羣

19 하늘: 원문의 자분(紫氛)은 천상(天上)에 떠 있는 자색(紫色)의 운기(雲氣)를 말한 것으로, 전하여 천상을 가리킨다.

언제쯤 날아와서 춤을 추려나[20]	何時當來儀
성명한 임금이 나실 때를 기다려보네	將須聖明君

○ 타인에게 작별시로 지어 주는 글은 주로 비체(比體)[21]를 쓴다. 이것 역시 하나의 격식(格式)이다.[贈人之作, 通用比體. 亦是一格.]

20 춤을 추려나: 원문의 내의(來儀)는 봉황이 날아와서 춤을 추었다는 말로, 전하여 걸출한 인물이 세상에 나옴을 비유한다. 《서경(書經)》〈익직(益稷)〉에 순(舜)임금 때 악관(樂官)인 기(夔)가 "생과 용을 번갈아 울리자 새와 짐승들이 너울너울 춤을 추고, 소소를 아홉 번 연주하자 봉황이 와서 춤을 추었다.[笙鏞以間, 鳥獸蹌蹌, 簫韶九成, 鳳凰來儀.]"라고 하였다.

21 비체(比體): 184.고시(古詩) 19수(首) 주 31) 참조.

서간(徐幹)[22]

259
실사(室思)

사람은 누구나 처음이 없지는 않으니[23] 人靡不有初
생각건대 내 임은 끝까지 가시겠지 想君能終之
이별한 지 여러 해가 벌써 지났으니 別來歷年歲
예전 은혜를 어찌 기약할 수 있겠어요 舊恩何可期
새것만 중히 여기고 옛것을 잊는 것은 重新而忘故
군자가 비난했던 바이랍니다 君子所猶譏

---

22 서간(徐幹, 170~217): 후한(後漢)의 문장가. 자는 위장(偉長)이고, 북해(北海)에서 태어났다. 어려서 오경(五經)을 익히고, 성인이 되기 전에 이미 뛰어난 문장과 높은 식견으로 이름을 얻었다. 벼슬은 낮은 관직에 머물렀고, 중용되지는 못했다. 196년경 조조(曹操)가 군사를 일으켰을 때 잠시 참여하기도 했지만, 병으로 사직하고 귀향하여 생을 마쳤다. 건안칠자(建安七子)의 한 사람이다. 저서에 《중론(中論)》이 있고, 그가 남긴 〈실사(室思)〉는 내용이 절절하고 시정이 풍부하여 인구에 회자되는 명작품으로 전한다.

23 사람은 … 않으니: 《시경(詩經)》 〈대아(大雅) 탕(蕩)〉에 "시작이 없는 이는 없으나 끝까지 마치는 이는 드물다.[靡不有初, 鮮克有終.]"라고 한 데서 인용하였다.

소식 전하기엔 비록 멀리 있다 하여도	寄聲雖在遠
어찌 잠시인들 당신을 잊겠어요	豈忘君須臾
내 마음이 두터우면 임도 박하지 않으리니	旣厚不爲薄
당신도 아마 때로는 나를 생각하시겠지요	想君時見思

○ 이 시는 규인(閨人)을 의탁하여 지은 글이다. 자신은 후한 것으로 자처하고 임에게는 박정하지 않기를 바라니, 이는 정리가 매우 깊고 지극하다 하겠다.[此託言閨人之詞也. 自處於厚, 而望君不薄, 情極深至.]

260

잡시(雜詩)

뜬구름아 너는 어이 거침없이 떠다니느냐	浮雲何洋洋
내 사연을 실어다가 전해 줄 수는 없겠니	願因通我詞
정처 없이 나부껴서 기탁할 수 없는 터라	飄飄不可寄
우두커니 그냥 서서 생각만 할 뿐이네	徙倚徒相思
남들은 헤어졌다가도 다시 만나는데	人離皆復會
당신만은 홀로 돌아올 기약이 없으시니	君獨無返期
당신이 떠나가신 뒤부터는	自君之出矣
밝은 거울 흐려져도 닦지를 않네요	明鏡暗不治
당신을 그리는 마음 흐르는 물과 같으니	思君如流水
언제라고 다하여 그칠 때가 있겠어요	何有窮已時

○ 끝에 4구는 후세 사람들의 의작(擬作)이 많다. 모두 자연에 순응하는 의미를 담고 있다.[末四句後人擬者多矣, 總遜其自然.]

응창(應瑒)[24]

261

오관중랑장을 모시고 건장대 모임에 가서 지은 시

[侍五官中郎將建章臺集詩]

건안 16년(211)에 천자(天子)가 세자(世子)인 조비(曹丕)를 명하여 오관중랑장(五官中郎將)으로 삼았다.[建安十六年, 天子命世子丕爲五官中郎將.]

구름 속에서 우는 아침 기러기는	朝雁鳴雲中
그 소리가 어찌 그리도 구슬픈가	音響一何哀
묻노니 그대는 어디에서 노닐고자 하여	問子遊何鄉
날개를 접고 배회만 하는가	戢翼正徘徊

24 응창(應瑒, ?~217): 후한(後漢) 말기의 문학가. 자는 덕련(德璉)이고, 남돈(南頓) 출신이며, 건안칠자(建安七子)의 한 사람이다. 조조(曹操)의 막하에서 일했고, 5언시(五言詩)에 능하였다. 명나라 때 그의 문집《응덕련집(應德璉集)》이 발간되었다.

그의 말이 나는 한문[25]에서 날아와서	言我寒門來
장차 형양[26]으로 가서 지내려 하오	將就衡陽棲
지난봄엔 북쪽으로 갔었다가	往春翔北土
올겨울엔 남회[27]의 객이 되었소	今冬客南淮
먼 길에 눈서리를 맞았더니	遠行蒙霜雪
깃털이 날마다 꺾이고 떨어졌다오	毛羽日摧頹
항상 염려하는 건 기골을 상하여서	常恐傷肌骨
몸이 흙탕물에 떨어지면 어쩌나 하는 거요	身隕沉黃泥
간주[28]가 사석[29]에 떨어지면	蕳珠墮沙石
어찌 속마음이 절로 편할수 있겠어요	何能中自諧
비구름과의 만남으로 인하여	欲因雲雨會
날개를 씻고 높이 올라보리다	濯翼陵高梯
좋은 기회는 다시 만날 수 없으리니	良遇不可値
미간을 펴고 어느 계단으로 오를까요	伸眉路何階
공자께서 손님을 경애하시어	公子敬愛客
즐겁게 마시며 피곤한 줄 모르시니	樂飮不知疲

25 한문(寒門): 《회남자(淮南子)》 〈추형훈(墬形訓)〉에 "북극(北極)에 있는 산을 한문이라 한다.[北極之山曰寒門.]" 하였는데, 여기서는 북방의 추운 곳을 이른다.

26 형양(衡陽): 중국 호남성(湖南省)에 있는 지명. 이곳에 회안봉(回雁峰)이 있는데 기러기들이 남쪽으로 날아가다가 이곳에 이르면 더 이상 남쪽으로 날아가지 않는다고 한다.

27 남회(南淮): 회수 이남 곧 회수 유역을 이른다.

28 간주(蕳珠): 큰 진주로 현인(賢人)에 비유한다.

29 사석(沙石): 군소(羣小)를 비유한다.

온화한 얼굴로 이미 통창한 터라	和顔既以暢
이에 미천한 자들까지 돌보시네	乃肯顧細微
시를 내려 묻고 위로해 주시니	贈詩見存慰
소자가 감당할 바가 아니구려	小子非所宜
기쁜 마음을 다 풀어야 하겠기에	爲且極歡情
취하지 않고서는 돌아갈 일 없으리다	不醉其無歸
모든 신하들은 자신의 지위 신중해서	凡百敬爾位
현인 구하려는 목마름에 부응해야 하리	以副飢渴懷

○ 간주(蕑珠)는 군자(君子)를 비유하고, 사석(沙石)은 소인(小人)을 비유하였다. 《회남자(淮南子)》에 이르기를, "주(周)나라의 간규(蕑珪)는 토구(土垢)에서 난다." 하였는데, '간(蕑)'은 '크다[大]'는 뜻이다.[蕑珠, 喻君子, 沙石, 喻小人. 淮南子曰, "周之蕑珪, 産於垢土" 蕑, 大也.]

○ 위(魏)나라 사람들은 공적인 연회에 지극히 평용(平庸)함을 갖추었다. 후세 사람들의 응수시(應酬詩)는 이 시로부터 시작되었다. 내용 중에 기러기를 대신해서 한 말은 음조가 슬프고 간절하다. 여타의 작품과 다르기 때문에 여기에 수록하여 하나의 격식을 갖추었다.[魏人公讌, 俱極平庸. 後人應酬詩從此開出. 篇中代雁爲詞, 音調悲切. 異於衆作, 存此以備一格.]

262
별시(別詩)

아침 구름은 사해를 떠돌아도 朝雲浮四海
날 저물면 고향산천 돌아가건만 日暮歸故山
행역 나와서 고향을 생각하니 行役懷舊土
슬픈 생각 말로 다할 수 없네 悲思不能言
멀고 먼 천리 길을 건너왔으니 悠悠涉千里
언제쯤 돌아갈지 알 수가 없네 未知何時旋

응거(應璩)[30]

263
백일시(百一詩)

〈백일시(百一詩)〉의 서문에 이르기를, "당시에 조상(曹爽)에게 이르기를, '지금 공이 주공(周公)처럼 위대하다는 칭송을 듣고는 있지만, 1백 번 생각에 한 번의 실수가 있을지 어찌 알겠는가?[安知百慮有一失乎]' 하여 '백일(百一)'이란 명칭을 여기에서 취하였다." 하였다.[百一詩序曰, "時謂曹爽曰, '今公聞周公巍巍之稱, 安知百慮有一失乎?' 百一之名取此."]

응거의 시 1백여 편이 대부분 당시의 사건들을 풍자하는 내용이다.[璩詩百餘篇, 大率諷刺時事.]

---

30 응거(應璩, 192~252): 위(魏)나라의 시인. 자는 휴련(休璉)이고, 건안칠자(建安七子)의 한 사람인 응창(應瑒)의 동생이며, 진(晉)나라 응정(應貞)의 아버지다. 위나라 문제(文帝)와 명제(明帝) 때에는 산기상시(散騎常侍)를 역임하고 제왕(齊王) 방(芳)이 즉위한 뒤에는 시중(侍中)이 되었다. 〈백일시(百一詩)〉 또는 〈신시(新詩)〉라는 연작시를 지어 당시 사회를 풍자하였다. 《문선(文選)》에 1수가 실려 있고, 32수의 단편(短篇)이 전한다.

하류에 거처하면 아니 되는 건[31]	下流不可處
군자는 그 처음을 삼가하기 때문이며	君子愼厥初
명성이 높아도 오래 드러내면 아니 되는 건	名高不宿著
무함을 받기 십상이기 때문이네	易用受侵誣
예전에 관직을 버리고 떠났을 적에	前者隳官去
어떤 사람이 내 집을 찾아왔기에	有人適我閭
시골집이라 가진 것이 없어서	田家無所有
단술로 대접하고 마른 생선 구었더니	酌醴焚枯魚
내게 묻기를 무슨 공덕으로	問我何功德
세 번이나 승명려[32]에 들어갔느냐 하며	三入承明廬
이곳에 정착하여 사는 것은	所占於此土
인지의 거처[33]라 하겠지만	是謂仁智居
문장은 경국의 문장이 아니며	文章不經國
상자에 담아 둘 서적도 없으면서	筐篋無尺書

31 하류에 … 되는 건: 《논어집주(論語集註)》 〈자장(子張)〉에 "군자는 하류에 처하는 것을 싫어한다. 천하의 악이 모두 거기로 모여들기 때문이다.[君子惡居下流, 天下之惡, 皆歸焉.]"라고 한 데서 인용하였다.

32 승명려(承明廬): 248.백마왕 표에게 주다[贈白馬王彪] 6장(章) 주 112) 참조.

33 인지(仁智)의 거처: 《맹자집주(孟子集註)》 〈공손추 상(公孫丑上)〉에 "공자(孔子)의 말씀에 '마을에 인후(仁厚)한 풍속이 있는 것이 아름다우니, 사람이 자처(自處)할 곳을 가리되 인(仁)에 처하지 않는다면 어찌 지혜롭다고 할 수 있겠는가.'라고 하셨으니, 인(仁)은 하늘의 높은 벼슬이며, 사람의 편안한 집이다. 그러나 이것을 막는 이가 없는 데도 인(仁)하지 못하니, 이것은 지혜롭지 못한 것이다.[孔子曰, '里仁, 爲美, 擇不處仁, 焉得智.' 夫仁, 天之尊爵也, 人之安宅也, 莫之禦而不仁, 是不智也.]"라고 하였다.

이런 것을 재학이라 일컫고 用等稱才學
이따금씩 칭찬을 받기도 하는가 往往見歎譽
자리를 피하여 스스로 진언하기를 避席跪自陳
미천한 이 몸 실로 공허하니 賤子實空虛
송인이 주객을 만난 듯하여 宋人遇周客
부끄러워서 어쩔 줄을 모르겠소 慙愧靡所如

○ 하류(下流) 1장(章)은 스스로를 업신여긴 것이다.[下流一章, 自侮也.]

○ '내게 묻기를 무슨 공덕으로[問我何功德]'부터 '이따금씩 칭찬을 받기도 하는가[往往見歎譽]'까지는 모두 묻는 자의 말이고, 아래 4구는 스스로 답한 말이다.[問我何功德至往往見歎譽, 皆問者之詞, 下四句自答.]

○ '주객을 만난 듯[遇周客]'은 송나라의 어리석은 사람이 연석(燕石)[34]을 보석으로 여긴 일을 지칭한 말이다.[遇周客, 指宋之愚人寶燕石事.]

34 연석(燕石): 연산(燕山)에서 나는 돌로, 가치 없는 물건을 비유하는 말. 자신의 물건이나 작품에 대한 겸사로도 쓰인다. 《태평어람(太平御覽)》에 "송(宋)나라의 어리석은 사람이 연산의 돌을 보물로 알고 소중히 간직하고 있었다. 주(周)나라 사람이 그 소문을 듣고 보고자 했다. 송나라 사람은 현단복(玄端服)을 입고 대관(大冠)을 쓰고는 보물을 내왔는데, 화려한 상자가 열 겹이었고 비단으로 열 번이나 싸서 보관하고 있었다. 주나라 사람이 이것을 보고 간신히 웃음을 참으며 말하기를 '이것은 연석이오. 기와조각과 다를 바 없소.'라고 하니, 송나라 사람이 크게 화를 내며 더욱더 견고하게 보관했다고 한다.[宋之愚人, 得燕石於梧臺之東, 歸西藏之, 以爲大寶. 周客聞而觀焉. 主人端冕玄服以發寶, 華匱十重, 緹巾十襲. 客見之, 盧胡而笑曰, 此燕石也. 與瓦甓不異. 主人大怒, 藏之愈固.]"라고 하였다.

264

잡시(雜詩)

사소한 것일지라도 신중하지 않으면　細微苟不愼
둑의 붕괴가 개미구멍에서 시작되듯 한다네　隄潰自蟻穴
주리[35]를 일찍부터 일삼아 보살폈다면　腠理早從事
어찌 침석[36]으로 애쓸 필요가 있으리요　安復勞鍼石
철인은 드러나기 전 것도 보는데　哲人覩未形
어리석은 사람은 명백한 것도 어둡다네　愚夫闇明白
곡돌[37]하라 이른 사람은 손님대우 못 받고　曲突不見賓
초란[38]한 자만이 상객이 되었다네　焦爛爲上客

35 주리(腠理): 사람 몸의 살가죽을 일컫는다.

36 침석(鍼石): 《한비자(韓非子)》의 〈유로(喩老)〉에 "병이 살결에 있으면 뜨거운 물로 찜질하고, 병이 피부에 있으면 '침석'으로 치료한다.[疾在腠理, 湯熨之所及. 在肌膚, 鍼石之所及.]"라고 하였고, 《포박자(抱朴子)》의 〈광비(廣譬)〉에 "화작(和鵲)이 비록 장수하지는 않았지만, 그가 적용한 '침석'은 인명을 구제한 도구라고 하지 않을 수 없다.[和鵲雖不長生, 而針石, 不可謂非濟命之器也.]"라고 하고, 전원기(全元起)가 쓴 《내경(內徑)》의 주(註)에 "폄석(砭石)은 고대의 외과치료법(外科治療法)의 하나로 그 이름이 세 가지가 있는데, 침석(鍼石)과 폄석(砭石)과 참석(鑱石)이 그것이다."라고 하였다.

37 곡돌(曲突): 사신곡돌(徙薪曲突)의 준말로, 화재를 막기 위해 아궁이 옆의 땔감을 옮기고 굴뚝을 구부러지게 만든다는 뜻. 옛날 어떤 사람의 집에 부엌 구조가 직돌(直突)로 되어 있고 곁에 나무가 쌓였는데, 이를 본 과객(過客)이 곡돌(曲突)로 고치고 나무를 다른 곳으로 옮겨 화재를 미리 방지하라고 한 말에서 유래하였다.

38 초란(焦爛): 초두난액(燋頭爛額)의 준 말로, 불을 끄다가 머리카락을 태우고 이마를 덴다는 뜻으로. 주로 화재를 미연에 방지하게 한 사람은 버림받고 불이 난 뒤에 불을 끈 사람만 상을

좋은 법규를 올려서	思願獻良規
강해가 온통 반역을 못 하게 하기를 원하노니	江海倘不逆
미치광이 말이 비록 쓸 만한 것은 적어도	狂言雖寡善
외려 계척[39]과 같음이 있네	猶有如雞跖
계척을 그만두지 않고 먹어서	雞跖食不已
제왕은 잔뜩 살이 쪘다네	齊王爲肥澤

○ 진언(進言)하고 청언(聽言)하는 뜻이 감추려 할수록 더욱 드러나 있다.[進言聽言意, 愈隱愈顯.]

받는다는 뜻으로 쓰인다. 선후본말(先後本末)이 뒤바뀐 것을 일컫기도 한다.

39 계척(雞跖): 닭의 족종(足踵). 《여씨춘추(呂氏春秋)》〈용중(用衆)〉에 "제대로 학문을 할 줄 아는 자는 제왕이 닭고기를 먹을 때에 반드시 닭발바닥[跖] 수천 개를 먹은 뒤에 발[足]을 먹듯이 한다.[善學者, 若齊王之食雞也, 必食其跖數千而後足.]"라고 하였고, 고유(高誘)의 주(註)에 "척(跖)은 닭의 족종(足踵)이다.[高誘註, 跖, 雞足踵.]" 하였다.

무습(繆襲)[40]

265
극관도(克官渡)

《진서(晉書)》〈악지(樂志)〉에 "한(漢)나라의 〈상지회(上之回)〉를 〈극관도(克官渡)〉로 바꾸었다. 이는 조공(曹公)이 원소(袁紹)와 전투를 벌일 때 관도[41]에서 격파시킨 것을 말한 것이다." 하였다.[晉書樂志曰, "改漢上之回爲克官渡. 言曹公與袁紹戰, 破之於官渡也."]

관도에서 원소를 이긴 것은 백마성[42] 때문 克紹官渡由白馬

---

40 무습(繆襲): 자는 희백(熙伯)이며, 동해(東海) 사람이다. 재능과 학식이 풍부하여 저술한 글이 많다. 벼슬이 상서광록훈(尙書光祿勳)에 이르렀다.

41 관도(官渡): 관도전투(官渡戰鬪)를 이르는 것으로, 이는 후한(後漢) 말기에 조조의 군대와 원소의 군대 간에 치른 격전이었다. 199년 원소는 10만여 군병을 이끌고 관도[官渡: 하남성 중모(中牟)]에서 조조의 군대와 대치했다. 세가 약함을 느낀 조조는 원소 진영의 내부 모순을 이용하여 후방에 있던 그들의 식량 보급대를 습격하였다. 식량을 잃은 원소의 부대가 크게 동요하자, 조조는 이 틈을 이용하여 적의 주력부대를 일거에 궤멸시켰다.

42 백마성(白馬城): 하남성(河南省) 활현(滑縣) 동북쪽에 있는 옛 성이다.

시체의 피가 흘러 평원을 뒤덮었네	僵尸流血被原野
수많은 적들은 개떼 양떼 같았는데	賊衆如犬羊
왕의 군사는 턱없이 적었네	王師尙寡
모래 언덕이 곁에 있어서	沙塠傍
거센 바람이 몰아쳤네	風飛揚
전세가 불리하면 병사들이 다치기 마련인데	轉戰不利士卒傷
오늘 승리하지 못하면 후일을 어찌 기대하랴	今日不勝後何望
토산[43]의 지도로는 당해 내지 못할 일을	土山地道不可當
마침내 대첩을 거두자 기주가 떠들썩했네	卒勝大捷震冀方
성을 도륙하고 읍을 깨트리니	屠城破邑
뛰어난 무용담이 시편을 이루었네	神武遂章

○ 음절(音節)이 절로 아름답다.[音節自佳.]

43 토산(土山): 진흙이 쌓여 형성된 산세를 이른다.

266

정무공(定武功)

"한(漢)나라의 〈전성남(戰城南)〉을 〈정무공(定武功)〉으로 바꾸었다. 조공(曹公)이 맨 처음에 업성(鄴城)[44]을 격파하였는데, 무공이 결정된 것이 여기에서 비롯되었다는 것을 말한 것이다." 하였다.[改漢戰城南爲定武功. 言曹公初破鄴, 武功之定, 始乎此也.]

무공을 확정하려고	定武功
황하를 건너가니	濟黃河
황하의 물은 넘실대고	河水湯湯
아침저녁으로 거친 파도 일었네	旦暮有橫流波
원씨는 쇠망할 운명인지라	袁氏欲衰
형제가 서로 창과 방패를 찾았네	兄弟尋干戈
장수[45]의 물을 터뜨리자	決漳水
물이 흘러 휩쓸어 버리니	水流滂沱
아 성안에는	嗟城中
물고기가 노니는 듯하였네	如流魚

---

44 업성(鄴城): 하남성(河南省) 임장현(臨漳縣) 서남쪽에 있다.

45 장수(漳水): 기주(冀州)의 경내를 흐르는 강물이다.

누가 다시 집안을 복구하겠는가 誰能復顧室家

계획은 바닥나고 생각이 다하여서 計窮慮盡

연이어 화친하기를 요구해 보았지만 求來連和

화친은 제때가 아닌 탓에 和不時

마음속만 애태우다가 心中憂戚

적중은 결국 안으로 붕괴되어 賊衆內潰

임금과 신하가 북으로 달아났네 君臣奔北

업성을 빼앗고서 拔鄴城

문득 위국을 두었으나 奄有魏國

왕업이란 어려운 법이라 王業艱難

옛날과 이제를 살펴보니 覽觀古今

길게 탄식할밖에 可爲長歎

267

도유성(屠柳城)

한(漢)나라의 〈무산고(巫山高)〉를 〈도유성(屠柳城)〉으로 고쳤다. 조공(曹公)이 북쪽 변방을 넘고 백단(白檀)을 지나 2군(郡)인 오환(烏桓)[46]을 유성에서 격파시킨 것을 말하였다.[改漢巫山高爲屠柳城. 言曹公越北塞, 歷白檀, 破二郡烏桓於柳城也.]

유성[47]을 도륙하고 보니	屠柳城
그 일은 참으로 어려웠네	功誠難
농새[48]를 넘고 건너	越度隴塞
길은 끝이 없고	路漫漫
북쪽으로 강평[49]을 넘자	北踰岡平
들리는 건 슬픈 바람뿐이더니	但聞悲風正酸
탑돈[50]이 수급을 바쳐 오므로	蹋頓授首

46 오환(烏桓): 한대(漢代) 동호족(東胡族) 가운데 내몽고 동쪽에 있던 부족(部族). 한초(漢初) 흉노(匈奴)에게 내쫓겨 오환산(烏桓山)으로 이주하였다가 후한 말 조조(曹操)에게 패하여 쇠퇴하였고, 점차 다른 민족에 동화되었다. 시문(詩文)에서 북방 소수민족이나 그들의 거주지를 두루 이르는 말로 쓰인다. 오환(烏丸)으로도 쓴다. 《漢書 卷94 匈奴列傳》, 《後漢書 卷120 烏桓列傳》

47 유성(柳城): 열하(熱河)의 능원현(凌源縣)에 있다.

48 농새(隴塞): 농성(隴城)이라고도 한다. 감숙성(甘肅省) 청수현(淸水縣) 북쪽에 있다.

49 강평(岡平): 산판(山坂)의 명칭이다.

50 탑돈(蹋頓): 본래는 요서(遼西) 오환(烏桓)의 수령 이름이었다. 한(漢)나라 헌제(獻帝) 때 구력거(丘力居)가 죽고 종자(從子)인 탑돈(蹋頓)이 무략(武略)이 있어 대신 왕이 되었으나 뒤에 유성(柳

드디어 백랑산[51]에 오를 수 있었네	遂登白狼山
신성한 무공으로 해외까지 제압하니	神武慹海外
북방의 경계 근심걱정이 없게 됐네	永無北顧患

○ '집(慹)'의 음은 질(質)인데, 두렵다[怖]는 뜻이다. 《한서(漢書)》 〈주박전(朱博傳)〉에, "세력이 강한 사람[豪强]도 두려워 복종[慹服]하였다." 하였다.[慹, 音質, 怖也. 漢朱博傳, "豪強慹服."]

城)에서 조조(曹操)에게 격파당하고 참수되었다. 뒤에 이족(異族)의 수령(首領)을 일컫는 말로 활용되었다. 《後漢書 卷120 烏桓列傳》

51 백랑산(白狼山): 열하(熱河)의 탑구현(塔溝縣)에 있다.

268

전형양(戰滎陽)

한나라의 〈사비옹(思悲翁)〉을 〈전형양(戰滎陽)〉으로 고쳤으니, 조공(曹公)을 말한 것이다.[改漢思悲翁爲戰滎陽. 言曹公也.]

형양[52]에서의 전투는	戰滎陽
변수[53]의 언덕이었네	汴水陂
무사가 분노하여	戎士憤怒
갑옷으로 무장하고 달려가니	貫甲馳
진지를 구축하기도 전에	陣未成
서형[54]으로 퇴각하였네	退徐滎
이 만의 기마병으로	二萬騎
참루를 평정했으나	塹壘平
전투마는 다치고	戎馬傷
육군도 경악하였네	六軍驚
군세가 결집되지 못하고	勢不集

52 형양(滎陽): 하남성(河南省) 형택현(滎澤縣) 서남쪽의 요충지로서 변수(汴水)와 접경을 이루고 있다.

53 변수(汴水): 변하(汴河). 하남성에 있다. 동쪽으로 흘러가서 북송(北宋)의 서울 쪽으로 향한다.

54 서형(徐滎): 하남성(河南省) 형택현(滎澤縣) 서남쪽에 위치한 요충지이다.

병력마저 기우니 衆幾傾
태양은 빛을 잃고 白日沒
날이 어둑하였네 時晦冥
중모[55]를 돌아다보니 顧中牟
가슴이 벌벌 떨리고 心屏營
동맹국까지 의심을 하여 同盟疑
계책을 이룰 수가 없었으나 計無成
우리 무황을 힘입어서 賴我武皇
만국을 안정시켰도다 萬國甯

55 중모(中牟): 하남성(河南省) 정현(鄭縣) 동쪽에 있는 지명(地名)이다.

269

만가(挽歌)

살아서는 수도에서 지냈을지라도	生時遊國都
죽고 나면 들녘에 버려지네	死沒棄中野
아침나절 고당에서 출발하여	朝發高堂上
저녁이면 황천에서 잠들겠지	暮宿黃泉下
해가 져서 서산[56]으로 넘어가고 나면	白日入虞淵
수레를 걸어 두고[57] 사마[58]를 쉬게 하네	懸車息駟馬
조화옹이 비록 신명하다고 하나	造化雖神明
어찌 다시 나를 살릴 수 있으리오	安能復存我
얼굴이 점점 시들어 가니	形容稍歇滅
이와 모발도 떨어지는 게 당연하지	齒髮行當墮
예로부터 모두 그러했거늘	自古皆有然
누가 여기에서 벗어날 수 있으리오	誰能離此者

56 서산: 원문의 우연(虞淵)은 해가 지는 곳으로, 《회남자(淮南子)》 〈천문훈(天文訓)〉에, "태양이 우연으로 떨어질 때를 황혼이라고 한다.[日至于虞淵, 是謂黃昏.]"라고 하였다.

57 수레를 걸어 두고: 원문의 현거(懸車)는 《회남자(淮南子)》 〈천문훈(天文訓)〉에 "비천(悲泉)에 이르면 그 신녀를 멈추게 하고 그 말을 쉬게 하는데 이것을 현거(懸車)라 한다.[至于悲泉, 爰止其女, 爰息其馬, 是謂縣車.]"라고 하였다.

58 사마(駟馬): 고관이나 귀인이 타는 수레를 통칭하는 말로, 네 필의 말이 그 수레를 이끈다.

좌연년(左延年)[59]

270

종군행(從軍行)

또한 한나라 가사(歌詞)라고도 한다.[亦作漢詞.]

변방에 사는 사람 고달프겠네	苦哉邊地人
한해에 세 번이나 종군이라니	一歲三從軍
아들 셋은 돈황[60]으로 가고	三子到燉煌
아들 둘은 농서[61]로 갔다네	二子詣隴西(1)
아들 다섯 모두 멀리 싸우러 갔는데	五子遠鬬去
다섯 며느리가 다 회임을 하였다네	五婦皆懷身

(1) '서(西)'는 협운이다.[叶.]

59 좌연년(左延年): 《삼국위서(三國魏書)》에, "음률(音律)에 정통하였고, 특히 정성(鄭聲)에 밝았으며, 황초(黃初) 중에 신성(新聲)으로 가사(歌詞)를 지어 총애를 받았다." 하였다.

60 돈황(敦煌): 감숙성(甘肅省) 서쪽에 위치한 군명(郡名)이다.

61 농서(隴西): 감숙성(甘肅省) 동남부(部)에 위치한 지명(地名)이다.

완적(阮籍)[62]

271

영회(詠懷) 20수(首)

완공의 〈영회(詠懷)〉는 어수선함[零亂]이 반복되고 흥과 기탁한 뜻[興寄]이 가닥이 없는데다 화유(和愉)와 애원(哀怨)이 그 가운데 뒤섞여서 독자로 하여금 갈피를 잡을 수 없게 한다. 이것은 완공 시만의 특징이라 할 수 있으니, 당시의 일을 찾아서 기필코 맞추고자 한다면 맞지 않는다.[阮公詠懷, 反覆零亂, 興寄無端, 和愉哀怨, 雜集於中, 令讀者莫求歸趣. 此其爲阮公之詩也. 必求時事以實之, 則鑿矣.]

그 틀은 〈이소(離騷)〉로부터 나왔다.[其原自離騷來.]

---

62 완적(阮籍, 210~263): 삼국시대의 위(魏)나라 사상가. 문학자. 시인. 자는 사종(嗣宗)이고 진류(陳留) 출신이다. 보병교위(步兵校尉)를 지냈으므로 '완보병'이라고도 부르며, 혜강(嵇康)과 함께 죽림칠현(竹林七賢)의 중심인물이다. 그의 대표작인 이 〈영회시(詠懷詩)〉는 자기의 내면세계를 제재로 한 철학적 표백의 연작이다. 전통적인 유교사상이나 기성권력에 반항하는 자세를 노래한 몇 편의 부(賦) 외에, 〈대인선생전(大人先生傳)〉과 원초적인 노장사상을 추구하는 작품을 남겼다. 저서에 《달장론(達莊論)》과 《통역론(通易論)》 등이 있다. 《문선(文選)》에 그의 시문이 수록되어 있다. 그의 전기는 《삼국지(三國志)》 권21과 《진서(晉書)》 권49에 수록되어 있다.

【1수】

한밤에 잠들지 못하고 夜中不能寐
일어나 금을 연주해 보네 起坐彈鳴琴
얇은 휘장엔 달빛이 어리고 薄帷鑒明月
맑은 바람 옷깃에 불어오는데 清風吹我襟
외기러기 소리 저 들녘 밖에서 들려오고 孤鴻號外野
새들은 날아와 북쪽 숲에서 우네 翔鳥鳴北林
서성이며 장차 무엇을 보려 하는가 徘徊將何見
시름에 젖어 나 홀로 상심할 뿐이네 憂思獨傷心

【2수】

두 여인이 강가에 와서 노닐다가 二妃遊江濱
살랑이는 바람 타고 올라가 버리자 逍遙順風翔
정교보[63]는 여인의 패옥을 품고서 交甫懷環珮
아름다운 모습 좋은 향기 간직한 채로 婉孌有芬芳
서로 따르는 그 정 기쁘고 사랑스러워 猗靡情歡愛
천 년이 가도 잊지 말자 하였네 千載不相忘

63 정교보(鄭交甫): 일찍이 초(楚)나라에서 살다가 한고(漢皐)에 이르러 강비(江妃)의 두 딸을 만나 패주(佩珠)를 청하자, 차고 있던 패주를 풀어 주었는데 받아서 가슴에 품고 수십 보를 갔는데 두 여인이 보이지 않고 구슬 역시 사라졌다 한다.

절세의 미색으로 하채[64]를 미혹시키니	傾城迷下蔡
아름다운 그 얼굴 가슴에 응어리지게 하네	容好結中腸
감정이 북받치면 시름겹나니	感激生憂思
훤초[65]를 내실에다 심어 볼꺼나	萱草樹蘭房
머리 감고 기름 바르고 누굴 위함인가	膏沐爲誰施
비가 오나 했더니 아침 햇살 미워라	其雨怨朝陽
금석같이 굳은 사귐이었는데 어찌하여	如何金石交
하루아침에 이별의 서러움 겪게 되었나	一旦更離傷

○ 이는 곧 "덕 좋아하기를 이성 좋아하듯이 하는 이를 보지 못하였다."[66]라는 뜻이다.[即未見好德如好色意.]

【3수】

좋은 나무 밑에는 길이 절로 나는 법[67]이니	嘉樹下成蹊

---

64 하채(下蔡): 지금의 안휘성에 있던 초(楚)나라의 현명 또는 군명. 귀공자의 봉지였으며 또한 미인이 많은 곳이었던 데서, 귀족이 모여 사는 곳이나 미인이 많은 곳을 이르는 말로 쓰였다.

65 훤초(萱草): 망우초(忘憂草)라고도 한다. 북당(北堂)의 원추리[萱草]. 늙으신 어머님을 가리키는 말. 훤당(萱堂)은 어머니, 또는 어머니 계시는 곳을 말하는데, 북쪽에 있는 방[北堂]에 노모를 거처하게 하고 당 앞에서는 원추리[萱草]를 심었기 때문에 생긴 말이다.

66 덕 … 못하였다: 《논어집주(論語集註)》 〈자한(子罕)〉에 "나는 덕 좋아하기를 이성 좋아하듯이 하는 이를 보지 못하였다.[吾未見好德, 如好色者也.]"라고 하였다.

67 길이 … 법: 《사기(史記)》 〈이장군열전(李將軍列傳)〉의 논(論)에 "복숭아나무와 오얏나무는 말이 없지만 그 밑으로 길이 절로 난다.[桃李不言, 下自成蹊.]"라는 구절을 인용하였다.

동쪽 정원에는 복사 오얏나무가 있네 東園桃與李
가을바람 불어와 콩잎이 흩날리면 秋風吹飛藿
떨어져 시듦은 이때부터라 零落從此始
무성했던 꽃들 초라해지고 繁華有憔悴
당 위에선 싸리와 구기자가 자란다네 堂上生荊杞
말을 몰아 여길 떠나가서 驅馬舍之去
서산 언저리까지 올라가 보네 去上西山趾
한 몸도 제대로 보존하지 못하는데 一身不自保
처자식을 어찌 그리워하리오 何況戀妻子
된서리가 들풀을 뒤덮었으니 凝霜被野草
이렇게 또 한해가 저물어 가네 歲暮亦云已

○ '세모(歲暮)'는 시국의 어지러움을 은유적으로 지적한 말이다. 이 장은 비운(否運)이 끝나면 경도(傾倒)[68]됨을 보여 주었으니, '떠날 때 신속하지 못할까 염려한다'는 뜻이 담겨져 있다.[歲暮, 隱指時亂也. 一結見否終則傾, 有去之恐不速意.]

【4수】

지난날 젊은 시절에는 平生少年時

68 비운(否運)이 … 경도(傾倒): 《주역(周易)》〈비괘(否卦)〉 상구(上九)의 상사(象辭)에 "비색함이 끝나면 기울기 마련이니, 어찌 오래갈 수 있겠는가.[否終則傾, 何可長也.]"에서 인용해 온 말이다.

경박하여 가무를 좋아한 탓에	輕薄好絃歌
서쪽으로 함양에 가서 놀며	西遊咸陽中
조이[69]와 서로 어울려 다녔네	趙李相經過
즐거움을 다 누리지도 못하고서	娛樂未終極
세월만 그저 허비하고 말았네	白日忽蹉跎
수레를 몰아 다시 돌아오다가	驅車復來歸
고개 돌려 삼하[70]지역을 바라보았네	反顧望三河
황금 백일을 다 쓰고도	黃金百鎰盡
쓸 데는 항상 많아서 괴로웠네	資用常苦多
북쪽으로 태항산[71]까지 갔다가	北臨太行道
길을 잃었으니 어찌할꺼나	失路將如何

○ 한(漢)나라 성제(成帝)가 자주 미복(微服) 차림으로 행차하였는데, 가까이서 모시는 소신(小臣)인 조씨(趙氏)와 이씨(李氏)가 미천한 출신으로 총애를 독차지하였다. 이는 유협(游俠)과 필적할 만하다고 빗대어 말한 것이다. 안연년(顏延年)의 주(註)에 "조비연[72]과 이부인[73]이다."라고 말하였는데, 아무래도 따를 수 없을 듯하다.[漢成帝數微行, 近幸小臣, 趙李從微賤專寵. 此借言游俠之儔也. 顏延年註謂趙飛燕李夫人, 恐不可從.]

---

69 조이(趙李) : 조계(趙季)와 이관(李款)을 일컫는 말로, 완적이 젊은 날 한때 이들 협객의 무리와 어울렸다 한다.

70 삼하(三河): 한(漢)나라 때 하내(河內), 하동(河東), 하남(河南)의 세 군(郡)을 '삼하(三河)'라고 하였는데, 오늘날 하남성(河南省) 낙양시(洛陽市) 황하(黃河)의 남북 일대를 일컫는다. 이 지역에는 당시의 수도인 낙양이 있고, 완적의 고향인 진류군(陳留郡)이 있다.

71 태항산(太行山): 산서성(山西省) 동남쪽 경계에 있는 산 이름이다.

72 조비연(趙飛燕): 131. 귀풍송원조(歸風送遠操) 주 75) 참조. 200. 성제 때 연연의 동요[成帝時燕燕童謠] 작품 참조.

73 이부인(李夫人): 112. 이부인가(李夫人歌) 작품 참조.

【5수】

예전에 동릉의 오이[74]를 들었는데　昔聞東陵瓜
근자에 청문[75] 밖에 있다 하네　近在青門外
밭두둑이 이리저리 이어지고　連畛距阡陌
크고 작은 오이들이 서로 엉켜 있어서　子母相鉤帶
아침 햇살 오색으로 빛나면　五色耀朝日
귀한 손님 사방에서 모여드네　嘉賓四面會
기름이 스스로를 태우듯이[76]　膏火自煎熬
재물이 많으면 근심과 해가 된다네　多財爲患害
포의로는 일생을 마칠 수 있거니와　布衣可終身
총애와 봉록을 어찌 믿을 수 있으랴　寵祿豈足賴

【6수】

서산으로 지는 해가 밝기도 하여　灼灼西隤日

---

74 동릉(東陵)의 오이: 진(秦)나라 때 소평(邵平)이란 사람이 동릉후(東陵侯)로 있다가 진나라가 망하자, 서민이 되어 청문(青門) 부근에다 오이를 심고 지냈다 하여 이를 동릉과(東陵瓜)라 불렀다.

75 청문(青門): 장안성 동남쪽 첫 번째 성문이 패성문(覇城門)이다. 당시에는 속칭 청문이라 불렀다.

76 기름이 … 태우듯이: 《장자(莊子)》 〈인간세(人間世)〉에 "산의 나무는 스스로 자신을 해치고, 기름은 스스로 자기 몸을 태운다.[山木自寇也, 膏火自煎也.]"라고 한 데서 인용하였다.

남은 볕이 내 옷을 비추더니만	餘光照我衣
회오리바람 사방에서 불어오자	迴風吹四壁
추위 속에 나는 새 서로를 의지하네	寒鳥相因依
주주[77] 또한 날개를 물어주고	周周尙銜羽
공공[78] 역시 굶주림 생각하는데	蛩蛩亦念饑
어찌하여 요직에 있는 사람은	如何當路子
허리 굽혀 돌아올 줄 모르는가	磬折忘所歸
어찌 명예를 자랑하기 위하여	豈爲夸譽名
초췌함으로 마음을 슬프게 할건가	憔悴使心悲
차라리 제비 참새와 날지언정	寧與燕雀翔
고니를 따라서 날지 않으리라	不隨黃鵠飛
고니 따라 사방에서 놀다 보면	黃鵠遊四海
중로에 장차 어디로 간단 말인가	中路將安歸

○ '주주(周周)'는 새 이름인데, 깃털을 물고 물을 마신다고 하며 '공공(蛩蛩)'은 '공공(邛邛)'으로도 쓰는데 짐승 이름으로 서로 나란히 붙어 다닌다고 한다.[周周, 鳥名, 銜羽而飮. 蛩蛩, 亦作邛邛, 獸名, 相並而行.]

○ 이 장(章)에서는 나아갈 줄만 알고 물러날 줄 모르는 자를 위하여 말하였다. 말미에서는 이미 하늘에 높이 날아오를 자질이 아니라면 제비와 참새를 서로 따르는 것이 마땅하고,

---

77 주주(周周): 전설상의 새. 머리는 무거운데 꼬리가 짧아 물을 마시려면 빠지기 때문에, 다른 한 마리가 꼬리 깃털을 입에 물어야만 머리 숙여 물을 마실 수 있다고 한다.

78 공공(蛩蛩): 말의 형태를 지닌 짐승으로 '거허(岠虛)'와 붙여 쓴다. 궐[蟨: 일명 비견수(比肩獸)]과 서로 의지하며 사는데, 궐은 평소에 감초를 씹어 공공거허에게 먹이고 위기에 봉착했을 때는 공공거허가 궐을 등에 업고 도망을 간다. 일설에는 '공공'과 '거허'는 다른 종류의 짐승이라고도 한다.

고니와 나란히 나는 것은 적합하지 않다는 것을 보여 주었다. 이는 대체로 고니를 비하한 말이다.[此章爲知進而不知退者言. 末見已非冲天之質, 宜相隨燕雀, 不宜與黃鵠並擧也. 蓋鄙之之詞.]

○ 운자로 두 개의 귀(歸) 자를 썼다.[韻用二歸字.]

【7수】

잰걸음으로 상동문을 걸어 나와서 步出上東門
북쪽으로 수양산을 바라보니 北望首陽岑
아래에는 고사리 캐던 은사가 있고 下有采薇士
위에는 아름다운 숲이 있건마는 上有嘉樹林
좋은 시절이 얼마나 될까 良辰在何許
된서리가 옷깃을 적시네 凝霜霑衣襟
차가운 바람 산등성을 뒤흔들고 寒風振山岡
검은 구름 어두운 그늘 드리우니 玄雲起重陰
기러기 울며 남쪽으로 날아가고 鳴雁飛南征
제결[79]은 애처로운 소리를 내는도다 鶗鴂發哀音
만물이 조락하는 가을의 소리 素質游商聲
처절하게 내 마음만 상하게 하네 悽愴傷我心

○ 은후(隱侯)가 이르기를 "이 조소(彫素)의 바탕을 이루는 것은, 상성(商聲)[80]으로 용사(用事)하

79 제결(鶗鴂): 소쩍새. 두견(杜鵑). 일설에는 때까치나 뻐꾸기라고도 한다. 간사한 신하가 참소하는 것을 비유하여 쓰기도 한다. 이 시에서 애음(哀音)은 곧 간사한 신하의 참소(讒訴)하는 말을 비유하였다.

80 상성(商聲): 오음(五音)에서 상(商)의 음을 주음(主音)으로 하는 음계로 애상(哀傷)을 띤 곡조를

는 가을철을 말미암은 것이다. '유(游)' 자는 '유(由)'로 써야 한다. 옛사람들의 자류(字類)에는 정해진 것이 없다." 하였다.[隱侯曰, 致此彫素之質, 由於商聲用事秋時也. 游字應作由, 古人字類無定也.]

【8수】

굽이쳐 흐르는 장강의 물결 따라 湛湛長江水
그 위엔 단풍 숲이 있고요 上有楓樹林
언덕 위의 난초는 길가를 덮었는데 皋蘭被徑路
검푸른 말을 타고 재빠르게 달려보네 青驪逝駸駸
멀리서 바라볼 때 사람 슬프게 하는 건 遠望令人悲
봄바람이 내 마음을 감동케 해서라네 春氣感我心
초나라[81]엔 빼어난 사람이 많았는데 三楚多秀士
아침 구름[82] 얘기로 윤락에 빠뜨렸고 朝雲進荒淫
붉은 꽃이 꽃다움을 떨치건만 朱華振芬芳
고채[83]에서 향락만을 찾아다녔네 高蔡相追尋

일컫는다.

81 초나라: 원문의 삼초(三楚)는 전국시대 초(楚)나라의 땅을 셋으로 나눈 서초(西楚), 동초(東楚), 남초(南楚)를 말한다. 오늘날 황하(黃河)와 회수(淮水)에서 호남성(湖南省)에 이르는 지역을 가리킨다.

82 아침 구름[朝雲]: 송옥(宋玉)의 〈고당부(高唐賦)〉에 "무산(巫山)의 여신이 아침이면 구름이 되고 저녁이면 비가 된다.[旦爲朝雲, 暮爲行雨.]"라고 하였다. 원래는 서왕모(西王母)의 고사에서 인용한 말이다.

83 고채(高蔡): 채(蔡)나라 영후(靈侯)가 여인들과 노닐던 곳으로 지금의 하남성(河南省) 상채현(上蔡縣)이다.

한결같이 황작의 슬픔이 되었으니　　一爲黃雀哀
흐르는 눈물을 누가 능히 막으랴　　淚下誰能禁

○ 끝의 4구는 장신(莊辛)[84]이 초왕(楚王)에게 간언(諫言)한 어의(語意)를 은유적(隱喩的)으로 사용하였다.[末四句隱用莊辛諫楚王語意.]

【9수】
초가을 되어 서늘한 기운 감돌자　　開秋兆涼氣
귀뚜라미 침상에서 노래하네　　蟋蟀鳴牀帷
사물을 접할수록 깊은 시름 자아내고　　感物懷殷憂
안타까움이 마음을 서글프게 하네　　悄悄令心悲
그 많은 말을 어디에다 고하며　　多言焉所告
못다 한 말은 누구에게 하소연하나　　繁辭將訴誰
산들바람 비단옷 소매에 불어오고　　微風吹羅袂
밝은 달은 청량한 빛을 번뜩이네　　明月耀清暉
새벽닭이 높은 나무에서 우니　　晨雞鳴高樹
수레를 채비하여 고향으로 돌아갈까 하노라　　命駕起旋歸

○ '다언(多言)'과 '번사(繁辭)' 두 말은 중복해서 한 말이다.[多言繁辭二語, 重言之.]

84 장신(莊辛): 초(楚)나라 대부이다. 양왕(襄王)의 실정(失政)에 대하여 간언했으나 듣지 않자, 국외로 떠나 있다가 다시 돌아온 바 있다.

【10수】

옛날 열너댓 살 시절에는 昔年十四五
뜻을 세워 시서를 좋아했기에 志尙好詩書
누더기를 입더라도[85] 주옥같은 고상한 꿈 갖고서 被褐懷珠玉
안민[86]을 목표로 했었네 顏閔相與期
창문을 열고 사방을 바라보고 開軒臨四野
높은 곳에 올라가 그리운 이 생각하다 登高望所思
무덤들이 산등성이 뒤덮은 것을 보니 丘墓蔽山岡
만대의 세월도 한 순간인 듯하여라 萬代同一時
천추만년 세월이 흐른 뒤에 千秋萬歲後
영예로운 이름 가지고 어딜 가리오 榮名安所之
옛 신선 선문자[87]를 깨닫고 나니 乃悟羨門子
너털웃음에 내 자신이 바보스럽다 噭噭今自嗤

○ '영예로운 이름이나 보배로 삼으리라[榮名以爲寶]'라는 구절을 번안하였다. '너털웃음[噭噭]'은 '안연과 민자건을 목표로 했었네[顏閔相與期]'를 지칭하는 말이다.[翻榮名以爲寶句. 噭噭, 指顏, 閔相與期也.]

85 누더기를 입더라도: 《노자(老子)》에 "성인은 겉에는 누더기 옷을 입고 있지만, 안에는 보배 구슬을 품고 있다.[聖人被褐懷玉.]"라고 한 데서 인용하였다.

86 안민(顏閔): 안연(顏淵)과 민자건(閔子騫)을 이르는 말로, 공자(孔子)의 제자 중에 덕행(德行)으로 이름이 난 사람들이다.

87 선문자(羨門子): 고대(古代)의 신선(神仙)으로, 이름은 자고(子高)이다.

【11수】

봉지[88] 위에서 배회하다가　　裴徊蓬池上
돌아와 대량[89]을 바라다보니　　還顧望大梁
푸른 물결 거친 파도 드날리고　　綠水揚洪波
텅 빈 들녘 풀들만 무성할 뿐　　曠野莽茫茫
짐승들 이리저리 치닫고　　走獸交橫馳
새들도 서로 따라 날아다니네　　飛鳥相隨翔
이때 순화[90]별은 남쪽 중앙에 놓이고　　是時鶉火中
해와 달이 마중하는 보름인데　　日月正相望
북쪽 바람 매서운 추위 몰고 와서　　朔風厲嚴寒
음기 들어 무서리를 내리니　　陰氣下微霜
나그네 신세 짝할 이 없어　　羈旅無儔匹
이러나 저러나 시름뿐이네　　俛仰懷哀傷
소인은 그 공만을 따지지만　　小人計其功
군자는 그 항상심을 도로 삼나니　　君子道其常
어찌 초췌함으로 마침을 애석해 하리오　　豈惜終憔悴

---

88 봉지(蓬池): 하남성(河南省) 개봉현(開封縣) 동북쪽에 있는 못의 이름이다.

89 대량(大梁): 하남성 개봉현이다. 전국시대 위(魏)나라 수도를 말하는데, 실제로는 조위(曹魏)의 수도인 낙양(洛陽)을 이른다.

90 순화(鶉火): 성차(星次)를 이른다. 남방에 있는 일곱 별자리들 가운데 정수(井宿)와 귀수(鬼宿)를 순수(鶉宿), 유수(柳宿)와 성수(星宿), 장수(張宿)를 순화(鶉火) 또는 순심(鶉心), 끝에 있는 익수(翼宿)와 진수(軫宿)를 순미(鶉尾)라 부른다. 원문의 순화중(鶉火中)은 순화성이 남방의 정중앙에 위치하는 것으로, 대략 음력 9월과 10월의 교차기에 해당한다.

노래하고 읊조리다 이 시를 적노라 詠言著斯章

○ 군자는 항상심을 도로 삼기 때문에 이따금씩 초췌해질 수 있다. 그러나 어찌 이러한 연유로 애석해 하겠는가. 이는 진정 뜻을 세우고 절개를 지킨 자이다.[君子道其常, 往往憔悴, 然豈緣此爲惜乎. 是眞能立志砥節者.]

○ "군자는 그 항상심을 도로 삼고[君子道其常], 소인은 그 공만을 따진다.[小人計其功.]"라는 말은 본래 손경자(孫卿子)[91]의 말이다.[君子道常, 小人計其功, 本孫卿子語.]

【12수】

빈 집 안에 홀로 앉아 있으니 獨坐空堂上
함께 즐길 사람이 그 누구인가 誰可與歡者
문을 나서 먼 길을 걸어 봐도 出門臨永路
오가는 거마조차 보이질 않네 不見行車馬
높은 데 올라 구주[92]를 바라보니 登高望九州
저 멀리엔 너른 들이 나뉘었네 悠悠分曠野
외론 새는 서북쪽으로 날아가고 孤鳥西北飛
흩어진 짐승은 동남쪽으로 향해 가네 離獸東南下
날 저물어 친한 벗을 그리다가 日暮思親友

---

91 손경자(孫卿子): 순경(荀卿) 또는 순황(荀況)이다. 《사기(史記)》 〈맹자순경열전(孟子荀卿列傳)〉에 "순경(荀卿)은 조(趙)나라 사람이다." 하였고 사마정(司馬貞) 《색은(索隱)》에 "이름은 황(況)이다. 경(卿)이란 당시 사람들이 서로 존경하여 경(卿)이라 호칭했던 것이다. 뒤에도 계속해서 손경자(孫卿子)라고 부른 것은 한(漢)나라 선제(宣帝)의 휘(諱)를 피하여 바꾼 것이다." 하였다.

92 구주(九州): 031.우잠(虞箴) 주 27) 참조.

정신이 들어 속마음을 그려 보네 晤言用自寫

【13수】

수레[93] 걸어 둘 곳이 서남쪽에 있으니 懸車在西南
희화[94]가 장차 기울려 하네 羲和將欲傾
흐르는 빛이 사해를 비추더니 流光耀四海
순식간에 저녁이 되어 버렸네 忽忽至夕冥
아침엔 함지[95] 위한 빛이 되고 朝爲咸池暉
몽사[96]에서 그 빛을 받기도 하네 蒙汜受其榮
빈궁한 자 영달한 자를 어찌 따지랴 豈知窮達士
한번 죽으면 다시는 태어나지 못하는데 一死不再生
저 복사꽃 자두꽃을 볼지어다 視彼桃李花
어느 것인들 오래 고울 수 있더냐 誰能久熒熒
군자는 어디에 계시는가 君子在何許

93 수레[懸車]: 희화(羲和)가 태양을 싣고 서쪽으로 옮겨가는 수레를 말한다.

94 희화(羲和): 태양의 신(神)이라 한다. 249.왕찬에게 주다[贈王粲] 주 118) 참조.

95 함지(咸池): 해가 목욕을 한다는 하늘 위의 연못. 곧 해가 지는 서쪽 바다. 하늘 서쪽 맨 끝에는 큰물이 있는데, 이곳을 함지(咸池)라 한다. 해가 아침에 동쪽에서 떠서 서쪽으로 넘어가다가 저녁에는 함지에 빠져 거기에서 밤을 지내고, 이튿날 다시 동쪽에서 뜬다고 한다. 《회남자(淮南子)》〈천문(天文)〉에 "해가 양곡에서 솟아 함지에서 목욕을 한다.[日出於暘谷, 浴於咸池.]"라고 하였다.

96 몽사(蒙汜): 해가 지는 곳을 이른다.

만나서 함께하지 못해 탄식할 뿐이네 歎息未合并
높은 산 소나무를 올려다보니 瞻仰景山松
내 마음 위로할 수 있겠네 可以慰吾情

【14수】

서쪽에 고운 임 계시는데 西方有佳人
환하기가 밝은 햇빛 같구려 皎若白日光
부드러운 비단옷 걸치고서 被服纖羅衣
좌우에는 쌍황을 차셨네요 左右珮雙璜
단정한 용모 빼어난 자태가 아름답고 修容耀姿美
순한 바람에 은은한 향기 풍겨오네 順風振微芳
높은 데 올라 그리운 이 바라보느라 登高眺所思
옷소매 들어 아침 햇살 가려 보네 擧袂當朝陽
하늘 구름 사이에다 얼굴을 부치고서 寄顏雲霄間
소매 들어 허공에 펄럭이더니 揮袖凌虛翔
황홀한 가운데 나부끼다가 飄颻恍惚中
눈길 돌려 내 주위를 돌아보네 流盼顧我傍
좋아하면서도 아직 만나주지 않으니 悅懌未交接
그저 감상에 젖을 뿐이라오 晤言用感傷

【15수】

마음 속에는 짧은 시간도 아깝다 싶은데　　於心懷寸陰
하루해가 장차 저물려 하네　　羲陽將欲冥
장검을 들고 옷소매 휘저으며　　揮袂撫長劍
구름 떠가는 것을 올려다보니　　仰觀浮雲征
구름 사이에 검은 학[97]이 있어서　　雲間有玄鶴
뜻이 고상하여 슬픈 소리 드날리며　　抗志揚哀聲
단번에 창공으로 날아올라　　一飛沖青天
한세상 다 지나도록 다신 울지 않네　　曠世不再鳴
어찌 메추라기 무리와 노닐며　　豈與鶉鷃遊
날개 맞대고 뜰에서 지내랴　　連翩戲中庭

○ '한세상 다 지나도록 다신 울지 않네[曠世不再鳴]'는 왕중엄(王仲淹)[98]이 대책(對策)을 올린 뒤에 두 번 다시 출사하지 않았다는 말과 같다. 고사(高士)의 모습을 그린 것이다. 뒤의 봉황(鳳凰) 1장(章)은 '공자(孔子)가 구이(九夷)의 지역에 가서 살고 싶다'[99]라는 뜻이 담겨 있다.[曠世不再鳴, 猶王仲淹獻策後, 不復再出也. 爲高士寫照. 後鳳凰一章, 有子欲居九夷意.]

---

97 검은 학: 학은 1천 년이 지나면 푸른색으로 변하고, 다시 1천 년이 지나 2천 년이 되면 검은색으로 변한다고 한다. 《古今註》

98 왕중엄(王仲淹, 584~617): 수(隋)나라의 사상가. 이름은 통(通), 자는 중엄(仲淹), 시호는 문중자(文中子)이며, 하남 출신으로, 당나라 왕발(王勃)의 조부이다. 어려서부터 준민(俊敏)하여 시(詩)·서(書)·예(禮)·역(易)에 통달하였으며 스스로 유자(儒者)임을 자부하고 강학(講學)에 힘을 쏟아 위징(魏徵)과 방현령(房玄齡) 등을 배출하였다. 문제(文帝)에게 〈태평10책(太平十策)〉을 상주했으나 채택되지 않았고, 양제(煬帝)로부터는 부름을 받았으나 응하지 않았다. 문집으로 《문중자(文中子)》 10책을 세상에 남겼다.

99 공자(孔子)가 … 싶다: 《논어집주(論語集註)》 〈자한(子罕)〉에 "공자가 일찍이 구이의 지역에 가서 살려고 하자, 혹자가 '비루한 곳에 어떻게 살겠습니까?' 하니, 공자가 이르기를 '군자가

【16수】

수레를 타고 위도[100]에서 출발하여 駕言發魏都
남으로 향해 가다가 취대[101]를 바라보니 南向望吹臺
풍악소리 아직 들리는 듯한데 簫管有遺音
혜왕은 지금 어디에 있는가 梁王安在哉
병사들은 술지게미로 양식을 삼고 戰士食糟糠
현자들은 거친 풀숲으로 내몰렸으며 賢者處蒿萊
노래와 춤 채 끝나기도 전에 歌舞曲未終
진나라 병사들이 닥쳐왔다네 秦兵已復來
협림[102]은 이미 위나라의 것이 아니고 夾林非吾有
궁궐에는 먼지만 자욱하였네 朱宮生塵埃
군대가 화양[103] 자락에서 패하고 나자 軍敗華陽下
육신도 결국 흙먼지가 되고 말았구려 身竟爲土灰

거하는데 무슨 비루함이 있겠는가'라고 하였다.[子欲居九夷, 或曰, "陋如之何?" 子曰, "君子居之, 何陋之有?"]"라고 하였다.

100 위도(魏都): 전국시대 위(魏)나라 서울인 대량(大梁)을 지칭하는 말로 지금의 개봉시(開封市)이다.

101 취대(吹臺): 위(魏)나라 혜왕(惠王)이 연회를 베풀던 곳으로, 지금의 개봉시(開封市) 동남쪽에 있으며 범대(範臺) 혹은 번대(繁臺)라고 부른다.

102 협림(夾林): 비림(棐林)이라고도 하며, 춘추시대의 지명 혹은 누각(樓閣)이나 대관(臺館)을 이른다.

103 화양(華陽): 하남성(河南省) 밀현(密縣)에 있는 산 이름이다.

【 17수 】

아침 해는 두 번 다시 뜨지 않는 법인데	朝陽不再盛
태양이 금세 서쪽으로 지고 마네	白日忽西幽
가는 세월이 이렇게 순식간인데	去此若俯仰
시름만 어찌 긴 가을과 같은가	如何似九秋
인생은 먼지와 이슬 같거니와	人生若塵露
천도는 아득히 멀기만 하네	天道邈悠悠
제나라 경공은 구산에 올라가	齊景升丘山
하염없이 눈물을 흘렸고[104]	涕泗紛交流
성인 공자는 긴 강에 임하여	孔聖臨長川
덧없는 세월 애석해 하였네[105]	惜逝忽若浮
가 버린 것을 나는 따를 수 없거니와	去者余不及
오는 것도 나는 머물게 하지 못하네	來者吾不留
원하는 건 태화산[106]에 올라가서	願登太華山

104 경공은 … 흘렸고: 구산(丘山)은 제(齊)나라 수도 임치(臨淄)의 남쪽에 있는 우산(牛山)을 이른다. 《열자(列子)》〈역명편(力命篇)〉에 "제 경공이 우산에 놀러 갔다가 북쪽에 있는 자기 나라의 성을 바라보고 눈물을 흘리며 이르기를 '아름답다 내 나라여! 초목은 울창하고 무성하거늘 어찌 눈물을 떨구며 이 나라를 떠나 죽어야 하는가? 예로부터 죽지 않는 사람이 없거늘 과인이 장차 여기를 버리고 어디로 간다는 말인가?'[齊景公, 游於牛山, 北臨其國城而流涕曰, 美哉國乎, 鬱鬱芊芊, 若何滴滴去此國而死乎? 使古无死者, 寡人將去斯而之何?]"라고 하였다.

105 공자는 … 하였네: 《논어집주(論語集註)》〈자한(子罕)〉에 "공자가 시냇가에서 이르기를 흘러가는 것이 이 물과 같구나! 밤낮을 멈추지 않는도다.[子在川上曰, 逝者如斯夫, 不舍晝夜.]"라는 글을 인용하여 말한 것이다.

106 태화산(太華山): 서악화산(西岳華山)으로 오악(五嶽)의 하나, 섬서성(陝西省) 화음현(華陰縣) 남쪽에 있다.

적송자[107]와 함께 노닐어 보는 것인데	上與松子遊
어보는 세상의 걱정근심을 알아서인지	漁父知世患
흐르는 물결에 가벼운 배를 띄웠더라네[108]	乘流泛輕舟

【18수】

유학자는 육예[109]에 통달하여서	儒者通六藝
세운 뜻을 간여할 수 없나니	立志不可干
예에 어긋나면 행동하지 아니하고	違禮不爲動
법이 아닌 것은 말하지 않으며[110]	非法不肯言
목이 마르면 맑은 샘물을 마시고	渴飮清泉流
배가 고프면 대그릇 밥을 먹노라	饑食并一簞
세시가 되어 제사에 올릴 것이 없고	歲時無以祀

107 적송자(赤松子): 248.백마왕 표에게 주다[贈白馬王彪] 6장(章) 주 115) 참조.

108 어보는 … 띄웠더라네: 굴원(屈原)의 작품인 〈어보사(漁父辭)〉의 내용을 인용한 것으로, 어찌 혼탁한 세상과 더불어 함께 살겠느냐는 굴원의 비장한 각오를 듣고, '어보는 빙그레 웃으며 노를 저어 떠나갔다.[漁父, 莞爾而笑, 鼓枻而去.]'라고 하였다.

109 육예(六藝): 《역(易)》, 《시(詩)》, 《서(書)》, 《춘추(春秋)》, 《예기(禮記)》, 《악기(樂記)》를 포함한 육경(六經)을 지칭한다.

110 예에 … 않으며: 《논어집주(論語集註)》 〈안연(顔淵)〉에 "공자가 말씀하시기를 예(禮)가 아니면 보지 말며, 예가 아니면 듣지 말며, 예가 아니면 말하지 말며, 예가 아니면 동하지 말라.[子曰 非禮勿視, 非禮勿聽, 非禮勿言, 非禮勿動.]"라고 하였으며, 정자(程子)의 사물잠(四勿箴) 중의 언잠(言箴)에 "법(法)이 아니면 말하지 말아서 훈계한 말씀을 공경할지어다.[非法不道, 欽哉訓辭.]"라고 한 데서 인용해 왔다.

의복이 얇아서 추위에 떨어도	衣服常苦寒
짚신 신고 남풍의 노래[111] 부르며	屣履詠南風
솜옷 입고서도 부귀영화 비웃네	縕袍笑華軒
도를 믿고 시서를 지키면서	信道守詩書
의가 아니면 한 끼 음식도 그냥 받지 않네	義不受一餐
열렬하게 칭찬하고 비난하는 말을	烈烈褒貶辭
노씨는 이를 길이 탄식하였네	老氏用長歎

○ 유자(儒者)는 의리[義]를 지키는데 노씨(老氏)는 유연함[雌]을 지키므로 도가 이미 서로 같지 않기 때문에 말을 듣고 길이 탄식하는 것은 당연하다. 위진(魏晋)시대 사람은 노장(老莊)을 숭상하였다. 그러나 이 시는 각각 그 뜻을 따르는 것을 말하였으니, 양쪽에 대하여 치우치는 뜻이 없다.[儒者守義, 老氏守雌, 道旣不同, 宜聞言而長歎也. 魏晉人崇尚老莊. 然此詩言各從其志, 無進退兩家意.]

【19수】

숲속에 신기한 새가 있는데	林中有奇鳥
제 말이 봉황이라 하네	自言是鳳凰
맑은 아침에 예천[112]의 물을 마시고	清朝飮醴泉

111 남풍의 노래[南風歌]: 008.남풍가(南風歌) 작품 참조.

112 예천(醴泉): 단맛이 나는 샘물을 뜻하는 말로, 《예기(禮記)》 〈예운(禮運)〉에 "하늘에서는 기름진 이슬이 내리고, 땅에서는 예천이 솟았다.[天降膏露, 地出醴泉.]"라고 하였고, 또 때맞추어 내리는 빗물이나 이슬을 뜻하는 말로도 쓰이는데, 한(漢)나라 왕충(王充)의 《논형(論衡)》 〈시응

날 저물면 산언덕에 깃드네	日夕棲山岡
높은 소리로 울면 구주[113]까지 통하고	高鳴徹九州
목을 내밀어 팔황[114]을 바라다보네	延頸望八荒
때마침 부는 가을바람 만나	適逢商風起
날개가 그만 꺾일 뻔하고도	羽翼自摧藏
일거에 곤륜산[115] 서쪽으로 날아갔으니	一去崑崙西
언제쯤 다시 돌아오려나	何時復迴翔
제자리가 아닌 곳에 처한 것이 한이 되어	但恨處非位
처량함이 마음을 상하게 하네	愴悢使心傷

○ 봉황새는 본래 국가가 왕성할 때 나타나서 운다. 그런데 지금 구주(九州)와 팔황(八荒)은 날개 펼 곳이 없다. 그래서 멀리 곤륜산 서쪽으로 간 것이다. 몸을 깨끗이 하는 방도로서는 그럴 듯하다. 하지만 그 처한 곳이 자신의 위치가 아닌데 어찌하겠는가. 그래서 애달프게도 마음이 상하는 것이다.[鳳凰本以鳴國家之盛. 今九州八荒, 無可展翅. 而遠去崑崙之西. 於潔身之道得矣. 其如處非其位何. 所以愴然心傷也.]

(是應)〉에 "《이아(爾雅)》에 '감로가 때맞추어 내려주니 만물이 이 때문에 잘 자란다. 이를 예천이라 한다.' 하였는데, 예천은 바로 감로를 일컫는 말이다.[甘露時降, 萬物以嘉, 謂之醴泉. 醴泉乃謂甘露也.]"라고 하였다.

113 구주(九州): 031.우잠(虞箴) 주 27) 참조.

114 팔황(八荒): 239.성황편(聖皇篇) 주 78) 참조.

115 곤륜산(崑崙山): 서문 주 5) 참조.

【20수】

문을 나서 고운 임을 찾아보지만　出門望佳人
고운 임이 어찌 이곳에 계실까　佳人豈在茲
삼신산 적송자[116]와 왕자교[117]를 부른다 한들　三山招松喬
만세토록 누구와 더불어 기약하리오　萬世誰與期
삶과 죽음에는 길고 짧음이 있거니와　存亡有長短
안타깝지만 어찌 알리오　慷慨將焉知
어느새 아침해가 서산으로 지는데　忽忽朝日隤
가고 가서 장차 어디로 갈건가　行行將何之
늦가을의 풀을 보지 못하였는가　不見季秋草
지금이 바로 꺾이는 계절이라네　摧折在今時

○ 안연년(顔延年)이 이르기를, "어떤 이는 '완적이 진 문공(晉文公) 당대에 살면서 항상 재앙과 근심을 당할까 우려하여 이 시를 지었다.'고 하였는데, 살펴보니 이 시는 일시에 지은 것이 아니다. 정(情)을 인하여 경치[景]를 읊기도 하고, 흥(興)에 따라 말을 부치기도[寓言] 하였다. 설파한 것도 있고 설파하지 않은 것도 있으며, 갑자기 슬퍼했다가 갑자기 즐거워하기도 하여 그 기발한 솜씨가 얽매인 데가 없다." 하였다.[顔延年曰, 說者謂阮籍在晉文代, 常慮禍患, 故發此詠. 看來諸詠非一時所作. 因情觸景, 隨興寓言, 有說破者, 有不說破者, 忽哀忽樂, 俶詭不羈.]

○ 19수 이후에 다시 이런 필묵(筆墨)이 있다는 것은, 문장이 한 번 전환하는 것을 의미한다.[十九首後, 復有比種筆墨, 文章一轉關也.]

○ 이 〈영회〉시는 그 대의를 찾아봐야 하고, 반드시 장마다 쫓아가며 분석할 필요는 없다.[詠懷詩當領其大意, 不必逐章分解.]

---

116 적송자(赤松子): 248. 백마왕 표에게 주다[贈白馬王彪] 6장(章) 주 115) 참조.

117 왕자교(王子喬): 169. 선재행(善哉行) 주 66) 참조.

272

대인선생[118]가(大人先生歌)

하늘과 땅이 풀리고 육합[119]이 열린다 해도	天地解兮六合開
별들이 떨어지고 해와 달이 무너진다 해도	星辰隕兮日月頹
나는 비등할 것이다 장차 무얼 생각할까	我騰而上將何懷

118 대인선생(大人先生): 완적 자신을 지칭한 말로 쓰였다.

119 육합(六合): 천지와 사방을 일컫는다.

혜강(嵇康)[120]

숙야(叔夜)의 사언시(四言詩)는 이따금씩 수준 높은 말이 많다. 삼백 편(三百篇)의 시를 그대로 모방하지 않았으니, 진정으로 진대(晉代) 사람의 선구자다운 소리[先聲]라 하겠다.[叔夜四言, 時多俊語. 不摹倣三百篇, 允爲晉人先聲.]

273

잡시(雜詩)

미풍이 맑은 부채인 양하여 微風淸扇

120 혜강(嵇康, 223~262): 삼국시대 위(魏)나라 사람으로, 죽림칠현(竹林七賢)의 한 사람이다. 자는 숙야(叔夜)로, 초국질(譙國銍) 출생이다. 위나라 왕족과 결혼하여 중산대부로 승진했으나 부정을 용서하지 않는 성격과 반유교적 사상으로, 당시 권력층의 미움을 받았는데, 친구가 일으킨 사건에 휘말려 처형되었다. 〈양생론(養生論)〉과 〈여산거원절교서(與山巨源絶交書)〉 등 수많은 철학적 정치적 논문과 서간문을 남겼다. 또 그는 거문고의 명수로 〈금부(琴賦)〉가 있는 것 이외에도 시인으로서는 당시 주류를 이루어 가던 5언시가 아니라, 《시경(詩經)》 이래의 4언시(四言詩)를 선호하여 철학적 사색을 노래하는 것으로 일관하여 완적(阮籍)과 더불어 이름이 높았다. 저서로 《고사전(高士傳)》, 《성무애악론(聲無哀樂論)》, 《석사론(釋私論)》 등이 있다.

구름을 사방으로 날려 버리자　雲氣四除
휘영청 밝은 달이　皎皎亮月
높은 곳에 걸려 있네　麗于高隅
홍이 일어 공자를 불러　興命公子
손잡고 함께 수레를 탔네　攜手同車
용마는 건장한 모습으로　龍驥翼翼
재갈 떨치며 머뭇거리다　揚鑣踟躕
조심조심 밤길을 달려　肅肅宵征
나의 친구집을 찾아갔네　造我友廬
등불은 밝은 빛을 발하고　光燈吐輝
화려한 장막 길게 펼쳐져 있네　華幔長舒
난새 술잔에 단술을 따르고　鸞觴酌醴
신성한 솥에는 생선을 삶으니　神鼎烹魚
금의 연주는 자야[121]를 능가하고　絃超子野
노래는 면구[122]보다 탁월하네　歎過綿駒
태소[123]를 거침없이 읊기도 하고　流詠太素

121 자야(子野): 춘추시대 진(晉)나라의 음악가로, 이름은 사광(師曠)이다. 귀가 매우 예민하여 소리를 들으면 잘 분별하여 길흉을 점칠 수 있었던 사람으로, 노나라에서 음악을 관장하는 벼슬을 하기도 했다.

122 면구(綿駒): 춘추시대 제(齊)나라 사람으로 노래를 잘 불렀다는 인물. 그가 고당(高唐)에 살게 되면서 제우(齊右) 사람이 모두 교화되어 노래를 잘 불렀다 한다.

123 태소(太素): 물질이 생겨나기 시작하는 때, 또는 천지가 미처 이루어지지 않은 때를 일컫는 말로, 태시(太始) 다음에 해당한다고 한다. 푸름과 흰 것의 구별된 빛깔이 없는 원시의 소박한 것을 뜻하는 말로도 쓰인다.

현허[124]를 머리 숙여 찬미도 하네 俯讚玄虛
누가 능히 영특하고 현명하여 孰克英賢
함께 친구가 되어 믿음을 주고받을까[125] 與爾剖符

○ "도의 오묘함을 읊고 찬미하며 편안하고 조용한 곳에 마음을 노닐게 하는데, 누가 능히 영특하고 현명한 덕으로 그대들과 부절을 나누어 벼슬을 하려 들겠는가."라고 말한 것이다.[言詠讚道妙, 游心恬漠, 誰能以英賢之德, 與爾分符而仕乎.]

124 현허(玄虛): 심오해서 알 수 없고 허무하여 무위(無爲)한 일. 너무나 오묘하여 엿볼 수 없는 경지를 말한다. 《한비자(韓非子)》〈해로(解老)〉에 "성현은 그 현허를 보고 그 주행(周行)을 쓴다."라고 하였는데, 이는 주로 노장(老莊)의 학설을 설명하는 말로 쓰인다.

125 믿음을 주고받을까: 원문의 부부(剖符)는 죽부(竹符)의 절반을 나눠 신표(信標)로 삼게 하는 것을 이르는데, 수령 방백(守令方伯)이 부임하게 되면 나라에서 대나무에다 표를 하고 쪼개서 한쪽은 나라에 두고 한쪽은 수령 방백에게 주어서 증거로 삼았다.

274

군에 입대하는 수재에게 준 시[贈秀才入軍] 6장(章)

종형(從兄)인 수재(秀才) 공목(公穆)인데, 곧 희(熹)이다.[從兄秀才公穆, 即熹也.]

【1장】

좋은 말은 길들여져 있고　良馬既閑
화려한 옷에선 밝은 빛이 나네요　麗服有暉
왼손에는 번약[126]의 활을 잡고　左攬繁弱
오른손엔 망귀[127]의 화살을 쥐고서　右接忘歸
바람처럼 번개처럼 달려가니　風馳電逝
햇빛보다 빠르고 새보다 빠르네요　躡景追飛
거친 들판 치달으니　凌厲中原
두루 살피는 모습 웅건하여라　顧盼生姿

---

126 번약(繁弱): 《순자(荀子)》 〈성악(性惡)〉에 "번약(繁弱)과 거서(鉅黍)는 옛날의 좋은 활이다. 그러나 활을 바로잡아 주는 활도지개가 없다면 스스로 올바르게 될 수 없다.[繁弱·鉅黍, 古之良弓也, 然而不得排檠, 則不能自正.]"라고 하였다.

127 망귀(忘歸): 좋은 화살을 일컫는 말로, 한번 쏘면 되돌아오지 않는다 하여 붙여진 이름이다. 《공용자(公龍子)》 〈적부(跡府)〉에 아래 상주(詳註)와 같은 내용이 수록되어 있으며, 《문선(文選)》 이주한(李周翰) 주(注)에는 "망귀는 화살 이름이다.[忘歸 矢名.]"라고 하였다.

【 2장 】

나의 좋은 친구와 손잡고[128] 攜我好仇
나의 수레를 함께 타고서 載我輕車
남쪽으로는 이어지는 구릉을 넘고 南凌長皐
북쪽으로는 맑은 시내 건너서 北厲清渠
위로는 놀란 기러기 떨어뜨리고 仰落驚鴻
아래로는 못 속의 물고기 건져 올리며 俯引淵魚
함께 사냥하며 즐기니 盤于游田
진정으로 즐겁기만 하여라 其樂只且

○ 《신서(新書)》에 이르기를, "초왕(楚王)이 '번약(繁弱)'이라는 활과 '망귀(忘歸)'라는 화살을 싣고 운몽(雲夢)에 가서 물소 사냥을 하였다." 하였다.[新序曰, 楚王載繁弱之弓, 忘歸之矢, 射兕於雲夢.]

【 3장 】

가벼운 수레 타고 달려가다가 輕車迅邁
저 우거진 숲에서 잠시 쉬었네 息彼長林
봄철 나무엔 꽃들이 피었고 春木載榮

128 나의 … 손잡고: 원문 대본에는 위의 시와 연이어진 1장(章)의 작품인 것처럼 편집되어 있으나, 위의 작품은 미운(微韻)에 속하고, 아래 이 작품은 어운(魚韻)에 속하여 각각 다른 계열 운자이므로, 둘로 나누어 번역하였다.

무성한 잎사귀는 그늘을 드리웠으며 布葉垂陰
따스한 동풍이 불어와[129] 習習谷風
나의 소박한 금을 울리고 吹我素琴
꾀꼴꾀꼴 꾀꼬리는 咬[(1)]咬黃鳥
서로 마주 보며 노래하는데 顧儔弄音
그리운 정 치닫는 걸 느끼는 만큼 感悟馳情
내가 흠모하는 이가 그립건마는 思我所欽
마음만 더 없이 걱정스러울 뿐 心之憂矣
긴 한숨에 그저 읊조릴 뿐이네 永嘯長吟

(1) '교(咬)'의 음은 교이다.[音交.]

【4장】

넘실대며 흐르는 황하의 물결이 浩浩洪流
나의 수도를 둘러 흐릅니다 帶我邦畿
울창하게 우거진 숲에는 萋萋綠林
꽃들이 흐드러지게 활짝 피었구요 奮榮揚暉
물에선 어룡이 즐겁게 노닐며 魚龍瀺灂
하늘엔 산새들 떼지어 나네요 山鳥羣飛

129 따스한 … 불어와: 《시경(詩經)》 〈패풍(邶風) 곡풍(谷風)〉에 "화창한 동풍이 불어오니 구름 끼고 비가 내린다.[習習谷風, 以陰以雨.]"라고 하였다.

수레 타고 놀이를 나와서는 駕言出遊
날 저물도록 돌아갈 줄 모르네 日夕忘歸
나의 좋은 친구 그립기로 말하면 思我良朋
목마른 듯 굶주린 듯하건마는 如渴如饑
간절히 원해도 얻지를 못하니 願言不獲
그 슬픔이 애처롭기 그지없구려 愴矣其悲

【5장】

무리들은 난초밭에 쉬게 하고 息徒蘭圃
화산[130]에서 말을 먹였지요 秣馬華山
언덕에서 돌살촉 날려 사냥하고 流磻平皐
강가에서 낚싯줄 드리워 물고기 낚네 垂綸長川
돌아가는 기러기 눈으로 전송하고 目送歸鴻
오현금[131]을 손수 연주하네 手揮五絃
우러러보고 굽어보며 자득하니 俯仰自得
마음을 태현[132] 속에 노닐게 하네 游心太玄
아름답다 저 낚시질하는 노인이시여 嘉彼釣叟

130 화산(華山): 067. 파요가(巴謠歌) 주 88) 참조.

131 오현금(五絃琴): 순임금이 남풍가를 부르며 연주했다는 다섯 현(絃)의 거문고를 이른다.

132 태현(太玄): 현묘한 도리를 일컫는다.

물고기 잡고선 통발을 잊고 마네[133]	得魚忘筌
영인[134]이 이젠 떠나고 없으니	郢人逝矣
누구와 함께 속마음 터놓고 이야기할까	誰與盡言

【 6장 】

한가로운 밤 청량함이여	閑夜肅清
밝은 달빛이 회랑을 비추네	朗月照軒
실바람은 살랑살랑 옷소매를 흔들고	微風動袿
화려한 장막 높이 걸쳐 있네	組帳高褰
맛 좋은 술 통에 가득 차 있어도	旨酒盈樽
함께 나누며 즐길 이 없으며	莫與交歡
금(琴)이 가까이 있다 한들	鳴琴在御
누구와 함께 연주할 것인가	誰與鼓彈
우러러 사모하는 좋은 친구여	仰慕同趣

133 물고기 … 잊고 마네: 원문의 득어망전(得魚忘筌)은 물고기를 잡고 나면 통발은 잊어버린다는 뜻으로, 바라던 바를 이루고 나면 그에 소용되었던 것을 잊어버린다는 말이다. 《莊子 外物》

134 영인(郢人): 흙손질을 잘하는 영(郢) 땅의 사람. 기술이나 재능을 알아주는 친구를 비유하는 말로 쓰인다. 영인이 흙손질을 하다가 코끝에 파리 날개만큼이나 얇은 흙이 묻자, 마침 옆에서 도끼질을 하고 있던 장석(匠石)에게 떼어 달라고 하여 장석이 도끼를 휘둘러 코를 다치지 않고 떼어 냈는데, 영인 또한 태연히 서 있었다는 데서 나왔다.

그 향기가 난초와 같다 했거늘　　其馨如蘭
고운 임이 곁에 있지 않으니　　佳人不存
어찌 길게 탄식하지 않으랴　　能不永歎

○ 수장(首章)만 군에 입대할 때 지어 준 것이고, 이하는 모두 서로 그리워하는 글이다.[首章贈入軍, 以下皆相思之詞.]

○ 모두 19장인데, 이 시들만 골라서 수록하였다.[共十九章, 此係節錄.]

275

유분시(幽憤詩)

《진서(晉書)》에 "혜강은 여안(呂安)[135]과 사이가 좋았다. 그 뒤 여안이 형에게 잘못 피소를 당하였는데 그 일로 함께 갇히게 되었고 인증을 하면서 혜강까지 수감하게 되니, 혜강이 이 시를 지었다." 하였다.[晉書, 康與呂安善. 安後爲兄所枉訴, 以事繫獄. 詞相證引, 遂收康. 康乃作此詩.]

아, 나의 박복함이여 嗟余薄祜
어려서 어버이를 여의었을 때[136]는 少遭不造
고아의 서러움을 알지 못한 채 哀煢靡識
그저 포대기에 쌓여 있었으니 越在繈緥
어머니와 형의 보살핌으로 母兄鞠育
자애롭고 위엄이 없었기에 有慈無威
사랑만 믿고 제멋대로 굴어서 恃愛肆姐[(1)]
훈계도 받지 않고 스승도 없었네 不訓不師
관례 치르고 성인이 되어서는 爰及冠帶

135 여안(呂安, ?~263): 위(魏)나라 사람으로, 자는 중제(仲第)이다. 혜강(嵇康)과 친하여 생각이 나면 천 리 길을 달려가서 만나곤 하였다 한다.

136 어버이를 여의었을 때: 《시경(詩經)》〈주송(周頌) 민여소자(閔予小子)〉에 "불쌍한 나 어린 자식이 집을 이루지 못함을 만났다.[閔予小子, 遭家不造.]"라는 데서 인용하였다.

총애만 믿고 멋대로 방자하다가 憑寵自放
마음을 다잡아 옛것을 희구하고 抗心希古
그 숭상하는 바에 뜻을 맡겼네 任其所尚
노장[137]을 좋아하고 의탁하여서 託好老莊
재물을 천시하고 몸을 귀하게 여겼으며 賤物貴身
뜻은 질박함을 지키는 데 두고서 志在守樸
소박함 기르는 만큼 천진함을 보전했었네 養素全眞
내가 불민한 탓으로 日余不敏
선만 좋아할 뿐 사람에 대해선 어두워 好善闇人
자옥[138]이 패배한 것처럼 子玉之敗
나에게 자꾸 늘어 가는 것은 진애일 뿐 屢增維塵
대인의 도량은 넓고도 큰 것이어서 大人含弘
더러움 덮어 주고 부끄러움 품어 준다지만 藏垢懷恥
백성들은 간사함이 많아서[139] 民之多僻
정사가 나로 말미암지 않았네 政不由己
바로 이 좁아진 마음 때문에 惟此褊心
좋고 나쁨 분명히 드러내었다가 顯明臧否

---

137 노장(老莊): 노자(老子)와 장자(莊子)를 같이 일컫는 말이다.

138 자옥(子玉): 춘추시대 초나라 영윤자문(令尹子文)이 천거한 사람으로, 그로 하여금 진나라 성복(城濮)을 공격하게 하였는데, 결과적으로 패배하였다. 그리하여 사람의 능력을 제대로 알지 못하고 추천하였다가 낭패를 당하는 것을 일컫는 말로 쓰인다.

139 백성들은 … 많아서: 《시경(詩經)》 〈대아(大雅) 판(板)〉에 "백성이 간사함이 많으니 스스로 간사함을 세우지 말지어다.[民之多辟辟, 無自立辟.]"라고 한 데서 인용하였다.

이제야 깨달아 허물을 생각하니	感悟思愆
살갗을 에인 듯 마음이 아프네	怛若創痏
그 허물을 적게 하고자 하나[140]	欲寡其過
비방의 소리 끓어오르듯 하고	謗議沸騰
천성이 남을 다치게 하지 못하건만	性不傷物
자주 원망과 증오를 초래하네	頻致怨憎
예전에는 유하혜[141]에게 부끄럽더니	昔慙柳惠
지금은 손등[142]에게도 부끄럽고	今媿孫登
안으로 평소의 마음 저버리니	內負宿心
밖으로 좋은 친구에게 낯이 뜨겁네	外恧良朋
엄군평[143]과 정자진[144]을 우러러 사모함은	仰慕嚴鄭

140 그 허물을 … 하나: 《논어집주(論語集註)》〈헌문(憲問)〉에 위(衛)나라 대부(大夫) 거백옥이 공자에게 사자(使者)를 보냈을 때에 공자가 "선생께서는 어떻게 지내십니까?"라고 물으니, 사자가 "선생께서는 허물을 적게 하려고 하지만, 아직 잘하지는 못합니다.[夫子欲寡其過而未能也.]"라고 대답한 고사가 전한다.

141 유하혜(柳下惠): 117. 계자시(誡子詩) 주 52) 참조.

142 손등(孫登, 220 추정~280 추정): 당시의 저명한 은사(隱士)로 혜강과 절친한 친구 사이였다고 전한다. 자는 공화(公和)이며 《세설신어(世說新語)》〈서일편(棲逸篇)〉에 일부 내용이 보인다.

143 엄군평(嚴君平): 한(漢)나라 촉군(蜀郡) 사람으로, 이름은 준(遵)이고 자는 군평이며 성도(成都) 출신이다. 한인(漢人)으로 성도시(成都市)에서 점서(占筮)를 잘해서 예언을 하면 세상 사람들이 믿지 않으므로 군평이 또한 세상을 버리고 점을 치다가 90이 넘도록 살았다고 한다. 점을 쳐서 1백 냥을 벌면 족하다 하며 가게문을 닫고, 그 돈이 다 떨어지면 다시 문을 열어 점을 쳤다고 한다. 저서에 《노자지귀(老子指歸)》가 있다.

144 정자진(鄭子眞): 한(漢)나라 때의 은사(隱士)로 엄군평과 같은 시대에 살았다. 《한서(漢書)》〈왕공양공포전(王貢兩龔鮑傳)〉에 "성제(成帝) 때에 왕봉(王鳳)이 정자진을 초빙하였으나 이에 응하지 않고 은둔하였다." 하였다.

안빈낙도하는 삶 때문이니 樂道閑居
세상에서 경영하는 일이 없었으니 與世無營
정신과 기력이 편안했다네 神氣晏如
아 나는 현숙하지 못한 탓에 咨予不淑
허물에 묶여 근심이 많네 嬰累多虞
하늘로부터 내려진 것이 아니라[145] 匪降自天
사실은 어리석고 게으른 탓이니 實由頑疎
이치에 막히고 근심이 응결되어 理弊患結
마침내 옥에 갇히고 말았네 卒致囹圄
비루한 심문에 대응하다가 對答鄙訊
격리되어 갇혀 버렸으니 縶此幽阻
억울한 송사도 실로 부끄럽지만 實恥訟冤
시운은 나를 편들어 주지 않네 時不我與
의롭고 정직하다고 할지라도 雖曰義直
정신은 욕되고 뜻은 꺾여 버렸으니 神辱志沮
창랑의 물결에다 몸을 씻는다고 澡身滄浪
어찌 보탬이 된다고 하겠는가 豈曰能補
기럭기럭 우는 저 기러기는 嗈嗈鳴雁
훨훨 날아 북쪽으로 가는데 奮翼北遊

145 하늘로부터 … 아니라: 《시경(詩經)》 〈소아(小雅) 시월지교(十月之交)〉에 "아래 백성의 재앙이 하늘로부터 내려온 것이 아니다.[下民之孽, 匪降自天.]"라고 한 데서 인용하였다.

때에 순응하여 이동함이니	順時而動
득의하여 시름을 잊겠다마는	得意忘憂
아 나의 분한 마음 탄식할 뿐이니	嗟我憤歎
애초부터 기러기와 짝할 수도 없었네	曾莫能儔
현실은 나의 바람과 서로 어긋난 터라	事與願違
이렇게 오랫동안 갇히게 되었네	遘茲淹留
궁색함과 영달은 운명이라 했으니	窮達有命
다시 또 무엇을 찾겠는가	亦又何求
옛사람이 말하기를	古人有言
선을 행하되 명예는 가까이하지 말라 했으니	善莫近名
때를 받들어 공손하고 과묵했더라면	奉時恭默
허물과 후회 생기지 않았으련만	咎悔不生
만석[146]은 지극히 신중하여서	萬石周愼
어버이를 편안케 하고 영광을 보존했다네	安親保榮
세상일이란 어지러운 것	世務紛紜
단지 내 심정만 교란시킬 뿐이니	祇攪予情
편하고 즐거워도 반드시 근신해야만	安樂必誡
끝까지 이롭고 바르게 되나니	乃終利貞

146 만석(萬石): 한(漢)나라의 석분(石奮)을 가리키는 말. 석분과 그의 네 아들 석건(石建), 석갑(石甲), 석을(石乙), 석경(石慶)이 모두 녹봉 2천 석(石)의 벼슬에 이르렀기 때문에 경제(景帝)가 붙인 이름이다. 그리하여 한 집에 녹봉 2천 석을 받는 벼슬아치가 다섯 사람이 있거나, 높은 벼슬아치가 여럿 있는 집을 일컫는 말로 쓰였다.《漢書 卷46 萬石君石奮列傳》

찬란히 빛나는 영지[147]는	煌煌靈芝
한 해에 세 번 피어나는데	一年三秀
나는 홀로 무얼 하는가	予獨何爲
뜻이 있어도 성취하지 못하고	有志不就
재난을 거울 삼아 돌아가고 싶지만	懲難思復
마음은 깊이 병이 들었네	心焉內疚
앞으로 힘쓸 일은	庶勗將來
그 어떤 일에도 아무런 반응하지 않고	無馨無臭
산기슭에서 고사리나 캐며	采薇山阿
산발한 채로 바위 동굴서 사는 동안	散髮巖岫
긴 휘파람에 길게 읊조리며	永嘯長吟
성명을 기르고 양생하리라	頤性養壽

(1) '저(姐)'의 음은 자(子)와 예(豫)의 반절이다.[子豫反.]

○ 전편[通篇]의 내용이 직설적으로 서술하면서 스스로 원망하고 스스로 후회하며 숨기는 듯 감추는 듯하다. '선을 좋아하기만 할 뿐 인사에 어둡다[好善闇人]'는 견인(牽引)을 당한 이유이고, '좋고 나쁨 분명히 드러내었네[顯明臧否]'는 화를 얻게 된 이유이다. '창랑의 물결에다 몸을 씻는다고[澡身滄浪]'와 '어찌 보탬이 된다고 하겠는가[豈曰能補]'는 회한(悔恨)하는 말이 간절하다 하겠다. 말미에 '성명을 기르고 양생하리라[頤性養壽]'는 아마도 그렇게 될 거라는 것을 기필할 수 없다는 말로, 화정학려(華亭鶴唳)[148]의 뜻이 은연(隱然)히 말 밖에 담

147 영지(靈芝): 버섯의 일종으로, 복초(福草)라고 하여 상서(祥瑞)로운 것으로 여겼다. 지초(芝草)라고도 한다.

148 화정학려(華亭鶴唳): 화정에서 우는 학의 울음소리. 일생을 돌아보며 벼슬길에 들어선 일을 후회하는 마음을 비유하는 말로 쓰인다. 진(晉)나라의 육기(陸機)가 참소(讒訴)를 받아 사형에 처해질 때, 지난날 화정에서 듣던 학의 울음소리를 이제 다시는 더 들을 수 없게 되었다고

겨져 있다.[通篇直直敍去, 自怨自艾, 若隱若晦. 好善闇人, 牽引之由也. 顯明藏否, 得禍之由也. 至云澡身滄浪, 豈云能補, 悔恨之詞切矣. 末托之頤性養壽, 正恐未必能然之詞, 華亭鶴唳, 隱然言外.]

○ 사저(肆姐)는 꺼리는 바가 없이 제멋대로 구는 것이다.[肆姐, 恣肆也.]

○ 계찰(季札)이 숙손목자(叔孫穆子)에게 일러 말하기를, "그대는 선(善)을 좋아하기는 하나 사람을 가릴 줄 모른다." 하였는데, 여기서 '선을 좋아하기만 할 뿐 인사에 어둡다[好善闇人]'는 여안(呂安)과 사귄 것을 후회한다는 말이다.[季札謂叔孫穆子曰, 子好善而不能擇人, 好善闇人悔與呂安交也.]

○ 손등(孫登)이 혜강(嵇康)에게 이르기를, "그대는 재주는 많으나 식견이 적으니, 요즘 세상을 잘 헤쳐 나가기가 어렵겠다." 하였다.[孫登謂嵇康曰, 子才多識寡, 難乎免於今之世也.]

○ 엄(嚴)과 정(鄭)은 엄군평(嚴君平)과 정자진(鄭子眞)을 이르는 말이다.[嚴鄭, 謂嚴君平, 鄭子眞.]

○ '만석(萬石)은 지극히 신중하여[萬石周愼]'에서 만석은 만석군(萬石君) 석분과 아들 낭중령(郎中令) 석건을 이른다. 주(周)는 지극하다[至]는 말이다.[萬石周愼, 指萬石君奮子郎中令建, 周至也.]

탄식한 데서 인용한 말이다.

잡가요사(雜歌謠辭)

276

오요(吳謠)

부록이다.[附]

《오지(吳志)》에 "주유(周瑜)[149]는 음악에 조예가 있었다. 석 잔을 마신 뒤에도 빠뜨렸거나 착오가 있으면 주유는 반드시 알았고, 알고 나면 반드시 돌아다보았다. 그래서 당시 사람들이 다음과 같이 노래를 불렀다." 하였다.[吳志, 周瑜精意音樂. 三爵之後, 有闕誤, 瑜必知之. 知之必顧, 時人語曰.]

곡조에 오류가 있으면　　曲有誤
주유가 돌아다보네　　周郎顧

149 주유(周瑜, 175~210): 삼국시대 오(吳)나라 장군. 자는 공근(公瑾)이며 여강(廬江) 사람으로, 문무(文武)에 두루 능했다. 처음에 손책(孫策)을 섬겼다가 그가 죽은 뒤 아우 손권(孫權)을 도왔는데, 오나라 사람들은 주랑(周郎)이라 부른다. 유비(劉備)와 협력하여 적벽에서 조조(曹操)의 군대를 크게 격파했다. 유비가 형주(荊州)에서 세력을 확대할 것을 염려하여 사천 지방을 공략하라고 진언하였으나 계획이 실행되기 전에 병사하였다.

277

손호 천기중의 동요

[孫皓天紀中童謠]

《진서(晉書)》〈오행지(五行志)〉에, "손호[150]의 천기중에 나도는 동요를 진(晉)나라 무제(武帝)가 듣고 왕준(王濬)[151]에게 용양장군(龍驤將軍)을 제수하였다. 오나라를 정벌할 때에 강서(江西)의 중군(衆軍)은 지나는 자가 없었는데 왕준만이 가장 먼저 말릉(秣陵)[152]을 안정시켰다." 하였다.[晉書五行志, "孫皓天紀中童謠, 晉武聞之, 加王濬龍驤將軍, 及征吳, 江西衆軍無過者, 而濬先定秣陵."]

아동[153]인가 또 아동일세 阿童復阿童

---

150 손호(孫皓, 242~284): 삼국시대의 오(吳)나라 최후의 황제이다. 오군 부춘(富春) 사람으로, 자는 원종(元宗) 또는 호종(皓宗)이고, 별명은 팽조(彭祖)이다. 손권(孫權)의 손자로 오정후(烏程侯)에 책봉되었고, 제3대 황제 손휴(孫休)의 뒤를 이어 264년에 즉위했다. 이듬해에 진(晉)왕조가 창업하자, 9월부터 다음해 12월까지 수도를 건업(建業)에서 무창(武昌)으로 일시 옮겼다. 즉위한 뒤 처음에는 선정을 베풀었지만, 점점 공신 일족들을 물리치고 측근을 들여앉혀 새 제왕으로서의 권위를 확립시키려고 힘썼다. 조세를 가혹하게 징수했고 주색에 빠져 폭정을 일삼았다. 그 때문에 호족세력의 지지를 잃었고, 각지에서 반란이 잇달아 일어나자, 남하하여 쳐들어온 진(晉)나라 대군에게 항복하였다.

151 왕준(王濬, 206~286): 진(晉)나라의 대장군. 호(湖)땅 사람으로 자는 사치(士治)이다. 일찍이 익주자사(益州刺史)를 지냈고 수군(水軍) 양성에 힘쓰다가 용양장군(龍讓將軍)으로 오나라를 침공해서 멸한 뒤 보국대장군(輔國大將軍)으로 책봉되었다.

152 말릉(秣陵): 금릉(金陵)을 이른다. 지금의 남경(南京). 진시황제가 금릉을 말릉으로 개칭했다고 전한다.

153 아동(阿童): 진(晉)나라 대장군 왕준(王濬)의 어릴 적 이름이라고 한다.

입에 칼을 물고 헤엄쳐 강을 건너다니	銜刀游渡江
언덕 위의 호랑이는 두렵지 않으나	不畏岸上虎
단지 물속의 용이 두렵네	但畏水中龍

고시원(古詩源) 권6 끝

편저자 소개

심덕잠沈德潛

자는 確士이고 호는 歸愚이며, 江蘇省 蘇州 사람이다. 淸代의 詩人으로, 일찍이 詩名이 높았으나 67세가 되어서야 進士에 합격하였다. 그후 乾隆帝의 총애를 받아 관직이 禮部侍郞까지 올랐다. 그는 도덕적인 문학관에 기반을 두고 바른 골격 위에 음률의 조화를 찾는 詩說인 '格調說'을 주창하였다.

그의 詩論은 漢·魏, 盛唐의 詩를 모범으로 하여 格式과 音律의 조화를 중시하고, 宋代 이후의 詩風과는 반대되는 것으로서 같은 시대의 詩人인 袁枚의 '性靈說'과는 대립된다. 이것은 기본적으로 明代 前後七子의 주장인 '揚唐抑宋'의 정신을 계승한 것이다.

그의 작품은 대개 功德을 칭송한 詩나 과거시험을 위한 문장이 많다고 하여 그다지 높은 평가를 받지 못했던 경향이 있다. 그러나 그의 시론집인 《說詩晬語》와 唐詩, 明詩, 淸詩를 수록한 《別裁集》은 지금도 많은 이들에게 널리 읽히고 있다. 주요 편저서에는 이 《古詩源》과 《歸愚詩文鈔》와 《竹嘯軒詩鈔》 등이 있다.

역주자 소개

조동영 趙東永

성균관대학교 일반대학원 한문학 석·박사를 졸업하였고, 고전번역원 교육원 전문과정을 졸업하였으며, 慶南陜川 泰東書院 權秋淵 先生 門下에서 다년간 수학하였다.

고전번역원 번역실 전문위원, 교육원 강사, 동국대학교 교육대학원 강사 등을 역임하였고, 단국대학교 동양학연구원에서 재직하였으며, 현재는 성균관한림원 한문학 교수로 있다.

편저·역서에는 《朝鮮王朝實錄》, 《日省錄》, 《承政院日記》 등 史書類의 공역서와 《國朝寶鑑》, 《鵝溪遺稿》, 《林下筆記》, 《六先生遺稿》, 《桐溪集》 등 文集類의 번역서가 있으며, 단국대학교 《漢韓大辭典》 편찬사업에 공동으로 참여하였다. 이 외에 박사학위 논문인 "正祖 詩文學의 一考察"과 다수의 논문이 있고, 편저·역서가 있다.

古詩源